I0673471

Μούζεβαλντ Άννα

Γεννήθηκε και μεγάλωσε στην
Ελλάδα.
Φοίτησε στο Πάντειο
Πανεπιστήμιο στην Αθήνα.
Εργάστηκε για αρκετά χρόνια στο
διεθνές αεροδρόμιο του
Ελληνικού.
Σήμερα ζει με την οικογένειά της και εργάζεται
στο Μόναχο της Γερμανίας.

*Στην αναζήτηση της χαμένης
Ομορφιάς –Πατάκης 2003
*Ο Φύλακας της Ερμίν
Κέδρος 2008
*Ο γρίφος του πολέμου
Inkpot 2012
*Το παιχνίδι της ζωής
Inkpot 2016
*Ο ξεχασμένος κώδικας
Inkpot 2014

Μούζεβαλντ Άννα

Ο ΚΑΘΡΕΦΤΗΣ ΤΗΣ ΛΥΔΙΑΣ

ΕΚΔΟΣΕΙΣ ΙΝΚΡΟΤ (Melanodocheio) UG

ISBN 978-3945316115
Εκδόσεις Inkpot UG
Έδρα: Zeppelinstr. 11
85748 Garching
www.Inkpot.info
e-mail: inkpot@inkpot.info

Σύγχρονη Ελληνική Λογοτεχνία
Πεζογραφία
Οκτώβριος 2017
Επιμέλεια: Σφυρή Αλεξάνδρα
Σύνθεαη εξωφύλλου: Webleon GmbH

Κεφάλαιο 1

Τρίτη 16 Δεκεμβρίου 2014

Η Λυδία ορμάει σαν σίφουνας στον προθάλαμο που οδηγεί στο γραφείο του διευθυντή. Στο βλέμμα της έχει την ανυπομονησία της πεινασμένης λέαινας. Τα ατίθασα κατσαρά, καστανά μαλλιά της ανεμίζουν στην πλάτη της με τη χάρη της χαίτης του αρσενικού λιονταριού.

Κοντοστέκεται διστακτικά δίπλα στο μικρό οβάλ παράθυρο, απ' όπου μια χούφτα από τις μεσημεριανές ακτίνες του ήλιου γλιστρούν στον χώρο βάφοντας το δωμάτιο με μια πορτοκαλί απόχρωση. Είναι ένα χειμωνιάτικο μεσημέρι φωτεινότερο απ' όσο θα έπρεπε. Και μάλλον δεν είναι το μόνο ασυνήθιστο που συμβαίνει...

Ρίχνει μια αμήχανη ματιά στο άδειο δωμάτιο. Η δεσποινίς Μαίρη, η γραμματέας του κυρίου Κέι, απουσιάζει. Το λουστραρισμένο, από ξύλο καρυδιάς, γραφειάκι της είναι άδειο. Στον προθάλαμο επικρατεί απόλυτη ησυχία. Συνήθως ο χώρος είναι γεμάτος ανυπόμονους σπουδαστές που χειρονομούν ακατάπαυστα μπροστά στο γραφείο της, με τις φωνές και τις τσιρίδες τους να αντηχούν ανατριχιαστικές στον μικρό χώρο σαν ξερά φύλλα που τρίβονται, ενώ η δεσποινίς Μαίρη, που από φυσικού της είναι ήσυχο και ήρεμο άτομο, προσπαθεί απεγνωσμένα να επιβληθεί στις τσιρίδες τους με τη λεπτή φωνή της. Τώρα όμως είναι τόση η ησυχία στο δωματιάκι, που το κορίτσι έχει την αίσθηση ότι μπορεί να αφουγκραστεί την ανάσα της σιωπής.

Χμ, καλό σημάδι, σκέφτεται ικανοποιημένη, κοιτάζοντας την άδεια καρέκλα, και βγάζει έναν ελαφρύ αναστεναγμό.

Οπωσδήποτε η απουσία της γραμματέως είναι μια καλή σύμπτωση. Η δεσποινίς Μαίρη θα μπορούσε να αποδειχθεί μοιραία για το καλά οργανωμένο σχέδιό της. Όχι πως είναι καμιά φοβητσιάρα, κάθε άλλο. Είναι ικανή να αντιμετωπίσει όχι μόνο μία δεσποινίδα Μαίρη, αλλά μια ολόκληρη ντουζίνα από γραμματείς που θα επιχειρούσαν να την εμποδίσουν να περάσει στο γραφείο του διευθυντή. Σήμερα, όμως, από το πρωί βρίσκεται σε μια ακατανόητη νευρική υπερένταση.

Κοιτάζει με ένταση, στην απέναντι πλευρά του δωματίου, την κλειστή, λευκή, ξύλινη πόρτα. Ανοιγοκλείνει τα βλέφαρά της βιαστικά, για να διώξει μια υποψία αβεβαιότητας που θολώνει για λίγο το βλέμμα της. Δεν είναι ώρα για πισωγυρίσματα. Η ανυπομονησία της κάνει την απόσταση μέχρι την κλειστή πόρτα να μοιάζει τεράστια. Κινείται γοργά και αθόρυβα προς τα εκεί. Με τρεις δρασκελιές φτάνει μπροστά της.

Τη στιγμή όμως που είναι έτοιμη να χτυπήσει, ακούει μέσα από το γραφείο τη βραχνή φωνή της καθηγήτριας των μαθηματικών, της κυρίας Μι. Ξαφνιασμένη, ακινητοποιείται τόσο κοντά στην πόρτα, ώστε η μύτη της σχεδόν αγγίζει την πινακίδα «Μην ενοχλείτε» που κρέμεται στην ξύλινη επιφάνεια, στο ύψος των ματιών της. Μένει με το στόμα ανοιχτό.

«Τι στο καλό γυρεύει μια καθηγήτρια τέτοια ώρα στο γραφείο του διευθυντή, και ειδικά η κυρία Μι;» αναρωτιέται, ενώ το χέρι της, που ήταν έτοιμο να χτυπήσει την πόρτα, πέφτει άπραγο και βαρύ στο πλάι της.

Μια αίσθηση αηδίας περνάει σαν αστραπή από τα λεπτά χαρακτηριστικά του προσώπου της. Μολονότι μερικές ημέρες νωρίτερα είχε τρυπώσει κρυφά στο γραφείο των καθηγητών και, κοιτάζοντας το πρόγραμμά τους, είχε σιγουρευτεί ότι σήμερα το μεσημέρι, τη συγκεκριμένη ώρα, όλοι οι καθηγητές θα ήταν απασχολημένοι στις τάξεις τους, η κυρία Μι για μία ακόμη φορά μοιάζει να μπερδεύεται στις υποθέσεις της. Σίγουρη ότι η παρουσία αυτής της γυναίκας στο γραφείο του διευθυντή δεν προοιωνίζεται κάτι καλό, αναστενάζει ανήσυχη. Η κυρία Μι έχει βαλθεί να την παιδεύει από την πρώτη κιόλας ημέρα που τη γνώρισε.

Πιστή στο δόγμα «αν δεν μπορείς να αλλάξεις τον άνεμο, ρύθμισε αλλιώς τα πανιά σου για να φτάσεις στον προορισμό σου», δεν πτοείται από την αναπάντεχη παρουσία της καθηγήτριας. Καλά προπονημένη καθώς είναι να βρίσκει άκρη σε κάθε είδους αναποδιές, δεν σκοπεύει να αφήσει την παρουσία της κυρίας Μι να ανατρέψει το σχέδιό της.

Όρθια μπροστά στην κλειστή πόρτα, σκέφτεται και προσπαθεί να υπολογίσει κατά πόσο, ίσως, θα επηρεάσει η απρόσμενη παρουσία ενός τρίτου προσώπου τα σχέδιά της. Ακούει τη φωνή της κυρίας Μι να αναφέρει το όνομά της. Μια κρυάδα απλώνεται στο κορμί της, σαν να αγκάλιασε ξαφνικά το σώμα της η ατυχία.

Συνειδητοποιεί ότι μέσα στο γραφείο του διευθυντή μιλούν για εκείνη. Τα πόδια της ακινητοποιούνται, η ανάσα της, στην πορεία της προς τα έξω, κάνει μια μικρή στάση και η μόνη που κινείται είναι η ραχοκοκαλιά της, που έχει αρχίσει να συσπάται ανεξέλεγκτα. Αυτό δεν το περίμενε. Ή μήπως κατά βάθος το φοβόταν; Ότι δηλαδή στο τέλος θα παρουσιαζόταν κάτι απρόβλεπτο ώστε να στραβώσει το σχέδιό της. Είχε γλιτώσει από τη δεσποινίδα Μαίρη, που θα προσπαθούσε να την εμποδίσει να συναντήσει τον διευθυντή, και θα την πάθαινε τώρα από την καθηγήτρια των μαθηματικών;

Χωρίς να λογαριάσει τον κίνδυνο να βρεθεί ξαφνικά μύτη με μύτη με όποιον έβγαινε από το γραφείο, ακουμπά το αυτί της στην πόρτα. Προσπαθεί να αφουγκραστεί τα λόγια πίσω από την ξύλινη πόρτα.

«Λυδία, κρυφακούς; Το ξέρεις ότι δεν είναι σωστό να κρυφακούς».

Ακούγοντας τη γνώριμη φωνή του Φοίβου, ανασηκώνει τα φρύδια και ξεφυσά αγανακτισμένη, κάνοντας τα μάγουλά της να μοιάζουν με φυσερό.

«Πάμε να φύγουμε αμέσως. Δεν είναι δική μας δουλειά το τι κουβεντιάζουν εκεί μέσα. Αν μας αφορούσε το θέμα, θα μας είχαν καλέσει να συμμετάσχουμε στη συζήτηση».

Η τσιριχτή φωνή του Φοίβου, όμοια με αυτή που βγάζει κάθε φορά που δεν εγκρίνει τις πράξεις της, έρχεται από χαμηλά και τρυπάει σαν αιχμηρό βέλος το μυαλό της. Προσπαθεί να καταπνίξει στα γρήγορα το πετάρισμα της έκπληξης που θαμπώνει το βλέμμα της ακούγοντας τη φωνή του. Προσποιείται ότι δεν συμβαίνει τίποτα και συνεχίζει να έχει το αυτί κολλημένο στην πόρτα.

«Μην κάνεις σαν μικρό παιδί και μην προσποιείσαι την κουφή. Σκέψου κι εμένα λίγο. Ποια θα είναι η θέση μου αν ανοίξει η πόρτα και σε τσακώσουν στα πράσα;» επιμένει με πείσμα η φωνή από χαμηλά.

«Προσέχω, προσέχω» του αποκρίνεται ενοχλημένη.

«Και αν επιστρέψει η δεσποινίς Μαίρη και σε δει, τι θα της πεις;»

«Θα κάνω τάχα πως σκόνταψα στο χαλί και έφτασα κοντά στην πόρτα χωρίς καλά καλά να το καταλάβω».

«Αχ, είσαι εσύ μία... μία...» γκρινιάζει η θυμωμένη φωνή.

Βγάζει κάτι σαν νευρικό γέλιο και κουνάει το κεφάλι της, για να αποδιώξει την ενοχλητική φωνή. Σκύβει το κεφάλι προς τα κάτω και συγχρόνως τραβάει πίσω μια τούφα από τα μακριά μαλλιά της, που κάλυψε τα μάτια της.

«Κακώς σε πήρα μαζί μου. Έπρεπε, μετά το μάθημα, να σε άφηνα στο δωμάτιο» ξεφυσάει με νόημα, μιλώντας ψιθυριστά. Λες και δεν ξέρω πως δεν μπορείς να κρατήσεις το στόμα σου κλειστό, προσθέτει την τελευταία φράση, χωρίς να ανοίξει καθόλου το στόμα της.

Η απάντηση του Φοίβου μοιάζει με μουγκρητό που έρχεται από τον πάτο του πηγαδιού.

«Εγώ φταίω, που βιάστηκα μετά το μάθημα να έρθω εδώ» συνεχίζει απτόητη.

«Όπως και να 'χει, πρέπει να σταματήσεις να κρυφακούς» επαναλαμβάνει η φωνή με αξιοθαύμαστη επιμονή.

«Παράτα με» απαντάει εκνευρισμένη. «Μην ξεχνάς τι συμφωνήσαμε πριν φύγουμε από την αίθουσα διδασκαλίας. Μου υποσχέθηκες ότι σήμερα δεν θα μιλήσεις και δεν θα ανακατευτείς καθόλου».

Ώρες ώρες ο Φοίβος γίνεται πολύ ενοχλητικός, σκέφτεται, αποφασισμένη να μη δώσει άλλη σημασία στην γκρίνια του, και κολλάει πάλι το αυτί της στην πόρτα.

Ξαφνικά όμως νιώθει τον Φοίβο να διαπερνά τον νου της με μεγάλη επιδεξιότητα και να ψάχνει ανάμεσα στις σκέψεις της. Αισθάνεται τον θυμό του να κροταλίζει στα κόκαλα του κεφαλιού της. Φαντάζεται το αδύνατο οβάλ πρόσωπό του να τρεμοπαίζει, σαν φλόγα έτοιμη να σβήσει, όπως πάντα όταν είναι θυμωμένος μαζί της. Στο μέτωπό του θα έχει οπωσδήποτε το βαθύ αυλάκι, που κάτι τέτοιες στιγμές εκνευρισμού σχηματίζεται πάντα. Τα φρύδια του θα μοιάζουν με τεντωμένα τόξα και οι μικρές μπουκλίτσες των ολόμαυρων μαλλιών του θα έχουν σηκωθεί όρθιες.

Κουνάει με μανία πέρα δώθε το κεφάλι της, θαρρείς και αυτός είναι ο μόνος τρόπος να τον αναγκάσει να σταματήσει να στριφογυρίζει σαν τη σβούρα μέσα στο μυαλό της.

«Φύγε» τον προειδοποιεί, καθώς τον νιώθει να φτερουγίζει ανάμεσα στις σκέψεις της, σαν το γεράκι που αιωρείται στον αέρα προσπαθώντας να βρει τη λεία του. *«Δεν σε θέλω εκεί τώρα. Το μόνο που θα καταφέρεις είναι να με μπερδέψεις».*

Νιώθει την εικόνα του να θολώνει και να γλιστράει αργά ανάμεσα στις σκέψεις της, σημάδι ότι ο Φοίβος φεύγει σιγά σιγά από το μυαλό της. Πολύ σύντομα η εικόνα του σβήνει εντελώς.

«Θα σου τα πω όλα αργότερα» του υπόσχεται.

«Το καλό που σου θέλω» ακούει τη φωνή του να μουρμουρίζει. Η φωνή του τώρα μοιάζει περισσότερο με ψίθυρο.

Παίρνει μια ανάσα και ετοιμάζεται να του απαντήσει, αλλά την προλαβαίνει η βραχνή φωνή της κυρίας Μι: «Μόνο με τη Λυδία έχουμε πιθανότητα επιτυχίας στον διαγωνισμό, κύριε Κέι».

Τα λόγια της καθηγήτριας των μαθηματικών φτάνουν στο αυτί της γλυκά, όπως ο ήχος της θάλασσας μέσα από το κοχύλι που κολλάει κάποιος στο αυτί του. «Γνωρίζετε πολύ καλά, κύριε διευθυντά, πόσο αρμονικά συνεργάζεται με τον καθρέφτη της. Έχω πολύ καιρό να δω τόσο άψογη συνεργασία» λέει τώρα η βραχνή φωνή πίσω από την πόρτα. «Τα τελευταία χρόνια, οι δοκιμασίες του διαγωνισμού είναι τόσο δύσκολες, ώστε οι υποψήφιοι που δεν έχουν την αμέριστη βοήθεια του καθρέφτη τους δεν καταφέρνουν να φτάσουν μέχρι το τελικό στάδιο. Σίγουρα δεν περιμένετε να μάθετε από εμένα ότι εμείς, ως σχολείο εννοώ, έχουμε χρόνια να δούμε κάποιον δικό μας να φτάνει στην τελική φάση».

Τα λόγια της κυρίας Μι την αφήνουν άναυδη, αλλά ταυτόχρονα τη χαροποιούν αφάνταστα. Βρίσκει ότι ταιριάζουν τόσο αρμονικά με το σχέδιό της, όπως η μέλισσα με τον ανθό του λουλουδιού. Δεν θα μπορούσε, μα την αλήθεια, να βρει ευνοϊκότερες συνθήκες για να το θέσει σε εφαρμογή. Αν δεν προχωρήσει τώρα, θα είναι ασέβεια προς τις προϋποθέσεις που έχουν αναπάντεχα παρουσιαστεί. Μερικές φορές η τύχη είναι μπροστά στα μάτια του ανθρώπου, αλλά αυτός δεν την αρπάζει γιατί φοβάται. Όχι όμως αυτή. Αυτή δεν θα έκανε ένα τέτοιο λάθος.

Τα σφιγμένα σε γροθιές χέρια της, θαρρείς και ενεργούν από μόνα τους, σπρώχνουν με δύναμη την πόρτα και μπαίνει στο γραφείο του διευθυντή χωρίς πρώτα να χτυπήσει.

Πρώτη φορά μπαίνει εκεί. Δεν προλαβαίνει να του ρίξει ούτε μία ματιά, ψάχνει το κουράγιο να αρθρώσει έστω έναν τυπικό χαιρετισμό. Δεν τα καταφέρνει. Με την άκρη του ματιού της βλέπει το έκπληκτο βλέμμα του κυρίου Κέι να σαρώνει τον χώρο, όπως οι αχτίδες του φάρου τα σκοτεινά νερά του λιμανιού, και στη συνέχεια να καρφώνεται πάνω της. Βιάζεται να στρέψει το ένοχο βλέμμα της στο πορτρέτο ενός ηλικιωμένου άντρα που κρέμεται πίσω από το γραφείο του κυρίου Κέι, Είναι σίγουρη ότι ο διευθυντής την κοιτάζει καχύποπτα από πάνω ως κάτω.

«Τι συμβαίνει, Λυδία Γκρόσμαν; Έχουν πρόβλημα τα μάτια σου; Δεν είδες έξω από την πόρτα του γραφείου την πινακίδα που γράφει πως απαγορεύεται η είσοδος;»

Η δυνατή και σταθερή φωνή του αντηχεί σαν καμπάνα στην ησυχία του δωματίου. Το ύφος του είναι αυστηρό.

Παρότι δεν αιφνιδιάζεται από την ερώτησή του, καθώς την περίμενε, εντούτοις κινδυνεύει να πνιγεί καταπίνοντας το σάλιο της στο άκουσμα της φωνής του. Όσο για το απειλητικό του βλέμμα, όμοιο με του πεινασμένου πάνθηρα, είναι σίγουρο σημάδι ότι τα πράγματα θα δυσκολέψουν ακόμη περισσότερο. Αυτό που της χρειάζεται πάραυτα είναι μια καλή δικαιολογία για την εισβολή της, αν δεν θέλει να εισπράξει μια αυστηρή τιμωρία. Είναι γνωστό ότι ο κύριος Κέι σε γενικές γραμμές είναι συζητήσιμος άνθρωπος, αλλά σε ό,τι αφορά τους τύπους και την εύρυθμη λειτουργία του σχολείου είναι κέρβερος.

«Κύριε Κέι, τη στιγμή που ήμουν έτοιμη να χτυπήσω...» μουρμουρίζει αμήχανα, ενώ ψάχνει μανιωδώς για τη σωτήρια δικαιολογία που θα τη βγάλει από τη δύσκολη θέση. Δυστυχώς, το μυαλό της δεν είναι καθόλου συνεργάσιμο. «Άκουσα την κυρία Μι να λέει πως πρέπει να πάρω μέρος στον διαγωνισμό του καθρέφτη,... Αιφνιδιάστηκα. Δεν είχε περάσει ποτέ από το μυαλό μου αυτή η ιδέα» λέει στο τέλος, κοιτάζοντας με ένταση τις μύτες των παπουτσιών της.

Αμέσως όμως μόλις την ξεστόμισε, καταλαβαίνει ότι η δικαιολογία της δεν θα τη βοηθήσει πολύ, αφού μόνη της παραδέχτηκε πως είχε κρυφακούσει τους καθηγητές της. Προσπαθεί να καταπιεί, αλλά δεν τα καταφέρνει. Ο λαιμός της είναι στεγνός και σφιγμένος. Τινάζει το κεφάλι για να διώξει τις σκέψεις που τρέχουν πυρετωδώς προς όλες τις κατευθύνσεις και απειλούν να θολώσουν το μυαλό της. Εύχεται ο κύριος Κει να εκτιμήσει την ειλικρίνειά της και να μην την τιμωρήσει.

Πάντως, η σκέψη ότι, έστω και έτσι, έχει κάνει το πρώτο βήμα για την επίτευξη του σχεδίου της, την κάνει να χαμογελάσει.

«Χμ... ναι, ναι. Και, όπως υποστηρίζει η κυρία Μι, με αρκετές πιθανότητες επιτυχίας» ακούει τον διευθυντή να παραδέχεται, ενώ οι λέξεις βγαίνουν με δυσκολία μέσα από τα δόντια του.

Τα γκρίζα μαλλιά του είναι τραβηγμένα προς τα πίσω, τονίζοντας τις απλές και λιτές γραμμές του προσώπου του. Τα πυκνά μαύρα φρύδια του μοιάζουν έτοιμα να εκτοξευτούν πάνω από το αδύνατο πρόσωπό του. Τα χείλη του μόλις που φαίνονται πίσω από το παχύ γκρίζο μουστάκι του. Σηκώνει τα χέρια του και βάζει αμήχανα τα ακροδάχτυλά του στις τσέπες του μαύρου γιλέκου του.

Κουράγιο, Λυδία, το πρώτο βήμα έγινε, σκέφτεται ικανοποιημένη. *Ώρα να κάνω ένα ακόμη.*

Πλησιάζει διστακτικά κοντά του. Το ανέκφραστο πρόσωπό της δεν δείχνει την ανησυχία και τον φόβο που δεν λένε να την αφήσουν ήσυχη. Γνωρίζει ότι αυτό που έχει να πει στον διευθυντή θα περιπλέξει περισσότερο την κατάσταση.

«Τότε, κύριε Κέι, για να πάρω μέρος στον διαγωνισμό, θα πρέπει να μου πείτε πού βρίσκεται η γιαγιά μου. Διαφορετικά δεν θα το κάνω» ξεστομίζει απότομα, εκπλήσσοντας τόσο τον εαυτό της όσο και τον διευθυντή.

Απόλυτη ησυχία επικρατεί ξαφνικά στο δωμάτιο, λες και τα λόγια της τρόμαξαν ακόμη και τον αέρα. Όχι όμως και το βλοσυρό και διαπεραστικό βλέμμα του κυρίου Κέι, που τη διαπερνά σαν κοφτερό μαχαίρι. Ο μόνος λόγος που δεν το βάζει στα πόδια είναι ότι έχει έρθει αποφασισμένη για όλα. Γι' αυτό, όχι μόνο πασχίζει να κρατηθεί ψύχραιμη, αλλά να βρει και περίσσιο κουράγιο.

Τι στο καλό, δεκαέξι χρονών είμαι. Δεν είμαι πια παιδί, να το βάζω στα πόδια, συλλογιέται.

Στέκει αγέρωχη απέναντί του, όπως το λιοντάρι που έχει επίγνωση της δύναμής του μπροστά στο ανυπεράσπιστο θήραμά του, έτοιμη να του ορμήσει αν η απάντησή του δεν την ικανοποιήσει.

«Λυδία, παραφέρεσαι. Τι είναι αυτά που λες;» πετάχτηκε η κυρία Μι, ρίχνοντάς της ένα δηλητηριώδες βλέμμα.

«Πρέπει να τη βρω, να μάθω αν είναι καλά, τι έχει συμβεί».

Σφίγγει τα χέρια πίσω στην πλάτη της σε ολοστρόγγυλη γροθιά, ενώ ο θυμός της φουντώνει ανεξέλεγκτος: «Υποσχέθηκε να με πάρει από δω. Πέρασαν τεσσεράμισι χρόνια από το βράδυ που ήρθα στο σχολείο και δεν έχει φανεί ακόμα».

Τα μάτια της είναι καρφωμένα στον κύριο Κέι, ενώ το σώμα της ταλαντεύεται μπρος πίσω με έναν αδιόρατο τρόπο, που δύσκολα μπορεί να διακρίνει ο διευθυντής. Τα μακριά κυματιστά μαλλιά της πέφτουν στην πλάτη και στα πλευρά της σαν κλεισμένες φτερούγες πουλιού. Συνήθως τα έχει δεμένα σε μια χαλαρή αλογοουρά, αλλά σήμερα το πρωί άργησε να ξυπνήσει και δεν είχε χρόνο να ασχοληθεί με την κόμμωσή της.

«Είμαι σίγουρη ότι ξέρετε πού βρίσκεται και μου το κρύβετε» λέει απότομα απευθυνόμενη και στους δύο καθηγητές.

Η κυρία Μι, με σκυμμένο το κεφάλι πάνω στο τροφαντό στήθος της, παρατηρεί με επιμέλεια το ξύλινο έδαφος, σαν να ψάχνει τα λόγια της, αλλά ο κύριος Κέι την κοιτάζει με εξεταστικό βλέμμα από πάνω ως κάτω.

Προσπαθεί να καταλάβει πού βρήκα τη δύναμη και το θράσος να του μιλήσω έτσι, σκέφτεται. Θέλει να του φωνάξει ότι δεν έχει πια καμία σχέση με το δωδεκάχρονο φοβισμένο κορίτσι που είχε φέρει η κυρία Μι στο σχολείο. Τα χρόνια που πέρασαν στο σχολείο την άλλαξαν. Και τα αποτελέσματα αυτής της αλλαγής τα νιώθει αυτή τη στιγμή να διαπερνούν το σώμα και την ψυχή της. Είναι πλέον ικανή να παζαρεύει πολύ σκληρά τη συμμετοχή της στον φετινό παγκόσμιο διαγωνισμό του καθρέφτη, στον οποίο παίρνει κάθε χρόνο ανεπιτυχώς μέρος το σχολείο της, σαν τον πιο στυγνό εκβιαστή.

«Θυμάσαι, Λυδία;» την αιφνιδιάζει η ερώτηση του διευθυντή. «Θυμάσαι το πρώτο βράδυ που έφτασες εδώ;» Τα αναπάντεχα λόγια του την αναγκάζουν να υποχωρήσει ελαφρά. Το σώμα της χαλαρώνει και η γροθιά της λύνεται. Ξαφνικά, μια αδύναμη φλόγα από το παρελθόν απειλεί την αυτοκυριαρχία της. Δεν τον κοιτάζει πια με τα δικά της μάτια, αλλά μ' εκείνα της μικρής δωδεκάχρονης Λυδίας, τη βραδιά που έφτασε για πρώτη φορά στο σχολείο με την κυρία Μι. Το παχύ μουστάκι του διευθυντή δεν είναι πια γκρίζο. Είναι πυκνό και κατάμαυρο, όπως όταν τον πρωτοείδε στην αίθουσα των καθηγητών.

Τι μου συμβαίνει; αναρωτιέται, καθώς οι αντοχές της την εγκαταλείπουν όσο οπισθοχωρεί στο παρελθόν, ακολουθώντας την ύπουλη φλόγα σαν ξεμυαλισμένη πεταλούδα της νύχτας. Την τελευταία στιγμή όμως καταφέρνει να αντιδράσει. Το μυαλό της δεν την εγκαταλείπει, μένει όρθιο για να τη στηρίξει, και τη βοηθάει να συνέλθει σχεδόν αμέσως.

Τι στην ευχή; σκέφτεται καχύποπτα, προσπαθώντας να βάλει τις σκέψεις της σε τάξη. *Ουφ! Παραλίγο να την πατήσω.*

Δεν είναι η κατάλληλη στιγμή να αναπολήσει παρέα με τον διευθυντή τα περασμένα, παρότι βαθιά μέσα της την κατακαίει πάντα η ανάμνηση της ημέρας που είδε για τελευταία φορά τη γιαγιά της. Τώρα θέλει όσο τίποτα στον κόσμο να ξαναβρεί τη Μαρία Γκρόσμαν. Να μάθει πού στο καλό έχει χαθεί. Έχει φτάσει η ώρα να λύσει το πρόβλημα που τη βασανίζει τα τελευταία χρόνια. Το πρόβλημα που γεμίζει ασφυκτικά με σκοτεινές σκέψεις ακόμη και την πιο μικρή γωνιά του νου της και την κάνει πραγματικό ερείπιο. Ακόμη και ο Φοίβος, που έχει καταλάβει πόσο επηρεάζει τη ζωή της η εξαφάνιση της γιαγιάς της, συμφωνεί μαζί της ότι έχει φτάσει η ώρα να ασχοληθούν εντατικότερα με το πρόβλημα. Τους τελευταίους μήνες, ανέλπιστα, το έχει αναγάγει στο σημαντικότερο θέμα προς επίλυση και δεν την αφήνει στιγμή να το ξεχάσει. Και όπως πολύ συχνά παραδέχεται η Λυδία, ο Φοίβος, μα την αλήθεια, είναι μεγάλος μπελάς μέχρι να γίνει αυτό που θέλει.

Ανασηκώνει τους ώμους και κοιτάζει τον κύριο Κέι κατάματα. «Πέρασε πολύς καιρός από τότε» απαντάει, προσπαθώντας να δείχνει αδιάφορη.

«Πράγματι» παραδέχεται ο διευθυντής.

Η κυρία Μι κουνάει αμίλητη το κεφάλι της και βιάζεται να κρύψει, κλείνοντας τα μάτια, τη λάμψη που φώτισε για λίγο το βλέμμα της.

«Λοιπόν, κύριε διευθυντά, θα μου πείτε πού βρίσκεται η γιαγιά μου;»

«Δεν ξέρω, παιδί μου, πού βρίσκεται η κυρία Γκρόσμαν» απαντάει εκείνος, χαμηλώνοντας αφύσικα τους ώμους.

Πανάθεμά τον! Έπρεπε να το περιμένω ότι θα αποδεικνυόταν σκληρό καρύδι, μουρμουρίζει αναστατωμένη μέσα από τα δόντια της. Αλλά δεν σκοπεύει να καταθέσει τόσο εύκολα τα όπλα.

«Πολύ ωραία» απαντάει αποφασισμένη. «Τότε θα πρέπει να βρείτε κάποιον άλλο σπουδαστή να πάρει μέρος στον διαγωνισμό του καθρέφτη. Εγώ δεν θα βρίσκομαι εδώ. Θα φύγω απόψε κιόλας από το σχολείο».

Η κυρία Μι, παρά τα κιλά της, πετάγεται αστραπιαία, αλαφιασμένη, από την καρέκλα της, ενώ η Λυδία γυρίζει να φύγει από το δωμάτιο. Ο διευθυντής πάλι, παρά τα χρόνια του, κινείται επίσης πολύ γρήγορα. Όχι μόνο την προφταίνει, αλλά την προσπερνάει κιόλας. Στέκεται μπροστά της και την κοιτάζει βλοσυρά.

«Όχι. Δεν αποφασίζεις εσύ αν θα πάρεις μέρος στον διαγωνισμό ή όχι. Η συμμετοχή σου είναι για το καλό του σχολείου μας» βρυχάται κοντά στο πρόσωπό της, θαρρείς και είναι κουφή. Τα μάτια του την κατακεραυνώνουν. «Είσαι η καλύτερη απ' όλους τους σπουδαστές. Είσαι η μόνη που συνεργάζεσαι τόσο καλά με τον καθρέφτη της. Είσαι η μόνη που μπορεί να τα καταφέρει» αναγκάζεται να παραδεχτεί με ύφος ανήσυχο.

«Φοίβο τον λένε» λέει μόνο για να πει κάτι, μένοντας ακίνητη μπροστά του. Τον κοιτάζει με ανανεωμένο ενδιαφέρον. Τουλάχιστον έχει το θάρρος να παραδεχτεί ότι τη χρειάζεται. Ίσως υπήρχε ακόμα κάποια ελπίδα να πετύχει το σχέδιό της.

«Πρέπει να συμμετάσχεις στον διαγωνισμό» επαναλαμβάνει, δείχνοντάς της την καρέκλα μπροστά στο γραφείο του. «Έλα, κάθισε». Η σιγανή φωνή του μετά βίας φτάνει στα αυτιά της. «Έχουμε πολλά να πούμε».

«Είμαι όλη αυτιά» του πετάει ειρωνικά ενώ κατευθύνεται προς την καρέκλα.

Ο κύριος Κέι δεν δίνει σημασία στα λόγια της.

«Χρειαζόμαστε τα χρήματα του επάθλου. Δυστυχώς, τα τελευταία χρόνια τα έσοδα του σχολείου μας είναι σχεδόν ανύπαρκτα. Οι καινούργιοι σπουδαστές ολοένα και λιγοστεύουν. Δεν είναι πολλοί πλέον οι άνθρωποι που έχουν τη δύναμη και το χάρισμα της επικοινωνίας με έναν καθρέφτη. Στις μέρες μας έχουμε το μικρότερο ποσοστό ανάμεσα στους ανθρώπους. Παρ' όλα αυτά, εμείς πρέπει να κρατάμε ανοιχτό και να συντηρούμε το σχολείο για όλους εσάς που έχετε ακόμα έναν καθρέφτη, ακόμη κι αν στο τέλος απομείνει μόνο ένας σπουδαστής» λέει αναστενάζοντας. Έχει καθίσει κι αυτός πίσω από το γραφείο του.

Η επιμονή του στο θέμα του διαγωνισμού αρχίζει να της δίνει στα νεύρα. Δεν προσέχει τον μονόλογό του. Νιώθει το αίμα της κάτω από το δέρμα της να κοχλάζει, όπως το νερό που βράζει.

«Πρέπει να βρω τη γιαγιά μου» επιμένει πεισμωμένη.

«Δυστυχώς, Λυδία, αν και πολλοί την αναζήτησαν τα προηγούμενα χρόνια, κανείς δεν κατάφερε να την εντοπίσει. Τα ίχνη της χάθηκαν εκείνο το απόγευμα, πριν από τέσσερα χρόνια, όταν σε παρέδωσε στην κυρία Μι» λέει ανασηκώνοντας τα φρύδια, σημάδι ότι τον ενοχλεί η επιμονή της.

Σταματάει να μιλάει για λίγο. Της φαίνεται πως περνούν αιώνες μέχρι να ξανανοίξει το στόμα του: «Στην αρχή η κυρία Μι και στη συνέχεια όλοι μας κάναμε αρκετές προσπάθειες να την εντοπίσουμε, αλλά δυστυχώς δεν τα καταφέραμε. Παρότι είχαμε αυστηρή εντολή από τους ανωτέρους μας να τη βρούμε οπωσδήποτε, αυτό στάθηκε αδύνατον. Η γιαγιά σου ή κατάφερε να καλύψει πολύ καλά τα ίχνη της ή...».

Ακούγοντας τα τελευταία του λόγια, τα μάτια της στενεύουν τόσο πολύ, που μοιάζουν με δύο σχισμές πάνω στο πρόσωπό της. Το νόημα της ατελείωτης φράσης του την κάνει να αναπηδήσει στην καρέκλα της.

«Μη συνεχίσετε» απαντάει απότομα. «Δεν υπάρχει κανένα "ή" στην περίπτωση της γιαγιάς μου».

Νιώθει την καρδιά της να χτυπά άτσαλα στο στήθος της. Έχει ξαφνικά την αίσθηση ότι ετοιμάζεται να κολυμπήσει σε βαθιά, άγνωστα νερά. *Αλλά τι στο καλό*, σκέφτεται, προσπαθώντας να ηρεμήσει τους χτύπους της καρδιάς της. *Θα κολυμπήσω. Αν αυτοί οι δύο δεν ξέρουν πού βρίσκεται η γιαγιά μου, θα βγω έξω από το σχολείο, να την ψάξω μόνη μου. Ο Φοίβος θα με βοηθήσει.*

«Λυπάμαι, Λυδία» ακούει την κυρία Μι να λέει με ένα νευρικό χαμόγελο, που κάνει τα χείλη της να φαίνονται τεντωμένα, θαρρείς και οι άκρες τους προσπαθούν να αγγίξουν τα αυτιά της. «Μακάρι να μπορούσαμε να σε βοηθήσουμε».

Και τότε συνειδητοποιεί ότι, όσο κι αν επιμείνει, δεν θα της πουν κάτι περισσότερο, γιατί απλούστατα δεν γνωρίζουν κάτι άλλο. Από δω και πέρα πρέπει να βασιστεί μόνο στον εαυτό της και στις δικές της δυνάμεις. Αρκεί να βγει από το σχολείο, όπου έχει μείνει εσώκλειστη τα τελευταία πέντε χρόνια, περιμένοντας μάταια τη γιαγιά της να επιστρέψει να την πάρει.

«Μα ναι, καταλαβαίνω» μουρμουρίζει αδιάφορα τάχα. «Αφού δεν μπορώ να κάνω διαφορετικά, θα πάρω μέρος στον διαγωνισμό» τους πετάει με δήθεν ανάλαφρο ύφος.

Την κοιτάζουν απορημένοι με την απότομη αλλαγή της, χωρίς όμως να κρύβουν τη χαρά τους. Αν και είναι έτοιμη να πετάξει δυο τρία αιχμηρά σχόλια, προσπαθώντας να πάρει το αίμα της πίσω, αποφασίζει τελικά να συγκρατηθεί.

«Αλήθεια, κορίτσι μου;» αναφωνεί ο κύριος Κέι. «Θα το κάνεις αυτό για μας; Θα βοηθήσεις το σχολείο μας;»

«Ναι» απαντάει μονολεκτικά.

Είναι ψέμα. Είναι ένα αναίσχυντο ψέμα, αφού δεν το κάνει για να βοηθήσει το σχολείο. Δεν μπορεί όμως να ομολογήσει ότι, μετά τον διαγωνισμό, δεν σκοπεύει να επιστρέψει στο σχολείο.

Κεφάλαιο 2

Κυριακή 15 Μαρτίου 2015

Κυριακή απόγευμα, παραμονή του διαγωνισμού, τρεις μήνες μετά την υπόσχεσή της στον κύριο Κέι ότι θα πάρει μέρος στον ετήσιο σχολικό διαγωνισμό του καθρέφτη. Είναι η ώρα του βραδινού φαγητού, αλλά δεν σκοπεύει να κατεβεί στην τραπεζαρία, παρότι η Καλυψώ και ο Ερμής την περιμένουν.

«Δεν πεινάς;» ρωτάει απορημένος ο Φοίβος.

Γνέφει ναι. Πάντα γνέφει ναι όταν δεν θέλει να συζητήσει.

Έχει υποσχεθεί στον Φοίβο να συζητήσουν για τον χρόνο και τον τρόπο που θα το σκάσουν την επομένη. Αλλά δεν έχει αποφασίσει ακόμα αν θα συμμετάσχει στον αυριανό διαγωνισμό ή αν θα δραπετεύσει πριν ξεκινήσει η διαδικασία.

Κάθεται στην άκρη του κρεβατιού. Ο καθρέφτης βρίσκεται πλάι της, πάνω στη μάλλινη καφέ κουβέρτα. Το παλιό τετράδιο, που χρησιμοποιεί σαν ημερολόγιο, είναι κλειστό και ακουμπισμένο στα γόνατά της. Θα το βάλει στο σακίδιό της αργότερα. Είναι ένα από τα λίγα πράγματα που θέλει να πάρει μαζί της.

«Αύριο, λοιπόν, είναι η μεγάλη μέρα» ξεκινά ο Φοίβος τη συζήτησή τους. Η ξερή και υπόκωφη φωνή του ακούγεται ευχαριστημένη, αλλά δεν του δίνει σημασία γιατί είναι βυθισμένη στις σκέψεις της.

Γνωρίζει ότι πρέπει να πάρει μια απόφαση για κάτι που την κατατρέχει από την ημέρα που η κυρία Μι την έφερε εδώ. Όλο αυτό το χρονικό διάστημα δεν έκανε τίποτε άλλο από το να τρέχει αδιάκοπα πίσω από την ιδέα να ξαναβρεί τη γιαγιά της, όπως ο φιλάργυρος κυνηγάει ένα νόμισμα που κυλάει προς τη χαραμάδα του πατώματος. Δεν θα αφήσει τώρα την ευκαιρία του διαγωνισμού να πάει χαμένη. Δεν ξέρει πότε θα της παρουσιαστεί ξανά κάποια παρόμοια ευκαιρία να βγει από το σχολείο. Από την ημέρα που έφτασε εδώ, δεν έχει εγκαταλείψει το σχολείο ούτε μία ημέρα. Ακόμη και όταν οι περισσότεροι σπουδαστές φεύγουν την περίοδο των διακοπών, αυτή μένει μέσα. Δεν έχει πού να πάει άλλωστε. Ο μοναδικός δικός της άνθρωπος, η γιαγιά της, έχει εξαφανιστεί. Αυτή και η Καλυψώ είναι οι μόνες, η καθεμία για τον δικό της λόγο, που δεν έχουν ξεμυτίσει από τη σχολική εξώπορτα τα τελευταία πέντε χρόνια.

Μακάρι να μπορούσα να πάρω μαζί μου την Καλυψώ αύριο, σκέφτεται, αν και ξέρει ότι αυτό δεν γίνεται για έναν πολύ σοβαρό λόγο. Τα μάτια της είναι στυλωμένα στο παλιό τετράδιο πάνω στα γόνατά της.

«Σύνελθε επιτέλους».

Αυτή τη φορά η φωνή του Φοίβου είναι δυνατή και τσιριχτή και τη χτυπάει βίαια σαν το νερό του καταρράκτη. Τρομάζει. Χωρίς να το θέλει, τινάζεται στην άκρη του κρεβατιού. Το ημερολόγιό της αναπηδά και πέφτει με δύναμη στο πάτωμα, λίγα εκατοστά μακριά από τα πόδια της. Κάποιες σελίδες ξεφεύγουν από το χαλαρό δέσιμο του παλιού τετραδίου και στροβιλίζονται για λίγο στο κενό με αργό ρυθμό, παρασυρμένες από το ρεύμα του αέρα που δημιούργησε η πτώση του τετραδίου. Μένει να τις κοιτάζει αμίλητη να πέφτουν ανάλαφρες, αργά αργά, στο πάτωμα.

«Γιατί φωνάζεις; Με τρόμαξες» αποπαίρνει τον Φοίβο, κοιτάζοντας κατάπληκτη τις σελίδες που πέφτουν. «Κοίταξε τώρα τι έγινε. Διαλύθηκε το ημερολόγιό μου» προσθέτει, λυπημένη για την κατάντια του τετραδίου της.

Σκύβει να μαζέψει τις σκορπισμένες, ταλαιπωρημένες σελίδες, που αγόγγυστα μεταφέρουν πάνω τους τα τελευταία χρόνια κάποιες από τις πιο σημαντικές στιγμές της ζωής της.

«Συγγνώμη, δεν ήθελα να σε τρομάξω» της λέει απολογητικά ο Φοίβος «αλλά κάποιος πρέπει να σου υπενθυμίσει ότι ο μόνος λόγος που μείναμε στο δωμάτιο και δεν κατέβηκες για φαγητό είναι για να ετοιμάσουμε το αυριανό πρόγραμμα». Ακούγεται ανήσυχος, ίσως γιατί διαισθάνεται τη διστακτικότητά της.

Ξεφυσάει αγανακτισμένη. «Δεν το ξέχασα» αποκρίνεται ενώ μαζεύει τις σκορπισμένες σελίδες και τις απλώνει προσεκτικά στο κρεβάτι της. Αμίλητη αρχίζει να τις ταξινομεί με χρονολογικά, ρίχνοντάς τους λοξές ματιές. Δεν δυσκολεύεται να τις βάλει στη σειρά, γιατί στην αρχή κάθε σελίδας έχει φροντίσει να γράφει πάντα μια ημερομηνία. Η ανάσα της σφυρίζει, αλλά ο ήχος χάνεται ανάμεσα στο θρόισμα των σελίδων, καθώς η μία μετά την άλλη μπαίνουν στη σωστή τους θέση.

Το βλέμμα της στέκεται για λίγο στη μοναδική σελίδα που δεν έχει ημερομηνία αλλά τίτλο. Ένα αδιόρατο ίχνος νοσταλγίας απλώνεται στο πρόσωπό της, που κάτω από το κίτρινο φως της λάμπας μοιάζει καμωμένο από σκιές και σκέψεις. Κρατάει μηχανικά τη σελίδα στα χέρια της και αφήνει τις υπόλοιπες πλάι της στο κρεβάτι, σκεπάζοντας έτσι άθελά της τον Φοίβο. Τα πλοκάμια της σκέψης της κολυμπούν ήδη προς το παρελθόν. Χωρίς να το καταλάβει, αρχίζει να διαβάζει. Οι λέξεις αντηχούν μέσα της παράξενα.

Έχει περάσει καιρός από τότε...

Τέσσερις θάνατοι σε τρία χρόνια

Δεν σκοπεύω να παραστήσω την ντετέκτιβ για να βρω τον δολοφόνο ή τους δολοφόνους. Θέλω μόνο να ανακαλύψω τι κρύβεται πίσω από το ασταμάτητο κρυφτούλι που παίζουμε εγώ και η γιαγιά τα τελευταία χρόνια με κάποιους αγνώστους. Τέσσερις αδικαιολόγητοι θάνατοι από τον Ιούνιο του 2003 μέχρι τον Νοέμβριο του 2005 είναι πολλοί και πάντα φοβάμαι μήπως ο αριθμός τους μεγαλώσει.

Προς το παρόν, όμως, το μόνο που θέλω είναι να παραμερίσω με προσοχή όλες τις δικαιολογίες που ασύστολα μου αραδιάζει καιρό τώρα η Μαρία Γκρόσμαν. Ίσως, αν βάλω πάλι ό,τι θυμάμαι από τα τελευταία χρόνια σε μια σειρά, μπορέσω να καταλάβω τι συνέβη και να δικαιολογήσω την παλαβή συμπεριφορά της.

Θα επιχειρήσω λοιπόν μια καταγραφή των γεγονότων, μήπως και καταφέρω να ανακαλύψω τι μου κρύβει όλον αυτόν τον καιρό.

Είναι ολοφάνερο πως όλα ξεκίνησαν εκείνο το απόγευμα στις αρχές του Ιουνίου του 2003. Είχα μόλις κλείσει τα πέντε μου χρόνια και ετοιμαζόμουν για την πρώτη χρονιά στο σχολείο.

Το πράσινο περιπολικό της αστυνομίας σταμάτησε μπροστά στην πόρτα του σπιτιού, όπου έμενα με τη μητέρα και τη γιαγιά. Όταν άκουσα τα φρένα του αυτοκινήτου να στριγκλίζουν στον δρόμο μπροστά από το σπίτι, βρισκόμουν στην πίσω αυλή. Ένιωσα τότε την περιέργεια να γαργαλάει τη ραχοκοκαλιά μου.

Έτρεξα στο σαλόνι φορώντας τις λασπωμένες μπότες μου, με τις οποίες τσαλαβουτούσα στις μικρές λιμνούλες που είχε σχηματίσει στον λαχανόκηπό μας μια δυνατή νεροποντή. Μόλο που ήξερα ότι η γιαγιά θα μου έβαζε τις φωνές αργότερα, μπήκα τρέχοντας στο σπίτι, χωρίς να προσέξω πού πατούσα.

Η Μαρία Γκρόσμαν, που στεκόταν στην πόρτα του σαλονιού, μόλις με είδε, ύψωσε το χέρι, σαν τον τροχονόμο που προσπαθεί να βάλει τάξη σε πεζούς και οχήματα, κάνοντάς μου νόημα να παραμείνω ακίνητη στη θέση μου. Πίστεψα ότι η γιαγιά είχε δει τις λασπωμένες μπότες μου και φοβήθηκε ότι θα λέρωνα το χαλί. Έκανα λοιπόν μερικά μικρά βηματάκια στα αριστερά και έμεινα κοντά στην ξύλινη σκάλα, που οδηγούσε στον επάνω όροφο του σπιτιού. Γρήγορα όμως κατάλαβα ότι η γιαγιά δεν με είχε σταματήσει για να μη λερωθεί το χαλί του σαλονιού, αλλά λόγω της παρουσίας των δύο αστυνομικών στο κατώφλι του δωματίου, πλάι της.

Στάθηκε αδύνατο, όσο κι αν προσπάθησα, να ακούσω τι έλεγαν οι αστυνομικοί με τις μαύρες γυαλιστερές μπότες, που στέκονταν με την πλάτη γυρισμένη προς το μέρος μου. Τα λόγια τους ήταν πολύ σιγανά και αδύναμα για να φτάσουν στο σημείο όπου βρισκόμουν. Μπορούσα όμως να δω το πρόσωπο της γιαγιάς. Τα φρύδια της, που είχαν σκεπάσει σχεδόν τα μάτια της, μαρτυρούσαν ότι αυτά που άκουγε την είχαν ολοκληρωτικά συντρίψει. Οι τραβηγμένες προς τα κάτω άκρες των χειλιών της μου φανέρωναν ότι είχε τρομοκρατηθεί. Ένιωσα ένα σφίξιμο στο στήθος. Ήταν η πρώτη φορά που έβλεπα τη γιαγιά τόσο ανάστατη. Έτρεξα κοντά της, αλλά με έσπρωξε μακριά.

«Θα λείψω για λίγο» μου είπε με μια τραγική έκφραση στο πρόσωπο. «Μείνε μέσα. Έχε τον νου σου και μην ανοίξεις σε κανέναν. Άκουσες; Σε κανέναν».

Την κοιτούσα κατάπληκτη και δεν ήξερα τι να πω. Κούνησα μόνο τα χείλη σαν το ψάρι, χωρίς να βγαίνει κανένας ήχος από το στόμα μου.

Όταν έπειτα από μία ή δύο ώρες επέστρεψε, έτρεξα αμέσως κοντά της. Φαινόταν τόσο κλονισμένη, που για μια στιγμή νόμισα ότι τα πόδια της, που έτρεμαν, δεν θα την κρατούσαν όρθια για πολύ ακόμα και ότι θα σωριαζόταν κάτω, αλλά τελικά η γιαγιά άντεξε.

«Φοβόμουν ότι μια μέρα θα συνέβαινε, αλλά πάντα ήλπιζα να μην είναι η μητέρα σου το τίμημα που έπρεπε να πληρώσω» μουρμούρισε με κόπο, προσπαθώντας να αποφύγει το βλέμμα μου. Πρόλαβα όμως να δω τον βαθύ πόνο στα μάτια της και κατάλαβα τι ήταν αυτό που θα μου έλεγε αν έβρισκε τη δύναμη. Κάτι άσχημο είχε συμβεί στη μητέρα μου.

Το ίδιο εκείνο βράδυ, η Μαρία Γκρόσμαν με φώναξε κοντά της και μου κράτησε απαλά τα χέρια. Με τα μάτια καρφωμένα στην κουρτίνα του σαλονιού και με μισόλογα, προσπάθησε να μου εξηγήσει τι είχε συμβεί. Η μητέρα είχε βρεθεί νεκρή στην τουαλέτα του τουριστικού γραφείου όπου δούλευε τα τελευταία δύο χρόνια. Κάποιος την είχε δηλητηριάσει. Ίχνη υδροκυανίου είχαν ανιχνευτεί στο χάρτινο φλιτζάνι του καφέ που είχε φέρει μαζί της μετά το συνηθισμένο, καθημερινό, μισάωρο διάλειμμά της. Η γιαγιά δεν σήκωσε ούτε μία στιγμή τα μάτια της προς το μέρος μου όσο μου εξηγούσε. Είμαι σίγουρη ότι ήθελε να το κάνει, αλλά δεν βρήκε το κουράγιο.

Δεν έβγαλα μιλιά. Το μυαλό μου όμως νομίζω ότι έπιασε αμέσως δουλειά όταν η γιαγιά σταμάτησε να μιλάει. Τα έσβησε όλα. Όλα όσα είχε ακούσει, κομμάτι κομμάτι, με τρόπο θαυμαστό, έτσι όπως μαδάει κάποιος τα πέταλα ενός κλειστού λουλουδιού. Δεν μπορώ να φανταστώ άλλη αιτία για το ότι, όσο κι αν προσπαθώ να θυμηθώ τι μου είπε εκείνο το βράδυ, δεν τα καταφέρνω. Το καθάρισμα του μυαλού μου ήταν τέλειο. Ούτε ίχνος ανάμνησης ξεχασμένο σε καμιά σκοτεινή γωνιά, το οποίο να μπορώ να ανασύρω. Δεν θυμάμαι αν έκλαψα όταν έμαθα για τον θάνατο της μητέρας. Δεν θυμάμαι το πρόσωπό της. Έχω λησμονήσει την εικόνα της. Δεν μπορώ να θυμηθώ αν της μοιάζω ή όχι. Δεν θυμάμαι πώς ήταν το χαμόγελό της ή αν κληρονόμησα κάποιο από τα χαρακτηριστικά της.

Και η γιαγιά, σαν να συμφωνούσε με αυτό το καθάρισμα, προχώρησε ακόμη παραπέρα. Εξαφάνισε από ό,τι θα μπορούσε να μου τη θυμίσει. Όσο κι αν έψαξα τα επόμενα χρόνια στα πράγματα της γιαγιάς, κάποιες φορές που έλειπε και ήμουν μόνη στο σπίτι, δεν βρήκα ποτέ ούτε μία φωτογραφία της μητέρας μου.

Την επόμενη ημέρα φύγαμε βιαστικά από το σπίτι, παίρνοντας μαζί μας μόνο τα απαραίτητα, εγκαταλείποντας τη μητέρα σ' εκείνη την πόλη, να κοιμάται ήσυχα. Αρκετές φορές αναρωτήθηκα γιατί η γιαγιά δεν έμεινε να μάθει αν οι έρευνες της αστυνομίας απέδωσαν καρπούς και αν ανακάλυψαν ποιος είχε δηλητηριάσει τη μητέρα μου. Δεν την ένοιαζε να μάθει ποιος ήταν ο δολοφόνος της κόρης της και γιατί το έκανε; Δεν βρήκα ποτέ το θάρρος να τη ρωτήσω· αν και κάπου μέσα μου φώλιαζε η υποψία ότι η Μαρία Γκρόσμαν γνώριζε όχι μόνο ποιος σκότωσε την κόρη της, αλλά και γιατί. Η ίδια όμως δεν μου μίλησε ποτέ και έτσι δεν γνωρίζω τι ήταν εκείνο που τη φόβισε και μας οδήγησε τόσο μακριά από το σπίτι. Ένα πράγμα είναι πια σίγουρο: η Μαρία Γκρόσμαν είναι πολύ δυνατή γυναίκα, αφού άντεξε αγόγγυστα τον χαμό του παιδιού της.

Ξεκινήσαμε ένα μεγάλο ταξίδι, που διήρκεσε αρκετά χρόνια, κατά το οποίο χρησιμοποιήσαμε όλα τα μεταφορικά μέσα που υπάρχουν. Ενδιάμεσα κάναμε στάσεις, που, δυστυχώς, για κάποιους ανθρώπους αποδείχτηκαν μοιραίες.

Η πρώτη στάση του μακρινού ταξιδιού μας ήταν ένας τόπος ήσυχος και απομονωμένος, μακριά από την κίνηση και τη φασαρία των μεγαλουπόλεων, στα σύνορα της χώρας με την Ιταλία. Νόμιζα ότι η γιαγιά προσπαθούσε, εκεί κοντά στη φύση, να ξεπεράσει τον χαμό της μητέρας.

Ήταν μια μικρή κωμόπολη που φτιάχτηκε, όπως έμαθα αργότερα, από βοσκούς και κτηνοτρόφους που ήθελαν να ζουν κοντά στα ζώα τους. Τα σπίτια ήταν λιγοστά, σε αντίθεση με τον αριθμό των ζώων. Δεν υπήρχε μέρα που να έβγαινα από το νέο μας σπίτι και να μη συναντούσα άλογα που σεργιάνιζαν ανέμελα σε χωράφια με ξυλόδετους φράχτες ή παχουλές αγελάδες που λιάζονταν έξω από τις φάρμες, μασουλώντας ασταμάτητα το καταπράσινο χορτάρι.

Αν και δεν είμαι «παιδί της πόλης», άργησα να συνηθίσω τη νέα μας ζωή, τουλάχιστον μέχρι τον Σεπτέμβριο, οπότε και ξεκίνησαν τα σχολεία. Έως τότε το μόνο που έκανα ήταν να τριγυρίζω με ένα μεταχειρισμένο ποδήλατο, που η γιαγιά φρόντισε να μου αγοράσει από τις πρώτες κιόλας ημέρες της εγκατάστασής μας εκεί.

«Λυδία, να μην απομακρύνεσαι πολύ από το σπίτι όσο λείπω» μου έλεγε κάθε πρωί πριν φύγει για τη δουλειά.

«Ναι» απαντούσα εγώ και έφευγα αμέσως μόλις η σιλουέτα της χανόταν στην πρώτη στροφή του δρόμου.

Η γιαγιά δούλευε σε μια φάρμα με κοτόπουλα. Την έστελναν όλη την ημέρα από σπίτι σε σπίτι να πουλάει τα αυγά από τις κότες και αργά το απόγευμα επέστρεφε στη φάρμα. Τότε, μαζί με τους υπόλοιπους εργάτες, μάζευαν τα αυγά από τις φωλιές σε μεγάλα καλάθια και στη συνέχεια τα πακετάριζαν, ώστε να είναι έτοιμα για πώληση την επομένη.

Δεν της είχα αναφέρει ποτέ τις καθημερινές εξορμήσεις μου, που πολλές φορές έφταναν μέχρι την άλλη άκρη της μικρής πόλης –ενίοτε μάλιστα ξεπερνούσα τα όρια της με μεγάλη ευκολία–, γιατί δεν ήθελα να την ανησυχήσω.

Έπαιρνα τον χωματόδρομο που περνούσε μπροστά από το σπίτι και, κυκλώνοντας την πόλη σαν το φίδι, οδηγούσα το ποδήλατό μου στα περίχωρα. Δεν υπήρχαν αυτοκίνητα στον δρόμο μου, αλλά πολύ συχνά συναντούσα ανθρώπους που εργάζονταν στα χωράφια ή στις φάρμες της περιοχής. Καθώς περνούσα δίπλα τους, σπάνια σήκωναν το κεφάλι για να μου μιλήσουν ή να με χαιρετήσουν. Το περισσότερο που χαράμιζαν για την πάρτη μου ήταν ένα βιαστικό ερωτηματικό βλέμμα.

Ύστερα από αρκετή σκέψη είχα καταλήξει στο συμπέρασμα ότι η συμπεριφορά τους αυτή οφειλόταν στο γεγονός ότι ήταν εργατικοί και δούλευαν συνέχεια, σαν τα μυρμήγκια που δεν κοιμούνται. Το γεγονός, δε, ότι ποτέ δεν έδειχναν το παραμικρό ενδιαφέρον για λίγη διασκέδαση, πέρα από τον εκκλησιασμό τους κάθε Κυριακή πρωί στις δύο εκκλησίες της πόλης, με είχε οδηγήσει στη διαπίστωση ότι είχαμε εγκατασταθεί σε μια πληκτική πόλη, με ανιαρούς και λιγομίλητους κατοίκους, που έμοιαζαν πάντα πολύ σκεφτικοί. Είχα μάλιστα την εντύπωση ότι δεν πολυχώνευαν τους ξενοφερμένους στον τόπο τους και δεν ξανοίγονταν εύκολα σε φιλίες. Έκανα όμως υπομονή, χωρίς να παραπονιέμαι, πιστεύοντας ότι όλη αυτή η ηρεμία βοηθούσε τη γιαγιά μου.

Ο Σεπτέμβριος, παρέα με την ομίχλη, έφερε μαζί του και τη σχολική ζωή. Πήγα για πρώτη φορά στο σχολείο και η καθημερινότητά μου απέκτησε, επιτέλους, λίγο ενδιαφέρον. Δεν ήταν πολλοί οι μαθητές στην πρώτη τάξη του σχολείου. Ήταν όμως όλα τα παιδιά καλόκαρδα. Αν και δεν με γνώριζαν, με καλοδέχτηκαν ανάμεσά τους, αντίθετα με την παγωνιά που είχα συναντήσει στα πρόσωπα των γονιών τους.

Εκείνους τους μήνες διασκέδασα αφάνταστα μαζί τους. Τα απογεύματα μετά το σχολείο, καθώς οι γονείς τους, όπως και η γιαγιά μου, δεν είχαν επιστρέψει ακόμα από τις δουλειές τους, κι εμείς τρέχαμε ανέμελα στον δρόμο του εμπορικού κέντρου της πόλης. Σήμερα ξέρω ότι το περίφημο εμπορικό κέντρο, που τόσο πολύ μας άρεσε, δεν ήταν τίποτα παραπάνω από δυο τρία φτωχικά μαγαζιά, που πουλούσαν τα απολύτως απαραίτητα, και ένα σιδερένιο σιντριβάνι, που τις περισσότερες ημέρες δεν έτρεχε νερό από το ορθάνοιχτο στόμα του σκουριασμένου λιονταριού. Στα μάτια μας όμως φάνταζε μαγικός τόπος, γεμάτος μυστήριο και πολύχρωμα φώτα.

Οι τσέπες όλων μας ήταν άδειες από χρήματα. Τις περισσότερες φορές μέναμε έξω από τα καταστήματα και κοιτούσαμε εκστασιασμένοι πίσω από τις θολές βιτρίνες, ενίοτε όμως μπαίναμε μέσα προσποιούμενοι ότι θα ψωνίσουμε. Φυσικά, στο τέλος φεύγαμε πάντα με άδεια χέρια, αλλά χορτασμένοι από παιχνίδι.

Δυστυχώς δεν πρόλαβα να δημιουργήσω καμία αληθινή φιλία με τα παιδιά της παρέας, γιατί στις αρχές του επόμενου χρόνου αναγκάστηκα να τους αποχαιρετήσω.

«Θα φύγουμε, Λυδία» μου είπε μια μέρα η γιαγιά, την ώρα του μεσημεριανού φαγητού, πριν επιστρέψει στη φάρμα για την απογευματινή εργασία.

Ήταν η ημέρα των έκτων γενεθλίων μου και η Μαρία Γκρόσμαν είχε στρώσει στο τραπέζι το καλό τραπεζομάντιλο, για να δώσει έναν γιορτινό τόνο. «Θα φύγουμε από δω. Θα πάμε σε άλλη χώρα, να μείνουμε κοντά σε μια καλή μου φίλη. Εκεί έχουν καλύτερη και πιο ελαφριά δουλειά για μένα και μεγαλύτερο και ομορφότερο σχολείο για σένα».

Μετά το φαγητό, μου έφερε το δώρο για τα γενέθλιά μου, ένα μπρούντζινο, στρογγυλό κομμάτι με μια ξύλινη λαβή, που φαινόταν πολύ παλιό. Τη στιγμή που μου το έδινε, το ονόμασε «καθρέφτη», εγώ όμως το βρήκα εντελώς άχρηστο. Δεν έμοιαζε καθόλου με τους γνωστούς καθρέφτες και ήταν αδύνατον να δει κάποιος το πρόσωπό του στη σκουροκόκκινη μπρούντζινη επιφάνειά του.

Δεν της παραπονέθηκα βέβαια για το άχρηστο δώρο, γιατί ήμουν σίγουρη ότι δεν είχε βρει τον χρόνο να μου αγοράσει ένα πραγματικό δώρο γενεθλίων. Εκείνο όμως που δεν κατάλαβα ήταν η προτροπή της να προσέχω και να αγαπάω τον άχρηστο καθρέφτη με την ξύλινη λαβή όπως τον ίδιο μου τον εαυτό.

Εκείνο το απόγευμα, η γιαγιά δεν επέστρεψε στη φάρμα με τα κοτόπουλα. Όταν τη ρώτησα αν όλα ήταν καλά στη δουλειά της, απέφυγε να μου απαντήσει. Αργά το ίδιο βράδυ, ενώ ετοιμαζόμουν να κοιμηθώ, άκουσα ομιλίες μέσα στο σπίτι. Η γιαγιά συζητούσε με κάποιον. Παρότι δεν βγήκα από το δωμάτιο να δω τι συνέβαινε, γιατί φοβήθηκα την αντίδρασή της, δεν αντιστάθηκα στον πειρασμό να κολλήσω το αυτί στην πόρτα του δωματίου. Δυστυχώς, δεν κατάφερα να ακούσω τίποτα. Απογοητευμένη, γύρισα στο κρεβάτι.

Την επόμενη ημέρα φύγαμε βιαστικά, χωρίς να αποχαιρετήσουμε κανέναν. Πήραμε μαζί μας δύο βαλίτσες με τα απαραίτητα, αφήνοντας πίσω μας τα έπιπλα που είχαμε αγοράσει. Αν και δεν μπορούσα να καταλάβω τι είχε συμβεί ξαφνικά και η γιαγιά αποφάσισε να φύγουμε, δεν είπα τίποτα και την ακολούθησα αδιαμαρτύρητα.

Σκέφτηκα πως ίσως κουραζόταν πολύ με τη δουλειά στη φάρμα και αναζητούσε κάτι καλύτερο.

Περπατήσαμε βιαστικά, αμίλητες και με σφιγμένα τα πρόσωπα, μέσα στο ομιχλώδες πρωινό, μέχρι τον σταθμό, για να προλάβουμε το μοναδικό τρένο που θα περνούσε από κει την επόμενη ώρα.

Λίγα μέτρα, όμως, πριν μπούμε στο κτίριο του σταθμού συνέβη κάτι που τάραξε όχι μόνο τη Μαρία Γκρόσμαν, αλλά πολύ περισσότερο εμένα.

Ενώ δεν είχα αντιληφθεί κάποιον να μας ακολουθεί, σαν από το πουθενά, κάποιος άρπαξε τη Μαρία Γκρόσμαν από το μπράτσο του αριστερού της χεριού και την ακινητοποίησε στο πεζοδρόμιο. Εκείνη, ξαφνιασμένη, έστρεψε το βλέμμα προς τον άντρα που την κρατούσε, ενώ εγώ, που κρατιόμουν από το άλλο της χέρι, το ένιωσα να παγώνει. Σήκωσα το κεφάλι να δω τι είχε συμβεί στη γιαγιά και αντίκρισα τον πιο άσχημο και αποκρουστικό άνθρωπο που είχα δει ποτέ μου.

Τα μακριά λιγδιασμένα μαλλιά του μόλις που έκρυβαν το κόκκινο, γεμάτο ουλές και κοψίματα, πρόσωπό του. Αλλά δεν μπορούσαν να κρύψουν την κακία που έμοιαζε να στάζει σαν πύον από τις πληγές του. Τα παγωμένα μάτια του, αν ήταν όπλα, θα είχαν σκοτώσει εκείνη τη στιγμή τη γιαγιά, μπροστά στα γουρλωμένα μάτια μου.

«Εσύ... Πώς με βρήκες; Νόμιζα ότι ήσουν...» άκουσα τη γιαγιά να μουρμουρίζει έντρομη, αλλά δεν μπορούσα να καταλάβω τι σήμαιναν τα λόγια της.

«Νεκρός;» ρώτησε εκείνος με ένα μοχθηρό χαμόγελο. «Χα, χα, χα».

Το γέλιο του έμοιαζε με ακονισμένο μαχαίρι που ανεβοκατέβαινε με μανία, προσπαθώντας να κομματιάσει τον αέρα γύρω μας. «Όχι όμως τόσο νεκρός ώστε να μην ψάξω να σε βρω. Άργησα λίγο βέβαια να σε ανακαλύψω, αλλά τουλάχιστον πρόλαβα, πριν από λίγο, να κανονίσω το φιλαράκι σου. Εκείνον, ντε, που σε κάλεσε εδώ και σε βοήθησε να κρυφτείς».

Το υπεροπτικό βλέμμα του κινήθηκε αργά από το πρόσωπο της Μαρίας Γκρόσμαν σ' εμένα. Με κοίταξε για λίγο, αλλά πολύ γρήγορα επέστρεψε στη γιαγιά.

«Ελπίζω να μαθευτεί σύντομα το πάθημά του, για να πληροφορηθούν και να καταλάβουν όλοι όσοι σκέφτονται να σε βοηθήσουν τι τους περιμένει».

«Όχι!» τσίριξε απελπισμένη η Μαρία Γκρόσμαν και η φωνή της έκανε την καρδιά μου να χοροπηδήσει άτακτα στο στήθος μου. «Τι του έκανες, τέρας;»

Η γιαγιά στριφογύρισε αρκετές φορές το μπράτσο της και κατάφερε να ελευθερώσει το χέρι της από τη λαβή του βρομερού άντρα, ακριβώς τη στιγμή που δύο νεαροί αστυνομικοί έβγαιναν από την κεντρική είσοδο του σταθμού.

Εκείνος, κοιτάζοντας τους αστυνομικούς, που συνομιλούσαν εγκάρδια μεταξύ τους χωρίς να έχουν αντιληφθεί την παρουσία του σημαδεμένου άντρα, οπισθοχώρησε ένα βήμα και δεν έκανε καμία κίνηση εναντίον της γιαγιάς. Την κάρφωσε όμως με ένα τόσο μοχθηρό βλέμμα, που έκανε τα πόδια μου να τρέμουν.

«Όπου και να πας, θα σε βρω» σφύριξε μέσα από τα δόντια του με έναν απειλητικό ψίθυρο, για να μην τον ακούσουν οι αστυνομικοί.

Ύστερα στράφηκε προς το μέρος μου και έκανε κάτι τόσο αλλόκοτο, που προς στιγμήν πίστεψα ότι ήταν γέννημα της φαντασίας μου. Μου έκλεισε το μάτι έχοντας ένα πονηρό χαμόγελο στα χείλη. «Μ' εσένα, πριγκιπέσα, θα τα πούμε πολύ σύντομα» σφύριξε μέσα από τα αραιά δόντια του. Την επόμενη στιγμή απομακρύνθηκε με βιαστικά βήματα και χάθηκε στη στροφή του δρόμου.

«Ποιος είναι αυτός ο αγριάνθρωπος, γιαγιά;» ρώτησα με ψιθυριστή φωνή. Το αίμα μου είχε παγώσει και τα χείλη μου μόλις που μπορούσαν να κινηθούν.

Η Μαρία Γκρόσμαν με κοίταξε με μάτια γεμάτα πόνο και θυμό. Το πρόσωπό της έμοιαζε κέρινο κάτω από τις πρώτες ακτίνες του ήλιου, που είχαν καταφέρει να διαπεράσουν την πρωινή ομίχλη.

«Πάμε, πρέπει να προλάβουμε το τρένο» μου αποκρίθηκε ξεψυχισμένα. Ίσιωσε το κορμί της και, χωρίς να μορφάσει καθόλου, με τράβηξε προς τον σταθμό.

Επιβιβαστήκαμε την τελευταία στιγμή, προκαλώντας την οργή αρκετών επιβατών, μέχρι να καταφέρει η γιαγιά, με χέρια που έτρεμαν ακόμα, να σπρώξει εμένα και τις δύο βαλίτσες μας μέσα στο τρένο. Πήγαμε πολύ μακριά αναζητώντας τη φίλη της γιαγιάς. Ταξιδέψαμε δύο ή τρεις ημέρες ασταμάτητα, αν και δεν είμαι πια σίγουρη. Έχει περάσει πολύς καιρός, αλήθεια, από εκείνο το πρωί που φύγαμε κυριολεκτικά σαν κυνηγημένες με το τρένο.

Αργά την επόμενη μέρα, επιβιβαστήκαμε χωρίς καμιά καθυστέρηση σ' ένα υπεραστικό λεωφορείο. Η γιαγιά φαίνεται πως είχε προσχεδιάσει το ταξίδι μας, γιατί ήξερε ακριβώς πώς θα φτάναμε στον προορισμό μας και ποια μεταφορικά μέσα έπρεπε να χρησιμοποιήσουμε. Δεν την είδα ούτε μία φορά να ψάχνει για κάτι ή να ρωτάει για κάτι άλλο. Έτσι, ύστερα από ένα ολονύχτιο ταξίδι με το λεωφορείο, από το οποίο δεν θυμάμαι σχεδόν τίποτα, γιατί είχα παραδοθεί εντελώς στη χαύνωση του ύπνου, φτάσαμε σε ένα μεγάλο εμπορικό λιμάνι.

Από εκείνο το μέρος κοντά στη θάλασσα, που αντίκριζα για πρώτη φορά στη ζωή μου, θυμάμαι ακόμα τα μεγάλα βαπόρια με τα πολλά καταστρώματα και τα αμέτρητα φινιστρίνια. Τα κοιτούσα εκστασιασμένη με την άκρη του ματιού μου, ενώ έτρεχα ξοπίσω από τη γιαγιά στην αποβάθρα μέχρι να βρει το καράβι στο οποίο έπρεπε να επιβιβαστούμε. Δεν άργησε να το εντοπίσει. Ήταν δεμένο με χοντρά σχοινιά στις άκρες της αποβάθρας ανάμεσα σε άλλα πλοία και σκάφη και λικνίζονταν με χάρη παρά τον τεράστιο όγκο του.

Καθ' όλη τη διάρκεια του θαλάσσιου ταξιδιού, που διήρκεσε πάνω από τριάντα έξι ώρες, μείναμε κλεισμένες στην καμπίνα και βγήκαμε μόνο μία φορά για φαγητό. Δεν ανέφερα όμως ποτέ στη γιαγιά ότι τη νύχτα, όταν κοιμήθηκε και η ανάσα της αντήχησε αργή και ρυθμική μέσα στην ήσυχη δίκλινη καμπίνα, ντύθηκα βιαστικά και γλίστρησα προσεκτικά έξω. Έφτασα στο επάνω εξωτερικό κατάστρωμα του πλοίου, που ήταν έρημο. Κρατήθηκα από την κουπαστή και ένιωσα τον θαλασσινό αέρα να δροσίζει τα μάγουλά μου. Άκουγα τον δυνατό σαν βροντή ήχο των κυμάτων, που χτυπούσε σαν να χαστούκιζε τα πλευρά του πλοίου. Ο δυνατός αέρας σκορπούσε στο κατάστρωμα τη μυρωδιά του αλατιού και της νύχτας. Κάποια στιγμή, μου φάνηκε πως το βαπόρι έμοιαζε με φάντασμα κάτω από το φως του φεγγαριού.

Όταν αποβιβαστήκαμε από το καράβι, την επόμενη μέρα, μας υποδέχτηκε το πρώτο κιόλας πρόβλημα. Δεν ήταν δύσκολο να δω την ανησυχία στα μάτια της Μαρίας Γκρόσμαν, που πετάριζαν ασταμάτητα ολόγυρα, ψάχνοντας για τη φίλη της. Παρόλο που η Μαρία Γκρόσμαν δεν άργησε να καταλάβει ότι η φίλη της δεν ήταν στο λιμάνι, το βλέμμα της συνέχιζε να ψάχνει αλαφιασμένο ανάμεσα στο πλήθος που σπρωχνόταν μπροστά στην μπουκαπόρτα του πλοίου, άλλοι προσπαθώντας να επιβιβαστούν γρήγορα πριν αναχωρήσει το πλοίο, ενώ υπήρχαν ακόμα κάποιοι που επιχειρούσαν να αποβιβαστούν στην προβλήτα του λιμανιού.

Μείναμε αρκετές ώρες μοναχές μας στο λιμάνι, καθισμένες επάνω στις βαλίτσες, να περιμένουμε τη φίλη της γιαγιάς να φανεί και να μας παραλάβει, ακίνητες και αμίλητες, σαν να είχαμε πάρει τους όρκους της ακινησίας και της σιωπής.

«Θα έρθει. Είμαι σίγουρη ότι θα έρθει όπου να 'ναι» σιγομουρμούριζε κάπου κάπου η γιαγιά, προσπαθώντας μάλλον να πείσει τον ίδιο της τον εαυτό ότι στο τέλος όλα θα πήγαιναν καλά.

Το πλοίο με το οποίο είχαμε ταξιδέψει αναχώρησε έπειτα από κάνα δίωρο για την τελευταία διαδρομή εκείνης της ημέρας και ο ήλιος βούτηξε με χάρη στη θάλασσα για να ταξιδέψει μέχρι το άλλο ημισφαίριο. Τότε συνειδητοποίησα πως γύρω μας είχε απλωθεί σκοτάδι.

Και μόνο όταν παραπονέθηκα πως νύσταζα και πως ήμουν πολύ κουρασμένη, η Μαρία Γκρόσμαν σηκώθηκε και έσυρε αμίλητη τις δύο βαλίτσες μας προς την έξοδο του μικροσκοπικού λιμανιού, που μετά την αποχώρησή μας έμεινε έρημο και ήσυχο να αναπαύεται ήρεμα στην αγκαλιά της θάλασσας. Πρόσεξα πως η γιαγιά ήταν κακοδιάθετη, κι έτσι αποφάσισα να μην γκρινιάξω για οτιδήποτε άλλο. Την ακολούθησα αμίλητη μέχρι την πρώτη πανσιόν που συναντήσαμε έξω από το λιμάνι.

Στην είσοδο του μικρού ξενοδοχείου μάς υποδέχτηκε ένας ψηλός, φαλακρός και αρκετά γεροδεμένος άντρας. Το χαμόγελό του θα πρέπει να ήταν καρφιτσωμένο στα χείλη του, γιατί το υπόλοιπο πρόσωπό του έδειχνε να πονά, σαν να τον τρυπούσαν οι αιχμηρές καρφίτσες. Μας οδήγησε σε μια πρόχειρα στημένη ρεσεψιόν και αυτός πέρασε πίσω από τον ξύλινο πάγκο της. Τότε μας ξανακοίταξε με κάθε επισημότητα, έχοντας φορέσει ένα πιο ευχάριστο χαμόγελο, θαρρείς και μας πρωτοείδε μόλις εκείνη τη στιγμή.

Την ώρα που η γιαγιά έγραφε τα ονόματά μας στο μεγάλο βιβλίο που άνοιξε μπροστά της ο φαλακρός άντρας, ζήτησε με τα σπαστά γερμανικά του να μάθει για πόσες ημέρες σκοπεύαμε να ενοικιάσουμε το δωμάτιο. «Για μία, το πολύ δύο ημέρες» τον διαβεβαίωσε η γιαγιά, συμπληρώνοντας: «Μέχρι να φανεί μια πολύ καλή μου φίλη να μας παραλάβει». Όσο μιλούσε η γιαγιά, έβλεπα την ελπίδα να ζεσταίνει το βλέμμα της και χάρηκα.

Ο άντρας της ρεσεψιόν έσκυψε πίσω από τον πάγκο και, όταν ξαναφάνηκε, είχε μαζί του τα κλειδιά του δωματίου. Το επόμενο πρωί έμαθα ότι ο φαλακρός άντρας ήταν ο ιδιοκτήτης του μικρού παραθαλάσσιου ξενοδοχείου και το νησί στο οποίο βρισκόμασταν ήταν η Κεφαλονιά. Ήμαστε στην Ελλάδα.

Δυστυχώς, παρά τις διαβεβαιώσεις της γιαγιάς στον ιδιοκτήτη της πανσιόν, αναγκαστήκαμε να μείνουμε περισσότερες ημέρες. Έπρεπε να εντοπίσουμε τη φίλη της σε ένα νησί που, αν και μικρό, είχε πολλά χωριά, απομακρυσμένα το ένα από το άλλο, κάτι που σίγουρα θα δημιουργούσε δυσκολίες και προβλήματα. Το μόνο στοιχείο που είχε η γιαγιά στα χέρια της ήταν η περιγραφή της φίλης της και το όνομά της. Καθόλου ελπιδοφόρα στοιχεία, γιατί, όπως μου εξομολογήθηκε ένα βράδυ, είχε να τη δει πάρα πολλά χρόνια και πιθανόν να είχε αλλάξει το παρουσιαστικό της.

Τρεις ολόκληρες εβδομάδες γυρνούσαμε από το ένα χωριό στο άλλο με τα λεωφορεία της γραμμής και αναζητούσαμε τη γυναίκα, ρωτώντας, με τα λίγα ελληνικά που γνώριζε η Μαρία Γκρόσμαν, τους κατοίκους. Πήγαμε παντού, γυρίσαμε σχεδόν όλο το νησί, από τη μία άκρη του ως την άλλη. Για να φτάσουμε στα χωριά, περνούσαμε άλλοτε από κάμπους με αμπέλια και άλλοτε ανεβαίναμε σε απότομες, γεμάτες βράχους και λιθάρια, πλαγιές ενός μεγάλου βουνού που δέσποζε σε ολόκληρο το νησί. Φτάσαμε μέχρι τα πιο απρόσιτα χωριά, που ήταν φωλιασμένα σε ψηλά κορφοβούνια γεμάτα μαύρα έλατα και καθαρό αέρα.

Δυστυχώς, όμως, οι κόποι μας δεν καρποφόρησαν και οι ελπίδες μας σιγά σιγά εξανεμίστηκαν. Δεν καταφέραμε να εντοπίσουμε τη φίλη της γιαγιάς. Κανένας δεν τη γνώριζε. Κανένας δεν την είχε συναντήσει ποτέ του.

Τα βράδια, όταν γυρίζαμε κουρασμένες στην πανσιόν, ο ιδιοκτήτης είχε αποκτήσει τη συνήθεια να μας περνάει από μια μικρή ανακρισούλα. Η γιαγιά, που είχε μεγαλύτερες σκοτούρες από την ακόρεστη περιέργεια του πανδοχέα να τη βασανίζουν, υπέμενε υπομονετικά τις ανόητες κάθε φορά ερωτήσεις του.

Το τελευταίο βράδυ, όμως, η γιαγιά αντέδρασε αδύναμα αλλά αποφασιστικά όταν τον άκουσε να τη ρωτάει γιατί δεν είχε ζητήσει μέχρι τώρα τη βοήθεια της αστυνομίας.

«Αυτοί θα εντοπίσουν στη στιγμή τη γυναίκα που ψάχνετε» της είπε με ένα μυστηριώδες χαμόγελο να πλανιέται στα χείλη του.

Η γιαγιά μου τότε είπε ψέματα.

«Α, μα δεν χρειάζεται, αγαπητέ μου» του αποκρίθηκε με μελιστάλαχτο ύφος, αλλά διέκρινα εύκολα το τρέμουλο στη φωνή της. «Μη σας ανησυχεί πια το θέμα μας. Σήμερα, επιτέλους, έχουμε καλά νέα να σου ανακοινώσουμε. Τη βρήκαμε τη φίλη μου. Αύριο κιόλας θα φύγουμε από δω, για να μείνουμε μαζί της».

Και βιάστηκε να τον εξοφλήσει.

«Πρέπει να φύγουμε γρήγορα από δω, Λυδία. Θα νοικιάσουμε ένα μικρό σπίτι για να μείνουμε μέχρι να βρούμε τη φίλη μου τη Μαργαρίτα. Δεν μπορούμε να περάσουμε κι άλλο βράδυ εδώ, γιατί τελειώνουν τα χρήματά μας» προσπάθησε να δικαιολογήσει την απόφασή της να αφήσουμε νωρίς το επόμενο πρωί το δωμάτιο.

Δυστυχώς, το ψέμα που είχε πει η γιαγιά το προηγούμενο βράδυ στον ιδιοκτήτη του πανδοχείου κατέληξε να είναι μια επώδυνη αλήθεια. Πράγματι, λοιπόν, το επόμενο πρωινό βρήκαμε τη γυναίκα που ψάχναμε. Αλλά δεν ήταν γραφτό να μείνουμε μαζί της.

Χαράματα σχεδόν, βγήκαμε από την πανσιόν αμίλητες και με τα πρόσωπα ανέκφραστα. Περπατήσαμε πατώντας κυριολεκτικά στις μύτες των ποδιών μας, προσέχοντας να μην κάνουμε φασαρία και να μην ανταμώσουμε με τον ιδιοκτήτη.

Ξεκινήσαμε για το κέντρο της πόλης. Έπρεπε να περάσουμε αναγκαστικά μπροστά από το λιμάνι για να φτάσουμε μέχρι εκεί. Μια διαδρομή πολύ γνωστή ήδη, αφού την κάναμε καθημερινά για περισσότερες από δέκα ημέρες. Φτάνοντας κοντά στην αφετηρία των λεωφορείων, παρατηρήσαμε μια ασυνήθιστη αναταραχή. Αρκετοί ήταν αυτοί που, περίεργοι να μάθουν τι συνέβαινε, έτρεχαν ήδη απρόσεκτα ανάμεσα στα πρωινά λεωφορεία, που μετέφεραν τον κόσμο για να επιβιβαστεί στο πρώτο δρομολόγιο του πλοίου, προς την αποβάθρα του λιμανιού, δημιουργώντας ένα σχετικό πανδαιμόνιο. Η αλήθεια είναι ότι και η δική μου περιέργεια ήταν εξίσου μεγάλη με των υπολοίπων και δεν απέφυγα να ρίξω κάποιες κλεφτές ματιές προς το σημείο όπου κατευθυνόταν ο κόσμος. Η

Μαρία Γκρόσμαν με σκούντησε ελαφρά και μου έδειξε το μέρος όπου έδενε συνήθως το πλοίο. Είχαν μαζευτεί κάμποσα άτομα εκεί. Το καράβι δεν είχε φτάσει ακόμα, αλλά η μαύρη φιγούρα του διαγραφόταν ήδη στο βάθος της θάλασσας να πλησιάζει σιγά σιγά προς το λιμάνι.

Ο κόσμος που περνούσε δίπλα μας μας παρέσερνε με μεγάλη ευκολία μαζί του, σπρώχνοντάς μας προς τον μόλο. Δυστυχώς, πολύ γρήγορα είδαμε τι ήταν αυτό που κοιτούσε με τόση περιέργεια το συγκεντρωμένο πλήθος.

Το ακίνητο, άψυχο σώμα της γυναίκας που είχε ξεβράσει η θάλασσα ήταν πρησμένο. Το παγωμένο πρόσωπό της ήταν ωχρό και κέρινο, χωρίς μιλιά και ανάσα. Τα βρεγμένα ασημένια μαλλιά της, ανακατεμένα με πράσινα φύκια, ήταν κολλημένα στα ρουφηγμένα, παγωμένα μάγουλά της. Από το στόμα της και τα ρουθούνια της έτρεχε ακόμα η άρμη της θάλασσας.

«Παναγιά μου, όχι, δεν μπορεί να είναι αυτή. Όχι και αυτή. Είναι αβάσταχτος ο πόνος...» ψέλλισε αδύναμα η γιαγιά.

Η φωνή της ακούστηκε σπασμένη και πληγωμένη από φόβο.

Δεν κατάλαβα αμέσως τι σήμαιναν τα μισόλογα της γιαγιάς. Συγκλονισμένη από το θέαμα της δύστυχης γυναίκας, έκλεισα με δύναμη τα μάτια για να διώξω μακριά την εικόνα του θανάτου, που πρώτη φορά αντίκριζα από κοντά. Τα κράτησα αρκετή ώρα κλειστά, αρνούμενη να δω τον Χάρο θριαμβευτή να καυχιέται για το λάφυρό του.

«Πρέπει να φύγουμε. Δεν μπορούμε να μείνουμε εδώ» μουρμούρισε η γιαγιά με δάκρυα στα μάτια και έσφιξε με τόση δύναμη το χέρι μου, που κόντεψα να βάλω τις φωνές από τον πόνο.

Άνοιξα τα μάτια και την κοίταξα. Αλλά γιατί έκανε έτσι; Ποτέ δεν την είχα δει τόσο ταραγμένη, ούτε την ημέρα που έμαθε για τον χαμό της ίδιας της της κόρης. Εκείνη τη στιγμή, κοιτάζοντας το πανιασμένο πρόσωπο της Μαρίας Γκρόσμαν, φοβήθηκα ότι θα έχανα τον μοναδικό άνθρωπο που μου είχε απομείνει.

«Δεν θα ψάξουμε για σπίτι, γιαγιά;» τη ρώτησα ενώ με τραβούσε βιαστικά μακριά από το πλήθος.

Δεν μου απάντησε. Μάλλον δεν είχε συνέλθει ακόμα από το σοκ.

«Θα φύγουμε από το νησί, αμέσως».

Η φωνή της έμοιαζε να έρχεται από κάπου μακριά, θαρρείς και είχε αφήσει κιόλας το νησί.

«Είπες ότι θα ψάχναμε για σπίτι. Νόμιζα ότι θα μέναμε» αντέδρασα γρήγορα και προσπάθησα να της θυμίσω τα λόγια της.

«Τώρα πια δεν έχουμε λόγο να μείνουμε. Η δύστυχη γυναίκα που είναι ξαπλωμένη, άπνοη και άψυχη, εκεί πίσω είναι η φίλη μου που μας προσκάλεσε στο νησί. Η φίλη μου η Μαργαρίτα, που ήθελε να με βοηθήσει να...» προσπάθησε να μου εξηγήσει η γιαγιά ανάμεσα σε λυγμούς και αναφιλητά. Το πρόσωπό της έδειχνε τόση δυστυχία, σαν να ήταν έτοιμη να ανταγωνιστεί στη συμφορά τους δυστυχισμένους όλου του κόσμου. Είχε αναγνωρίσει τη φίλη της.

Ήταν τότε η σειρά μου να μείνω με τα μάτια και το στόμα ορθάνοιχτα από την έκπληξη. Είχα σοκαριστεί από τα λόγια και το μόνο που ένιωθα ήταν ότι ξαφνικά είχα παγώσει και κρύωνα πολύ, και όχι μόνο επειδή ήταν αρχές Φεβρουαρίου.

Φύγαμε από το ελληνικό νησί με το πλοίο που μερικά λεπτά αργότερα μπήκε στο λιμάνι. Πριν επιβιβαστούμε, έριξα μια τελευταία ματιά στο σημείο όπου βρισκόταν ξαπλωμένη η άμοιρη γυναίκα, αλλά το σώμα της δεν ήταν πια εκεί. Ο κόσμος περνούσε τώρα αδιάφορα, έχοντας ήδη παρακάμψει το ατυχές συμβάν.

Το ταξίδι του πλοίου που μας πήρε από το νησί ήταν το ίδιο φουρτουνιασμένο όπως και οι ψυχές μας. Στη μέση της διαδρομής ο ουρανός γέμισε με σύννεφα βαριά, που δεν άφηναν τις ακτίνες του ήλιου να φτάσουν στο πέλαγος. Και η κατάσταση έγινε φοβερότερη όταν άρχισε να φυσάει δυνατός αέρας, που αντάριασε τη θάλασσα και σήκωσε μεγάλα κύματα. Αλλά όσο ψηλά κι αν ήταν τα κύματα της θάλασσας, δεν θα πρέπει να είχαν καμία σύγκριση με τη θαλασσοταραχή που μάλλον είχε ξεσπάσει στα σωθικά της γιαγιάς και την έκανε να υποφέρει, σαν να κουβαλούσε φορτίο τρομακτικό.

Το επόμενο τρένο που πήραμε όταν ξαναπατήσαμε στεριά ταξίδεψε δύο ολόκληρες ημέρες και έκανε πολλές στάσεις πριν μας οδηγήσει στον επόμενο προορισμό μας. Στην πόλη όπου μείναμε τους επόμενους εννέα μήνες. Είχαμε επιστρέψει στη Γερμανία.

Είχα κλείσει πια τα εφτά μου χρόνια. Παρότι στο Γκέπινγκεν δεν μείναμε πολύ καιρό, εντούτοις προλάβαμε να δώσουμε μία ακόμη καλοπαιγμένη παράσταση, η οποία μάλιστα πήγε εξαιρετικά. Οι μοναδικές πρωταγωνίστριες της παράστασης, εγώ και η γιαγιά, είχαμε μάθει πια πολύ καλά τους ρόλους μας. Σ' εκείνη την τσιμεντένια και απρόσωπη πόλη μείναμε τόσο όσο χρειαζόταν για να στήσει η γιαγιά ένα ακόμη νέο σπιτικό. Βρήκε αμέσως δουλειά σε μια βιοτεχνία, όπου έφτιαχναν χωριάτικα ζυμαρικά, εγώ πήγα στη δεύτερη τάξη του δημοτικού σε ένα νέο, μεγάλο, δημόσιο σχολείο. Αν εκείνους τους εννέα μήνες δεν είχαν συμβεί δύο σημαντικά γεγονότα, που χαράχτηκαν τόσο βαθιά στη μνήμη μου, ώστε να τα θυμάμαι ακόμη και σήμερα, δεν θα είχα τίποτε άλλο να θυμάμαι από εκείνη την γκρίζα τσιμεντούπολη.

Ήταν ένα χειμωνιάτικο, βροχερό βράδυ και δεν είχα καμία διάθεση να βγω από το δωμάτιό μου. Δεν πεινούσα και είχα αρκετά μαθήματα να ετοιμάσω για την επόμενη ημέρα στο σχολείο. Η ατυχία μου ήταν ότι όλο το απόγευμα είχα σπρώξει με μεγάλη επιμέλεια την εργασία για το σχολείο προς τις βραδινές ώρες και είχε φτάσει η ώρα που έπρεπε να υποστώ τις συνέπειες. Η αλήθεια είναι ότι είχα ακούσει τη γιαγιά να με φωνάζει αρκετές φορές για να πάρουμε μαζί το βραδινό φαγητό, αλλά δεν της απάντησα, δυνατά τουλάχιστον.

Με τα πολλά, όπως φαίνεται, η γιαγιά βαρέθηκε να με φωνάζει και σταμάτησε, γιατί δεν άκουγα πια τη φωνή της. Έκανα όμως μεγάλο λάθος, γιατί λίγο αργότερα η πόρτα του δωματίου άνοιξε ξαφνικά και η γιαγιά μπούκαρε στο δωμάτιο με τη δύναμη ορμητικού ποταμού, όπως θα έλεγε και η δασκάλα των γερμανικών.

«Λυδία, μα τι στο καλό...» δεν μπόρεσε να τελειώσει τη φράση της, γιατί την έπνιξε ο θυμός.

Ο θυμός της, που μάλλον είχε ξεκινήσει από την ανυπακοή μου, όταν μπήκε στο ακατάστατο δωμάτιο πολλαπλασιάστηκε ταχύτερα και από τίναγμα ελατηρίου. Στην αρχή πίστεψα ότι ο λόγος για την οργή της γιαγιάς ήταν τα μισάνοιχτα συρτάρια της εντοιχισμένης ντουλάπας, από τα οποία κρέμονταν τα περισσότερα ρούχα μου. Ακολουθώντας το θυμωμένο βλέμμα της, είδα ότι κοιτούσε τα ρούχα μου, που έμοιαζαν να κάνουν οργανωμένη απόδραση από τα συρτάρια. Πετάχτηκα απότομα από το κρεβάτι και στάθηκα μπροστά στην ντουλάπα, προσπαθώντας να κρύψω με το σώμα μου την ακαταστασία.

«Γιαγιά, πώς μπαίνεις έτσι μέσα;» της φώναξα.

Εκείνη όμως δεν μου έδωσε σημασία. Πλησίασε απειλητικά κοντά μου και με έσπρωξε στο πλάι.

«Μη φωνάζεις, θα τα μαζέψω αμέσως τα ρούχα» της είπα, μη βρίσκοντας καλύτερο τρόπο να δικαιολογήσω την κατάσταση, αλλά δεν κατάφερα να την ηρεμήσω.

Όπως αποδείχτηκε, η γιαγιά δεν έδινε δεκάρα για τα ρούχα που κρέμονταν από τα συρτάρια. Άλλο ήταν εκείνο που την είχε κάνει έξαλλη. Την είδα να σκύβει και να σηκώνει προσεκτικά, σαν να υπήρχε κίνδυνος να σπάσει, τον καθρέφτη που μου είχε χαρίσει έναν χρόνο πριν. Άνοιξα απορημένη τα μάτια. Πώς στο καλό είχε βρεθεί ο καθρέφτης εκεί κάτω; Δεν είχα ιδέα. Μάλλον τον είχα τραβήξει έξω από κάποιο συρτάρι μαζί με κάποια μπλούζα και δεν το είχα αντιληφθεί.

«Σου ζήτησα να τον προσέχεις όπως τον ίδιο σου τον εαυτό» μου είπε με παράπονο.

«Τι;» είπα ενοχλημένη, μην μπορώντας να καταλάβω το κόλλημα της γιαγιάς με εκείνη την αρχαιολογία.

Η γιαγιά έγινε κατακόκκινη. Εγώ, αντίθετα, στεκόμουν πλάι στα συρτάρια και την κοιτούσα ατάραχη.

«Αν μπορούσα τουλάχιστον να καταλάβω γιατί επιμένεις να τον ονομάζεις καθρέφτη!»

«Κάνε υπομονή, Λυδία. Καταλαβαίνω ότι μαζί μου ζεις μια δύσκολη, μοναχική ζωή. Νομίζεις δεν στενοχωριέμαι που δεν μπορώ να σου αφιερώσω περισσότερο χρόνο; Να ήξερες μόνο για πόσα πράγματα θα ήθελα να σου μιλήσω. Αν ήσουν λίγο μεγαλύτερη... Σου υπόσχομαι όμως ότι πολύ σύντομα θα καταλάβεις τη σημασία και την αξία του καθρέφτη. Ήταν της μητέρας σου».

Μια βαριά και απότομη σιωπή έπεσε στο δωμάτιο.

«Αν χάσεις τον καθρέφτη... Ωωω, δεν θέλω ούτε να το σκέφτομαι. Όλα τα υπόλοιπα είναι ασήμαντα, τόσο ασήμαντα. Γι' αυτό, να είσαι πάντα προσεκτική» πρόσθεσε η γιαγιά, λες και δεν είχε προηγηθεί το διάστημα της σιωπής, χωρίς να με κοιτάξει. Το βλέμμα της ήταν καρφωμένο πάνω στην μπρούντζινη επιφάνεια του καθρέφτη. Αν και δεν είμαι εντελώς σίγουρη, μου φάνηκε ότι είδα δάκρυα να κυλούν από τα μάτια της Μαρίας Γκρόσμαν την ώρα που χάιδευε στοργικά το παλαιό αντικείμενο. Ήμουν σίγουρη πια πως η ευαισθησία της για τον καθρέφτη οφειλόταν στο γεγονός ότι μας συνέδεε με την άδικα χαμένη μητέρα μου. Πήρα το μπρούντζινο κομμάτι από τα χέρια της και το κοίταξα με επιμονή. Κρίμα, εμένα δεν μου έλεγε τίποτα.

Το φινάλε της παράστασής μας σ' εκείνη την πόλη ήταν φοβερό και γεμάτο αγωνία. Μια περίεργη επίσκεψη, που η γιαγιά προσπάθησε να κρατήσει μυστική, ήταν η αιτία που πολύ σύντομα θα έπεφτε η αυλαία. Εκείνη τη συγκεκριμένη ημέρα γύρισα νωρίτερα από το σχολείο, πολύ πριν η γιαγιά επιστρέψει από το εργαστήριο ζυμαρικών. Έτσι, όταν η Μαρία Γκρόσμαν επέστρεψε τη συνηθισμένη ώρα της, δεν φανταζόταν ότι βρισκόμουν ήδη στο δωμάτιό μου.

Το ανυπόμονο, παρατεταμένο χτύπημα στην πόρτα, λίγες στιγμές αργότερα, με έκανε να αναπηδήσω στο κρεβάτι. Πριν προλάβω να βγω από το δωμάτιο, για να δω ποιος ήταν ο επισκέπτης μας, τα λόγια μιας δυνατής αντρικής φωνής που έφτασαν στα αυτιά μου με ξάφνιασαν. Ο άντρας που μιλούσε ακουγόταν πολύ ταραγμένος.

«Μαρία, πρέπει να φύγεις. Πάρε το παιδί και φύγε αμέσως. Είναι εδώ, σε βρήκε... Τον είδα το πρωί. Έμεινε όλο το πρωινό, προκλητικά, έξω από τον φούρνο. Δεν μπόρεσα να σε ειδοποιήσω νωρίτερα. Με παρακολουθεί» έλεγε ο άγνωστος με τρεμουλιαστή φωνή, που είχε αρχίσει να γίνεται βραχνή από φόβο.

Πλησίασα, πατώντας στις μύτες των ποδιών, και έβγαλα το κεφάλι μου, σαν περισκόπιο, από τη μισόκλειστη πόρτα του δωματίου μου. Δεν μπόρεσα να ακούσω την απάντηση της γιαγιάς. Η σιγανή φωνή της έμοιαζε με μουρμούρισμα.

«Δυστυχώς δεν μπορώ να κάνω κάτι άλλο. Για να φτάσει μέχρι εδώ, σημαίνει πως ξέρουν ότι σε βοήθησα. Μη σε νοιάζει όμως για μένα. Ξέρεις ότι δεν τους φοβάμαι. Έχω μάθει για τις απειλές που εξαπολύουν σε όσους σε βοηθούν. Άκουσα ότι κάποιες από αυτές έγιναν πράξεις. Δεν φοβάμαι για μένα. Μπορώ να προστατεύσω τον εαυτό μου και την οικογένειά μου. Πρέπει όμως να πάρεις το παιδί μακριά τους» πρόσθεσε η αντρική φωνή.

Έσκυψα γεμάτη περιέργεια και προσπάθησα να βγάλω ακόμη περισσότερο το κεφάλι μου από την πόρτα. Τα δύο αντρικά πόδια που είδα δεν με βοήθησαν να καταλάβω με ποιον συνομιλούσε η γιαγιά. Τότε τα δύο αυτά πόδια απομακρύνθηκαν κινούμενα προς την εξώπορτα.

Άνοιξα προσεκτικά την πόρτα και βγήκα όσο πιο αθόρυβα μπορούσα από το δωμάτιο. Έφτασα τόσο κοντά τους, που ήταν πλέον πολύ εύκολο να ακούσω τα λόγια της γιαγιάς.

«Ντρέπομαι για το χάλι μου, Μάρκο, και λυπάμαι που έμπλεξα κι εσένα. Αν δεν ερχόμουν εδώ, ίσως να μην είχαν ανακαλύψει εσένα και την οικογένειά σου. Καταλαβαίνω ότι τώρα κινδυνεύετε κι εσείς» την άκουσα να του λέει με τρεμάμενη φωνή. «Μείνε ήσυχος όμως, θα φύγω αύριο πρωί πρωί».

Την είδα να γραπώνει με απελπισία το χέρι του άγνωστου άντρα. «Μάρκο, θέλω μια τελευταία χάρη. Ξέρεις ότι ο καθρέφτης μου δεν μου μιλάει πια. Έχει βουβαθεί, θέλοντας να με τιμωρήσει. Ρώτα εσύ τον δικό σου, να μάθεις μια ασφαλή πόλη όπου να μπορώ να μείνω μέχρι να μεγαλώσει λίγο το παιδί. Είναι μικρή ακόμα. Αν προσπαθήσω να της εξηγήσω, φοβάμαι πως δεν θα καταλάβει».

Η γιαγιά τον χτύπησε απαλά στην πλάτη τη στιγμή που ο άντρας έβγαινε από την πόρτα του σπιτιού. «Θα περάσω αύριο, φεύγοντας, από τον φούρνο σου να μου πεις πού πρέπει να πάω» του φώναξε, βλέποντάς τον από την ανοιχτή πόρτα να χάνεται στη στροφή του δρόμου.

Το πρόσωπο του άγνωστου άντρα, που τον έλεγαν Μάρκο, δεν το είδα τελικά, γιατί δεν γύρισε καθόλου προς το μέρος μου, αλλά αυτό ήταν το μικρότερο πρόβλημά μου εκείνη τη στιγμή. Το κάτωχρο πρόσωπο της γιαγιάς τα έλεγε όλα. Η διαίσθησή μου μου έλεγε ότι είχε φτάσει πάλι η ώρα της φυγής.

Πράγματι, το ίδιο βράδυ η γιαγιά μού είπε να ετοιμάσω τη βαλίτσα μου, γιατί θα φεύγαμε για μια καλύτερη πόλη. Μπλα, μπλα, μπλα, πάλι οι ίδιες και οι ίδιες δικαιολογίες. Δεν ανέφερε καθόλου τη μεσημεριανή επίσκεψη του άντρα, που δούλευε σε κάποιον από τους φούρνους της πόλης και τον έλεγαν Μάρκο. Δεν ανησύχησα όμως, γιατί ήξερα ότι θα ανακάλυπτα ποιος ήταν όταν θα τον συναντούσαμε το επόμενο πρωί.

Δυστυχώς, οι προβλέψεις μου δεν επαληθεύτηκαν ούτε στο ελάχιστο και τα πράγματα δεν έγιναν όπως τα περίμενα, μολονότι εγώ και η γιαγιά από την πλευρά μας ακολουθήσαμε κατά γράμμα το πρόγραμμά μας. Σύραμε για άλλη μια φορά τις βαλίτσες μας έξω από την εξώπορτα, αποχαιρετήσαμε με βαριά καρδιά το σπίτι, που αφήσαμε πίσω μας με όλα τα έπιπλά του, και ξεκινήσαμε για τον φούρνο όπου εργαζόταν ο Μάρκο. Σαν να κάναμε μία ακόμη πρόβα, έως ότου πετύχουμε κάποια φορά την τέλεια αναχώρηση από κάποιον τόπο.

«Για να προμηθευτούμε φαγώσιμα για το ταξίδι» είπε η γιαγιά, θέλοντας να δικαιολογήσει το πέρασμά μας από τον φούρνο.

Δεν χρειάστηκε να περπατήσουμε πολύ μέχρι τον προορισμό μας. Δύο τετράγωνα παρακάτω, η γιαγιά κοντοστάθηκε κατάπληκτη και κοίταξε με τα μάτια ορθάνοιχτα από τον τρόμο στην άλλη πλευρά του δρόμου, σαν να έβλεπε κάποιο φάντασμα. Έστρεψα θορυβημένη το βλέμμα μου στην ίδια κατεύθυνση και ξαφνικά κατάλαβα πόσο έξω είχα πέσει στις χτεσινές προβλέψεις μου. Είχα υπολογίσει τις δικές μας κινήσεις, χωρίς να γνωρίζω καθόλου την τακτική των αντιπάλων μας, οι οποίοι, όπως φαινόταν, είχαν διαφορετικά σχέδια από τα δικά μας. Και δυστυχώς μας είχαν προσπεράσει, έχοντας κάνει ήδη την κίνησή τους. Όταν όμως το διαπίστωσε αυτό η Μαρία Γκρόσμαν, ήταν πολύ αργά.

Συνήθως οι φούρνοι κάθε πρωί έχουν αρκετή πελατεία λόγω του πρωινού, αλλά όχι τόσο πλήθος όσο ήταν συγκεντρωμένο εκείνη την ημέρα έξω από τον φούρνο όπου εργαζόταν ο Μάρκο. Λίγα μέτρα πιο πέρα, ένα ασθενοφόρο ξεκινούσε ουρλιάζοντας για το νοσοκομείο.

Η καημένη η γιαγιά, που έτρεμε σαν τα φύλλα της λεύκας πάνω στα κορφοβούνια, πισωπάτησε αμέσως. Την άκουσα να θρηνεί για τον ξαφνικό και απροσδόκητο θάνατο ενός ακόμη γνωστού της, ενός ακόμη ανθρώπου που την είχε βοηθήσει.

«Εγώ η κακούργα φταίω. Εγώ η άμυαλη τον έμπλεξα. Είναι σαν να τον σκότωσα με τα ίδια μου τα χέρια. Αν δεν είχα φτάσει ως εδώ, ίσως πότε να μην τον ανακάλυπταν» οδυρόταν, χωρίς να δίνει καμία σημασία στους περαστικούς που είχαν αρχίσει να της ρίχνουν περίεργες ματιές. Έμοιαζε να έχει χάσει ξαφνικά κάθε αίσθηση του χώρου και του χρόνου.

Και τότε συνειδητοποίησα ότι τα πόδια μου έτρεμαν στη σκέψη ότι από στιγμή σε στιγμή θα πεταχτεί από καμιά γωνιά του δρόμου εκείνος ο φοβερός άντρας με τα λιγδιασμένα μαλλιά και το αποκρουστικό πρόσωπο, εκείνος που με είχε αποκαλέσει «πριγκιπέσα». Ευτυχώς αυτή τη φορά οι φόβοι μου δεν επαληθεύτηκαν. Άλλωστε, αν ήταν αυτός ο ένοχος, σίγουρα θα είχε φροντίσει να κρυφτεί καλά.

Γύρισα και κοίταξα στην πόρτα του φούρνου. Ένα νεαρό αγόρι στεκόταν πίσω από την εξωτερική βιτρίνα με τα γλυκά. Το αδύνατο κορμί του έτρεμε σαν φθινοπωρινό φύλλο λίγο πριν πέσει από το δέντρο. Τα κόκκινα από το κλάμα μάτια του ήταν καρφωμένα στο ασθενοφόρο, που χανόταν τσιρίζοντας στο βάθος του δρόμου.

Δεν ρώτησα τη γιαγιά ποιο ήταν το δυστυχισμένο αγόρι. Η εικόνα του μου είχε ραγίσει την καρδιά. Ένα νευρικό τρεμούλιασμα στα χείλη μου δεν με άφηνε να μιλήσω.

Ξαφνικά κατάλαβα ότι ήμουν τρομοκρατημένη. Συνειδητοποίησα ότι, τα τελευταία δύο χρόνια της περιπλανώμενης ζωής μας, η φυγή μας από έναν τόπο ερχόταν κάθε φορά πάντοτε μετά τον θάνατο ενός ανθρώπου που μας είχε βοηθήσει. Όλα άρχισαν με τον θάνατο της μητέρας μου. Ύστερα ακολούθησε ο βρομερός άντρας που μας είπε πως είχε κανονίσει κάποιον φίλο της γιαγιάς, ο πνιγμός της κυρίας Μαργαρίτας στο νησί και, τέλος, ο φούρναρης ο Μάρκο.

Δεν κατάλαβα πόση ώρα πέρασε μέχρι να συνέλθει η γιαγιά και να αποφασίσει τι θα κάναμε και πού θα πηγαίναμε. Αλλά εκεί που είχα απελπιστεί, την είδα να αρπάζει με δύναμη το χερούλι της βαλίτσας της και να δείχνει, σαν άλλος έφιππος στρατηγός, στο βάθος του δρόμου.

«Έλα, Λυδία» μου φώναξε με μια γοητευτική παρατολμία. «Η μάχη, παιδί μου, αποκτά πάντα μεγαλύτερο ενδιαφέρον όταν μοιάζει τελείως χαμένη».

Οι λέξεις στη σελίδα του ημερολογίου έχουν τελειώσει, το διάβασμα σταματάει, η φωνή της Λυδίας δεν αντηχεί πλέον στο δωμάτιο. Οι αναμνήσεις όμως έχουν τρυπώσει στο μυαλό της και δεν μοιάζουν διατεθειμένες να φύγουν.

«Είσαι σίγουρη ότι είναι η κατάλληλη στιγμή για να αναπολήσεις τα περασμένα;» τη διακόπτει η φωνή του Φοίβου κάτω από τις σελίδες του ημερολογίου. «Τι θα γίνει με το θέμα του διαγωνισμού; Έχω την εντύπωση ότι ψάχνεις αφορμή να καθυστερήσεις τη συζήτηση».

«Γιατί βιάζεσαι; Έχουμε καιρό» αποκρίνεται, ενώ η ματιά της έχει καρφωθεί στη σελίδα του ημερολογίου με ημερομηνία Πέμπτη 2 Οκτωβρίου 2008.

Τρία χρόνια μετά τη δολοφονία του Μάρκο στο Γκέπινγκεν, και αυτή με τη γιαγιά της συνέχιζαν το ίδιο βιολί, πηγαίνοντας από τη μια πόλη στην άλλη.

Πέμπτη 2 Οκτωβρίου 2008

Ξύπνησα και άνοιξα γρήγορα το παράθυρο που βλέπει στην πίσω αυλή του σπιτιού, για να μπει το φως της ημέρας στο σκοτεινό δωμάτιο. Μισώ όσο τίποτε άλλο το μαύρο σκοτάδι, γιατί έχω την αίσθηση ότι κάποιος μου έχει δέσει τα μάτια με μαύρο πανί.

Όταν τα μάτια μου αντάμωσαν το φως του ήλιου, τα ανοιγόκλεισα, σαν νυσταλέα κουκουβάγια που ετοιμάζεται για ύπνο. Έμεινα για λίγο μπροστά στο ανοιχτό παράθυρο, ακίνητη, να απολαύσω την πρωινή δροσιά που έμπαινε στα ρουθούνια μου, όσο έπαιρνα τη μια ανάσα μετά την άλλη.

Έστρεψα το κεφάλι πάνω από τον ώμο μου και κοίταξα για πρώτη φορά το νέο μου δωμάτιο στο φως της ημέρας. Είναι μικρό και λιτό, επιπλωμένο με σπαρτιατικό τρόπο. *Οι Σπαρτιάτες στρατηγοί πολέμαρχοι θα πρέπει να είχαν περισσότερα έπιπλα στις σκηνές τους*, σκέφτηκα κοιτάζοντας τα λιγοστά έπιπλα, που δεν είναι καθόλου του γούστου μου. Φαίνονται τόσο παλιά και φθαρμένα, που είμαι σίγουρη πως έχουν μείνει αμετακίνητα στην ίδια θέση από αμνημονεύτων χρόνων. Το βαρύ, ξύλινο, καφέ κρεβάτι στη μέση του στενού δωματίου και το λουλουδάτο πάπλωμά του, όμοιο με την κουρτίνα που κρέμεται στην αριστερή πλευρά του παραθύρου, είναι απερίγραπτο. Ε, λοιπόν, είμαι σίγουρη ότι το κρεβάτι αυτό θα ταίριαζε καλύτερα στο δωμάτιο κάποιας γεροντοκόρης, από εκείνες με τον αυστηρό κότσο στο πίσω μέρος του κεφαλιού, παρά σ' εμένα, που έχω μόλις κλείσει τα δέκα μου χρόνια.

Υπάρχει και ένα τραπεζάκι, ένα μικρό, στενό, ξύλινο τραπεζάκι με άσπρη μαρμάρινη επιφάνεια, στη δεξιά πλευρά του δωματίου. Χτες βράδυ, όταν η γιαγιά μού έδειξε το δωμάτιο, πρότεινε να το χρησιμοποιώ σαν γραφείο, για να ετοιμάζω τα μαθήματα του σχολείου. *Τι χαζή που είναι! Το τραπέζι είναι τόσο στενό, που δεν θα μπορούσα να ανοίξω ούτε ένα βιβλίο στην επιφάνειά του*, σκέφτηκα βλέποντάς το. Κοίταξα ανήσυχη γύρω μου. Δεν υπάρχει ντουλάπα στο δωμάτιο. Πού στην ευχή θα κρεμάσω τα ρούχα μου; Με έχει πιάσει απελπισία.

Για έναν περίεργο λόγο, υπάρχει και κάτι που μου αρέσει στο νέο μου δωμάτιο. Ο πίνακας που κρέμεται πάνω από το κρεβάτι: ένα τεράστιο καλαμένιο πανέρι γεμάτο με νεογέννητα κάτασπρα γατάκια, στοιβαγμένα το ένα πλάι στο άλλο σαν απαλά κομμάτια άσπρου μπαμπακιού. Είμαι σίγουρη ότι αυτή την εικόνα την έχω ονειρευτεί. Μόνο που στο όνειρό μου το πανέρι με τα γατάκια ήταν αφημένο στην τύχη του πάνω σε ένα γαλατένιο σύννεφο, που ταξίδευε αργά, μισοκρυμμένο από πυκνή γκριζωπή ομίχλη.

«Πόσο καιρό, άραγε, θα μείνουμε εδώ;» αναρωτήθηκα, κοιτάζοντας την ψηλή φουντωτή καστανιά που ψήλωνε αμέριμνη έξω από το παράθυρο. Τα φύλλα της έκρυβαν τα γειτονικά σπίτια. «Πόσο καιρό θα μείνουν τα ρούχα μου μέσα στη βαλίτσα; Δυστυχώς, στις ερωτήσεις μου μόνο ο Θεός και η γιαγιά μου θα μπορούσαν να απαντήσουν. Αλλά είμαι σίγουρη ότι κανένας από τους δύο δεν με ακούει».

Το βλέμμα της Λυδίας πλανιέται αφηρημένο στο σημερινό δωμάτιό της, μια μικρή σοφίτα στον τελευταίο όροφο του σχολείου. Εδώ μέσα έχει περάσει τα τελευταία πέντε χρόνια της ζωής της. Δεν μοιάζει με τα δωμάτια όπου έμενε την εποχή που μετακόμιζε με τη γιαγιά της από το ένα σπίτι στο άλλο. Μπορεί το σημερινό της δωμάτιο να είναι μικρό και στενό, να μοιάζει περισσότερο με ντουλάπα, παρά με κανονικό δωμάτιο, αλλά δεν την πειράζει, το έχει συνηθίσει. Ευτυχώς, ο συγκάτοικός της, ο Φοίβος, δεν καταλαμβάνει καθόλου χώρο στο μικροσκοπικό δωμάτιο, γιατί η αλήθεια είναι πως δεν υπάρχει χώρος να συγκατοικήσει με κάποια άλλη συμμαθήτρια, ούτε καν με την αγαπημένη της φίλη, την Καλυψώ.

«Λυδία;» λέει διστακτικά ο Φοίβος.

Ακούει τη φωνή του στο βάθος του μυαλού της σαν σκιά γεμάτη ανέμους, που τη σπρώχνει μακριά, πίσω, στην

1η Σεπτεμβρίου του 2010. Δεν του απαντά, έχει ήδη αρχίσει να διαβάζει.

Πέμπτη 1 Σεπτεμβρίου 2010

Όταν άκουσα όσα είπε η γιαγιά, μου κόπηκαν τα γόνατα, όπως λένε συνήθως οι μεγάλοι όταν θέλουν να δείξουν την τρομάρα τους.

«Πάλι; Μα γιατί;» ήταν τα πρώτα λόγια διαμαρτυρίας που ξεστόμισα όταν η Μαρία Γκρόσμαν μου ανακοίνωσε ότι θα φεύγαμε από το σπίτι. Η φωνή μου ακούστηκε διαπεραστική, σαν του κουταβιού που το στρίμωξαν στη γωνία. «Τι έπαθες πάλι; Νόμιζα ότι σου άρεσε εδώ. Ότι, επιτέλους, είχες αποφασίσει να μείνουμε κάπου».

Την κοίταξα αγριεμένα, λες και η βλοσυρή ματιά μου είχε τη δύναμη να την αναγκάσει να αλλάξει την απόφασή της.

Η Μαρία Γκρόσμαν με κοιτούσε αμίλητη, σχεδόν ατάραχη, πίσω από τα γυαλιά της. Οι κύκλοι που είχαν εμφανιστεί τους τελευταίους μήνες κάτω από τα μάτια της ήταν τώρα πιο έντονοι από ποτέ και το δέρμα του προσώπου της φαινόταν τραχύ και ξηρό, σαν των αγροτών που δουλεύουν στα χωράφια πολλές ώρες κάτω από τον καυτό ήλιο.

«Δεν θέλω να φύγω. Σε λίγο αρχίζει το σχολείο. Είμαστε εδώ σχεδόν δύο χρόνια και συνήθισα πια. Είναι η πρώτη φορά στη ζωή μου που έχω φίλους» επέμεινα πεισμωμένη.

Και συνέχισα να μονολογώ ασταμάτητα, σαν τη μέλισσα που ζουζουνίζει πάνω από τα λουλούδια, μέχρι που είπα όλα όσα ήθελα να της πω. Και μόνο τότε σταμάτησα το μουρμουρητό. Κάρφωσα τα μάτια στην πιο απόμερη γωνιά της κουζίνας, εκεί όπου η γιαγιά στοιβάζει τη σκούπα και τη σφουγγαρίστρα της, και περίμενα με αγωνία την απάντησή της.

«Δυστυχώς, Λυδία μου, πρέπει να φύγουμε» μου απάντησε η Μαρία Γκρόσμαν σιβυλλικά. Δεν έκανε καν τον κόπο να μου αραδιάσει κάποια δικαιολογία.

«Μαρία Γκρόσμαν, είσαι πολύ κακιά!» της φώναξα θυμωμένη.

Χρησιμοποίησα επίτηδες το ονοματεπώνυμό της, αλλά μάταια. Η γιαγιά δεν φάνηκε να συγκινείται. Με αγριοκοίταξε με βλέμμα παγωμένο και ανέκφραστο. Κανένα σημάδι πάνω στο σκληρό πρόσωπό της δεν φανέρωνε ότι οι διαμαρτυρίες μου την είχαν συγκινήσει στο ελάχιστο. Κάθε νεύρο του κορμιού της έμοιαζε να είναι σε υπερένταση. Τα χαρακτηριστικά του συννεφιασμένου προσώπου της είχαν τραβηχτεί προς τα κάτω, όχι μόνο από τη χαλάρωση των εξήντα χρόνων της, αλλά και από το βάρος των κρυφών συλλογισμών της. Είμαι σίγουρη πως η γιαγιά σκεφτόταν πολλά εκείνη τη στιγμή, αλλά δεν είχε σκοπό να μου τα φανερώσει.

«Ούτε εμένα μου αρέσει που φεύγουμε πάλι, Λυδία» μου είπε τότε και, χωρίς να το θέλω, η καρδιά μου σκίρτησε. Ίσως, αν επέμενα λίγο παραπάνω, να της άλλαζα γνώμη.

Παρά τις προσπάθειές μου, όμως, δεν κατάφερα να τη λυγίσω. Η Μαρία Γκρόσμαν, με τους ώμους σκυφτούς και με φωνή κουρασμένη, μου εξήγησε πως δεν μπορούσε να κάνει διαφορετικά. Με διαβεβαίωσε πως σκέφτηκε πολύ πριν πάρει την οριστική απόφασή της. Ζύγισε προσεκτικά τα υπέρ και τα κατά της νέας περίστασης και κατέληξε ότι έπρεπε, για το καλό και των δυο μας, να φύγουμε από την πόλη όπου ζήσαμε τα τελευταία δύο χρόνια, φροντίζοντας να μην αφήσουμε το παραμικρό ίχνος πίσω μας.

Όταν σταμάτησε να μου εξηγεί, έτσι όπως ήμουν γεμάτη νεύρα και θυμό, της χάρισα ένα ειρωνικό χαμόγελο, που έφτανε ως τα αυτιά μου.

«Μάζεψε μόνο τα απολύτως απαραίτητα στη βαλίτσα σου. Φεύγουμε το μεσημέρι. Τα υπόλοιπα θα τα αναλάβω εγώ» είπε η γιαγιά με παγωμένο ύφος, χωρίς να ενοχληθεί καθόλου από το ειρωνικό χαμόγελό μου, και γύρισε να φύγει από το δωμάτιο. Ξαφνικά κάτι την έκανε να κοντοσταθεί. «Α! Και μην ξεχάσεις να πάρεις μαζί τον καθρέφτη σου».

«Τον καθρέφτη μου;» τη ρώτησα μπερδεμένη, νιώθοντας μια αίσθηση αηδίας στη γλώσσα. Ε, αυτό πια παραπήγαινε. Ένα ξέσπασμα αγανάκτησης ξεχύθηκε από μέσα μου, όπως το νερό από το σπασμένο ποτήρι. «Σου λέω πως δεν θέλω να φύγουμε από την πόλη. Δεν με ακούς; Δεν θέλω να χάσω τους πρώτους φίλους που κατάφερα να αποκτήσω. Δεν θέλω πια να αλλάζω σχολεία. Κι εσύ τι κάνεις; Νοιάζεσαι μόνο για τον χαζοκαθρέφτη σου».

Κοιτούσα με απόγνωση και απελπισία μέσα στο δωμάτιο, θαρρείς και ήταν δυνατόν να βρω εκεί μέσα κάποιον ή κάτι που θα μπορούσε να με βοηθήσει. «Δεν το θέλω πια το δώρο σου. Να το πάρεις αμέσως πίσω. Μπορείς να πάρεις τον άχρηστο καθρέφτη σου και να πας όπου θέλεις. Εγώ δεν πρόκειται να σε ακολουθήσω αυτή τη φορά. Θα μείνω στης Ρόζας. Είμαι σίγουρη ότι θα με φιλοξενήσει».

Φώναζα με όλη τη δύναμή μου, προσπαθώντας να διώξω μακριά την απελπισία μου. Η αλήθεια είναι ότι, αν έφευγε η γιαγιά, δεν ήξερα ούτε τι να κάνω ούτε πού να πάω. Κατά βάθος δεν ήμουν καθόλου σίγουρη ότι οι γονείς της Ρόζας θα συμφωνούσαν με την ιδέα να με φιλοξενήσουν.

Η Μίλι, η γάτα που ανήκε εξίσου σε όλους τους γείτονες της περιοχής, άκουσε τις φωνές μου και πήδησε στο δωμάτιο από το ανοιχτό παράθυρο. Έτρεξε κοντά μου και έτριψε το κεφάλι της στα πόδια μου, σαν να ήθελε να με ηρεμήσει. Έσκυψα αμήχανα και τη σήκωσα στην αγκαλιά μου. Της χάιδεψα απαλά το κεφάλι.

«Άκουσες, Μίλι;» ψιθύρισα, φέρνοντας το κεφάλι μου κοντά στο κοκκινότριχο κεφαλάκι της γάτας. «Πρέπει να αφήσουμε την πόλη. Λέει ότι πρέπει να φύγω μακριά από σένα, από τη Ρόζα, την Τζούλια και τα υπόλοιπα παιδιά, χωρίς για ακόμη μία φορά να μου εξηγεί το γιατί» της είπα με φωνή σπασμένη από το παράπονο. Κοίταξα τη γιαγιά μου με μάτια υγρά από τα δάκρυα, που δεν μπορούσα πια να συγκρατήσω.

Ξαφνικά μια σκέψη με έκανε να χάσω το έδαφος κάτω από τα πόδια. Θα πέθαινε άραγε κάποιος τώρα που έπρεπε να φύγουμε από το σπίτι; «Κάνε, Θεέ μου, να μην είναι η Ρόζα» προσευχήθηκα σιγανά και έδιωξα βιαστικά την άσχημη αυτή σκέψη από το μυαλό μου.

Τελειώνει το διάβασμα και το βλέμμα της πεταρίζει βιαστικά στις σελίδες που έχουν σκεπάσει τον Φοίβο. Ξέρει ποια σελίδα αναζητά. Αυτή που έγραψε την επόμενη μέρα. Δεν αργεί να την ανακαλύψει. Βλέποντας την ημερομηνία στο επάνω μέρος, το βλέμμα της τριγυρίζει αλαφιασμένο γύρω από τα γράμματα, όπως η πεταλούδα γύρω από το φως. Είναι η ημέρα που γνώρισε την κυρία Μι. Η ημέρα που έκλεινε τα δώδεκά της χρόνια, αλλά η γιαγιά της το είχε ξεχάσει. Η ημέρα που η γιαγιά της την εγκατέλειψε, η ημέρα που την πρόδωσε. Χλωμιάζει και νιώθει τους μυς του προσώπου της να συσπώνται. Αν και ο Φοίβος τής φωνάζει να κλείσει το τετράδιο, δεν το κάνει.

Θυμάται ότι το ίδιο βράδυ είχε γράψει στο ημερολόγιό της αρκετή ώρα, προσπαθώντας να βάλει σε τάξη τις σκέψεις της, να καταλαγιάσει τα συναισθήματά της, που απειλούσαν να τη συντρίψουν, και να καταλάβει τι είχε συμβεί. Ψάχνει νευρικά ανάμεσα στις υπόλοιπες σελίδες που καλύπτουν τον καθρέφτη της. Τα δάχτυλά της έχουν μυρμηγκιάσει και τα χέρια της τρέμουν όσο ανακατεύει τα σκόρπια φύλλα για να βρει αυτά που γυρεύει.

«Λυδία, ηρέμησε» της λέει αυστηρά ο Φοίβος.

«Άφησέ με ήσυχη» του απαντάει απότομα.

Η επιμονή της τελικά αποδίδει καρπούς. Ανακαλύπτει και τις τρεις σελίδες που είχε γεμίσει με τα γεγονότα εκείνης της ημέρας. Η τελευταία έχει μείνει στη θέση της στο τετράδιο.

Βγάζει έναν κουρασμένο αναστεναγμό, καθώς η εικόνα εκείνου του μεσημεριού αιωρείται σαν έντομο μπροστά στα μάτια της. Το μυαλό της παρασύρεται ανυπεράσπιστο για μία ακόμη φορά από τις αναμνήσεις της. Και μόνο όταν αρχίζει να διαβάζει ηρεμεί και νιώθει την έντασή της να καταλαγιάζει.

Παρασκευή 2 Σεπτεμβρίου 2010

Κατά τη συνήθειά της να περπατάει γρήγορα, η Μαρία Γκρόσμαν πήρε βιαστικά την τελευταία στροφή του στενού δρόμου. Έμεναν λιγότερα από τετρακόσια με πεντακόσια μέτρα για να φτάσουμε στον προορισμό μας, και η γιαγιά επιτάχυνε ακόμη περισσότερο το βήμα της. «Πού πάμε, Μαρία Γκρόσμαν;» ρώτησα με ειρωνικό τόνο στη φωνή. Όταν νευριάζω μαζί της, τη φωνάζω πάντα με ολόκληρο το όνομά της, γιατί είμαι σίγουρη ότι αυτό την πληγώνει.

Από τα μισόλογά της, προτού ακόμα ξεκινήσουμε, είχα καταλάβει πως πριν από τις έξι το απόγευμα έπρεπε να βρισκόμαστε στο σπίτι κάποιας κυρίας Μι, διαφορετικά το καλά προετοιμασμένο σχέδιό της κινδύνευε να ναυαγήσει. Όχι ότι θα με ενοχλούσε ιδιαίτερα η ιδέα να της πάνε όλα στραβά, αντίθετα, κάτω από άλλες συνθήκες, θα μπορούσε να με ενθουσιάσει κιόλας. Δυστυχώς όμως, για μία ακόμη φορά, δεν είχα παρά να την ακολουθήσω.

Έτρεχα ξοπίσω της μπερδεύοντας τα βήματά μου, σαν αρχάρια χορεύτρια, που το άγχος της πρώτης εμφάνισης την κάνει να ξεχάσει τα σωστά βήματα της χορογραφίας.

Άκουγα την τρεμάμενη ανάσα της, που με δυσκολία έβγαινε από το λαχανιασμένο στήθος της. Ήμουν όμως πολύ θυμωμένη μαζί της, κι έτσι δεν σήκωσα ούτε μία φορά το κεφάλι για να την κοιτάξω. Και μόνο όταν άπλωσε το χέρι της και άρπαξε το δικό μου με ένα απότομο τράβηγμα, για να με φέρει πιο κοντά της, της έριξα την πιο φαρμακερή ματιά που διέθετε το οπλοστάσιό μου.

«Ε, άφησέ με» της είπα απότομα και της έριξα ένα θυμωμένο βλέμμα.

Τότε παρατήρησα έκπληκτη πως δεν με κοιτούσε. Το βλοσυρό και γεμάτο ένταση βλέμμα της ήταν προσηλωμένο στο βάθος του δρόμου, σαν την επίμονη ματιά του αετού που ψάχνει το θήραμά του. Το γνωρίζω πολύ καλά αυτό το βλέμμα, κι έτσι κατάλαβα ότι, αν και έκανε μεγάλη προσπάθεια να δείχνει ήρεμη, είχε πια κουραστεί.

Ίσως να έφταιγε το βάρος της παλιάς βαλίτσας που τραβούσε με το αριστερό της χέρι, σκέφτηκα κοιτάζοντας την παραφουσκωμένη αποσκευή της. Μα πόσα ρούχα είχε βάλει μέσα; Το ταλαιπωρημένο και γεμάτο βαθιές γρατσουνιές μαύρο δέρμα της ήταν τόσο τεντωμένο, που φούσκωνε σαν μπαλόνι αερόστατου. Η καημένη η βαλίτσα φαινόταν έτοιμη να εκραγεί. Όσο για τα ροδάκια της, σε κάθε τράνταγμα δυσανασχετούσαν πάνω στην τραχιά άσφαλτο του δρόμου. *Ευτυχώς η δική μου είναι ακόμα σε καλή κατάσταση. Το σκούρο μπλε χρώμα της δεν έχει ξεθωριάσει και τα ροδάκια της κυλούν αδιαμαρτύρητα στο πεζοδρόμιο. Όμως, για πόσο καιρό ακόμη; Αν συνεχίσουμε να τις κυλάμε με την ίδια συχνότητα, όπως τα τελευταία χρόνια, σύντομα και η δική μου βαλίτσα θα παρουσιάζει το ίδιο οικτρό θέαμα με αυτήν της γιαγιάς,* σκεφτόμουν ενώ προσπαθούσα να προλαβαίνω τα βήματά της ξεφυσώντας και ασθμαίνοντας.

«Έλα, Λυδία, βιάσου, δεν έχουμε χρόνο για χάσιμο. Και σταμάτα να κοιτάζεις συνέχεια πίσω. Δεν σε βοηθάει καθόλου το να περπατάς σαν ξεμυαλισμένη γαρίδα» μου είπε αυστηρά η Μαρία Γκρόσμαν. Παρατήρησα όμως ότι και αυτή έριχνε κάποιες φευγαλέες ματιές στον έρημο δρόμο που αφήναμε πίσω μας. «Η κυρία Μι μας περιμένει και σίγουρα θα ανησυχήσει αν αργήσουμε να φτάσουμε» κατέληξε, σφίγγοντας ακόμη δυνατότερα το χέρι μου.

«Για φαντάσου! Λες και με ενδιαφέρει στο ελάχιστο αυτή η κυρία» ήταν το μόνο που βρήκα να της απαντήσω, χωρίς να την κοιτάξω, φροντίζοντας όμως να δώσω στη φωνή μου την πιο ειρωνική χροιά που μπορούσα.

Τα λόγια της δεν με συγκινούσαν καθόλου πια. Άλλωστε, δεν μου καιγόταν καρφάκι για το εάν θα ανησυχούσε ή όχι η άγνωστη κυρία Μι. Εξακολουθούσα να είμαι θυμωμένη με τη γιαγιά και την απόφασή της να εγκαταλείψουμε για μία ακόμη φορά το σπίτι όπου ζούσαμε. Ήμουν αποφασισμένη να εκφράζω με όποιον τόπο μπορούσα τόσο την αντίθεσή μου στο καινούργιο ξεσπίτωμα όσο και την απροθυμία μου να την ακολουθήσω.

Στην αρχή εφάρμοσα το κόλπο των μικρών βημάτων, αλλά δυστυχώς δεν απέφερε κανένα αποτέλεσμα. Αντίθετα αποδείχτηκε επικίνδυνο και για τις δυο μας, γιατί τα σκοπίμως μικρά βήματά μου μπλέχτηκαν τόσες φορές στα βιαστικά βήματα της γιαγιάς και κινδυνεύσαμε και οι δύο μια δυο φορές να σωριαστούμε στο πεζοδρόμιο.

Στη συνέχεια, αφού για τουλάχιστον δέκα λεπτά έσφιγγα με πείσμα τα χείλη μου μέχρι να γίνουν ευθεία γραμμή, άφησα με απόλυτα θεατρινίστικο τρόπο μια ανέκφραστη ματιά ελεύθερη, να ανηφορίσει προς τις απέναντι βουνοκορφές, που πρόβαλλαν πίσω από τα χαμηλά σπίτια με τους φροντισμένους κήπους στις άκρες του δρόμου. Δυστυχώς, ούτε μία από τις αδιάφορες ματιές μου δεν έφερε τα προσδοκώμενα αποτελέσματα, γιατί, κοιτώντας τις βουνοκορφές, δεν μπόρεσα να συγκρατήσω ένα χαμόγελο που μου χάλασε τα ευθυγραμμισμένα χείλη. Στη σκέψη ότι οι βουνοκορφές έμοιαζαν με χελώνες που περπατούσαν αργά αλλά σταθερά κόντρα στα σύννεφα με τα καστανοπράσινα καβούκια τους στοιχηδόν το ένα πίσω από το άλλο, κόντεψα να πνιγώ, ενώ προσπαθούσα να καταπιώ τα γέλια μου, για να μην τα δει η γιαγιά. Τελικά δεν ήμουν καθόλου σίγουρη ότι η γιαγιά είχε αντιληφθεί όλες τις προσπάθειές μου να της δείξω τη δυσαρέσκειά μου.

Δυστυχώς έπρεπε να παραδεχτώ ότι και αυτό το σχέδιο, όπως όλα τα σπουδαία σχέδια που κατά καιρούς ετοιμάζω, είχε αποτύχει. Το γεγονός αυτό μεγάλωσε τον θυμό και την απελπισία που με είχαν κυριεύσει από τη στιγμή που η γιαγιά μού ανακοίνωσε ότι θα φεύγαμε από την πόλη.

Το σπίτι της κυρίας Μι, σύμφωνα με τις τηλεφωνικές οδηγίες που έδωσε η ίδια στη Μαρία Γκρόσμαν το προηγούμενο βράδυ, βρισκόταν στο τέλος του δρόμου μας.

Όταν φτάσαμε μπροστά στη σιδερένια εξώπορτα του δίπατου σπιτιού με τον αριθμό 22, στην αριστερή πλευρά του δρόμου, τα μάτια μου δεν είχαν ακόμα στεγνώσει.

«Έλα, Λυδία, φτάσαμε» είπε σφυριχτά η γιαγιά και έβγαλε έναν αναστεναγμό ανακούφισης ενώ χτυπούσε το μικρό πλαστικό κουδούνι στον πλαϊνό τοίχο της πόρτας. Σχεδόν αμέσως το χαμογελαστό πρόσωπο της κυρίας Μι φάνηκε στο άνοιγμα της εξώπορτας.

«Ω! Κυρία Γκρόσμαν, φτάσατε επιτέλους!» αναφώνησε με στόμφο η γυναίκα, βγάζοντας έναν αναστεναγμό ανακούφισης όμοιο μ' εκείνον που είχε βγει νωρίτερα από το στήθος της γιαγιάς. «Περάστε, περάστε μέσα» μας καλωσόρισε και βιάστηκε να παραμερίσει για να περάσουμε στο εσωτερικό του σπιτιού.

Περπάτησα πρώτη πίσω της. Δεν μπορούσα να την αφήσω καθόλου από τα μάτια μου. Η κοντή και στρουμπουλή φιγούρα της άγνωστης κυρίας Μι τραβούσε το βλέμμα μου σαν τον μαγνήτη. Το περίεργο λίκνισμα των τροφαντών οπισθίων της μεσόκοπης γυναίκας με εντυπωσίασε το ίδιο με την αδιόρατη ευγένεια που είδα μέσα στο βαθύ μπλε χρώμα των ματιών της όταν γύρισε να μας μιλήσει. *Είναι νεότερη από τη γιαγιά μου, σκέφτηκα.*

«Λυδία καλή μου, ελπίζω να μην ξέχασες να φέρεις τον καθρέφτη σου!» μου είπε με μάτια γεμάτα λάμψη, κοιτάζοντάς με εξεταστικά από πάνω μέχρι κάτω.

Τι θράσος! Τι απαράδεκτο θράσος, μα την αλήθεια! Ίδια η γιαγιά ήταν κι αυτή τελικά. Ο κόσμος μου αλλάζει ακόμη μία φορά, δεν ξέρω πού θα κοιμηθώ απόψε το βράδυ και αυτές είναι συντονισμένες στον ίδιο σκοπό. Προς μεγάλη μου απογοήτευση και οι δύο έχουν τον ίδιο μελωδικό χαβά με τον χαζοκαθρέφτη.

Ετοιμάστηκα να της απαντήσω αγανακτισμένη, αλλά δεν πρόλαβα. Η κυρία Μι γύρισε στη γιαγιά και σχολίασε με ένα αδιόρατο χαμόγελο, ανασηκώνοντας ταυτόχρονα τα σπαθάτα φρύδια της:

«Δεν φαντάζεστε, κυρία Γκρόσμαν, πόσοι αφηρημένοι σπουδαστές καταφτάνουν κάθε χρόνο στο σχολείο μας χωρίς τον καθρέφτη τους».

Κοίταξα απορημένη τη γιαγιά, αλλά εκείνη δεν μου έδωσε την παραμικρή σημασία. Παρέμεινε αμίλητη και χαμογέλασε συγκαταβατικά στην κυρία Μι. Τα λόγια της τελευταίας με μπέρδεψαν. Αν είχε περιοριστεί στην ερώτηση που μου έκανε, θα απορούσα βέβαια με το ενδιαφέρον της για έναν άχρηστο καθρέφτη, αλλά θα της απαντούσα κατάλληλα και το θέμα θα τελείωνε εκεί. Όταν όμως η κυρία Μι, απευθυνόμενη στη γιαγιά, αναφέρθηκε σε περισσότερους καθρέφτες και σε σπουδαστές, μπερδεύτηκα πάρα πολύ. Και αυτός ήταν ένας επαρκής λόγος για να με κάνει διστακτική και αναποφάσιστη ως προς το τι ακριβώς σήμαιναν τα λόγια της κυρίας Μι.

«Κυρία Μι». Η φωνή της γιαγιάς ακούστηκε ταπεινή. «Λυπάμαι που πρέπει να στερηθώ τη συντροφιά σας, αλλά δεν έχω πολύ χρόνο στη διάθεσή μου. Τώρα που πήρατε αυτό που θέλατε, μπορώ να φύγω;»

Η κυρία Μι την κοίταξε με κατανόηση, παρά τα ίχνη ανησυχίας που σκούρυναν το βλέμμα της. Εγώ, μην έχοντας συλλάβει ακόμα το πραγματικό νόημα της πρότασης της γιαγιάς, δεν ανησύχησα. Είχα συνηθίσει πια να την ακούω να επαναλαμβάνει τη φράση «Λυδία, πρέπει να φύγουμε. Μάζεψε τα πράγματά σου», ώστε δεν έδωσα την πρέπουσα σημασία.

Περιμένοντας ωστόσο στωικά να τελειώσει η γιαγιά τη συζήτησή της με την κυρία Μι, προτού φύγουμε, έριξα μια ματιά στο δωμάτιο. Τα μάτια μου καρφώθηκαν στα πορτρέτα δύο ηλικιωμένων, που κρέμονταν το ένα πλάι στο άλλο, στον αντικρινό τοίχο. Το πρόσωπο του άντρα ήταν κρυμμένο πίσω από τα πλούσια, παρά την προχωρημένη ηλικία του, άσπρα μαλλιά και τα επίσης φουντωτά και ομοιόχρωμα φρύδια και γένια του. Και τα μόνα χαρακτηριστικά που ξεχώριζαν επάνω του ήταν το σκληρό βλέμμα και η χοντρή, κυρτή μύτη του. Η γυναίκα του διπλανού πίνακα είχε το ίδιο ζωηρό και στρουμπουλό πρόσωπο με την κυρία Μι.

«Οι γονείς μου» είπε εκείνη με φωνή βραχνή από τη συγκίνηση.

Γύρισα και την κοίταξα ξαφνιασμένη.

«Δίδαξαν και οι δύο στο σχολείο μας. Ο πατέρας μου, μάλιστα, τα τελευταία χρόνια της ζωής του διετέλεσε και διευθυντής». Κούνησε νοσταλγικά το κεφάλι στη θύμησή τους.

«Κυρία Μι». Το ύφος της Μαρίας Γκρόσμαν ήταν τόσο παγωμένο, που, ακούγοντάς τη, μετά βίας συγκράτησα ένα ρίγος που κύλησε στην πλάτη μου. «Πρέπει να προλάβω το τελευταίο τρένο που φεύγει σε μία ώρα» επέμεινε κοιτώντας το μικροσκοπικό ρολογάκι που φορούσε στον καρπό του αριστερού της χεριού.

Τότε μόνο συνειδητοποίησα πως η γιαγιά μιλούσε σε πρώτο πρόσωπο, σαν να με είχε πετάξει ξαφνικά έξω από τα μελλοντικά σχέδιά της. Αναρίγησα και πλησίασα αργά και αθόρυβα, σαν το σαλιγκάρι, κοντά της, ενώ εκείνη εξακολουθούσε να μιλάει με την κυρία Μι.

«Φεύγουμε;» τη ρώτησα, με την ελπίδα ότι η απάντησή της θα διαψεύσει την απαίσια υποψία που τρύπησε σαν αιχμηρή βελόνα το μυαλό μου.

«Η γιαγιά σου θα φύγει, καλή μου» πετάχτηκε η κυρία Μι. «Εσύ θα μείνεις εδώ, μαζί μου, μέχρι τη Δευτέρα, οπότε και θα φύγουμε παρέα για το καινούργιο σου σχολείο».

Κοίταξα κατάπληκτη και ταραγμένη τις δύο γυναίκες.

«Τι;» Ξεροκατάπια και προσπάθησα να βρω τα κατάλληλα λόγια. Τα ακροδάχτυλά μου μυρμήγκιασαν ξαφνικά. Δεν μπορούσα να κουνήσω τα χέρια μου.

«Γιαγιά;» ήταν η δεύτερη λέξη που μέσα στην ταραχή μου κατάφερα να ξεστομίσω.

Ήμουν απελπισμένη. Το ήξερα ότι κάπως έτσι θα καταλήγαμε. Μετά απ' όλα εκείνα τα θεατρινίστικα που έκανα σήμερα ενώ ερχόμαστε εδώ, λόγω του δικαιολογημένου θυμού μου βεβαίως, η γιαγιά δεν θα αργούσε να αντεπιτεθεί και να πάρει το αίμα της πίσω.

Είναι πολύ ικανή σε κάτι τέτοια τερτίπια άλλωστε, σκεφτόμουν ενώ προσπαθούσα ακόμα να χωνέψω τα λόγια της κυρίας Μι. Αλλά είχα και τα δίκια μου να κάνω όσα έκανα. Εντάξει, μερικές ώρες νωρίτερα, επάνω στον εκνευρισμό μου, είχα απειλήσει τη γιαγιά ότι δεν σκόπευα να φύγω μαζί της και πως θα έμενα με τη Ρόζα, αλλά στην πραγματικότητα δεν ήθελα να γίνουν έτσι τα πράγματα. Είχα εξαπολύσει την απειλή μου πιστεύοντας ότι με αυτόν τον τρόπο θα την έπειθα να μείνουμε στην πόλη. Δεν πίστευα ότι η γιαγιά θα έπαιρνε τα λόγια μου τοις μετρητοίς και θα αποφάσιζε να φύγει μόνη της.

Την κοίταξα ικετευτικά, περιμένοντας την απάντησή της. Όμως δεν απάντησε. Το βλέμμα της ήταν στυλωμένο στο γκρίζο κομμάτι του δρόμου που φαινόταν από το ανοιχτό παράθυρο. Ο ήλιος βγήκε απότομα για μερικές στιγμές πριν σκοτεινιάσει.

«Γιαγιά;» επέμεινα σαν το πεινασμένο γατί, με τα μάτια ξεχειλισμένα από την αγωνία. «Είναι αλήθεια; Σκοπεύεις να φύγεις μόνη και να με αφήσεις εδώ;»

Όμως, η γιαγιά πάλι δεν μου απάντησε. Αντίθετα η κυρία Μι πλησίασε και πέρασε το παχουλό της χέρι, προστατευτικά, γύρω από τους γερμένους ώμους μου.

«Η γιαγιά σου πρέπει να λείψει για λίγο, παιδί μου, και δεν θα μπορέσει να σε φροντίσει».

Γούρλωσα έκπληκτη τα μάτια. «Γιαγιά, δεν είσαι καλά; Είσαι άρρωστη; Γιατί δεν μου μιλάς;»

Η κυρία Μι βιάστηκε να μου εξηγήσει:

«Όχι, Λυδία καλή μου, μη φοβάσαι. Δεν υπάρχει πρόβλημα υγείας. Δεν είναι άρρωστη η γιαγιά σου. Ας μείνουμε καλύτερα στο γεγονός πως, αν τις επόμενες ημέρες δεν είναι αρκετά προσεκτική, ίσως, λέω ίσως, κινδυνεύσει. Τέλος πάντων, αυτά δεν αφορούν εσένα. Το μόνο που πρέπει να ξέρεις είναι ότι τη συγκεκριμένη στιγμή τής είναι δύσκολο να προστατεύσει και τον εαυτό της και εσένα».

Εξακολουθούσα να κοιτάζω τη γιαγιά έντρομη. Ένιωθα το κεφάλι μου να βουίζει και τα μάτια μου να τσούζουν. Δεν ήθελα να χάσω τη γιαγιά μου. Ήταν η μόνη που μου είχε απομείνει.

«Αλλά μην ανησυχείς, καλή μου. Εσύ δεν πρέπει να φοβάσαι. Το σχολείο μας κι εγώ προσωπικά θα κάνουμε ό,τι μπορούμε για σένα μέχρι να γυρίσει η κυρία Γκρόσμαν να σε πάρει. Όταν όλα θα έχουν περάσει» κατέληξε, βγάζοντας έναν βαθύ αναστεναγμό ευχαριστημένη, καθώς πίστευε ότι είχε εξηγήσει επαρκώς την κατάσταση.

Το μόνο που κατάλαβα ήταν ότι κινδύνευα να χάσω το μόνο αγαπημένο πρόσωπο σε ολόκληρο τον κόσμο που νοιαζόταν για μένα. Έσπρωξα μακριά το χέρι της κυρίας Μι, που ήταν ακόμα ακουμπισμένο στους ώμους μου, και γύρισα στη γιαγιά. Άπλωσα τα χέρια και σφίχτηκα με όλη μου τη δύναμη γύρω από τη γεροδεμένη μέση της. Τα δακρυσμένα μάτια μου έψαχναν απεγνωσμένα να ανταμώσουν το βλέμμα της. Είχα τόσο πολλά να της πω, αλλά ήταν η γιαγιά απέφευγε να με κοιτάξει στα μάτια. Άπλωσε όμως τα τρεμάμενα χέρια της και με έσφιξε δυνατά πάνω της.

«Λυδία μου» προσπάθησε να ψελλίσει ανάμεσα στα αναφιλητά της. «Το σχολείο αυτό είναι το μόνο ασφαλές μέρος για σένα. Πίστεψέ με, μόνο εκεί θα είσαι προστατευμένη από κάθε κίνδυνο που μπορεί να σε απειλήσει σήμερα αλλά και στο μέλλον. Οι δάσκαλοι εκεί θα σε φροντίσουν. Η κυρία Μι θα σε προσέχει σαν να είσαι δικό της παιδί».

«Γιαγιά, μακάρι να μου έλεγες τι συμβαίνει» μουρμούρισα αργά, λες και οι δυνάμεις μου με είχαν ξαφνικά εγκαταλείψει. «Γιατί από τότε που πέθανε η μητέρα δεν μείναμε ποτέ σε ένα μέρος; Γιατί φεύγουμε συνέχεια σαν κυνηγημένες;»

Η Μαρία Γκρόσμαν με κοίταξε απορημένη.

Τελικά η γιαγιά δεν με ήξερε καθόλου. Δεν είχε αντιληφθεί πως από καιρό είχα καταλάβει το κρυφτούλι που έπαιζε με κάποιον ή κάποιους τα τελευταία χρόνια, μετά τον θάνατο της μητέρας.

«Λυδία μου, το μόνο που θέλω να ξέρεις είναι ότι σε αγαπάω πάρα πολύ και δεν θα έκανα ποτέ κάτι που θα μπορούσε να σε βλάψει» μου είπε. «Άφησέ με να σε κοιτάξω πριν αποχωριστούμε. Χαμογέλασέ μου, για να θυμάμαι, όσο καιρό θα είμαστε χωριστά, τα καταπράσινα πανέξυπνα ματάκια σου, την τσαχπίνικη μυτούλα σου και το σγουρομάλλικο καστανόξανθο κεφαλάκι σου».

Έσκυψε βιαστικά και έψαξε μέσα στην τσάντα της. Έβγαλε από μέσα ένα μικρό, μαύρο, δερμάτινο πορτοφόλι. «Φύλαξε αυτά τα χρήματα, ίσως μια μέρα να σου χρειαστούν» μου είπε με έναν λυγμό στη φωνή. «Κι όταν χρειαστεί να τα ξοδέψεις, να το κάνεις με προσοχή. Δυστυχώς, δεν έχω άλλα να σου δώσω».

Ξαφνικά τα μάτια της σκοτείνιασαν, σαν να χάθηκαν μέσα σε βαθιά σκοτάδια.

Σήκωσα αμίλητη τα χέρια και άγγιξα τα μάγουλά της. Μια δασκάλα, σε ένα από τα σχολεία από τα οποία πέρασα, είχε πει πως ένα άγγιγμα μπορεί μερικές φορές να πει πράγματα που τα λόγια είναι ανίκανα να εκφράσουν.

Η κυρία Μι φαίνεται πως γνώριζε τα προβλήματα που έπαιρνε μαζί της φεύγοντας η Μαρία Γκρόσμαν, γιατί την κοίταξε λυπημένη.

Η συντριβή της γιαγιάς ήταν τόσο μεγάλη, που ακόμη κι εγώ τη λυπήθηκα και δεν είπα άλλη κουβέντα μέχρι που η Μαρία Γκρόσμαν βγήκε σκυφτή από το δωμάτιο, σέρνοντας πίσω της την παλιά βαλίτσα με τα ξεχαρβαλωμένα ροδάκια. Όταν χάθηκε από τα μάτια μου, μια δυνατή κραυγή ξεπήδησε από το στήθος μου τόσο φυσικά, σαν το νερό που τρέχει. Η κυρία Μι απέμεινε να με κοιτάζει ατάραχη, μέχρι που ο απόηχος της κραυγής μου χάθηκε από το δωμάτιο.

Αφού διαβάζει και την τελευταία λέξη της τρίτης σελίδας, η Λυδία μένει αμίλητη. Τα μάγουλά της είναι κατακόκκινα και φλογισμένα, θαρρείς και το αίμα τρέχει καυτό κάτω από το δέρμα του προσώπου της. Στα αυτιά της ακούει έναν μονότονο και δυνατό ήχο, σαν να μπήγουν καρφιά σε κάποιον από τους τοίχους του δωματίου.

«Το φοβόμουν πως κάπως έτσι θα καταλήγαμε» ακούγεται η φωνή του Φοίβου κάτω από τις σελίδες του ημερολογίου.

Δεν του δίνει σημασία. Σηκώνεται και, κάνοντας δύο μικρά βήματα –τόση ήταν όλη κι όλη η απόσταση–, φτάνει στα ξύλινα ράφια που καλύπτουν αρκετό από τον απέναντι τοίχο του δωματίου. Εκτός από τα βιβλία της, έχει στοιβάξει εκεί πάνω κάθε είδους μικρό θησαυρό που έχει συλλέξει όλα αυτά τα χρόνια μέσα στο σχολείο. Τα περισσότερα είναι δώρα των συμμαθητών της, τα οποία της έφερναν κάθε φορά που επέστρεφαν από τις παντός είδους διακοπές τους. Παίρνει στα χέρια της το γυάλινο μπουκάλι με το νερό από το πρώτο από τα τρία ράφια και το πίνει μονορούφι, αδειάζοντας όλο το περιεχόμενο.

Τότε συνειδητοποιεί ότι ο Φοίβος έχει μιλήσει και δεν του απάντησε. Γυρίζει στο κρεβάτι αποφασισμένη να μιλήσουν. Νιώθει λίγο ένοχη. Δεν αξίζει την αδιαφορία της ο Φοίβος. Αν δεν ήταν εκείνος και η Καλυψώ, δεν θα είχε καταφέρει όσα τελικά πέτυχε τα τελευταία χρόνια.

Τραβάει το ξύλινο χερούλι του καθρέφτη της κάτω από τις σελίδες και τον φέρνει μπροστά της. Ο Φοίβος την κοιτάζει με τη συνηθισμένη του απάθεια από την μπρούντζινη επιφάνεια. Τα μάτια του είναι καρφωμένα στο πρόσωπό της, χωρίς όμως να προδίδουν το παραμικρό συναίσθημα.

«Δεν έχουμε μιλήσει ποτέ για τα περασμένα» του λέει δήθεν αδιάφορα, αλλά η καρδιά της κοντεύει να σπάσει. Οι αναμνήσεις την έχουν κάνει πολύ ευάλωτη. «Δεν θέλεις να μάθεις; Όταν η Μαρία Γκρόσμαν με εγκατέλειψε, μου φάνηκε ότι μαζί της χάθηκε και η χαρά από τον κόσμο. Μερικές φορές αναρωτιέμαι αν υπάρχει πραγματική χαρά ή αν είναι μόνο στο μυαλό των ανθρώπων, για να κάνουμε τη ζωή μας πιο υποφερτή» μουρμουρίζει.

«Βρίσκεις κατάλληλη τη στιγμή για να μάθω όλες αυτές τις παλιές ιστορίες;»

«Δεν ξέρω». Το βλέμμα της είναι συννεφιασμένο. «Δεν το είχα προσχεδιάσει. Ξαφνικά κατάλαβα ότι όλο το παρελθόν μου είναι κομματιασμένο σαν τις σελίδες του τετραδίου. Δεν προσπάθησα ποτέ μέχρι τώρα να βάλω τα κομμάτια του σε μια σειρά, να τα ενώσω».

«Γιατί δεν αφήνεις το παρελθόν στην ησυχία του; Ίσως μια άλλη μέρα. Ίσως αφού βρούμε τη γιαγιά σου. Γιατί δεν αφήνεις το παρελθόν σου να γίνει ένα παραμύθι από εκείνα που αρέσει στους ανθρώπους να ακούν;»

«Όχι».

Τα χαρακτηριστικά του προσώπου της μοιάζουν τραβηγμένα από την ένταση. Μια αιχμηρή σκέψη έχει σφηνωθεί στον νου της και την πονάει, λες και κάποιος της έμπηξε ένα τεράστιο σιδερένιο καρφί. «Αυτό έκανα μέχρι σήμερα. Είχα αφήσει όλες τις αναμνήσεις μου πίσω. Κι αν εκεί βρίσκεται κρυμμένο όλο το νόημα της εξαφάνισης της γιαγιάς μου; Αν πρέπει να αρχίσω από κει την έρευνά μου;»

Τον κοιτάζει με ματιά σκοτεινή, όμοια με του γερακιού που ετοιμάζεται για κυνήγι.

«Καλά, συνέχισε το διάβασμα. Αλλά βιάσου γιατί σε λίγο νυχτώνει. Πρέπει να κοιμηθείς νωρίς απόψε» λέει ο Φοίβος αναπάντεχα.

Σκύβει ευχαριστημένη και συνεχίζει την ανάγνωση.

Τρίτη 6 Σεπτεμβρίου 2010

Ήμουν πολύ κουρασμένη από το πολύωρο ταξίδι μέχρι το Μόναχο –το όνομα της πόλης φιγουράριζε σε όλα τα σημεία του σιδηροδρομικού σταθμού– καθώς και από τη φλυαρία της κυρίας Μι, που καθ' όλη τη διάρκεια του ταξιδιού μιλούσε συνεχώς. Και παρότι δεν έβαλε καθόλου γλώσσα μέσα της, δεν αναφέρθηκε ούτε μία φορά στο πρόβλημα της γιαγιάς μου, παρά τη συνεχή πίεσή μου και τα αμέτρητα παρακάλια μου.

Αλλά δεν ήμουν τόσο κουρασμένη ώστε να μην καταλάβω ότι το νέο μου σχολείο ήταν πολύ παράξενο και δεν είχε καμία ομοιότητα με αυτά όπου είχα πάει μέχρι σήμερα.

Από τον σταθμό, με ένα ταξί, φτάσαμε στην αριστερή όχθη ενός ποταμού, που κατά τα φαινόμενα διέσχιζε την πόλη. Η κυρία Μι μου έδειξε ένα παλαιό, κλασικό, τριώροφο οίκημα, αναγεννησιακού ρυθμού με γκρίζα αγάλματα στις εσοχές της πρόσοψής του.

«Το νέο σου σχολείο» μου είπε.

Θα πρέπει να πω ότι αυτό που με εντυπωσίασε δεν ήταν ούτε το εξωτερικό του ούτε η πέτρινη γέφυρα, πάνω από το ποτάμι, που καταλήγει στην είσοδο του σχολείου. Όταν όμως διαβήκαμε την εξώπορτα και μπήκαμε στη μεγάλη αίθουσα υποδοχής, όλα έμοιαζαν διαφορετικά.

Μια μικρή είσοδος μας οδήγησε σε έναν προθάλαμο, το δάπεδο του οποίου μοιάζει με μια τεράστια σκακιέρα με άσπρα και μαύρα πλακάκια. Μαρμάρινα αγάλματα στέκονται σε εσοχές στους τοίχους αριστερά και δεξιά και ανάμεσά τους μαρμάρινοι κίονες φτάνουν μέχρι την οροφή. Στο κέντρο παφλάζει το τρεχούμενο νερό που χύνεται από το στόμιο μιας μαρμάρινης στάμνας σε ένα σιντριβάνι.

Μπήκα στον προθάλαμο του σχολείου με βαριά καρδιά, σαν τους κατάδικους που διαβαίνουν για πρώτη φορά το κατώφλι της φυλακής. Ακολούθησα αμίλητη την κυρία Μι δεξιά στον διάδρομο και έπειτα από κάμποσα μέτρα φτάσαμε στην αίθουσα των καθηγητών.

«Έλα, μικρή μου, πέρασε μέσα» μου είπε η κυρία Μι και, παρά την κούραση του ταξιδιού, που μας είχε καταβάλει, μου χάρισε ένα αστραφτερό χαμόγελο. Ύστερα παραμέρισε κάνοντας δύο μικρά πηδηχτά βηματάκια προς τα πίσω και με έσπρωξε να περάσω στην αίθουσα των καθηγητών. «Πέρασε, να γνωρίσεις και τους υπόλοιπους δασκάλους σου».

Κοντοστάθηκα για λίγο στην πόρτα και προσπάθησα να χαμογελάσω κι εγώ με τη σειρά μου, αλλά το κουρασμένο χαμόγελό μου δυσκολεύτηκε να φτάσει από τη μια άκρη των χειλιών μου στην άλλη. Το σώμα μου ήταν τόσο κουρασμένο και το μυαλό μου τόσο μπερδεμένο, που ήταν αδύνατον εκείνη τη στιγμή να σκεφτώ καθαρά. Πριν μπω στην αίθουσα, έριξα μια γρήγορη ματιά στο εσωτερικό της, έτσι όπως κάποιος βουτάει πρώτα τα δάχτυλα των ποδιών του στο νερό για να διαπιστώσει αν τα νερά είναι παγωμένα ή όχι προτού μπει στη θάλασσα. Αν ήταν στο χέρι μου, θα έφευγα τρέχοντας προς την έξοδο. Αυτό που χρειαζόμουν εκείνη τη στιγμή περισσότερο από τις νέες γνωριμίες ήταν να ξεκουραστώ, να καθαρίσει το μυαλό μου και να βάλω τις σκέψεις μου σε τάξη. Δυστυχώς όμως, έτσι όπως τα κατάφερε η Μαρία Γκρόσμαν, δεν είχα άλλη επιλογή από το να μπω στη μακρόστενη αίθουσα με τους μουσταρδί τοίχους.

Στην αίθουσα επικρατούσε φασαρία και χαχανητά, σε αντίθεση με την ησυχία που συναντήσαμε στον προθάλαμο του κτιρίου ερχόμενες εδώ. Οι διάφοροι χώροι απ' όπου περάσαμε έμοιαζαν παραδομένοι στην αδράνεια του ύπνου, χωρίς κίνηση ή ίχνη ζωής.

Μόλις έκανα την εμφάνισή μου, τα κεφάλια των καθηγητών στράφηκαν προς το μέρος μου με τόση νωθρότητα και οκνηρία, σαν να τους είχε απομείνει λιγοστή ενέργεια στο τέλος της ημέρας. Με ένα γρήγορο μέτρημα διαπίστωσα ότι στην αίθουσα υπήρχαν έξι άτομα.

Εκτός από τον κύριο Κέι, που μου συστήθηκε με ένα χαμόγελο που έφτανε μέχρι τα αυτιά ως ο καθηγητής των ειδικών κινήσεων, και την κυρία Μι, που μου είχε ήδη εξηγήσει ότι είναι η καθηγήτρια των μαθηματικών, γνώρισα τον κύριο Σίγμα, που διδάσκει, κατά τα λεγόμενά του, τη γνώση του σώματος, και τον κύριο Έψιλον, ο οποίος, παρά το μικρό του ύψος, υποκλίθηκε μπροστά μου αυτοπροσδιοριζόμενος ως η αυθεντία του σχολείου στην ενέργεια.

«Η κυρία Γιώτα διδάσκει ιστορία» μου εξήγησε χαμηλόφωνα η κυρία Μι, δείχνοντας μια νεαρή μελαχρινή γυναίκα σκυμμένη πάνω από μια στοίβα βιβλία στην απέναντι άκρη του μακρόστενου τραπεζιού. «Δεν της αρέσει να τη διακόπτουν όταν προετοιμάζεται για τη διδασκαλία της επόμενης ημέρας».

Η φασαρία όμως που επικρατούσε στην αίθουσα, αφού οι καθηγητές, που συνομιλούσαν και αστειεύονταν μεταξύ τους, έκαναν περισσότερο θόρυβο απ' όσον θα υπήρχε αν το δωμάτιο ήταν γεμάτο με ζωντανές, θορυβώδεις γαρίδες, δεν φαινόταν να ενοχλεί την κυρία Γιώτα.

Πρόσεξα ότι ο άντρας που στεκόταν κοντά στο αναμμένο τζάκι με παρατηρούσε επίμονα πίσω από τα κοκάλινα μυωπικά γυαλιά του. «Είναι ο κύριος Ψι» με ενημέρωσε η κυρία Μι, αφού ο ίδιος δεν έκανε τον κόπο ούτε να συστηθεί, αλλά ούτε και να δώσει την παραμικρή πληροφορία για το μάθημα που δίδασκε.

Είχα μείνει κατάπληκτη, σαν τον φοβισμένο λαγό, πίσω από την πλάτη της κυρίας Μι, όσο αυτή συνομιλούσε χαμηλόφωνα με τον κύριο Κέι, και προσπαθούσα να ρίξω κάποιες γρήγορες και κλεφτές ματιές στους καθηγητές. Βέβαια, οφείλω να ομολογήσω ότι πολύ σύντομα κατάλαβα πως η συμπεριφορά μου αυτή ήταν αρκετά ντροπιαστική, αφού γρήγορα συνειδητοποίησα ότι δεν είχα λόγο να τους φοβάμαι. Μετά τις πρώτες συστάσεις, όλοι οι καθηγητές έμοιαζαν να αδιαφορούν πλήρως για την παρουσία μου στον χώρο τους.

Έβγαλα έναν κουρασμένο αναστεναγμό. Στο μυαλό μου στριφογύριζε συνέχεια η απορία που μου γεννήθηκε ακούγοντας τα ονόματα των καθηγητών. Με είχε εντυπωσιάσει το γεγονός ότι όλοι έχουν επιλέξει από ένα γράμμα της αλφαβήτου για όνομα. Υπέθεσα ότι οι καθηγητές, για κάποιον άγνωστο μέχρι στιγμής λόγο, χρησιμοποιούν ως ψευδώνυμο στον χώρο εργασίας τους το αρχικό γράμμα του μαθήματος το οποίο διδάσκουν. *Αλλά, διάβολε, έχουν δώσει ψευδώνυμο ακόμη και στα ίδια τα μαθήματα;* αναρωτήθηκα. *Θα μπορούσε, άραγε, ο κύριος Κέι των ειδικών κινήσεων να είναι καθηγητής Γυμναστικής, ο κύριος Σίγμα της γνώσης του σώματος καθηγητής της*

Βιολογίας, ενώ ο κύριος Έψιλον της Ενέργειας να διδάσκει Φυσική; Εάν δεν ήμουν τόσο κουρασμένη, θα ρωτούσα αμέσως την κυρία Μι. Αλλά, λόγω του ταξιδιού, άφησα και τα δύο θέματα προς διερεύνηση για μία από τις επόμενες ημέρες.

«Έλα, Λυδία, να σου δείξω πού θα κοιμηθείς απόψε. Σίγουρα θα είσαι πολύ κουρασμένη από το μεγάλο μας ταξίδι».

Η κυρία Μι μιλούσε αδιαλείπτως από τη στιγμή που βγήκαμε από το γραφείο των καθηγητών και συνέχισε ενώ ανεβαίναμε μία από τις δύο πλατιές, καμπυλωτές σκάλες με τα μαρμάρινα σκαλοπάτια, που οδηγούν στους υπόλοιπους ορόφους του σχολείου: «Δυστυχώς, είναι πολύ αργά για να σε οδηγήσω απόψε στους κοιτώνες των κοριτσιών. Σίγουρα θα κοιμούνται όλες τώρα. Αλλά μην ανησυχείς. Είναι ελεύθερο ένα από τα μικρά δωματιάκια στη σοφίτα του κτιρίου. Ελπίζω να βολευτείς για απόψε. Θα γνωρίσεις τους περισσότερους νέους συμμαθητές σου αύριο το πρωί στην τραπεζαρία. Αν και δεν είναι σίγουρο ότι έχουν φτάσει όλοι. Όμως, Λυδία, μη νοιάζεσαι, έχεις στη διάθεσή σου μία ολόκληρη εβδομάδα. Τα μαθήματά μας θα αρχίσουν την επόμενη Δευτέρα».

Την άκουγα να μιλάει, αλλά δεν πρόσεχα τα λόγια της. Η σκέψη μου σταμάτησε ξαφνικά στις λέξεις «οι νέοι συμμαθητές σου». Ένιωσα τότε μια φλόγα να με τσουρουφλίζει, θαρρείς και το στομάχι μου μεταμορφώθηκε σε ένα καζάνι που άρχισε να βράζει. Στη σκέψη της αυριανής ημέρας και του μαρτυρίου που με περίμενε, το καζάνι άρχισε να κοχλάζει επικίνδυνα. Πιάστηκα με δύναμη από τη σιδερένια κουπαστή της σκάλας και κοντοστάθηκα.

«Σου συμβαίνει κάτι, μικρή μου;»

«Όχι, όχι, τίποτα».

Ήταν ψέμα, φυσικά. Αλλά δεν σκόπευα να της περιγράψω εκεί, στη μέση της σκάλας, πόσο άσχημο είναι να στέκεσαι αμίλητη και ακίνητη μπροστά σε άγνωστα παιδιά και να περιμένεις καρτερικά να σε εξετάσουν, να σε παρατηρήσουν και να κρίνουν, με την πρώτη κιόλας ματιά, αν αξίζεις να σε αποδεχτούν και να σε βάλουν στις παρέες τους ή όχι».

Αφήνει τη σελίδα να πέσει στα γόνατά της. Το βλέμμα της είναι σοβαρό.

«Παιδικές ανοησίες» μουρμουρίζει με ένταση, θέλοντας να δείξει στον Φοίβο ότι αυτές οι σκέψεις ανήκουν οριστικά στο παρελθόν. Όχι μόνο δεν την απασχολούν πλέον, αλλά τις βρίσκει και αστείες.

«Άκουσε, Φοίβο, άλλη μία ανόητη απορία που είχα την ημέρα που αναγκάστηκα να αποχωριστώ τη Μίλι» λέει δυνατά με ανάλαφρη φωνή, θέλοντας να διασκεδάσει την εντύπωση που της προκάλεσε ο παλιός εκείνος παιδικός φόβος.

Παρασκευή 2 Σεπτεμβρίου 2010. Ώρα 13.30

Αναρωτιέμαι, τώρα που φεύγουμε από τη γειτονιά και θα χάσω για πάντα τη γάτα μου τη Μίλι –αν και στην πραγματικότητα ποτέ δεν ήταν ολότελα δική μου–, μήπως θα πρέπει να ξυρίσω τα φρύδια μου, όπως ήταν υποχρεωμένοι να κάνουν οι αρχαίοι Αιγύπτιοι, σε ένδειξη πένθους, όταν πέθαινε η γάτα τους! Ίσως έτσι καταλάβει επιτέλους η γιαγιά μου τη μεγάλη δυστυχία μου.

Περιμένει χαμογελαστή το σχόλιο του Φοίβου, αλλά κανένας ήχος δεν βγαίνει από τον καθρέφτη.

«Τι συμβαίνει, Φοίβο; Δεν το βρήκες αστείο;» ρωτάει απορημένη.

Σηκώνει τον καθρέφτη. Το οβάλ πρόσωπο του Φοίβου είναι συνοφρυωμένο. «Εεε, τι έπαθες;»

«Έχεις κάποια άλλη ενδιαφέρουσα σελίδα να διαβάσεις ή να ασχοληθούμε καλύτερα με τα του διαγωνισμού;»

Αφήνει τον καθρέφτη να πέσει στο κρεβάτι, θαρρείς και η ξύλινη λαβή του της έκαψε το χέρι. Η αλήθεια είναι, αν και δεν το παραδέχεται μπροστά του, αλλά κάποιες φορές, όταν ο Φοίβος την κοιτάζει αυστηρά, όπως αυτή τη στιγμή, νιώθει ένα ίχνος φόβου να τη διαπερνάει. Διώχνει βιαστικά τη σκέψη αυτή μακριά και ξανακοιτάζει τις σκόρπιες σελίδες.

«Ωραία, λοιπόν, ας βρούμε κάτι καλύτερο» του λέει με ειρωνικό τρόπο. «Αλλά να ξέρεις, η Μίλι μού έλειψε πραγματικά».

Δεν αργεί να ανακαλύψει μια «ενδιαφέρουσα» σελίδα. Την είχε γράψει αργά το βράδυ, στο τελείωμα της δεύτερης ημέρας, οπότε και γνώρισε την Καλυψώ.

Τετάρτη 7 Σεπτεμβρίου 2010

Τα καταραμένα τα όνειρά μου, την πρώτη νύχτα που κοιμήθηκα στη σοφίτα του σχολείου, ήταν σκούρα και στενόχωρα, σαν να αναδύονταν από τα τρίσβαθα σκοτεινά νερά κάποιου αχανούς, μαύρου ωκεανού.

Στην αρχή είχα πιστέψει ότι η κούραση του ταξιδιού, που βάραινε τα βλέφαρά μου, θα με βοηθούσε να κοιμηθώ αμέσως. Άλλωστε, τα πρώτα δείγματα που είχα ήταν θετικά. Όταν άνοιξα τη βαλίτσα μου και τράβηξα έξω το ημερολόγιό μου –το οποίο, θα πρέπει να πω, ενημερώνω ανελλιπώς κάθε βράδυ–, έπεσε από το αδύναμο χέρι μου και άνοιξε σαν παραγινωμένο καρπούζι μπροστά στα γεμάτα σκόνη παπούτσια μου. Μου φάνηκε βαρύ, σαν να ήταν καμωμένο από μολύβι.

Ετοιμάστηκα για ύπνο, πιστεύοντας ότι, για να ξεκουραστώ, θα έπρεπε να κοιμηθώ σαν τα σαλιγκάρια, που μπορούν να κοιμούνται για τρία συνεχόμενα χρόνια χωρίς να χρειαστούν καθόλου φαγητό.

Δεν ξέρω τι είδους όνειρα βλέπουν τα σαλιγκάρια τα τρία αυτά χρόνια και δεν έχουν καμία όρεξη να ξυπνήσουν. Τα δικά μου όμως χτες βράδυ ήταν εφιαλτικά. Είδα καράβια να θαλασσοπνίγονται μέσα στα αφρισμένα τεράστια κύματα μιας τρομερής ακόπαστης φουρτούνας. Είδα κοπάδια από κατάμαυρα κοράκια να ορμούν πάνω σε έναν δύστυχο κακοντυμένο γελωτοποιό, που στεκόταν μόνος του και ξεχασμένος στη μέση της ερήμου να φυλάει τους κόκκους της άμμου. Μια φάλαινα κατάπιε ξαφνικά έναν γέρο ψαρά, που, ενώ περίμενε να τσιμπήσουν τα ψάρια, μπάλωνε αμέριμνος τα δίχτυα του στην άκρη της ήρεμης λίμνης.

Ξέρω επίσης πως για τους εφιάλτες μου έφταιγε η αγωνία της εξέτασης από τους νέους συμμαθητές μου, που δεν με άφησε να κλείσω μάτι. Έτσι, όπως ήταν λογικό επακόλουθο, το επόμενο πρωινό παρουσιάστηκα μπροστά τους μες στα μαύρα μου τα χάλια.

Όταν σηκώθηκα από το κρεβάτι, κοιτάχτηκα στον μικρό τετράγωνο καθρέφτη πάνω από τον στενό λευκό νεροχύτη, που ήταν σφηνωμένος στον αριστερό τοίχο του δωματίου. Με μάτια πρησμένα και κατακόκκινα από την αϋπνία και με τα μάγουλα ρουφηγμένα από το άγχος, το πρόσωπό μου έμοιαζε με το σκιάχτρο που έστησε τις προάλλες η μητέρα της φίλης μου της Ρόζας για να κρατάει τα περιστέρια μακριά από τους σπόρους των λαχανικών της στον πίσω κήπο του σπιτιού τους. Και τότε άκουσα το σιγανό και διακριτικό χτύπημα στην πόρτα. Μαζί έφτασε στα αυτιά μου η εκνευριστική φωνή της κυρίας Μι:

«Λυδία χρυσό μου, ξύπνησες;»

«Άντε χάσου πρωί πρωί» μουρμούρισα εκνευρισμένη. «Εσύ μου έλειπες τώρα».

Προσπαθούσα να μαζέψω τα μαλλιά μου, που ώρες παραείναι σγουρά και φουντωτά, στο πίσω μέρος του κεφαλιού μου. Η φωνή της καθηγήτριας όμως με τρόμαξε. Το κοκαλάκι έπεσε από τα χέρια μου και τα μαλλιά που γλίστρησαν από τα δάχτυλά μου σκέπασαν μεμιάς το πρόσωπό μου.

Η κυρία Μι δεν περίμενε την απάντησή μου· άνοιξε την πόρτα και μπήκε σαν σίφουνας στο δωμάτιο.

«Ουου, μικρή μου, περίμενε να σε βοηθήσω να πιάσεις τα ατίθασα μαλλάκια σου» μου είπε.

Την κοιτούσα πίσω από την κυματιστή κουρτίνα των μαλλιών μου, που κάλυπταν ακόμα το πρόσωπό μου, να με πλησιάζει με απειλητικές διαθέσεις.

«Όχι, μη...» της φώναξα θορυβημένη. «Δεν μου αρέσουν δεμένα. Τα θέλω έτσι ελεύθερα». Τα τράβηξα με μανία πίσω από τα αυτιά μου.

Την ώρα όμως που κατεβαίναμε τη μαρμάρινη σκάλα, αναρωτήθηκα τι έπαθα και δεν άφησα την κυρία Μι να με βοηθήσει με τα καταραμένα μαλλιά μου. Τώρα, μαζί με τα πρησμένα κατακόκκινα μάτια και τα ρουφηγμένα μάγουλά μου από την αϋπνία, ήρθαν και τα αχτένιστα μαλλιά να κάνουν την εικόνα μου ακόμη χειρότερη.

Διασχίσαμε την αίθουσα υποδοχής, περάσαμε από την αίθουσα των καθηγητών, η πόρτα της οποίας σήμερα το πρωί ήταν κλειστή, και βγήκαμε σε μια καλοδιατηρημένη αυλή στο πίσω μέρος του κτιρίου.

«Στον προαύλιο χώρο του σχολείου μας περνούν τις περισσότερες από τις ελεύθερες ώρες τους οι σπουδαστές μας όταν ο καιρός είναι καλός» ψιθύρισε με συνωμοτικό ύφος η κυρία Μι, θαρρείς και μου αποκάλυψε ένα μυστικό που έπρεπε να μείνει μεταξύ σας.

Αλλά σήμερα ο καιρός είναι τόσο συννεφιασμένος όσο και η διάθεσή μου, ήθελα να της πω, αλλά κρατήθηκα. Εξάλλου, είχαμε αφήσει ήδη πίσω μας την αυλή με τα παγκάκια και τους καλοκουρεμένους θάμνους και μπήκαμε στο κτίριο από την απέναντι πλευρά της αυλής. Η πρώτη αίθουσα στα δεξιά μας ήταν το εστιατόριο του σχολείου.

Μέσα στην αίθουσα, οι αχτίδες του πρωινού ήλιου, που έμπαιναν από τις μεγάλες τζαμαρίες της πλευράς που έβλεπε στο προαύλιο, έμοιαζαν με κίτρινες φλόγες που έγλειφαν τους τοίχους. Οι σπουδαστές ήταν καθισμένοι σε στρογγυλά τραπέζια, που, τοποθετημένα το ένα δίπλα στο άλλο, σχημάτιζαν τρεις μακριές ευθείες γραμμές.

«Είναι γύρω στους διακόσιους οι σπουδαστές μας αυτή την περίοδο» ψιθύρισε η κυρία Μι βλέποντάς με να κοιτάζω την αίθουσα από τη μια άκρη ως την άλλη, σαν να της είπε κάποιος ότι προσπαθούσα να τους μετρήσω. «Κάποτε ήταν περισσότεροι» συνέχισε με ύφος ονειροπόλο.

Αυτή η κυρία Μι είναι τελικά από άλλο πλανήτη. Σκέτο ανέκδοτο. Πότε θα καταφέρει επιτέλους να καταλάβει τι σκέφτομαι; Πάντα είναι εκτός θέματος, σχολιάζοντας άλλα αντ' άλλων. Όπως εκείνη τη στιγμή για παράδειγμα. Η κυρία Μι δεν είχε την παραμικρή ιδέα για το τι ήταν αυτό που με αιφνιδίασε κοιτάζοντας τους νέους συμμαθητές μου. Και όμως δεν ήταν δα και τόσο δύσκολο να σκεφτεί την ερώτηση που μετά βίας συγκρατούσα πίσω από τα σφραγισμένα χείλη μου. «Τι γυρεύω εγώ ανάμεσα σε όλους αυτούς;» ήθελα να ρωτήσω, αλλά σώπασα.

Οι μαθητές του σχολείου που κάθονταν στα μικρά στρογγυλά τραπέζια της αίθουσας, ήταν αφενός όλοι πολύ μεγαλύτεροι από μένα και αφετέρου τόσο αταίριαστοι στις ηλικίες μεταξύ τους. Αναρωτήθηκα αν η κυρία Μι με είχε οδηγήσει στη σωστή αίθουσα. Κανονικά θα έπρεπε να με πάει στην αίθουσα όπου έπαιρναν το πρωινό οι μικρότεροι μαθητές του σχολείου. Τι στο καλό γύρευα εγώ, μια δωδεκάχρονη, ανάμεσα σε τόσο μεγάλους μαθητές, οι περισσότεροι από τους οποίους έμοιαζαν με τελειόφοιτους λυκείου;

Θα έπρεπε όμως να ομολογήσω ότι, βλέποντας τα κλεφτά χαμόγελα στα έκπληκτα πρόσωπα των νεαρών που κάθονταν στα μπροστινά τραπέζια, κατάλαβα ότι κι εκείνοι ένιωθαν την ίδια έκπληξη με την παρουσία μου στην αίθουσα.

«Η Λυδία θα φοιτήσει στο σχολείο μας» ανακοίνωσε με δυνατή φωνή η κυρία Μι, αν και δεν χρειαζόταν. Η απόλυτη ησυχία που επικράτησε στην αίθουσα με την είσοδό μας σίγουρα θα επέτρεπε στη φωνή της να ακουστεί ολοκάθαρα, ακόμη κι αν ήταν ψιθυριστή.

«Μα είναι τόσο μικρή! Είστε σίγουρη, κυρία Μι, ότι μπορεί να παρακολουθήσει τα μαθήματα;» ρώτησε με απορία, ύστερα από μερικά λεπτά σιγής, μια νεαρή κοκκινομάλλα που καθόταν στα πίσω τραπέζια της αίθουσας.

Της έριξα ένα βλέμμα συμπάθειας, προτρέποντάς τη να συνεχίσει.

«Πώς θα τα καταφέρει ένα τόσο μικρό κορίτσι;» αναρωτήθηκε στη συνέχεια η νεαρή, μη δίνοντας καμία σημασία στο γεμάτο νόημα βλέμμα μου, κλείνοντας όμως κοροϊδευτικά το μάτι στον μελαχρινό νεαρό που καθόταν πλάι της στο τραπέζι. Εκείνος κούνησε το κεφάλι του για να δηλώσει ότι συμφωνούσε μαζί της.

«Θα τη βοηθήσετε όλοι σας!» της απάντησε η κυρία Μι με ένα αφοπλιστικό χαμόγελο στο στρουμπουλό πρόσωπό της.

Και ύστερα, απευθυνόμενη σε όλη την αίθουσα, είπε: «Έτσι δεν είναι; Μπορεί η Λυδία μας να αναγκάζεται, λόγω κάποιων δύσκολων περιστάσεων, να ξεκινήσει νωρίτερα το σχολείο μας, όμως είμαι σίγουρη ότι θα της συμπαρασταθείτε όλοι σας και θα τη βοηθήσετε να αντεπεξέλθει σε όλες τις δυσκολίες που πρόκειται να αντιμετωπίσει λόγω της ηλικίας της».

«Μα πολλά από τα μαθήματα είναι δύσκολα ακόμη και για μας. Πώς θα...» επέμεινε η κοκκινομάλλα, προσφέροντάς μου κάποιες αμυδρές ελπίδες επιστροφής στη γιαγιά, αλλά η κυρία Μι δεν την άφησε να τελειώσει τη φράση της.

«Φυσικά, χρυσή μου. Κι εμείς οι καθηγητές θα τη βοηθήσουμε όσο μπορούμε. Είμαι σίγουρη ότι και οι υπόλοιποι συνάδελφοί μου θα είναι κάπως πιο ελαστικοί στην αντιμετώπισή της».

Ενώ η κυρία Μι μιλούσε στους σπουδαστές και τους εξηγούσε πώς έπρεπε να με βοηθήσουν, ένιωθα τα μάγουλά μου να κοκκινίζουν. Ήμουν αναστατωμένη και τα αυτιά μου βούιζαν. Και τότε πρόσεξα ότι η κυρία Μι ξαφνικά σταμάτησε να μιλάει και σάρωσε σαν ραντάρ την αίθουσα από τη μία άκρη ως την άλλη, ώσπου τα μάτια της στάθηκαν σε μια νεαρή κοπέλα σε ένα από τα τραπέζια της μεσαίας σειράς. Το βλέμμα της καθηγήτριας έλαμψε. Άρπαξε το χέρι μου και, περνώντας σαν σίφουνας ανάμεσα από τα μπροστινά τραπέζια, με τράβηξε μαζί της ως τη μέση της αίθουσας.

«Καλημέρα, Καλυψώ» είπε σιγανά και με γλύκα στη φωνή η κυρία Μι.

Η φωνή της κυρίας Μι φαίνεται πως έβγαλε την κοπέλα από σκέψεις μακρινές, γιατί, όταν έστρεψε το πρόσωπό της προς το μέρος μου, η ματιά της ήταν αργή και θολωμένη πάνω στο ήρεμο, λεπτεπίλεπτο, όμορφο πρόσωπό της.

«Μπορεί η Λυδία να καθίσει δίπλα σου, καλή μου;» τη ρώτησε, δείχνοντας με την άκρη του ματιού της την άδεια καρέκλα στην απέναντι πλευρά του τραπεζιού.

Περιμένοντας την απάντησή της, παρατήρησα καλύτερα την κοπέλα, που στάθηκε η αιτία να γλυκάνουν το πρόσωπο και η φωνή της κυρίας Μι, σαν να είχε καταπιεί μονομιάς ένα ολόκληρο βαζάκι με μέλι. Τα ατίθασα, κοντοκουρεμένα, μαύρα μαλλιά της, που πιθανότατα τα είχε χτενίσει μόνο με τα δάχτυλά της, σκέπαζαν το κεφάλι της σαν μάλλινο καπελάκι. Και το γαλατένιο πρόσωπό της, παρά τα μικροσκοπικά κόκκινα εξανθήματα στα μάγουλα και στη μύτη, ήταν πολύ όμορφο σαν μωρού.

«Φυσικά, κυρία Μι» απάντησε με βραχνή φωνή, που, κατά περίεργο τρόπο, ταίριαζε απόλυτα με τη θολωμένη γαλανή ματιά της. Η Καλυψώ απέφευγε να μας κοιτάξει, αν και το πρόσωπό της εξακολουθούσε να είναι στραμμένο προς το μέρος μας.

«Ωραία, πολύ ωραία» ακούστηκε ευχαριστημένη η καθηγήτρια των μαθηματικών. «Σου την εμπιστεύομαι τότε και σας αφήνω να τα πείτε με την ησυχία σας. Ελπίζω σύντομα να γνωριστείτε καλύτερα» είπε απλώς και απομακρύνθηκε βιαστικά από κοντά τους, λικνίζοντας με χάρη τα τροφαντά οπίσθιά της καθώς περνούσε ανάμεσα από τα τραπέζια.

«Κάθισε, Λυδία» μου είπε η Καλυψώ με την ίδια βραχνή φωνή, αλλά εγώ έμεινα ακίνητη στη θέση μου να αναρωτιέμαι γιατί το χέρι της έδειχνε σε άλλη πλευρά του τραπεζιού από εκείνη όπου βρισκόταν η άδεια καρέκλα.

«Έλα, μην ντρέπεσαι. Κάθισε να φας. Σίγουρα θα πεινάς. Μπορείς να πάρεις ό,τι θέλεις» συνέχισε η κοπέλα, δείχνοντας αυτή τη φορά τα πιάτα πάνω στο τραπέζι, θαρρείς και είχα καθίσει ήδη στην καρέκλα. «Ο Ερμής, που καθόταν εδώ σήμερα το πρωί, ήταν βιαστικός. Πήρε έναν καφέ και έφυγε αφήνοντας το πρωινό του απείραχτο».

Κάθισα αμίλητη στην άδεια καρέκλα. Τα πιάτα στο τραπέζι είχαν μόνο αποφάγια. Κοίταξα πάλι την Καλυψώ. Και τότε κατάλαβα.

«Είσαι τυφλή!» μουρμούρισα έκπληκτη, κοιτώντας την με ένταση αλλά και κάποιο ίχνος συμπόνιας. Η φωνή μου, χωρίς να το θέλω, ακούστηκε τρεμουλιαστή.

Η Καλυψώ δεν ταράχτηκε, αντίθετα έκανε κάτι που με κατέπληξε ακόμη περισσότερο. Με ήρεμες και αργές κινήσεις έχωσε το χέρι της στο σακίδιο που κρεμόταν στο πλάι της καρέκλας της. Όταν το χέρι της εμφανίστηκε πάλι, κρατούσε γερά από το ξύλινο χερούλι του έναν καθρέφτη παρόμοιο με εκείνον που μου είχε δωρίσει η Μαρία Γκρόσμαν στα γενέθλιά μου, όταν έκλεισα τα έξι μου χρόνια. Η μοναδική διαφορά τους ήταν ότι ο καθρέφτης της Καλυψώς ήταν ασημένιος, ενώ ο δικός μου μπρούντζινος.

Παρακολουθούσα τις κινήσεις της αμίλητη και νευρική. Η Καλυψώ χάιδεψε πρώτα την επιφάνεια του καθρέφτη απαλά με τα ακροδάχτυλά της. Στη συνέχεια τον έσυρε με μια ανάλαφρη, αργή κίνηση, σαν το αχνοφύσημα του ανέμου, πάνω από το τραπέζι και τον έφερε μπροστά στα θολωμένα μάτια της. Έμεινε για λίγο αμίλητη. Μια λευκή φλόγα στριφογύρισε και άναψε στο βάθος των ακίνητων ματιών της. Και τότε ξαφνικά άρχισε να γελάει. Το γέλιο της είχε κάτι από το σπινθηροβόλημα της φλόγας των ματιών της.

«Τον μπαγαπόντη τον Ερμή, κατάφερε πάλι να με ξεγελάσει. Μου είπε ότι δεν πεινούσε, αλλά, όπως φαίνεται, το μόνο που δεν έφαγε είναι τα πιάτα. Ο κατεργάρης, μία εβδομάδα έχει που ήρθε στο σχολείο και βάλθηκε να με τρελάνει» είπε ξεκαρδισμένη στα γέλια.

Μπερδεύτηκα για τα καλά. Τελικά ήταν ή δεν ήταν τυφλή η κοπέλα;

«Χωρίς τον καθρέφτη μου είμαι τυφλή» απάντησε με μαλακωμένη φωνή η Καλυψώ, σαν να είχε ακούσει τη σκέψη μου. «Όταν όμως κοιτάζει αυτός για μένα, είναι σαν να βλέπω τα πάντα. Είναι τα μάτια μου».

«Δεν καταλαβαίνω! Τι σημαίνει αυτό; Τι θέλεις να πεις;» ψιθύρισα μέσα από τα δόντια, ρίχνοντάς της διστακτικές ματιές. Η αμηχανία μου με έκανε να νιώθω απαίσια, θαρρείς και το στομάχι μου έκανε βουτιά στο κενό.

«Χμ... Φαίνεται ότι η κυρία Μι δεν μας τα είπε όλα» μονολόγησε συλλογισμένη η Καλυψώ, κοιτάζοντας τη γυαλισμένη επιφάνεια του ασημένιου καθρέφτη της. «Η απορία της μικρής Λυδίας μάς αποκαλύπτει ότι η κοπελίτσα δεν έχει γνωριστεί ακόμα με τον καθρέφτη της».

Απορημένη και μπερδεμένη με τα ακατανόητα λόγια της, κούνησα ταραγμένη το κεφάλι πέρα δώθε σαν το εκκρεμές. Η παράξενη Καλυψώ μιλούσε με τον καθρέφτη της. Η ακατανόητη συμπεριφορά της τυφλής κοπέλας μού θύμισε την ιστορία του μοναχικού δέντρου καταμεσής του κάμπου, που, για να ξεχνά την ερημιά του, λέει τις ιστορίες του στον περαστικό άνεμο.

«Έχεις δίκιο να απορείς, καημενούλα μου, με τη συμπεριφορά μου αν πράγματι δεν έχεις την παραμικρή ιδέα για τον καθρέφτη σου!» με αιφνιδίασε η Καλυψώ.

Είχε στρέψει όχι μόνο το πρόσωπό της με το θολό βλέμμα, αλλά και την ασημένια επιφάνεια του καθρέφτη της, προς το μέρος μου.

Ελπίζω να μη μου ζητήσει να κοιταχτώ κι εγώ στον καθρέφτη της, σκέφτηκα, ρίχνοντάς του ταυτόχρονα μια κλεφτή ματιά. Δεν μου έκανε βέβαια την παραμικρή εντύπωση το ότι ούτε στην ασημένια επιφάνεια του καθρέφτη της Καλυψώς μπορούσε κάποιος να δει το πρόσωπό του, όπως ακριβώς και στη δική μου αρχαιολογία.

«Άκου λοιπόν τι θα κάνουμε» πρότεινε η Καλυψώ. «Όταν τελειώσεις με το πρωινό σου, θα πάμε στη βιβλιοθήκη. Τέτοια ώρα δεν θα έχει πολλούς αναγνώστες» είπε κάνοντας έναν παράξενο μορφασμό καθώς ανασήκωνε ελαφρά τη μύτη της. Έχουμε πολλά να πούμε και είναι καλύτερα να τα συζητήσουμε με την ησυχία μας».

Αν και μισώ όσο τίποτε άλλο να εκτελώ αναντίρρητα τις προσταγές των άλλων, έκανα ό,τι ακριβώς μου είπε η Καλυψώ, γιατί κατάλαβα ότι πεινούσα σαν λύκος. Το *προηγούμενο βράδυ είχαμε φτάσει αργά στο σχολείο και* κανένας δεν είχε σκεφτεί να μου δώσει φαγητό. Και, όπως λέει πάντα η γιαγιά, δεν υπάρχει τίποτα πιο ντροπιαστικό από την αδειανή κοιλίτσα. Το γέμισμά της, ακόμη κι αν πολλές φορές είναι άσκοπο, σβήνει από το μυαλό όλα τα βάσανα και τις σκοτούρες, κάνοντάς τες ελαφρύτερες. Με δυσκολία βρήκα κάτι που να είχε αφήσει ανέγγιχτο ο μπαγαπόντης ο Ερμής, αλλά με ένα αυγό βραστό και δύο φέτες μαύρο ψωμί ήμουν χορτάτη.

Και ύστερα ακολούθησα την Καλυψώ, σαν καλοταϊσμένο σκυλάκι που τρέχει ευχαριστημένο πίσω από τον αφέντη του, στον δεύτερο όροφο του κτιρίου.

Η βιβλιοθήκη, με τα στενόμακρα ξύλινα τραπέζια, τα μικρά φωτιστικά πάνω από κάθε θέση εργασίας, τους αόρατους τοίχους κρυμμένους πίσω από ατελείωτες σειρές ραφιών που ασφυκτιούσαν φορτωμένα με όλων των ειδών τα βιβλία από το πάτωμα μέχρι το ταβάνι, δεν διέφερε σχεδόν καθόλου από μια κλασική βιβλιοθήκη. Υπήρχε όμως εδώ κάτι που δεν συναντά κανείς εύκολα σε έναν τέτοιο χώρο. Όπου και να κοιτούσα, έβλεπα ετοιμόρροπες στοίβες με βιβλία, θαρρείς και δεν υπήρχε κάποιος υπεύθυνος να τα επιστρέψει στη θέση τους στα ράφια. Τα φωτιστικά ήταν σβηστά, γιατί οι μεγάλες τζαμαρίες στην εξωτερική πλευρά του τοίχου άφηναν το φως της ημέρας να φωταγωγεί την αίθουσα.

Η Καλυψώ προχώρησε μπροστά, ανάμεσα από τα τραπέζια. Την ακολούθησα. *Πόσο παράξενο, αλήθεια, να με οδηγεί μια τυφλή,* σκέφτηκα, παρατηρώντας μια δέσμη από πρωινές ηλιαχτίδες, που μπήκαν την ίδια ώρα μαζί τους στην αίθουσα και στάθηκαν πάνω σε μια σκυμμένη γυναικεία πλάτη. Η Καλυψώ είχε δίκιο. Ήταν ήσυχα μέσα στη βιβλιοθήκη. Η γυναίκα στο βάθος του δωματίου ήταν τόσο πολύ απορροφημένη από τη μελέτη του βιβλίου που ήταν ανοιχτό μπροστά της, ώστε δεν ενδιαφέρθηκε να κοιτάξει τα δύο κορίτσια.

Καθίσαμε στην άλλη άκρη της βιβλιοθήκης. Η Καλυψώ, αφού βολεύτηκε στην καρέκλα της, έβγαλε τον καθρέφτη από το πάνινο σακίδιό της και τον έστρεψε προς το μέρος μου.

«Έχεις μαζί σου τον καθρέφτη σου;» με ρώτησε και η φωνή της ακούστηκε ανήσυχη.

Ένιωσα να ζαλίζομαι ακούγοντάς την. Μα δεν ήταν στ' αλήθεια ανησυχητικό; Την ίδια ερώτηση μου είχε κάνει και η κυρία Μι όταν πρωτοσυναντηθήκαμε πριν από μερικές ημέρες. Έγνεψα όμως καταφατικά, γιατί ήμουν περίεργη για το τι θα ακολουθούσε.

«Ποιος σου τον έδωσε;»

«Η γιαγιά μου, πριν από έξι χρόνια. Ήταν το δώρο της για τα έκτα γενέθλιά μου» απάντησα κοφτά, προσπαθώντας το ύφος μου να δείχνει αρκετά ξινισμένο.

Η Καλυψώ χαμογέλασε και τα θολά της μάτια απέκτησαν ξαφνικά ένα ίχνος ζωηράδας.

«Αλήθεια; Κοίτα σύμπτωση. Κι εμένα η γιαγιά μου μου τον χάρισε» είπε. «Οι περισσότεροι όμως εδώ μέσα τον πήραν από τους γονείς τους» βιάστηκε να διευκρινίσει, λες και έκανε κάποια διαφορά αν γνώριζα τον δωρητή του καθρέφτη για τον καθένα εδώ μέσα.

Και τότε η Καλυψώ, συνεχίζοντας τις ερωτήσεις της απτόητη, σαν ανακριτής αφοσιωμένος στο καθήκον, έβαλε άθελά της το μαχαίρι βαθιά στην πληγή μου.

«Από πού μας έρχεσαι;»

Ήθελα να πω στην Καλυψώ μια ιστορία διαφορετική από την αλήθεια. Κάτι πιο ηρωικό, πιο συγκινητικό. Ότι οι πολυαγαπημένοι μου γονείς πέθαναν σε κάποιον πόλεμο, ότι βρέθηκα κρυμμένη κάτω από τα ερείπια του βομβαρδισμένου σπιτιού μας τριγυρισμένη από αθώα πτώματα. Δεν είπα τίποτα. Η εκκωφαντική βουβαμάρα μου ανάγκασε την Καλυψώ να μετακινήσει τον καθρέφτη της ακόμη περισσότερο προς το μέρος μου.

«Τι είναι, Λυδία;» με ρώτησε ανήσυχη. «Τι σου συμβαίνει; Δεν νιώθεις καλά;»

«Όχι, όχι, δεν είναι τίποτα» της αποκρίθηκα.

Η Καλυψώ είχε φέρει τον καθρέφτη της κοντά στο πρόσωπό μου. Είχα την ακατανόητη αίσθηση ότι αυτός ο φριχτός ασημένιος καθρέφτης με κατασκόπευε, με τη δικαιολογία ότι είναι τα μάτια της κοπέλας. Αν δεν τον κρατούσε στο χέρι η Καλυψώ, θα ήθελα να τον χτυπήσω με το χτύπημα της καμηλοπάρδαλης, που μπορεί ακόμη και λιοντάρι να αποκεφαλίσει.

Αλλά στο τέλος, αντί να δώσω στον καθρέφτη της Καλυψώς το καίριο χτύπημα, η φωνή μου με πρόδωσε την πιο ακατάλληλη στιγμή. Βγήκε από το στόμα μου βαριά, σαν μολυβένιο βαρίδι. «Δεν ξέρω από... Δεν θυμάμαι πια που γεννήθηκα» άκουσα τη φωνή μου να λέει, παρά τον δικό μου δισταγμό.

Τρεις ημέρες νωρίτερα, παρακολουθώντας τη γιαγιά να φεύγει μόνη, χωρίς καν να με αποχαιρετήσει, ήμουν τόσο θυμωμένη, που είχα αποφασίσει ότι δεν θα ξαναμιλούσα ποτέ πια γι' αυτήν. Ήθελα να την ξεχάσω και να τη διαγράψω από το μυαλό μου, πιστεύοντας ότι έτσι θα την πλήρωνα με το ίδιο νόμισμα. Η ερώτηση της Καλυψώς όμως έφερε πάλι μπροστά μου τη στιγμή του αποχωρισμού, που μάταια προσπαθούσα να ξεχάσω. Ξαφνικά κατάλαβα ότι, κατά έναν περίεργο τρόπο, οι αναμνήσεις μου είχαν χωριστεί σε δύο κατηγορίες. Στις ξεχασμένες και σ' εκείνες που ήθελα απεγνωσμένα να μετατρέψω σε ξεχασμένες.

Προσπάθησα να αντισταθώ όσο μπορούσα. Για λίγο κατάφερα να κρατήσω τα χείλη μου κλειστά. Αναγκάστηκα να δαγκώσω τη γλώσσα μου για να μην πω λέξη. Παρατήρησα ότι η Καλυψώ με κοιτούσε με το θολό βλέμμα της αρκετά προβληματισμένο. Και ξαφνικά λέξεις άρχισαν να πετιούνται έξω από το στόμα μου. Λέξεις, λέξεις, λέξεις που σίγουρα δεν ήταν δικές μου, γιατί δεν μπορούσα να τις ελέγξω. Λέξεις που δεν θα μπορούσαν να έχουν γεννήσει οι δικές μου σκέψεις. Λέξεις που βγήκαν εντελώς ανεξέλεγκτα, άνοιξαν τα φτερά τους σαν τα πουλιά που ετοιμάζονται για μετανάστευση και κατευθύνθηκαν προς την Καλυψώ.

«Δεν θυμάμαι τίποτε απ' ό,τι συνέβη στη ζωή μου πριν από εκείνη την απαίσια ημέρα. Είναι σαν να μην έζησα ποτέ όλη την προηγούμενη περίοδο, η οποία έπαψε ξαφνικά να υπάρχει στο μυαλό μου. Όλα όσα μου έμειναν να θυμάμαι ξεκινούν το μεσημέρι της θλιβερής εκείνης ημέρας, όταν δύο αστυνομικοί ήρθαν στο σπίτι μας και ειδοποίησαν τη γιαγιά για τον θάνατο της μητέρας μου».

Διηγήθηκα την ιστορία μου στην Καλυψώ τόσο ψύχραιμα και ατάραχα, θαρρείς και όλα τα γεγονότα που περιέγραφα αφορούσαν κάποιο άγνωστο άτομο. Σίγουρα θα έπρεπε να συγχαρώ τον εαυτό μου γι' αυτή την ψυχραιμία μου.

«Εκείνο το βράδυ» λέει στον Φοίβο, αφήνοντας απαλά την τελευταία σελίδα στα γόνατά της «οι τύψεις και ένα ενοχλητικό σφίξιμο στο στομάχι δεν με άφησαν να κοιμηθώ. Τι βλακεία ήταν αυτή που έκανα, σκεφτόμουν συνέχεια και απορούσα τι στο καλό με είχε πιάσει και είχα διηγηθεί όλα όσα είχαν απομείνει στη μνήμη μου στην τυφλή κοπέλα, που με έβλεπε μέσα από ένα κομμάτι ασημένιο μέταλλο.

Ο Φοίβος ξεροβήχει με ένταση κάτω από τις σελίδες του ημερολογίου.

«Πώς μιλάς έτσι για τον καθρέφτη της Καλυψώς; Άκου ένα κομμάτι ασημένιο μέταλλο!» επαναλαμβάνει τα λόγια της και ο τόνος της φωνής του φανερώνει τη δυσφορία του.

Χαμογελάει καθώς τον ακούει να εισπνέει βαθιά, λες και πραγματικά ασφυκτιούσε, όση ώρα αυτή διάβαζε, κάτω από τα σκόρπια φύλλα του τετραδίου. Κοιτάζει το μακρόστενο πρόσωπό του. Τα μάγουλά του ξεφουσκώνουν τη στιγμή που ελευθερώνει έναν αναστεναγμό, ενώ τα μάτια του είναι ακόμα κλειστά.

«Μα τότε δεν γνώριζα τίποτα ακόμα για σένα και τους άλλους καθρέφτες. Πώς μπορούσα να σκεφτώ τα καλύτερα για σένα, αφού αγνοούσα την ύπαρξή σου;» προσπαθεί να δικαιολογηθεί, αλλά από τον νέο αναστεναγμό του Φοίβου καταλαβαίνει ότι δεν τα κατάφερε. Τινάζει τότε το χέρι της στο πλάι, δείχνοντας έτσι την αδιαφορία της για τα πείσματά του, και ξαναγυρίζει στις προηγούμενες σκέψεις της.

«Το σφίξιμο στο στομάχι γινόταν εντονότερο όσο οι ημέρες περνούσαν. Η Καλυψώ, παρότι από την πρώτη στιγμή μού είχε δηλώσει ότι θα γινόμαστε καλές φίλες, δεν φαινόταν να προσπαθεί καθόλου από την πλευρά της. Αφού μου είχε αποσπάσει με ύπουλο τρόπο, κρυμμένη πίσω από εκείνο το αθώο βλέμμα της, τα πιο κρυφά μου μυστικά, τις επόμενες ημέρες εξαφανίστηκε. Εγώ, από τη δική μου την πλευρά, αποφασισμένη να μην ξαναπάθω τα ίδια, απέφυγα να πλησιάσω κάποιον άλλο μαθητή του σχολείου, μένοντας τις περισσότερες ημέρες στο μικρό μου δωματιάκι, όπως η χελώνα στο καβούκι της».

Σταματάει απότομα να μιλάει και ψάχνει πάλι ανάμεσα στις σελίδες, που αυτή τη φορά βρίσκονται κάτω από τον Φοίβο. Καθώς δεν βρίσκει αυτή που γυρεύει, αρχίζει να ξεφυλλίζει αργά και προσεκτικά όσες έχουν μείνει στο μισοδιαλυμένο παλιό τετράδιο.

«Τι ψάχνεις;» τη ρωτάει ο Φοίβος με φωνή βαριεστημένη. «Είναι πια ολοφάνερο, κορίτσι μου. Δεν έχεις καμία όρεξη να μιλήσουμε για την αυριανή ημέρα».

Προσποιείται πως δεν άκουσε τα λόγια του.

«Μία ημέρα πριν ξεκινήσουν τα μαθήματα, η Καλυψώ ήρθε εδώ, στο δωματιάκι της σοφίτας» λέει με θερμή φωνή συνεχίζοντας το ξεφύλλισμα. «Α! Να τες, τις βρήκα τις σελίδες!» αναφωνεί ξαφνικά ενθουσιασμένη, σαν άλλος Αρχιμήδης.

Ο Φοίβος τής ρίχνει ένα ενοχλημένο βλέμμα, αλλά δεν το βλέπει, γιατί η ματιά της έχει καρφωθεί στην ημερομηνία.

Κυριακή 11 Σεπτεμβρίου 2010

Είχα ξυπνήσει από ώρα, αλλά η αποχαύνωση που ένιωθα από την αποπνικτική ατμόσφαιρα που επικρατούσε στο δωμάτιο δεν με βοηθούσε να ξεμυτίσω από το κρεβάτι. Ήξερα ότι έπρεπε να σηκωθώ και να ανοίξω το παράθυρο, αλλά πίστευα ότι δεν θα κατάφερνα να σταθώ στα πόδια μου.

Με την άκρη του ματιού μου είδα τη στοίβα με τα βιβλία και τα τετράδια που είχαν φέρει την προηγούμενη ημέρα από τη γραμματεία του σχολείου, παρατημένα στο έδαφος, λίγα εκατοστά μακριά από την πόρτα. Δεν είχα καταφέρει ακόμα να τα τακτοποιήσω στα ράφια του απέναντι τοίχου, δηλώνοντας έτσι την παντελή έλλειψη ενδιαφέροντος για την επόμενη ημέρα, οπότε θα ξεκινούσαν τα μαθήματα της νέας σχολικής χρονιάς. Κι αν δεν ακουγόταν ο δυνατός χτύπος στην πόρτα, θα μπορούσα να μείνω όλο το πρωινό στο κρεβάτι, αναλύοντας τους λόγους που με είχαν οδηγήσει σ' αυτή την κατάσταση.

«Μα άνοιξε επιτέλους, Λυδία. Τι κάνεις κλεισμένη μέσα, σαν τον τυφλοπόντικα στο λαγούμι του; Κοιμάσαι τέτοια ώρα;»

Ακούστηκε και δεύτερος και τρίτος χτύπος, και κάθε φορά ήταν δυνατότερος. Τινάχτηκα επάνω αλαφιασμένη. Ήταν η φωνή της Καλυψώς! *Τι θέλει αυτή εδώ;* σκέφτηκα, ενώ από τα χείλη μου έφευγαν με μεγάλη ταχύτητα λέξεις που καλό θα ήταν να μην τις μεταφέρω στο χαρτί. Πού ξέρεις, ίσως κάποια μέρα να διαβάσει αυτές τις σελίδες η γιαγιά μου.

Άνοιξα την πόρτα. Η Καλυψώ στεκόταν μπροστά μου γελαστή, έχοντας το ίδιο αθώο, θολό βλέμμα το οποίο είχε χρησιμοποιήσει για να με εξαπατήσει μερικές ημέρες νωρίτερα.

«Τι θέλεις;» τη ρώτησα, κρατώντας εσκεμμένα μισόκλειστη την πόρτα. Δεν είχα σκοπό να την αφήσω να περάσει στο δωμάτιο. *Ποιος ξέρει τι άλλο είναι ικανή να μου εκμαιεύσει αν την αφήσω,* σκεφτόμουν έντρομη. Δεν ήθελα να διακινδυνεύσω η ύπουλη Καλυψώ να επαναφέρει στη μνήμη μου ακόμη μία φορά τις αναμνήσεις που με πολύ κόπο είχα σπρώξει στο πίσω μέρος του μυαλού μου, προσπαθώντας να τις ξεχάσω.

«Χάθηκες» είπε η Καλυψώ με τη βραχνή φωνή της. «Σε έψαχνα όλες αυτές τις ημέρες, μα δεν σε βρήκα. Ρώτησα για σένα, αλλά δεν σε είχε δει κανείς. Μόλις πριν από λίγα λεπτά συνάντησα την κυρία Μι, η οποία, αν και απρόθυμα, μου αποκάλυψε το καταφύγιό σου».

Τα λόγια της δεν με εντυπωσίασαν. Ήμουν πεπεισμένη ότι η τυφλή κοπέλα μπορούσε να αποσπάσει πολύ εύκολα όποια ομολογία ήθελε. Ούτε η κυρία Μι δεν θα μπορούσε να γλιτώσει από τα νύχια της. Σπουδαίο ταλέντο, μα την αλήθεια. Θα μπορούσε πολύ εύκολα να βρει μια θέση στα περισσότερα ανακριτικά γραφεία της χώρας.

«Είχα δουλειά» της είπα απότομα, σπρώχνοντας ελαφρά την πόρτα προς το μέρος της. Ήξερα ότι αυτό που έκανα δεν ήταν πρέπον, αλλά εξακολουθούσα να είμαι πολύ θυμωμένη μαζί της.

«Τι δουλειά;» ρώτησε δήθεν αθώα η Καλυψώ.

Δεν απάντησα αμέσως, γιατί η προσοχή μου είχε επικεντρωθεί στην επιμονή της, που σαν πολιορκητικός κριός επιχειρούσε να συντρίψει τον τοίχο που προσπαθούσα να υψώσω ανάμεσά μας. Έπρεπε να βρω τρόπο να κρατήσω τον τοίχο όρθιο αν ήθελα να την απομακρύνω από κοντά μου.

Η Καλυψώ, απτόητη, περίμενε υπομονετικά την απάντησή μου.

«Σκέφτομαι ακόμα» αποκρίθηκα όσο πιο σοβαρά μπορούσα, προσπαθώντας να κερδίσω χρόνο, ενώ ταυτόχρονα πίεζα το μυαλό μου να ξεπετάξει στα γρήγορα καμιά ιδέα, όπως το κλωσοπούλι που βγαίνει από το αυγό, αλλά μάταια.

Η Καλυψώ, ακούγοντας την απάντησή μου, έβαλε τα γέλια. Και αυτά τα γέλια της, χωρίς καμία ιδιαίτερη προσπάθεια, έδωσαν το μοιραίο χτύπημα και ισοπέδωσαν εντελώς τον τοίχο μου.

«Άφησέ με να περάσω, Λυδία» είπε, παίρνοντας ξαφνικά σοβαρό ύφος. «Είναι πολλά αυτά που έχω να σου πω. Αν δεν με αφήσεις να περάσω, θα σ' τα πω εδώ, στην πόρτα».

Υποχώρησα. Την άφησα να περάσει, θρηνώντας σιωπηλά πάνω από τα ερείπια του τοίχου μου. Αυτή τη φορά όμως ήμουν αποφασισμένη να κρατήσω το στόμα μου κλειστό και σφραγισμένο σαν φαραωνικό τάφο. Η μόνη υποχώρηση που ήμουν διατεθειμένη να κάνω ήταν να επιτρέψω στην Καλυψώ να μου πει ό,τι ήθελε, αλλά από μένα δεν θα έπαιρνε κουβέντα, ακόμη κι αν κινδύνευα να με χαρακτηρίσει στριμμένη και ακατάδεχτη.

Η Καλυψώ μπήκε στο στενόχωρο δωματιάκι και κατευθύνθηκε προς τη στοίβα των βιβλίων. Αν δεν την τραβούσα γρήγορα από το χέρι, κινδύνευε να σωριαστεί κάτω και να χτυπήσει οπουδήποτε σε έναν τόσο μικρό χώρο. Την οδήγησα στη μοναδική καρέκλα του δωματίου.

Η Καλυψώ με ευχαρίστησε μ' εκείνο το χαμόγελο που έμοιαζε κολλημένο στα χείλη της. Θεέ μου, τι στο καλό; Μήπως η Καλυψώ γεννήθηκε μ' αυτό το χαμόγελο στα χείλη, όπως όλοι οι άνθρωποι γεννιούνται με δύο χέρια και δύο πόδια;

Και τότε η Καλυψώ άρχισε να μιλάει με τη ζεστή, ήρεμη φωνή της και πολύ σύντομα ανακάλυψα πόσο άδικη ήμουν απέναντί της...

Η ιστορία της Καλυψώς

«Όλοι μου λένε πως δεν γεννήθηκα τυφλή, αλλά ξέρω ότι αυτό δεν είναι αλήθεια. Πάντα ήμουν τυφλή» είπε αργά, με φωνή γεμάτη αξιοπρέπεια, και βολεύτηκε καλύτερα στην καρέκλα όπου την είχε οδηγήσει η Λυδία.

«Υποστηρίζουν πως κάποτε μπορούσα να δω το φως της ημέρας και του ήλιου, τους ανθρώπους, τα ζώα και όλα τα θαύματα της φύσης. Τη νύχτα τα μάτια μου έφταναν μέχρι τα πιο μακρινά αστέρια, που κινούνται στη μελωδία του σκοτεινού ουρανού και μοιάζουν με μικρές αστραφτερές κουκκίδες.

»Μέχρι τη στιγμή που, εντελώς ξαφνικά, σαν κάποιος να έκλεισε έναν διακόπτη στο κεφάλι μου, βυθίστηκα στο σκοτάδι. Τα πάντα χάθηκαν από μπροστά μου, σαν να τα ρούφηξαν και τα κατάπιαν το χάος και η ανυπαρξία. Το σκοτεινό μαρτύριό μου όμως δεν είχε τελειωμό, γιατί το σκοτάδι δεν κάλυψε μόνο τα μάτια μου, αλλά άπλωσε τα δίχτυα του και στη μνήμη μου. Στα δώδεκά μου χρόνια κατάλαβα ότι η μεγαλύτερη συμφορά μου δεν ήταν ότι τυφλώθηκαν τα μάτια μου, αλλά η άδεια μνήμη που μου απέμεινε. Η συντριβή μου ήταν ολοκληρωτική όταν συνειδητοποίησα ότι δεν μπορούσα να θυμηθώ τίποτε απ' όλα όσα έβλεπα για δώδεκα ολόκληρα χρόνια. Δεν θυμόμουν τίποτα, γιατί ποτέ δεν πρόσεξα, δεν παρατήρησα, δεν ένιωσα, δεν κράτησα στη μνήμη μου κάτι για να θυμάμαι.

»Πριν από την τύφλωσή μου, όλοι έλεγαν πως είχα γεννηθεί ευλογημένη και πως οι μοίρες είχαν φανεί απλόχερες και γενναιόδωρες μαζί μου. Η παιδική ομορφιά μου είχε ξετρελάνει τόσο πολύ τη μητέρα μου, που από τους πρώτους κιόλας μήνες της ζωής μου με επιδείκνυε σε γνωστούς και φίλους, όπως κάποιες εύπορες κυρίες επιδεικνύουν τα πανάκριβα κοσμήματά τους με τα αμύθητης αξίας πετράδια τους, φορώντας τα σε κάθε χορό που προσκαλούνται.

»Κάποιες από τις φίλες της μητέρας μου έριξαν μια ιδέα, έναν σπόρο. Και από αυτόν τον σπόρο ξεπήδησε το γεγονός ότι η μητέρα μου άρχισε να με πηγαίνει από τον έναν διαγωνισμό για μωρά στον άλλο. Ύστερα συνεχίσαμε με συμμετοχές σε άλλους διαγωνισμούς για μεγαλύτερα παιδιά και στο τέλος μπήκαμε χωρίς καμία δυσκολία στον χώρο της τηλεόρασης και των διαφημίσεων.

»Μεγάλωσα μέσα στα φώτα, στα φλας και στα χρώματα. Και όσο περισσότερο ερχόμουν σε επαφή με το φως, τόσο περισσότερο τα μάτια μου συνήθιζαν τη λάμψη του. Υπήρχαν στιγμές που έβλεπα μόνο φως, γιατί η δυνατή λάμψη του έκρυβε με μεγάλη ευκολία από τα μάτια μου τους ανθρώπους, τα χρώματα και τα αντικείμενα. Υπήρχαν φορές που το φως με ενοχλούσε, που λαχταρούσα να δω τα πράγματα όπως πραγματικά ήταν, ακόμη και αν αυτά ήταν βρόμικα και σκοτεινά. Έκλεινα τότε με πείσμα τα μάτια, πιστεύοντας ότι, σαν τα ξανάνοιγα, όλα θα είχαν ξαναβρεί το πραγματικό τους χρώμα, αλλά μάταια. Το φως, λες και παραμόνευε, ορμούσε καταπάνω μου, ξεπηδώντας μέσα από τεράστιους προβολείς και αναρίθμητα φλας.

»Η μόνη από την οικογένεια που αντιδρούσε στον τρόπο ζωής που είχαν αποφασίσει για μένα οι γονείς μου ήταν η γιαγιά μου.

»"Πού στο καλό το σέρνετε κάθε φορά το δύστυχο το παιδί;᠑ την άκουσα ένα πρωί να μουρμουρίζει μέσα από τα δόντια, πηγαίνοντας βιαστικά να κλειστεί στο δωμάτιό της, την ώρα που η μητέρα με ετοίμαζε για μια πρωινή φωτογράφιση παιδικών ρούχων.

»Είδα τη γιαγιά μου να χάνεται στο βάθος του διαδρόμου. Είχε το κεφάλι σκυφτό και τα μάτια καρφωμένα στο πάτωμα, όπως πάντα, θαρρείς και δεν τολμούσε να κοιτάξει κανέναν καταπρόσωπο. Η μητέρα δεν της έδωσε καμία σημασία. Δεν έκανε τον κόπο ούτε καν να της πει καλημέρα. Δεν μου έκανε όμως καμία εντύπωση η συμπεριφορά της. Ήξερα ότι κανένα μέλος της οικογένειας δεν νοιαζόταν για την ύπαρξη της γιαγιάς στο σπίτι.

»Η καημένη η γιαγιά, όταν ήταν νέα, είχε ερωτευτεί και είχε ακολουθήσει έναν αξιωματικό του στρατού μακριά από το σπίτι των γονιών της. Μερικά χρόνια αργότερα, όταν ο ωραίος αξιωματικός της πέθανε στον πόλεμο, χωρίς ποτέ να προλάβει να την παντρευτεί, απογοητευμένη από το χτύπημα της μοίρας, επέστρεψε καταρρακωμένη στο σπίτι των γονιών της, με τον πατέρα μου μωρό στην αγκαλιά. Οι δικοί της τη δέχτηκαν πίσω μόνο για χάρη του πατέρα μου, που ήταν το μοναδικό τους εγγόνι.

»Της πήραν το μωρό, χαρακτηρίζοντάς την ανίκανη να το μεγαλώσει σωστά, κι εκείνη αποτραβήχτηκε από τη ζωή και έμεινε μόνο σαν μια περιφερόμενη σκιά πρώτα μέσα στο σπίτι των γονιών της και στη συνέχεια στο σπίτι του γιου της.

»Μεγαλώνοντας, την έβλεπα πάρα πολύ σπάνια, γιατί, όπως μου είχαν πει οι δικοί μου, υπέφερε από κάποιου είδους τρέλα. Για το δικό της το καλό την κρατούσαν κλεισμένη στο δωμάτιό της. Αν και δεν ήταν επικίνδυνη και δεν υπήρχε λόγος να τη βάλουν σε κάποιο ίδρυμα, εντούτοις δεν είχα καταφέρει να τη συναντήσω πολλές φορές τα πρώτα χρόνια της ζωής μου.

»Όσες φορές περνούσα τυχαία έξω από το δωμάτιό της, η πόρτα ήταν πάντα κλειστή. Η αλήθεια είναι –και σήμερα ντρέπομαι πολύ γι' αυτό– πως δεν σκέφτηκα ούτε μία φορά να χτυπήσω την πόρτα και να της μιλήσω.

»Ένα πρωινό όμως βρήκα την πόρτα της ανοιχτή. Κοντοστάθηκα αμήχανα. Η περιέργειά μου με ώθησε να ρίξω μερικές κρυφές ματιές στο εσωτερικό του δωματίου. Είδα τη γιαγιά μου καθισμένη σε μια πολυθρόνα να μονολογεί απέναντι από έναν καθρέφτη με ξύλινη λαβή, τον οποίο κρατούσε μπροστά στο πρόσωπό της. Δεν μπορούσα να ακούσω τι έλεγε. Τα αργόσυρτα λόγια της έφταναν στα αυτιά μου σαν μουρμουρητό. Η σκηνή όμως – που πρέπει να ομολογήσω πως με έκανε να χαμογελάσω– με οδήγησε, χωρίς να το πολυσκεφτώ, να δικαιολογήσω τους γονείς μου που τη θεωρούσαν τρελή. Οι δικοί της της γύρισαν την πλάτη και η υπερηφάνειά της δεν το άντεξε και τρελάθηκε, σκέφτηκα ενώ στεκόμουν μισοκρυμμένη πίσω από την πόρτα, για να μη με δει.

»Μερικούς μήνες αργότερα κοντοστάθηκα πάλι μπροστά στη μισάνοιχτη πόρτα της. Χωρίς να κατανοώ το γιατί, ύστερα από εκείνη την πρώτη φορά που την είδα να μονολογεί μπροστά στον καθρέφτη με την ξύλινη λαβή, απέκτησα τη συνήθεια, όπως η πεταλούδα της νύχτας τριγυρνά γύρω από το φως, να περνώ συχνά έξω από το δωμάτιό της, ελπίζοντας να ξαναβρώ την πόρτα ανοιχτή.

Υποθέτω πως το θέαμα της γιαγιάς να μονολογεί μπροστά στον καθρέφτη της με είχε επηρεάσει πολύ. Τι μπορεί να του έλεγε άραγε; Πολύ πιθανόν να του διηγούνταν ξανά και ξανά τη ζωή της, τότε που ζούσε ευτυχισμένη με τον ωραίο αξιωματικό της. Το κάνουν συχνά αυτό οι ηλικιωμένοι. Μόνο που εκείνη τη φορά με είδε και με κάλεσε να πάω κοντά της.

»"Έλα, Καλυψώ, μη με φοβάσαι□, μου είπε με μάτια που έλαμπαν παράξενα. Είσαι αρκετά μεγάλη κοπέλα τώρα πια και μπορείς να καταλάβεις ότι δεν θέλω να σε βλάψω. Έλα, μικρή μου, πλησίασε□.

»Την πλησίασα με διστακτικά βήματα. Καθόταν σε μια καρέκλα με υπερυψωμένη πλάτη, σε σχήμα αχηβάδας, καμωμένη από μπαμπού, κοντά στο παράθυρο. Όταν έφτασα κοντά της, έγειρε το αδύναμο κορμί της προς το μέρος μου. Τα μάτια της ήταν γεμάτα σκιές.

»"Θεέ μου, πόσο μεγάλωσες, μικρή μου! Και τι όμορφο κορίτσι που έγινες! Σκέτη κουκλίτσα. Πόσων χρονών είσαι, Καλυψώ μου;□ με ρώτησε απότομα.

»"Κοντεύω τα εννιά□, απάντησα διστακτικά και ξαφνικά συνειδητοποίησα δύο πράγματα: πρώτον ότι αυτή μιλούσε λογικά και δεύτερον ότι εγώ δεν τη φοβόμουν.

»"Να τα εκατοστίσεις, κόρη μου. Μεγάλωσες πια. Είναι καιρός να σκεφτείς και λίγο τον εαυτό σου□. Σταμάτησε για λίγο και με κοίταξε σκεφτική, θαρρείς και ζύγιαζε τα λόγια της. "Ο προορισμός σου δεν είναι να κουβαλάς λεφτά σ' ετούτο το σπίτι□, είπε αιφνιδιάζοντάς με το αινιγματικό χαμόγελό της και για πρώτη φορά με κοίταξε κατάματα. "Πλησίασε. Έχω κάτι να σου δώσω που θα σε βοηθήσει να γνωρίσεις τον αληθινό εαυτό σου□.

»Την κοιτούσα από κοντά και μου φάνηκε πως το πρόσωπό της, παρά τις ρυτίδες που αυλάκωναν τα μάγουλα και το μέτωπό της, άστραφτε από χαρά. *Χαίρεται που μιλάει μαζί μου;* αναρωτήθηκα όσο περίμενα να μου φέρει το δώρο.

»Μου έδωσε τον ασημένιο καθρέφτη της, στον οποίο την είχα δει να μιλάει, λέγοντάς μου με αινιγματικό ύφος:

»"Πάρ' τον. Εγώ δεν τον χρειάζομαι πια. Από δω και πέρα θα είναι δικός σου. Να τον προσέχεις, κορίτσι μου. Είναι λίγο μυστήριος αυτός ο καθρέφτης. Δεν μοιάζει με όσους έχεις κοιταχτεί μέχρι τώρα. Χρειάζεται να μοχθήσεις πολύ για να δεις το είδωλό σου στην επιφάνειά του. Μην απογοητευτείς αν δεν τα καταφέρεις αμέσως. Προσπάθησε ξανά και ξανά μέχρι να το πετύχεις.

»Κράτησα το δώρο της γιαγιάς μπροστά στο πρόσωπό μου, αλλά δεν είδα τίποτα περισσότερο από την αντανάκλαση του φωτός του δειλινού, που έμπαινε από το ανοιχτό παράθυρο, πάνω στην ασημένια επιφάνειά του.

»Η αλήθεια είναι πως δεν ήθελα να τον πάρω, γιατί, όταν την είδα να του μιλάει, είχα σκεφτεί ότι ίσως να ήταν γι' αυτή μια απαραίτητη συντροφιά που είχε δημιουργήσει το σαλεμένο μυαλό της για να καταφέρνει να ξεγελάει τις ατελείωτες ώρες της μοναξιάς της. Τη στιγμή όμως που μου τον έδινε, την είδα για πρώτη φορά χαρούμενη και πίστεψα ότι μου το έκανε μέσα από την καρδιά της. Έτσι, την ευχαρίστησα, πήρα τον καθρέφτη και περπάτησα ως την πόρτα.

»"Μη μιλήσεις σε κανέναν για το δώρο μου. Κράτησέ το μόνο για σένα▢, την άκουσα να μου λέει καθώς έφευγα. "Ας πούμε ότι είναι ένα μυστικό που πάντα θα ενώνει μονάχα τις δυο μας▢.

»Δεν την ξαναείδα από εκείνο το απόγευμα. Την επόμενη φορά που συναντηθήκαμε, εγώ ήμουν τυφλή.

»Όσο για τον καθρέφτη, αφού προσπάθησα αρκετές φορές να δω το είδωλό μου κρατώντας τον μπροστά μου σε κάθε πιθανή και απίθανη θέση, χωρίς να τα καταφέρω, τον παράτησα μαζί με άλλα άχρηστα δώρα, που μου είχαν κατά καιρούς χαρίσει οι δικοί μου.

»Λίγο καιρό αργότερα, ενώ με φωτογράφιζαν για τη διαφημιστική καμπάνια μιας εταιρείας παιδικών ρούχων, ο κόσμος ολόκληρος εξαφανίστηκε από μπροστά μου τυλιγμένος μέσα σ' ένα γκρίζο δίχτυ, που έπεσε πάνω του όπως η σχοινένια παγίδα αιχμαλωτίζει τα δυστυχισμένα ζώα.

»"Ανάψτε τα φώτα, δεν σας βλέπω▫, φώναξα τρομαγμένη και άπλωσα τα χέρια μου προς το σημείο όπου βρισκόταν η μητέρα μου.

»Δυστυχώς δεν ήταν τα φώτα των προβολέων εκείνα που είχαν σβήσει ξαφνικά, αλλά το φως των δικών μου ματιών έπαψε να φωτίζει τον κόσμο γύρω μου. Δεν κατάλαβα αμέσως τι είχε συμβεί. Οι κραυγές μου ανησύχησαν όλους τους γύρω μου, που έτρεξαν αμέσως δίπλα μου. Αλλά κανένας δεν κατάφερε να με ηρεμήσει.

»Μέσα στην αναταραχή άκουγα γνωστές φωνές, αλλά δεν μπορούσα να καταλάβω τι έλεγαν. Τα αυτιά και τα ρουθούνια μου είχαν βουλώσει, σαν να είχε μπει από κει το πυκνό σύννεφο που πίεζε αφόρητα το στήθος μου. Φοβήθηκα, τρόμαξα, έβαλα τις φωνές, ξέσπασα σε κλάματα. Αντέδρασα σαν κακομαθημένη, κλοτσώντας και σπάζοντας ό,τι έβρισκα μπροστά μου.

»Αλλά το φως δεν επέστρεψε ούτε εκείνη την ημέρα ούτε και τις επόμενες. Καμιά φορά σκέφτομαι ότι δεν θα επέστρεφε ακόμη κι αν είχα αντιδράσει διαφορετικά και πολύ πιο κόσμια. Και δεν το έφεραν πίσω ούτε οι γιατροί ούτε οι ευχές όλων για γρήγορα περαστικά.

»Είχαν περάσει τρεις ολόκληροι μήνες από την αναπάντεχη τύφλωσή μου. Οι γιατροί που με πήγαν οι δικοί μου δεν μπόρεσαν να εντοπίσουν πρόβλημα στα μάτια μου. Φαίνονταν, έλεγαν όλοι, υγιή, χωρίς καμία οργανική βλάβη. Το μόνο που έμενε μετά από κάθε επίσκεψη στους γιατρούς ήταν ότι είχα ακούσει για άλλη μια φορά να φτερουγίζουν γύρω από τα αυτιά μου αμέτρητοι ιατρικοί όροι φορτωμένοι με τις χιλιάδες υποσχέσεις που έδιναν οι γιατροί στους δικούς μου: "Είναι από την υπερέκθεσή της στα δυνατά φώτα, είναι από την κούραση, μην ανησυχείτε, θα το παλέψουμε, το καλό είναι ότι δεν υπάρχει κάποια βλάβη, ο οργανισμός της σίγουρα θα αντιδράσει, μη φοβάσαι, μικρή μου, θα το νικήσουμε το σκοτάδι▫, έλεγαν όλοι, αλλά νομίζω ότι ούτε οι ίδιοι πολυπίστευαν τα λόγια τους.

»Έτσι, έχανα σιγά σιγά τις ελπίδες μου, ενώ εξακολουθούσα να είμαι βουτηγμένη στην απελπισία, στην απόγνωση, στη δυστυχία, στα μαύρα σκοτάδια και απομονωμένη στο δωμάτιό μου. Με τον καιρό, αν και μπορούσα να αγγίζω και να ακούω τον κόσμο, άρχισα να τον θεωρώ νεκρό, όσο και τα μάτια μου. Ώσπου έκανε την εμφάνισή της η γιαγιά.

»Θα πρέπει να μπήκε πολύ φουριόζα, γιατί ακόμη και ο οκνηρός αέρας του δωματίου απέκτησε ήχο στο πέρασμά της. Στο άκουσμα της πόρτας που ανοίγει, άφησα το κορμί μου να πέσει στην πλάτη της καρέκλας όπου καθόμουν, κατάκοπη και εξαντλημένη από μία ακόμη άκαρπη εξερεύνηση στη σκοτεινή μου μνήμη, και ζήτησα να μάθω ποιος είχε μπει στο δωμάτιο.

»"Ήρθα να σου δώσω πίσω τα μάτια σου, κόρη μου⁇, μου είπε χωρίς περιστροφές και δίχως να μπει στον κόπο να με χαιρετήσει και να μου πει, όπως έκαναν όλοι, δυο λόγια παρηγοριάς. "Πού έχεις φυλάξει τον καθρέφτη που σου χάρισα;⁇ ρώτησε μιλώντας ασταμάτητα, χωρίς να πάρει ανάσα.

»Άκουσα τον διακόπτη να γυρίζει και σκέφτηκα ότι το φως που άναψε θα φανέρωνε ότι το δωμάτιό μου δεν παρουσίαζε και την καλύτερη όψη.

»"Πες μου, Καλυψώ, πού είναι;⁇ επανέλαβε με μια αγριάδα στη φωνή που έκανε τα νεύρα μου να τιναχτούν.

»Δεν μπορούσα να τη δω, αλλά από τον αποφασιστικό τόνο της φωνής της φαντάστηκα ότι στεκόταν μπροστά μου αγέρωχη, γεμάτη αποφασιστικότητα, με τα μανίκια ανασηκωμένα, έτοιμη να τα βάλει για χάρη μου με τα σκοτάδια.

»Της έδειξα με μια κίνηση του κεφαλιού μου τα συρτάρια της μεγάλης εντοιχισμένης ντουλάπας, που κάλυπτε έναν από τους τοίχους του δωματίου. Κράτησα την αναπνοή μου και προσπάθησα να καταλάβω τις κινήσεις της. Ήμουν τρομερά αναστατωμένη όμως και δεν μπορούσα να συγκεντρωθώ. Η απρόσμενη επίσκεψή της και η ένταση της φωνής της με είχαν κάνει να χάσω την αυτοκυριαρχία μου.

»"Γιαγιά⬚, τη ρώτησα διστακτικά, τρέμοντας από προσμονή για την απάντησή της. "Λες αλήθεια;⬚

»Την άκουσα να με πλησιάζει. Αναρίγησα τη στιγμή που τα γέρικα χέρια της κράτησαν σφιχτά τα δικά μου. Ένιωσα την ανάσα της ζεστή πάνω στις παλάμες μου και κατάλαβα ότι είχε φέρει τα χέρια μου κοντά στο πρόσωπό της.

»"Καλυψώ μου, μη φοβάσαι. Έχεις τη δύναμη και θα τα καταφέρεις. Σου υπόσχομαι ότι μαζί θα τα καταφέρουμε".

»Και τότε την πίστεψα και το βάρος που τόσο καιρό απειλούσε να με συνθλίψει δεν το αισθανόμουν πια».

Η Καλυψώ σταμάτησε τη διήγησή της και με κοίταξε με ένα χαμόγελο θριάμβου. «Και όπως βλέπεις, Λυδία, τα κατάφερα μια χαρά μαζί με τον καθρέφτη μου».

«Μα πώς;» μουρμούρισα αρκετά αναστατωμένη. Δεν είχα συνέλθει ακόμα από τη διήγηση της Καλυψώς και η φωνή μου βγήκε μισοσβησμένη. Αλλά δεν ήταν μόνο η διήγηση που με είχε αναστατώσει τόσο πολύ.

«Έχει τόση δύναμη ο καθρέφτης σου;» ρώτησα απορημένη την Καλυψώ, ενώ μια αμυδρή αχτίδα ελπίδας άρχισε να γεννιέται και στο μυαλό μου.

Η Καλυψώ σήκωσε τον καθρέφτη της και τον έστρεψε προς το μέρος μου.

«Δες, Λυδία, εδώ είναι τα μάτια μου».

Κοίταξα με περιέργεια το ασημένιο κομμάτι που ήταν στραμμένο στο πρόσωπό μου και ξαφνικά ένιωσα τα πόδια μου να τρέμουν. Για μία μονάχα στιγμή μού φάνηκε πως, από την κρύα μεταλλική επιφάνεια του ασημένιου καθρέφτη, μου χαμογελούσε εγκάρδια το πρόσωπο της Καλυψώς. Τι περίεργα παιχνίδια μπορεί να σου παίξει, αλήθεια, η φαντασία!

Και έμεινα σαστισμένη και κατάπληκτη να κοιτάζω τον καθρέφτη της, έχοντας στα χείλη μου το πιο βλακώδες χαμόγελο που διέθετα.

«Η γιαγιά έπεισε τους γονείς μου να με στείλουν σ' αυτό το σχολείο» είπε η Καλυψώ, που μάλλον ένιωσε την αμηχανία μου. «Η αλήθεια είναι ότι δεν χρειάστηκε να μοχθήσει πολύ. Μεταξύ μας, έχω την εντύπωση ότι η φυγή μου από το σπίτι ίσως και να τους ανακούφισε λιγάκι. Τον τελευταίο καιρό είχαν αραιώσει αρκετά τις επισκέψεις στο δωμάτιό μου, λες και η τυφλότητά μου ήταν μολυσματική νόσος που μπορούσε να μεταδοθεί. Μολονότι όλοι γνωρίζουν ότι δεν τυφλώνεσαι απλά και μόνο επειδή κράτησες το χέρι ενός τυφλού, κάτι έμοιαζε να τους κρατάει μακριά μου».

Γύρισε το κεφάλι της και άπλωσε το χέρι της προς το μέρος μου. Δεν κατάλαβα τι ήθελε, αλλά ενστικτωδώς πήγα κοντά της. Η Καλυψώ, χωρίς τη μεσολάβηση του καθρέφτη της, βρήκε και άγγιξε απαλά το χέρι μου.

«Το ήξερα πως θα έρθεις κάποια μέρα εδώ. Σε περίμενα. Νομίζω σε περίμενε και η γιαγιά μου. Γι' αυτό με έστειλε εδώ» μου ψιθύρισε, γέρνοντας το σώμα της κοντά μου. «Θυμάμαι ακόμα τα λόγια της λίγο πριν έρθω εδώ: "Βοήθησε όσο μπορείς, Καλυψώ μου, τα παιδιά που δεν βλέπουν. Βοήθησέ τα να δουν το είδωλό τους στον καθρέφτη τους. Το χρειάζονται, αλλά δεν το ξέρουν"».

Είχα σταματήσει να προσέχω τα λόγια της. Προσπάθησα να θυμηθώ πού στην ευχή είχα παραχώσει τον δικό μου καθρέφτη. Έριξα μια γρήγορη ματιά, με ανανεωμένο ενδιαφέρον, στο σημείο όπου πίστευα ότι μπορεί να βρίσκεται.

«Πιστεύεις ότι μπορεί να έχει την ίδια δύναμη και ο δικός μου ο καθρέφτης;» ρώτησα την Καλυψώ, ενώ τον νου μου τράνταζε η σκέψη πως, αν υπήρχε η ελπίδα ο καθρέφτης να με βοηθήσει να βρω τη γιαγιά μου, ίσως να άξιζε τον κόπο να μείνω για λίγο σ' αυτό το σχολείο και να προσπαθήσω να τον γνωρίσω καλύτερα».

«Και τα κατάφερες, Λυδία» ακούει τη φωνή του Φοίβου όταν σηκώνει τα μάτια από τη σελίδα του ημερολογίου της. «Είμαι εδώ, έτοιμος να συζητήσουμε για την αυριανή ημέρα και πώς θα εντοπίσουμε όσο το δυνατόν γρηγορότερα τη γιαγιά σου». Πολύ χαίρεται ακούγοντας τα λόγια του. Γιατί δεν είχε αποδειχθεί εύκολη υπόθεση η πρώτη επαφή τους. Δεν είχε φανταστεί ότι θα συναντούσε τόσες δυσκολίες, γι' αυτό άφησε να περάσει αρκετός χρόνος ανεκμετάλλευτος προτού αρχίσουν τα πραγματικά ζόρια.

Το πρώτο διάστημα, αφού λύθηκε η παρεξήγηση ανάμεσα στην ίδια και την Καλυψώ, στον ελεύθερο χρόνο τους, ακολουθούσε πρόθυμα την καινούργια της φίλη, που την ξεναγούσε στους διάφορους χώρους του σχολείου τους, αφιερώνοντας ελάχιστο χρόνο στις προσπάθειες επικοινωνίας με τον καθρέφτη της.

Η Καλυψώ τής έδειξε τη μία μετά την άλλη τις αίθουσες διδασκαλίας και το γυμναστήριο, όπου ήταν υπεύθυνος ο κύριος Γάμα, που είχε απαγορεύσει σε όλους τους σπουδαστές να τον αναφέρουν με το όνομά του, επειδή όλοι γελούσαν πονηρά στο άκουσμά του. Την ξενάγησε στα υπόγεια μαγειρεία, όπου γνώρισε την Αμάντα, την αγαπημένη μαγείρισσα όλων των σπουδαστών για τις υπέροχες πίτες που τους ετοίμαζε κάθε Κυριακή. Πέρασαν από το δωμάτιο ραπτικής, όπου η Λίζα έκοβε και έραβε τα χρωματιστά περιβραχιόνια των σπουδαστών, το χρώμα των οποίων δήλωνε ποιο έτος παρακολουθούσε ο καθένας τους. Η Λυδία ακόμα προσπαθούσε να συνηθίσει την πλατιά, πάνινη, κίτρινη κορδέλα για τους πρωτοετείς σπουδαστές που έσφιγγε το δεξί μπράτσο της πάνω από τα ρούχα. Το περιβραχιόνιο της Καλυψώς ήταν κόκκινο, σημάδι ότι, ενώ είχε τελειώσει τις σπουδές της, εξακολουθούσε να παραμένει στο σχολείο.

Επισκέφτηκαν όλα τα σπουδαστήρια και τις τρεις βιβλιοθήκες, εκτός από εκείνη όπου είχαν καθίσει στην πρώτη τους συνάντηση. Βρήκε όμως πολύ παράξενη την επιβλητική χρυσή πινακίδα με τα μαύρα καλλιτεχνικά γράμματα που δέσποζε πάνω από την πόρτα της εισόδου στο αμφιθέατρο του σχολείου. Χρειάστηκε να ανασηκωθεί στις μύτες των ποδιών της για να διαβάσει το αρκετά μακροσκελές κείμενο:

«Αυτοί που θα καταφέρουν να σφυρηλατήσουν τη στενότερη σχέση με το πιστό είδωλό τους προορίζονται για τα υψηλότερα αξιώματα του κόσμου. Είναι οι αυριανοί ηγέτες, που θα οδηγήσουν τον κόσμο μας, με εγγυημένη ευημερία, στο μέλλον του».

Η Λυδία, διαβάζοντας την επιγραφή, ένιωσε τις τρίχες στον αυχένα της να στέκονται όρθιες σαν του τρομαγμένου ζώου, αλλά δεν είπε τίποτα στην Καλυψώ.

Εκείνη όμως, αφού πρώτα τη βεβαίωσε ότι πραγματικά, στο τέλος κάθε σχολικής χρονιάς, μετά τις εξετάσεις των τελειόφοιτων σπουδαστών, περνούν από το σχολείο οι υπεύθυνοι των μεγαλύτερων οργανισμών και πολυεθνικών εταιρειών του κόσμου για να διαλέξουν τα νέα ελπιδοφόρα στελέχη τους, στο τέλος, μιμούμενη την αυστηρή φωνή του κυρίου Κέι, είπε: «Πολλοί από τους διευθυντές και τα υψηλόβαθμα στελέχη των μεγάλων εταιρειών και των οργανισμών έχουν σπουδάσει στο σχολείο μας».

Στην αρχή η Λυδία την κοίταξε κατάπληκτη, αλλά στο τέλος έβαλαν τα γέλια και οι δύο.

Συχνά η παρέα τους μεγάλωνε κατά ένα άτομο. Ο Ερμής, όταν είχε ελεύθερο χρόνο, τις ακολουθούσε και πάντα έκανε ένα σωρό βλακείες για να γελάνε.

Ένα από τα πιο γνωστά κατορθώματά του ήταν ότι είχε βγάλει παρατσούκλια για όλους σχεδόν τους καθηγητές του σχολείου. Ο κύριος Κέι ήταν ο Κοκόρης, επειδή φώναζε πάντα σαν τον κόκορα στο κοτέτσι. Η κυρία Μι ήταν η Ασπιρίνη, γιατί για κάθε πόνο σύστηνε πάντα ένα δισκίο ασπιρίνης. Ο κύριος Έψιλον ήταν ο Φρέσκος, καθώς έφερνε πάντα πρώτος τα φρέσκα νέα στους σπουδαστές. Η κυρία Γιώτα της ιστορίας, η Δίκορη, λόγω του διαφορετικού χρώματος των ματιών της.

Τον συμπαθούσε η Λυδία τον Ερμή, παρότι έκανε πάντα ένα σωρό αδιάκριτες ερωτήσεις. Αυτή δεν του απαντούσε και αυτουνού δεν του καιγόταν καρφί.

Τρίτη 13 Σεπτεμβρίου 2010

Σήμερα η κυρία Μι, παρά τη θέλησή μου, επέμενε να με οδηγήσει η ίδια στην αίθουσα όπου γίνεται το μάθημα των ειδικών κινήσεων. Στο άκουσμα της πρόθεσής της, προσπάθησα να εναντιωθώ, επιμένοντας ότι η Καλυψώ μού έχει ήδη δείξει την αίθουσα, αλλά η κυρία Μι με έσπρωξε μπροστά, γελώντας με τον γνωστό τρανταχτό τρόπο.

«Λυδία, μην επιμένεις. Θέλω άλλωστε να πω δυο κουβέντες με τον κύριο Κέι».

Την ακολούθησα μέχρι την αίθουσα με δυσκολία, θαρρείς και φορούσα πέτρινα παπούτσια, που έκαναν τα πόδια μου ασήκωτα από το πάτωμα και τα βήματά μου βαριά.

Πολύ γρήγορα όμως, όταν μπήκαμε στην αίθουσα, η υποδοχή του κυρίου Κέι με ανάγκασε να ξεχάσω την παρουσία της κυρίας Μι.

«Λυδία, καλώς όρισες στο μάθημα των ειδικών κινήσεων του μυαλού».

Έτσι, μου λύθηκε η απορία για το είδος των ειδικών κινήσεων που θα διδασκόμουν από τον κύριο Κέι. Και όχι, δεν είχαν καμία σχέση με τις κινήσεις του σώματος, όπως πίστευα μέχρι τώρα. Ακόμα αντηχούν στα αυτιά μου τα πρώτα λόγια του:

«Θα σου διδάξω πώς να κοιτάζεις μέσα στο μυαλό κάποιου» μου είπε με στόμφο μπροστά σε όλους τους μαθητές, αμέσως μόλις κάθισα στην κενή θέση δίπλα στον Ερμή.

«Γιατί;» τον κοίταξα απορημένη.

«Μα για να επικοινωνήσεις με το είδωλο του καθρέφτη σου».

«Μα δεν βλέπω κανένα είδωλο. Δεν θα πρέπει να το δω πρώτα; Πώς θα επικοινωνήσω με κάποιον που δεν βλέπω;» διαμαρτυρήθηκα.

«Πολύ σύντομα θα τον δεις» με διαβεβαίωσε εκείνος με ένα στωικό χαμόγελο, που με έκανε να νιώσω πολύ άβολα.

Είχα ξεχάσει την κυρία Μι, μέχρι που προσπάθησε να μπει στη συζήτηση:

«Το σημαντικότερο, νεαρή μου, δεν είναι να μάθεις να μπαίνεις στο μυαλό κάποιου άλλου, αλλά να μάθεις να κλείνεις τις πόρτες του δικού σου μυαλού ώστε να μην μπορεί να μπαίνει κανένας εκεί μέσα».

Ο κύριος Κέι της έριξε μια τόσο φαρμακερή ματιά, που ένιωσα την πικρίλα της στη δική μου γλώσσα. Παράξενο, αλλά η κυρία Μι δεν φάνηκε να το πρόσεξε, ή προσποιήθηκε ότι δεν το πρόσεξε, γιατί συνέχισε απτόητη:

«Μην παραλείψετε, κύριε συνάδελφε, να τη διδάξετε να κοιτάζει πέρα από τις ψευδαισθήσεις».

Από τα ειρωνικά βλέμματα που αντάλλαξαν, προτού η καθηγήτρια των μαθηματικών εγκαταλείψει την αίθουσα, έμεινα με την εντύπωση ότι μεταξύ τους υπάρχει μια υποβόσκουσα αντιπαλότητα, αλλά μάλλον αυτό είναι κάτι που δεν με αφορά.

Κατά τις δέκα η ώρα, μετά το δίωρο με τον κύριο Κέι, πέρασα από τον χώρο όπου διδάσκει ο κύριος Σίγμα, για να πάρω τις σημειώσεις που είχε αφήσει για μένα η Καλυψώ. Μπήκα μέσα στη σιωπηλή αίθουσα, με τον νου μου βυθισμένο στις σκέψεις.

Στην αρχή πίστεψα ότι η αίθουσα ήταν άδεια. Ο ήχος όμως από το ελαφρύ θρόισμα της σελίδας που γυρίζει με τρόμαξε. Γύρισα το κεφάλι και είδα ότι ο κύριος Σίγμα καθόταν σε ένα από τα τελευταία θρανία και μελετούσε ένα χοντρό δερματόδετο βιβλίο.

Τον χαιρέτησα, άρπαξα βιαστικά τις σημειώσεις από τον ξύλινο πάγκο, όπου κάθονται οι σπουδαστές, και γύρισα να βγω από την αίθουσα.

«Μην ανησυχείς, Λυδία. Αφού έμαθες να διαβάζεις και να γράφεις, θα τα καταφέρεις και με τον καθρέφτη. Τόσο εύκολο είναι. Είναι, μα την αλήθεια, πολύ εύκολο» μου είπε αργά, χωρίς να σηκώσει το κεφάλι του από το βιβλίο.

Δεν μίλησα. Η ντροπή μού είχε πάρει τη μιλιά. Ένιωθα ότι σε λίγο θα γινόμουν ο περίγελος του σχολείου. Η μόνη που δεν έβλεπε κάτι στον μπρούντζινο καθρέφτη της.

«Φώναξέ τον και θα έρθει να σε βρει εκείνος» συνέχισε ο κύριος Σίγμα, χωρίς να περιμένει την απάντησή μου.

«Προσπάθησα, αλλά δεν έγινε τίποτα» του απάντησα με πείσμα.

«Θέλεις να δοκιμάσουμε μια φορά μαζί;»

Κούνησα το κεφάλι καταφατικά.

«Ηρέμησε τον νου σου» μου είπε «και φώναξε δυνατά με τη σκέψη σου το όνομά μου».

«Δεν καταλαβαίνω, πώς μπορεί κάποιος να φωνάξει με τη σκέψη του;»

«Συγκεντρώσου στο όνομά μου, χρησιμοποίησε τη δύναμή σου και φώναξέ με με τον νου σου».

«Μα οι σκέψεις μου δεν έχουν ήχο» προσπάθησα να διαμαρτυρηθώ κάπως νευρικά.

«Φτιάξε τότε μόνη σου την ψευδαίσθηση του ήχου στο μυαλό σου. Φαντάσου ότι βγάζεις μια μεγάλη κραυγή απόγνωσης».

Έκανα ό,τι μου είπε.

«Με ακούσατε;» ρώτησα με περιέργεια.

Ο κύριος Σίγμα χαμογέλασε. «Η φωνή σου έφτασε στα αυτιά μου σιγανή και αδύναμη, σαν να βρισκόσουν έξω από το κτίριο. Πρέπει να προσπαθήσεις ξανά και ξανά. Είσαι άπειρη ακόμα, αλλά σου εγγυώμαι, όταν θα έχει τελειώσει η εκπαίδευσή σου, ότι η φωνή του μυαλού σου θα είναι τόσο δυνατή, που δεν θα μπορούν πολλοί να την αντέξουν».

Τον κοίταξα αποσβολωμένη. Συνήλθα για τα καλά τη στιγμή που ο κύριος Σίγμα αποφάσισε να φύγει από το δωμάτιο και κατευθύνθηκε προς την πόρτα. Θέλοντας να διαπιστώσω αν μιλούσε σοβαρά ή προσπαθούσε μόνο να με εμψυχώσει, έκανα μόνη μου μια τελευταία προσπάθεια να κραυγάσω με όλο τον θυμό που ένιωθα, τη στιγμή που ο καθηγητής μού είχε γυρισμένη την πλάτη. Σήκωσα τα μάτια και τον κοίταξα, χωρίς όμως να ελπίζω ότι θα γίνει κάτι. «Αυτή ήταν κάπως καλύτερη» μου αποκρίθηκε τότε εκείνος, χωρίς να γυρίσει να με κοιτάξει. «Συνέχισε τις προσπάθειες».

Βγήκε από την αίθουσα και έκλεισε την πόρτα πίσω του.

Αργότερα, το βράδυ της ίδιας ημέρας, προσπάθησα να φωνάξω στον μπρούντζινο καθρέφτη μου.

«Εμφανίσου, επιτέλους, όποιος κι αν είσαι» φώναξα με απόγνωση και η φωνή μου ήχησε κενή και χωρίς καμία ελπίδα στο δωμάτιο. Έβγαλα έναν βαθύ αναστεναγμό και προσπάθησα να στείλω έξω από το σώμα μου μαζί με την ανάσα μου όλη τη δύναμή μου. Κοίταξα τον καθρέφτη με το βλέμμα γεμάτο ικεσία.

Τίποτα. Κάρφωσα φρενιασμένη τα μάτια στην επιφάνεια του καθρέφτη και περίμενα. Μερικές ώρες αργότερα και ύστερα από αναρίθμητες προσπάθειες άηχων κραυγών, η θολή αλλά αγέρωχη φιγούρα του Φοίβου εμφανίστηκε για πρώτη φορά στο χρυσοκόκκινο μέταλλο.

Κόντεψα να πεθάνω από την τρομάρα μου όταν είδα το σκούρο περίγραμμα του προσώπου του να διαγράφεται αργά αργά πάνω στη λεία επιφάνεια του μπρούντζου. Ήταν ανάλαφρο και έμοιαζε καμωμένο από σκιές και αέρα. Το μόνο που είπε, λίγο πριν εξαφανιστεί από τα έκπληκτα μάτια μου το πρόσωπο-σκιά, ήταν το όνομά του: «Φοίβος».

Τρόμαξα και ούρλιαξα δυνατά. Ο καθρέφτης έπεσε από τα χέρια μου και ο Φοίβος εξαφανίστηκε. Μέχρι να νυχτώσει, όμως, τον είδα αρκετές φορές, τόσο που τον γνώρισα και από την καλή και από την ανάποδη, όπως λέει και ο Ερμής.

Τη δεύτερη φορά που έκανε την εμφάνισή του, ανοιγόκλεισε τα βλέφαρα κάμποσες φορές και κοίταξε ολόγυρα με κατάπληξη, σαν να βρέθηκε κάπου που δεν ήταν καθόλου του γούστου του. Θα πρέπει να σημειώσω ότι το πρόσωπο του Φοίβου ανήκει σε έναν μεσόκοπο άντρα με επιτηδευμένη και άκρως επιβλητική εμφάνιση, με βλέμμα σοβαρό και επιφυλακτικό.

Στη συνέχεια, μου έριξε ένα βλέμμα τόσο υποτιμητικό, που με έκανε να νιώσω χειρότερη και από σκουλήκι. Όσο κοιτούσε τριγύρω μ' εκείνο το προσβλητικό ύφος, σαν να έλεγε «σε τι χάλια χώρο βρέθηκα», ένιωθα ότι θα ήταν καλύτερα να ανοίξει η γη να με καταπιεί.

Με εξέτασε αμίλητος για αρκετή ώρα από πάνω έως κάτω εξονυχιστικά, ενώ στο πρόσωπό του έκαναν την εμφάνισή τους κατά διαστήματα εξόχως ενοχλητικοί μορφασμοί.

Έβαλε το χέρι του στο τσεπάκι του παλιομοδίτικου μαύρου γιλέκου του και έβγαλε ένα ολοστρόγγυλο παλιό ρολόι τσέπης. Το κοίταξε όσο πιο επιδεικτικά μπορούσε και μουρμούρισε: «Επιτέλους, με τα πολλά κατάφερες να με ξυπνήσεις». Δεν είχε κουνήσει παρά ελάχιστα τα χείλη του.

Ναι, τα κατάφερα έπειτα από τόσες και τόσες προσπάθειες. Τόσες και τόσες ώρες που έχασα κοιτάζοντας το κρύο σκουρόχρυσο μέταλλο από τον πρώτο κιόλας μήνα στο σχολείο.

«Λυδία, τέρμα πια με τα χασομέρια» τη διακόπτει η εκνευρισμένη φωνή του Φοίβου, που περνάει σαν σίφουνας μέσα από το μυαλό της. «Πέρασε η ώρα, πρέπει να αποφασίσουμε για αύριο».

Αφήνει την τελευταία σελίδα που διάβαζε προσεκτικά πάνω από τις υπόλοιπες. Σηκώνει τον καθρέφτη της από το κρεβάτι και καρφώνει το βλέμμα της μέσα στο δικό του. Ο Φοίβος έχει δίκιο. Τέρμα πια με το παρελθόν.

Κεφάλαιο 3

Δευτέρα 16 Μαρτίου 2015

Η Λυδία αφήνει τη γέφυρα πίσω της και βαδίζει στην άκρη του πεζοδρομίου που ενώνει το σχολείο με μία από τις κεντρικές λεωφόρους της πόλης. Ο ουρανός είναι γκρίζος και βαρύς σαν πέτρα. Το φως της ημέρας παίζει κρυφτό με τα σύννεφα, που, καθώς ταξιδεύουν, αλλάζουν συνέχεια μορφή. Το ελαφρύ πρωινό αεράκι αναδεύει απαλά το βρεγμένο χορτάρι στις άκρες του δρόμου.

Τα δέντρα του καταπράσινου άλσους, που απλώνεται στα δεξιά της, μοιάζουν να περπατούν παράλληλα στο πλάι της. Μπροστά στα πόδια της απλώνεται το σκούρο χρυσοπράσινο χαλί που έχουν υφάνει τα κιτρινισμένα και νοτισμένα φύλλα των δέντρων που έπεσαν από τον δυνατό αέρα της προηγούμενης νύχτας με τη βοήθεια του ανοιξιάτικου αγεριού και της πρωινής μαρτιάτικης νεροποντής.

Την πρώτη φορά που γλίστρησε πάνω στα πεσμένα φύλλα δεν έδωσε σημασία, συνεπαρμένη από τη θέα της πόλης. Τη δεύτερη φορά όμως λίγο έλειψε να σωριαστεί με την πλάτη στο έδαφος, σαν να της είχαν τραβήξει το χαλί κάτω από τα πόδια. Την τελευταία στιγμή αρπάζεται με το δεξί της χέρι από τον κορμό ενός δέντρου, που βρίσκεται δίπλα της, και καταφέρνει να κρατηθεί όρθια.

Ευτυχώς ο Φοίβος είναι κλεισμένος στην τσάντα μου και δεν θα αρχίσει πάλι τις γνωστές νουθεσίες του, σκέφτεται και χαμογελάει ικανοποιημένη με την προνοητικότητά της.

Στην απέναντι πλευρά του δρόμου στέκονται μεγαλόπρεπα σπίτια με μαρμάρινα σκαλοπάτια, σκαλισμένες αψιδωτές εισόδους και βαριές, ξύλινες, λουστραρισμένες πόρτες.

Η λεωφόρος είναι πηγμένη από αυτοκίνητα και μηχανάκια. Είναι η ώρα που οι εργαζόμενοι πηγαίνουν στη δουλειά τους. Στο βάθος του δρόμου διακρίνει τις κορυφές των ψηλότερων κτιρίων στην καρδιά της πόλης.

Στρέφει το κεφάλι πάνω από τον ώμο της και κοιτάζει το κτίριο του σχολείου που άφησε πίσω της. Από τη στιγμή που πέρασε την έξοδο, το άφησε να γλιστρήσει στο παρελθόν της. Δεν θα επιστρέψει ποτέ πια εδώ, όπως κανείς δεν μπορεί να επιστρέψει στο παρελθόν. Προχωρούν πεζή μέχρι το κτίριο όπου θα διεξαχθεί ο διαγωνισμός του καθρέφτη. Αυτή μπροστά, ενώ οι τρεις συνοδοί καθηγητές ακολουθούν μερικά μέτρα πίσω της. Στην πλάτη της κρέμεται το καφέ πάνινο σακίδιό της, που μεταφέρει σχεδόν όλη την περιουσία της. Δυο αλλαξιές ρούχα, για ώρα ανάγκης, και το δερμάτινο πορτοφόλι με τα χρήματα που της είχε δώσει η γιαγιά λίγο πριν χωριστούν στης κυρίας Μι. Το μεγαλύτερο πρόβλημά της όμως είναι ότι δεν έχει μαζί της κάποιο έγγραφο ή κάποια ταυτότητα που να πιστοποιεί ποια είναι. Η γιαγιά της είχε παραδώσει όλα αυτά τα χαρτιά στα χέρια της κυρίας Μι. Έχοντας όμως αποφασίσει να φύγει κρυφά από το σχολείο, δεν τόλμησε να τα ζητήσει από την καθηγήτριά της, για να μην αποκαλυφθεί το σχέδιό της. Εύχεται και ελπίζει η έλλειψη αυτή να μην της δημιουργήσει προβλήματα εκεί έξω.

Το ελαφρύ τρεμούλιασμα που νιώθει σε όλο το κορμί από τη στιγμή που ξεκίνησε δεν λέει να την αφήσει, όσο κι αν υπενθυμίζει συνεχώς στον εαυτό της ότι έχει εμπιστοσύνη στις δυνάμεις της και στον Φοίβο. Προσπαθεί να είναι θαρραλέα, γιατί, όπως έλεγε πάντα η Μαρία Γκρόσμαν, το να χάνεις το θάρρος σου είναι μόνο χάσιμο χρόνου.

Στην πραγματικότητα, ο διαγωνισμός δεν την τρομάζει σχεδόν καθόλου, γιατί πιστεύει ότι ο Φοίβος, που είναι πολύ καλύτερα προετοιμασμένος από την ίδια γι' αυτή την ημέρα, θα τη βοηθήσει να τα καταφέρει. Εκείνο που την ανησυχεί είναι ο κόσμος έξω από τους τοίχους του σχολείου.

Ένα καινούργιο, ελαφρύ φύσημα ανακατεύει τα πεσμένα φύλλα και η μυρωδιά του βρεγμένου χώματος τρυπώνει στα ρουθούνια της. Κοιτάζει πάνω από τον ώμο της. Ο κύριος Σίγμα αριστερά, στη μέση ο κύριος Κέι και η κυρία Μι στα δεξιά βρίσκονται αρκετά μέτρα πίσω της. Περπατούν ο ένας πλάι στον άλλο σε μια ευθεία γραμμή, με αργά και σταθερά βήματα. Δεν μπορεί να δει την έκφραση του προσώπου τους, αλλά είναι σίγουρη ότι έχουν μεγάλες ελπίδες για τον σημερινό διαγωνισμό. Αναστενάζει αμήχανα. Δεν είναι καθόλου σίγουρη ότι στο τέλος της σημερινής ημέρας θα τρέφουν ακόμα τα ίδια συναισθήματα για εκείνη.

Αργά το προηγούμενο βράδυ αναγκάστηκε να συζητήσει με τον Φοίβο έξω από τα δόντια, για το δίλημμα που τη βασάνιζε όλο τον καιρό που προετοιμαζόταν για τον διαγωνισμό. Δεν μπορούσε να το αποφύγει άλλο, γιατί την τελευταία εβδομάδα την πίεζε αφόρητα. Το χτεσινό βράδυ είχε γίνει ανυπόφορος.

Κάποιες φορές με εκνευρίζει, σκέφτεται καθώς βαδίζει. Από την ημέρα που γνωριστήκαμε και συμφωνήσαμε να συνεργαστούμε, μέχρι να τελειώσω το σχολείο, δεν μπορώ να του κρύψω το παραμικρό. Με ενοχλεί που θέλει πάντα να έχει μια γνώμη για ό,τι μου συμβαίνει, όσο προσωπικό κι αν είναι αυτό. Καμιά φορά δοκιμάζω να τον παραπλανήσω. Όταν είμαι στενοχωρημένη, γελάω για να τον μπερδέψω. Λέω και κανένα καλαμπούρι για να μην καταλάβει ότι έχω πρόβλημα, αλλά αυτός, ο δαιμόνιος, δεν ξεγελιέται εύκολα.

Χαμογελάει, αλλά όχι από ευχαρίστηση. Μάλλον νευρικό είναι το γέλιο της. Παρότι θα έπρεπε να την απασχολούν άλλα θέματα, το μυαλό της γυρίζει συνέχεια στον Φοίβο. Ίσως επειδή είναι η πρώτη φορά που, κλεισμένος μέσα στο σακίδιό της, δεν μπορεί να ακούσει ή να διαβάσει τις σκέψεις της. *Καμιά φορά με αφήνει κάγκελο. Πώς καταφέρνει τόσο εύκολα να γλιστράει αθόρυβα μέσα στο μυαλό μου και να ψαχουλεύει ανάμεσα στις σκέψεις μου όποτε θέλει, χωρίς να μου ζητήσει την άδεια;* αναρωτιέται.

Το προηγούμενο βράδυ, ακούγοντας τα παράπονά του, σκέφτηκε μήπως θα ήταν καλύτερα να τον καταχωνιάσει μέσα στη βαλίτσα της, εκεί όπου έμεινε αρκετά χρόνια κοιμισμένος, μέχρι να φτάσει στο σχολείο. Τελικά όχι μόνο δεν το έκανε, αντίθετα πέρασαν δύο ολόκληρες ώρες συζητώντας.

Ένα σκιουράκι πετάγεται ανάμεσα στα πόδια της. Την ξαφνιάζει και την επαναφέρει στην πραγματικότητα. «Προχωράω πολύ γρήγορα άραγε;» μονολογεί, ενώ το βλέμμα της είναι καρφωμένο στα πόδια της, προσπαθώντας να μην πατήσει το μικροσκοπικό ζωάκι. «Πόσα μέτρα περπάτησα χωρίς να το καταλάβω; Μπορεί να έκανα περισσότερο από ένα χιλιόμετρο; Πού βιάζομαι άραγε να πάω; Στον διαγωνισμό ή στη γιαγιά μου;»

Ο Φοίβος το χτεσινό βράδυ επέμενε πως η Λυδία έπρεπε να πάρει μέρος στον διαγωνισμό και μετά να το σκάσουν...

«Δεν είσαι παιδί πια» της είπε με ύφος σοβαρό και με τα φρύδια ανασηκωμένα. «Έδωσες μια υπόσχεση και πρέπει να την κρατήσεις. Καταλαβαίνω πώς νιώθεις, αλλά δεν βλέπω κανένα δίλημμα στην περίπτωσή σου» την αποπήρε από την αρχή.

Σαν είδε όμως το βλέμμα της να σκοτεινιάζει, έκανε έναν μικρό ελιγμό υποχώρησης.

«Θα φύγουμε μετά τον διαγωνισμό για να βρούμε τη γιαγιά σου. Θα παρατείνουμε για λίγο τη συνεργασία μας και εκτός σχολείου» της έκλεισε το μάτι χαμογελώντας. «Πρώτα όμως πρέπει να τελειώσεις με την υποχρέωση που ανέλαβες. Να πάμε εκεί και να προσπαθήσουμε να κερδίσουμε. Ξέρεις πόσο πολύ βασίζονται πάνω σου. Είσαι η μοναδική τους ελπίδα για να χρηματοδοτήσουν τη φετινή σχολική χρονιά». Και, χωρίς να πάρει ανάσα, πρόσθεσε: «Να ξέρεις, Λυδία, ότι είναι άτιμο πράγμα η ελπίδα. Όλοι πιστεύουν ότι είναι κάτι καλό. Αλλά είναι το χειρότερο απ' όλα τα κακά που περιείχε το κουτί της Πανδώρας. Για όλες τις άλλες δυστυχίες που ταλανίζουν τον άνθρωπο, μπορεί να υπάρξει γιατρειά. Όταν όμως η ελπίδα φύγει και εγκαταλείψει τον άνθρωπο, τον αφήνει τόσο συντετριμμένο, ώστε θα ήταν καλύτερα να μην είχε κάνει ποτέ την εμφάνισή της. Πάρε για παράδειγμα τον εαυτό σου. Χαίρονται τώρα οι καθηγητές και οι συμμαθητές σου με την ελπίδα ότι θα κερδίσεις στον διαγωνισμό. Τι πιστεύεις ότι θα τους συμβεί όταν καταλάβουν ότι δεν σκοπεύεις ούτε καν να εμφανιστείς για να πάρεις μέρος; Όταν η ελπίδα τους χαθεί μαζί μ' εσένα;»

«Μα είναι μοναδική η ευκαιρία που μου παρουσιάζεται να φύγω από το σχολείο. Τα έχω σκεφτεί όλα πολύ καλά. Έχω αποφασίσει τι θα κάνω και πού θα πάω».

«Θα φύγουμε μαζί όταν τελειώσει ο διαγωνισμός. Μην τους δώσεις το δικαίωμα να πιστέψουν ότι φοβήθηκες και το έβαλες στα πόδια» επέμεινε ο Φοίβος.

Κατσούφιασε. Τα ανασηκωμένα φρύδια της φανέρωναν τη δυσφορία της. «Θα είναι μαζεμένα πολλά άτομα, υποψήφιοι και καθηγητές από πέντε σχολεία απ' όλο τον κόσμο. Πώς θα το σκάσουμε χωρίς να μας δει κάποιος;» μουρμούρισε. Όσο κι αν έκανε φιλότιμες προσπάθειες, δεν έβρισκε καθόλου καλή την ιδέα του.

«Μη φοβάσai, θα βρούμε κάποια δικαιολογία να απομακρυνθούμε μετά το τέλος του διαγωνισμού. Ξέρεις ότι θέλω κι εγώ όσο κι εσύ να βρούμε τη γιαγιά σου. Έχε μου εμπιστοσύνη». Ο Φοίβος μιλούσε γρήγορα και κοφτά, σαν να κρατούσε την ανάσα του.

Κούνησε το κεφάλι της σκεφτική. Έβρισκε το σχέδιό του εντελώς ανοργάνωτο και με πολλά κενά σημεία.

«Μα ίσως ο διαγωνισμός τελειώσει αργά το βράδυ. Πού θα πάω τότε μόνη μου μέσα στο σκοτάδι;»

Ο Φοίβος δεν απάντησε, σαν να έχασε ξαφνικά τη φωνή του, σαν να βουβάθηκε.

Φαίνεται πως δεν έχει απάντηση στο συγκεκριμένο ερώτημα, υπέθεσε η Λυδία και χαμογέλασε.

Μπορεί πλέον να διακρίνει το μοντέρνο κτίριο με τα μεγάλα παράθυρα, που από μακριά μοιάζει καμωμένο από γυαλί. Στέκεται ακίνητο μπροστά της, στο βάθος του δρόμου, κάτω από τα βαριά γκρίζα σύννεφα που περνούν βιαστικά από πάνω του και σχεδόν αγγίζουν την κορυφή του. «Πόσα μέτρα να είναι άραγε μέχρι εκεί κάτω;» αναρωτιέται.

Από τη μια ηχεί στα αυτιά της η χτεσινή προτροπή του Φοίβου να μην το βάλει στα πόδια, από την άλλη ψάχνει την απάντηση στο γιατί θέλει τόσο πολύ να βρει τη γιαγιά της. Γιατί δεν την ξέχασε όλα αυτά τα χρόνια, όπως ακριβώς έκανε η Μαρία Γκρόσμαν;

Σίγουρα η απάντηση δεν είναι ότι της έλειψαν οι μετακινήσεις τους από τον έναν τόπο στον άλλο, πριν καταλήξει σ' ετούτο το σχολείο. Ήταν τόσο δυστυχισμένη εκείνα τα χρόνια, που της φαίνεται παράλογο να τα νοσταλγεί. Όσο για εκείνη την παλιά σκέψη, ότι η Μαρία Γκρόσμαν είναι ο μοναδικός άνθρωπος που της έχει απομείνει στον κόσμο, έχει πια ξεθωριάσει. Η Καλυψώ τής έχει αποδείξει άπειρες φορές, όλα αυτά τα χρόνια, ότι τη νοιάζεται και την αγαπά σαν πραγματική αδελφή. Σ' εκείνη δεν έτρεξε την ημέρα που νόμιζε ότι θα πέθαινε από κάποια άγνωστη ανίατη ασθένεια που απλώθηκε μυστηριωδώς στο σώμα της, όταν είδε για πρώτη φορά αίμα να τρέχει ανάμεσα στα πόδια της; Εκείνη, και όχι η γιαγιά της, την αγκάλιασε απαλά από τους ώμους και της εξήγησε ότι το αίμα που τόσο την είχε φοβίσει ήταν απόδειξη υγείας και όχι αρρώστιας. Ακόμη και ο Φοίβος, ένας ξένος, μια κινούμενη φιγούρα πάνω στον καθρέφτη της, είναι συνέχεια κοντά της. Τι της συμβαίνει λοιπόν; Γιατί την έχει κατακυριεύσει αυτή η αλλόκοτη μανία; Νιώθει μια ανατριχίλα να διαπερνάει όλο της το κορμί. Μορφάζει και χώνει τα χέρια της μέσα στις τσέπες του δερμάτινου μπουφάν της. Κατά βάθος την τρομάζει αυτή η σφοδρή επιθυμία της να ανακαλύψει τα χαμένα ίχνη που θα την οδηγήσουν στη γιαγιά της.

Βαδίζει προς το γυάλινο κτίριο, όμως τα πόδια της δεν φαίνονται ιδιαίτερα ευχαριστημένα. Κλοτσούν με μανία ό,τι συναντούν μπροστά τους, εκφράζοντας έτσι τη δυσαρέσκειά τους. Μία από τις κλοτσιές αυτές καταστρέφει μια φωλιά μυρμηγκιών χωρίς την παραμικρή ενοχή. Τι κι αν ξέρει ότι, μαζί με τα σκουλήκια, εκτελούν έργο, αφού, αν όλα τα μυρμήγκια της γης έπαυαν να σκάβουν και να ανοίγουν τρύπες στο χώμα, η γη θα γινόταν σκληρή και τίποτα δεν θα μπορούσε να καλλιεργηθεί στην επιφάνειά της. Τι κι αν ξέρει ότι τώρα πάει χαμένος ο κόπος όλων εκείνων των μυρμηγκιών, που κουβάλησαν τόσα και τόσα μικρά χορταράκια ή μικρά κομματάκια από χώμα και πευκοβελόνες. Τι κι αν δούλεψαν σκληρά για να φτιάξουν τόσες θολωτές στοές για να στηρίξουν τη φωλιά τους. Ποδοπάτησε, χωρίς την παραμικρή ενοχή, τα στηρίγματά τους και κατέστρεψε όλο το έδαφος γύρω από τη φωλιά.

Ο δυνατός χτύπος μιας καμπάνας διακόπτει απότομα τις σκέψεις της. Κοιτάζει το ρολόι της. Εννέα παρά δέκα. Σε δέκα λεπτά πρέπει να βρίσκονται μέσα στο κτίριο. Συνεχίζει να βαδίζει αργά προς τα εκεί, με τις σκέψεις της ανάκατες. Οι τρεις καθηγητές έχουν φτάσει τόσο κοντά της, που θα μπορούσαν να ακούσουν τις σκέψεις της. Συνειδητοποιεί πλέον πως ο χρόνος που είχε στη διάθεσή της για να αποφασίσει τελείωσε.

Έκπληκτη καταλαβαίνει ότι έχει πάρει την απόφασή της. Θα πάρει μέρος στον διαγωνισμό. Όχι για τα χρήματα ή για τον κύριο Κέι. Ούτε και για τους σπουδαστές του σχολείου τής καίγεται καρφί, αφού οι περισσότεροι έχουν ξεχάσει ακόμη και την ύπαρξή της. Η μόνη επαφή μαζί τους όλα αυτά τα χρόνια ήταν το αδιάφορο χαμόγελο που της χάριζαν όταν περνούσε πλάι τους. Οι επαφές της περιορίζονταν ουσιαστικά στον Ερμή, με τον οποίο είχαν φιλικές σχέσεις –όχι αυτό που λέμε «κολλητοί», αλλά της άρεσε το ότι έκανε συνέχεια βλακείες για να την κάνει να γελάει–, και στην αγαπημένη της Καλυψώ, την οποία θα άφηνε μόνη της πίσω. Θα συμμετάσχει γιατί πιστεύει ότι αυτό θα περίμενε η Μαρία Γκρόσμαν από την εγγονή της να κάνει. Όταν θα συναντηθούν και τη ρωτήσει, θα έχει μια καταφατική απάντηση να της δώσει. *Όχι, λοιπόν, δεν θα το βάλω στα πόδια. Όχι τώρα το πρωί τουλάχιστον, λένε αποφασιστικά τα χείλη της χωρίς ήχο.* Η ίδια δεν έχει παρά να συμπληρώσει: «Πρέπει να συγκεντρωθώ σ' αυτό που έχω να κάνω σήμερα, γιατί νομίζω πως, μαζί με τον Φοίβο, μας περιμένει μια πολύ δύσκολη ημέρα».

Κεφάλαιο 4

Την ίδια ημέρα. Η τελική δοκιμασία

Δέκα ολόκληρες ώρες μετά την έναρξη του διαγωνισμού, μπαίνει επιτέλους στην αίθουσα όπου θα διεξαχθεί η τελική δοκιμασία. Μπροστά περπατάει στητός ο παρουσιαστής του διαγωνισμού, πίσω του η Λυδία και τρίτος ακολουθεί ο δεύτερος φιναλίστ.

Προχωρούν προς το βάθρο που βρίσκεται στο βάθος, διασχίζοντας όλη την αίθουσα με βήματα αργά και βαριά. Τα χέρια τους κρέμονται από τους ώμους καθώς ανεβαίνουν τα τρία σκαλοπάτια στο ξύλινο βάθρο, σαν τους μελλοθάνατους που οδηγούνται στο ικρίωμα. Οι δύο διαγωνιζόμενοι κρατούν τον καθρέφτη τους στο δεξί χέρι, αν και, όπως τους έχει γίνει γνωστό από το πρωί, δεν επιτρέπεται να έρθουν σε επαφή μαζί του πριν από την ανακοίνωση του θέματος της κάθε δοκιμασίας.

Η Λυδία ρίχνει μια γρήγορη ματιά γύρω της. Το δωμάτιο, ευρύχωρο και καλοφωτισμένο, μοιάζει με μεγάλη θεατρική αίθουσα. Στο επάνω μέρος του ξύλινου βάθρου δεσπόζει ένα μακρόστενο έδρανο, όπου έχουν ήδη πάρει τις θέσεις τους τα πέντε αγέλαστα μέλη της επιτροπής. Τέσσερις άντρες και στη μέση μία γυναίκα. Όλοι ανάμεσα στα πενήντα και τα εξήντα.

Κάτω από το βάθρο, αρκετές καρέκλες, παρατεταγμένες σε κυκλικές σειρές, προορίζονται για τους συνοδούς καθηγητές. Μια πελώρια μαύρη οθόνη κρέμεται στον τοίχο, ψηλά, πίσω από τα καθίσματα.

Στην αίθουσα έχουν ήδη μπει καμιά δεκαπενταριά άτομα. Στη μέση της πρώτης σειράς των καθισμάτων βρίσκονται οι δικοί της συνοδοί καθηγητές. *Ο κύριος Κέι είναι τόσο χαρούμενος, που γελάνε και τα μουστάκια του,* σκέφτεται η Λυδία, παρατηρώντας το φωτεινό, γεμάτο ενέργεια, πρόσωπό του. Δίπλα, προσπαθεί να βολευτεί στο στενό κάθισμα η πάντα γελαστή κυρία Μι, αν και αυτή τη στιγμή το πρόσωπό της είναι σφιγμένο και αδιαπέραστο, σαν του πολεμιστή στο πεδίο της μάχης. Ο κύριος Σίγμα, ατάραχος ως συνήθως, μοιάζει βυθισμένος σε δικές του σκέψεις.

«Τα πήγες πολύ καλά, Λυδία» την είχε ευχαριστήσει ο διευθυντής με ένα χτύπημα στον αριστερό ώμο, μία ώρα νωρίτερα, όταν ανακοινώθηκε από τον παρουσιαστή η νίκη της στον ημιτελικό γύρο και η πρόκρισή της στον τελικό. Το στήθος του φούσκωνε με καμάρι, θαρρείς και ήταν αυτός που είχε πάρει μέχρι τώρα μέρος σε εννέα δοκιμασίες και οι απαντήσεις που είχε δώσει είχαν κριθεί από ικανοποιητικές έως άριστες. «Η συνεργασία σου με τον καθρέφτη σου είναι άριστη».

Και, στρεφόμενος προς την καθηγήτρια των μαθηματικών, είχε παραδεχτεί εμφανώς ευχαριστημένος: «Θα πρέπει να ομολογήσω ότι είχες δίκιο να επιμένεις στη συμμετοχή της Λυδίας, κυρία συνάδελφε».

Η Λυδία περιμένει ανυπόμονα την έναρξη της διαδικασίας. Στην αίθουσα επικρατεί απόλυτη σιωπή. Το μόνο που ακούγεται είναι το τρίξιμο της πόρτας, όταν κάποιος αργοπορημένος την ανοίγει για να γλιστρήσει βιαστικά στην αίθουσα. Αδημονεί, γιατί η ώρα περνάει και τίποτα δεν φαίνεται να προχωράει. Δεν μπορεί να υπολογίσει πόση ώρα έχει περάσει από τότε που μπήκαν στην αίθουσα. Της φαίνεται ότι πέρασε μια αιωνιότητα. Κάνει μικρά επιτόπια βηματάκια, για να στηρίζεται καλύτερα πότε στο ένα πόδι και πότε στο άλλο. Η κούραση απειλεί να την καταβάλει. Τα μάτια της τσούζουν και τα αυτιά της βουίζουν.

Αποφασίζει να στρέψει τις σκέψεις της σε ανώδυνα θέματα. Για παράδειγμα, αρχίζει ξαφνικά να την απασχολεί η εξωτερική της εμφάνιση. «Ευτυχώς που δεν μπορείς να με δεις, γιατί έχω τα χάλια μου. Σίγουρα παρουσιάζω παρόμοια μίζερη όψη με όλους τους ανθρώπους στο τέλος μιας κοπιαστικής ημέρας» μονολογεί σαν να απευθύνεται στον Φοίβο.

Νιώθει τη φωνή του Φοίβου να φτερουγίζει βιαστικά και να αφήνει μια μικρή λεξούλα σε κάποια γωνιά του νου της. Δυσκολεύεται να την καταλάβει, μοιάζει όμως με τη λέξη «υπομονή».

Υπομονή! Τι στην ευχή εννοεί ο Φοίβος; Τι θέλει, μα την αλήθεια, να της πει με τη λέξη «υπομονή»; Να σκέφτεται τόσο αργά, όπως κινούνται όλα γύρω της αυτή τη στιγμή; Να κρατηθεί και να μην πετάξει κάποια απρεπή λέξη, πριν μιλήσει ο παρουσιαστής του διαγωνισμού; Ή, όταν όλα ξεκινήσουν, να μην ανοίξει αμέσως τα χαρτιά της;

Την απασχολεί και ο αντίπαλός της. Ρίχνει κάποιες κλεφτές ματιές στον αδύνατο νεαρό που στέκεται όρθιος απέναντί της. Φαίνεται κουρασμένος. Ξαφνικά ανατριχιάζει ολόκληρη. Ο νεαρός, σαν να κατάλαβε τις σκέψεις της, σηκώνει το κεφάλι, στυλώνει τη ματιά του στο πρόσωπό της και της ρίχνει ένα παγωμένο βλέμμα.

«Πού πήγε η κούρασή του;» αναρωτιέται. Θα ορκιζόμουν ότι, λίγες στιγμές νωρίτερα, είδα τους ώμους του γερμένους, σαν να κουβαλάει πάνω του όλη τη Γη. Άσε που ο τρόπος που με κοιτάζει δεν προμηνύει τίποτα καλό. Μάλλον μου υπόσχεται έναν πολύ σκληρό τελικό» μουρμουρίζει μέσα από τα δόντια της, ελπίζοντας ότι ο Φοίβος ακούει. Αν και, γνωρίζοντας την προσήλωση του Φοίβου στην κατά γράμμα τήρηση όλων ανεξαιρέτως των κανόνων, ξέρει ότι δεν σκοπεύει να πιάσει συζήτηση μαζί της πριν το επιτρέψει ο παρουσιαστής.

Μην έχοντας τίποτα καλύτερο να κάνει, ανταποδίδει ένα φευγαλέο ερευνητικό βλέμμα στον αντίπαλό της, αποφασισμένη να μην τον αφήσει να την επηρεάσει. Στρέφεται προς τα μέλη της επιτροπής. Τα πρόσωπά τους είναι ανέκφραστα. Οι περισσότεροι ασχολούνται με τον καθρέφτη τους. Βγάζει έναν αναστεναγμό και προσπαθεί να χαλαρώσει.

Και τότε ακούγεται επιτέλους η στεντόρεια φωνή του παρουσιαστή, που παρακαλεί τους παρευρισκομένους να του χαρίσουν την προσοχή τους. Ταυτόχρονα φωτίζεται η οθόνη στην απέναντι πλευρά της αίθουσας.

«Παρακαλώ, κυρίες και κύριοι...» και τα λοιπά, που λένε σε παρόμοιες περιπτώσεις. Ο παρουσιαστής, παρά την κόπωσή του, απευθύνεται στο κοινό του με ύφος αγέρωχο.

Δεν δίνει προσοχή στα λόγια του και δεν ακούει καμία από τις τυπικές κουβέντες του. Έτσι κι αλλιώς έχει ακούσει τα ίδια λόγια άλλες εννέα φορές από το πρωί, όσες και οι δοκιμασίες στις οποίες πήρε μέρος. Και μόνο όταν η φωνή του χαμηλώνει και γίνεται αργή και αρκούντως βαριά για να τραβήξει την προσοχή της, γυρίζει προς το μέρος του. Την παραξενεύει το ανήσυχο ύφος του προσώπου του τη στιγμή που κοιτάζει προς την οθόνη.

Μήπως να ανησυχήσω κι εγώ; αναρωτιέται. Πολύ αργά. Στην οθόνη έχουν αρχίσει να προβάλλονται εικόνες. Εικόνες που, μαζί με την καταιγιστική περιγραφή τους από τον παρουσιαστή, αναγκάζουν τα μάτια όλων να μείνουν κολλημένα πάνω τους.

Χαμηλά και μισογκρεμισμένα ερείπια και χαλάσματα, που κάποτε ήταν σπίτια, εμφανίζονται στην οθόνη. Ένα πρόχειρο οδόφραγμα από καμένα αυτοκίνητα στο τέλος του δρόμου. Μακρινές, σκοτεινές φιγούρες με όπλα στα χέρια μοιάζουν να υπερασπίζονται κάποια κλειστή δίοδο διαφυγής. Στήλες μαύρου καπνού, τρομακτικά απομεινάρια από άγριες φλόγες κάποιας τεράστιας πυρκαγιάς υψώνονται απειλητικά σε άλλο σημείο του τηλεοπτικού πλάνου.

Τα αποκαΐδια και τα κάθε λογής σκουπίδια, σπρωγμένα από τον αέρα, είναι τα μόνα που κυκλοφορούν πάνω στον κεντρικό δρόμο. Κυλούν βιαστικά θαρρείς και βιάζονται να απομακρυνθούν από την καταστροφή. Η άσχημη μυρωδιά δεν είναι δυνατόν να περάσει μέσα από την οθόνη, όμως η οσμή του θανάτου απλώνεται γρήγορα μέσα στην αίθουσα. Ξαφνικά έχει την εντύπωση ότι η αίθουσα μυρίζει ερήμωση και θάνατο.

Δυστυχώς, η ατμόσφαιρα βαραίνει ακόμη περισσότερο όταν στην οθόνη εμφανίζονται σε πρώτο πλάνο καμιά δεκαριά οπλισμένοι άντρες. Τα καλυμμένα με μαύρες κουκούλες πρόσωπά τους, σαν αυτές που φοριούνται πολύ τα τελευταία χρόνια, επιβεβαιώνουν ότι τα ρημαγμένα σπίτια ανήκουν στη σημερινή εποχή, παρότι είναι δύσκολο να πιστέψει κάποιος ότι οι εικόνες αυτές είναι του σήμερα.

Δεν βλέπει το γέλιο των αντρών, γιατί οι μαύρες κουκούλες κρύβουν τα στόματά τους, αλλά το ακούει πολύ καθαρά. Απλώνεται στην αίθουσα σαρκαστικό και ενοχλητικό, όσο και ο θόρυβος από τις τουρμπίνες αεροπλάνου που θα ξεκούφαινε τους θεατές αν προσγειωνόταν κάπου εκεί κοντά.

Κάτι μου λέει ότι η παρουσία τους έχει σχέση με τον μαύρο καπνό που έχει μαυρίσει τις σκέψεις όλων μας μέσα στην αίθουσα, σκέφτεται ταραγμένη, αλλά τις σκέψεις της διακόπτει απότομα η φωνή του παρουσιαστή, που στέκεται ανάμεσα στους δύο διαγωνιζομένους και ανακοινώνει την τελική δοκιμασία. Η φωνή του σέρνεται μέσα στην αίθουσα αργά, σαν να ήταν υπνωτισμένος και ξύπνησε ξαφνικά από βαθύ λήθαργο.

Στο άκουσμα της δοκιμασίας μένει άναυδη, κατάπληκτη, με το στόμα ανοιχτό, σαν να τη χτύπησε απροειδοποίητα κεραυνός εν αιθρία. Τραβάει βιαστικά το βλέμμα από την οθόνη και ψάχνει με την άκρη του ματιού της την πρώτη αντίδραση του αντιπάλου. Τον βλέπει να σηκώνει αμήχανα τον καθρέφτη του. Μοιάζει το ίδιο απορημένος με την ίδια.

Η δοκιμασία ανακοινώθηκε, επομένως μπορεί να επικοινωνήσει με τον Φοίβο τώρα.

«Πώς ακριβώς το είπε;» ψελλίζει, σαν να μην μπορεί να πιστέψει αυτό που μόλις έχει ακούσει. Τα χείλη της κινούνται διστακτικά, επαναλαμβάνοντας τα λόγια του παρουσιαστή, θαρρείς και έτσι θα τα εμπεδώσει καλύτερα. Τα λόγια είναι τόσο χαμηλόφωνα, που μετά βίας φτάνουν ως την επιφάνεια του καθρέφτη της.

«Πρέπει να αποφασίσετε εσείς για την τύχη των κατοίκων αυτού του χωριού».

«Έτσι ακριβώς το είπε» της απαντάει το ανέκφραστο πρόσωπο του Φοίβου από την μπρούτζινη επιφάνεια του καθρέφτη, εξίσου χαμηλόφωνα.

Ένα μάτσο από ηλιαχτίδες που διαπερνούν το τζάμι του παραθύρου στον πλαϊνό τοίχο πέφτουν με τη δύναμη του καταρράκτη πάνω στα χέρια της. Τις νιώθει να χαϊδεύουν απαλά τα δάχτυλά της, που είχαν αρχίσει να παγώνουν στο άκουσμα της δοκιμασίας, έτσι όπως χαϊδεύει η μητέρα τα παγωμένα χέρια του παιδιού της. Οι ηλιαχτίδες δεν στέκονται πολύ πάνω στο δέρμα της, παρ' όλα αυτά νιώθει ότι το πέρασμά τους από πάνω της ήταν αρκετό για να τη συνεφέρουν.

Θέλει να πει κάτι, αλλά δεν ξέρει τι. Ψάχνει να βρει τις κατάλληλες λέξεις, αλλά το μόνο που λέει είναι: «Διάβολε». Για καλό και για κακό, ρίχνει μια κλεφτή ματιά στον παρουσιαστή, να σιγουρευτεί ότι δεν την άκουσε.

Με το βλέμμα της ψάχνει να δει την αντίδραση των καθηγητών της στο άκουσμα του θέματος.

«Δεν τους χρειάζεσαι, Λυδία».

Η φωνή του Φοίβου φτάνει στα αυτιά της αιφνίδια και σφυριχτή, σαν την κίνηση του φιδιού που εξαπολύει με δύναμη το δηλητήριό του.

«Με τρόμαξες» του παραπονιέται, αλλά δεν συνεχίζει, γιατί την προλαβαίνει η δυνατή φωνή του παρουσιαστή:

«Νομίζω πως πρέπει να σας δώσω ορισμένες διευκρινίσεις ακόμη» λέει, με το πιο ηλίθιο χαμόγελο που θα μπορούσε να εμφανίσει κάποιος την πιο ακατάλληλη στιγμή.

«Η ζωή των κατοίκων του χωριού αυτούς τους τελευταίους μήνες βρίσκεται σε διαρκή κίνδυνο. Στροβιλίζονται, καιρό τώρα, στη δίνη ενός απαίσιου, τρομακτικού και θανατηφόρου εμφύλιου πολέμου που ρημάζει όχι μόνο το χωριό τους, αλλά ολόκληρη τη χώρα τους.

»Δυστυχώς για τους κατοίκους του συγκεκριμένου χωριού, όταν έπρεπε να επιλέξουν, διάλεξαν το λάθος στρατόπεδο. Τώρα, που οι αντίπαλοί τους επικράτησαν σε ολόκληρη τη χώρα, πληρώνουν πολύ ακριβά το τίμημα της απόφασής τους.

»Αποκλείστηκαν, πολιορκήθηκαν, πείνασαν, δεινοπάθησαν, αλλά παρέμειναν σταθεροί στην απόφασή τους, παρά το κόστος που ήξεραν ότι θα πληρώσουν. Αρνήθηκαν να συμμαχήσουν και να παραδοθούν στους νικητές».

Ο παρουσιαστής σταματάει για λίγο. Σκύβει το κεφάλι μπροστά στο στήθος και γέρνει τους ώμους του, σαν να είναι αναγκασμένος να κουβαλήσει μόνος του το δράμα των κατοίκων του χωριού. Παίρνει μια βαθιά ανάσα και συνεχίζει:

«Τα αποτελέσματα τα βλέπετε στην οθόνη μας» σέρνει αργά τη βραχνή φωνή του. «Δυστυχώς, κυρίες και κύριοι, οι κάτοικοι του χωριού, αποκλεισμένοι από παντού, λιμοκτονούν. Η εικόνα στην οθόνη δεν μπορεί να αποτυπώσει το μέγεθος της πείνας τους. Οι άντρες, οι γυναίκες αλλά κυρίως τα παιδιά του χωριού κυριολεκτικά δεν έχουν πια ούτε ποντίκι να φάνε.

»Τις τελευταίες ώρες, όμως, η ζωή των αντρών του χωριού διατρέχει και έναν επιπλέον θανάσιμο κίνδυνο. Ο νέος πρόεδρος της χώρας, ο νικητής στρατηγός, σε μια επίδειξη μεγαλοψυχίας, που πιστεύει ότι θα του αποφέρει περισσότερους υποστηρικτές, ανακοίνωσε αργά χτες τη νύχτα στα μέσα μαζικής ενημέρωσης της πρωτεύουσας ότι προτίθεται να αφήσει ελεύθερα τα γυναικόπαιδα. Έτσι, οι γυναίκες και τα παιδιά μπορούν να εγκαταλείψουν το χωριό χωρίς να τους πειράξει κανείς, παίρνοντας μαζί τους μόνο ό,τι μπορούν να κουβαλήσουν και τίποτα περισσότερο.

»Δεν προτίθεται, φυσικά, να τους διαθέσει κάποιο μέσο για να τους διευκολύνει να μεταφέρουν πράγματα μέσα από τα κατεστραμμένα και μισοκαμένα σπίτια τους. Ο μοναδικός όρος που θέτει είναι ότι, αν θέλουν να εκμεταλλευτούν τη μεγαλοψυχία του, θα πρέπει να αποχωρήσουν μέχρι τα μεσάνυχτα απόψε.

»Όποια γυναίκα και παιδί αρνηθεί να φύγει και θελήσει να παραμείνει μαζί με τους άντρες της οικογένειας στο χωριό θα έχει την ίδια ακριβώς τύχη με τους τελευταίους. Θα εκτελεστεί αύριο το πρωί στην κεντρική πλατεία του χωριού».

Η Λυδία κοιτάζει τον παρουσιαστή, που έχει σταματήσει να μιλάει, σαν να τον βλέπει για πρώτη φορά. Τον παρακολουθεί αμήχανη καθώς εκείνος κάνει μια θεατρινίστικη υπόκλιση στο κοινό και στρέφεται προς τους δύο διαγωνιζομένους. Και όμως, από το πρωί τον έχει δει αρκετές φορές. Εξακολουθεί να έχει τα ίδια γκρίζα, καλοχτενισμένα, μακριά μαλλιά που φτάνουν μέχρι τη βάση του λεπτού λαιμού του, το ίδιο πονηρό, όλο γωνίες, πρόσωπο με τα έντονα ζυγωματικά. Στο βλέμμα του πλανιέται ένα αμυδρό χαμόγελο.

«Λοιπόν, φίλοι μου, όπως ήδη σας είπα προηγουμένως, εσείς αποφασίζετε για την τύχη των κατοίκων αυτού του χωριού. Εμπρός, λοιπόν, βάλτε το μυαλό σας να δουλέψει. Υπάρχει άραγε τρόπος να σωθούν οι άντρες του χωριού και όσα γυναικόπαιδα αποφασίσουν να μείνουν πλάι τους μέχρι το τέλος; Συμβουλευτείτε τον καθρέφτη σας. Περιμένουμε μέσα στα επόμενα δεκαπέντε λεπτά να προτείνετε στους κατοίκους τον δρόμο για τη λύτρωση και τη σωτηρία τους» τους λέει με αινιγματικό ύφος, κοιτώντας πότε τον έναν και πότε τον άλλον. Και προσθέτει γυρνώντας με μια χορευτική κίνηση προς την επιτροπή του διαγωνισμού: «Αν υπάρχει βέβαια».

Η χρονομέτρηση των δεκαπέντε λεπτών ξεκινά με το πάτημα ενός κουμπιού. ΤΙΚ. Έχει απομείνει με το στόμα ανοιχτό, λες και προσπαθεί να ανασάνει. Πεθαίνει από περιέργεια να μάθει αν όλο αυτό που βλέπει μπροστά της συμβαίνει πραγματικά, σε κάποια περιοχή του κόσμου, ή είναι σκηνοθετημένο ειδικά για τον διαγωνισμό του καθρέφτη. «Δυστυχώς, Λυδία, είναι αληθινό. Μη σπαταλάς άσκοπα τον χρόνο. Δεν είναι μόνο δικός σου τώρα πια. Είναι και δικός τους» σφυρίζει στο αυτί της ο Φοίβος.

Πολύ θα ήθελε να ξέρει τι σκέφτεται ο αντίπαλός της για τη δοκιμασία. Με μια βιαστική ματιά, παρατηρεί ότι, μετά την πρώτη ψυχρολουσία, έχει επαναφέρει στο οβάλ πρόσωπό του την ίδια ακριβώς ποσότητα μεγαλομανίας με την οποία κοιτάζει από το πρωί, γεγονός που την εκνευρίζει αφάνταστα.

Αποφασίζει πως δεν αξίζει τον κόπο να ασχοληθεί περισσότερο μαζί του και στρέφει το βλέμμα στην οθόνη. Πώς μπορεί να βλέπει στην οθόνη τι γίνεται στο δύσμοιρο χωριό; Ποιοι σκέφτηκαν να τοποθετήσουν κάμερες μέσα σ' αυτόν τον χαμό;

ΤΑΚ. Η παρέα των κουκουλοφόρων, σε πλήρη αντίθεση με τη δυστυχία που ξεχειλίζει από κάθε σημείο της οθόνης, το διασκεδάζει. Μισοξαπλωμένοι σε μαυρισμένες από τη φωτιά καρέκλες έξω από ένα μισογκρεμισμένο μαγαζί, που κάποτε θα ήταν ένα από τα καφενεία του χωριού, με τα χέρια και τα πόδια να κρέμονται στο πλάι έτσι όπως βγαίνουν τα άκρα της χελώνας έξω από το καβούκι της. Φαντάζουν άκαρδα τέρατα στα μάτια της. Το μόνο ανθρώπινο που έχουν πάνω της, πιθανολογεί, είναι το πετσί τους. Χαχανίζουν ανέμελα σαν να ακούν το ένα αστείο πίσω από το άλλο. Τα σπασμένα τζάμια που είναι σκορπισμένα γύρω και ανάμεσα στα πόδια τους δεν φαίνεται να τους ενοχλούν ούτε τους χαλούν το κέφι. Είναι οι νικητές άλλωστε. Δεν είναι;

ΤΙΚ. Τινάζει με δύναμη το κεφάλι της προς τα πίσω, για να διώξει μακριά τις σκέψεις της, που σιγά σιγά αποκτούν το χρώμα του καπνού. *Αν συνεχίσω να παρατηρώ τους κουκουλοφόρους, πολύ φοβάμαι πως θα παρασυρθώ, σαν τον λαγό που τρέχει πίσω από το καρότο, μακριά από το θέμα της δοκιμασίας, που δεν είναι άλλο από τους κατοίκους του χωριού, τους οποίους, θα πρέπει να πω, δεν έχουμε δει ακόμα,* σκέφτεται προσπαθώντας να επιστρέψει στον διαγωνισμό.

Αποφασίζει να μη σηκώσει ακόμα τον καθρέφτη να κοιτάξει τον Φοίβο, αν και τώρα επιτρέπεται να το κάνει, γιατί θέλει τα μάτια της ελεύθερα προκειμένου να παρακολουθεί την οθόνη αλλά και τις κινήσεις του αντιπάλου της. *Να ρίχνω πού και πού και καμιά ματιά προς τους κριτές, για να βλέπω και τις δικές τους αντιδράσεις,* αποφασίζει στο τέλος.

Ο αντίπαλός της είναι απορροφημένος στη συζήτησή του με τον καθρέφτη του. Το δείχνει η ένταση του προσώπου του, παρότι τα χείλη του είναι σφραγισμένα.

ΤΑΚ. «Φοίβοοοοο, έχεις ιδέα από πού πρέπει να ξεκινήσω;» του φωνάζει με τον νου της. Δεν παίρνει απάντηση. «Θα βάλω τις φωνές αν δεν απαντήσεις αμέσως και τότε θα αποκλειστούμε πριν καν αρχίσουμε» επιχειρεί να τον εκβιάσει, μήπως και καταφέρει κάποια επαφή μαζί του. Η απουσία του την τρομάζει. Αν το σχέδιό της να επικοινωνούν αποκλειστικά και μόνο με τη σκέψη δεν μπορεί να εκτελεστεί κατά γράμμα, ξέρει πως κινδυνεύει να χάσει στην τελική δοκιμασία, πριν καλά καλά καταλάβει το πρόβλημα στο οποίο πρέπει να δώσει λύση.

Αν κρίνει, δε, από την ένταση με την οποία είναι στολισμένο το κατακόκκινο πρόσωπο του αντιπάλου της και τον τρόπο που κινεί το ελεύθερο χέρι του, έχοντας υψωμένο τον δείκτη προς τον καθρέφτη του, είναι σίγουρη πως ο αντίπαλός της έχει φτάσει ήδη, με τη βοήθεια του καθρέφτη του, στο στάδιο των προτάσεων.

ΤΙΚ. Βρίσκεται σε δύσκολη θέση. Στέκεται στην αριστερή πλευρά της σκηνής, ασάλευτη, σαν να έχει καταπιεί ολόκληρη σιδερόβεργα, ανίκανη να δεχτεί την ανημποριά της. Τα μόνα που παρουσιάζουν σημάδια ζωής επάνω της είναι τα μάτια της, που δεν έχουν σταματήσει στιγμή να περιπλανώνται στην αίθουσα.

«Φοίβοοοο!»

«Μη φωνάζεις. Με ζαλίζεις με τις φωνές σου. Σκέφτομαι. Χρειάζομαι λίγο χρόνο να βάλω τις σκέψεις μου σε τάξη».

Η φωνή του Φοίβου την ξαφνιάζει έτσι όπως γλιστράει απότομα σαν το παγωμένο νερό μέσα στο μυαλό της. Η παγωνιά της φωνής του είναι ό,τι ακριβώς χρειάζεται για να συνέλθει. Αποφασίζει επιτέλους να επικεντρωθεί στο πρόβλημα, πράγμα που απέφευγε επιμελώς μέχρι τώρα, και να ακολουθήσει την προτροπή του και, ενώ περιμένει την πρότασή του, να κάνει μια απόπειρα να βάλει σε τάξη τις σκέψεις της.

ΤΑΚ. «Τι περιμένουν τώρα από μας;» σιγομουρμουρίζει με μισόκλειστα χείλη, έτσι, για να κάνει μια αρχή. Να βρούμε εμείς πώς θα αλλάξει η μοίρα των κατοίκων του χωριού;

Ένα παγωμένο ρίγος διατρέχει τη ραχοκοκαλιά της τη στιγμή που συνειδητοποιεί τη σημασία των λόγων της. «Μα γίνεται; Είναι δυνατόν να τους βγάλει κάποιος άλλος από έναν δρόμο όπου οι ίδιοι διάλεξαν να περπατήσουν; Ποιος έχει αυτή τη στιγμή τη δύναμη να αλλάξει τη διαταγή του προέδρου μιας ολόκληρης χώρας; Ο νικητής στρατηγός έχει τώρα τη δύναμη στα χέρια του. Και η δύναμή του κρύβει μέσα της την επικράτηση για τους δικούς του, αλλά και την καταστροφή για τους χαμένους. Δεν νομίζω πως ο πρόεδρος νοιάζεται για τη ζωή των γυναικών και των παιδιών. Την ισχύ του θέλει να δείξει σε όλους. Πολύ φοβάμαι πως στο τέλος αυτοί οι δύστυχοι θα εκτελεστούν».

Κλείνει τα μάτια. Η εικόνα που γεμίζει ξαφνικά το μυαλό της της κόβει την ανάσα. Δύο κακάσχημα, πανάρχαια τρολ, ψηλότερα από δύο μέτρα το καθένα, είναι σκυμμένα πάνω από ανθρώπινα πτώματα, έτοιμα να τα αρπάξουν. Στον λαιμό του ενός κρέμεται από μια μαύρη χοντρή αλυσίδα η λέξη «δυστυχία» και στου άλλου η λέξη «θάνατος». Ετοιμάζονται να χορτάσουν την πείνα τους με τις παγωμένες σάρκες των ανθρώπων και να στήσουν χορό πάνω στα ανθρώπινα ερείπια, που αφήνει πίσω της η εντολή του προέδρου.

Τρομαγμένη, ανοίγει τα μάτια της για να διώξει την απαίσια εικόνα. Δυστυχώς, οι άντρες και όσες γυναίκες, με ή χωρίς τα παιδιά τους, αποφασίσουν να μείνουν μαζί τους είναι προαποφασισμένο ότι θα πεθάνουν. Θα γλιτώσουν μόνο εκείνες που θα φύγουν.

Αλήθεια, αν ζούσε η μητέρα μου, τι θα έκανε; αναρωτιέται. *Θα έμενε ή θα έφευγε για να σώσει τη ζωή της και τη δική μου; Γνωρίζει ότι δεν υπάρχει απάντηση σ' αυτή την ερώτηση. Δεν μπορεί να φανταστεί τι θα έκανε η μητέρα της, γιατί δυστυχώς δεν τη θυμάται καθόλου. Λιγοστές είναι οι αναμνήσεις που βρίσκονται καταχωνιασμένες στα βάθη του μυαλού της.*

ΤΙΚ. Και η Μαρία Γκρόσμαν; Τι θα έκανε στη θέση των γυναικών του χωριού; Α, μα αυτή είναι η πιο εύκολη απάντηση που έχει δώσει στη ζωή της. Η γιαγιά θα έφευγε. «Πάντα έφευγε» μονολογεί. Και τι ειρωνεία, αλήθεια. Κάθε φορά που φεύγαμε από κάποιον τόπο, αφήναμε πίσω μας ένα πτώμα, όπως ακριβώς θα κάνουν όσες γυναίκες αποφασίσουν να φύγουν.

Παρατηρεί πως κάποια άτομα από την επιτροπή την κοιτάζουν περίεργα, αλλά δεν τη νοιάζει.

Το να ψάχνει κάποιος για επιλογές όταν οι συνθήκες είναι δύσκολες, σκέφτεται, όπως συνέβαινε όταν γυρνούσαμε με τη γιαγιά, σαν άστεγες, από πόλη σε πόλη, είναι σαν να προσπαθεί να κάνει το αδύνατο δυνατό. Το ίδιο συμβαίνει και τώρα, που οι συνθήκες φαίνονται όχι μόνο δύσκολες, αλλά εντελώς ανεξέλεγκτες. Η Μαρία Γκρόσμαν, που το επιχείρησε κάποτε, ήταν δυνατή. Εγώ όμως δεν νιώθω τόσο δυνατή ώστε να ξεστομίσω μια πρόταση που ίσως οδηγήσει κάποιους ανθρώπους στον θάνατο, μόνο και μόνο για να πάρει ο κύριος Κέι το χρηματικό έπαθλο.

Στρέφει το βλέμμα της στην οθόνη για μία ακόμη φορά. Προσπαθεί να φανταστεί σε τι κατάσταση βρίσκονται οι κάτοικοι του μισοκαμένου χωριού. Θυμάται τα λόγια ενός καθηγητή τους. «Μόνο ο ελεύθερος άνθρωπος μπορεί να ορίζει τη μοίρα του» τους είχε πει. Δυστυχώς, οι κάτοικοι αυτού του χωριού δεν είναι ελεύθεροι πλέον. Δεν μπορούν να αποφασίσουν για τίποτα. Μήπως πραγματικά όλες οι ελπίδες τους βρίσκονται πάνω της, χωρίς να το γνωρίζουν;

Δεν ξέρω τι να κάνω. Είμαι πολύ μπερδεμένη. Κοντεύω να γονατίσω από το βάρος της ευθύνης που μου ανέθεσαν ξαφνικά. Δεν μπορώ να αποφασίσω εγώ για τη μοίρα ξένων ανθρώπων. Γιατί είναι δική μου ευθύνη η σωτηρία τους; αναλογίζεται αμήχανη.

ΤΑΚ. Το ίδιο παράξενα με τα μέλη της επιτροπής την κοιτάζει και ο κομψός, γκριζομάλλης παρουσιαστής.

Ελπίζω να μη με ρωτήσει αν μου συμβαίνει κάτι, σκέφτεται βλέποντας το επίμονο βλέμμα του καρφωμένο πάνω της.

Μα πόσο χρόνο χρειάζεται ο Φοίβος για να σκεφτεί; αναρωτιέται εκνευρισμένη. *Ίσως ο πονηρός Φοίβος να ανακαλύψει κάποια πρακτική λύση, όπως έχει κάνει τόσες και τόσες φορές μέχρι τώρα. Γνωρίζει πολύ καλά ότι, αν δεν δώσω απάντηση στην τελευταία δοκιμασία, τα χρήματα που περιμένει ο κύριος Κέι σίγουρα θα χαθούν. Και ο Φοίβος νοιάζεται πολύ για το σχολείο.*

Κοίτα πόσο νικημένη νιώθω. Δεν μπορώ να σκεφτώ κάτι, συλλογιέται με όλη της τη δύναμη, ελπίζοντας η σκέψη της να φτάσει μέχρι τον Φοίβο. *Το κεφάλι μου βουίζει από την ένταση σαν να πολιορκείται από ολόκληρο μελίσσι. Τα μάγουλά μου με καίνε. Σίγουρα η εικόνα μου δεν είναι η καλύτερη.*

ΤΙΚ. Ο Φοίβος επιμένει να παραμένει βουβός.

Πώς τις έλεγαν τις τρεις Μοίρες των αρχαίων; Α, ναι! *Η Κλωθώ, που έκλωθε το νήμα της ζωής του ανθρώπου από τη στιγμή της γέννησής του, καθόριζε τη διάρκειά της· η Λάχεση, που μοίραζε τα καλά και τα κακά στους ανθρώπους·*

και η τρίτη, η πιο γριά απ' όλες τους και η ασχημότερη, η Ατροπός, που έκοβε με τα μυτερά της δόντια αναπάντεχα το νήμα της ζωής του. Κι όταν αυτές πιάνουν δουλειά, μπορώ εγώ να τις αντιμετωπίσω τόσο εύκολα; Η γιαγιά δεν το έκανε. Δεν σκέφτηκε να μείνει και να τις αντιμετωπίσει. Πάντα έφευγε. Πάντα φεύγαμε. Πάντα με έπαιρνε μαζί της. Τι σύμπτωση κι αυτή, αλήθεια!

Αναπάντεχα, αισθάνεται καλύτερα, θαρρείς και μια μικρή χαραμάδα ελπίδας φωτίζει τις σκοτεινές της σκέψεις. «Μα φυσικά, τι χαζή που είμαι! Φυσικά, αυτή είναι η λύση» μονολογεί, χωρίς και η ίδια να μπορεί να πιστέψει πόσο εύκολο ήταν.

Και όλα γίνονται ευκολότερα όταν ο Φοίβος σφυρίζει ενθουσιασμένος μέσα στο μυαλό της:

«Μπράβο, Λυδία, τα κατάφερες πολύ καλά. Ούτε κι εγώ δεν θα μπορούσα να βρω καλύτερη λύση».

ΤΑΚ. Τα λόγια του τη γεμίζουν με μια παράξενη, άγρια χαρά, που κάνει το στήθος της να πονά. Νιώθει σαν να τελείωσε ο αέρας στα πνευμόνια της και αρχίζει να παίρνει βαθιές αναπνοές. Το πρόσωπό της κοκκινίζει σαν παραγινωμένη ντομάτα. Εύχεται να μην το βλέπει κανένας και γελάσει μαζί της.

Σηκώνει τον καθρέφτη της, για να μοιραστεί τη χαρά της με τον Φοίβο, αν και από κάποια γωνιά του μυαλού της έρχεται η ενοχλητική σκέψη πως, πριν από τα πανηγύρια, πρέπει να περιμένει την επιτροπή να αποδεχτεί την πρότασή της. Πρέπει να συγκρατηθεί προτού ξεκινήσει κάποια διθυραμβική ομιλία μπροστά στους καθηγητές όλων των σχολείων.

Κοιτάζει το μπρούντζινο μέταλλο, ψάχνοντας τη μορφή της. Και τότε καθρεφτίζεται μέσα στα μάτια του Φοίβου. Είναι ήρεμη πια. Δεν γνωρίζει αν τα μέλη της επιτροπής θα βρουν σωστή τη λύση που θα τους προτείνει ή όχι, αλλά τώρα ξέρει ότι, ακόμη κι αν ο δρόμος όπου βαδίζει κάποιος μοιάζει αδιέξοδος, κάπου, σε κάποια άκρη του, υπάρχει πάντα ένας παράδρομος για να διαφύγει.

ΤΙΚ. «Και να φανταστείς ότι, όταν η γιαγιά μου το έκανε αυτό σ' εμένα, τη μισούσα όσο τίποτα στον κόσμο. Δεν περίμενα ότι θα έφτανε η στιγμή να προτείνω σε κάποιους άλλους να τη μιμηθούν» σχολίασε η Λυδία μέσα από τα δόντια, συνεχίζοντας να κοιτάζει τον καθρέφτη της. «Φυσικά, δεν ξέρω αν η πρότασή μου θα αποδειχτεί σωτήρια για τους άντρες του χωριού. Αλλά, πάλι, γιατί όχι; Η γιαγιά κάθε φορά επέμενε ότι ήταν για το καλό μου».

«Δεσποινίς Λυδία» την ξαφνιάζει η ειρωνική φωνή του παρουσιαστή πολύ κοντά στο αυτί της. Είχε πλησιάσει χωρίς να τον αντιληφθεί.

«Βλέπω ότι αποφασίσατε, επιτέλους, να ξεκινήσετε τη συζήτηση με τον καθρέφτη σας. Πολύ ωραία, καιρός ήταν. Σας μένουν δύο λεπτά ακόμη».

Ο παρουσιαστής γυρίζει προς το κοινό και λέει με σχεδόν συνωμοτικό τρόπο και ένα ηλίθιο μισό χαμόγελο:

«Βράδιασε, ε; Κάποτε πρέπει να τελειώσει ο σημερινός διαγωνισμός».

ΤΑΚ. Το χαμόγελό της είναι λαμπρό και πλατύ. Καλύπτει όχι μόνο τα χείλη, αλλά ολόκληρο το πρόσωπό της όταν του απαντά:

«Είμαι έτοιμη, κύριε, να σας δώσω την απάντησή μου».

Καταλαβαίνει ότι τον αιφνιδίασε, και χαίρεται γι' αυτό. Ο παρουσιαστής την κοιτάζει αμήχανα, με μάτια τόσο γουρλωμένα, θαρρείς και τα λόγια της του κάθισαν στον λαιμό πνίγοντάς τον. Πολύ γρήγορα όμως ξαναβρίσκει τη χαμένη του ψυχραιμία και στρέφεται στον αντίπαλό της:

«Εσείς, φίλε μου, είστε έτοιμος;»

Κανείς δεν καταλαβαίνει τι ακριβώς σημαίνουν τα μπερδεμένα λόγια που βγαίνουν από το στόμα του νεαρού, ούτε καν ο παρουσιαστής, που τον κοιτάζει απορημένος.

ΤΙΚ. «Δεσποινίς Λυδία» παρεμβαίνει, σαν από μηχανής θεός, η μοναδική κυρία της επιτροπής. «Όπως καταλάβαμε, είστε η μόνη διαγωνιζομένη που έχει να μας προτείνει κάτι. Πείτε μας, λοιπόν, υπάρχει τρόπος να αποφύγουν οι κάτοικοι του χωριού το μοιραίο;»

Η βιάση με την οποία πετάγονται τα λόγια έξω από το στόμα της ξαφνιάζει όχι μόνο την κυρία, αλλά όλα τα μέλη της επιτροπής.

Την τρομάζει η παράξενη αίσθηση ότι δεν είναι εκείνη που απαντά στην κυρία της επιτροπής, ούτε καν ο καθρέφτης της, αλλά η Μαρία Γκρόσμαν. Δεν ξέρει πώς ακούγεται η φωνή της στα αυτιά των άλλων, αλλά στα δικά της αυτιά φτάνει η αυστηρή και σοβαρή φωνή της γιαγιάς της, τη στιγμή που ξεστομίζει:

«Σύμφωνα με την προεδρική διαταγή, επιτρέπεται να φύγουν οι γυναίκες και τα παιδιά από το χωριό, αλλά μπορούν να πάρουν μαζί τους, εκτός από τα παιδιά, μόνο ό,τι μπορούν να κουβαλήσουν. Ε, λοιπόν, να κουβαλήσουν, ακόμη και στους ώμους τους αν χρειαστεί, τους άντρες του χωριού. Η διαταγή δεν αναφέρει αναλυτικά τι επιτρέπεται και τι δεν επιτρέπεται να κουβαλήσουν. Κανένας κουκουλοφόρος και κανένα οδόφραγμα δεν μπορεί να σταματήσει μια γυναίκα που κουβαλά στους ώμους της τον άντρα της την ώρα που αφήνει πίσω της το χωριό».

ΤΑΚ. Σταματάει απότομα για να σκουπίσει το ιδρωμένο μέτωπό της.

Ξαφνικά δεν είναι πια σίγουρη για τη λύση που έχει προτείνει. Μα πώς στο καλό σκέφτηκε κάτι τέτοιο; Πώς θα μπορούσε μια γυναίκα, εξαθλιωμένη από τις κακουχίες και αδύναμη από την πείνα, να μεταφέρει στους ώμους της κάποιον πιο βαρύ από την ίδια; Μήπως είχε βιαστεί να μιλήσει; Γιατί άραγε ο Φοίβος δεν την προφύλαξε από τέτοια κουτουράδα; Οι σκέψεις έχουν στήσει τρελό χορό στο κεφάλι της και δεν την αφήνουν να πάρει ανάσα. Αρχίζει να προσεύχεται σιωπηλά να μη θεωρηθεί χαζή η ιδέα της.

ΤΙΚ. «Τέλος χρόνου» ανακοινώνει περιχαρής ο παρουσιαστής.

Παίρνει μια ανάσα και αφήνει από τα στήθη της έναν βαθύ αναστεναγμό.

Τον ίδιο αναστεναγμό θα βγάλει και ο κύριος Κέι λίγες στιγμές αργότερα, όταν ανακοινώνεται από την επιτροπή η νίκη της Λυδίας στην τελευταία δοκιμασία. Και ο αναστεναγμός του θα είναι ακόμη βαθύτερος όταν του παραδίδεται το χρηματικό έπαθλο.

Δεν περιμένει να μάθει αν θα εφαρμοστεί το σχέδιό της. Ούτε θα μάθει ποτέ αν κάποιοι θα γλιτώσουν ή όχι, αφού δεν σκοπεύει να επιστρέψει στο σχολείο.

Το μόνο που έχει κερδίσει απ' ολόκληρη την ημέρα του διαγωνισμού είναι η πεποίθηση ότι η γιαγιά της την αγαπούσε πραγματικά. Το λιγότερο, λοιπόν, που πρέπει να κάνει είναι να μάθει τι ακριβώς της έχει συμβεί.

Κεφάλαιο 5

Το ίδιο βράδυ. Τα φαινόμενα που απατούν

Τρέχει όσο πιο γρήγορα μπορεί προς την έξοδο του κτιρίου, κρατώντας τον Φοίβο σφιχτά στο αριστερό της χέρι. Χρειάζεται το δεξί ελεύθερο για να ανοίγει γρήγορα τις κλειστές πόρτες που συναντά μπροστά της. Είναι σίγουρη ότι όλες οι πόρτες είναι ακόμα ξεκλείδωτες, καθώς είναι η πρώτη που τρέχει να εγκαταλείψει το κτίριο μετά το τέλος του διαγωνισμού. *Πρέπει να βγω έξω από το κτίριο, πριν με αναζητήσουν ο κύριος Κέι και οι άλλοι δύο καθηγητές*, σκέφτεται ενώ διασχίζει τρέχοντας τον μακρύ, φωτισμένο διάδρομο.

Στη βιασύνη της, τη στιγμή που περνάει από μια γυάλινη πόρτα, μπερδεύεται πατώντας με το ένα πέλμα της το άλλο. Δυσκολεύεται να τρέξει, θαρρείς και φοράει τα πρώτα παπούτσια που κατασκευάστηκαν. Το εν λόγω ζευγάρι είχε δύο όμοια μεταξύ τους παπούτσια και για τα δύο πόδια.

«Ηρέμησε, Λυδία» της ψιθυρίζει ο Φοίβος. «Και μην τρέχεις σαν αγριοκάτσικο. Προσέχω εγώ και θα σε ειδοποιήσω αν αισθανθώ κάποια εχθρική κίνηση».

Η ήρεμη φωνή του δεν τη βοηθάει πολύ, παρότι καταλαβαίνει ότι πρέπει να ηρεμήσει αν δεν θέλει η περιπέτειά της να τελειώσει προτού καν αρχίσει. Ο εκνευρισμός, που τώρα την εμποδίζει να περπατήσει σωστά τι άλλα κακά θα της φέρει, αλήθεια, όταν θα βγει μόνη της έξω από το κτίριο, μέσα στο σούρουπο, χωρίς να ξέρει προς τα πού να πάει;

Όλες αυτές οι άκαιρες σκέψεις που τριβελίζουν το κεφάλι της είναι η αιτία που δεν αντιλαμβάνεται αμέσως τι είναι αυτό που διακόπτει απότομα την πορεία της προς την έξοδο. Το σώμα της ξαφνικά αρχίζει να κινείται προς τα πίσω.

Προσπαθεί να συγκεντρωθεί στα γρήγορα και να καταλάβει τι συμβαίνει. Κάτι ή κάποιος την τραβά βίαια προς τα πίσω. Τα πόδια της έχουν χάσει την επαφή τους με το έδαφος και σέρνονται πάνω στις πλάκες του διαδρόμου. Απλώνει το ελεύθερο χέρι της να κρατηθεί από κάπου, όμως είναι τόση η ταχύτητά της προς τα πίσω, που δεν τα καταφέρνει.

Φοίβο, τι μου συμβαίνει; ουρλιάζει με όλη τη δύναμη της σκέψης της, χωρίς να τολμήσει να ανοίξει το στόμα της.

«Πού θες να ξέρω; Δεν μπορώ να δω τίποτε άλλο πέρα από τις πλάκες του δαπέδου έτσι όπως με κρατάς ανάποδα» διαμαρτύρεται η φωνή του μέσα στο μυαλό της.

Ευτυχώς δεν διακρίνει κάποιο σημάδι ανησυχίας στη φωνή του, και αυτό την καθησυχάζει τόσο, όσο χρειάζεται για να συνέλθει. Ο πόνος και το κάψιμο που νιώθει στους ώμους τη βοηθούν να συνέλθει για τα καλά, αφού όσο μεγαλώνει ο πόνος στο επάνω μέρος του σώματός της, τόσο ταχύτερα υποχωρεί το αρχικό ξάφνιασμα και το μούδιασμα του μυαλού της. Σκέφτεται με μεγαλύτερη διαύγεια. Κάποιος την έχει αιφνιδιάσει αρπάζοντάς τη γερά από τον λαιμό και τους ώμους και την τραβά προς τα πίσω.

«Άφησέ με αμέσως» φωνάζει, δυνατά αυτή τη φορά. «Ποιος είσαι; Τι θέλεις από μένα;»

Καμία απάντηση. Ο μόνος ήχος που φτάνει στα αυτιά της είναι αυτός από το σούρσιμο των ποδιών της πάνω στις πλάκες του δαπέδου. Τα βήματα του άρπαγά της δεν έχουν ήχο.

Στρέφει μια δυο φορές το κεφάλι αριστερά, δεξιά, προσπαθώντας να δει ποιος την τραβάει σαν άδειο σακί. Οι προσπάθειές της όμως να ανακαλύψει τον υπαίτιο της αιχμαλωσίας της αποδεικνύονται μάταιες, γιατί, όποιος κι αν είναι αυτός, είναι ταχύτερος από την ίδια. Ενεργεί αστραπιαία, προλαβαίνοντας θαρρείς κάθε κίνησή της.

«Μα τι στην ευχή, χορευτής είναι και κινείται τόσο γρήγορα;» αναρωτιέται, αλλά ούτε ο Φοίβος δεν της απαντάει.

«Άφησέ με αμέσως, γιατί θα βάλω τις φωνές» μουγκρίζει σχεδόν τώρα, προσπαθώντας να ακουστεί άγρια. Δυστυχώς, όμως, δεν τα καταφέρνει, γιατί, λόγω της αστάθειας του σώματός της, η φωνή της ακούγεται τρεμουλιαστή και αβέβαιη. «Ποιος είσαι; Γιατί με τραβάς; Τι θέλεις από μένα;»

«Βούλωσέ το, γλυκιά μου. Δεν είναι ανάγκη να μας ακούσουν όλοι».

Η φωνή που την αιφνιδιάζει είναι σκληρή και υπόκωφη, λίγο δυνατότερη από ψίθυρο. Και είναι γυναικεία. Συνοφρυώνεται απορημένη στο άκουσμά της. Αυτό πια δεν το περίμενε. Είναι γυναίκα αυτή που τη σέρνει πάνω στις πλάκες του διαδρόμου; Πού στο καλό βρίσκει τόση δύναμη και την τραβά τόσο εύκολα, σαν να είναι σακί γεμάτο με πούπουλα. Η περιέργειά της μαζί με την οργή της έχουν φτάσει σε επικίνδυνα επίπεδα.

Όταν η άγνωστη γυναίκα την τραβά έξω από το κτίριο από μια μικρή σιδερένια πόρτα, που δεν ταιριάζει καθόλου στην αισθητική του συγκεκριμένου κτιρίου, βλέπει με την άκρη του ματιού της τις σκιές που σχηματίζουν τα σώματά τους στον απέναντι τοίχο. Η δική της είναι κοντή και αδύνατη, σαν μια ασήμαντη μαύρη μακρόστενη πινελιά πάνω στον τοίχο, ενώ εκείνη της άγνωστης μοιάζει με τεράστιο κινούμενο όγκο που απειλεί να την καταπλακώσει.

Βγαίνουν στον στενό δρόμο, πίσω από το κτίριο. Η μυστηριώδης γυναίκα με τη βραχνή, υπόκωφη φωνή την αφήνει ελεύθερη, σαν να είναι σίγουρη ότι δεν θα προσπαθήσει να το βάλει στα πόδια τώρα που δεν την κρατάει πια. Στέκεται απέναντί της με τα πόδια ανοιχτά και τα χέρια σταυρωμένα στο στήθος.

Είναι η στιγμή που το φως της ημέρας παραχωρεί τη θέση του στο σκοτάδι της νύχτας. Δυσκολεύεται να καταλάβει πού βρίσκεται. Το μόνο ευδιάκριτο είναι ότι στέκεται δίπλα σε δύο τεράστιους κάδους σκουπιδιών. Οι οσμές που αναδίδονται από το εσωτερικό τους δεν υπόσχονται ευχάριστη παραμονή.

Το άσχημο πίσω μέρος του κτιρίου δεν έχει την παραμικρή σχέση με την πολυτέλεια της μπροστινής πλευράς. Οι τοίχοι του είναι γκρίζοι και βρόμικοι, όχι όμως τόσο πολύ όσο τα ρούχα της γυναίκας που στέκεται απέναντί της και την παρατηρεί με βλοσυρό και εξεταστικό βλέμμα.

Το πρόσωπό της άγνωστης είναι ωχρό, ξερακιανό και αδυνατισμένο. Το γερασμένο δέρμα της την κάνει να μοιάζει γύρω στα εξήντα, παρότι το βλέμμα της λάμπει παράξενα νεανικό μέσα στα σακουλιασμένα σκούρα μπλε μάτια της. Τα λαδωμένα, μακριά, γκρίζα μαλλιά της είναι πιασμένα πρόχειρα με ένα σπασμένο χτένι στο πίσω μέρος του κεφαλιού της. Ένα τσαλακωμένο, μαύρο, πάνινο καπελάκι είναι στερεωμένο με μερικά τσιμπιδάκια στο δεξί μέρος του κεφαλιού της. Σε οποιοδήποτε άλλο κεφάλι θα φαινόταν πολύ αστείο, στο δικό της όμως δεν κάνει καμία ιδιαίτερη εντύπωση.

Τα ρούχα που φοράει είναι ένα μάτσο κουρέλια, που κρέμονται ασουλούπωτα πάνω στο αδύνατο σώμα της. *Δεν είναι από τις γυναίκες που περνούν πολλή ώρα μπροστά στον καθρέφτη τους*, σκέφτεται η Λυδία, παρατηρώντας τα σκισμένα δαντελωτά γάντια που καλύπτουν τις παλάμες της, αφήνοντας όμως ελεύθερα τα δάχτυλά της. Κοντολογίς αποτελεί ένα χαρακτηριστικό δείγμα μιας άστεγης και πεινασμένης γυναίκας.

«Κορίτσι μου, τα φαινόμενα πολλές φορές απατούν» λέει η άγνωστη γυναίκα, σαν να προσπαθεί να δικαιολογήσει την εμφάνισή της. Το χαμόγελο που απλώνεται στο πρόσωπό της και απαλύνει λίγο τις σκληρές γραμμές του είναι τόσο μυστήριο, όσο και η ίδια.

«Ποια είσαι; Τι θέλεις από μένα;»

Φαίνεται ότι και η παράξενη γυναίκα συμμερίζεται την άποψη της Λυδίας για το πόσο γρήγορα φεύγει ο χρόνος, γιατί ούτε αυτή φαίνεται διατεθειμένη να τον σπαταλήσει με περιττές κουβέντες. Μπαίνει λοιπόν κατευθείαν στο θέμα.

«Θέλεις να μάθεις τι συνέβη στη γιαγιά σου, έτσι δεν είναι;» ρωτάει κοιτάζοντάς την κατάματα.

Τα γόνατά της λυγίζουν, σαν να δέχτηκε μια δυνατή κλοτσιά στα πόδια. Συγκρατιέται όμως από ντροπή.

«Γνωρίζεις τη γιαγιά μου;» μουρμουρίζει μπερδεμένη, μην μπορώντας να πιστέψει κάτι τόσο απίθανο.

Η άγνωστη αναπηδά και μια γκριμάτσα πόνου παραμορφώνει για λίγο το πρόσωπό της.

«Αυτός ο πονόδοντος θα με τρελάνει» μουρμουρίζει και τρίβει με μανία το αριστερό της μάγουλο. Τινάζει με δύναμη το κεφάλι της προς τα πίσω, λες και με αυτόν τον τρόπο θα διώξει τον πόνο, και το καπέλο της χοροπηδά χαριτωμένα στο πλάι του κεφαλιού της.

Προς στιγμήν ξεχνάει την προηγούμενη απαίσια συμπεριφορά της. Η γυναίκα απέναντί της υποφέρει πραγματικά.

«Πρέπει να πας οπωσδήποτε στον οδοντίατρο» της λέει με ύφος σοβαρό.

Η γυναίκα γελάει και το γέλιο της αντηχεί απαίσιο και ειρωνικό στην ησυχία του σοκακιού.

«Μα τι είναι αυτά που λες; Δεν βλέπεις την κατάστασή μου; Πιστεύεις ότι μπορώ αύριο το πρωί να σηκωθώ από το παγκάκι μου, να κάνω ένα γρήγορο ντους και να επισκεφτώ τον οδοντίατρό μου;» Ξαφνικά το ειρωνικό γέλιο χάνεται από το πρόσωπό της. «Τι στο καλό σού έμαθαν στο σχολείο όπου ήσουν κλεισμένη; Τίποτα από τον έξω κόσμο; Μόνο να υπακούς στις προσταγές του καθρέφτη; Πώς θα τη βοηθήσεις αν δεν ξέρεις τίποτα για τους ανθρώπους;» Το βλέμμα της γυναίκας σκοτείνιασε και το μπλε σκούρο των ματιών γίνεται μαύρο σαν το μελάνι. «Δυστυχώς, η ζωή της κρέμεται από τα χέρια σου» λέει απότομα με αινιγματικό ύφος.

Η γυναίκα δεν φαίνεται να έχει διάθεση για μεγάλα και παχιά λόγια. Μιλάει μετρημένα και σταράτα.

«Η ζωή της κρέμεται από τα χέρια μου; Μα ποια είσαι; Γνωρίζεις τη γιαγιά μου;»

«Τι αστεία που είσαι, μα την αλήθεια! Νομίζεις ότι έχω καμιά όρεξη να κάνω άσκοπες κουβέντες μαζί σου νυχτιάτικα χωρίς να υπάρχει σοβαρός λόγος;»

Η δυνατή φωνή του Φοίβου, που ξεπετάχτηκε σαν αιχμηρή σφήνα στο μυαλό της, την ξαφνιάζει.

«Μην κάνεις περιττές ερωτήσεις. Χάνεις χρόνο έτσι, που δεν μας περισσεύει» της υπενθυμίζει. «Αυτή ήρθε να σε βρει, άρα έχει κάτι να σου πει. Άφησέ τη να μιλήσει. Χρειαζόμαστε όλες τις πληροφορίες που μπορούμε να μαζέψουμε».

Σφίγγει τη λαβή του καθρέφτη, που εξακολουθεί να κρατά στο αριστερό της χέρι, δείχνοντάς του με αυτόν τον τρόπο ότι συμφωνεί μαζί του.

Από το βάθος του δρόμου ακούγεται το ρολόι του καμπαναριού μιας εκκλησίας, που χτυπάει εννέα φορές.

Στρέφει πάλι την προσοχή της στη γυναίκα.

«Πότε την είδες τελευταία φορά;» τη ρωτάει με αγωνία. «Είναι καλά;»

Περιμένοντας την απάντησή της, της φάνηκε ότι μια φευγαλέα λάμψη συμπάθειας πέρασε σαν αστραπή από το παγωμένο βλέμμα της. Ίσως όμως να ήταν μόνο μια ιδέα ή τίποτα περισσότερο από το ανοιγοκλείσιμο των ματιών της, γιατί πολύ γρήγορα το ίχνος της συμπάθειας εξαφανίζεται και το βλέμμα της ξαναγίνεται τόσο αδιάφορο και σκληρό, όπως την πρώτη στιγμή που την αντίκρισε.

«Είναι ζωντανή» απαντά η άγνωστη με μια δόση μυστηρίου, κοιτάζοντας τη Λυδία βαθιά στα μάτια. Το πρόσωπό της παίρνει μια έκφραση τόσο αλλόκοτη, που της είναι δύσκολο να την ερμηνεύσει. «Ωστόσο...» ξεκίνησε πάλι, αλλά δεν τελείωσε τη φράση της, γιατί ο ήχος από μια περαστική μοτοσικλέτα τη διακόπτει.

Στρέφει ανήσυχη το βλέμμα της στο βάθος του δρόμου.

«Απόψε είναι αργά» λέει γυρνώντας πάλι προς το μέρος της Λυδίας. «Δεν θα καταφέρεις τίποτα με το να περιπλανηθείς μόνη σου μέσα στη νύχτα». Κάνει μια μικρή παύση, για να διαπιστώσει αν η Λυδία την παρακολουθεί. «Χρειάζεσαι κάποιο μέρος για να διανυκτερεύσεις. Δεν φαντάζομαι να πιστεύεις ότι θα σε προσκαλέσω να μοιραστούμε το ίδιο παγκάκι;»

Την κοιτάζει επίμονα. Δεν φαίνεται ο τύπος της γυναίκας που της αρέσουν τα αστεία. Δυστυχώς πρέπει να παραδεχτεί ότι, με όποιον τρόπο, αστείο ή σοβαρό, και να προσεγγίζει το συγκεκριμένο θέμα, η παράξενη γυναίκα έχει δίκιο. Την είχε απασχολήσει και την ίδια κατά τη διάρκεια της ημέρας. Ποιο ξενοδοχείο θα δώσει δωμάτιο σε ένα νεαρό, ανήλικο κορίτσι;

«Θα πάρεις τον υπόγειο σιδηρόδρομο από τον πιο κοντινό σταθμό, με κατεύθυνση προς τον βορρά, και θα κατεβείς στην έβδομη στάση».

«Εφτά σταθμούς; Μα έτσι θα βρεθώ στην άλλη άκρη της πόλης» μουρμουρίζει σκεφτική. Δεν έχει ταξιδέψει ποτέ με τον υπόγειο σιδηρόδρομο, αλλά, στο πλαίσιο της προετοιμασίας της απόδρασής της, έχει αποστηθίσει σχεδόν όλα τα δρομολόγια όλων των γραμμών. Και όσα δεν καταφέρνει να θυμάται μόνη της τα έχει φορτώσει στο μυαλό του Φοίβου.

«Όταν φτάσεις στον προορισμό σου και βγεις από τον σταθμό» συνεχίζει η γυναίκα, χωρίς να δώσει σημασία στο μουρμούρισμά της «θα συνεχίσεις στα αριστερά για μερικά ακόμη μέτρα, μέχρι να φτάσεις στο νούμερο 21 της Νταχαουερστράσε. Εκεί μένει η Βαλεντίνη».

Η γυναίκα κάνει μια μικρή παύση για να πιέσει με το χέρι της το μάγουλό της στο σημείο του πονεμένου δοντιού.

«Εκμεταλλεύσου λοιπόν την αποψινή βραδιά μήπως μάθεις κάτι χρήσιμο» καταλήγει, με έναν καινούργιο μορφασμό πόνου να παραμορφώνει το πρόσωπό της.

Την ακούει αμίλητη να της δίνει οδηγίες και αναρωτιέται αν πρέπει να εμπιστευτεί μια γυναίκα που την άρπαξε βίαια μέσα από το κτίριο. Μια γυναίκα που είναι ντυμένη με κουρέλια, αλλά που γνωρίζει τη γιαγιά της. Μια γυναίκα που τη στέλνει νυχτιάτικα στην άλλη άκρη της πόλης.

«Πρόσεξε όμως, μικρή μου. Η Βαλεντίνη δεν είναι καθόλου κοινωνικός τύπος Ίσως αρνηθεί να σου ανοίξει. Κι αν την αναγκάσεις να το κάνει, σίγουρα δεν θα σε καλοδεχτεί. Δεν της αρέσουν οι νυχτερινές, απρόσκλητες επισκέψεις. Ως Βαλεντίνη την Αιρετική την ξέρουν όλοι. Αλλά είναι η μόνη που δεν θα καλέσει αμέσως τους καθηγητές σου να σε πάρουν πίσω στο σχολείο».

«Βαλεντίνη! Πρώτη φορά ακούω αυτό το όνομα» λέει, πασχίζοντας ακόμα να αποφασίσει αν πρέπει να την εμπιστευτεί η όχι.

«Δεν μου κάνει καμία εντύπωση» αποκρίνεται η γυναίκα και στα χείλη της εμφανίζεται ένα νέο, ειρωνικό χαμόγελο. «Οι καθηγητές του σχολείου σου προσπαθούν απεγνωσμένα να ξεχάσουν την ύπαρξή της. Γι' αυτούς δεν είναι τίποτα περισσότερο από ένα ξεχασμένο απολίθωμα του παρελθόντος. Οι σπουδαίοι δάσκαλοι του σχολείου σου, όπου κάποτε δίδαξε για μικρό χρονικό διάστημα και η Βαλεντίνη η Αιρετική, έχουν προ πολλού αποδείξει, όπως συνέβη και στην περίπτωσή της, πως ό,τι δεν μπορείς να καταλάβεις είναι καλύτερα να το απαξιώσεις και να το θάψεις, για να μη θεωρηθείς κουτός».

Η γυναίκα με τα κουρέλια σταματάει να μιλάει και κάνει μια περιστροφική κίνηση με το δεξί της χέρι στον αέρα, που θα μπορούσε να σημαίνει «τι τα θες, τι τα γυρεύεις, όλα τούτα είναι παλιές ιστορίες».

«Γιατί με βοηθάς;» τη ρωτάει ξαφνικά. Εδώ και ώρα, η ερώτηση αυτή της καίει τα χείλη.

Η απάντηση όμως δεν είναι αυτό ακριβώς που περιμένει να ακούσει.

«Τι αγενής που είμαι, αλήθεια! Ξέχασα να συστηθώ» λέει η άγνωστη με νάζι και τινάζει με χάρη το σώμα της προς τα πίσω, θαρρείς και δεν φοράει κουρέλια αλλά μεταξωτό κρινολίνο. «Αν και φοβάμαι πως δεν είναι η μόνη αγένειά μου απόψε. Το όνομά μου είναι Αλεξάνδρα, αλλά μπορείς να με λες Άντα».

Με μια βαθιά θεατρική υπόκλιση, το στήθος της φτάνει μέχρι τα γόνατα. Τέλος ορθώνει πάλι το αδυνατισμένο κορμί της, κοιτάζει τη Λυδία βαθιά στα μάτια και γυρίζει να φύγει.

«Καληνύχτα, Λυδία. Θα τα ξαναπούμε σύντομα» της φωνάζει λίγο πριν την καταπιεί το σκοτάδι, καθώς χάνεται στο βάθος του σοκακιού.

Μετά την εξαφάνιση της γυναίκας, χρειάζεται αρκετά λεπτά ώστε να ξαναβρεί έναν φυσιολογικό ρυθμό για την ανάσα της και το χαμένο έδαφος κάτω από τα πόδια της.

Κεφάλαιο 6

Το ίδιο βράδυ. Βαλεντίνη η Αιρετική

Μισή ώρα αργότερα ανεβαίνει από τον υπόγειο σιδηρόδρομο στην επιφάνεια του δρόμου. Την υποδέχεται ένας δυνατός νυχτερινός άνεμος, που παρασύρει τα πάντα στο πέρασμά του. Μάλλον αυτός ευθύνεται που οι περισσότεροι διαβάτες ακολουθούν αντίθετη πορεία από τη δική της· τρέχουν σε μεγάλα μπουλούκια, σκουντώντας ανυπόμονα ο ένας τον άλλο, να κατέβουν στον υπόγειο σταθμό, ώστε να προφυλαχτούν από τη μανία του ανέμου, που γλιστράει ορμητικά ανάμεσά τους και μουγκρίζει σαν πεινασμένο θηρίο.

Ο δρόμος είναι φωτισμένος από τις τεράστιες ρεκλάμες των καταστημάτων, που αντανακλούν στο οδόστρωμα, και φορτωμένος με θορυβώδη κίνηση. Τα αυτοκίνητα κινούνται ασταμάτητα και στις δύο πλευρές του και ανάμεσά τους στριμώχνονται τα υπερυψωμένα λεωφορεία, που, παρά την προχωρημένη ώρα, είναι ασφυκτικά γεμάτα με κόσμο. Η νυχτερινή πόλη, λουσμένη στα φώτα, παρά τον αέρα που τη σκονίζει, φαντάζει λαμπερή και σε εγρήγορση

Πρώτη φορά βρίσκεται μόνη της σε μεγαλούπολη. Τα χρόνια που ζούσε με τη γιαγιά της περιφέρονταν ανάμεσα σε μικρά χωριά, κωμοπόλεις ή νησιά, μακριά από τις μεγάλες πόλεις, ενώ τα τελευταία τέσσερα χρόνια δεν είχε βγει ούτε μία φορά από το σχολείο.

Κατευθύνεται προς το σπίτι μιας άγνωστης, ακολουθώντας τις οδηγίες μιας άλλης άγνωστης, αμίλητη, χωρίς να αφήνει το παραμικρό ίχνος πίσω της. Δεν την προσέχουν, δεν της δίνει σημασία κανείς, σαν να είναι αόρατη. Σε λίγα λεπτά ο αέρας θα έχει σβήσει τα χνάρια της από τον δρόμο, θα έχει πάρει τη μυρωδιά του κορμιού της μακριά και τίποτα δεν θα έχει μείνει να δείχνει ότι κάποτε πέρασε από αυτό το σημείο.

«Γιατί φοβάμαι, Φοίβο; Γιατί σε κάθε βήμα που κάνω τα πόδια μου τρέμουν;» αναρωτιέται. «Είναι δυνατόν να έχω καταστρώσει τόσο μεγαλεπήβολα σχέδια για να καταφέρω να ανακαλύψω που βρίσκεται η γιαγιά μου, κι όμως να νιώθω τα πόδια μου να τρέμουν τώρα που περπατάω μόνη μου μέσα στη νύχτα;»

«Μήπως θα ήταν καλύτερα να μείνεις κι εσύ στον σταθμό, όπως κάνουν όλοι οι λογικοί άνθρωποι, μέχρι να κοπάσει ο αέρας;» αποκρίνεται ο Φοίβος, σφυρίζοντας την ερώτηση μέσα στον νου της.

«Όχι». Ο τόνος της είναι ξερός και απότομος. «Αν καθυστερήσουμε κι άλλο, θα φτάσουμε πολύ αργά στο ξένο σπίτι και πολύ φοβάμαι ότι θα δώσουμε στη μυστήρια Βαλεντίνη έναν πολύ καλό λόγο να μη μας ανοίξει την πόρτα».

Ρίχνει μια γρήγορη ματιά στον καθρέφτη της. Η σκόνη που έχει σηκώσει ο αέρας κάνει την ατμόσφαιρα αποπνικτική. Η επιφάνειά του έχει καλυφθεί από ένα λεπτό στρώμα σκόνης και το προσώπου του Φοίβου μοιάζει να την κοιτάζει πίσω από διάφανο γκρίζο ύφασμα.

Ευτυχώς, η Αλεξάνδρα η ζητιάνα, αν και πολύ αμφιβάλλει ότι η γυναίκα με τα κουρέλια είναι πράγματι ζητιάνα, είχε δίκιο. Το σπίτι της Βαλεντίνης δεν είναι μακριά από τον σταθμό. Είναι το τελευταίο σπίτι του δρόμου, εκεί όπου τα φώτα μισοσβήνουν και ο δρόμος γίνεται μελαγχολικός.

Μια παραμελημένη πέτρινη μονοκατοικία, χαμηλή και στενή, με κοφτή και γερτή στέγη. Είναι περιτριγυρισμένη από φράχτη καμωμένο από μισοξεραμένους και ακλάδευτους θάμνους.

Διασχίζει το στενό τσιμεντένιο δρομάκι του χορταριασμένου κήπου μέχρι την εξώπορτα του σπιτιού. Χτυπάει το κουδούνι. Το πρώτο χτύπημα είναι διστακτικό και μάλλον αδύναμο. Χτυπάει δεύτερη φορά, λίγο πιο επίμονα, αλλά στο τρίτο χτύπημα, όταν έχει αρχίσει πια να απελπίζεται, κολλάει το δάχτυλό της στο κουδούνι, ξεχνώντας να το τραβήξει πάλι. Έτσι, το κουδούνι στριγκλίζει ακόμα τη στιγμή που η πόρτα μισανοίγει. Δύο αγριεμένα σκούρα μάτια φαίνονται στο άνοιγμα.

Συνέρχεται και τραβάει απότομα το δάχτυλο από το κουδούνι. Αμήχανη, ψάχνει να πει κάτι περισσότερο από μια άχρωμη «καλησπέρα».

Τα μάτια πίσω από το άνοιγμα πεταρίζουν ασταμάτητα και διατρέχουν το κορμί της από πάνω μέχρι τις άκρες των ποδιών της. Όταν το βλέμμα της ηλικιωμένης γυναίκας σταματά στον καθρέφτη της Λυδίας, χάνει μεμιάς την αγριάδα του. Σηκώνει το πρόσωπό της και κοιτάζει την κοπέλα με ενδιαφέρον. Έπειτα από μερικά δευτερόλεπτα, η πόρτα ανοίγει και η Βαλεντίνη εμφανίζεται ολόκληρη στο άνοιγμα.

«Δεν ξέρω ποια είσαι, κοπέλα μου, και γιατί έφτασες μέχρι το κατώφλι του φτωχικού μου. Αλλά ένα κορίτσι της ηλικίας σου, με τον καθρέφτη της παραμάσχαλα, που έχει το θάρρος να αψηφά τις απαγορεύσεις που κυκλοφορούν για το άτομό μου και φτάνει μέχρι εδώ, αν μη τι άλλο, αξίζει τη φιλοξενία μου» της λέει με ένα πικρό χαμόγελο και παραμερίζει για να περάσει η Λυδία.

Πόσες μυστήριες γυναίκες θα συναντήσω απόψε; αναρωτιέται η Λυδία, ενώ ακολουθεί με ασταθή βήματα τη γερασμένη σιλουέτα της Βαλεντίνης στο εσωτερικό του σπιτιού.

Η Βαλεντίνη φοράει μια παλιά ξεφτισμένη ρόμπα, που όμως, σε ορισμένα σημεία, διατηρεί ένα έντονο κοραλλένιο χρώμα, θαρρείς και κάποιος την έχει πιτσιλίσει με πορφυρό μελάνι.

Μοιάζει με ιππόκαμπο που, σαν οσμιστεί τον κίνδυνο, μεταμφιέζεται σε κοράλλι για καμουφλάζ, σκέφτεται και κοιτάζει με συμπάθεια τους σκυφτούς ώμους που προπορεύονται.

Η Βαλεντίνη είναι κοντή αλλά γεροδεμένη. Τα γκρίζα, σαν τον ιστό της αράχνης, λιγοστά μαλλιά της είναι πιασμένα σε κότσο στο πίσω μέρος του κεφαλιού της. Στο δεξί της χέρι κρατάει ένα μακρύ ραβδί από μπαμπού, σαν εκείνα που είχαν κάποτε οι άνθρωποι-«ξυπνητήρια» στην

Αγγλία και στην Ιρλανδία, με τα οποία χτυπούσαν τα παράθυρα των πελατών τους για να τους ξυπνήσουν να πάνε για δουλειά.

«Ποτέ δεν ξέρεις ποιος σου χτυπάει την πόρτα αργά το βράδυ» της εξηγεί η Βαλεντίνη, όταν αντιλαμβάνεται ότι τα μάτια της Λυδίας είναι καρφωμένα στο ξύλινο ραβδί της.

Φτάνουν στο καθιστικό του σπιτιού, στο οποίο δεσπόζει ένα τζάκι υπερβολικά μεγάλο για τον χώρο. Κοιτάζει γύρω της. Τα έπιπλα του δωματίου αναδίδουν τη μουχλιασμένη οσμή του παρελθόντος. Στην αριστερή πλευρά του τζακιού υπάρχει ένα μισοξεσκισμένο πάνινο κρεβατάκι σκύλου, αλλά ο σκύλος δεν φαίνεται πουθενά. Στο πρεβάζι του τζακιού βλέπει έναν καθρέφτη. Για να ακριβολογούμε, βλέπει μόνο το ασημένιο χερούλι του, γιατί ο υπόλοιπος είναι σκεπασμένος με ένα κομμάτι από πράσινη τσόχα. Υποθέτει ότι είναι της Βαλεντίνης.

«Γιατί έχετε σκεπάσει τον καθρέφτη σας;» ρωτάει αφελέστατα, χωρίς να ξέρει και η ίδια γιατί το κάνει.

«Θέλω να είμαι ο εαυτός μου και ο αναθεματισμένος ο καθρέφτης δεν μου το επιτρέπει» απαντάει αινιγματικά η γυναίκα, ενώ στήνει το ραβδί της όρθιο πλάι στο τζάκι. Μια παράξενη δύναμη βγαίνει από τα λόγια της. «Και τώρα πες μου, ποια είσαι και τι ζητάς από μένα;» Το ύφος της παράξενης οικοδέσποινας είναι κοφτό και απότομο.

Το κορίτσι ξαφνιάζεται από την απότομη αλλαγή της Βαλεντίνης.

«Ονομάζομαι Λυδία Γκρόσμαν» συστήνεται, φορώντας ένα από τα πιο ανάλαφρα χαμόγελά της. «Η Αλεξάνδρα με έστειλε εδώ. Αυτή μου έδωσε τη διεύθυνσή σας» προσθέτει με ύφος απολογητικό.

Η Βαλεντίνη την κοιτάζει σκεφτική. «Δεν τη γνωρίζω».

Προσποιείται πως δεν άκουσε τα λόγια της μυστήριας γυναίκας, παρότι την έχουν αιφνιδιάσει. Αν η Βαλεντίνη δεν την πιστέψει, φοβάται ότι θα την πετάξει έξω από το σπίτι, όπου λυσσομανάει ακόμα ο μανιασμένος αέρας.

«Η Αλεξάνδρα είπε πως, αν είμαι λίγο τυχερή, θα με φιλοξενήσετε απόψε». Κάνει μια μικρή παύση και κοιτάζει τη Βαλεντίνη με ύφος συνωμοτικό, θαρρείς και σκοπεύει να της αποκαλύψει κάποιο μυστικό. «Ξέρετε, δεν έχω πού να μείνω».

«Πολύ θα ήθελα να ξέρω ποια είναι αυτή η Αλεξάνδρα που δίνει απλόχερα τη διεύθυνσή μου, ενώ εγώ προσπαθώ να την κρατάω όσο πιο μυστική μπορώ».

«Η αλήθεια είναι πως κι εγώ σήμερα τη γνώρισα» παραδέχεται διστακτικά.

«Ελπίζω να μη συνηθίζεις να πηγαίνεις όπου σε στέλνουν άγνωστοι. Θα μπορούσε να αποδειχθεί πολύ επικίνδυνο, ξέρεις».

«Γνωρίζει τη γιαγιά μου, τη Μαρία Γκρόσμαν» προσπαθεί να δικαιολογηθεί.

Η Βαλεντίνη την παρατηρεί αμίλητη.

«Έφυγα κρυφά από το σχολείο. Και δεν σκοπεύω να επιστρέψω προτού ανακαλύψω γιατί εξαφανίστηκε και πού βρίσκεται».

Αυτό ήταν. Βλέπει τη σπίθα που άναψε ξαφνικά στο βλέμμα της γυναίκας και καταλαβαίνει ότι έχει καταφέρει να κεντρίσει το ενδιαφέρον της.

Η Βαλεντίνη τής δείχνει να καθίσει στον καναπέ απέναντι από το τζάκι. Έπειτα σφίγγει τη ζώνη της ρόμπας της γύρω από την παχουλή μέση της, γιατί το δέσιμο έχει χαλαρώσει, και κάθεται δίπλα στη Λυδία με τη χάρη εικοσάχρονης. Το βλέμμα της καρφώνεται με ένταση στον καθρέφτη του κοριτσιού και δαγκώνει ελαφρά τα κάτω χείλη της, σαν να προσπαθεί να συγκρατήσει τα λόγια της. Παρά τα χρόνια της, το πρόσωπό της εξακολουθεί να αναδίδει υπολείμματα ευγενικής ομορφιάς.

«Δεν έχω ιδέα ποια είναι η Αλεξάνδρα που σε έστειλε εδώ. Ούτε ξέρω, δυστυχώς, πού βρίσκεται η γιαγιά σου, αν και υποθέτω, με τόσο θάνατο που την ακολουθεί, η δύστυχη θα κρύφτηκε για να γλιτώσει. Όσο για το σχολείο όπου σε έστειλε και τους δασκάλους που διδάσκουν εκεί, θα προτιμούσα να μη σου πω τη γνώμη μου». Η Βαλεντίνη μιλάει αργά και αδιάφορα, λες και είναι μια τυπική υποχρέωση που πρέπει να εκπληρώσει.

Η Λυδία δέχεται την ψυχρολουσία με αρκετή αξιοπρέπεια. Προσπαθεί να κρύψει την απογοήτευσή της πίσω από ένα αμήχανο χαμόγελο και ένα φαινομενικά ήρεμο πρόσωπο. Ζητάει με τη σκέψη της απεγνωσμένα βοήθεια από τον Φοίβο και σφίγγει απογοητευμένη τις γροθιές της τόσο δυνατά, ώστε τα νύχια της αφήνουν κόκκινα σημάδια στο μαλακό δέρμα των χεριών της.

«Μην την πιστεύεις. Δεν είναι ειλικρινής απέναντί σου» ψιθυρίζει ο Φοίβος, που έχει μείνει αρκετή ώρα σιωπηλός, γεγονός καθόλου συνηθισμένο για τον λαλίστατο κάτοικο του καθρέφτη της. «Κι εσύ, δεσποινίς μου, με πόσο μεγάλη ευκολία, αλήθεια, δέχτηκες τα λόγια της! Έλα, Λυδία, σύνελθε! Τι στο καλό έπαθες; Εσύ είσαι πάντα μαχητική. Θα την αφήσεις να σου ξεφύγει τόσο εύκολα; Δεν μπορεί να είναι τόσο άσχετη με την υπόθεσή μας όσο ισχυρίζεται. Γιατί μας έστειλε εδώ η ζητιάνα; Μόνο για να εξασφαλίσεις τον νυχτερινό σου ύπνο; Α, μπα, δεν νομίζω ότι σου λέει αλήθεια».

Ακούγοντάς τον, το ήρεμο πρόσωπό της γίνεται από τη μια στιγμή στην άλλη ωχρό και ανήσυχο.

Συνειδητοποιεί ταυτόχρονα ότι η Βαλεντίνη την παρατηρεί με πολύ μεγάλη προσοχή. *Ξέρει ότι συζητάω με τον Φοίβο*, σκέφτεται προβληματισμένη. Σιγουρεύεται, όμως, όταν την ακούει να σχολιάζει με φωνή βαριά από την ειρωνεία:

«Χμμ... Φαίνεται πως έφτασε η ώρα των συμβουλών. Από την άλλη, βέβαια, καλύτερος διάβολος είναι αυτός που γνωρίζεις».

Το θριαμβευτικό χαμόγελο που πλανιέται στο πρόσωπο της Βαλεντίνης όσο μιλάει την εκνευρίζει.

«Ο Φοίβος πιστεύει ότι μου λέτε ψέματα» λέει χολωμένη. Αφήνει κατά μέρος τις ευγένειες και προσπαθεί με τη σειρά της να αιφνιδιάσει τη Βαλεντίνη.

«Χμμ... Μάλιστα» αποκρίνεται εκείνη, κουνώντας το κεφάλι. «Ώστε ο Φοίβος σου πιστεύει ότι είμαι ψεύτρα».

Την παρατηρεί αμίλητη όσο η Βαλεντίνη βάζει το χέρι στην τσέπη της ρόμπας της και βγάζει ένα στραπατσαρισμένο πακέτο τσιγάρα και έναν μικρό κόκκινο αναπτήρα. Ανάβει ένα από τα δύο τσιγάρα που έχουν απομείνει στο πακέτο και φυσάει με δύναμη τον καπνό. Το βλέμμα της ακολουθεί τα δαχτυλίδια καπνού που ανεβαίνουν αργά αργά προς το ταβάνι μέχρι τη στιγμή που διαλύονται.

«Ε, λοιπόν, ο ψεύτης και ο υποκριτής είναι το είδωλο του καθρέφτη σου και όχι εγώ. Αυτός είναι που σε έχει φλομώσει στα ψέματα» φωνάζει πεισμωμένη. Η αγανάκτηση της ηλικιωμένης γυναίκας, που ξεφυσά τον καπνό του τσιγάρου της σαν ατμόπλοιο, δείχνει πόσο την έχουν πειράξει τα λόγια του Φοίβου.

Γέρνει στην πλάτη του καναπέ παίρνοντας μια βαθιά ανάσα, θαρρείς και η συζήτηση την έχει κουράσει, ενώ κοιτάζει πότε τη Λυδία και πότε στο μαρμαρένιο πρεβάζι του τζακιού, όπου βρισκόταν σκεπασμένος ο καθρέφτης της.

Τα λόγια της Βαλεντίνης την εντυπωσιάζουν. «Τι εννοείς; Δεν καταλαβαίνω». Το πρόσωπο της Βαλεντίνης είναι κρυμμένο πίσω από τον καπνό του τσιγάρου της.

«Ρώτησέ τον» της απαντάει απότομα.

«Φοίβο;» αναστενάζει μπερδεμένη ενώ σηκώνει τον καθρέφτη μπροστά της. Το ακίνητο πρόσωπό του διαγράφεται αχνό και θολό πάνω στη σκουρόχρυση επιφάνεια. Η εικόνα του τρεμοπαίζει σαν να μην έχει αποφασίσει αν θα μείνει ή θα φύγει. Δεν την κοιτάζει. Τα μάτια του είναι κλειστά και τα χείλη του σφραγισμένα, σημάδι ότι είναι θυμωμένος. «Μην ανησυχείς, Φοίβο, δεν πιστεύω λέξη απ' όσα λέει» τον καλοπιάνει. Καταλαβαίνει πόσο θυμωμένος είναι. «Ξέρεις ότι σε εμπιστεύομαι».

Κοιτάζει ολόγυρα. Η Βαλεντίνη τής χαμογελάει αμίλητη. Το μικρό δωμάτιο με τα παλιά και φθαρμένα έπιπλα της φαίνεται ξαφνικά τόσο καταθλιπτικό, που της κόβει την ανάσα. Θέλει να φύγει μακριά από την απαίσια αυτή γυναίκα, που μισεί τους καθρέφτες. Αυτός είναι άραγε ο πραγματικός λόγος που έχει σκεπάσει τον δικό της;

Ξαφνικά νιώθει τη ζεστή ανάσα της Βαλεντίνης να αγγίζει το πρόσωπό της, τη στιγμή που η γυναίκα γέρνει προς το μέρος της και της ψιθυρίζει: «Δεν με πιστεύεις λοιπόν. Φαίνεται, δυστυχώς, ότι οι καθηγητές σου έκαναν περίφημη δουλειά με την εκπαίδευσή σου τα χρόνια που έμεινες εκεί». Σηκώνει το κεφάλι και κοιτάζει το ταβάνι με απόγνωση. «Η σημερινή γενιά των κλεμμένων ειδώλων είναι μια χαμένη γενιά».

Το ρίγος που διαπερνά τη ραχοκοκαλιά της Λυδίας τής παγώνει το κορμί.

«Όχι, δεν σε πιστεύω. Και δεν καταλαβαίνω τι σχέση έχουν οι καθηγητές μου και η εκπαίδευσή μου με τις κατηγορίες που εξαπέλυσες εναντίον του Φοίβου» μουρμουρίζει αρκετά μπερδεμένη.

«Μπράβο, Λυδία!» πετάγεται ο Φοίβος, μιλώντας με φωνή δυνατή και βροντερή, προφανώς για να τον ακούσει η Βαλεντίνη. «Καλά της τα λες!»

Ακούγοντάς τον, ησυχάζει. Ευτυχώς ο Φοίβος κατάλαβε επιτέλους ότι δεν είχε λόγο να είναι θυμωμένος μαζί της. Προσπαθεί μόνο να τον υπερασπιστεί.

«Μην ακούς τι λέει για τους καθηγητές σου αυτή η σαλεμένη γυναίκα» συνεχίζει ο Φοίβος με την ίδια δυνατή φωνή. «Είναι θυμωμένη μαζί τους γιατί την έδιωξαν από το σχολείο όταν προσπάθησε να περάσει στους μαθητές κάτι παρόμοιες εξυπνάδες. Μην την αφήσεις να δηλητηριάσει τη σχέση μας. Ίσως είναι καλύτερα να φύγουμε αμέσως. Είμαι σίγουρος ότι, σε μια τόσο μεγάλη πόλη, δεν θα είναι δύσκολο να βρούμε ένα δωμάτιο να διανυκτερεύσουμε».

Τα λόγια του όμως έχουν αντίθετο από το επιδιωκόμενο αποτέλεσμα, αφού μεγαλώνουν την αμηχανία της Λυδίας. Αναρωτιέται πώς έφτασαν τα πράγματα στα άκρα. Αν ακολουθήσει τη συμβουλή του να φύγουν, είναι σίγουρο ότι θα καταλήξουν να περάσουν τη νύχτα σε κάποιο παγκάκι κάτω από τον συννεφιασμένο, ανταριασμένο και σκοτεινό ουρανό.

Αισθάνεται λίγο άβολα με την απότομη συμπεριφορά του Φοίβου και τις προσβολές που εκτόξευσε, ανταποδίδοντας εκείνες της Βαλεντίνης, σαν πρόγευση αυτού που θα ακολουθούσε. Πρέπει να διώξει την ένταση της μάχης που απειλεί να ξεσπάσει. Είναι η πρώτη φορά που ο Φοίβος δεν είναι ο εαυτός τού.

Με την άκρη του ματιού της προσπαθεί να δει τις αντιδράσεις της γυναίκας. Στο σχολείο τούς έμαθαν ότι μια απρόσεκτη κουβέντα μοιάζει με μισοαναμμένη γόπα του τσιγάρου που πέταξε κάποιος σε σκουπιδοτενεκέ. Από εκείνη την ασήμαντη εστία μπορεί να ξεκινήσει μεγάλη πυρκαγιά. Ηρεμεί αρκετά όταν διαπιστώνει ότι η ηλικιωμένη γυναίκα παραμένει ατάραχη, σαν να μην την αφορούν τα προσβλητικά λόγια του Φοίβου.

Προσπαθεί να κρύψει την ανακούφισή της, αλλά η Βαλεντίνη φαίνεται πως την έχει αντιληφθεί, γιατί της χαμογελά με συνωμοτικό ύφος. Έκπληκτη παρατηρεί ότι τα χείλη της Βαλεντίνης κινούνται. «Κάλυψέ τον» λένε άηχα.

Αλλά ο Φοίβος, που έχει από ώρα γαντζωθεί στο μυαλό της, ακούει τον ήχο που φτιάχνει με τον νου της για τα λόγια της Βαλεντίνης.

«Μην τολμήσεις να το κάνεις!» τσιρίζει με μανία.

«Βλέπω ότι η επικοινωνία σας είναι άριστη. Έχει θρονιαστεί για τα καλά στο μυαλό σου» σχολιάζει προβληματισμένη η Βαλεντίνη, που έχει καταλάβει την άριστη εσωτερική τους επικοινωνία. «Αλλά, μικρή μου, δεν υπάρχει δυστυχώς άλλος τρόπος. Αν θέλεις να ακούσεις την ιστορία που έχω να σου πω, πρέπει να τον σκεπάσεις».

«Ούτε να το σκέφτεσαι, Λυδία!» επεμβαίνει έξαλλος ο Φοίβος. «Το κατάλαβα αμέσως ότι αυτή η γυναίκα είναι ύπουλη και ότι θα προσπαθήσει να μας δημιουργήσει προβλήματα».

«Ηρέμησε, μην κάνεις σαν μικρό παιδί» προσπαθεί να τον καθησυχάσει. Είναι η πρώτη φορά που ο Φοίβος αντιδρά μ' αυτόν τον τρόπο. «Ίσως η Βαλεντίνη γνωρίζει κάτι για τη γιαγιά μου που δεν θέλει να το ακούσεις επειδή σου έχει θυμώσει». Προσπαθεί να είναι ψύχραιμη. «Μην ανησυχείς, θα σου τα πω όλα αργότερα» προσθέτει με τη σκέψη, προσπαθώντας να βρει μια συμβιβαστική λύση.

Μάταια όμως, γιατί ο Φοίβος δεν σκοπεύει να ησυχάσει.

«Έλα να φύγουμε. Έλα...» φτάνει στο σημείο να την παρακαλεί.

«Πάψε!» του σφυρίζει μέσα στον νου της εκνευρισμένη.

Όσο εντονότερη γίνεται η αντίδραση του Φοίβου, τόσο μεγαλώνει η περιέργειά της για την ιστορία της Βαλεντίνης. Μέχρι να αφήσει τον Φοίβο σκεπασμένο με ένα τσόχινο κομμάτι υφάσματος παρόμοιο μ' εκείνο που καλύπτει τον καθρέφτη της Βαλεντίνης, η περιέργειά της έχει φτάσει στα ύψη. Κάθεται αρκετά ανήσυχη στον καναπέ και περιμένει να ακούσει την ιστορία που της έχει υποσχεθεί η παράξενη γυναίκα.

«Αυτά που θα σου πω δεν τα διάβασα σε βιβλία. Κάποια τα άκουσα, άλλα τα έζησα. Μερικά είναι παλιά όσο το παρελθόν, αλλά όσο περνάει από το χέρι μου, όσο ζω, θα τα διηγούμαι. Δεν θα αφήσω να ξεχαστούν. Τα λόγια που ταξιδεύουν από στόμα σε στόμα, κορίτσι μου, είναι αιώνια. Το χαρτί ξεθωριάζει, τα μηχανήματα καταστρέφονται» ξεκινάει με έναν τόνο νοσταλγίας στη φωνή, αλλά γρήγορα σταματάει πάλι.

Όταν ξαναρχίζει, η φωνή της είναι αλλαγμένη. Η νοσταλγία έχει χαθεί.

«Υπάρχει ένας καθρέφτης παλιός όσο και ο κόσμος. Δεν ανήκει σε κανέναν, αλλά και σε όλους ταυτόχρονα. Κρύβει τόση δύναμη, που θα μπορούσε να σώσει άπειρες φορές τη Γη με όλους τους κατοίκους της, αλλά και άλλες τόσες φορές να την καταστρέψει. Ο θρύλος που τον ακολουθεί λέει ότι μέσα του κρύβεται μια αλλόκοτη δύναμη που υπερβαίνει τους νόμους της φύσης και την κατανόηση του ανθρώπου. Το όνομά του είναι Μέγιστος.

»Κάποιοι γεύτηκαν τη δύναμή του, κάποιοι άλλοι την οργή του. Και μετά εξαφανίστηκε. Πολλοί πιστεύουν ότι βρίσκεται στα χέρια των διαχειριστών των ειδώλων. Από παλιά μέχρι σήμερα, όλοι όσοι πιστεύουν την ύπαρξή του και τη δύναμή του τον αναζητούν απεγνωσμένα». Τα μάτια της ηλικιωμένης γυναίκας πετούν φλόγες.

Τα λόγια της είναι όντως εντυπωσιακά, σκέφτεται η Λυδία.

«Ο Μέγιστος; Οι διαχειριστές των ειδώλων;» ρωτάει απορημένη. Η ερώτηση κυλάει ασυγκράτητη από τα χείλη της. «Δεν καταλαβαίνω, τι σημαίνουν όλα αυτά;»

«Εκείνο που δεν σας διδάσκουν πια στο σχολείο είναι ότι όλοι οι άνθρωποι, κάποτε, μπορούσαν να συνομιλούν με τον καθρέφτη τους. Δεν ήταν προνόμιο των λίγων και εκλεκτών, όπως υποστηρίζουν οι καθηγητές σήμερα. Δυστυχώς, με τα χρόνια, όπως συμβαίνει πάντα, αλλάζουν πολλά. Δεν είναι δα και τόσο δύσκολες οι αλλαγές. Στην αρχή δυσκολεύονται λίγο οι άνθρωποι να τις δεχτούν, αλλά στο τέλος πάντα τις συνηθίζουν. Έτσι, με τη διαχρονική παρέμβαση των διαχειριστών, άλλαξε κι αυτό. Σήμερα πλέον είναι λίγοι αυτοί που μπορούν να συνομιλούν με ένα ξένο είδωλο στον καθρέφτη τους, όπως εσύ κι εγώ. Υπάρχουν βέβαια και κάποιοι τυχεροί, λιγοστοί δυστυχώς, που αντικρίζουν και συνομιλούν με το δικό τους είδωλο στη λεία επιφάνεια του καθρέφτη τους».

Δεν έχει άδικο σ' αυτό, συλλογίζεται η Λυδία, καθώς θυμάται ότι ανάμεσα στους σπουδαστές του σχολείου της μόνο στον ασημένιο καθρέφτη της τυφλής Καλυψώς εμφανίζεται το δικό της είδωλο. Δυστυχώς, κι αυτή, αν και μπορεί να το ακούει, δεν το βλέπει.

«Γιατί δεν μπορούν όλοι οι άνθρωποι να συνομιλούν με τον καθρέφτη τους;»

«Φαντάζομαι ότι, αν συνηθίσει κάποιος στη βουβαμάρα, δεν είναι εύκολο να δεχτεί τον αντίλογο».

«Λες ότι αποφάσισαν μόνοι τους να διακόψουν την επικοινωνία με το είδωλό τους και ύστερα έμαθαν να ζουν δίχως αυτό;»

«Κάπως έτσι έγιναν τα πράγματα στην αρχή. Όμως, άλλες οι βουλές των ανθρώπων, άλλες των διαχειριστών» λέει σιβυλλικά η Βαλεντίνη, φιλοδωρώντας τη με ένα αινιγματικό χαμόγελο.

Η Λυδία την κοιτάζει κατάπληκτη.

«Όπως σου είπα, αυτό συνέβη με τη συμβολή των διαχειριστών. Έπεισαν τους ανθρώπους ότι τα είδωλά τους είναι ο μόνος δρόμος προς τη σωτηρία».

«Δεν καταλαβαίνω».

«Συνεχίζεις να μη θέλεις να καταλάβεις. Μα είναι τόσο απλό. Η αποστολή των διαχειριστών είναι όλοι οι άνθρωποι να αποκτήσουν το είδωλο που θα φυτέψουν αυτοί στον καθρέφτη τους». Κουνάει το κεφάλι της. «Να έχουν ένα είδωλο, σαν τον Φοίβο, να τους καθοδηγεί. Στο πέρασμα του χρόνου η αλλαγή γίνεται σταδιακά και σχεδόν ανεπαίσθητα. Γιατί να συνομιλούμε με άχρηστα είδωλα, που δεν μπορούν να μας προσφέρουν κάτι, όταν μπορούμε εύκολα να απαλλαγούμε από αυτά; Και γιατί, όταν αρχίζουμε να νιώθουμε την έλλειψη των ειδώλων και τα θέλουμε πίσω στη ζωή μας, να μην αποκτήσουμε είδωλα που μπορούν να μας βοηθήσουν;»

«Έχουν τέτοια δύναμη;» απορεί η Λυδία.

«Ο Μέγιστος» μουρμουρίζει με δέος η Βαλεντίνη.

«Οι άνθρωποι γιατί το δέχτηκαν;»

«Οι περισσότεροι άνθρωποι σήμερα έχουν οικονομικές ανάγκες και δεν έχουν την παραμικρή ιδέα για το πού θα βρουν τα χρήματα που χρειάζονται. Αν κάποιος τους υποσχόταν ότι το είδωλο του καθρέφτη τους είναι εκεί για να τους βοηθήσει να κατεβάσουν καμιά φαεινή ιδέα και να καλυτερεύσουν τα οικονομικά τους, τι λες, θα αποδέχονταν το είδωλο ή όχι;»

Η Βαλεντίνη παρατηρεί με ενδιαφέρον το πρόσωπο της Λυδίας, για να δει πώς αντιδρά στα λόγια της.

«Κουράστηκα να τα λέω και να μη με πιστεύουν. Δεν έχω τις δυνάμεις που είχα παλιά για να παλέψω γι' αυτά που πιστεύω πως είναι σωστά. Όταν ήμουν νέα, όπως εσύ, πίστευα ότι δεν αρκεί να έχεις ιδέες και να περιμένεις να τις υλοποιήσουν οι άλλοι για λογαριασμό σου. Είχα το κεφάλι ψηλά και τη σιγουριά ότι το δίκιο ήταν με το μέρος μου.

Ήξερα καλά γιατί αγωνιζόμουν και θυσίασα την προσωπική μου ζωή σ' αυτόν τον αγώνα. Όμως έχασα. Και ύστερα από τόση καταδίωξη και πόλεμο από μέρους τους, δεν είμαι σίγουρη ότι αξίζει τον κόπο να μιλάω. Κατάλαβα ότι είχαν κερδίσει, συνειδητοποίησα ότι δεν με πιστεύει κανένας πια και οι διαχειριστές συνεχίζουν το αποτρόπαιο έργο τους. Από τότε ζω περιμένοντας καρτερικά τον θάνατο. Σήμερα είμαι γριά ανήμπορη και τρομοκρατημένη, γιατί με μετέτρεψαν σε εύκολο στόχο, για να ρίξουν επάνω μου το φταίξιμο και το ανάθεμα για όλα τα κακά. Συμβιβάστηκα με τη μοναξιά μου και λησμόνησα πόσο ζεστή είναι η ανάσα ενός ζωντανού ανθρώπου πλάι μου».

Ξαφνικά η Βαλεντίνη σταματάει. Η Λυδία την κοιτάζει απορημένη. Σκέφτεται πως η Βαλεντίνη παίζει τους υπαινιγμούς και τα υπονοούμενα στα δάχτυλα.

«Να πάρω μια ανάσα» δικαιολογείται η Βαλεντίνη. Με τους ώμους κατεβασμένους, κοιτάζει τη Λυδία κατάματα. «Τελικά νομίζω ότι διαχρονικά οι άνθρωποι έχουν ταλέντο στο να γίνονται δυστυχισμένοι» προσθέτει, ενώ στα χείλη της πλανιέται ένα διφορούμενο χαμόγελο.

Αν και η Λυδία δεν είναι από τα παιδιά που καταπίνει αμάσητο, για να μην κουράσει τα σαγόνια της, ό,τι της σερβίρουν οι μεγάλοι, εντούτοις τα λόγια της Βαλεντίνης την αναστατώνουν. Η συγκίνησή της όμως δεν είναι αρκετή για να την κάνει να λησμονήσει τον σκοπό του ερχομού της εδώ.

«Περίμενα ότι θα μου πεις κάτι που θα με βοηθήσει να βρω τη γιαγιά μου».

«Καημένη Μαρία Γκρόσμαν» μουρμουρίζει λυπημένη η Βαλεντίνη μέσα από τα δόντια. «Είμαστε συντρόφισσες κάποτε, παρότι συχνά είχαμε τις διαφωνίες μας, ποτέ δεν πληγώσαμε η μία την άλλη. Τη θυμάμαι πάντα καλοσυνάτη και γελαστή και, κατά τη γνώμη μου, πάντα κακόγουστα ντυμένη, με κοντοκουρεμένα μαλλιά και πάντα άβαφη. Ερχόταν στις συναντήσεις της παρέας μας κι έφευγε πάντα αθόρυβα. Ύστερα σταμάτησε να έρχεται, έφυγε από την πόλη, παντρεύτηκε τον παππού σου και μετακόμισαν στο

Βερολίνο. Εκεί γεννήθηκε η μητέρα σου. Την έβλεπα όλο και πιο αραιά. Τραβήξαμε διαφορετικούς δρόμους. Μάθαινα όμως πάντα τα νέα της. Τα πράγματα στην πορεία γίνονταν όλο και πιο δύσκολα γι' αυτήν, παρόλο που ήταν πάντα πολύ προσεκτική».

Η Λυδία την ακούει αχόρταγα, αλλά η Βαλεντίνη δεν σκοπεύει να συνεχίσει. Σηκώνεται από τον καναπέ και, καθώς απομακρύνεται, μουρμουρίζει:

«Δυστυχώς, έκανε ένα μεγάλο λάθος. Σε άφησε πολύ καιρό στο καταραμένο σχολείο. Δεν της έχει απομείνει πια καμία ελπίδα».

Η Λυδία δεν καταλαβαίνει ούτε λέξη από το σιγομουρμούρισμα της Βαλεντίνης. Η απογοήτευση την έχει καταβάλει. Νιώθει ξαφνικά πολύ εξουθενωμένη. Τα μάτια της κλείνουν, το κορμί της γέρνει πάνω στον καναπέ.

«Καληνύχτα» της ψιθυρίζει η Βαλεντίνη κοντά στο αυτί καθώς τη σκεπάζει με μια μάλλινη κουβέρτα.

Το επόμενο πρωί, τη στιγμή που η Λυδία είναι έτοιμη να αποχαιρετήσει την παράξενη γυναίκα, που την άφησε να περάσει τη νύχτα της στον καναπέ του σπιτιού της, συνειδητοποιεί ότι όχι μόνο δεν κατάφερε να μάθει κάτι που θα την έβαζε στα ίχνη της γιαγιάς της, αλλά η Βαλεντίνη είχε καταφέρει να σπείρει την αμφιβολία στο μυαλό της. Αποφασίζει να ξεχάσει γρήγορα τη Βαλεντίνη και την περίεργη ιστορία της και να προσποιηθεί ότι δεν την άκουσε ποτέ. Άλλωστε, στο να σβήνει από τη μνήμη της και να διαγράφει την ύπαρξη όσων δεν ήθελε να θυμάται έχει πλέον μεγάλη εμπειρία. Αν και φοβάται πως αυτή τη φορά θα δυσκολευτεί να το κάνει, γιατί το είδωλο στον καθρέφτη της Καλυψώς επιβεβαιώνει εν μέρει όλα όσα υποστηρίζει η Βαλεντίνη.

Ελπίζω αυτή η αμφιβολία να μη με σκοτώσει στο τέλος, σκέφτεται ενώ κατευθύνεται προς το τζάκι.

Λίγο πριν ανασηκώσει το τσόχινο κομμάτι που καλύπτει τον καθρέφτη της, ακούει το θρόισμα της ρόμπας της Βαλεντίνης πίσω της.

«Οι ιστορίες μοιάζουν με την πραγματικότητα, όσο ένα πορτρέτο με το μοντέλο που ποζάρει» της σφυρίζει στο πίσω μέρος του κεφαλιού.

Αναστατωμένη η Λυδία ανασηκώνει τα φρύδια και σφίγγει τις γροθιές. Πρέπει να φύγει το συντομότερο δυνατόν μακριά από τη μυθομανή αυτή γυναίκα.

Η Βαλεντίνη απομακρύνεται με αργά βήματα από τη Λυδία, οπισθοχωρώντας με τα χέρια στις τσέπες της ρόμπας της.

«Το ξέρω πως δεν πιστεύεις λέξη απ' όσα σου είπα χτες το βράδυ. Καταλαβαίνω ότι σου είναι δύσκολο να τα αποδεχτείς. Υπάρχουν πράγματα που δεν τα πιστεύουμε όταν τα φοβόμαστε. Έγιναν όμως στο παρελθόν, μπορεί να ξαναγίνουν και στο μέλλον» ψελλίζει η Βαλεντίνη με αινιγματικό ύφος.

Η Λυδία δεν μπορεί να συγκρατηθεί περισσότερο. «Δεν με νοιάζει το παρελθόν. Ήρθα εδώ να μάθω για τη γιαγιά μου» παραπονιέται.

«Να θυμάσαι κάτι, κορίτσι μου. Δεν έχει σημασία το πού θέλεις να πας, αν δεν αποφασίσεις πρώτα ποιο δρόμο θα ακολουθήσεις. Διαφορετικά, δεν πρόκειται να φτάσεις ποτέ στον προορισμό σου».

Η Βαλεντίνη την κοιτάζει επίμονα. Καταλαβαίνει ότι η κοπέλα βιάζεται να φύγει. Βάζει τα χέρια στις τσέπες, ψαχουλεύει για λίγο και στη συνέχεια τα απλώνει προς τη Λυδία. Την ώρα που την αποχαιρετά, βάζει στην παλάμη της ένα διπλωμένο κομμάτι χαρτιού.

«Εδώ σου έχω σημειώσει το όνομα και η διεύθυνση κάποιου που θα μπορούσε να σε βοηθήσει. Να προσέχεις» προσθέτει στο τέλος «και φεύγοντας κλείσε την πόρτα του σπιτιού. Εγώ έχω μια βιαστική δουλειά και δεν μπορώ να σε συνοδεύσω μέχρι την έξοδο».

Η Λυδία φεύγει όσο πιο γρήγορα μπορεί από το δωμάτιο.

Κεφάλαιο 7

Τρίτη 17 Μαρτίου 2015

Κάθεται από ώρα σε ένα ξύλινο παγκάκι κάποιας από τις κεντρικές πλατείες της μεγαλούπολης. Στριφογυρίζει ασταμάτητα στα δάχτυλά της το χαρτάκι της Βαλεντίνης.

«Θα βρέξει» λέει, χωρίς να κινήσει σχεδόν καθόλου τα χείλη, απευθυνόμενη στον Φοίβο, και σηκώνει το κεφάλι στον ουρανό. Τα βαριά και γκρίζα σύννεφα που είναι στριμωγμένα το ένα δίπλα στο άλλο, έχοντας δημιουργήσει κυκλοφοριακό πρόβλημα στον ουράνιο δρόμο τους, δεν ταξιδεύουν πλέον. Είναι σταματημένα πάνω από το κεφάλι της, απειλώντας να αδειάσουν από στιγμή σε στιγμή πάνω της το περιεχόμενό τους. Η οσμή του αέρα φτάνει στα ρουθούνια της υγρή από το νοτισμένο χώμα, σημάδι ότι κάπου κοντά έχει κιόλας αρχίσει να βρέχει.

«Να αγοράσεις ένα αδιάβροχο, θα σου χρειαστεί» τη συμβουλεύει ο Φοίβος. Η άχρωμη φωνή του δείχνει ότι εξακολουθεί να είναι θυμωμένος μαζί της.

Ξέρει πως κάποια στιγμή πρέπει να του μιλήσει για το χτεσινό βράδυ, αλλά προς το παρόν το μόνο που την απασχολεί είναι να αποφασίσει για το πώς θα πορευτεί από εδώ και πέρα. Το ότι πρέπει να πάρει μια απόφαση είναι το μοναδικό σημείο στο οποίο συμφωνεί απολύτως με τη Βαλεντίνη.

Εξακολουθεί όμως να στριφογυρίζει αναποφάσιστη στα δάχτυλά της το χαρτάκι. Δεν χρειάζεται να το ανοίξει. Το έχει κοιτάξει τόσες φορές, ώστε έχει αποστηθίσει ήδη τη διεύθυνση και το όνομα: «Ρωξάνη Στιούαρτ, Φαρινελιστράσε αρ. 35».

«Σκέφτομαι να πάω» μουρμουρίζει, κοιτάζοντας αδιάφορα τα παιδιά που παίζουν στην παιδική χαρά της πλατείας. Αποφεύγει να μιλήσει δυνατά. Δεν χρειάζεται άλλωστε. Είναι σίγουρη ότι ο Φοίβος την ακούει. «Αλλά δεν ξέρω τι θα βγάλει μια επίσκεψη στη Ρωξάνη Στιούαρτ. Οι δύο γυναίκες που συνάντησα μέχρι τώρα δεν μου έδωσαν την παραμικρή πληροφορία για τη γιαγιά μου. Φοβάμαι μήπως τριτώσει το κακό».

«Φέρθηκες σαν ανόητο κοριτσόπουλο χτες το βράδυ» την ξαφνιάζει η ένταση με την οποία η φωνή του Φοίβου φτάνει στο μυαλό της. «Δεν την πίεσες αρκετά. Είμαι σίγουρος ότι η αντιπαθητική εκείνη γυναίκα γνωρίζει πού βρίσκεται η γιαγιά σου. Αν είχες επιμείνει, τώρα θα είχαμε κάποιο στοιχείο να προχωρήσουμε».

Χαίρεται που θέλει ακόμα να τη βοηθήσει. Χαίρεται που η σκέψη του είναι γύρω από τη γιαγιά της, αν και αυτή του φέρθηκε απαίσια. Δεν ανησυχεί με τον απότομο τρόπο που της μιλάει. Ξέρει ότι αυτή θα είναι η συμπεριφορά του από δω και μπρος μέχρι να βρει την κατάλληλη αφορμή να της ανταποδώσει τα ίσια. Το έχουν παίξει άπειρες φορές αυτό το παιχνίδι.

Σηκώνεται, ρίχνει μια εξεταστική ματιά γύρω της και αναρωτιέται σε ποιο σημείο της πόλης βρίσκεται το σπίτι της Ρωξάνης Στιούαρτ. Τα βαριά σύννεφα έχουν κατέβει μέχρι τις στέγες των πιο ψηλών σπιτιών και η ορατότητα έχει περιοριστεί σε μερικά μέτρα. Εκτός από ομπρέλα, που πολύ σύντομα θα χρειαστεί, σκέφτεται να αγοράσει και έναν χάρτη της πόλης, γιατί δεν έχει την παραμικρή ιδέα προς τα πού πρέπει να κατευθυνθεί. Έτσι πηγαίνει μέχρι το απέναντι πολυκατάστημα για να κάνει τις αγορές της.

Μία ώρα αργότερα στέκεται έξω από ένα τεράστιο οικοδομικό συγκρότημα. Το παρατηρεί με το στόμα ορθάνοιχτο, εντυπωσιασμένη από το ύψος του και το πλήθος των διαμερισμάτων με τα στενόμακρα, τσιμεντένια, γκρίζα μπαλκόνια.

«Χάνουμε χρόνο, κορίτσι μου» ζουζουνίζει, σαν τη μέλισσα που κατάφερε να τρυπώσει στο αυτί της, ο Φοίβος, που εν τω μεταξύ έχει ξαναβρεί τη καλή του διάθεση. «Βρες σε ποιον όροφο μένει η γυναίκα να ανεβούμε».

Σκόπευε να τον βάλει στην τσάντα της, αλλά αλλάζει γνώμη και τον κρατά στο αριστερό της χέρι, δίνοντάς του την ευκαιρία να βλέπει και αυτός κάτι.

Η Ρωξάνη Στιούαρτ μένει στο δωδέκατο πάτωμα, στο διαμέρισμα 1224.

Για καλή της τύχη, το διαμέρισμα βρίσκεται απέναντι από την πόρτα του ασανσέρ. Βγαίνει από τον ανελκυστήρα και η πόρτα του κλείνει πίσω της με ένα γουργούρισμα. Ο αριθμός του διαμερίσματος είναι γραμμένος καλλιγραφικά σε μια μικρή, ασημένια, μακρόστενη πινακίδα στο πλάι της πόρτας. Χωρίς καθυστέρηση, χτυπά το κουδούνι. Ο ήχος του αντηχεί δυνατά στο εσωτερικό του διαμερίσματος, σαν να είναι άδειο. Η πόρτα δεν ανοίγει.

Περίεργο, σκέφτεται η Λυδία. Τόσα διαμερίσματα, αλλά το κτίριο είναι ήσυχο σαν τάφος.

Χτυπάει δεύτερη και τρίτη φορά, αλλά χωρίς αποτέλεσμα. Οσμίζεται την απογοήτευσή της στον αέρα να πλησιάζει απειλητικά. Το πέρασμά της από το σπίτι της Βαλεντίνης αποδείχτηκε καταστροφικό. Πρώτον, γιατί απείλησε να καταστρέψει την καλή της σχέση με τον Φοίβο και, δεύτερον, είχε φύγει τόσο μπερδεμένη, ώστε δεν ήξερε τι να πιστέψει και τι όχι απ' όσα της είχε πει η περίεργη εκείνη γυναίκα. Ελπίζει να τη βοηθήσει η κυρία Στιούαρτ να βγάλει κάποια άκρη, αλλά, όπως φαίνεται, ούτε από εδώ θα καταφέρει να μάθει κάτι.

Περιμένει, έχοντας φορέσει το πιο μειλίχιο χαμόγελό της, για να ξορκίσει την απογοήτευση, αλλά μάταια. Και αφού δεν συμβαίνει απολύτως τίποτα, το μειλίχιο χαμόγελο αρχίζει σταδιακά να υποχωρεί, μέχρι που χάνεται τελείως.

«Να πάρει, να πάρει» αναστενάζει απογοητευμένη και χτυπάει με δύναμη τη σφιγμένη γροθιά της στην ξύλινη πόρτα. «Μία ακόμη ώρα χάθηκε χωρίς λόγο».

Η πόρτα τώρα ανοίγει αργά και αθόρυβα, σαν το ποταμόπλοιο που κατεβαίνει στο ποτάμι, και αποκαλύπτει το πιο γυμνό αντρικό σώμα που έχει δει ποτέ της. Σαστίζει, γουρλώνει τα μάτια και κρατάει με δύναμη την αναπνοή της, γιατί δεν ξέρει πώς αλλιώς να αντιδράσει.

«Μην τον κοιτάζεις, δεν βλέπεις ότι είναι σχεδόν γυμνός;» τσιρίζει μέσα στο μυαλό της ο Φοίβος, τόσο δυνατά, που πονούν τα μηνίγγια της. Τρομάζει και κρύβει ασυναίσθητα το αριστερό της χέρι μαζί με τον καθρέφτη πίσω από την πλάτη της.

Η φωνή του Φοίβου τη βοηθάει να συνέλθει, αλλά ο νεαρός άντρας εξακολουθεί να στέκεται μπροστά της φορώντας μόνο ένα μαύρο μικροσκοπικό εσώρουχο. Την κοιτάζει με μάτια βαριά, γεμάτα από ύπνο. Στοιχηματίσει με τον Φοίβο στα πεταχτά ότι δεν τη βλέπει.

Με το πρόσωπο κατακόκκινο σαν πυρακτωμένο σίδερο, ρίχνει βιαστικά τον καθρέφτη στο σακίδιό της και ξεροβήχει δυνατά για να κάνει αισθητή την παρουσία της.

«Γυρεύω την κυρία Στιούαρτ».

Η φωνή της ακούγεται τρεμουλιαστή, ενώ προσπαθεί με δυσκολία να κρατήσει τα μάτια της στο πρόσωπό του.

«Τη Ρωξάνη Στιούαρτ».

Εκείνος στυλώνει το βλέμμα στο κοκκινισμένο πρόσωπό της και απαντάει, με ένα αδιόρατο χαμόγελο στα σουφρωμένα χείλη του:

«Δεν τη γνωρίζω».

Όσο της μιλάει, οι κόρες των ματιών του καθαρίζουν από τα συννεφάκια του ύπνου και, όταν αυτά εξαφανίζονται εντελώς, το βλέμμα του ζωηρεύει. «Όποια όμως κι αν είναι η κυρία αυτή, σίγουρα δεν μένει εδώ» προσθέτει αδιάφορα και, οπισθοχωρώντας, ετοιμάζεται να κλείσει την πόρτα μπροστά στο πρόσωπο της κατάπληκτης Λυδίας.

Αιχμάλωτη της απρόσμενης παρουσίας του, δεν βρίσκει τη δύναμη να αντιδράσει και απομένει να κοιτάζει άπραγη την πόρτα να κλείνει μπροστά στο πρόσωπό της. Δαγκώνει τα χείλη και προσπαθεί να κατευνάσει την απογοήτευσή της. Παίρνει βαθιά ανάσα και γυρίζει να φύγει, όταν ακούει τον κουδουνιστό ήχο των κλειδιών πάνω στην κλειδαριά. Στην αρχή πιστεύει ότι ο άντρας κλειδώνει την πόρτα από μέσα. Εκείνος όμως, αντίθετα, είχε πιάσει τα κλειδιά του για να την ανοίξει διάπλατα. Ο παγωμένος αέρας που έρχεται μέσα από το ανοιχτό παράθυρο του δωματίου την κάνει να αναπηδήσει ξαφνιασμένη.

«Μετακόμισα στο διαμέρισμα πριν από μερικές ημέρες» λέει κοφτά ο νεαρός άντρας.

Οι λέξεις βγαίνουν με δυσκολία από το στόμα του. «Ίσως η γυναίκα που ψάχνεις να έμενε εδώ πριν από μένα. Έχει κάτι παλιά έπιπλα που ο ιδιοκτήτης του διαμερίσματος άφησε σ' εκείνη τη γωνία, για να δικαιολογήσει ότι μου το νοίκιασε επιπλωμένο. Ρίξε μια ματιά αν θέλεις» λέει σουφρώνοντας αυτή τη φορά τη μύτη, λες και τα ίδια του τα λόγια του αναδίδουν άσχημη οσμή. «Ίσως έχει αφήσει κάπου την καινούργια της διεύθυνση».

Δεν περιμένει την απάντησή της. Χάνεται βιαστικά στο δωμάτιο, αφήνοντας πίσω του ανοιχτή την πόρτα.

Απομένει αναποφάσιστη. Ο Φοίβος όμως της δίνει τη μικρή ώθηση που χρειάζεται για να ακολουθήσει τον άγνωστο νεαρό. «Μη φοβάσαι, εγώ είμαι εδώ. Αν προσπαθήσει να σου κάνει κακό, θα βάλω τόσο δυνατές φωνές, που θα τον τρελάνω. Καθώς δεν με βλέπει, θα νομίσει ότι άνοιξαν οι ουρανοί και του μιλάει ο ίδιος ο Θεός» λέει με φωνή βαθιά, σαν να έρχεται από τα έγκατα της γης.

Καταλαβαίνει αμέσως ότι ο Φοίβος εννοεί μέχρι και την τελευταία λέξη. Δεν αστειεύεται.

«Μην αφήσεις και αυτή την ευκαιρία να πάει χαμένη» συνεχίζει. «Ίσως είμαστε τυχεροί και ανακαλύψεις κάποιο στοιχείο που θα μπορούσε να μας φανεί χρήσιμο, γιατί προς το παρόν ψαρεύουμε όχι απλώς σε θολά νερά, αλλά σε βούρκο».

Είναι αναιδέστατος και ξιπασμένος, σκέφτεται μερικές στιγμές αργότερα, ενώ δεν μπορεί να πάρει τα μάτια της από τον νεαρό άντρα.

Το στενό γωνιώδες πρόσωπό του χαρακώνουν δύο παράξενες ρυτίδες από τα μάγουλά του ως το σαγόνι, αταίριαστες εντελώς με την ηλικία του. Η ελαφρά κυρτωμένη αετίσια μύτη του και τα γκριζοπράσινα μάτια του με το μεταλλικό πρασινωπό του υδραργύρου, τον κάνουν να μοιάζει με αρπακτικό, ενώ το οστεώδες σαγόνι του και τα μακριά καστανά μαλλιά του, που είναι πιασμένα στο πίσω μέρος του κεφαλιού του, τον κάνουν να μοιάζει με μοντέλο αναγεννησιακού ζωγράφου.

Το ύψος του όμως είναι εκείνο που σίγουρα δεν θα τον άφηνε να περάσει πουθενά απαρατήρητος. Αν δεν τα ξεπερνάει, σίγουρα φτάνει τα δύο μέτρα. Το ύψος του όμως δεν τον εμποδίζει να είναι αρκετά ευλύγιστος, καθώς σκύβει να παραμερίσει μια μεγάλη μαξιλάρα, που είναι πεταμένη στα πόδια του σιδερένιου κρεβατιού. Εκεί κάτω ανακαλύπτει ένα ζευγάρι κάλτσες.

Στέκεται όρθια στο κέντρο του δωματίου και του ρίχνει κλεφτές ματιές, ενώ εκείνος προσπαθεί να μαζέψει ό,τι μπορεί από τα ρούχα που είναι πεταμένα σε όλο το δωμάτιο. Ευτυχώς δεν είναι πια μισόγυμνος. Έχει φορέσει ένα τζιν παντελόνι και ένα ασιδέρωτο μακό μπλουζάκι, που σήκωσε νωρίτερα, βιαστικά, από το πάτωμα.

Γιατί έχει την εντύπωση ότι δεν τον βλέπει για πρώτη φορά; Μπα, αποκλείεται, συλλογίζεται. Αν τον είχα ξαναδεί, σίγουρα θα το θυμόμουν, αποφασίζει ενδόμυχα και στρέφει αλλού το ενδιαφέρον της

«Μπορείς να κοιτάξεις στο γραφείο. Όλα εκείνα τα χαρτιά και τα έντυπα ανήκουν στον προηγούμενο ενοικιαστή» μουρμουρίζει απότομα ενώ φοράει τις κάλτσες του.

Αναπηδά ξαφνιασμένη. Αναρωτιέται πόσων χρονών είναι. Δύσκολο να υπολογίσει. Σίγουρα δείχνει μεγαλύτερος από τους συμμαθητές της στο σχολείο, αλλά πολύ μικρότερος από τους καθηγητές της. *Εκεί γύρω στα τριάντα είναι,* καταλήγει.

«Δεν έχω όλη τη μέρα ελεύθερη. Πρέπει να δουλέψω». Η φωνή του δείχνει ανυπομονησία.

Προχωράει με μεγάλα βήματα προς το στενόμακρο έπιπλο με τα δύο τσιμεντένια πόδια ελέφαντα, που της έχει υποδείξει σαν γραφείο, αν και στο ίδιο δωμάτιο υπάρχει κι ένα πραγματικό έπιπλο γραφείου στα δεξιά της. Η επιφάνεια του περίεργου γραφείου, που στηρίζεται στα δύο χοντρά τσιμεντένια ελεφάντινα πόδια, είναι από γυαλί. Σε λίγα σημεία όμως φαίνεται το γυαλί, γιατί είναι σκεπασμένο με την αλληλογραφία. Προσέχει ότι όλες οι αποστολές έχουν τον ίδιο παραλήπτη. Έχουν αποσταλεί στη Ρωξάνη Στιούαρτ. Σκορπίζει αριστερά δεξιά τους φακέλους και τους ανακατεύει αρκετές φορές ψάχνοντας για κάτι ενδιαφέρον. Διαφημιστικά φυλλάδια, διάφορες προσκλήσεις, λογαριασμοί, επιστολές, τις οποίες δεν μπορεί να ανοίξει, και ανάμεσά τους δύο καρτ ποστάλ, που έχουν ταχυδρομηθεί από τη Σκωτία. Η φωτογραφία πάνω στις κάρτες τραβάει αμέσως την προσοχή της.

Τις παίρνει στα χέρια και τις στριφογυρίζει ανάμεσα στα δάχτυλά της. Στο μπροστινό μέρος η ίδια φωτογραφία και στην πίσω πλευρά είναι γραμμένη η διεύθυνση του ίδιου αποστολέα. Κάτω από τη διεύθυνση υπάρχει και στις δύο κάρτες η λέξη «Μέγιστος».

Άναυδη κοιτάζει πότε τη μια φωτογραφία και πότε την άλλη. Συνειδητοποιεί ότι το σώμα της τρέμει και προσπαθεί να ηρεμήσει. Δεύτερη φορά που συναντιέται με τον Μέγιστο, για την ακρίβεια με το όνομά του, μέσα στο ίδιο πρωινό. Ρίχνει μια κλεφτή ματιά προς το μέρος όπου πιστεύει ότι στέκεται ο νέος άντρας. Εκείνος όμως, έχοντας αλλάξει θέση, κάθεται στο γραφείο του μπροστά στον ηλεκτρονικό υπολογιστή του.

Ξανακοιτάζει τις κάρτες. Η φωτογραφία είναι σίγουρα κάποιου πίνακα ζωγραφικής, γιατί η εικόνα αυτή δεν θα μπορούσε να είναι φωτογραφία... Ένα νεαρό κορίτσι με έναν καθρέφτη στη θέση του προσώπου της. Ένας οβάλ καθρέφτης με μαυρισμένη ασημένια κορνίζα είναι καρφωμένος στους ώμους του λεπτοκαμωμένου κοριτσίστικου σώματος. Το παράξενο κορίτσι ξεπροβάλλει με βίαιο τρόπο ανάμεσα από μερικά δέντρα –δεν θα μπορούσε να το πει κανείς δάσος–, θαρρείς και κάποιο αόρατο χέρι τη σπρώχνει να βγει μπροστά. Το κορίτσι-καθρέφτης καλύπτει το μεγαλύτερο μέρος της εικόνας, γιατί ο τεράστιος καθρέφτης πάνω στους ώμους της κρύβει ό,τι υπάρχει πίσω του.

Όταν πρωτοκοίταξε την κάρτα, νόμισε πως το κορίτσι έκρυβε το πρόσωπό του πίσω από τον καθρέφτη, αλλά, παρατηρώντας καλύτερα τη φωτογραφία, αντιλαμβάνεται ότι ο παλιός καθρέφτης είναι το πρόσωπο του κοριτσιού. Η πλάτη του νεανικού κορμιού έχει κυρτώσει από το βάρος του καθρέφτη, το κάτω μέρος του οποίου ακουμπά στους λεπτούς, αδύναμους ώμους της. Τα δυο της λεπτοκαμωμένα χέρια τραβούν τις πλευρές του καθρέφτη, δίνοντας έτσι την εντύπωση ότι προσπαθεί να ξεριζώσει τον καθρέφτη από τους ώμους της.

«Βρήκες αυτό που έψαχνες;»

Ο νεαρός άντρας ρωτάει χωρίς να πάρει τα μάτια του από την οθόνη του υπολογιστή.

«Και ναι, και όχι» αποκρίνεται προβληματισμένη, με τα μάτια κολλημένα στην παράξενη σύνθεση της καρτ ποστάλ.

«Τι βρήκες;» ακούει τη φωνή του Φοίβου στο μυαλό της.

Ησύχασε, θα σου πω αργότερα, σκέφτεται με ένταση, για να φτάσουν οι σκέψεις της στον καθρέφτη, αν και δεν είναι η κατάλληλη στιγμή να ξεκινήσει μια συζήτηση μαζί του, έστω και νοερή, γιατί σίγουρα ο ένοικος του διαμερίσματος θα τη θεωρούσε τρελή. Τι άλλο θα μπορούσε άλλωστε να σκεφτεί κάποιος βλέποντάς τη να στέκεται αρκετή ώρα ακίνητη και αμίλητη, χωρίς να αντιδρά σε οτιδήποτε συμβαίνει γύρω της;

Ο νεαρός, αν και ακόμα κάθεται στο γραφείο, έχει στρέψει το σώμα του προς το μέρος της και την παρατηρεί με μεγάλη προσοχή. Νιώθει την ανάγκη να του πει κάτι, να δικαιολογήσει την παρουσία της στο δωμάτιό του.

«Ήταν πράγματι η κυρία Στιούαρτ η προηγούμενη ένοικος» του επιβεβαιώνει, θαρρείς και αυτή ήταν η μεγάλη του έγνοια. «Η αλληλογραφία είναι δική της, αλλά δεν υπάρχει πουθενά η νέα της διεύθυνση. Δυστυχώς, δεν είναι δυνατόν να τη μάθω ούτε από το ταχυδρομείο. Μάλλον δεν έχει ενημερώσει για τη μετακόμισή της, αφού συνεχίζουν να φέρνουν εδώ όλη την αλληλογραφία της».

Με σβέλτες κινήσεις απομακρύνεται από το γυάλινο τραπέζι και πλησιάζει κοντά του. Παίρνει το πιο αθώο βλέμμα που διαθέτει και του δείχνει τις δύο όμοιες καρτ ποστάλ.

«Είναι τόσο όμορφες! Μπορώ να πάρω μία;» ρωτάει αποφεύγοντας να τον κοιτάξει κατάματα, γεγονός που αποδεικνύεται λάθος. «Είναι τόσο όμορφη η φωτογραφία και δεν πρόκειται να λείψει στην κυρία Στιούαρτ, αν κάποια μέρα περάσει να παραλάβει την αλληλογραφία της, γιατί ο αποστολέας την έχει στείλει, από αφηρημάδα ή απροσεξία ίσως, δύο φορές».

Εκείνος κοιτάζει πρώτα με ενδιαφέρον τις κάρτες και ύστερα στυλώνει τα μάτια στο πρόσωπο της Λυδίας.

«Δεν θα μπορούσα να φανταστώ ότι η φωτογραφία ενός τόσο παλιού πίνακα θα άρεσε σε ένα κορίτσι της ηλικίας σου. Αλήθεια, τι σε εντυπωσίασε τόσο στην εικόνα του κοριτσιού με τον καθρέφτη, ώστε να θέλεις να πάρεις την κάρτα ενώ δεν είναι δική σου;» τη ρωτάει κλείνοντας πονηρά το μάτι του.

«Γνωρίζεις τον πίνακα;» ρωτάει εντυπωσιασμένη από το σχόλιό του. «Δεν είχα ιδέα ότι πρόκειται για πίνακα, και μάλιστα παλιό» παραδέχεται.

«Λοιπόν, δεν μου απάντησες» επιμένει εκείνος. «Τι είναι αυτό που σε εντυπωσίασε στην κάρτα;»

Ο άνεμος, που όλη αυτή την ώρα σφύριζε και αγκομαχούσε έξω από το ανοιχτό παράθυρο, σαν να ησύχασε λιγάκι.

«Του καθρέφτη; Σε ποιον καθρέφτη αναφέρεται ο νεαρός;» την ξαφνιάζει η γεμάτη ενδιαφέρον βαθιά φωνή του Φοίβου.

Δέχεται και τις δύο ερωτήσεις ταυτόχρονα. Νιώθει σαν να βάλλεται πανταχόθεν, σαν να προσπαθεί να διασχίσει την έρημο την ώρα που έχει σηκωθεί ο άνεμος. Καθησυχάζει πρώτα τον Φοίβο, διαφορετικά θα συνεχίσει να βουίζει, σαν επίμονη μέλισσα, μέσα στα αυτιά της. *Όχι τώρα, αργότερα*, του σφυρίζει εκνευρισμένη και, χωρίς να το καταλάβει, χτυπά το δεξί της πόδι με δύναμη στο πάτωμα.

«Λοιπόν, δεν θα μου απαντήσεις;» συνεχίζει να την προκαλεί ο νεαρός άντρας χαμογελώντας

Αλλά και ο Φοίβος δεν θέλει να την αφήσει ήσυχη. Επαναλαμβάνει συνεχώς, σαν τον δίσκο που γυρίζει ασταμάτητα κάτω από την κολλημένη βελόνα του πικάπ: «Ποιου καθρέφτη Λυδία; Ποιου καθρέφτη, Λυδία...».

Πάψε! φωνάζει με όλη τη δύναμη της σκέψης της, γιατί δεν είναι εύκολο να αγνοήσει τον Φοίβο. Αλλά κάτι μέσα της της λέει ότι ίσως θα μπορούσε να εντοπίσει τη γιαγιά της μέσω του αποστολέα αυτών των καρτών, έστω κι αν αυτός έμενε πολλά χιλιόμετρα μακριά.

«Να μη με λένε Μάριο αν δεν είσαι το πιο παράξενο κορίτσι που έχει έρθει στην πόρτα μου» λέει ξαφνικά χαχανίζοντας ο νεαρός, γιατί βαρέθηκε προφανώς να περιμένει την απάντησή της.

Πρέπει να πει κάτι. Διαφορετικά δεν έχει ελπίδα να πάρει την καρτ ποστάλ. «Χαίρω πολύ, Μάριε. Εγώ είμαι η Λυδία» λέει θεωρώντας τα λόγια του συστάσεις.

Της φάνηκε να διστάζει για λίγο ακούγοντας το όνομά της ή ήταν μόνο στη φαντασία της; Ήταν μια σκιά αυτό που σκούρυνε στιγμιαία τις κόρες των ματιών του ή είναι επηρεασμένη ακόμα από το κορίτσι της κάρτας και τη δεύτερη αναφορά στον Μέγιστο; Ο Μάριο όμως δεν της αφήνει χρόνο να σκεφτεί.

«Έφτασες εδώ πρωί πρωί, άρχισες να χτυπάς το κουδούνι και την πόρτα σαν τον γαλατά, που φοβάται ότι θα του χαλάσει το γάλα αν δεν το παραδώσει έγκαιρα, και στο τέλος κατάφερες να με ξυπνήσεις. Μπήκες χωρίς τον παραμικρό δισταγμό και φόβο στο διαμέρισμα ενός αγνώστου. Χτυπάς τα πόδια σου στο πάτωμα σαν αγριοκάτσικο αν κάτι σε ενοχλεί. Και τώρα θέλεις, φεύγοντας, να πάρεις μαζί σου κάτι που δεν σου ανήκει».

Χμ, δεν σχημάτισε και την καλύτερη γνώμη για το άτομό μου, σκέφτεται, αλλά δεν τη νοιάζει. Πρέπει να πάρει την κάρτα και να φύγει.

«Θα μπορούσα να σου πω χίλιες δυο δικαιολογίες για όσα μου καταλόγισες, αλλά βιάζομαι. Άφησέ με να πάρω την κάρτα και σου υπόσχομαι ότι θα εξαφανιστώ αμέσως από μπροστά σου και δεν θα με ξαναδείς».

«Δώσε μου μια δικαιολογία, γιατί να το κάνω» της προτείνει χαμογελαστός. «Φτάνει να είναι καλή».

Τον κοιτάζει κατάπληκτη. Ώστε λοιπόν παίζει μαζί της, μάλλον για να πάρει το αίμα του πίσω για το απότομο πρωινό ξύπνημα.

«Ήρθα εδώ γιατί πρέπει να συναντήσω οπωσδήποτε την κυρία Στιούαρτ». Σκύβει το κεφάλι με μια θεατρινίστικη κίνηση. «Χρειάζομαι βοήθεια. Έχω ένα δύσκολο πρόβλημα να λύσω». Προσπαθεί να δώσει την αρμόζουσα σοβαρότητα στη φωνή της.

«Είμαι καλός στο να λύνω προβλήματα. Θα μπορούσα εγώ να σε βοηθήσω;»

Ο εύθυμος τόνος της φωνής του την πείθει ότι ο Μάριο διασκεδάζει με την αμηχανία της. *Αυτό παραπάει. Δεν θα μείνω ούτε λεπτό εδώ μέσα να παζαρεύει την καρτ ποστάλ, σκέφτεται εκνευρισμένη.*

Βάζει το μυαλό της να δουλέψει, τόσο απότομα, σαν να έβαζε μπροστά τη μηχανή ενός αυτοκινήτου. Λίγο γκάζι πριν από την ανηφόρα, λίγες στροφές παραπάνω, και ξαφνικά ξέρει τι πρέπει να κάνει.

Φοίβο, πρόσεξε, απευθύνεται σε έντονο ύφος με τη σκέψη στο Φοίβο, ενώ κοιτάζει μία τον Μάριο και μία την κάρτα που κρατάει ακόμα στα χέρια της. *Να θυμάσαι τη διεύθυνση: Μπριτζ Στριτ 21, Ινβερνές, Σκωτία. Ίσως μας χρειαστεί.* Διαβάζει με τη σκέψη τη διεύθυνση του αποστολέα της κάρτας, χωρίς να κινήσει καθόλου τα χείλη της, και αφήνει επιδεικτικά την κάρτα μπροστά στα έκπληκτα μάτια του Μάριο, επάνω στο γραφείο του.

«Άλλαξα γνώμη» λέει απότομα. «Κράτησε την κάρτα. Δεν τη θέλω». Και κατευθύνεται προς την πόρτα, πριν ο κατάπληκτος άντρας προλάβει να συνέλθει από την έκπληξη.

«Εεε, Λυδία, περίμενε, πλάκα έκανα» τον ακούει να λέει πίσω από την πλάτη της.

Δεν του απαντάει. Είναι πια αργά. Έχει βγει ήδη από το διαμέρισμά του.

Κεφάλαιο 8

Η άλλη αλήθεια, η παράλογη

Η ουράνια κυκλοφορία έχει πλέον αποκατασταθεί. Τα σύννεφα δεν κρέμονται πια απειλητικά πάνω από το κεφάλι της, αλλά προχωρούν με γρήγορο ρυθμό, θαρρείς και βιάζονται να προλάβουν να αναπληρώσουν τον χρόνο που έχασαν νωρίτερα.

Κάθεται αποκαμωμένη και με την αμηχανία ζωγραφισμένη στο πρόσωπό της στο πρώτο παγκάκι που συναντά μερικά τετράγωνα πιο κάτω. Αναρωτιέται αν είναι η συζήτηση με ένα τόσο αντιπαθητικό πρόσωπο, όπως αυτός ο Μάριο, που την έχει εξαντλήσει. Πρέπει να αποφασίσει σύντομα για το πώς θα συνεχίσει την αναζήτηση, γιατί η σκέψη να επιστρέψει σαν τη βρεγμένη γάτα άπραγη και ηττημένη στο σχολείο δεν περνάει ούτε σαν αστείο από το μυαλό της.

Το συνεχόμενο μουρμουρητό του Φοίβου έχει μετατρέψει το κεφάλι της σε τεράστια κυψέλη, όπου έχει στήσει κουβεντολόι ένα ολόκληρο μελίσσι. Ευτυχώς, τώρα φαίνεται πως έχει ηρεμήσει και δεν την ενοχλεί. Δεν ισχύει όμως το ίδιο για το μικρό κορίτσι, λίγα μέτρα πιο πέρα από το παγκάκι, που ουρλιάζει σαν σειρήνα αεροπορικής επιδρομής, ενώ το τραβά πίσω της μια νεαρή γυναίκα – γεγονός που της φέρνει στον νου τη δική της εικόνα να τρέχει πίσω από τη γιαγιά της μερικά χρόνια πριν.

Προσπαθεί να αγνοήσει τα παιδικά τσιρίγματα και να συγκεντρωθεί στο πρόβλημα του εντοπισμού της, καθώς οι μέχρι τώρα πενιχρές και ανοργάνωτες κινήσεις της δεν έχουν αποδώσει.

«Αν αφήσω στην άκρη τα παραμύθια της Βαλεντίνης, το μόνο που έχω στα χέρια μου είναι ένα ονοματεπώνυμο και μια διεύθυνση στη Σκωτία» μουρμουρίζει, σίγουρη ότι ο Φοίβος παρακολουθεί τις σκέψεις της. «Δεν το θεωρώ καθόλου απίθανο να έχει φτάσει τόσο μακριά η γιαγιά μου.

Πριν από μερικά χρόνια φτάσαμε μέχρι κάποιο ελληνικό νησί».

Ξαφνικά ο αέρας δίπλα της λες και βαραίνει. Δυσκολεύεται να αναπνεύσει. Η αίσθηση ότι δεν είναι μόνο ο Φοίβος που παρακολουθεί τις σκέψεις της την αναστατώνει. Γυρίζει απορημένη στο πλάι και αναπηδά τρομαγμένη βλέποντας την Αλεξάνδρα, τη ζητιάνα, καθισμένη δίπλα της να κατεβάζει μια μεγάλη γουλιά βότκα από ένα μπουκάλι τόσο λερωμένο, που φαίνεται σαν να το έχει ξετρυπώσει από κάποιον σκουπιδοτενεκέ. Δεν κατάλαβε πότε ήρθε δίπλα της.

«Ο καταραμένος ο πονόδοντος κοντεύει να με τρελάνει» λέει η γυναίκα με παγωμένο βλέμμα, σκουπίζοντας τα υγρά της χείλη με το λερωμένο γάντι της.

Μα πώς με βρήκε πάλι; Με παρακολουθεί; αναρωτιέται. Αποφεύγει να τη ρωτήσει, καθώς δεν είναι σίγουρη ότι θέλει να ξεκινήσει κουβέντα μαζί της. Το παγωμένο βλέμμα της γυναίκας τη φοβίζει.

Λέει μόνο: «Τι σύμπτωση, να συναντηθούμε πάλι σήμερα!».

«Καμία σύμπτωση» την αιφνιδιάζει η Αλεξάνδρα. «Σε παρακολουθώ από τη στιγμή που έφυγες από το σπίτι της Βαλεντίνης. Αν και δεν απορώ καθόλου που δεν με αντιλήφθηκες. Περπατούσες τόσο αφηρημένη, ώστε δεν χρειάστηκε ούτε μία φορά να κρυφτώ προκειμένου να μη με εντοπίσεις. Δεν με κούρασες καθόλου».

Τα λόγια της γυναίκας την απογοητεύουν. Την αναγκάζουν όμως να παραδεχτεί ότι από δω και πέρα δεν έχει να κάνει πια με συμμαθητές του σχολείου της, αλλά με άγνωστα άτομα, που θα μπορούσαν να αποδειχτούν επικίνδυνα. Δεν έχει ξεχάσει, ούτε στιγμή, τους θανάτους που σημάδεψαν τα παιδικά της χρόνια.

Πρέπει να είμαι πιο προσεκτική, παραδέχεται μέσα της.

«Γιατί με έστειλες στη Βαλεντίνη; Δεν έχει ιδέα πού βρίσκεται η Μαρία Γκρόσμαν. Δεν με βοήθησε καθόλου» παραπονιέται χωρίς να την κοιτάξει. Έχει καρφωμένο το βλέμμα στα παράθυρα του απέναντι κτιρίου, που μοιάζουν με τεράστιους ορθογώνιους καθρέφτες και φεγγοβολούν παράξενα στην γκρίζα ατμόσφαιρα.

«Είσαι σίγουρη πως δεν σε βοήθησε καθόλου;» Η Αλεξάνδρα κοιτάζει αδιάφορα προς την ίδια κατεύθυνση με τη Λυδία. «Και δεν εννοώ φυσικά τη στέγη που σου προσέφερε, έστω και για ένα βράδυ. Αυτό θα το έκανε για όποιον χτυπούσε την πόρτα της. Δεν θα έλεγε όμως σε πολλούς όλα όσα διηγήθηκε σ' εσένα».

Γυρίζει αργά το κεφάλι και καρφώνει το βλέμμα στο καπελάκι της Αλεξάνδρας, αποφεύγοντας να την κοιτάξει κατάματα.

«Γι' αυτό με έστειλες εκεί;»

Η φωνή της μοιάζει περισσότερο με ψίθυρο.

Ένα σμήνος από περιστέρια τις πλησιάζει γουργουρίζοντας. Ψάχνουν για φαγητό.

«Σε έστειλα να ακούσεις και την άλλη πλευρά της ιστορίας, αυτή που δεν σου είπαν στο σχολείο» ψιθύρισε συνωμοτικά η Αλεξάνδρα με την ίδια σιγανή φωνή. «Όταν για μια ιστορία υπάρχουν δύο αντίθετες απόψεις, είναι σίγουρο ότι στην ιστορία αυτή υπάρχουν πολύ περισσότερα απ' όσα λένε οι δύο πλευρές».

Γυρίζει εντυπωσιασμένη από τα λόγια της ζητιάνας και την παρατηρεί. Η Αλεξάνδρα βγάζει με αργές τελετουργικές κινήσεις από κάποια τσέπη, κρυμμένη ανάμεσα στις πτυχές της φαρδιάς μαύρης φούστας της, ένα κομμάτι ξερού ψωμιού και, κόβοντάς το σε μικρά κομματάκια, αρχίζει να ταΐζει τα περιστέρια. Εκείνα μαζεύονται στη στιγμή γύρω από τα πόδια της, κάνοντας έναν τρομακτικό θόρυβο στην προσπάθειά τους να φάνε όσο περισσότερα ψίχουλα μπορεί το καθένα.

«Ξέρω, δεν χρειάζεται να μου το επιβεβαιώσεις, ότι δεν πίστεψες λέξη απ' όσα σου είπε, έτσι δεν είναι;» σχολιάζει η κακοντυμένη γυναίκα χαμογελαστή. «Όλα όσα άκουσες από το στόμα της δεν σου άρεσαν καθόλου, γι' αυτό σου φάνηκαν ψέματα και παραμύθια. Θα μπορούσε όμως να είναι αλήθεια, ξέρεις. Δεν είναι αλήθεια μόνο αυτά που ακούμε να επαναλαμβάνονται συχνά ή διαβάζουμε συνέχεια. Υπάρχει και η άλλη αλήθεια, η παράλογη, αυτή που δεν τη λένε οι λογικοί και οι ηλικιωμένοι. Μόνο οι τρελοί, οι μεθυσμένοι και τα παιδιά βρίσκουν τη δύναμη να την ξεστομίσουν. Ξέρεις, Λυδία, καμιά φορά σκέφτομαι ότι χρειάζεται υπομονή και επιμονή να ανακαλύψει κάποιος την αλήθεια, γιατί ξέρει να κρύβεται, σαν τον χαμαιλέοντα ή σαν το υγρό που παίρνει το σχήμα του δοχείου μέσα στο οποίο περιέχεται.

»Κοίτα γύρω σου. Σήμερα, η πλειονότητα των ανθρώπων δεν έχει καθρέφτη, όπως εσύ και η Βαλεντίνη. Αναρωτήθηκες ποτέ αν είχαν κάποτε και τον πούλησαν, όπως ισχυρίζεται η Βαλεντίνη, ή δέχτηκες χωρίς αμφισβήτηση αυτό που σου έμαθαν στο σχολείο, ότι δηλαδή είσαι από τους λίγους τυχερούς που γεννήθηκαν με το χάρισμα να συνομιλούν με το πρόσωπο ενός καθρέφτη; Σκέφτηκες ποτέ τι θα σκεφτεί για σένα ένας από αυτούς που δεν έχουν καθρέφτη όταν του μιλήσεις για το πρόσωπο που εμφανίζεται κάθε φορά που κοιτάζεις τον καθρέφτη σου; Κατά πάσα πιθανότητα θα θεωρήσει ότι λες ψέματα ή ότι είσαι τρελή. Αυτό όμως δεν αλλάζει το γεγονός ότι εσύ του είπες την αλήθεια».

Την ακούει με προσοχή. Το πρόσωπό της έχει μια έκφραση δυσφορίας, σαν να προσπαθεί να καταπιεί κάποιο φαγητό που την αηδιάζει. Κοιτάζει τώρα τα περιστέρια, που, χωρίς να τη φοβούνται, πατούν πάνω στις μπότες της για να φτάσουν τα ψίχουλα που τους έχει πετάξει.

«Θέλεις να βοηθήσεις τη γιαγιά σου; Το έχεις σκεφτεί καλά; Είσαι έτοιμη για τις δυσκολίες που μπορεί να συναντήσεις;» ρωτάει η ζητιάνα με άγρια ψιθυριστή φωνή.

Την κοιτάζει κατάματα.

«Ναι» αποκρίνεται με θέρμη.

«Έλα, λοιπόν, να σε πάω κοντά της».

Ψάχνει με αγωνία βαθιά μέσα στο παγωμένο βλέμμα της Αλεξάνδρας να δει αν σοβαρολογεί ή όχι.

Η Αλεξάνδρα σηκώνεται με νεανική ευλυγισία και της κάνει νεύμα να την ακολουθήσει.

Δεν την πήγε στη γιαγιά της, παρά μόνο μέχρι την αφετηρία των υπεραστικών λεωφορείων. Περπάτησε δίπλα της για αρκετά μεγάλη απόσταση. Μερικές φορές χρειάστηκε να τρέξει για να την προλάβει, γιατί η Αλεξάνδρα, αν και ήταν μιας κάποιας ηλικίας, περπατούσε πολύ γρήγορα.

Πίστευε ότι πήγαιναν στο σπίτι όπου έμενε η γιαγιά της, αλλά μόνο όταν είδε το κτίριο με την επιγραφή «Κεντρικός σταθμός υπεραστικών λεωφορείων», που της έδειχνε το γαντοφορεμένο χέρι της Αλεξάνδρας, ως άλλος στρατηγός που διατάσσει επίθεση, κατάλαβε ότι θα μετέβαιναν σε άλλη πόλη. Εκείνο που δεν αντιλήφθηκε από την αρχή, αλλά μόνο όταν ανέβηκε στο διώροφο λεωφορείο, ήταν ότι θα ταξίδευε μόνη της.

«Να κατέβεις στο τέρμα της διαδρομής. Να βρεις την παλιά βιβλιοθήκη της πόλης και να ζητήσεις την κυρία Μπάουερ. Αυτό είναι τώρα το όνομα της γιαγιάς σου» της είπε αινιγματικά, τη στιγμή που την αποχαιρετούσε κουνώντας το γαντοφορεμένο χέρι της.

Κεφάλαιο 9

Το ίδιο μεσημέρι. Η παλιά βιβλιοθήκη

Πέντε ώρες αργότερα φτάνει στη Χαϊδελβέργη, την πόλη όπου, σύμφωνα με τα λεγόμενα της Αλεξάνδρας, μένει η γιαγιά της. Η πόρτα του λεωφορείου ανοίγει με ένα σιδερένιο μουγκρητό και η κοπέλα κατεβαίνει μισοζαλισμένη από το κούνημα του πολύωρου ταξιδιού. Ο Φοίβος δέχτηκε να μείνει στο σακίδιο που κρέμεται στην πλάτη της, αφού του υποσχέθηκε ότι θα έκανε το παν για να βρει τη γιαγιά της και ότι θα τον κρατούσε ενήμερο για όλες τις κινήσεις της.

Ψάχνει με το βλέμμα για κάποια κατατοπιστική πινακίδα. Δεν αργεί να δει μία, που δείχνει προς το κέντρο της πόλης. Δεν έχει ιδέα πού βρίσκεται η παλιά βιβλιοθήκη, κι έτσι αποφασίζει να ξεκινήσει την αναζήτηση από το κέντρο, καθώς εκεί συνήθως βρίσκονται τα παλιά κτίρια.

«Θα τη βρω την παλιά βιβλιοθήκη ο κόσμος να χαλάσει, ακόμη κι αν χρειαστεί να γυρίσω την πόλη με τα πόδια από τη μια άκρη ως την άλλη» μονολογεί κάνοντας μια γκριμάτσα που μοιάζει με χαμόγελο.

Παράξενο, αλλά από τη στιγμή που πάτησε το πόδι της στην πόλη δεν την ενδιαφέρει πια τίποτε άλλο πέρα από το να ανακαλύψει την παλιά βιβλιοθήκη. Όλα όσα τη βασάνιζαν όσο ταξίδευε θαρρείς και χάθηκαν μεμιάς. Η κούραση που είχε θολώσει το μυαλό της δεν την ταλαιπωρεί πλέον. Δεν τη νοιάζει η πείνα που αναγκάζει το στομάχι της να παραπονιέται, ευτυχώς διακριτικά ακόμα, ούτε καμιά ανησυχία για το πού θα κοιμηθεί το αποψινό βράδυ είναι ικανή να την αναστατώσει.

Στη σκέψη ότι σε λίγο θα συναντήσει τη γιαγιά της αξίζει να καταβάλει κάθε κόπο για να ξεπεράσει όλα αυτά τα εμπόδια, που τώρα πλέον φαντάζουν όλο και πιο ασήμαντα.

Είναι σχεδόν μεσημέρι και ο ήλιος, που σ' ετούτη την πόλη έχει επικρατήσει στα σημεία στη μάχη του με τα σύννεφα, έχει δωρίσει στους κατοίκους για τα επινίκιά του ένα ζεστό και γλυκό χρυσοκίτρινο μεσημέρι. Οι τοίχοι των σπιτιών στάζουν, θαρρείς και μόλις αναδύθηκαν από τον πάτο του ποταμιού και απλώθηκαν στις όχθες του για να λιαστούν, ενώ μικροσκοπικές πεταλούδες χορεύουν ολόγυρά τους σαν τρελές, με μουσική υπόκρουση τον ήχο των νερών. Κάποιοι απολαμβάνουν τις νικήτριες αχτίδες του ήλιου, που πέφτουν λοξά πάνω τους, καθισμένοι στα καφέ κατά μήκος του ποταμού που διασχίζει αργά και νωχελικά την πόλη.

Περπατάει με μεγάλα και γοργά βήματα παράλληλα με το ποτάμι προς το κέντρο, χωρίς να χαζεύει τριγύρω για να θαυμάσει τις έξοχες επαύλεις και το μισογκρεμισμένο κάστρο που ξεπροβάλλουν επιθετικά ανάμεσα σε συστάδες γέρικων δέντρων στην αριστερή πλευρά του ποταμού, έχοντας υπολογίσει με την ακρίβεια ρολογιού και το τελευταίο δευτερόλεπτο που θα μπορούσε να της φανεί χρήσιμο.

Και τότε συμβαίνει κάτι που την κάνει να αναθεωρήσει τις μέχρι τώρα απόψεις της περί προγραμματισμού και πλάνων. *Η τύχη, λοιπόν, είναι μεγάλη κατεργάρα,* συλλογίζεται και ακινητοποιείται κατάπληκτη στη μέση του πεζοδρομίου, θαρρείς και κάποιος της έριξε έναν κουβά με παγωμένο νερό στο πρόσωπο. «Σου σκαρώνει μερικές φορές κάτι συμπτώσεις, και άντε να τα βγάλεις πέρα μαζί της» μονολογεί όταν συνειδητοποιεί τι είναι αυτό που έχει μόλις αντικρίσει.

Στη μία και μοναδική φορά που κοίταξε τα γεμάτα κόσμο εστιατόρια στα δεξιά της το βλέμμα της αιχμαλωτίστηκε την τελευταία κυριολεκτικά στιγμή από μια φωτεινή πινακίδα. Είναι αναμμένη, παρότι ο ήλιος μεσουρανεί ακόμα. Κρέμεται από μια μαύρη χοντρή αλυσίδα μπροστά στη χαμηλή είσοδο ενός υπόγειου εστιατορίου.

Αυτό όμως που την ακινητοποιεί δεν είναι η φωτισμένη πινακίδα, ούτε το ότι υπάρχει ένα υπόγειο εστιατόριο στο συγκεκριμένο σημείο του παραποτάμιου δρόμου, αλλά το όνομα που σχηματίζουν τα φωτισμένα γράμματα της ταμπέλας, που κουνιέται ανεπαίσθητα από το χάιδεμα του απαλού αγεριού που στέλνουν προς το μέρος της τα νερά του ποταμού. Είναι τόσο αταίριαστο το όνομα για ένα εστιατόριο... «Η παλιά βιβλιοθήκη».

Νιώθει ξαφνικά σαν πεταλούδα της νύχτας, που την τραβάει το φως της πινακίδας. «Θεέ μου, τι είναι πάλι τούτο;» αναρωτιέται, ενώ τα πόδια της κάνουν τα πρώτα αργά βήματα προς το υπόγειο εστιατόριο. «Θα μπορούσε να εννοεί αυτό το μαγαζί η Αλεξάνδρα και όχι μια πραγματική βιβλιοθήκη;»

Θα κατέβει. Αν δεν το κάνει, θα μετανιώνει συνέχεια όσο δεν ανακαλύπτει τη γιαγιά της. Κατεβαίνει αργά και προσεκτικά τα σκαλοπάτια.

Όπως το είχε φανταστεί, το εστιατόριο είναι άδειο από πελάτες. Ποιος θα καθόταν άλλωστε να φάει στο μισοσκόταδο, όταν έξω είναι χαρά Θεού; Πρώτη φορά μπαίνει σε ένα εστιατόριο, εκτός από εκείνο του σχολείου. Όταν τα μάτια της συνηθίζουν στο σκοτεινό περιβάλλον, αντιλαμβάνεται πως το εστιατόριο του σχολείου της μ' ετούτο εδώ διαφέρουν όπως η μέρα με τη νύχτα.

Δύο ηλικιωμένοι άντρες στέκονται στο βάθος της αίθουσας κοντά σε έναν ψηλό ξύλινο πάγκο, ο ένας μπροστά και ο άλλος πίσω από τον πάγκο, δίπλα σε μια ταμειακή μηχανή.

Πηγαίνει κοντά τους.

«Παρακαλώ, δεσποινίς μου, τι θέλετε;» ρωτάει ο ένας, προτού προλάβει να πει κάτι.

«Εργάζεται εδώ η κυρία Μπάουερ;» Κοιτάζει μία τον ένα και μία τον άλλο.

Οι ευωδιές από την κουζίνα κλονίζουν για λίγο την αυτοκυριαρχία της. Το αποδίδει στην πείνα της και προσπαθεί να την ξεχάσει. Λαχταράει ένα ποτήρι παγωμένο νερό, ωστόσο απωθεί και αυτή την επιθυμία της για αργότερα. «Πρέπει να τη συναντήσω οπωσδήποτε» προσθέτει με βλέμμα ανήσυχο όταν βλέπει ότι κανείς τους δεν αντιδρά.

Μάλλον δεν έχουν όρεξη για πολλές κουβέντες, συλλογίζεται βλέποντας το βαριεστημένο βλέμμα τους. Αναρωτιέται αν φταίει ή ίδια ή το όνομα που έχει μόλις ξεστομίσει.

«Κρίμα, δεν την πρόλαβες. Σχόλασε πριν από μία ώρα» απαντά αυτός στα δεξιά της μπροστά από τον πάγκο.

Η φωνή του είναι τόσο βραχνή και σιγανή, που αγωνίζεται να ακούσει ολόκληρη την πρόταση. Αντίθετα, η σημασία των λόγων του αντηχεί στα αυτιά της δυνατά, σαν τα πέταλα των αλόγων που καλπάζουν πάνω σε πλακόστρωτο δρόμο, θαρρείς και τα λόγια του είχαν ηχήσει δυνατότερα και από το σήμαντρο καμπάνας.

Η μεγάλη χαρά την αναστατώνει, μπερδεύεται, δεν ξέρει πώς να αντιδράσει. Να αρχίσει να γελάει ή να βάλει τα κλάματα.

«Αλήθεια;» λέει μόνο.

Οι άντρες την κοιτάζουν με ενδιαφέρον. Το καταλαβαίνει και το πρόσωπό της κοκκινίζει.

«Έχετε τη διεύθυνσή της; Πού μένει; Είναι η γιαγιά μου. Ήρθα από πολύ μακριά για να τη συναντήσω». Οι λέξεις ξεπηδούν ανυπόμονα από τον λαιμό της.

Οι άντρες καταλαβαίνουν την ταραχή της, αλλά μάλλον δεν τους νοιάζει. Αυτός που στέκεται απέναντί της σημειώνει βιαστικά τη διεύθυνση της κυρίας Μπάουερ σε ένα μικρό κίτρινο χαρτάκι.

Τη στιγμή που ο άντρας τής δίνει το χαρτάκι με τη διεύθυνση της γιαγιάς της, τα χέρια της τρέμουν. Ξαφνικά νιώθει μια πυρετώδη λαχτάρα να φύγει γρήγορα.

«Σας ευχαριστώ πολύ».

Τρέχει προς τα σκαλιά που οδηγούν έξω, στο φως και στον ήλιο.

Κεφάλαιο 10

Μια προγραμματισμένη και μια απρόσμενη συνάντηση

Μια γρήγορη ματιά στον χώρο είναι αρκετή. Το δωμάτιο είναι μικρό και καταθλιπτικό, ενώ τα λιγοστά έπιπλα παλιά και φθαρμένα, θαρρείς και η γιαγιά της τα μάζεψε από κάποιον σκουπιδότοπο. Από το ταβάνι κρέμεται μια παλιά λάμπα με κίτρινο φως. Δεν υπάρχει φωτιστικό. Ούτε ντουλάπα. Τα ρούχα της Μαρίας Γκρόσμαν κρέμονται σαν πάνινες δημιουργίες από χοντρές πρόκες στον τοίχο. Ούτε ντουλάπι για τα κουζινικά υπάρχει. Κάποια λίγα πιάτα και ποτήρια είναι τοποθετημένα, εκτεθειμένα σε κοινή θέα, στα δύο ξύλινα ράφια στον τοίχο απέναντι από τα ρούχα. Η μόνη χρωματιστή πινελιά, που προσπαθεί απεγνωσμένα να ελαφρύνει κάπως τη βαριά ατμόσφαιρα του δωματίου, είναι το λουλουδάτο κάλυμμα που είναι ριγμένο στο κρεβάτι.

Περιμένει υπομονετικά τη γιαγιά της να ετοιμάσει καφέ για τον Μάριο, που κάθεται ένα μέτρο μακριά της, στην άλλη άκρη του κρεβατιού. Ναι, ο καφές προορίζεται για τον ίδιο Μάριο που είχε συναντήσει μερικές ώρες νωρίτερα, στο σπίτι όπου κάποτε κατοικούσε η Ρωξάνη Στιούαρτ.

Κάθεται αποτραβηγμένη στην άλλη άκρη του κρεβατιού, σαν τη χελώνα που έχει κρυφτεί στο καβούκι της, παραζαλισμένη ακόμα απ' όσα της είχαν συμβεί από τη στιγμή που τελείωσε ο διαγωνισμός του καθρέφτη.

Κανένας δεν φαίνεται πρόθυμος να μιλήσει πρώτος. Επικρατεί ησυχία, μια πολύ καλή ευκαιρία να βάλει σε τάξη τις σκέψεις της, που βολοδέρνουν ατάκτως στον νου της. Ξαναφέρνει στο μυαλό της λεπτό το λεπτό, δευτερόλεπτο το δευτερόλεπτο, σημείο το σημείο, τα γεγονότα από τη στιγμή που η γιαγιά της άνοιξε την πόρτα και κοιτάχτηκαν κατάματα.

Είχε χτυπήσει το κουδούνι, ενώ η καρδιά της χοροπηδούσε τόσο δυνατά στο στήθος της, που κόντευε να φύγει από τη θέση της, και περίμενε ώσπου η πόρτα μισάνοιξε σιγά σιγά, σχεδόν διστακτικά. Ένα ζευγάρι καχύποπτα μάτια καρφώθηκαν πάνω της.

«ΛΥΔΙΑ!» φώναξε εμβρόντητη η γιαγιά της, όταν την αναγνώρισε, δείχνοντας τη χαρά της με τον πιο εύγλωττο τρόπο.

Η Μαρία Γκρόσμαν άνοιξε τα χέρια της και την έσφιξε με λαχτάρα ενώ συνέχιζε να αφήνει κραυγές ενθουσιασμού και χαράς, που, χαμένη στην αγκαλιά της γιαγιάς της, δεν πολυκατάλαβε. Αν και είχε προετοιμάσει στο μυαλό της τη συνάντησή τους με την παραμικρή λεπτομέρεια, έμοιαζε ανίκανη να υλοποιήσει έστω και ένα από τα σχέδιά της. Έμεινε καρφωμένη στη θέση της, ακίνητη και απαθής, ανήμπορη να εκφράσει τα συναισθήματά της.

Ενώ η Μαρία Γκρόσμαν την κρατούσε σφιχτά κλαίγοντας και γελώντας μαζί, απορούσε με τον εαυτό της που δεν είχε βρει ακόμη τη δύναμη να σηκώσει κι εκείνη τα χέρια και να αγκαλιάσει τη γιαγιά της.

«Καλώς ήρθες! Πέρασε μέσα, παιδί μου» κατάφερε να αρθρώσει η Μαρία Γκρόσμαν ανάμεσα σε τρανταχτούς λυγμούς. Η φωνή της ακούστηκε γερασμένη και κουρασμένη.

Ακούγοντας τη φωνή της γιαγιάς της, ένιωσε κάτι να αλλάζει μέσα της. Ένα οδυνηρό τσίμπημα στο στήθος ήταν αρκετό και ως διά μαγείας η ψυχρή στάση της εξαφανίστηκε, έτσι απλά, στη στιγμή. Άπλωσε τα χέρια της σαν φτερούγες πάνω από τους γερασμένους ώμους της γιαγιάς.

Η Μαρία Γκρόσμαν την τράβηξε μέσα στο δωμάτιο, κλείνοντας την πόρτα πίσω της.

Και τότε είδε έκπληκτη στο βάθος του δωματίου τον νεαρό άντρα που είχε συναντήσει το ίδιο εκείνο πρωινό.

«Ανησυχήσαμε, παιδί μου» τραύλισε η Μαρία Γκρόσμαν με μάτια ακόμα υγρά. «Ο Μάριο έτρεξε αμέσως να με ειδοποιήσει ότι έχεις φύγει από το σχολείο. Δεν ξέραμε τι σχεδίαζες να κάνεις και πού σκόπευες να πας» συνέχισε δείχνοντας με το βλέμμα τον νεαρό άντρα.

Άπλωσε το χέρι της και χάιδεψε απαλά τα ατίθασα μαλλιά της Λυδίας.

«Γνωρίζεστε;» ρώτησε απορημένη με ένα βεβιασμένο χαμόγελο. «Και όμως, σήμερα το πρωί που συναντηθήκαμε, δεν φάνηκε να ενδιαφέρεται για το πού θα πάω και τι θα κάνω. Δεν μου ανέφερε καν πως σε γνωρίζει» μουρμούρισε ρίχνοντας στον νέο δίπλα της μια άγρια, λοξή ματιά.

«Μα φυσικά τον γνωρίζω» αποκρίθηκε η Μαρία Γκρόσμαν χωρίς να δώσει σημασία στα λόγια της. «Είναι ο γιος ενός αλησμόνητου φίλου» είπε προσπαθώντας μάταια να κρύψει έναν λυγμό στη φωνή της. «Ο πατέρας του, όταν τον χρειαστήκαμε, μας βοήθησε. Χάρη σ' εκείνον επιβιώσαμε για αρκετό καιρό. Ήταν την εποχή που σε είχα κοντά μου». Το βλέμμα της έκρυβε πολύ πόνο όταν κοίταξε την εγγονή της λέγοντας: «Είναι ο γιος του αγαπημένου μου Μάρκο».

Εκείνη ακριβώς τη στιγμή συνειδητοποίησε γιατί το πρωί που είδε τον Μάριο για πρώτη φορά αναρωτήθηκε αν τον είχε ξανασυναντήσει. Ναι, τώρα ήξερε πού τον είχε ξαναδεί. Ήταν ο λυπημένος αδύνατος νεαρός με τα κόκκινα από τα κλάματα μάτια που στεκόταν στην πόρτα ενός φούρνου και έτρεμε σαν φθινοπωρινό φύλλο. Ήταν ο γιος του φούρναρη που είχε πεθάνει, αφού πρόλαβε να ειδοποιήσει τη γιαγιά της για την εμφάνιση του κακάσχημου ανθρώπου στην πόλη τους.

Η θύμηση του απαίσιου ανθρώπου τη γεμίζει εκνευρισμό.

Η φωνή του Μάριο την επαναφέρει στην πραγματικότητα: «Δεν με ρώτησες αν γνωρίζω τη γιαγιά σου».

Στρέφεται ξαφνιασμένη προς το μέρος του. Την κοιτάζει με απαθές ύφος, έχοντας ανασηκωμένο ελαφρά το ένα του φρύδι.

«Ήξερες ποια είμαι;» ρωτάει επιθετικά, νιώθοντας τις αρτηρίες της να πάλλονται σαν ελατήρια.

Η εικόνα του θλιμμένου νέου, που πριν από μερικά λεπτά χόρευε σαν χάρτινη μαριονέτα μπροστά στα μάτια της, δεν είναι ικανή να την κατευνάσει. Το γεγονός μάλιστα ότι, ενώ παραδέχεται ότι γνώριζε ποια ήταν, το πρωί την περιέπαιζε, χειροτερεύει την κατάσταση.

Το ότι ο Μάριο χρειάστηκε αιώνες να απαντήσει την εκνεύρισε ακόμη περισσότερο.

«Στην αρχή όχι. Το υποπτεύθηκα όμως όταν ενδιαφέρθηκες για την καρτ ποστάλ. Σιγουρεύτηκα μόνο όταν μου είπες το όνομά σου».

Τον περιεργάστηκε κοιτώντας τον αφ' υψηλού. *Δεν είναι καθόλου πολυλογάς ο τύπος. Αυτή είναι, άραγε, η καλύτερη απάντηση που μπορούσε να δώσει; Πολύ κατατοπιστική, μα την αλήθεια!*

«Όταν σιγουρεύτηκες ποια ήμουν, γιατί δεν μου είπες ότι γνωρίζεις τη γιαγιά μου; Γιατί με άφησες να φύγω χωρίς να μου μιλήσεις;»

«Δεν πρόλαβα. Έφυγες λες και σε κυνηγούσε κάποιος» απαντάει ήρεμα και αργά ο Μάριο, δίχως ίχνος αυτοκριτικής. «Ήταν πρωί ακόμα. Δεν είχα ξυπνήσει καλά καλά όταν εμφανίστηκες μπροστά μου».

Τον κοιτάζει δύσπιστα. Προσπαθεί να ξαναφέρει στη μνήμη της την πρωινή σκηνή. Τα θυμάται όμως διαφορετικά τα γεγονότα. Του ζήτησε την καρτ ποστάλ κι εκείνος την ειρωνεύτηκε. Ναι, δεν έχει καμία αμφιβολία για το ότι, ενώ είχε την ευκαιρία να της μιλήσει, εκείνος έπαιξε μαζί της.

Ο Μάριο, που αντιλαμβάνεται τις σκέψεις της από το *σκληρό ύφος του προσώπου της, βιάζεται να συμπληρώσει:*

«Έτρεξα πίσω σου. Κατέβηκα τρέχοντας τις σκάλες να σε προλάβω, αλλά είχες εξαφανιστεί, σαν να άνοιξε η γη και σε κατάπιε».

Ωραία δικαιολογία! Τι στο καλό πιστεύει, ότι έχω μαγικές ικανότητες και κανένα μαγικό ραβδί για να γίνομαι αόρατη; αναρωτιέται, ενώ κρύβει βιαστικά ένα χλιαρό χαμόγελο που φάνηκε στην άκρη των χειλιών της. Και τι στην ευχή κάνει ακόμα εδώ; Αν είχε έρθει μόνο για να ενημερώσει τη γιαγιά της ότι είχε εγκαταλείψει το σχολείο, γιατί δεν φεύγει; Ανυπομονεί να μείνουν μόνες. Έχουν τόσο πολλά να πουν και τόσο πολλές ερωτήσεις να της κάνει και ίσως δεν μπορέσει να συγκρατηθεί για πολύ ακόμη. Πολύ φοβάται ότι, από στιγμή σε στιγμή, οι ερωτήσεις θα αρχίσουν να εκτοξεύονται αυτόβουλες από το στόμα της.

Στρέφεται στη γιαγιά της. Σίγουρα από εκείνη έχει περισσότερες πιθανότητες να μάθει τι συμβαίνει.

«Λυδία μου, να σου ετοιμάσω κάτι να φας. Σίγουρα θα πεινάς» προτείνει η γιαγιά όταν τα βλέμματά τους ανταμώνουν. Δεν βρίσκει τη δύναμη να αρνηθεί.

Το φαγητό της γιαγιάς είναι απλό και λιτό, χωρίς ποικιλίες και ιδιαίτερες γεύσεις, αλλά είναι τόσο μεγάλη η πείνα της, που βρίσκει τα αλειμμένα με βούτυρο και μέλι φετάκια ψωμιού πεντανόστιμα. Δεν έχει τον παραμικρό ενδοιασμό να τους δείξει την εκτίμησή της και να τα τιμήσει δεόντως.

Κάποια στιγμή, ενώ συνεχίζει να καταβροχθίζει τα ψωμάκια της, σηκώνει το κεφάλι και βλέπει τη γιαγιά της να την παρακολουθεί με κλεφτές ματιές, σαν να μη χορταίνει την παρουσία της στο δωμάτιο. Μια γλυκιά ζεστασιά απλώνεται στο κορμί της.

Καθώς τρώει, η κούραση φεύγει από το σώμα της παρέα με την πείνα.

«Γιαγιά, Μαρία Γκρόσμαν ή όπως τέλος πάντων σε λένε τώρα, γιατί με άφησες; Γιατί εξαφανίστηκες;» ρωτάει όταν τελειώνει το φαγητό, αδιαφορώντας πια για την παρουσία του Μάριο. Απορεί που δυσκολεύεται να βρει τα κατάλληλα λόγια και το μόνο που καταφέρνει είναι να τραυλίσει μερικές ασυνάρτητες φράσεις. Στο τέλος ξεφυσά ανακουφισμένη που τα κατάφερε.

«Για το καλό σου, παιδί μου» αποκρίνεται η Μαρία Γκρόσμαν κοφτά, ενώ γυρίζει αδιάφορα το κεφάλι προς την πλευρά του Μάριο, σαν να θέλει να κρύψει κάτι. Μάλλον η γιαγιά της θέλει να αποφύγει τη συζήτηση. Ίσως όμως με τη στροφή του κεφαλιού της να θέλει μόνο να της δείξει πως η παρουσία του Μάριο την εμποδίζει να μιλήσει. Αποφασίζει να περιμένει. Εξάλλου, το σημαντικό προς το παρόν είναι ότι τη βρήκε. Όλα τα υπόλοιπα έχουν χρόνο να τα κουβεντιάσουν.

Αλλά εντελώς απρόσμενα, η Μαρία Γκρόσμαν γυρίζει απότομα το κεφάλι και την καρφώνει με διαπεραστικό βλέμμα.

«Λυδία» λέει με βραχνή φωνή. «Δεν έχουμε χρόνο στη διάθεσή μας. Πρέπει να φύγουμε το συντομότερο από δω. Το σπίτι αυτό δεν είναι ασφαλές πια. Σε λίγο οι διώκτες μου και η αστυνομία θα γνωρίζουν πού ακριβώς βρίσκομαι. Είμαι σίγουρη ότι το πληροφορήθηκαν ήδη από το είδωλο του καθρέφτη σου. Θα σου εξηγήσω. Φρόντισε σε παρακαλώ να μην ακούσει ο καθρέφτης σου την κουβέντα μας».

Η γιαγιά μιλάει σαν τη Βαλεντίνη την Αιρετική, σκέφτεται ενώ έρχεται πάλι στο μυαλό της η χτεσινή κουβέντα με την παράξενη ηλικιωμένη γυναίκα, που την είχε φιλοξενήσει το προηγούμενο βράδυ.

Η Μαρία Γκρόσμαν φέρνει μια μικρή καφέ μάλλινη κουβέρτα. «Τύλιξέ τον καλά» της λέει με ένα ίχνος διαταγής στη φωνή.

«Μην τολμήσεις». Η φωνή του Φοίβου διαπερνάει επώδυνα τον νου της. «Μη μου το κάνεις αυτό για δεύτερη φορά».

Η αγριάδα στη φωνή του την κάνει διστακτική. Κοιτάζει σαστισμένη και αμίλητη τη μάλλινη κουβέρτα. Προς στιγμήν νιώθει να χάνει τα λόγια της. Οι σκέψεις της μπερδεύονται σαν ένα ξετυλιγμένο κουβάρι μαλλί. Τι στο καλό συμβαίνει; Εντάξει, για τη Βαλεντίνη θα μπορούσε με ελαφριά καρδιά να υποστηρίξει ότι είναι μια τρελή γριά αποκομμένη από τον κόσμο όπου ζει και ότι τρέφεται από τη φαντασία της. Θα μπορούσε όμως να πει το ίδιο για τη γιαγιά της; Μπορεί τα χρόνια να την άλλαξαν τόσο πολύ; Θυμάται ότι κάποτε τη μάλωνε επειδή δεν πρόσεχε τον καθρέφτη της. Τι της συνέβη στο μεταξύ και την άλλαξε τόσο πολύ;

«Άλλαξες, Μαρία Γκρόσμαν» ψιθυρίζει διστακτικά με αδύναμη φωνή.

«Μόνο εξωτερικά, Λυδία, μόνο εξωτερικά».

Βλέπει με την άκρη του ματιού της τον Μάριο να μετακινεί το σώμα του από την άλλη άκρη του κρεβατιού προς το μέρος της. Φτάνει τόσο κοντά της, που φοβάται ότι θα νιώσει κι αυτός το παγωμένο ρίγος που διαπερνά τη ραχοκοκαλιά της.

«Λυδία, είσαι έξυπνη κοπέλα. Δείξε εμπιστοσύνη στη γιαγιά σου. Κάλυψε τον καθρέφτη σου και άκουσε αυτά που έχει να σου πει» μουρμουρίζει κοντά στο πρόσωπό της.

Αν και ταραγμένη, παρατηρεί έκπληκτη ότι το χαμόγελό του δείχνει αληθινή συγκίνηση. Παίρνει, χωρίς ιδιαίτερο ενθουσιασμό, την κουβέρτα από τα χέρια της Μαρίας Γκρόσμαν και σκεπάζει για άλλη μια φορά τον καθρέφτη της. Οι τσιριχτές φωνές του Φοίβου, που αντιλαλούν σαν καμπάνα στο μυαλό της, ακούγονται όλο και πιο εξασθενημένες, θαρρείς και ο καθρέφτης πέφτει στο βάθος ενός πηγαδιού, μέχρι που δεν τις ακούει πια.

«Έχω να σου πω τόσο πολλά σε τόσο λίγο χρόνο» μουρμουρίζει η Μαρία Γκρόσμαν κοιτώντας τη με αλλόκοτο βλέμμα, λίγο πριν στραφεί στον Μάριο.

«Βοήθησέ με κι εσύ, Μάριο, να της εξηγήσουμε στα γρήγορα» τον παρακαλεί με μάτια φλογισμένα. «Λυδία, κρύβομαι γιατί είμαι καταζητούμενη από την αστυνομία. Με κατηγορούν για τη δολοφονία της μητέρας σου. Του ίδιου μου του παιδιού».

Παγώνει. Το αίμα χτυπά με δύναμη στα μηνίγγια της, θαρρείς και θέλει να πεταχτεί έξω από τα αυτιά της. Τα μάτια της θολώνουν.

«Προς Θεού, παιδί μου, μην ταράζεσαι, δεν είναι αλήθεια. Δεν το έκανα εγώ. Οι διαχειριστές φταίνε. Αυτοί τη σκότωσαν και ενοχοποίησαν εμένα».

«Οι διαχειριστές;» ψιθυρίζει. Δεν είναι η πρώτη φορά που ακούει γι' αυτούς. Θυμήθηκε τα λόγια της Βαλεντίνης της Αιρετικής. Το χέρι της κινείται αργά να αγγίξει αυτό της γιαγιάς της.

Η γιαγιά αντιλαμβάνεται ότι κάποιος έχει μιλήσει ήδη στη Λυδία για τους διαχειριστές. Δεν σκοπεύει όμως να ασχοληθεί τώρα με το θέμα. Στον λίγο χρόνο που της απομένει αποφασίζει να εκμεταλλευτεί την ανέλπιστη βοήθεια που κάποιος της πρόσφερε.

«Διαχειρίζονται προς όφελός τους μια δύναμη που δεν τους ανήκει» συνεχίζει δίχως ανάσα. «Η δύναμη του Μέγιστου ανήκει σε όλους τους ανθρώπους. Κάποτε όμως εμφανίστηκαν αυτοί ως αντιπρόσωποι και διαχειριστές του κι εκείνος σιώπησε και εξαφανίστηκε. Κανείς δεν ξέρει γιατί. Πρέπει να μάθουμε γιατί ο Μέγιστος επέτρεψε να γίνει αυτή η ανατροπή». Η σβησμένη φωνή της γιαγιάς της έρχεται θαρρείς από κάπου μακριά.

Η Λυδία δεν νοιάζεται για την ιστορία του Μέγιστου και των διαχειριστών της δύναμής του, αλλά γιατί τα έβαλαν με την οικογένειά της.

«Γιατί τη σκότωσαν;»

«Εσένα ήθελαν. Προσπάθησαν να σε πάρουν από κοντά της, αλλά αντιστάθηκε. Όσο μεγάλωνες, οι πιέσεις τους γίνονταν αφόρητες. Δεν ξέρω γιατί σε θέλουν τόσο πολύ και πιστεύω πως ούτε η μητέρα σου το γνώριζε. Είμαι σίγουρη ότι, αν ήξερε τον λόγο, θα μου τον είχε εκμυστηρευτεί. Πιστεύαμε όμως ότι είχε να κάνει με το είδωλο του καθρέφτη, αν και ήσουν πολύ μικρή ακόμα για να δεις το είδωλό σου σε καθρέφτη. Προσπαθήσαμε, όσο μπορούσαμε, να σε κρατήσουμε μακριά τους. Δυστυχώς, ένα ακόμη θύμα στον πόλεμο με τους διαχειριστές ήταν το ίδιο μου το παιδί. Αρνήθηκε να σε αφήσει στα χέρια τους και το πλήρωσε».

Η Λυδία ακούει ζαλισμένη. Η γιαγιά, για άλλη μια φορά, την οδηγεί σε άγνωστο δρόμο κι εκείνη την ακολουθεί χωρίς αντίδραση, υπνωτισμένη από το πλήθος των απίστευτων πληροφοριών. Τα λόγια της Μαρίας Γκρόσμαν, με δύναμη υπερφυσική, τη σέρνουν πίσω τους, σαν να πιάστηκε η άκρη του παντελονιού της στα γρανάζια μιας ρόδας που την τραβά με δύναμη πάνω της.

«Η Άντα, η μητέρα σου» συνεχίζει με το βλέμμα καρφωμένο στη γυμνή, κίτρινη λάμπα που κρέμεται από την οροφή «ήταν ατίθασο, ανεξάρτητο παιδί, δύσκολο να το χαλιναγωγήσει κάποιος. Δεν δεχόταν εύκολα δεσμούς. Πάντα αψηφούσε τους νόμους και τους κανόνες, που δεν της άρεσαν, προσποιούμενη ότι τους ξεχνούσε. Μικρή, πρωτοστάτησε στην τιμωρία ενός παιδιού από την παρέα της όταν ανακάλυψε ότι τους έκλεβε συστηματικά το χαρτζιλίκι χωρίς να έχει ανάγκη τα χρήματα. Τον έχωσαν σε ένα βαρέλι με παγωμένο νερό με το πρόσωπο προς τα κάτω».

«Δεν τη θυμάμαι» μουρμουρίζει η Λυδία. «Δεν μου έδειξες ποτέ ούτε μία φωτογραφία της».

«Δεν της άρεσε να βγάζει φωτογραφίες. Δεν το έκανε ποτέ, όσο κι αν την πιέσαμε εγώ και ο παππούς, όταν ζούσε. Είχα φυλάξει μερικές από τότε που ήταν μικρή, αλλά τις έσκισε όλες την ημέρα που τις βρήκε. Δεν ήθελε χάρτινα μνημεία του εαυτού της, έτσι έλεγε εκνευρισμένη την ώρα που τις έκανε κομματάκια. Δεν χρειαζόταν αποδείξεις που να επιβεβαιώνουν την ύπαρξή της. Της έφτανε που ζούσε τη ζωή της και προχωρούσε ακάθεκτη στον χρόνο με τις καλές και τις κακές στιγμές της. Μία από τις καλύτερες στιγμές της, έλεγε πάντα με καμάρι, ήταν η γέννησή σου».

Τα μάτια της Μαρίας Γκρόσμαν έχουν θολώσει από τα δάκρυα.

«Τον τελευταίο καιρό ήταν πολύ ανήσυχη, αλλά δεν μου μιλούσε. Φερόταν σαν ερασιτεχνική βόμβα. Δεν ήξερα πότε θα εκρήγνυτο και ποιον θα έπαιρνε μαζί της. Το τελευταίο πρωινό ανησύχησα με την εμφάνισή της. Φαινόταν αδύνατη και αδύναμη. Τη ρώτησα τι της συνέβαινε. Μου ανακοίνωσε ότι είχε αποφασίσει να σε πάρει και να φύγετε μακριά απ' όλους. Δεν ήθελε να μου πει πού θα πηγαίνατε, αλλά με διαβεβαίωσε ότι δεν έπρεπε να ανησυχώ. Δεν πρόλαβε να πραγματοποιήσει το σχέδιό της. Το ίδιο μεσημέρι τη βρήκαν νεκρή.

»Όταν έμαθα τον θάνατό της, δεν καθυστέρησα λεπτό. Ήμουν σίγουρη ότι κάποιος από αυτούς το είχε κάνει, για να με φοβίσει. Σε πήρα και τρέξαμε μακριά, όπως οι αλαφιασμένοι αρουραίοι, που προσπαθούν να κρυφτούν ανάμεσα σε σπασμένα κοτσάνια του σταριού, σαν πουλιά που ψάχνουν φυλλώματα στα δέντρα να προστατευτούν από τη μανιασμένη καταιγίδα».

Η Μαρία Γκρόσμαν μιλάει ασταμάτητα και ρίχνει κλεφτές ματιές στο ρολόι που κρέμεται στον τοίχο πάνω από το κρεβάτι.

«Ο φόνος της ήταν από την πρώτη κιόλας στιγμή στα πρωτοσέλιδα όλων των μεγάλων εφημερίδων της χώρας κι εγώ παρουσιαζόμουν ως η άκαρδη, αιμοσταγής μητέρα-τέρας. Μερικές ημέρες αργότερα έμαθα ότι βρέθηκε αυτόπτης μάρτυρας, που υποστήριξε ότι λίγες ώρες πριν από τη στιγμή του θανάτου με είδε, σε καφετέρια δίπλα στο γραφείο, όπου εργαζόταν η μητέρα σου, να ρίχνω μια άσπρη σκόνη στον καφέ της ενώ αυτή ήταν στην τουαλέτα. Είχαμε φτάσει όμως πολύ μακριά για να επιστρέψω και να υπερασπιστώ το εαυτό μου απέναντι στον αναίσχυντο ψευδομάρτυρα.

»Ήταν αλήθεια ότι η μητέρα σου ήπιε μαζί μου τον καφέ της στη συγκεκριμένη καφετέρια εκείνο το πρωινό, αλλά δεν ήμουν εγώ αυτή που έριξε το δηλητήριο.

»Όταν έφτασα στην καφετέρια, ήμουν ταραγμένη. Το μαγαζί ήταν γεμάτο κόσμο και ο χώρος, θυμάμαι, μύριζε βανίλια και καφέ. Μικρά συννεφάκια καπνού, που έβγαιναν από τις κούπες με τα ζεστά ροφήματα, ανέβαιναν λικνιστά προς το κιτρινωπό φως της οροφής.

»Καθίσαμε σε ένα μικρό τραπεζάκι, σε μια σκοτεινή γωνία κοντά στις τουαλέτες. Ήταν λιγομίλητη και σκεφτική, αλλά δεν μου έκανε εντύπωση. Ήξερα ότι της άρεσε να παριστάνει τον τοίχο, όταν κάποιος της μιλούσε και δεν ήθελε να τον ακούσει. "Να προσέχεις" της είπα. "Είναι σκληρός ο κόσμος". "Πρόβλημά του" μου απάντησε υπεροπτικά. Δεν ενδιαφερόταν για τις νουθεσίες μου. Εκείνο το πρωί πραγματικά μιλούσα σε έναν τοίχο. Τα λόγια μου χτυπούσαν πάνω του και επέστρεφαν σ' εμένα. Κατάλαβα ότι δεν είχα τι άλλο να πω. Την έβαλα να μου υποσχεθεί ότι θα σε προσέχει και ότι δεν θα σε άφηνε λεπτό μόνη σου μέχρι να μεγαλώσεις. Με διαβεβαίωσε μονολεκτικά ότι θα το έκανε. Δεν έμεινα πολύ, δεν είχε διάθεση για κουβέντες. Τελείωσα τον καφέ μου και έφυγα.

»Δεν ξέρω αν θα με πίστευε κάποιος αν παρουσιαζόμουν στην αστυνομία και έλεγα αυτά. Άλλωστε, γνωρίζοντας τη δύναμη που έχουν οι διαχειριστές στο σύστημα, ήμουν σίγουρη ότι δεν είχα καμία ελπίδα.

»Έχουν τη δύναμη και την αυτοπεποίθηση των τεράτων. Δεν φοβούνται τίποτα και κανέναν. Αν και η περίπτωσή μου πολύ γρήγορα εξαφανίστηκε από τα πρωτοσέλιδα των εφημερίδων, οι ίδιοι δεν σταμάτησαν ποτέ να με κυνηγούν».

Η Λυδία ανοιγοκλείνει με ένταση τα βλέφαρά της κοιτάζοντας τον άσπρο τοίχο απέναντί της. Ο τοίχος όμως είναι άδειος σαν το άχρωμο κενό, σαν το τίποτα. Δεν υπάρχει κάτι να δει. Και όμως, αν και είναι σίγουρη πως η γιαγιά της κάτι προσπαθεί να της δείξει, αυτή αισθάνεται σαν την τυφλή σε δρόμο με ασταμάτητη κίνηση.

Ο Μάριο κουνάει αμίλητος το κεφάλι.

«Πες μου, κόρη μου, ποιον αντικρίζεις όταν κοιτάζεις τον καθρέφτη σου;» τη ρωτάει ξαφνικά η Μαρία Γκρόσμαν.

Ένας περίεργος ήχος διαπερνά το κεφάλι της στο άκουσμα της ερώτησης και κάτι μέσα στο μυαλό της κάνει «κλικ». Κοιτάζει κατάπληκτη την ηλικιωμένη γυναίκα.

«Τον Φοίβο» αποκρίνεται διστακτικά, ενώ ρίχνει μια φευγαλέα ματιά στο σακίδιό της που κρέμεται σε ένα από τα καρφιά στον τοίχο που χρησιμεύουν για κρεμάστρες της γιαγιάς.

Δεν είναι η σωστή απάντηση. Στο άκουσμά της η Μαρία Γκρόσμαν μοιάζει να μεταμορφώνεται σε μια αγριεμένη γυναίκα, με τα υγρά μάτια της να γυαλίζουν, όπως του λύκου στο σκοτάδι. Την κοιτάζει μπερδεμένη και αμίλητη, αν και θέλει να της κάνει τόσες ερωτήσεις όσες οι τρίχες του κεφαλιού της.

«Κατάφεραν, λοιπόν, να βγάλουν ένα ακόμη αγκάθι από τα πλευρά τους» μουγκρίζει με αγωνία η Μαρία Γκρόσμαν, εξωτερικεύοντας έναν πόνο που η Λυδία δεν καταλαβαίνει από πού προέρχεται.

«Τι σημαίνει αυτό; Δεν καταλαβαίνω». Την τρομοκρατούν λιγάκι τα ακατανόητα λόγια της γιαγιάς. Τι είναι αυτό που την έχει ταράξει; Δεν μπορεί να πιστέψει ότι η αναφορά και μόνο του ονόματος του Φοίβου τής προκάλεσε τέτοια αναστάτωση.

Η Μαρία Γκρόσμαν μονολογεί:

«Ε, λοιπόν, εγώ αυτό το αγκάθι θα το ξαναχώσω, με όση δύναμη μου έχει απομείνει, στα δικά τους πλευρά».

Ύστερα το πρόσωπο της Μαρίας Γκρόσμαν σαν να μαλακώνει κάπως. Το βλέμμα της σαν να αποκτά δύναμη, ζωηρεύει. Τα ωχρά μάγουλά της προσπαθούν να κλέψουν θαρρείς λίγη από τη δύναμή του. Στα χείλη της φαίνεται ένα πικρό χαμόγελο. Στρέφεται στον Μάριο, ο οποίος μέχρι εκείνη τη στιγμή παρακολουθεί τη συνομιλία τους σιωπηλός.

«Εσύ, αγόρι μου, ποιον βλέπεις στον καθρέφτη σου;»

«Τον εαυτό μου» μουρμουρίζει εκείνος, κοιτάζοντας τη Λυδία ανέκφραστα.

Όπως και η Καλυψώ, είναι το πρώτο πράγμα που σκέφτεται, αλλά ρωτάει μόνο: «Έχεις κι εσύ καθρέφτη;».

Και ενώ περιμένει την απάντηση του Μάριο, την αιφνιδιάζει η γιαγιά της:

«Ποτέ δεν μου άρεσε να αφήνω αγνώστους να μπαίνουν στο μυαλό μου» λέει με ένταση η Μαρία Γκρόσμαν. «Σίγουρα σου έμαθαν στο σχολείο ότι, όπως μπορείς να κοιτάζεις μέσα στον καθρέφτη σου, έτσι και το είδωλο του καθρέφτη μπορεί να κοιτάζει μέσα στο μυαλό σου». Παρατηρεί επίμονα τη Λυδία ενώ της μιλάει. «Καταγόμαστε, παιδί μου, από οικογένεια που κατόρθωσε με πολλές θυσίες να διαφυλάξει, όλα τα χρόνια της ιστορίας της, το θείο δώρο του καθρέφτη. Ναι, Λυδία, κάποτε παιδί μου, το να έχεις δικό σου καθρέφτη ήταν δώρο, πριν φροντίσουν κάποιοι να μετατραπεί σε μάστιγα και κατάρα. Η οικογένεια Γκρόσμαν είναι από τις λίγες που απέμειναν, που σε όλη τη διαδρομή της μέσα στην ιστορία πρώτο της μέλημα ήταν, τα νέα μέλη της να κατανοούν πολύ σύντομα τη σημασία του καθρέφτη και να φροντίζουν να μη χάσουν το είδωλό τους από αυτόν. Είμαστε από αυτούς που θέλουμε να καλλιεργούμε στον κήπο μας ό,τι αποφασίσουμε εμείς, έστω κι αν στο τέλος φυτρώσουν μόνο πικρολαχανίδες. Είμαστε από αυτούς που θέλουμε να διαλέγουμε μόνοι μας και ανεπηρέαστοι τους στόχους και τον προορισμό μας. Από αυτούς που, όταν κάνουν λάθη, βρίσκουν τη δύναμη να κατηγορούν τον εαυτό τους και όχι κάποιους άλλους».

Η Λυδία την ακούει ακίνητη, χωρίς καν να ανασαίνει, φροντίζοντας να μη χάσει ούτε λέξη από τα λόγια της. «Μα ο Φοίβος είναι φίλος».

Η Μαρία Γκρόσμαν δεν δίνει σημασία στα λόγια της. «Από τότε που θυμάμαι τον εαυτό μου» συνεχίζει ρίχνοντας κλεφτές ματιές στους δύο νέους «είχα αποφασίσει να μείνω πιστή στη δική μου εικόνα στον καθρέφτη και να μην τρέξω πίσω από τις υποσχέσεις των διαχειριστών. Το ξένο είδωλο σε απομυζά, σε κατατρώει, εξαφανίζει σιγά σιγά αυτό που υπήρξες κάποτε και πλάθει αυτό που θέλουν κάποιοι να γίνεις. Δεν ήταν εύκολο. Έχω δει την όψη τους και τους φοβάμαι, έχω νιώσει τη δύναμή τους, που με έχει συντρίψει, και τρέμω. Αισθάνονται πανίσχυροι και περιφρονούν όλο τον κόσμο. Δεν κατάφερα πάντα να τους αντισταθώ. Υπήρξαν στιγμές που ήμουν "χέστης", όπως λένε σήμερα τα παιδιά, και έκανα πράγματα για τα οποία μετάνιωσα αργότερα, όπως τότε που υπέκυψα στον εκβιασμό τους και σε έστειλα στο σχολείο τους. Σου ορκίζομαι όμως, Λυδία, πως δεν μπορούσα να κάνω διαφορετικά. Είχαν φτάσει πολύ κοντά μας. Ένιωθα ολημερίς την ανάσα τους στη ζωή μας. Με απειλούσαν με τη ζωή σου. Αν δεν μπορούσαν να σε έχουν αυτοί, δεν θα επέτρεπαν σε κανέναν άλλο να το κάνει. Κινδύνευε η ζωή σου, παιδί μου».

Το κορμί της Μαρίας Γκρόσμαν λυγίζει. Κάθεται ανήμπορη στην καρέκλα πλάι στο τραπέζι.

Νιώθει το μέτωπό της ιδρωμένο. Καυτές, χοντρές σταγόνες κυλούν στα μάτια της. Τα κλείνει σφιχτά για να μη νιώσει το κάψιμο που φέρνουν μαζί τους. Τα λόγια της γιαγιάς της είναι απίστευτα.

Η Μαρία Γκρόσμαν δεν το βάζει κάτω. Παίρνει βαθιά ανάσα και συνεχίζει:

«Ας υποθέσουμε ότι μια μέρα, με κάποιον τρόπο, ανακαλύψεις ότι το είδωλο του καθρέφτη σου, ο Φοίβος, όπως σου είπε ότι τον λένε, που τόσο επιδέξια μπορεί να εισχωρεί στο μυαλό σου, όλον αυτόν τον καιρό σού έλεγε ψέματα. Ότι κάποιος τον έβαλε σ' εκείνη τη θέση για να σε οδηγεί και όχι για να σε ακολουθεί. Τι θα έκανες; Πώς θα αντιδρούσες όταν μάθαινες ότι η σχέση σας ήταν βασισμένη σε ένα ψέμα;»

Η Λυδία πετάγεται από την άκρη του κρεβατιού. «Θα τον σκότωνα με τα ίδια μου τα χέρια. Θα κομμάτιαζα τον καθρέφτη για να μην τον ξαναδώ».

Ο θυμός της είναι αληθινός. Ένας άγριος δυναμισμός αστράφτει στο σκοτεινιασμένο βλέμμα της σαν πυροτέχνημα στον νυχτερινό ουρανό.

«Ακριβώς, γι' αυτό έφτιαξαν τα σχολεία για τα παιδιά με τους καθρέφτες. Για να φροντίσουν ώστε να μην τους καταστρέψετε» αποκρίνεται η γιαγιά της, με υπερβολική σοβαρότητα τόσο στο βλέμμα όσο και στη φωνή. "Αν δεν ήταν τα παιδιά, από καιρό τώρα θα εξουσιάζαμε τους ανθρώπους". Αυτά τα λόγια, τόσο υποτιμητικά ειπωμένα από το στόμα ενός διαχειριστή, πριν από πολλά χρόνια, χαράχτηκαν ανεξίτηλα στο μυαλό μου. Από τη στιγμή που τα άκουσα, ήξερα ότι τα παιδιά ήταν η λύση στον άλυτο γρίφο που κάποιοι είχαν δημιουργήσει για τους ανθρώπους».

Το ανήσυχο βλέμμα της Μαρίας Γκρόσμαν κοιτάζει στο πουθενά. Μοιάζει να ταξιδεύει στο παρελθόν.

«Ήμαστε κι εμείς κάποτε νέοι και προσπαθήσαμε. Ήμαστε μια παρέα που μπορούσαμε να βλέπουμε το είδωλό μας στον καθρέφτη. Όταν σμίξαμε, αποφασίσαμε να κάνουμε κάτι. "Εμάς τα παιδιά φοβούνται" ήταν το σύνθημά μας. Αλλά δεν καταφέραμε πολλά. Πάντα μέναμε στα λόγια και στα πρόχειρα σχέδια που καταστρώναμε. Ποτέ δεν ξέραμε τι πραγματικά έπρεπε να κάνουμε. Αποδειχτήκαμε ανόητοι και ατζαμήδες. Στην αρχή ήμαστε πολλοί, γεμάτοι ενθουσιασμό και ιδέες. Κάποιοι όμως, όταν κυνηγηθήκαμε από τους διαχειριστές, δεν αντέξαμε ως το τέλος. Μαζευτήκαμε σαν μια ομάδα φοβισμένων ψαριών και το σκάσαμε σαν βολίδα στην απεραντοσύνη της θάλασσας. Άλλοι κατέθεσαν αμέσως τα όπλα, έσπασαν, φλυάρησαν. Άλλοι απαρνήθηκαν τα πιστεύω τους για να σωθούν, κάποιοι που δεν συμβιβάστηκαν, για άσχετους λόγους και με τη βοήθεια ένα σωρό ψευδομαρτύρων, οδηγήθηκαν στις φυλακές. Κάποιοι, δυστυχώς, πέθαναν για παραδειγματισμό και εκφοβισμό των υπολοίπων. Στο τέλος μείναμε καμιά δεκαπενταριά και τότε μόνο σταμάτησαν να μας δίνουν σημασία και να μας παίρνουν στα σοβαρά. Εμείς τότε ήταν που δεθήκαμε ακόμη περισσότερο μεταξύ μας και προσπαθήσαμε να ξαναρχίσουμε τις προσπάθειες. Μέχρι τη στιγμή που γεννήθηκες εσύ. Τότε όλα άλλαξαν. Οι διαχειριστές, που τον τελευταίο καιρό μάς αντιμετώπιζαν σχεδόν αδιάφορα, σκλήρυναν τη στάση τους. Μας κυνήγησαν αλύπητα, μέχρι που κατάφεραν με τη βία να αλλάξουν σε όλους σχεδόν τα είδωλα. Όσοι αρνήθηκαν να υποχωρήσουν κατέληξαν τρελοί ή νεκροί. Εγώ και κάποιοι φίλοι καταφέραμε να τους ξεφύγουμε. Αν δεν ήταν αυτοί, εγώ δεν θα είχα καταφέρει να επιζήσω. Με κυνήγησαν για να σε πάρουν μακριά μου. Έτρεχαν από πίσω μας, σαν τα πεινασμένα σκυλιά πίσω από το φαγητό, έτοιμοι να μας ξεσκίσουν».

Η Λυδία την ακούει σαν χαμένη και το πρόσωπό της έχει γίνει άσπρο σαν το χαρτί. «Ώστε γι' αυτό ταξιδεύαμε τόσο πολύ και δεν μέναμε πολύ καιρό στον ίδιο τόπο. Δεν ήταν μόνο η αστυνομία που σε αναζητούσε...» ψιθυρίζει ξαφνικά.

Το πρόσωπο της Μαρίας Γκρόσμαν κάνει κάτι περίεργους σπασμούς, σαν να πονάει, αλλά συνεχίζει απτόητη:

«Όσο οι διαχειριστές ήταν απασχολημένοι με το κυνηγητό μου, οι υπόλοιποι σύντροφοι κατάφεραν να συγκεντρώσουν αρκετά στοιχεία για τον Μέγιστο, απ' όπου αντλούν τη δύναμή τους».

Μια άγρια ενέργεια λάμπει ξαφνικά στα γερασμένα μάτια της και φλογίζει το αδυνατισμένο και ωχρό πρόσωπό της

«Μα ποιος είναι, επιτέλους, αυτός ο Μέγιστος; Είναι ένας καθρέφτης, όπως είπε η Βαλεντίνη;» μουρμουρίζει.

«Γνώρισες τη Βαλεντίνη την Αιρετική; Μα πώς; Πότε;»

«Χτες το βράδυ. Πέρασα τη νύχτα στο σπίτι της. Μου είπε ότι δεν γνωρίζει πού βρίσκεσαι».

«Η αλήθεια είναι ότι έχουμε χρόνια να βρεθούμε» αποκρίνεται η γιαγιά της. Κοιτάζει σαν να αναπολεί. «Η Βαλεντίνη είναι αλλιώτικη, κάποιοι τη λένε αλλόκοτη. Ίσως γιατί πάντα λέει δυνατά όσα οι περισσότεροι προσπαθούν να κρατήσουν κρυμμένα βαθιά μέσα τους. Είμαι σίγουρη όμως ότι σου μίλησε για τον Μέγιστο».

«Δεν μου είπε πολλά. Δεν έδωσα μεγάλη σημασία στα λόγια της» αναγκάζεται να παραδεχτεί.

«Ο Μέγιστος είναι ο μεγαλύτερος και ο ισχυρότερος όλων. Η πηγή της δύναμης και του ολέθρου. Είναι ένα μεγάλο υφάδι καμωμένο από τον νου των ανθρώπων. Υφαίνει όμως τον ιστό του σύμφωνα με τους δικούς του σκοπούς και τα δικά του σχέδια. Κινείται άνετα στις σκέψεις των ανθρώπων στο παρελθόν, αλλά και στο παρόν. Γνωρίζει το μέλλον. Λένε ότι οι απαντήσεις του είναι διφορούμενες και οι αντιδράσεις του στα γεγονότα απροσδόκητες. Για πολλά χρόνια, οι διαχειριστές κατάφεραν να εκμεταλλεύονται τη δύναμή του για δικό τους όφελος, αδιαφορώντας αν βλάπτουν κάποιους άλλους. Χωρίς αυτόν, δεν θα μπορούσαν να κλέψουν κανενός το είδωλο, ούτε να βλάψουν τους ανθρώπους. Κατάφεραν με κάποιον τρόπο να ζουν από τη ζωή του, να δυναμώνουν από τη δύναμή του και να τρέφονται από την ενέργειά του».

Τα μάτια της γιαγιάς της λάμπουν κατακόκκινα, σαν να βράζει μέσα της μια άγρια λύσσα. «Τώρα που έφτασε η δική σας η σειρά, σας θερμοπαρακαλώ να μην κάνετε τα ίδια λάθη που κάναμε εμείς κάποια χρόνια πριν» λέει η Μαρία Γκρόσμαν απευθυνόμενη και στους δύο.

«Η κατάσταση σήμερα είναι πιο επικίνδυνη, γιατί οι άνθρωποι, χωρίς το δικό τους είδωλο στον καθρέφτη ή αυτοί που δεν έχουν καθόλου καθρέφτη, είναι πιο ευάλωτοι στις ορέξεις τους και δεν μπορούν να αντιδράσουν. Πρέπει να βρεθεί η πηγή από την οποία ξεχύνεται η δύναμη που εκμεταλλεύονται αυτοί προς όφελός τους. Τη δύναμη που τους κάνει επικίνδυνους δολοφόνους. Θα αφήσετε τους δολοφόνους των γονιών σας να ορίσουν τη ζωή σας και τις πράξεις σας; Είμαι σίγουρη ότι, αν ήξεραν πού βρίσκομαι, θα με σκότωναν, για να μη μάθεις την αλήθεια. Δεν πρόλαβαν όμως. Τα κατάφερες μια χαρά, μικρή μου. Μα την αλήθεια, τα κατάφερες πάρα πολύ καλά, παρ' όλη την άγνοιά σου».

Η φωνή της σβήνει ξαφνικά. Δεν της απέμεινε αρκετή ενέργεια.

«Με βοήθησε η Αλεξάνδρα» μουρμουρίζει η Λυδία πολύ μπερδεμένη.

Το απορημένο βλέμμα της Μαρίας Γκρόσμαν είναι εύγλωττο. «Δεν τη γνωρίζω» μονολογεί με σβησμένη φωνή.

Ξαφνικά, σιωπή κατακάθεται βαριά σαν σκόνη στο δωμάτιο.

Εδώ και ώρα αναρωτιέται αν η Βαλεντίνη και η γιαγιά της έχουν δίκιο για τον Φοίβο. Στη σκέψη ότι το πρόσωπο του καθρέφτη που θεωρούσε φίλο και σύντροφο την είχε εξαπατήσει και την είχε πιάσει κορόιδο, νιώθει ρίγη να διατρέχουν το κορμί της. Αλήθεια, γιατί μέχρι τώρα δεν της είχε κάνει καμία εντύπωση το γεγονός ότι στο σχολείο μόνο στον καθρέφτη της τυφλής Καλυψώς αντικατοπτριζόταν το δικό της είδωλο; Γιατί δεν στάθηκε ποτέ σ' αυτό το γεγονός; Παρότι σήμερα, μετά τη συνάντηση με τη γιαγιά της, έχει αρχίσει να πιστεύει ότι πρόκειται για κάτι πολύ σπουδαίο, γιατί τότε το είχε θεωρήσει ασήμαντη λεπτομέρεια; Και τώρα γνώρισε και έναν ακόμη που βλέπει το είδωλό του στον καθρέφτη. Τον Μάριο; Γιατί λοιπόν όχι και αυτή;

«Έλα, Λυδία» ακούει τον Μάριο δίπλα της. «Είσαι αρκετά μεγάλη για να καταλάβεις πως δεν χρειάζεσαι πια κανέναν ξένο να σουλατσάρει ανενόχλητος μέσα στο μυαλό και στις σκέψεις σου. Είναι ώρα να καθαρίσεις τον κήπο σου, όπως είπε η γιαγιά σου, από τα ζιζάνια και να βλαστήσουν με μεγαλύτερη δύναμη οι δικοί σου σπόροι. Και επειδή δεν μου αρέσουν τα μελοδραματικά, βιάσου, γιατί έχουμε κι άλλες δουλειές να κάνουμε, εκτός από το βοτάνισμα του κήπου σου» της λέει βιαστικά.

Παίρνει μια βαθιά ανάσα, υποκρινόμενος τον αγανακτισμένο. Η φωνή του ακούγεται σφιγμένη. Το δέρμα του είναι λείο και τεντωμένο πάνω στο πρόσωπό του.

«Μα πώς;» αναρωτιέται μπερδεμένη. «Δεν ξέρω πώς να το κάνω» φωνάζει με μια αγριεμένη απελπισία και η φωνή ακούγεται τραχιά και απόκοσμη.

«Τον φοβάσαι;»

«Όχι» απαντάει, αλλά δεν είναι απόλυτα ειλικρινής.

Ο Μάριο, βλέποντας το μπερδεμένο βλέμμα της, σηκώνεται και της φέρνει τον τυλιγμένο καθρέφτη.

«Αν δεν ξεκινήσουμε, δεν θα μάθουμε ποτέ αν μπορείς να τον διώξεις ή όχι, έτσι δεν είναι;» Αφήνει τον καθρέφτη απαλά πάνω στα χέρια της.

«Εντάξει» συμφωνεί, μουδιασμένα, να κάνει μια προσπάθεια.

Γνωρίζει πως πρέπει, με ή χωρίς τον Φοίβο, να προχωρήσει. Με ποιον τρόπο όμως να το κάνει; Ε, λοιπόν, δεν έχει την παραμικρή ιδέα.

Με αργές κινήσεις ξετυλίγει την κουβέρτα γύρω από την μπρούντζινη επιφάνεια του καθρέφτη και αντικρίζει το θυμωμένο πρόσωπο του Φοίβου.

«Δεν σε αναγνωρίζω πια, Λυδία» τη μαλώνει. «Τι στο καλό σού συμβαίνει;»

Η φωνή του τη γεμίζει με τη νευρικότητα του ζώου που πιάστηκε στην παγίδα και δεν ξέρει πώς να ξεφύγει. Σηκώνει το κεφάλι. Η γιαγιά της την κοιτάζει με αγωνία.

Να μη μιλήσει καθόλου στον Φοίβο. Να τον αγνοήσει. Να προσποιηθεί πως δεν υπάρχει. Ναι, αυτό πρέπει να κάνει.

Κρατάει την αναπνοή της, κλείνει τα μάτια και αρπάζεται απ' όσα της είπε η γιαγιά της, προσπαθώντας να αντλήσει δύναμη από τα λόγια της. Πρέπει να διώξει τις σκέψεις από τον νου της. Να μη σκέφτεται ούτε καν το όνομά του. Να μην απομείνει τίποτα πια μέσα στο μυαλό της να ανιχνεύσει ο Φοίβος. Να μη συναντήσει τίποτα εκεί μέσα, όσο κι αν ψάξει. Να πέσει και να χαθεί μέσα στο τίποτα. Να κατρακυλήσει ασυγκράτητα στη λησμονιά.

Τα αυτιά της βουίζουν, σαν να έχει εγκατασταθεί ολόκληρο μελίσσι στο κεφάλι της. Τα σφαλισμένα μάτια της καίνε από το σφίξιμο. Πόσος χρόνος πέρασε άραγε; Μα πού είναι ο χρόνος για να χωρίσει τις αναμνήσεις του χτες από τα όνειρα του αύριο; Γιατί τρέχουν όλα αλαφιασμένα και μπερδεμένα να εξαφανιστούν από τον νου της;

Δεν ξέρει πόση ώρα κρατά την αναπνοή της και τα μάτια της σφαλισμένα μέχρι να συνειδητοποιήσει ότι ο νους της είναι εντελώς άδειος. Δεν έχει αφήσει το παραμικρό σημείο μέσα στο μυαλό της για να κρατηθεί από αυτό ο Φοίβος.

Σηκώνει τον καθρέφτη μπροστά στο πρόσωπό της. Απλώνει το χέρι με ανοιχτή την παλάμη για να καλύψει την εικόνα του. Το μέταλλο είναι ζεστό, θαρρείς και ο Φοίβος προσπαθεί να την κάψει με την ανάσα του. Αλλά δεν ανησυχεί, θυμάται ότι ο καθρέφτης ήταν τυλιγμένος αρκετή ώρα στη μάλλινη κουβέρτα και ηρεμεί.

Και όμως ο Φοίβος είναι ακόμα εδώ. Η κραυγή του σκίζει, όπως η αστραπή τον ήρεμο ουρανό, την ησυχία του δωματίου. Μένει ακίνητη, δεν αντιδρά ούτε όταν η φωνή του γίνεται στριγκιά σαν ποδοβολητό αλόγου. Άλλοτε την απειλεί, άλλοτε την ικετεύει με φωνή πότε ξέπνοη και πνιχτή και πότε τόσο τρομερή όσο και η φρενιασμένη διαμαρτυρία που δεν είχε σταματήσει λεπτό να βγαίνει από το στόμα του.

Και ύστερα, μέσα στο μυαλό της γίνεται τόση ησυχία, ώστε αναγκάζεται να κρατήσει ακόμη και την αναπνοή της για να μην τη διαταράξει. Κάνει μια πρώτη διστακτική προσπάθεια να παραγάγει την ψευδαίσθηση του ήχου στο μυαλό της χωρίς πραγματικό ήχο, όπως είχε μάθει στο σχολείο, για να δει την αντίδραση του Φοίβου. Η ψευδαίσθηση αντηχεί σαν σπινθηροβόλημα του φωτός σε άδεια σκοτεινή σπηλιά. Ο Φοίβος δεν είναι εκεί.

Παίρνει μια γρήγορη, αθόρυβη ανάσα και ανοίγει αργά αργά τα μάτια, θαρρείς και προετοιμάζεται να δει για πρώτη φορά τον κόσμο με καινούργιο βλέμμα. Είναι περίεργη αν ο κόσμος της εξακολουθεί να είναι ο ίδιος ή έχουν έρθει όλα τα πάνω κάτω.

Παράξενο! Όλα γύρω της είναι ήρεμα, αλλά η ίδια νιώθει αδύναμη, σχεδόν εξουθενωμένη. Η καρδιά της χτυπάει τόσο δυνατά, που μπορεί να ακούσει τους χτύπους της. Μια καινούργια, ακαθόριστη ακόμα, αίσθηση την πλημμυρίζει όλο και περισσότερο σαν τεράστιο κύμα, που υψώνεται από τα βάθη φουρτουνιασμένου ωκεανού, καθώς ορμούν καταπάνω της όλες οι σκέψεις που είχε διώξει νωρίτερα. Το παρελθόν μαζί με οδυνηρές εικόνες που είχε μόνη της διαγράψει, ιδέες και προβλήματα, παλιά συναισθήματα, αμφιβολίες που την πολιορκούσαν, έμοιαζαν να μάχονται στήθος με στήθος για το ποιο θα μπει πρώτο μέσα στον άδειο νου της.

Οπισθοχωρεί ξαφνισμένη, αλλά όχι απροετοίμαστη. Δεν θα τους επιτρέψει να διεκδικήσουν ούτε μία σπιθαμή του μυαλού της. Είναι αποφασισμένη να κόψει κάθε δεσμό που την ένωνε με τον Φοίβο και τα χρόνια που ήταν δίπλα της. Αυτή τη φορά θα αποφασίσει μόνη της για τις προτεραιότητές της, χωρίς τη βοήθεια υποβολέα.

Σφραγίζει με πείσμα και αποφασιστικότητα την είσοδο του μυαλού της και στέκεται ακίνητη σαν πέτρινος βράχος μπροστά στον υδάτινο όγκο των εισβολέων, που απειλεί να την πνίξει. Το νερό σκάει με δύναμη πάνω στο αδύνατο σώμα της και στο νεανικό πρόσωπό της. Ταρακουνιέται, αλλά δεν πέφτει. Καταφέρνει να σταθεί, να αντισταθεί στην ορμή των συναισθημάτων της. Τα ρούχα της βρέχονται, το σώμα της παγώνει. Τρέμει σύγκορμη, αλλά δεν φωνάζει, δεν διαμαρτύρεται, μιλιά δεν βγαίνει από τα σφραγισμένα της χείλη, μέχρι που οι τελευταίες σταγόνες των εισβολέων κυλούν και φεύγουν μακριά, παίρνοντας μαζί τους όλα εκείνα που κάποτε αποτελούσαν δικό της κομμάτι.

«Λυδία παιδί μου, πώς αισθάνεσαι;» ακούει τη φωνή της γιαγιάς της.

«Όλα καλά» απαντάει χωρίς σκέψη.

Η αλήθεια είναι ότι δεν ξέρει αν όλα είναι πράγματι καλά, αλλά είναι κάτι που εύχεται με την καρδιά της. Χαίρεται που το βλέμμα της Μαρίας Γκρόσμαν είναι ήρεμο και γαλήνιο σαν το νερό της λίμνης. Αντίθετα, η ίδια νιώθει απαίσια, ξεθεωμένη από την κούραση.

«Πού πιστεύεις ότι έχουν κρύψει τον Μέγιστο;» τη ρωτάει. Είναι η σειρά της πια να βοηθήσει τη γιαγιά της.

Η Μαρία Γκρόσμαν χαμογελάει. Η μικρή της Λυδία, το κορίτσι που είχε εμπιστευτεί στην κυρία Μι πριν από τέσσερα χρόνια, είναι πάλι εδώ.

«Αν είσαι έτοιμη, φεύγουμε αμέσως» ψιθυρίζει δίπλα της ο Μάριο. «Είμαι αποφασισμένος να τον βρούμε, ακριβώς όσο κι εσύ».

Η Λυδία ανατριχιάζει από μια αίσθηση πρωτόγνωρη ακούγοντάς τον. Κάτι σαν υστερία ανάκατη με έντονη χαρά ανεβαίνει στον λαιμό της και μονομιάς η εξάντλησή της εξαφανίζεται.

«Ξέρεις πού βρίσκεται;» τον ρωτάει με ένταση στη φωνή.

«Όχι ακριβώς» παραδέχεται εκείνος «αλλά έχουμε συγκεντρώσει αρκετά στοιχεία που θα μπορούσαν να μας φανούν χρήσιμα».

«Ίσως το όνομα και η διεύθυνση στη Σκωτία που υπήρχε στην κάρτα...» ψιθυρίζει αβέβαια, θέλοντας να συνεισφέρει.

Ο Μάριο την κοιτάζει κατάματα, αλλά δεν λέει κουβέντα. Τον προλαβαίνει η Μαρία Γκρόσμαν:

«Έχουμε προετοιμάσει ένα ταξίδι μέχρι τη Σκωτία με τον Μάριο. Πιστεύω πως έφτασες την κατάλληλη στιγμή να πάρεις τη θέση μου. Είμαι πολύ μεγάλη πια για τόσο μακρινά ταξίδια» λέει, κλείνοντάς της πονηρά το μάτι. «Είναι προτιμότερο να μείνω κάπου μέχρι να επιστρέψετε. Δεν θα δυσκολευτώ καθόλου να κρυφτώ για μία ακόμη φορά. Το έχω κάνει τόσες φορές μέχρι σήμερα, που μου έχει γίνει συνήθεια πια. Μην ανησυχείς όμως, Λυδία. Αυτή τη φορά θα φροντίζω να μαθαίνεις νέα μου».

Ενώ μιλάει, γυρίζει προς τον τοίχο όπου κρέμονται τα λιγοστά ρούχα της και παίρνει ένα μαύρο παλτό. Το φοράει αμέσως.

«Θα βγω μαζί σας. Θα περάσω να πληρωθώ από το εστιατόριο όπου δούλευα μέχρι σήμερα. Χρειάζομαι χρήματα» μονολογεί ενώ κατευθύνεται προς την πόρτα.

«Πάλι τα αφήνει όλα πίσω της» ψιθυρίζει συνωμοτικά στον Μάριο ενώ ακολουθούν τη γιαγιά της. «Πόσες φορές το κάναμε κάποτε μαζί!»

«Να προσέχεις, παιδί μου» λέει η Μαρία Γκρόσμαν, στρέφοντας απότομα το κεφάλι της προς το μέρος των δύο νέων. «Να είστε και οι δύο προσεκτικοί. Η Λυδία θα χρειαστεί την καθαρή σου όραση και το κουράγιο σου, Μάριο. Οι διαχειριστές γνωρίζουν πια ότι το είδωλο που είχαν φυτέψει στον καθρέφτη της απενεργοποιήθηκε. Σίγουρα έχουν πληροφορηθεί από τον Φοίβο» συνεχίζει κάνοντας μια γκριμάτσα αηδίας την ώρα που ξεστομίζει το όνομά του «ότι το έσκασε από το σχολείο. Θα την ψάξουν, αλλά προς το παρόν, όσο δεν προσπαθεί να επικοινωνήσει με τον καθρέφτη της, δεν ξέρουν προς τα πού σκοπεύει να κατευθυνθεί» τους προειδοποιεί.

Ο Μάριο προσπαθεί να διασκεδάσει τις ανησυχίες της.

«Μην ανησυχείς, Μαρία. Η Λυδία απέδειξε, φτάνοντας μόνη της μέχρι εδώ, ότι έχει τη δύναμη και το κουράγιο που θα χρειαστεί στο ταξίδι μας. Και είμαι σίγουρος ότι δεν θα αλλάξει τώρα. Κανένα ζώο δεν χάνει ούτε το δέρμα ούτε τα ένστικτά του όταν πηγαίνει από τον ένα τόπο στον άλλο. Εξάλλου, από δω και πέρα δεν θα είναι μόνη. Κι εγώ δεν πρόκειται να δειλιάσω. Τον θάνατο τον έχω δει, δεν τον φοβάμαι. Η υπόσχεση που έδωσα στον νεκρό πατέρα μου ξεπερνάει τον φόβο του θανάτου. Σε διαβεβαιώνω ότι έχω σε αρκετή υπόληψη τόσο τη ζωή μου όσο και την ευφυΐα μου, ώστε να είμαι απρόσεκτος».

Η Λυδία, έκπληκτη, ρίχνει μια κλεφτή ματιά προς το μέρος του. Το πρόσωπό του είναι ως συνήθως απαθές, σαν φτιαγμένο από κερί.

Ξαφνικά σταματάει. «Γιαγιά; Υπάρχει κάτι που πρέπει να μάθεις» μουρμουρίζει με τρεμάμενη φωνή. «Πολύ φοβάμαι ότι γνωρίζουν ήδη πού θα πάμε. Ο Φοίβος γνώριζε τη διεύθυνση απ' όπου ταχυδρομήθηκαν οι δύο καρτ ποστάλ. Λίγο πριν φύγω από το διαμέρισμα του Μάριο, φοβούμενη μήπως τα ξεχάσω, του διάβασα το όνομα του αποστολέα και τη διεύθυνσή του στο Ινβερνές της Σκωτίας».

Το πρόσωπο της γιαγιάς της παραμορφώνεται από την οργή.

«Ας ελπίσουμε ότι δεν πρόλαβε να τους αποκαλύψει τη διεύθυνση» πετάγεται ο Μάριο, ίσως επειδή αισθάνεται υπεύθυνος για την πράξη της Λυδίας. «Εξάλλου, τώρα που το γνωρίζουμε, θα προσπαθήσουμε να έρθουμε σε επαφή με τον αποστολέα με ασφαλή τρόπο».

«Πάμε λοιπόν» λέει σιγανά η Λυδία, ρίχνοντας στον Μάριο μια κλεφτή ματιά.

194

Κεφάλαιο 11

Τετάρτη 18 Μαρτίου 2015

Ανοίγει τα μάτια και προσπαθεί να θυμηθεί πού βρίσκεται. Το κορμί της είναι παγωμένο και μουδιασμένο. Επιχειρεί να κουνήσει τα πόδια της για να κυκλοφορήσει το αίμα, ο χώρος όμως μπροστά της είναι πολύ στενός. Είναι καθισμένη στη θέση του συνοδηγού ενός αυτοκινήτου. Ο τεράστιος γκρίζος όγκος, που αργοσαλεύει μερικά μέτρα μπροστά της, είναι ο φταίχτης που νιώθει τόσο παγωμένη. Της κρύβει τον ήλιο και δεν αφήνει τις αχτίδες του να τη ζεστάνουν.

Έφτασαν λοιπόν στο λιμάνι του Καλαί; Πότε; Δεν το κατάλαβε, γιατί ο ύπνος την είχε νικήσει. Η ματιά της είναι καρφωμένη πάνω στο τεράστιο σκαρί του πλοίου και μοιάζει ανίκανη να κινήσει το κεφάλι της αριστερά ή δεξιά. Η μπουκαπόρτα του βαποριού χάσκει ανοιχτή σαν τεράστιο ορθάνοιχτο στόμα θαλάσσιου κήτους και καταπίνει το ένα μετά το άλλο τα αυτοκίνητα που κινούνται αργά αργά προς το μέρος της. *Όπου να 'ναι θα έρθει και η σειρά μας*, σκέφτεται.

Και τότε, εντελώς αναπάντεχα, η ψηλή σιδερένια πόρτα αρχίζει να αλλάζει σχήμα, να στρογγυλεύει, να μικραίνει και να σουφρώνει σαν τα διψασμένα χείλη που ετοιμάζονται να ρουφήξουν κάποιο δροσιστικό υγρό. Τα αυτοκίνητα που μέχρι τώρα κινούνταν με τη ταχύτητα της χελώνας προς το πλοίο εξαφανίζονται μεμιάς στο εσωτερικό του. Ο δρόμος ανάμεσα σ' αυτήν και την μπουκαπόρτα είναι άδειος. Το στομάχι της σφίγγεται στη σκέψη ότι αυτή θα είναι το επόμενο θύμα που θα καταπιεί η μανιασμένη πόρτα. Κάνει όμως λάθος, γιατί το επόμενο θύμα της είναι ο Φοίβος.

Κοιτάζει έκπληκτη τον καθρέφτη που βρίσκεται στα γόνατά της. Να τος πάλι ο Φοίβος να καθρεφτίζεται στην επιφάνειά του. Μα πώς στην ευχή βρέθηκε εκεί; Κανονικά δεν έπρεπε να υπάρχει πια. Δεν τον είχε απαρνηθεί χωρίς καθόλου τύψεις μερικές ώρες πριν; Δεν τον είχε διώξει σαν ενοχλητικό έντομο; Η μπουκαπόρτα τον τραβάει με δύναμη και ορμή από την επιφάνεια του καθρέφτη, που είναι ακουμπισμένος στα γόνατά της με ένα τρομερό ρούφηγμα, που την αφήνει κατάπληκτη, αποσβολωμένη και ανίκανη να αντιδράσει. Ο ήχος που συνοδεύει το ρούφηγμα του Φοίβου φτάνει στα αυτιά της δυνατός, σαν επίμονο οξύ σφύριγμα, ικανό να σπάσει τα τύμπανά της.

Παρακολουθεί αμήχανη τον Φοίβο, που προσπαθεί να αντισταθεί με όλες του τις δυνάμεις, για να κρατηθεί από την μπρούντζινη λεία επιφάνεια του καθρέφτη χρησιμοποιώντας χέρια και πόδια. Δεν εντυπωσιάζεται από τον αγώνα του. Το ξέρει άλλωστε από παλιά ότι δεν είναι από τους τύπους που δέχονται εύκολα την ήττα τους και δεν θα εγκατέλειπε αμαχητί τα κεκτημένα του. Τη βομβαρδίζει με βλέμματα απόγνωσης, μανίας, ακόμη και ικεσίας, αλλά εκείνη παραμένει άπραγη, χωρίς την παραμικρή προσπάθεια να τον βοηθήσει. Της φαίνεται μάλιστα απόλυτα φυσιολογικό επακόλουθο το ότι στο τέλος ο Φοίβος δεν καταφέρνει να αποφύγει το μοιραίο.

Δυστυχώς, όταν το σουφρωμένο στόμιο καταπίνει εντέλει τον Φοίβο, τα μαύρα, γεμάτα παράπονο, μάτια του δεν φεύγουν από μπροστά της, θαρρείς και σκοπεύουν να της υπενθυμίζουν συνεχώς ότι αυτή είναι η μόνη ένοχος και ότι αυτή ευθύνεται για τον χαμό του.

«Νομίζω ότι παραληρώ» μουρμουρίζει κλείνοντας σφιχτά τα μάτια για να διώξει τα απομεινάρια του Φοίβου από μπροστά της, αλλά μάταια. Αποκαμωμένη και νιώθοντας μια παγωνιά να απλώνεται στο κορμί της, αφήνει την πλάτη της να ακουμπήσει στο κάθισμα του αυτοκινήτου, χωρίς να πάψει στιγμή να αναρωτιέται αν το ρούφηγμα του Φοίβου ήταν όνειρο ή πραγματικότητα, αλλά φαίνεται δύσκολο να αποφασίσει. Όλα ήταν τόσο ζωντανά και τόσο χρωματιστά, που την είχαν αφήσει άφωνη. Και ποιος ξέρει μέχρι πότε θα έμενε με τα μάτια κολλημένα στη μαύρη τρύπα της αχόρταγης μπουκαπόρτας όπου είχε χαθεί η μορφή του Φοίβου, αν η φωνή του Μάριο δεν την επανέφερε στην πραγματικότητα.

«Ξύπνα» φωνάζει κοντά στο αυτί της, σκουντώντας την ελαφριά. «Πρέπει να μπούμε στο πλοίο. Σε λίγο θα αναχωρήσει. Μόλις σφύριξε για δεύτερη φορά».

Τινάζεται σαν να τη χτύπησε κεραυνός και ανακάθεται αλαφιασμένη στο κάθισμα του συνοδηγού. Τρέμει σαν το ψάρι έξω από το νερό. Έχει τα μάτια ανοιχτά, αλλά δεν κοιτάζει πουθενά.

Ο Μάριο παρατηρεί την αντίδρασή της απορημένος.

Ευτυχώς δεν αργεί να συνέλθει εντελώς και να συνειδητοποιήσει πού βρίσκεται. *Μα φυσικά, σκέφτεται. Όλα είναι όνειρο. Ο Φοίβος δεν υπάρχει πια.* Τον είχε «ρουφήξει» η ίδια μερικές ώρες νωρίτερα. Μια ευχάριστη ζεστασιά κυλάει στο σώμα της και αμέσως νιώθει καλύτερα. Ρίχνει μια διακριτική και διστακτική ματιά δίπλα της.

Ο Μάριο κάθεται ακίνητος στη θέση του οδηγού, με την πλάτη στητή, σαν να έχει καταπιεί σιδερένιο λοστό. Το βλέμμα του είναι καρφωμένο στο πλοίο που συνεχίζει να αργοσαλεύει μπροστά τους κάθε φορά που κάποιο αυτοκίνητο επιβιβάζεται. Της έρχεται να βάλει τα γέλια κοιτάζοντας την περίεργη στάση του σώματός του, αλλά δεν το κάνει, καθώς θυμάται ότι είχε οδηγήσει σχεδόν όλη τη νύχτα για να φτάσουν έγκαιρα στο Καλαί. Τώρα, με αυτή τη γελοία άκαμπτη θέση, πιθανώς ξεκουράζει το σώμα του.

Στο ταμπλό του αυτοκινήτου το ρολόι δείχνει εφτά το πρωί. Έχουν περάσει εννέα ολόκληρες ώρες από τότε που ξεκίνησαν από το σπίτι της Μαρίας Γκρόσμαν στη Χαϊδελβέργη.

Επί εννέα ώρες, ο Μάριο οδηγούσε το μικρό αυτοκίνητό του σε σκοτεινούς αυτοκινητόδρομους κι εκείνη έφερνε ξανά και ξανά στο μυαλό της όλα όσα είχαν συμβεί το περασμένο απόγευμα στο σπίτι της γιαγιάς της. Πάλευε να αποδεχτεί ότι από δω και πέρα ο κόσμος της δεν θα ήταν πια ίδιος. Από μικρό κορίτσι είχε περάσει πολλά, που τη βοήθησαν να συνειδητοποιήσει ότι οι αλλαγές που συμβαίνουν γύρω μας, όσο μικρές ή μεγάλες κι αν είναι, πάντα επηρεάζουν τη ζωή μας. Εμείς τις ζούμε και αυτές φτιάχνουν την πραγματικότητα γύρω μας. Έπειτα από αρκετές ώρες συνειδητοποιούσε ότι δεν ήταν εύκολο να ξεχάσει τον Φοίβο και στη θέση του να βλέπει τη δική της εικόνα. Τι κι αν την εικόνα αυτή τη βλέπει κάθε μέρα σε όλους τους απλούς καθρέφτες όταν πλένεται, όταν βουρτσίζει τα δόντια της, όταν χτενίζεται. Θα είναι άραγε το ίδιο όταν θα την πρωτοαντικρίσει απέναντί της να της μιλάει; Θα την αναγνωρίσει ή θα είναι μια ξένη; Μια άγνωστη που θα της μοιάζει μόνο εξωτερικά; Τι κοινό θα έχουν άραγε; Μήπως έζησαν μαζί τα τελευταία χρόνια, όπως με τον Φοίβο; Γέλασαν, διασκέδασαν, είχαν υποφέρει και τσακωθεί μαζί, όπως με τον Φοίβο; Πόσο εύκολο θα είναι να ξεχάσει τις ημέρες που πέρασε κουβεντιάζοντας τα προβλήματά της μαζί του; Θα έφτανε, άραγε, κάποτε στο σημείο να συνομιλεί με το δικό της είδωλο χωρίς να χρειαστεί να κοιτάζει στον καθρέφτη όπως έκανε με τον Φοίβο; Οι κατηγορίες που είχε εκτοξεύσει η γιαγιά της εναντίον του Φοίβου ήταν σοβαρές και αρκετές για να θυμώσει και να τον διώξει από το μυαλό της. Πόσο γρήγορα θα τον λησμονούσε όμως;

Η σκέψη ότι έπρεπε κάποια στιγμή να σηκώσει τον καθρέφτη και να συνομιλήσει με τον εαυτό της, όπως είχε υποσχεθεί στη γιαγιά της να κάνει, όταν όλα θα είχαν τελειώσει, της φαινόταν τώρα εντελώς αποκρουστική. Ευτυχώς, προς το παρόν, τόσο αυτή όσο και ο Μάριο δεν έπρεπε να έρθουν σε επαφή με τον καθρέφτη τους για να μην κινδυνεύσουν να τους εντοπίσουν οι διαχειριστές. Και με αυτόν τον τρόπο και με σκέψεις που στο σκοτάδι σχηματίζονταν και έσκαγαν μέσα στο μυαλό της, όπως οι φουσκάλες του νερού που βράζει στη χύτρα, σκέψεις που την τρέλαιναν, συνεχίστηκε για πολλές ώρες το νυχτερινό ταξίδι προς τη Γαλλία και το λιμάνι του Καλαί.

Αργότερα αποκοιμήθηκε και βυθίστηκε σε εφιαλτικά και μπερδεμένα όνειρα, που την έκαναν να αναπηδά στο κάθισμά της συχνά, θαρρείς και το αυτοκίνητο έπεφτε συνεχώς από τη μια λακκούβα στην άλλη.

Το αυτοκίνητο του Μάριο, που δεν είναι δα και τελευταίας τεχνολογίας, βρυχάται ανησυχητικά και παίρνει μπρος ύστερα από αρκετές προσπάθειες, όταν φτάνει η σειρά τους να επιβιβαστούν στο πλοίο για να περάσουν απέναντι στο μεγάλο νησί, τη Γηραιά Αλβιώνα, όπως το ονόμασε η γιαγιά της. Αναρωτιέται ανήσυχη αν το μικρό αυτοκινητάκι θα αντέξει το μακρινό ταξίδι που, σύμφωνα με το σχέδιο του συνταξιδιώτη της, έχει πολλά χιλιόμετρα ακόμα να διανύσουν.

Τον Μάριο δεν τον είδε πολύ μέσα στο πλοίο, γιατί εξαφανίστηκε αμέσως μόλις εκείνη βολεύτηκε σε μια πλαστική πολυθρόνα στο κεντρικό σαλόνι. Μουρμούρισε κάτι για συνάλλαγμα, για τουριστικούς και οδικούς χάρτες και απομακρύνθηκε βιαστικά.

Είναι μόνη, με συντροφιά τις επίμονες σκέψεις της, που εξακολουθούσαν να γυρίζουν γύρω από το θέμα του νέου της ειδώλου στον καθρέφτη, όπως οι πεταλούδες γύρω από το φως. Παρότι γνωρίζει ότι κινδυνεύει να τυλιχτεί μόνη της σε ένα δίχτυ, απ' όπου ίσως στο τέλος να μην μπορεί να βγει, εντούτοις είναι δύσκολο να τις διώξει μακριά. Αν και δεν είναι η κατάλληλη στιγμή να βρει την άκρη με τον δικό της καθρέφτη. Τώρα πρέπει να ασχοληθούν με τον καθρέφτη του οποίου το είδωλο όλοι θέλουν να αντικρίσουν, τον Μέγιστο.

Στη σκέψη ότι αυτή και ο Μάριο ελπίζουν να τον βρουν, όταν δεν τα έχουν καταφέρει τόσοι άλλοι πριν από αυτούς, χαμογελάει βεβιασμένα. Ίσως η μόνη πιθανότητα που έχουν να ανακαλύψουν κάτι θα είναι αν ο ίδιος ο χαμένος καθρέφτης θελήσει να τον βρουν.

Βλέπει πάλι τον Μάριο μπροστά της λίγο πριν φτάσουν στο Ντόβερ, μιάμιση ώρα αργότερα, όταν έρχεται να την παραλάβει, θαρρείς και είναι η ταξιδιωτική του βαλίτσα. Του ρίχνει μια θυμωμένη ματιά, αλλά, βλέποντας το κουρασμένο πρόσωπό του, αποφασίζει να μη σχολιάσει την εξαφάνισή του.

Τον ακολουθεί προς τη σκάλα που οδηγεί στο κατάστρωμα, όπου έχουν αφήσει το αυτοκίνητο, και παρατηρεί πόσο σκυφτός περπατάει. *Είναι κουρασμένος από το πολύωρο ταξίδι*, σκέφτεται και νιώθει ένα μικρό τσιμπηματάκι ενοχής. Κάνει μια γκριμάτσα που μοιάζει με χαμόγελο, αλλά ο Μάριο που προπορεύεται δεν το βλέπει.

Μερικά λεπτά αργότερα αφήνουν πίσω τους το πλοίο δεμένο στο λιμάνι να ετοιμάζεται πυρετωδώς για το επόμενο ταξίδι του και κατευθύνονται στον αυτοκινητόδρομο προς το Λονδίνο. Εκεί, σύμφωνα με το σχέδιο του Μάριο, θα κάνουν την πρώτη τους στάση.

Κεφάλαιο 12

Από διαφορετική αφετηρία

Το ίδιο βράδυ, η Λυδία απορεί με τον εαυτό της πώς, παρά την κούραση, που κάνει το κορμί της βαρύ σαν μολύβι, βρίσκει τη διάθεση να γράψει στο ημερολόγιό της.

Τετάρτη 18 Μαρτίου 2015. Ώρα 22.30

Ευτυχώς, από τη στιγμή που μπήκαμε στην εθνική οδό, ξεμπέρδεψα οριστικά με τα όνειρα. Είχα ξυπνήσει πια για τα καλά, και σε αυτό βοήθησε και η οδήγηση του Μάριο. Πήγαινε τόσο νευρικά και γρήγορα, σαν να ήθελε να απαλλάξει και τους δυο μας από τα μαρτύρια του μάταιου ετούτου κόσμου. Αν και στην αρχή τού έριξα μερικές ματιές γεμάτες δυσφορία, αυτός δεν φάνηκε να έπιασε το νόημά τους. Τελικά χαμήλωσε την ταχύτητα μόνο όταν άρχισε να μου μιλάει.

«Τώρα που ξύπνησες, νομίζω ότι πρέπει να πιάσουμε τα πράγματα από την αρχή. Έχουμε αρκετό χρόνο στη διάθεσή μας» είπε με δυνατή φωνή, για να υπερκεράσει τον θόρυβο της μηχανής του αυτοκινήτου.

Τον κοίταξα απορημένη, αλλά δεν πρόλαβα να βγάλω άχνα.

«Οφείλω να παραδεχτώ ότι η Μαρία Γκρόσμαν μου έχει μιλήσει για σένα και τα χρόνια που περάσατε μαζί, ενώ εσύ δεν γνωρίζεις τίποτα για μένα. Δεν είναι δίκαιο αυτό, ε;» με ρώτησε κοιτάζοντάς με με τα πράσινα μάτια του, που με εκνεύρισαν αφάνταστα, αφού έκαναν τα γόνατά μου να λυγίσουν.

Όταν έγνεψα καταφατικά, φάνηκε ικανοποιημένος και έστρεψε πάλι το βλέμμα του στον δρόμο.

«Γεννήθηκα στη Χαϊδελβέργη» ξεκίνησε μιλώντας αργά σαν να μονολογούσε. Πολύ γρήγορα χάθηκε στις αναμνήσεις του, που θα πρέπει να ήταν ευχάριστες, γιατί το πρόσωπό του είχε πάρει μια ήρεμη γλυκιά έκφραση. «Ήμουν το δεύτερο παιδί μιας αρκετά εύπορης οικογένειας και θεωρούσα ότι ήμουν τυχερό άτομο, αφού υπήρχαν τρία άτομα στη ζωή μου που με αγαπούσαν πάρα πολύ, οι γονείς μου και η αδελφή μου».

Αναστέναξε βαθιά και, πριν συνεχίσει, τον άκουσα να μουρμουρίζει «Θεέ μου, πόσο γρήγορα ξέχασα την παιδική μου ηλικία» σαν να συνειδητοποίησε τη σημασία της φράσης τη στιγμή ακριβώς που την είπε.

Τίναξε το κεφάλι του, θαρρείς και ήθελε να διώξει μακριά κάποια ενοχλητική σκέψη, και συνέχισε με πιο δυνατή φωνή:

«Τα πρώτα χρόνια της ζωής μου, θυμάμαι, κύλησαν ήρεμα και ευτυχισμένα, χωρίς άσχημες αναμνήσεις. Ζούσαμε σε μια εξοχική περιοχή έξω από την πόλη. Το σπίτι μας, απομακρυσμένο από τα υπόλοιπα, είχε δέκα στρέμματα δάσους γεμάτο σκίουρους, λαγούς και ελάφια γύρω του, που συχνά έβρισκαν το θάρρος να φτάνουν μέχρι τα λαχανικά που καλλιεργούσε τους καλοκαιρινούς μήνες η μητέρα μου. Παρά τις φωνές της όταν τα ζώα κατέστρεφαν τον λαχανόκηπό της, απολαμβάναμε ως οικογένεια μια αρκετά ήρεμη ζωή. Εγώ και η αδελφή μου περνούσαμε περισσότερο χρόνο έξω παρά μέσα στο σπίτι. Ειδικά όταν μαζευόμαστε για παιχνίδι όλα τα παιδιά της περιοχής, ξεχνούσαμε να μπούμε μέσα. Αν και είχα προσέξει ότι η μητέρα μου δεν έδειχνε πολύ ευχαριστημένη όταν μέναμε μέχρι αργά έξω, η δυσαρέσκειά της αυτή δεν ήταν ικανή να κρατήσει ούτε εμένα αλλά ούτε την αδελφή μου στο σπίτι. Μέχρι που ένα απόγευμα...»

Σταμάτησε να μιλάει. Γύρισα απορημένη προς το μέρος του. Το ήρεμο πρόσωπό του είχε γεμίσει γκρίζες σκιές, σαν τον ουρανό πριν από την καταιγίδα. Είχε στυλώσει το βλέμμα του στο βάθος του ορίζοντα, σαν την αλεπού που στέκεται μπροστά από ένα λοφάκι από πούπουλα.

Άρχισα να ανησυχώ σοβαρά για το αν θα καταφέρναμε να φτάσουμε μέχρι το Λονδίνο, αφού, αντί να κοιτάζει τον δρόμο, εξακολουθούσε, για πολλή ώρα ακόμη, να ατενίζει στο πουθενά.

«Ένα απόγευμα, οι δυνατές φωνές της αδελφής μου, που βρισκόταν ήδη έξω από το σπίτι, έφτασαν από το ανοιχτό παράθυρο μέχρι το δωμάτιό μου. Δεν ήταν βέβαια ασυνήθιστο φαινόμενο οι φωνές και τα στριγκλίσματα των κοριτσιών, ειδικά όταν μιλούσαν για αγόρια, αλλά εκείνο το απόγευμα οι στριγκλιές της αδελφής μου μύριζαν ένταση και φασαρία. Με κάποιον τσακωνόταν και, όπως πάντα όταν τα έβρισκε σκούρα, με καλούσε για βοήθεια. Καλά να πάθει, σκέφτηκα τότε, αφού βιάστηκε να κατέβει μόνη της και δεν με περίμενε. Προσπάθησα να συγκεντρωθώ για να τελειώσω επιτέλους την εργασία μου για την επομένη στο σχολείο, αλλά οι φωνές και η φασαρία δεν έλεγαν να σταματήσουν. Αποφάσισα να κλείσω το παράθυρο, αν και έκανε ζέστη.

»Όταν όμως πλησίασα στο παράθυρο, η περιέργεια με έκανε να ρίξω μια ματιά προς το σημείο απ' όπου ερχόταν η φασαρία. Διαπίστωσα ότι αυτή τη φορά η αδελφή μου τα είχε πράγματι βρει σκούρα. Ένα αρκετά μεγαλύτερο κορίτσι την είχε στριμώξει στην άκρη του τοίχου, ενώ αυτή προσπαθούσε με υπερένταση να κρατήσει κάτι σφιχτά στην αγκαλιά της.

»"Τι συμβαίνει;" της φώναξα εκνευρισμένος. Η ικετευτική ματιά που μου έστειλε με ανησύχησε. Πολύ φοβόμουν ότι τα πράγματα ήταν πιο σοβαρά απ' όσο είχα υποθέσει. Το απεγνωσμένο βλέμμα της με τάραξε και με φόβισε λίγο. Φαινόταν να υποφέρει πραγματικά. Δεν μπορούσα να κάνω διαφορετικά από το να πάω να τη βοηθήσω.

»"Δώσε μου πίσω τον καθρέφτη μου" φώναζε τη στιγμή που πλησίασα κοντά της το εξαγριωμένο κορίτσι που την είχε ακινητοποιήσει πιέζοντας το αριστερό της γόνατο χαμηλά στην κοιλιά της αδελφής μου.

»"Όχι" απάντησε η αδελφή μου αγκομαχώντας, αλλά πεισμωμένη έσφιγγε με όλη της τη δύναμη έναν μικρό καθρέφτη με ξύλινη λαβή στο στήθος της. "Όχι αν δεν μου πεις τι ήταν αυτό που άκουσα".

»Κοιτούσα την αδελφή μου εκνευρισμένος. Με είχε καλέσει να αναμειχθώ σε κοριτσίστικες φασαρίες για έναν καθρέφτη; Παρ' όλα αυτά προσπάθησα να τις χωρίσω πριν πιαστούν μαλλί με μαλλί.

»Στην προσπάθειά μου αυτή, η άγνωστη κοπέλα εξαγριώθηκε περισσότερο και οι κινήσεις της έγιναν βιαιότερες. Επιχειρώντας να αποσπάσει τον καθρέφτη από την αδελφή μου, τα νύχια της χώθηκαν με μανία στις παλάμες της αδελφής μου και έσκισαν το δέρμα της σε αρκετά σημεία. Είδα ξαφνικά στα μάτια της αδελφής μου τον πόνο και μετάνιωσα αμέσως που βιάστηκα να μπω ανάμεσά τους. Ο πόνος την ανάγκασε να χαλαρώσει τη λαβή, και έτσι έχασε μεμιάς το λάφυρό της. Σαν αστραπή το κορίτσι άρπαξε τον καθρέφτη και γρήγορα η σιλουέτα της εξαφανίστηκε ανάμεσα στα δέντρα, όπως χάνεται η πρωινή ομίχλη σαν φανεί ο ήλιος.

»Όσο για την αδελφή μου, αυτή απόμεινε με ματωμένα άδεια χέρια.

»"Τι χαζός που είσαι!" μου είπε με μανία. "Γιατί ανακατεύτηκες;"

»Ε, λοιπόν, φαίνεται πως το αποτέλεσμα της κίνησής μου να μπω ανάμεσά τους δεν εκτιμήθηκε εκ των υστέρων, ιδιαίτερα από την αδελφή μου, γιατί έγινε αφορμή να χάσει το πολύτιμο λάφυρό της. Έτσι είχε μια καλή δικαιολογία να γκρινιάζει μαζί μου όλο το υπόλοιπο απόγευμα, μέχρι που γύρισαν οι δικοί μας στο σπίτι.

»Πολύ αργότερα κατάλαβα ότι ο απογευματινός καβγάς των δύο κοριτσιών δεν έγινε για κάποια κοριτσίστικα τερτίπια, όπως είχα υποθέσει στην αρχή. Άλλο ήταν αυτό που ήθελε να μάθει η αδελφή μου από τη μεγαλύτερη κοπέλα όταν της άρπαξε τον καθρέφτη. Και το ωραιότερο στην ιστορία ήταν ότι την απάντηση στην ερώτηση της αδελφής μου την έδωσαν οι ίδιοι οι γονείς μου, όταν αργά το βράδυ πληροφορήθηκαν το συμβάν.

»Στην αρχή, ακούγοντας την αδελφή μου να αραδιάζει ένα σωρό ανοησίες, πίστεψα ότι, φοβούμενη μήπως τη μαλώσουν οι γονείς μας, έφτιαξε μια παιδιάστικη ιστορία, προκειμένου να γλιτώσει την τιμωρία για την απογευματινή συμπεριφορά της.

»"Της απάντησε μια φωνή που βγήκε μέσα από τον καθρέφτη. Την άκουσα πολύ καθαρά. Δεν είμαι τρελή. Είτε το πιστεύετε είτε όχι, εγώ άκουσα κάποιον να της απαντάει" ξεφούρνισε χωρίς ντροπή. "Είμαι σίγουρη ότι η αντρική φωνή που της μίλησε ήρθε από τον καθρέφτη της. Ρωτήστε και τον Μάριο. Δεν υπήρχε κάποιος άντρας δίπλα μας που θα μπορούσε να είχε μιλήσει για να με μπερδέψει".

»Την κοίταξα απορημένος. Η αδελφή μου τα είχε χαμένα. Φυσικά, εγώ δεν είχα ακούσει τίποτα. "Σου 'στριψε;" την αποπήρα. "Τι είναι αυτά που λες;"

»Τότε όμως διαπίστωσα ότι ο μόνος που κοιτούσε απορημένος ήμουν εγώ. Οι γονείς μου, αντίθετα, έμειναν απρόσμενα αμίλητοι και ανήσυχοι. Μου φάνηκε, μάλιστα, πως αντάλλαξαν και κάποιες ένοχες ματιές μεταξύ τους.

»"Λογαριάζαμε να μη σας πούμε ποτέ τίποτα. Θέλαμε να μείνετε μακριά από την παράνοια και τον πόλεμο του καθρέφτη" μουρμούρισε τότε με σκυμμένο κεφάλι η μητέρα μου. Ξαφνικά, σαν να θυμήθηκε κάτι, πήγε μέχρι το μπαούλο στην αντικρινή πλευρά του δωματίου και έβγαλε από μέσα δύο όμοιους καθρέφτες.

»"Ορίστε" είπε κοιτάζοντας κατάματα μια εμένα και μια την αδελφή μου με τα μαύρα μάτια της που έλαμπαν φλογισμένα. "Εδώ είναι οι δικοί σας καθρέφτες. Μακάρι να μη μαθαίνατε ποτέ την ύπαρξή τους. Μακάρι να μην είχες δει ποτέ τον αναθεματισμένο καθρέφτη του κοριτσιού" είπε κοιτάζοντας την αδελφή μου. "Πάρτε τους, λοιπόν, αν και είμαι σίγουρη πως μόνο προβλήματα θα σας φέρουν" κατέληξε απλώνοντας τα χέρια της προς το μέρος μας.

»Ένιωσα μια αβάσταχτη ανατριχίλα να διατρέχει το κορμί μου τη στιγμή που κράτησα για πρώτη φορά στα χέρια μου το κρύο ξύλινο χερούλι του καθρέφτη που μου είχε δώσει η μητέρα μου, σαν να κουβαλούσε πάνω του όλα τα αρνητικά συναισθήματα που ξεπήδησαν αυθόρμητα από τα λόγια της.

»Κάθισε εξαντλημένη στον καναπέ που βρισκόταν μπροστά στο τζάκι, και έτσι δεν μας κοιτούσε πια, αφήνοντας τον πατέρα να συνεχίσει.

»Είχα μείνει άφωνος, αν και ένιωθα ένα κάψιμο στον λαιμό. Οι ερωτήσεις που είχα να τους κάνω πάλευαν απεγνωσμένα να ξεπεταχτούν, αλλά δεν τολμούσα να τις ξεστομίσω. Ήθελα να ρωτήσω τόσο πολλά, αλλά το επίμονο βλέμμα του πατέρα μου με σταμάτησε.

»"Είχαμε αποφασίσει με τη μητέρα σας να μη σας δώσουμε τους καθρέφτες σας μέχρι να περάσει ο κίνδυνος, θέλοντας να σας προστατεύσουμε, όσο μπορούμε, από τα δεινά που κουβαλούν στις μέρες μας. Πιστεύαμε ότι, αν σας κρύψουμε από τον ίδιο σας τον εαυτό, οι διαχειριστές δεν θα μπορούσαν να σας εντοπίσουν, και έτσι θα σας άφηναν στην ησυχία σας. Όμως τώρα δεν μπορούμε να σας κρύψουμε άλλο την ύπαρξή τους. Έστω και έτσι, αναπάντεχα, πρέπει να μάθετε" είπε με φωνή μακρόσυρτη και ύφος περίλυπο, σαν να μοιρολογούσε κάποιο χαμό.

»Φυσικά, δεν ήξερα, εκείνο το απόγευμα, πόσο γρήγορα τα λόγια του πατέρα μου θα επαληθεύονταν μέχρι το τελευταίο τους γράμμα, λες και η μοίρα βάλθηκε να πραγματοποιήσει πολύ σύντομα τους φόβους των γονιών μου.

»Την ίδια εκείνη χρονιά, ένα βράδυ λίγο πριν από τις γιορτές των Χριστουγέννων, δεχτήκαμε μια αλλόκοτη επίσκεψη και από τότε οι ζωές όλων μας άλλαξαν.

»Ήταν ένα ήσυχο βράδυ, όπως όλα όσα ακολούθησαν από τότε που πήραμε τους καθρέφτες. Θα πρέπει να σου πω, Λυδία, ότι δεν χρειαστήκαμε πολύ χρόνο, ούτε εγώ ούτε η αδελφή μου, για να επικοινωνήσουμε με το είδωλό μας και να γνωριστούμε αρκετά καλά μαζί του. Εκείνο το βράδυ, λοιπόν, η μητέρα με την αδελφή μου έμοιαζαν απορροφημένες στη συζήτησή τους, καθισμένες στο τραπέζι, κι εγώ με τον πατέρα, απέναντι στον καναπέ, παρακολουθούσαμε μια ταινία στην τηλεόραση.

»Λίγες στιγμές, όμως, πριν ακουστεί το χτύπημα στην πόρτα, σηκώθηκε δυνατός αέρας, που χτυπούσε με δύναμη το σπίτι απ' όλες τις πλευρές, σαν να ήθελε να το ξεριζώσει συθέμελα. Ο πατέρας φαινόταν ανήσυχος και είχε αρχίσει να κοιτάζει αναστατωμένος ολόγυρα, θαρρείς και ξαφνικά αισθανόταν αιχμάλωτος στον χώρο.

»Άκουσα πρώτος το χτύπημα και έτρεξα να ανοίξω. Τράβηξα την ξύλινη πόρτα προς τα μέσα, αλλά ο δυνατός αέρα την άρπαξε από το χέρι μου και άρχισε να τη βροντά μπρος πίσω με δύναμη πάνω στο κάσωμά της. Δεν έκανα καμία προσπάθεια να τη σταματήσω, γιατί είχα απομείνει κατάπληκτος, με τα μάτια κολλημένα πάνω στον άγνωστο άντρα, που έστεκε απέναντί μου, ακίνητος, ατάραχος και σε απόσταση ασφαλείας από την πόρτα, που συνέχιζε τον τρελό της χορό.

»Ήταν ο πιο άσχημος και αποκρουστικός άνθρωπος που είχα δει ποτέ μου».

Τα λόγια του Μάριο με χτύπησαν σαν κεραυνός. *Θεέ μου*, σκέφτηκα ταραγμένη. *Ήξερα για ποιον μιλούσε. Είμαι σίγουρη ότι είχα χρησιμοποιήσει τις ίδιες ακριβώς λέξεις για να τον περιγράψω όταν μίλησα γι' αυτόν στην Καλυψώ.*

«Όταν κατάλαβε ότι δεν είχα σκοπό να τον προσκαλέσω να περάσει» συνέχισε ο Μάριο «μπήκε μόνος του στο δωμάτιο, σπρώχνοντάς με με το βρόμικο χέρι του, που ήταν άσχημα γρατσουνισμένο και το αίμα είχε ξεραθεί πάνω του σε λεπτές κόκκινες γραμμές.

»"Φέρνω τους καθρέφτες των παιδιών και ένα μήνυμα για τους γονείς" είπε και στα χείλη του φάνηκε ένα βεβιασμένο χαμόγελο, που άφησε να φανούν δύο μισοσπασμένα δόντια. Το ύφος του όμως, παρά το χαμόγελο, ήταν πολύ ψυχρό.

»Με την άκρη του ματιού μου είδα ότι το πρόσωπο της μητέρας μου είχε ασπρίσει, ενώ, με χέρια που έτρεμαν, καμωνόταν ότι έριχνε ξύλα στο τζάκι.

»Ο μυστηριώδης αποκρουστικός άγνωστος άφησε τους καθρέφτες επάνω στο τραπεζάκι δίπλα στον καναπέ, αφού κανείς μας δεν άπλωσε το χέρι του για να τους πάρει.

»"Δώσε μου τους παλιούς. Έχω εντολή να τους επιστρέψω" είπε στον πατέρα μου απότομα.

»Έκπληκτος είδα τον πατέρα μου να πλησιάζει πολύ κοντά του με μεγάλες δρασκελιές. Αν μάλιστα έσκυβε λίγο, θα μπορούσε να ακουμπήσει το μάγουλο του άντρα.

»"Δεν τους έχουμε" του είπε με ύφος συνωμοτικό, σαν να του αποκάλυπτε ένα ανείπωτο μυστικό. "Τους κατέστρεψα πριν από μερικές ημέρες, όταν κατάλαβα ότι τα παιδιά τούς ανακάλυψαν και τους χρησιμοποιούσαν. Φοβήθηκα. Δεν θέλουμε μπελάδες μαζί σας" είπε δείχνοντας με το κεφάλι τη μητέρα μου. "Δεν ξέχασα ποτέ τι τραβήξαμε εμείς. Δεν θα επέτρεπα στα παιδιά μου να σας εναντιωθούν. Το τι κάναμε εγώ και η γυναίκα μου άλλοτε είναι πια παλιά ιστορία".

»Ο απαίσιος ξένος τον παρατηρούσε προσεκτικά, θαρρείς και προσπαθούσε να διαβάσει πίσω από τις λέξεις του πατέρα μου.

»"Και θα περάσετε όλοι μαζί πολύ χειρότερα αν μου λες ψέματα" του σφύριξε σαν έχιδνα κοντά στο αυτί του.

»Για αρκετή ώρα ο απαίσιος άγνωστος συνέχισε να κοιτάζει τον πατέρα μου δύσπιστα, αλλά δεν έκανε καμία κίνηση. Και τότε, σαν να θυμήθηκε κάτι, του είπε:

»"Σου έχω ένα μήνυμα. Αν συμμορφώθηκες επιτέλους, όπως λες, και δεν προσπαθείς να μας ξεγελάσεις, από την αρχή του νέου χρόνου τα παιδιά σου πρέπει να πάνε στο πιο κοντινό σχολείο με τους ολοκαίνουργιους καθρέφτες τους".

»"Μα δεν έχει κανένα εδώ κοντά" διαμαρτυρήθηκε χλιαρά ο πατέρας.

»"Τότε, να μετακομίσεις σε σπίτι κοντά σε κάποιο από τα σχολεία μας. Το σχολείο όπου πηγαίνουν τώρα είναι μόνο για παιδιά χωρίς καθρέφτες".

»Εκείνο το βράδυ, αν και δεν σε γνώριζα βέβαια, άκουσα πρώτη φορά για σένα» γύρισε και μου είπε ξαφνικά ο Μάριο. «Ο ξένος κοίταξε τον πατέρα μου με ένα υπεροπτικό χαμόγελο, που μας έκανε όλους να αλλάξουμε χρώμα. "Όλα τα παιδιά, αργά ή γρήγορα, θα πάνε στα σχολεία μας. Να είσαι σίγουρος ότι ακόμη και η εγγονή της Μαρίας Γκρόσμαν στο τέλος θα πάει σε ένα από τα σχολεία μας".

»Όταν έφυγε από το σπίτι, δεν καταδέχτηκε να μας πει ούτε "καληνύχτα". Σαν απομακρύνθηκε όμως αρκετά, ακόμη και ο άνεμος ησύχασε τόσο ξαφνικά, όσο ξαφνικά είχε αρχίσει να λυσσομανάει» είπε ο Μάριο αδύναμα και συνέχισε: «Πραγματικά, από την επόμενη ημέρα, οι γονείς μου έψαξαν νέο σπίτι για να μετακομίσουμε, όχι για να μείνουμε κοντά σε κάποιο σχολείο, αλλά για να χάσουν τα ίχνη μας. Δυστυχώς, δεν τα καταφέραμε. Ο πατέρας μου δεν ζει πια. Δεν νομίζω ότι χρειάζεται να σου πω τι συνέβη. Ξέρω ότι ήσουν κοντά εκείνη την ημέρα.

»Όταν σκότωσαν τον πατέρα μου, φοβούμενος για τη ζωή της μητέρας και της αδελφής μου, μου καρφώθηκε στο κεφάλι η ιδέα πως θα ήταν καλύτερα να καταστρέψω τον δικό μου καθρέφτη και εκείνον της αδελφής μου. Είχαν δίκιο οι γονείς μου που δεν ήθελαν να μας τους δώσουν από την αρχή. Τι μας είχαν προσφέρει όσο καιρό τούς είχαμε στην κατοχή μας, πέρα από έναν καλό φίλο; Άξιζε άραγε αυτή η σχέση περισσότερο από τη ζωή του πατέρα μου και των δικών μου ανθρώπων; Τι έχαναν άραγε όσοι δεν είχαν το δικό μας προνόμιο; Δεν έβρισκα καμία ικανοποιητική απάντηση που να μπορούσε να με πείσει ότι η ιδέα μου να καταστρέψω τους καθρέφτες δεν ήταν καλή. Ούτε και οι ικεσίες του ειδώλου μου ήταν ικανές να μου αλλάξουν γνώμη».

Σταμάτησε να μιλάει για λίγο και κατάπιε μερικές φορές, θαρρείς να μάζευε δυνάμεις για τη συνέχεια. Μου έριξε ένα κλεφτό βλέμμα, περιμένοντας ίσως να πω κάτι, αλλά δεν βρήκα κάτι, και έτσι κράτησα το στόμα μου κλειστό.

«Δεν κατάφερα να τους εξολοθρεύσω» συνέχισε, όταν κατάλαβε όταν δεν είχα σκοπό να μιλήσω. «Παιδεύτηκα αρκετές ημέρες, άλλοτε πηγαίνοντας μέχρι τη χωματερή των σκουπιδιών έξω από την πόλη, άλλοτε φτάνοντας μέχρι τη γέφυρα πάνω από το ποτάμι που διασχίζει την πόλη και άλλοτε σκάβοντας αρκετές ώρες με τα χέρια μου στη ρίζα ενός γέρικου δέντρου. Όλο αυτό το διάστημα υπήρχαν στιγμές που έβρισκα την ιδέα θαυμάσια και άλλες που ένιωθα ένα δυνατό σιδερένιο χέρι να μου σφίγγει το στομάχι, στη σκέψη ότι ετοιμαζόμουν να προδώσω τον πατέρα μου.

»Και ένα βράδυ που είχα σκύψει, αποφασισμένος να δώσω το οριστικό τέλος, πάνω από τη γέφυρα του ποταμού, απόρησα για το χαζό σχέδιό μου. Μα ήταν δυνατόν η θλίψη μου για τον χαμό του πατέρα μου να με τυφλώσει τόσο πολύ, ώστε να μη βλέπω ότι ετοιμαζόμουν να κάνω αυτό που ήθελαν εκείνοι; Είναι δυνατόν να μην είχε περάσει ούτε σαν ιδέα από το μυαλό μου; Τι στην ευχή ετοιμαζόμουν να κάνω;

»Γύρισα και έφυγα από το σημείο εκείνο τρέχοντας, αν και τα δάκρυα που έτρεχαν ανεξέλεγκτα και καυτά πάνω στα μάγουλά μου με είχαν τυφλώσει και δεν έβλεπα πού πήγαινα. Εκείνη τη νύχτα ορκίστηκα να εκδικηθώ τον θάνατο του πατέρα μου. Και θα το έκανα ακόμη και αν ο κόσμος γυρνούσε ανάποδα από τις ενέργειές μου».

Δεν ήταν εύκολο να το παραδεχτώ, αλλά, παρότι μέχρι χτες δεν γνωριζόμαστε με τον Μάριο, κατάλαβα αμέσως ότι και οι δύο συμμετέχουμε στον ίδιο αγώνα, τρέχοντας στον ίδιο διάδρομο, έχοντας ο καθένας αφετηρία τον θάνατο ενός αγαπημένου προσώπου, εκείνος του πατέρα του κι εγώ της μητέρας μου. Ελπίζω να καταφέρουμε να φτάσουμε μέχρι τον τερματισμό.

Αυτά έγραψε η Λυδία εκείνο το βράδυ στο ημερολόγιό της και αποκοιμήθηκε σχεδόν αμέσως, με το στυλό ακόμα ανάμεσα στα δάχτυλά της.

Κεφάλαιο 13

Το τρίτο σύμβολο της εξουσίας του Μοκτεζούμα

Ανοίγει τα μάτια της και το πρώτο πράγμα που κάνει είναι να αφήσει να της φύγει ένα χασμουρητό, που κόντεψε να την ξεμασαλιάσει και που τελειωμό δεν έχει. Χρειάστηκε μερικά λεπτά για να συνειδητοποιήσει ότι είναι ξαπλωμένη στο κρεβάτι ενός μικρού δωματίου σε ένα ξενοδοχείο στο παλιό λιμάνι του Λονδίνου.

«Χμ, μικρό, αλλά χαρούμενο» μουρμουρίζει, ενώ το βλέμμα της ερευνά αχόρταγα τον χώρο, σαν να τον βλέπει πρώτη φορά. Το μέτωπό της ζαρώνει, κάνοντας μια παράξενη γκριμάτσα, όταν καταλαβαίνει ότι η απάντηση που ενδόμυχα περιμένει από τον Φοίβο δεν θα έρθει.

Η συνήθεια των τελευταίων χρόνων να απευθύνεται στον καθρέφτη της, σχεδόν όλες τις ώρες που ήταν ξύπνια, δεν είναι εύκολο να αλλάξει. Καταλαβαίνει βέβαια ότι όσο πιο γρήγορα αποδεχτεί την απομάκρυνσή του, τόσο πιο σύντομα θα λύσει το νέο της πρόβλημα: να αποδεχτεί το νέο είδωλο που θα εμφανίζεται πλέον στη λεία επιφάνειά του.

Καθώς ανασηκώνεται στο κρεβάτι, βιάζεται να διώξει μακριά αυτή τη σκέψη. Δεν είναι η κατάλληλη στιγμή για τέτοιους γρίφους. «Δεν είναι σοφό να κουνάς τη σφηκοφωλιά» μονολογεί «για να δεις τι είναι αυτό που βουίζει όταν τα έντομα είναι ακόμα μέσα».

Είχαν φτάσει στο ξενοδοχείο αργά το χτεσινό βράδυ, αλλά, πέρα από το να γεμίσει μερικές σελίδες στο ημερολόγιό της, δεν είχε τη δύναμη να κάνει τίποτε άλλο. Είχε αποκοιμηθεί πριν προλάβει καλά καλά να ρίξει μια ματιά στο δωμάτιο.

Το κάνει όμως τώρα. Κοιτάζει γύρω της. Το δωμάτιο είναι σχεδόν άδειο. Ένα γραφείο στην απέναντι πλευρά του τοίχου, πάνω από το οποίο κρέμεται ένας καθρέφτης με περίτεχνη κορνίζα, ένα μικρό μαύρο τραπεζάκι που πάνω του είναι στριμωγμένη μια μικρή οθόνη τηλεόρασης ανάμεσα σε ένα βάζο με ψεύτικα λουλούδια και ένα μικρό βουναλάκι από διαφημιστικά και τουριστικά φυλλάδια, μια ξύλινη καρέκλα και το μονό κρεβάτι όπου είχε κοιμηθεί. Τα πολύχρωμα διάσπαρτα ανθάκια της ταπετσαρίας, που καλύπτει τους τοίχους του δωματίου, της δίνουν την εντύπωση ότι το δωμάτιο αυτό, ανέγγιχτο και λησμονημένο από τον χρόνο, ζει μόνιμα μέσα στην άνοιξη, ενώ το φθινόπωρο, που έξω έχει ξεπουπουλιάσει τα δέντρα, δεν έχει καταφέρει να το αγγίξει.

Ξαφνικά πετάγεται από το κρεβάτι αλαφιασμένη, σαν να έπεσε δίπλα της κεραυνός. Θυμήθηκε τα τελευταία χτεσινά λόγια του Μάριο λίγο πριν την καληνυχτίσει:

«Αν δεν είσαι έτοιμη στις εννέα το πρωί, θα φύγω μόνος μου» την είχε προειδοποιήσει. Φυσικά δεν τον πίστεψε. Ήξερε ότι δεν θα πραγματοποιούσε την απειλή του, αφού τη χρειαζόταν. Θέλει όμως κι αυτή από την πλευρά της να είναι συνεπής με τις υποχρεώσεις που ανέλαβε ξεκινώντας μαζί του αυτό το ταξίδι. Πρέπει να βιαστεί να κατέβει για πρωινό πριν συναντηθεί με τον Μάριο, γιατί δεν ξέρει αν θα βρει χρόνο να φάει κατά τη διάρκεια της υπόλοιπης ημέρας. Κοιτάζει το ρολόι της γιατί θυμήθηκε πως πρέπει να αλλάξει την ώρα. Στην Αγγλία όλα συμβαίνουν με μία ώρα καθυστέρηση.

Όταν όμως φτάνει στην τραπεζαρία, ο Μάριο είναι ήδη εκεί. Της κάνει νόημα να καθίσει δίπλα του. Το κάνει, αφού περνάει πρώτα από τον μπουφέ για να πάρει ένα φρεσκοψημένο τοστ και ένα μεγάλο φλιτζάνι καφέ.

Μέχρι να τελειώσει με το πρωινό της, δεν μιλάει κανείς και, όταν καταπίνει την τελευταία μπουκιά της, ο Μάριο σπάει πρώτος τη σιωπή:

«Μέχρι το βράδυ πρέπει να φτάσουμε στο Εδιμβούργο» λέει χωρίς να την κοιτάξει. Το ανήσυχο βλέμμα του, που έχει στραφεί έξω από το παράθυρο, μοιάζει αιχμάλωτο από τις χοντρές διάφανες σταγόνες της δυνατής βροχής που πέφτουν με δύναμη και ορμή και ζωγραφίζουν υδάτινα ρυάκια πάνω στα χοντρά τζάμια.

«Πριν φύγουμε όμως από το Λονδίνο, πρέπει να συναντήσουμε τον κύριο Μπράουν από τη λίστα της γιαγιάς σου» προσθέτει ρίχνοντάς της μια κλεφτή ματιά.

«Ποια λίστα;» μουρμουρίζει απορημένη.

«Την ετοιμάσαμε πριν εμφανιστείς στη ζωή μας» απαντάει χαμογελαστός.

Βιάζεται να ρωτήσει, για να μη χάσει την ευκαιρία που της παρουσιάστηκε αναπάντεχα, ώστε να μάθει κάτι περισσότερο, από το ότι έψαχναν τον Μέγιστο:

«Ξέρουμε πού μένει; Έχουμε τη διεύθυνσή του;»

Αλλά τότε συλλογίζεται ότι μάλλον η ερώτησή της είναι αφελής. Γιατί, όσον αφορά τα μέλη του παλιού κύκλου που είχαν φτιάξει οι φίλοι της γιαγιάς της, μία θα μπορούσε να είναι η απάντηση.

Αυτή ακριβώς που βγαίνει αβίαστα από το στόμα του Μάριο:

«Αν εξακολουθεί να μένει στην τελευταία διεύθυνση που έχει δώσει στους υπόλοιπους, ναι. Αν έχει αλλάξει πάλι τόπο διαμονής, δεν νομίζω ότι έχουμε χρόνο να τον αναζητήσουμε».

Μια φριχτή υποψία περνάει ξαφνικά από τον νου της.

«Μάριο, αν δεν ζει πια; Ή, ακόμη χειρότερα, αν τον βρήκαν πριν από εμάς;»

«Θα συνεχίσουμε» απαντά απλώς εκείνος.

Τα λόγια του την ηρεμούν. Είναι ακριβέστατα, ξεκάθαρα και δείχνουν αποφασιστικότητα και δραστηριότητα.

Φεύγουν από το ξενοδοχείο περπατώντας μέχρι τον πιο κοντινό σταθμό του υπόγειου σιδηρόδρομου. Το αυτοκινητάκι του Μάριο, που δεν διαθέτει την κατάλληλη άδεια να κυκλοφορήσει στο κέντρο του Λονδίνου, μένει στο γκαράζ του ξενοδοχείου. Φτάνουν στον σταθμό Γουίλσντεν Γκριν, κοντά στο στάδιο του Γουέμπλεϊ, όπως της εξηγεί ο Μάριο, παρότι δεν την ενδιαφέρει.

Χρειάστηκε να ρωτήσουν δυο τρεις περαστικούς ακόμη μέχρι να φτάσουν στην ακριβή διεύθυνση που ψάχνουν. Καθ' οδόν αγοράζουν εφημερίδες και περιοδικά.

Δεν θα τις διαβάσει κανένας τους, αλλά είναι ένας τρόπος να κοιτάζουν γύρω τους ώστε να εξακριβώσουν αν τους ακολουθεί κάποιος.

Κάποια στιγμή συνειδητοποιεί ότι για αρκετή ώρα περπατούν γύρω από τα ίδια τετράγωνα. Πιο κάτω κάνουν δύο ακόμη κύκλους στον ίδιο δρόμο, μπαίνουν σε ένα στενό δρομάκι και τελικά βγαίνουν πάλι στον μεγάλο δρόμο. Περπατούν θαρρείς και δεν έχουν συγκεκριμένο σκοπό. Η Λυδία προχωράει με το κεφάλι σκυφτό, σαν να προσπαθεί να κρυφτεί από κάποιον. Ο Μάριο προπορεύεται και μοιάζει να έχει ξεχάσει την παρουσία της.

Κάποια στιγμή τον βλέπει να κοντοστέκεται. Τον φτάνει και στέκεται πλάι του. Ξαφνικά νιώθει το χέρι του να πιάνει απαλά το μπράτσο της. Είναι σινιάλο πως έφτασαν στον προορισμό τους.

Μερικές στιγμές αργότερα χτυπούν την πόρτα του κυρίου Μπράουν.

Ο άντρας πίσω από τη μισάνοιχτη πόρτα τούς καθηλώνει για αρκετή ώρα, βομβαρδίζοντάς τους με το καχύποπτο βλέμμα του, πριν αποφασίσει να τους αφήσει να περάσουν.

Είναι μεγαλόσωμος και δυνατός σαν δέντρο, με μαλλιά και γένια χρυσόγκριζα. Τα μάτια του έχουν το χρώμα του πεύκου.

Τον ακολουθούν στο βάθος του σπιτιού, μέσα από έναν σκοτεινό διάδρομο. Η Λυδία περπατάει πίσω του με τα μάτια της καρφωμένα στην πλάτη του.

«Ώστε εσύ είσαι η εγγονή της Μαρίας» μουρμουρίζει ο κύριος Μπράουν, σμίγοντας τα γκρίζα φρύδια του πάνω στο ζαρωμένο μέτωπό του τη στιγμή που σταματά μπροστά σε μια πόρτα. «Καιρός ήταν να εμφανιστείς, όσο ακόμα κρατάμε κάποιοι από εμάς» προσθέτει, ενώ οπισθοχωρεί ελαφρά για να μπουν οι δύο νέοι στο δωμάτιο. Ο ίδιος τους ακολουθεί χωρίς καθυστέρηση.

Το δωμάτιο, παρότι λιτά επιπλωμένο, είναι ζεστό. Τρίβει με δύναμη τις παλάμες της για να διώξει τη χαύνωση που, μπαίνοντας από το κρύο στη ζέστη, απειλεί να τη σφιχταγκαλιάσει. Το πολύωρο πρωινό περπάτημα την έχει κουράσει, αλλά δεν είναι τώρα η κατάλληλη στιγμή για να ξεκουραστεί. Ακούγοντας τον κύριο Μπράουν, αναρωτιέται έκπληκτη αν τα λόγια του είναι καλωσόρισμα ή αν την κατηγορεί για κάτι. Όταν ακούει, δε, το θερμό καλωσόρισμα που επιφυλάσσει για τον Μάριο, σιγουρεύεται ότι ο οικοδεσπότης του σπιτιού, για κάποιον άγνωστο λόγο, προσπαθεί να την κάνει να νιώσει υπόλογη απέναντί του.

«Μάριο παιδί μου, πόσο μεγάλωσες. Είσαι άντρας πια. Πέρασε καιρός από την τελευταία φορά που σε είδα». Κάνει μια μικρή παύση, σαν να αμφιταλαντεύεται για λίγο, αλλά τελικά λέει με βραχνή φωνή: «Ζούσε ακόμα ο πατέρας σου».

Προσπερνούν πολύ σύντομα τις τυπικότητες, που λέγονται σε τέτοιες περιπτώσεις, και ο Μάριο σπεύδει να του εξηγήσει ότι δεν έχουν πολύ χρόνο στη διάθεσή τους:

«Έχουμε δρόμο μπροστά μας. Και έχω ακούσει ότι οι αυτοκινητόδρομοι της Αγγλίας έχουν πάντα τρομερή κίνηση».

Ο κύριος Μπράουν δεν φαίνεται να ασπάζεται τα λεγόμενα του Μάριο, αλλά, παραδόξως, δεν φέρνει καμία αντίρρηση, περιοριζόμενος σε ένα απλό ανασήκωμα των ώμων του και ένα ίχνος μειδιάματος στα χείλη.

Τους δείχνει να καθίσουν στο ξύλινο τραπέζι στην αριστερή πλευρά του δωματίου. Ο ίδιος μένει όρθιος.

«Μην παρεξηγείτε τη φλυαρία μου» λέει ενώ οι δύο νέοι τραβούν τις καρέκλες τους κοντά στο τραπέζι. «Δεν είμαι από εκείνους που έχουν εύκολες τις κουβέντες. Αλλά έχω πολύ καιρό να δω κάποιον δικό μας και να πω μια κουβέντα. Δεν δέχομαι πια επισκέψεις από γνωστούς και φίλους, δεν μου έχουν απομείνει πολλοί άλλωστε. Όσοι νοιάζονται ακόμα για μένα κατοικούν μακριά. Εξάλλου, όλοι μας προτιμούμε πλέον να μένουμε κρυμμένοι στα λαγούμια μας. Κάποτε είχαμε συχνότερες επαφές, αλλά τώρα πια είμαστε σκορπισμένοι, σαν τα φύλλα που τα έκρυψε ο άνεμος σε μικρές εσοχές στους βράχους, και δεν έχουμε τη δύναμη να ξεμυτίσουμε από την τρύπα μας».

Τα μάτια του στενεύουν και τα χείλη του σφίγγονται σαν να κατάπιε μια πικρή γουλιά από δηλητήριο. «Δεν μου αρέσει η μοναξιά. Φοβάμαι ότι κάποια στιγμή θα ανοίξουν το διαμέρισμά μου και θα με βρουν σωριασμένο στο πάτωμα, με την οσμή του θανάτου να καλύπτει το πτώμα μου σαν βρόμικο σεντόνι». Χαμογελάει πικρά και συνεχίζει τον μονόλογό του:

«Δεν τους κατηγορώ όμως» μουρμουρίζει με το πρόσωπο βουτηγμένο ακόμα στην πίκρα. «Δεν τραβήξαμε και λίγα».

Σωπαίνει για λίγο, αλλά δεν αργεί να πάρει πάλι μπροστά. «Κάποτε είχαμε συντροφιά τους καθρέφτες μας. Σήμερα όμως ούτε λόγος να γίνεται. Θα σας είπε, φαντάζομαι, η Μαρία ότι οι περισσότεροι απ' όσους απομείναμε ζωντανοί, τρόπος του λέγειν δηλαδή ζωντανοί, την αναφέρω τη λέξη μόνο γιατί εξακολουθεί να ηχεί ωραία στα αυτιά μου...» Προς στιγμήν, φαίνεται να χάνει τον ειρμό των σκέψεών του, αλλά συνέρχεται γρήγορα και πιάνει πάλι την άκρη του νήματος: «Δεν τους ξεσκεπάζουμε πια. Όχι όσο δεν μπορούμε να δούμε το είδωλό μας».

Τον ακούει απορημένη. Η γιαγιά της είχε πει πως δεν έχασε ποτέ το είδωλό της από την επιφάνεια του καθρέφτη. Ρίχνει μια φευγαλέα ματιά στον Μάριο, για να δει τη δική του αντίδραση. Ο νέος κάθεται στην καρέκλα του αθόρυβος. Όπως πάντα, ακούει απαθής και ατάραχος, γεγονός που κάποιες στιγμές, όπως η συγκεκριμένη, τον κάνει τελείως εκνευριστικό.

«Η γιαγιά μου πάντα έβλεπε το είδωλό της στον καθρέφτη της» μουρμουρίζει.

«Μα ναι, έχεις δίκιο, μικρή μου. Σίγουρα η περίπτωση της γιαγιάς σου ήταν, και είναι, διαφορετική» συμφωνεί παραδόξως μαζί της ο κύριος Μπράουν. «Η Μαρία Γκρόσμαν αποτελεί μια εντελώς ξεχωριστή περίπτωση. Δεν έχασε ποτέ το είδωλό της. Όταν όλοι οι υπόλοιποι υποχρεωθήκαμε στην αλλαγή, εκείνη δεν την πείραξε κανένας. Δεν χρειάστηκε να της αλλάξουν το είδωλο άλλωστε. Από τότε που η αντανάκλασή της θύμωσε μαζί της, γιατί σε έστειλε στο σχολείο τους και σταμάτησε να της μιλάει και να της απαντάει, θέλοντας να την τιμωρήσει, ησύχασαν και οι διαχειριστές μια και καλή. Καημένη Μαρία... Δεν της φέρθηκε δίκαια το είδωλό της. Εκείνη προσπάθησε πολύ να σε κρατήσει μακριά τους. Έκανε ό,τι καλύτερο μπορούσε. Αλλά δυστυχώς, στο τέλος, όταν τη στρίμωξαν για τα καλά, έπρεπε να πάρει μια απόφαση».

Κουνάει θλιμμένος το κεφάλι και συνεχίζει με βαριά φωνή, που την κάνει να ανατριχιάσει:

«Όλοι πρέπει να πάρουμε κάποτε μια απόφαση, θέλοντας και μη, μια απόφαση για οτιδήποτε. Εκείνη, όταν ήρθε η ώρα, την πήρε και, δυστυχώς, την πληρώνει ακόμα».

Σταματάει να μιλάει και μένει ακίνητος για αρκετή ώρα, βυθισμένος στις σκέψεις του.

«Η Μαρία είπε ότι έχεις κάτι για εμάς» επεμβαίνει ξαφνικά ο Μάριο, διακόπτοντας τη σιωπή του.

Ανακουφίζεται με την παρέμβασή του. Δεν της αρέσει να συζητάει για τη γιαγιά της με έναν άγνωστο. Προτιμάει να ακούσει τα πάντα από την ίδια, όταν όλα θα τελειώσουν και θα ξαναντάμωσουν.

Ο κύριος Μπράουν κοιτάζει τον Μάριο σκεφτικός, αλλά το πρόσωπό του φανερώνει μια απροσδιόριστη ένταση, σαν να συγκεντρώνει τις δυνάμεις του και να προετοιμάζεται να αντιμετωπίσει κάποια τρομερή και άγνωστη καταστροφή.

«Ναι, πράγματι. Μια πολύ παλιά ιστορία και έναν άλυτο γρίφο» απαντάει ξαφνικά και σταματάει πάλι για μερικές στιγμές, καρφώνοντάς τους με ένα σοβαρό αλλά και αινιγματικό βλέμμα, θέλοντας προφανώς να παρατηρήσει τις αντιδράσεις τους. «Να είστε υπομονετικοί μαζί μου. Δεν είμαι παρά ένας ξεμωραμένος γέρος τώρα πια. Δεν μπορώ να θυμηθώ εύκολα τις ιστορίες που πηγαίνουν πολύ πίσω. Έχω ξεχάσει τα λόγια τους, λες και αυτά ήταν γραμμένα πάνω στο νερό και το κύμα τα πήρε μαζί του».

Στο άκουσμα των λόγων του, η ιστορία της Βαλεντίνης της Αιρετικής τρεμοπαίζει σαν μικρή φλόγα στο μυαλό της, αλλά προτιμά να παραμείνει σιωπηλή, γιατί το βλέμμα του καρφώνεται επάνω της, θαρρείς και διαισθάνθηκε τις σκέψεις της. Νιώθει απροστάτευτη κάτω από το τραχύ και παγωμένο ύφος του, σαν το ζωντανό χωρίς το τομάρι του στην καρδιά του χειμώνα.

Ο κύριος Μπράουν πλησιάζει και στέκεται πίσω της, κρατώντας με τα δυο του χέρια την πλάτη της καρέκλας όπου κάθεται. Τον χάνει από το οπτικό της πεδίο και αισθάνεται αμήχανα. Στρέφει το κορμί της και το κεφάλι της ψάχνοντάς τον. Όταν οι ματιές τους συναντιούνται, την περιεργάζεται με έναν αλλόκοτο τρόπο, θαρρείς και εκείνη τη στιγμή αντιλαμβάνεται την παρουσία της στο δωμάτιο. Τα γκρίζα φρύδια του ενώνονται και σκιάζουν το βλέμμα του.

«Εσύ όμως, κορίτσι μου, μπορείς να με βοηθήσεις. Μπορείς να θυμηθείς μια παλιά ιστορία για μένα» λέει αινιγματικά. Το πρόσωπό του ξαφνικά κοκκινίζει, σαν να γίνεται ένας κακός χαμός μέσα στο κεφάλι του. Το βλέμμα του, που μοιάζει να κοχλάζει, καρφώνεται στο ταβάνι του δωματίου, θαρρείς και θέλει να κρύψει κάτι από τους δύο νέους.

Τα λόγια του την μπερδεύουν. Νιώθει το πρόσωπό της να καίει ελαφρά. Είναι σίγουρη ότι είναι η πρώτη φορά που τον συναντάει. Το όνομά του της είναι τελείως άγνωστο. Δεν έχει ξανακούσει ποτέ γι' αυτόν. Είναι εντελώς παράλογο να πιστεύει ο άνθρωπος αυτός ότι είναι δυνατόν να έχουν κοινές αναμνήσεις.

«Δεν καταλαβαίνω» ψιθυρίζει απλώς, αποφεύγοντας να πει δυνατά τις σκέψεις της.

Ο κύριος Μπράουν δεν απαντά. Απομακρύνεται σιωπηλός και με γοργά βήματα βγαίνει από το δωμάτιο.

Λείπει τόσο χρονικό διάστημα, όσο χρειάζεται η Λυδία για να στείλει ένα ερωτηματικό βλέμμα στον Μάριο. Από τον απορημένο όμως τρόπο που την κοιτάζει κι εκείνος, καταλαβαίνει ότι είναι το ίδιο κατάπληκτος από τα ακατανόητα λόγια του ηλικιωμένου άντρα.

Ο γαλήνιος αναστεναγμός από τα χείλη του κυρίου Μπράουν, τη στιγμή που επιστρέφει στο δωμάτιο, τους αναγκάζει να στραφούν προς το μέρος του. Στο χέρι του κρατάει έναν χρυσό καθρέφτη που αστράφτει κάτω από το φως της λάμπας, σαν ένα κομμάτι πάγου όταν το χτυπούν οι πρωινές αχτίδες του ήλιου. Το φως που αντανακλά ο καθρέφτης δεν λάμπει μόνο στα μάτια της, αλλά η λάμψη του φτάνει μέχρι τον νου της. Πρώτη φορά βλέπει τέτοιο πολύτιμο καθρέφτη. Είναι ο πρώτος που αντικρίζει χωρίς ξύλινη λαβή. Όταν ο κύριος Μπράουν τον φέρνει κοντά της, προσέχει ότι πάνω στη χρυσή λαβή του είναι σκαλισμένα αμέτρητα τσαμπιά φορτωμένα με σταφύλια. *Πρέπει να είναι πολύ ακριβός καθρέφτης*, σκέφτεται μπερδεμένη. *Είναι δυνατόν να ανήκει στον κύριο Μπράουν;* απορεί κοιτάζοντας για άλλη μια φορά τη λιτή επίπλωση του δωματίου. *Ίσως ήταν κάποτε πλούσιος*, καταλήγει λίγο ζαλισμένη από τη διάχυτη λάμψη που συνεχίζει να βγαίνει από το πολύτιμο μέταλλο. Κλείνει τα μάτια της, προσπαθώντας να καθαρίσει το μυαλό της.

Ο κύριος Μπράουν σηκώνει τον καθρέφτη μπροστά στο πρόσωπό της.

«Όχι, όχι, μην κλείνεις τα μάτια σου. Δεν έχουμε χρόνο, πρέπει να βιαστούμε» της λέει ψιθυριστά. «Παρότι έχω αρκετό καιρό να τον χρησιμοποιήσω, τώρα που θα τον κοιτάξεις, δεν θα αργήσει να ξυπνήσει το κοιμισμένο είδωλο των διαχειριστών. Και τότε θα είναι αργά. Οι διαχειριστές ενημερώνονται πάντα και για τα πάντα από τα δικά τους είδωλα. Θα ενδιαφερθούν να μάθουν τι συμβαίνει. Ίσως έρθουν από δω. Αν συμβεί αυτό, εσείς πρέπει να έχετε φύγει. Δεν πρέπει να σας βρουν εδώ. Θα πρέπει ήδη να ήχησε γι' αυτούς συναγερμός από τη στιγμή που πληροφορήθηκαν τη φυγή σου από το σχολείο. Γι' αυτό, λοιπόν, βιάσου. Κοίταξέ τον». Τη σκουντάει ελαφρά, για να την αναγκάσει να ανοίξει τα μάτια της.

Η Λυδία δεν καταφέρνει να συγκρατήσει ούτε λέξη από τα λόγια του. Ανοίγει τα μάτια και το πρώτο πράγμα που αντικρίζει είναι η χρυσή επιφάνεια του καθρέφτη. Η χρυσοκόκκινη λάμψη του αγγίζει σαν πυρωμένη λάμα τις κόρες των ματιών της. Το φως εισχωρεί στο μυαλό της και γίνεται ολοένα και πιο δυνατό, θαρρείς και το γιγαντώνει η λάμψη του καθρέφτη. Προσπαθώντας να το διώξει από τον νου της για να μπορέσει να σκεφτεί, ζαλίζεται, αλλά το φως δεν λέει να το κουνήσει από κει. Προσπαθεί να το παρακάμψει, στέλνοντας το βλέμμα της στις πιο σκοτεινές γωνιές του νου της. Αλλά δεν καταφέρνει πολλά, γιατί το φως, περνώντας στην αντεπίθεση, αρχίζει να παίζει μαζί της. Αλλάζει συνεχώς μορφή σε διάφορα σχήματα, ενώ εκείνη έχει απομείνει άπραγη να το παρακολουθεί. Γίνεται μια πύρινη χρυσοκόκκινη σφαίρα προτού γίνει ασημένιο αστέρι, ύστερα μεταμορφώνεται σε διάφανο καθάριο πουλί καμωμένο θαρρείς από πάγο και στο τέλος σχηματίζει μια χρυσοπόρφυρη σαΐτα, που μαγνητίζει το μυαλό της και το αναγκάζει να πετάξει πίσω από το φως, στον νυχτερινό καθαρό ουρανό, τραβώντας τον νου της μαζί της.

Κάποια στιγμή ακούει τη φωνή του κυρίου Μπράουν, βροντερή σαν τον κεραυνό, να δίνει οδηγίες σε κάποιον, αλλά δεν μπορεί να καταλάβει τι λέει. Ούτως ή άλλως, δεν καταλαβαίνει τι παιχνίδια παίζει το φως με το μυαλό της. Νιώθει ότι έχει εξαλείψει τις αισθήσεις της, δεν βλέπει, δεν ακούει, δεν καταλαβαίνει. Ανίκανη να αντιδράσει, ακολουθεί τη φωτεινή σαΐτα στο πέταγμά της προς τα πάνω και πολύ γρήγορα η φωνή του κυρίου Μπράουν, που στο μεταξύ έχει μετατραπεί σε συνεχόμενο μουρμουρητό, χάνεται, σαν να την άφησε πίσω της στο έδαφος.

Ξάφνου, η φωτεινή σαΐτα διαλύεται σε φως. Ύστερα μαζεύεται σε μια μπάλα που με ορμή και μεγάλη ταχύτητα ορμά εναντίον της. Δεν προλαβαίνει να προφυλαχτεί και η φωτεινή μπάλα σκάει με δύναμη στο πρόσωπό της και της καίει τα μάγουλα. Το φως, σαν να μην έχει λόγο ύπαρξης πια, αφού την έκαψε, σβήνει και η Λυδία απομένει αμήχανη να κρατάει τα μάγουλά της που την τσούζουν. Η αμηχανία της πολύ γρήγορα γίνεται κατάπληξη, όταν συνειδητοποιεί τι βλέπει στη συνέχεια.

Ένας νέος άντρας, ντυμένος με παράξενη φορεσιά, στέκεται ορθός μπροστά από έναν θρόνο και κοιτάζει με περίσκεψη τον καθρέφτη του.

Ακόμη κι αν είναι όνειρο, σκέφτεται, μοιάζει τόσο αληθινό!

Ψηλός και γεροδεμένος σαν τους αρχαίους θεούς της μυθολογίας. Τρομακτικός, δυνατός αλλά και κατηφής. Ο κεντημένος με χρυσαφιά και ασημένια άστρα μανδύας, που είναι ριγμένος στους ώμους του, αφήνει γυμνό το μεγαλύτερο μέρος του μελαψού γεροδεμένου κορμιού του, αφού μία μόνο λεπτή λωρίδα από το πολύτιμο ύφασμά της δένει μπροστά στο στιβαρό στήθος του. Στο κεφάλι πάνω από τα μαύρα, κυματιστά μαλλιά, που πέφτουν μέχρι τους ώμους του, φοράει ένα στέμμα διακοσμημένο με αμέτρητες πολύτιμες πέτρες, αλλά και ολόμαυρα φτερά. Τα γεμάτα μυς γυμνά του μπράτσα και τις γάμπες των ποδιών του στολίζουν ασημένια βραχιόλια με κόκκινα και πράσινα πετράδια και περίεργα άγνωστα ανάγλυφα σχήματα. Το ένα του πόδι, ανασηκωμένο ελαφρά, ακουμπά στο μαρμαρένιο σκαλί του θρόνου.

Δεν μπορεί να τραβήξει τα μάτια της από τον αστροστόλιστο άντρα, που με τις λεπτές σειρές από ασημένια αστέρια πάνω στον μανδύα του μοιάζει σαν να ξεπήδησε από λευκές φλόγες.

«Λυδίααα!» Κάποιος φωνάζει το όνομά της βαθιά μέσα στο μυαλό της, αλλά δεν μπορεί να αναγνωρίσει τη φωνή.

Συνεχίζει να κοιτάζει τον μεγαλοπρεπή άντρα, ενώ τα χείλη της αυτόβουλα τον ρωτούν: «Ποιος είσαι; Δεν σε ξέρω, αλλά κάτι μέσα μου σε γνωρίζει». Η φωνή της ακούγεται ξερή, υπόκωφη, σαν να αντηχεί σε κάποιο κενό μέρος μέσα της.

Ο άντρας με τον αστροστόλιστο μανδύα γυρίζει αργά προς το μέρος της. Τα δάκρυα που αστράφτουν σαν διαμάντια στις κόγχες των ματιών του δεν μπορούν να φωτίσουν το σκοτάδι τους. Σηκώνει αργά αργά τη λόγχη του, λες και σκοπεύει να τη χαιρετήσει. Και η λόγχη του τινάζεται ψηλά σαν ασημένιος δαυλός. Ύστερα όλα σκοτεινιάζουν και η Λυδία νιώθει ξαφνικά να τη ρουφάει το σκοτάδι των ματιών του.

«Τα κατάφερες! Έλα πίσω τώρα. Με ακούς; Λυδία, έλα πίσω!» ουρλιάζει με όλη του τη δύναμη ο κύριος Μπράουν. «Είχα δίκιο. Μπορείς να κοιτάξεις σε όλους τους καθρέφτες. Μπορείς να δεις πίσω από το δικό τους είδωλο. Ω Θεέ μου! Γι' αυτό σε θέλουν. Γιατί σε φοβούνται, κορίτσι μου».

Τα μάτια του ηλικιωμένου άντρα είναι γεμάτα δάκρυα. Ταρακουνάει τη Λυδία από τους ώμους με τόση δύναμη, ώστε ο Μάριο αναγκάζεται να μπει ανάμεσά τους.

«Άφησέ την» του φωνάζει, προσπαθώντας να ελευθερώσει τη Λυδία από τα χέρια του.

Εκείνη κοιτάζει μια τον ένα και μια τον άλλο, χωρίς να καταλαβαίνει τι συμβαίνει. Τα μάτια της λάμπουν γεμάτα φως, σαν κεχριμπάρι γυαλισμένο από τη θάλασσα. Το κορμί της όμως είναι τόσο παγωμένο, ώστε δεν μπορεί να κινήσει κανένα άλλο μέλος του, παρά μόνο τα μάτια της.

«Τι μου συνέβη;» ρωτάει τον Μάριο, κοιτάζοντάς τον κατάματα, όταν επιτέλους συνέρχεται. Τρίβει με λύσσα σχεδόν τα μάτια της, γιατί την τσούζουν, και ψιθυρίζει αδύναμα: «Ήμουν εκεί... Μα πώς βρέθηκα εκεί; Στεκόμουν και τον κοιτούσα. Στην αρχή τρόμαξα, φοβήθηκα. Στο ένα του χέρι κρατούσε τον καθρέφτη του και στο άλλο ένα όπλο, ένα πανύψηλο δόρυ. Δεν γνώριζα το μέρος όπου βρέθηκα, ούτε εκείνον. Ένιωθα όμως πως ήμουν μέσα στην ανάμνηση κάποιου που ήξερε πολύ καλά ποιος ήταν ο άντρας απέναντί μου. Ήξερε τον χώρο και τον τόπο όπου βρισκόμουν και μου επέτρεπε να είμαι εκεί» προσπαθεί να του εξηγήσει με τρεμουλιαστή φωνή.

Ο Μάριο κρατάει με τα δυο του χέρια σφιχτά τις τρεμάμενες παλάμες της, προσπαθώντας να την ηρεμήσει.

Αισθάνεται τη θέρμη των χεριών του να περνάει στο παγωμένο της κορμί. Ανασηκώνει το βλέμμα να τον ευχαριστήσει και παρατηρεί ότι ο Μάριο ρίχνει μερικές φαρμακερές ματιές στον κύριο Μπράουν, ο οποίος εκείνη τη στιγμή τυλίγει προσεκτικά τον χρυσό καθρέφτη του σε ένα κομμάτι τσόχινου υφάσματος.

«Το υποπτευόμασταν όλοι ότι μπορείς να κοιτάζεις την καρδιά κάθε καθρέφτη» μουρμουρίζει ενώ διπλώνει προσεκτικά τις άκρες του υφάσματος. «Νομίζω ότι το ξέρει και η γιαγιά σου, γι' αυτό νιώθει τύψεις που δεν κατάφερε να σε κρατήσει μακριά τους. Όλα τα χρόνια περιμέναμε ότι κάποια στιγμή θα εμφανιστεί κάποιος με τη δύναμη να κοιτάζει πίσω από το είδωλο του καθρέφτη. Περιμέναμε κάποιον να κάνει το σημερινό καθεστώς να τρίξει συθέμελα. Νομίζω πως αυτή η ελπίδα και αυτή η προσμονή είναι που μας έδωσε τη δύναμη να σε περιμένουμε. Να περιμένουμε αυτόν που θα μπορούσε να κοιτάξει μέσα στον Μέγιστο, όπως κάνουν οι διαχειριστές, αλλά που θα ήταν με το μέρος μας».

Η Λυδία μοιάζει να μην έχει συνέλθει ακόμα.

«Ποιος ήταν ο άντρας που είδα;» ρωτάει τον κύριο Μπράουν. «Ήταν τόσο θλιμμένος...»

«Ο τελευταίος αυτοκράτορας των Αζτέκων, ο Μοκτεζούμα». Ο βαθύς, βελούδινος τόνος της φωνής του έχει τη μεγαλοπρέπεια που αρμόζει σε έναν αυτοκράτορα. «Ο νεαρός Μοκτεζούμα ήταν ένας από τους λίγους που ένιωσαν τη δύναμη του Μέγιστου να κυλάει στο αίμα του, να τον στροβιλίζει, να τον ανυψώνει και να τον μεταμορφώνει σε παντοδύναμο ηγεμόνα, αλλά και τον όλεθρο που μπορεί να σκορπίσει ο μοναδικός αυτός καθρέφτης, που τον ταπείνωσε και τον οδήγησε μέχρι το τελευταίο στάδιο του εξευτελισμού, λίγο πριν από τον θάνατό του».

«Ο καθρέφτης που κρατούσε στο χέρι του ήταν ο Μέγιστος που ψάχνουμε;» αναρωτιέται η Λυδία.

Ο κύριος Μπράουν γνέφει καταφατικά.

«Την ημέρα της στέψης του ως αυτοκράτορα των Τενοχτιτλάν, οι μάγοι και οι ιερείς της φυλής τού παρέδωσαν με κάθε επισημότητα τα δύο ιερά σύμβολα της φυλής τους, τον πέτρινο αετό, την καρδιά από πράσινη πέτρα. Του χάρισαν όμως και έναν καθρέφτη, η σοφία του οποίου θα τον βοηθούσε, όπως του είπαν, να κυβερνήσει χρηστά τον λαό του».

Ο ήχος των λόγων του κυρίου Μπράουν, άλλοτε ήρεμος και γαλήνιος και άλλοτε ασυγκράτητος και άγριος, φτάνει στα αυτιά της σαν το βουητό του αέρα που γλείφει τα κλειστά παραθυρόφυλλα του δωματίου.

«Κάποιοι ιστορικοί περιγράφουν τον νεαρό αυτοκράτορα σαν έναν άβουλο και αναποφάσιστο άντρα, που όμως κατάφερε, όταν ανέλαβε την ηγεσία της χώρας του, να μεταμορφωθεί σε έναν ικανό στρατιωτικό ηγέτη, ο οποίος όχι μόνο διατήρησε τα κεκτημένα, αλλά επιπλέον μεγάλωσε και διεύρυνε τα σύνορα της χώρας του. Τα χρόνια της βασιλείας του συμπεριφερόταν σαν να είχε απαλλαγεί από τον προηγούμενο εαυτό του, σαν να είχε δημιουργήσει μια πιο δυναμική και στιβαρή προσωπικότητα. Εκείνο όμως που δεν καταγράφουν οι ιστορικοί είναι τη συνεισφορά του Μέγιστου στην αλλαγή του αυτοκράτορα». Ο κύριος Μπράουν αναστενάζει βαθιά και προσθέτει: «Αλλά ο Μέγιστος δεν έμεινε για πολλά χρόνια κοντά του».

«Λοιπόν; Τι συνέβη;» ρωτάει ανυπόμονα ο Μάριο όταν ο κύριος Μπράουν σταματάει.

«Είμαι σίγουρος ότι έχετε ακουστά τον ξακουστό Ισπανό κατακτητή και θαλασσοπόρο Ερνάν Κορτές. Αλλά για τον Μάρτιν Κορτές έχει πάρει κάτι το αυτάκι σας;» συνεχίζει ζωηρά και χαμογελάει πονηρά έπειτα από αρκετή ώρα κατήφειας.

«Α, μα ναι, μιλάμε για το 1500 περίπου» πετάγεται η Λυδία, που τα έχει πιο πρόσφατα στο μυαλό της, αφού μελετούσε Ιστορία μέχρι προχτές ακόμη. Έχει συνέλθει εντελώς και ακούει με ενδιαφέρον την ιστορία του ανθρώπου τον οποίο μερικές στιγμές νωρίτερα είχε δει να την κοιτάζει λυπημένος.

«Όταν οι Ισπανοί με αρχηγό τον Ερνάν Κορτές έφτασαν στις ακτές των Αζτέκων, ο νεαρός αυτοκράτορας, παραπλανημένος από τους μάγους και τους ιερείς, τους υποδέχτηκε σαν φίλους. Τον Κορτές τον καλωσόρισε σαν έναν από τους θεούς των Αζτέκων. Λίγοι όμως είναι αυτοί που έχουν διαβάσει τη σελίδα από το μυστικό ημερολόγιο του Ισπανού θαλασσοπόρου. Ήμουν ένας από αυτούς, όταν τα είχε για λίγο καιρό στην κατοχή του ένας από εμάς. Εκεί ο Κορτές αποκαλύπτει ότι ο αυτοκράτορας παρασύρθηκε σ' αυτήν του την απόφαση από τον ίδιο τον Μέγιστο.

»Ο Μοκτεζούμα δεν είχε λόγο να αμφιβάλλει για τις συμβουλές του καθρέφτη του, ο οποίος μέχρι εκείνη τη στιγμή τον είδε οδηγήσει στην κορυφή» συνεχίζει ο κύριος Μπράουν ζωηρά. «Τα πρώτα δέκα χρόνια της βασιλείας του τα είχαν πάει πολύ καλά μαζί. Τον είχε βοηθήσει να μεγαλώσει το κράτος του σε βάρος των γειτονικών λαών, που υπέκυπταν φοβισμένοι στη στρατιωτική δύναμη των Αζτέκων, και να γεμίσει τα θησαυροφυλάκιά του. Ήδη από το 1517, πριν οι Ισπανοί πλησιάσουν τα παράλιά τους, ο Μοκτεζούμα γνώριζε από τον Μέγιστο για την ύπαρξη ενός ξένου, που κάποτε θα έφτανε στα μέρη τους, και γνώριζε ακριβώς τους σταθμούς του ταξιδιού του. Έτσι, όταν τον επόμενο χρόνο έφτασε ο Ερνάν Κορτές, ο αυτοκράτορας, προετοιμασμένος καθώς ήταν, τον καλωσόρισε χαρίζοντάς του πλούσια δώρα από χρυσό και πολύτιμα υφάσματα, και τον φιλοξένησε στο παλάτι όπου έμενε και ο ίδιος.

»Αυτή η φιλοξενία αποδείχτηκε το μοιραίο λάθος του αυτοκράτορα. Όταν, ένα βράδυ εντελώς τυχαία, ο Κορτές είδε τον αυτοκράτορα να μονολογεί μπροστά στη λεία επιφάνεια ενός μοναδικά υπέροχου καθρέφτη, στολισμένου με αμέτρητα πολύτιμα πετράδια, που στα μάτια του Κορτές έκαναν την αξία του αμύθητη, θέλησε αμέσως να αποκτήσει τον καθρέφτη. Αν και στην αρχή δεν μπορούσε να φανταστεί ότι θα αντιμετώπιζε κάποιο πρόβλημα, αφού ο αυτοκράτορας ήταν σχεδόν αιχμάλωτός του, εντούτοις στην πράξη αποδείχτηκε δυσκολότερο από το να κατακτήσει όλες τις φυλές των Αζτέκων που σπαράσσονταν από αμέτρητες αντιπαραθέσεις και εχθρότητες μεταξύ τους. Ο Μοκτεζούμα αρνιόταν με σθένος να αποχωριστεί τον καθρέφτη του.

»"Θα σας είναι εντελώς άχρηστος, κύριε" του απάντησε έκπληκτος ο Μοκτεζούμα, όταν ο Κορτές τον ζήτησε σαν δώρο αμοιβαίας εκτίμησης. "Θα σας δώσω ό,τι επιθυμεί η καρδιά σας, όσο χρυσάφι έχω στην κατοχή μου. Θα καταθέσω στα πόδια σας τα άλλα δύο σύμβολα της κυριαρχίας μου, θα σας οδηγήσω εγώ ο ίδιος στο θησαυροφυλάκιό μου, αλλά τον καθρέφτη αυτόν είναι αδύνατον να τον αποχωριστώ, όχι γιατί δεν το θέλω εγώ, αλλά γιατί δεν το θέλει εκείνος".

»Ο Μοκτεζούμα φοβόταν ότι, αν έχανε τον καθρέφτη, θα έχανε όχι μόνο τη δύναμή του, αλλά και την ίδια του τη ζωή. Και, όπως αποδείχτηκε, δεν είχε καθόλου άδικο.

»Ο Κορτές, όπως περιγράφει ο ίδιος στο ημερολόγιό του, δεν πτοήθηκε από τα λόγια του αυτοκράτορα και άρπαξε με τη βία τον καθρέφτη από τα χέρια του. Από την επομένη κιόλας φρόντισε ώστε ο αυτοκράτορας των Αζτέκων να μην είναι πια τίποτα περισσότερο από μια μαριονέτα των Ισπανών. Αργότερα μάλιστα, αφού πρώτα διέταξε τη δολοφονία του, απαίτησε από όλους τους Ισπανούς να πενθήσουν και να κλάψουν, σαν να έχασαν τον πατέρα τους».

Η φωνή του κυρίου Μπράουν έχει στεγνώσει και βγαίνει ξερή από το στόμα του. «Γνωρίζουμε ότι ο Μέγιστος μεταφέρθηκε στην Ευρώπη κρυμμένος μέσα στις αποσκευές του γιου που απέκτησε με μια ιθαγενή, του Μάρτιν Κορτές, όταν αυτός επέστρεψε στην Ισπανία».

Ποιος νοιάζεται για μια τόσο παλιά ιστορία; Όχι πάντως η Λυδία. Αναρωτιέται αν οι άνθρωποι αυτοί ζουν στο σήμερα ή για κάποιο λόγο έχουν μείνει προσκολλημένοι στο παρελθόν. Αλλά αυτό προς το παρόν δεν είναι αυτό πρόβλημα για επίλυση. Άλλο είναι αυτό που θέλει να κατανοήσει.

«Πώς το έκανα; Πώς κατάφερα να μπω, μέσω του καθρέφτη σου, στις αναμνήσεις και στο δικό του μυαλό;» ρωτάει τον κύριο Μπράουν, ενώ ταυτόχρονα παρατηρεί προσεκτικά το πρόσωπό του, φροντίζοντας να μη χάσει την παραμικρή κίνησή του.

«Δεν γνωρίζω από πού προέρχεται αυτή η δύναμη που έχεις. Ίσως η γιαγιά σου, που ξέρει τίνος αίμα τρέχει στις φλέβες σου, γνωρίζει να σου πει. Εκείνο που εύχομαι είναι η δύναμη αυτή να μας βοηθήσει να πάρουμε τον Μέγιστο από τα χέρια των διαχειριστών».

«Δεν νομίζω ότι η γιαγιά μου γνωρίζει κάτι» του απαντά αναστενάζοντας. «Αν ήξερε, θα μου το έλεγε, δύο ημέρες πριν, όταν την ξαναβρήκα έπειτα από τέσσερα χρόνια».

«Ίσως δεν βρήκε τη δύναμη να σου μιλήσει, ίσως δεν είχε τον χρόνο» αποκρίνεται συλλογισμένος ο κύριος Μπράουν. «Ίσως γι' αυτό σας έστειλε σ' εμένα».

Κουνάει το κεφάλι της συγκαταβατικά. Στο μυαλό της έχει ακόμα τον ήχο από τα λόγια της γιαγιάς της προς τον Μάριο, το προχτεσινό βράδυ, λίγο πριν ξεκινήσουν το ταξίδι τους. «Μάριε, μην παραλείψεις, παιδί μου, να περάσετε από τον γερο-Μπράουν στο Λονδίνο. Έχει κάτι για τη Λυδία».

Εκείνη τη στιγμή διαλέγει ο Μάριο, που έχει μείνει αρκετή ώρα αμέτοχος, να παρέμβει. «Ο γρίφος ποιος είναι; Στην αρχή μίλησες για έναν γρίφο».

Ο κύριος Μπράουν τον κοιτάζει αμίλητος. Το άχρωμο πρόσωπό του μοιάζει ξαφνικά με κέρινη μάσκα.

«Ποιο ήταν το είδωλο που έβλεπε ο νεαρός αυτοκράτορας στον Μέγιστο; Τον εαυτό του ή κάποιο άλλο πρόσωπο; Ήταν δικές του οι αποφάσεις ή κάποιοι άλλοι αποφάσιζαν γι' αυτόν; Συμμετείχε ο ίδιος ο Μέγιστος ή είχε ήδη αφήσει από τότε κάποιες από τις δυνάμεις του στους διαχειριστές; μονολογεί απευθυνόμενος περισσότερο στον εαυτό του παρά στον Μάριο.

Ακούγοντάς τον, η Λυδία συνειδητοποιεί ότι έχει απόλυτο δίκιο. Ενώ θυμάται τον αυτοκράτορα με την παραμικρή λεπτομέρεια, δεν έχει συγκρατήσει καμία εικόνα του Μέγιστου στο μυαλό της. Δεν θυμάται πώς ήταν ο καθρέφτης του. Δεν μπορεί να τον περιγράψει.

Ο κύριος Μπράουν, βλέποντας το σκοτεινό βλέμμα της, κάνει μια παύση και τινάζει το χέρι του μακριά, σαν να θέλει να διώξει τα μαύρα σύννεφα που σκιάζουν τα μάτια της.

«Μη λυπάσαι αν δεν μπορείς να απαντήσεις στον γρίφο. Είμαι σίγουρος ότι, μέχρι να τελειώσει το ταξίδι σας, θα τα καταφέρετε. Δυστυχώς, δεν μπορώ να σε αφήσω να κοιτάξεις πάλι στον καθρέφτη μου, γιατί δεν μας έχει απομείνει πολύς χρόνος ακόμη. Πολύ φοβάμαι ότι οι διαχειριστές έχουν ήδη καταλάβει την αφύπνιση του καθρέφτη και δεν θα αργήσουν να φτάσουν εδώ». Το βλέμμα του γίνεται ξαφνικά νευρικό και ανήσυχο. «Πάντα πίστευα πως οι διαχειριστές μάς παρακολουθούν με τα δαιμόνια μηχανήματά τους και μπορούν να επέμβουν κάθε στιγμή που πιστεύουν ότι απειλούνται. Δεν φοβάμαι για μένα. Δεν θέλουν εμένα. Εσείς όμως πρέπει να φύγετε, πριν καταφτάσουν». Η φωνή του κυρίου Μπράουν παραμένει αναλλοίωτη, όμως μια βαθιά ρυτίδα, που δεν υπήρχε πριν, έχει χαραχτεί ανάμεσα στα φρύδια του.

«Και εσύ τι θα απογίνεις; Τι θα σου κάνουν;» τον ρωτάει με φωνή που τρέμει από συγκίνηση.

«Τίποτα, κορίτσι μου. Ό,τι κακό ήταν να μου κάνουν, μου το έχουν κάνει ήδη. Φύγετε, βρείτε τον Μέγιστο, να γλιτώσεις τουλάχιστον τη γιαγιά σου από τη φυλακή».

Ο Μάριο και η Λυδία, ακούγοντας τη συμβουλή του, έφυγαν λίγα λεπτά πριν από την εμφάνιση μιας μαύρης λιμουζίνας, που φρενάρει απότομα, με τα λάστιχά της να στριγκλίζουν πάνω στην άσφαλτο, και κλείνει τη δίοδο στο στενό δρομάκι μπροστά από το σπίτι του κυρίου Μπράουν.

Κεφάλαιο 14

Ένας αναπάντεχος πατέρας

Ταξιδεύουν στον αυτοκινητόδρομο προς το Εδιμβούργο. Είναι ακόμα μεσημέρι, αλλά μοιάζει περισσότερο με σούρουπο. Μια θολούρα σαν ομίχλη εμποδίζει το φως να φτάσει κοντά τους.

«Πεινάς; Θέλεις να κάνουμε στάση για φαγητό;» ρωτάει ο Μάριο ύστερα από μία ώρα ταξιδιού και ατελείωτη, βαθιά σιωπή. Η φωνή του είναι βαθιά και καθαρή.

Συλλογίζεται για λίγο και του απαντάει αρνητικά. Με όλα όσα συνέβησαν στου κυρίου Μπράουν, το στομάχι της δεν θα άντεχε άλλο βάρος.

Και ξαφνικά η ατμόσφαιρα αλλάζει εντελώς. Η συννεφιά εξαφανίζεται και ένας ζεστός ήλιος κάνει την επανεμφάνισή του. Οι αχτίδες του, άμα τη εμφανίσει τους, πηδούν σαν κατσικάκια από κορφή σε κορφή στα χαμηλά βουνά που βλέπουν στο βάθος του ορίζοντα και συχνά πυκνά φτάνουν ασθμαίνοντας μέχρι το ταμπλό του αυτοκινήτου. Ανοίγει το παράθυρο του αυτοκινήτου από την πλευρά της και ο αέρας που μπαίνει βουίζει στα αυτιά της λευκός και ανάλαφρος.

«Δεν πεινάς, αλήθεια;» την ξαναρωτάει με δυσπιστία.

Η απάντησή της είναι κι αυτή τη φορά βουβή. Τα τελευταία λεπτά προσπαθεί να πιάσει τις άκρες των σκέψεών της που τριγυρίζουν ανάστατες στο μυαλό της, ελπίζοντας να τις βάλει σε έναν δρόμο, αλλά εκείνες τις ξεγλιστρούν πότε από δω και πότε από κει, μην καταφέρνοντας να βρει την άκρη, γεγονός που την έχει εκνευρίσει.

Ο Μάριο διαβάζει την έντασή της στις γραμμές του προσώπου της. Θέλοντας να την ηρεμήσει, αγγίζει απαλά το γόνατό της με το χέρι του.

Εκείνη κοιτάζει αμίλητη το σημείο όπου ακουμπά το χέρι του και σηκώνει το κεφάλι της να τον κοιτάξει.

Θυμάται μια παλιομοδίτικη ταινία που είδε τις προάλλες στο σχολείο –έβλεπαν συχνά ταινίες τα Σαββατοκύριακα– όπου ο ξανθός νεαρός οδηγούσε το αυτοκίνητο έχοντας τον αγκώνα του ακουμπισμένο στο παράθυρο του αυτοκινήτου και το άλλο του χέρι στο γόνατο της κοπέλας δίπλα του.

Ο Μάριο, παρατηρώντας το σαρκαστικό βλέμμα της, αφήνει απότομα το πόδι της.

«Αχά, είσαι πάλι εδώ!» λέει, παίρνοντας το γνωστό απαθές του βλέμμα. «Καιρός ήταν».

«Δεν χρειάζεται να αναπληρώσεις καμία πατρική φιγούρα επειδή υποσχέθηκες στη γιαγιά μου να με προσέχεις» του επιτίθεται αναίτια. Η χειρονομία του την έχει μπερδέψει.

Η σιωπή που ακολουθεί τα λόγια τους είναι η βαριά φορτισμένη ησυχία λίγο πριν από την καταιγίδα.

Και κάπως έτσι, στο τέλος της ηρεμίας, τα λόγια του ξεσπούν σαν την καταιγίδα:

«Νομίζεις ότι με νοιάζει;» φωνάζει με φωνή δυνατότερη από το συνηθισμένο ο Μάριο. «Πιστεύεις ότι ήρθα μαζί σου για να σε προσέχω και να σε νταντεύω; Πως σκοπεύω στη διάρκεια του ταξιδιού να μην κάνω τίποτε άλλο παρά να προσέχω τις πράξεις και τα λόγια σου;»

Το δυνατό ειρωνικό του γέλιο την κάνει να ανατριχιάσει. «Όχι, κορίτσι μου. Με ποιον τρόπο άλλωστε θα τα κατάφερνα; Είμαι τόσο τυφλωμένος από το μίσος που φωλιάζει σαν σαράκι μέσα μου για τον δολοφόνο του πατέρα μου όλα αυτά τα χρόνια, που είμαι ανίκανος να κρίνω και να κατακρίνω τους άλλους σωστά και δίκαια. Είμαι εδώ γιατί έχω μια δική μου υπόσχεση να εκπληρώσω».

Αρπάζει με δύναμη και ένταση το χέρι της, που είναι ακουμπισμένο στο γόνατό της, θαρρείς και ζητά να πιαστεί από κάπου.

Τον κοιτάζει κατάπληκτη και τρομαγμένη πίσω από τη μάσκα της ακινησίας που έχει φορέσει στο πρόσωπό της. Το δικό του πρόσωπό μοιάζει πικρό και ευάλωτο σαν

233

μικρού παιδιού. Τραβάει απαλά το χέρι της από τη λαβή του και στρέφει το κεφάλι της έξω από το παράθυρο. Δεν λέει τίποτα, αφήνοντας τη σιωπή να στροβιλίζεται ελεύθερα ανάμεσά τους, και πολύ γρήγορα χάνεται πάλι ο καθένας στις δικές του σκέψεις.

«Σ' ευχαριστώ» της λέει ο Μάριο με ήρεμη φωνή λίγο αργότερα. «Που δεν με φοβήθηκες και δεν θέλεις να το βάλεις στα πόδια. Δεν ήθελα να σε τρομάξω».

«Ξέχασες ότι κάποιος σκότωσε και τη δική μου μητέρα; Θα μπορούσε να είναι ο ίδιος» του αποκρίνεται, αποφεύγοντας όμως ακόμα να τον κοιτάξει

Ο ουρανός, μετά τη δύση του ήλιου, είναι πάλι γκρίζος και βαρύς σαν πέτρινος όγκος πάνω από τον αυτοκινητόδρομο Τα αυτοκίνητα που τρέχουν δίπλα τους είναι τώρα λιγότερα και ο βρυχηθμός του ανέμου, που μοιάζει με βαθύ, υπόκωφο βουητό, καλύπτει όλο και περισσότερο τον ήχο από τις μηχανές τους. Μέχρι να σκοτεινιάσει εντελώς, δεν μιλάει κανένας τους.

Από τις πινακίδες στην άκρη του δρόμου καταλαβαίνει ότι σε λίγο θα μπουν στη Σκωτία.

Λίγα λεπτά αργότερα, ταρακουνιέται απότομα στο κάθισμά της και το σώμα της γέρνει ακούσια προς τον Μάριο καθώς αυτός στρίβει το τιμόνι του αυτοκινήτου αριστερά, βγαίνοντας από τον αυτοκινητόδρομο την τελευταία κυριολεκτικά στιγμή.

«Τι έγινε;» ρωτάει τρομαγμένη.

«Είδα την πινακίδα την τελευταία στιγμή. Έπρεπε να αλλάξουμε κατεύθυνση για Εδιμβούργο» μουρμουρίζει ο Μάριο.

Του ρίχνει μια κλεφτή ματιά. Το πρόσωπό του είναι σφιγμένο, τα χαρακτηριστικά του τραβηγμένα και τα μάτια του βαθουλωμένα από την κούραση.

Ούτε η ίδια, βέβαια, είναι σε καλύτερη κατάσταση. Το σώμα της είναι βαρύ και άκαμπτο ύστερα από αρκετές ώρες ακινησίας, θαρρείς και φοράει ατσάλινη πανοπλία.

Ο δρόμος στον οποίο μπήκαν είναι στενός και γεμάτος στροφές. Ευτυχώς είναι σχεδόν έρημος. Δεν τους προσπερνούν αυτοκίνητα πια και ελάχιστα είναι αυτά που έρχονται από την αντίθετη κατεύθυνση. Ο αέρας, όσο πιο βόρεια κατευθύνονται, τόσο πιο παγωμένος φυσάει. Το αυτοκινητάκι του Μάριο τρέχει ανάμεσα σε βοσκοτόπια και λιβάδια. Το φως του φεγγαριού στάζει σαν τις σταγόνες της βροχής και βάφει τον δρόμο σε άλλα σημεία γκρίζο και σε κάποια άλλα ασημένιο. Στην τελευταία κατηφοριά του δρόμου, στο τέλος της οποίας φαίνονται τα φώτα του Εδιμβούργου, δεν έχει καθόλου δύναμη αλλά ούτε και διάθεση να αποδιώξει τη χαλάρωση που την έχει καταλάβει.

Ο Μάριο, αμίλητος, οδηγεί τα τελευταία χιλιόμετρα μέχρι την είσοδο του μικρού ξενοδοχείου, που βρίσκεται αρκετά μακριά από το κέντρο της πόλης.

Το μόνο που χρειάζονται και οι δυο τους τώρα είναι ένα ζεστό πιάτο φαγητό και ένα κρεβάτι για να κοιμηθούν.

Το επόμενο πρωί κατεβαίνει πρώτη για το πρωινό της σε έναν χώρο που μοιάζει περισσότερο με μικρό και φωτεινό δωμάτιο σπιτιού παρά με εστιατόριο ξενοδοχείου. Τέσσερα τραπέζια όλα κι όλα στρωμένα με λευκά καλύμματα περιμένουν υπομονετικά τους λιγοστούς πελάτες. Ενώ τρώει τις ψημένες φέτες του τοστ, ρίχνει κλεφτές ματιές προς την πόρτα, περιμένοντας να δει την ψηλή σιλουέτα του Μάριο να περνάει το κατώφλι.

Είχε ξυπνήσει κακόκεφη και νευριασμένη, αφού το μεγαλύτερο μέρος της νύχτας το είχε περάσει άγρυπνη, θαρρείς και περίμενε κάτι τρομακτικό να συμβεί. Το υπόλοιπο της νύχτας, όσο τέλος πάντων κατάφερε να κοιμηθεί, τα όνειρά της ήταν το ίδιο απαίσια. Πρωταγωνιστής ήταν μια ατίθαση και εξαγριωμένη μπάλα από εκτυφλωτικό φως, που άλλη δουλειά δεν έκανε από το να ξεπηδάει συνέχεια με επώδυνο τρόπο κάθε φορά από το κεφάλι της και να υψώνεται με τρομερή ταχύτητα προς τον ουρανό. Κι εκείνη ακολουθούσε τη χρυσοπόρφυρη φωτεινή ουρά της πετώντας πίσω από το φως άλλοτε μεταμορφωμένη σε τρομοκρατημένο πουλί και άλλοτε σε μεγάλη ποικιλία κακάσχημων τεράστιων εντόμων. Ευτυχώς, το πρωινό χαλαρωτικό ντους την είχε ηρεμήσει κάπως. Έτσι κατάφερε να απωθήσει όσο πιο μακριά μπορούσε τα εφιαλτικά όνειρα.

Βλέπει τον Μάριο να στέκεται στην είσοδο του δωματίου και ετοιμάζεται να του χαμογελάσει. Όταν όμως βλέπει αυτή που στέκεται πίσω του και περιμένει υπομονετικά να περάσει μέσα στο εστιατόριο, χάνει απότομα την όρεξη για χαμόγελα και εύχεται να μπορούσε να μεταμορφωθεί σε χελώνα για να κρυφτεί γρήγορα στο καβούκι της.

Ανοιγοκλείνει τα μάτια της ώστε να διώξει την εικόνα της μακριά, αλλά η στρουμπουλή φιγούρα της κυρίας Μι όχι μόνο δεν φεύγει, αλλά έχει καλύψει ήδη τη μισή απόσταση από την πόρτα μέχρι το τραπέζι όπου κάθεται.

«Εσύ την έφερες εδώ;» απευθύνεται με θυμό στον Μάριο, με τις λέξεις να βγαίνουν με δυσκολία από τα δόντια της, όταν αυτός κάθεται δίπλα της. Δεν λέει ούτε «καλημέρα» στην κυρία Μι, αλλά η καθηγήτρια των μαθηματικών δεν φαίνεται να το προσέχει. «Θέλεις να με στείλεις πίσω στο σχολείο;»

Ο Μάριο την κοιτάζει κατάπληκτος, με ύφος ανθρώπου που υποφέρει.

«Δεν ξέρεις τι λες» της ψιθυρίζει, σκύβοντας προς το μέρος της. «Μα τι βλακείες έβαλες πάλι με τον νου σου;» Ανασηκώνει τα φρύδια και στέλνει ένα απελπισμένο βλέμμα στο άσπρο ταβάνι.

Η Λυδία στρέφεται προς την κυρία Μι, η οποία προσπαθεί να βολευτεί στη στενή καρέκλα της. «Δεν σκοπεύω να επιστρέψω στο σχολείο. Μάταιος κόπος το ταξίδι σας μέχρι εδώ» της λέει με φωνή που μοιάζει με δυνατό μούγκρισμα.

«Καλημέρα και σ' εσένα, Λυδία» της απαντά χαμογελαστή η κυρία Μι και η βραχνή φωνή της αντηχεί σαν βόμβος στο δωμάτιο.

Κατόπιν επικρατεί τόση ησυχία στον χώρο, που πιστεύει ότι θα ακούσει τον ήχο από τα ματοτσίνορα της κυρίας Μι, που ανοιγοκλείνουν συνέχεια. Στρέφει το βλέμμα της με ενδιαφέρον στη μισογεμάτη τσαγιέρα στη μέση του τραπεζιού, σαν να βλέπει το σκεύος για πρώτη φορά. Ο νους της αρχίζει να πλάθει σκοτεινές, ψυχρές σκέψεις, που, λόγω της άγνοιάς της για τον λόγο της παρουσίας μιας καθηγήτριας στο τραπέζι τους, είναι κούφιες σαν άδεια καρυδότσουφλα, όπως ακριβώς αισθάνεται και η ίδια εκείνη τη στιγμή.

Και αν, όπως υποστηρίζει ο Μάριο, δεν την έχει προδώσει, γιατί δεν ανησυχεί με την παρουσία της κυρίας Μι; Γιατί την υποδέχτηκε χαμογελαστός αντί να τη διώξει πριν με δει; Δεν καταλαβαίνει ότι η καθηγήτρια θα ειδοποιήσει αμέσως τον κύριο Κέι, τον διευθυντή; Κι αν πάλι δεν είναι αυτός ο φταίχτης, ποιος άλλος, αλήθεια, γνωρίζει ότι θα περνούσαν από το Εδιμβούργο; Ποιος πληροφόρησε τους καθηγητές της; Τον κύριο Μπράουν τον αποκλείει αμέσως. Αν ήθελε να την προδώσει, μπορούσε να το κάνει όσο βρίσκονταν στο σπίτι του. Αλλά τότε ποιος; Σίγουρα από δω και πέρα πρέπει να γίνει πολύ πιο προσεκτική. Αν θέλει να φτάσει μέχρι το τέλος της παράστασης, δεν αρκεί να μάθει τα βήματα του χορού, που κάποιοι την αναγκάζουν να χορέψει, αλλά πρέπει να κάνει και καλύτερες φιγούρες από εκείνους.

Αφήνει την τσαγιέρα και στρέφει το βλέμμα στην πρώην καθηγήτριά της. Την κοιτάζει επίμονα βαθιά μέσα στα μάτια. *Είναι δύσκολο να πεις ψέματα όταν ο άλλος σε κοιτάζει κατάματα,* σκέφτεται.

«Πώς ξέρατε πού θα με βρείτε;»

«Με έστειλε η γιαγιά σου, χρυσό μου παιδί» απαντάει με κατανόηση και χαμόγελο η κυρία Μι, σαν να μιλάει σε μικρό παιδί, κουνώντας ταυτόχρονα το κεφάλι της.

Και η αλήθεια είναι πως, ακούγοντάς την, έτσι ακριβώς νιώθει. Σαν ένα μικρό παιδί που του λένε ψέματα, γιατί το θεωρούν ανίκανο να ξεχωρίσει την αλήθεια από το ψέμα. *Γιατί ο καθένας νομίζει ότι μπορεί να μου λέει ό,τι* παραμύθια θέλει; αναρωτιέται μέσα της αγανακτισμένη. Είναι δυνατόν να λέει αλήθεια η κυρία Μι; Είναι δυνατόν να ήταν η Μαρία Γκρόσμαν αυτή που με πρόδωσε;

Ξαφνικά νιώθει τα δάχτυλα των χεριών της να παγώνουν. Σφίγγει με δύναμη τις γροθιές της. Και μήπως δεν το είχε ξανακάνει η γιαγιά μου; σκέφτεται και στρέφει το κεφάλι προς το παράθυρο. Και τότε ήταν πάλι η κυρία Μι που είχε συμπράξει μαζί της και την είχε οδηγήσει στο σχολείο. Α, όχι. Δεν θα αντέξει να δει την ίδια ιστορία να επαναλαμβάνεται για δεύτερη φορά.

Ο Μάριο αποφασίζει να παρέμβει, όταν συνειδητοποιεί ότι η Λυδία μοιάζει με ηφαίστειο έτοιμο να εκραγεί. Επιτέλους αντιλαμβάνεται ότι η κοπέλα δεν γνωρίζει την αλήθεια για την κυρία Μι. Κάποιος πρέπει να την ενημερώσει. Αναλαμβάνει στα γρήγορα να το κάνει αυτός.

«Λυδία, η κυρία Μι, όπως τη γνωρίζεις εσύ, ή η Ρωξάνη Στιούαρτ, όπως είναι το πραγματικό της όνομα, δεν είναι με την αντίπαλη πλευρά. Είναι ένα από τα αφανή μέλη του κύκλου στον οποίο ανήκε ο πατέρας μου, ο κύριος Μπράουν και η γιαγιά σου».

Τον ακούει αμίλητη. Η μικρή μαγική πρόταση που βγήκε από τα χείλη του περιέχει περισσότερες πληροφορίες και γρίφους παρά λέξεις. Το πιθανότερο είναι ότι είχαν χρειαστεί χρόνια να συμβούν και να πραγματοποιηθούν όσα είπε σε μία μονάχα στιγμή, σε μία μόνο πρόταση, ο Μάριο.

Έχει σαστίσει και δεν ξέρει πώς να αντιδράσει. Προτιμά βέβαια, για αρχή, να απολαύσει τη σκέψη ότι η γιαγιά της δεν την πρόδωσε, ούτε εκείνο το απόγευμα πριν από τέσσερα χρόνια, όπως πίστευε όλο αυτό το διάστημα, αλλά ούτε και σήμερα. Τα μάγουλά της φουσκώνουν από ευχαρίστηση, σαν τον σπόρο που σκάει όταν έρχεται η άνοιξη ύστερα από έναν μακρύ, κρύο και γκρίζο χειμώνα. Από την άλλη, όμως, η μικρή σπίθα ενοχής στη σκέψη ότι κακώς όλα αυτά τα χρόνια θεωρούσε την κυρία Μι κακό μπελά δεν την αφήνει να κοιτάξει προς το μέρος όπου κάθεται η μέχρι πρότινος δασκάλα των μαθηματικών.

Νιώθει να πνίγεται. Χρειάζεται καθαρό αέρα, πρέπει να φύγει από το δωμάτιο, να βγει έξω. Σηκώνεται σαν αυτόματο από την καρέκλα της. Ο Μάριο όμως αντιδρά πολύ γρήγορα και την προλαβαίνει.

«Κάθισε κάτω, Λυδία» της λέει συνοφρυωμένος. «Εσύ δεν είσαι αυτή που έψαχνες τη Ρωξάνη Στιούαρτ; Ε, λοιπόν, να την. Τώρα την έχεις μπροστά σου. Δεν έχεις τίποτα να τη ρωτήσεις;»

Την τραβάει απαλά από το παγωμένο χέρι της και την αναγκάζει να καθίσει πάλι στην καρέκλα της.

«Μάριο, θα σε μαλώσω».

Η κυρία Μι του χαμογελά πονηρά. «Δώσ' της λίγο χρόνο να συνειδητοποιήσει όλα όσα της ξεφούρνισες».

Είναι εύθυμος τύπος η καθηγήτρια των μαθηματικών, και με το παραμικρό που της λένε οι μαθητές της τραντάζεται πάντα από ένα γέλιο, που, αν και υπόκωφο και σιγανό, την κάνει να κουνάει πέρα δώθε το τροφαντό ολοστρόγγυλο κορμί της, με αποτέλεσμα στο τέλος να ζαλίζεται ακόμη και η ίδια. Είναι πολύ δύσκολο να φανταστεί την κυρία Μι σε ρόλο «κατασκόπου» στο σχολείο όπου, όπως λέει πάντα με περισσό καμάρι, ο πατέρας της είχε διατελέσει διευθυντής.

«Μα πώς είναι δυνατόν; Διδάσκετε στο σχολείο...»

«Ήταν δική μου επιλογή. Κατά βάθος αγαπάω τα μαθηματικά» αποκρίνεται χαμογελώντας απαλά.

«Σας ρώτησα τόσες φορές για τη γιαγιά μου. Ποτέ δεν μου είπατε κάτι. Ποτέ δεν με αφήσατε να καταλάβω ότι γνωρίζατε πού βρισκόταν όλον αυτόν τον καιρό».

«Ό,τι δεν θέλουμε να μάθει ένας καθρέφτης που δεν αντικατοπτρίζει την εικόνα μας το σβήνουμε από τη μνήμη μας. Το ξεχνάμε, προσποιούμαστε ότι δεν συνέβη ποτέ. Αυτή ήταν η συμφωνία που κάναμε εμείς του κύκλου πολλά χρόνια πριν».

«Δεν φοβηθήκατε όλον αυτόν τον καιρό μήπως σας ανακαλύψουν;»

«Ομολογώ πως στην αρχή είχα τις αμφιβολίες μου. Ναι, φοβόμουν πολύ. Αναρωτιόμουν συνεχώς αν είμαι ικανή να τα καταφέρω ή όχι. Γιατί πάω εκεί μέσα; σκεφτόμουν. Έχω τη δύναμη που θα μου χρειαστεί; Είναι δυνατόν να σκέφτομαι σοβαρά να το κάνω; Αξίζει, άραγε, όλον αυτόν τον κόπο και τον φόβο η εγγονή της Μαρίας; Θα γίνει κάποια μέρα αυτό που όλοι περιμένουν από την κοπέλα; Άλλοτε πάλι οι σκέψεις μου άλλαζαν ρότα και βαυκαλιζόμουν με την ιδέα ότι τίποτε απ' όλα αυτά δεν ήταν η αιτία που ήθελα να πάω. Ήταν η ύπουλη οσμή ενός παιχνιδιού που με έσερνε προς τα εκεί. Το κρυφτούλι που θα έπαιζα με το είδωλο του καθρέφτη μου. Το είδωλο που είχε εγκατασταθεί εκεί από τα πρώτα χρόνια της ζωής μου, με την άδεια του πατέρα μου, σε αντάλλαγμα της διευθυντικής θέσης του σχολείου».

Τα μάτια της έχουν σκουρύνει και είναι η πρώτη φορά που η κυρία Μι έχει χάσει το χαμόγελό της. «Από τη στιγμή όμως που πήρα την απόφασή μου και έδωσα τον λόγο μου στη Μαρία Γκρόσμαν ότι θα σε προσέχω και, όταν φτάσει η κατάλληλη στιγμή, θα φροντίσω να φύγεις από το σχολείο, όχι, δεν φοβόμουν πια». Το χέρι της ακουμπάει απαλά στον ώμο της Λυδίας.

Το άγγιγμα της κυρίας Μι της φέρνει στο μυαλό την ημέρα που κρυφάκουσε έξω από το γραφείο του διευθυντή του σχολείου τη συνομιλία της καθηγήτριας με τον κύριο Κέι.

«Δική σας πρόταση ήταν ο διαγωνισμός» εξωτερικεύει τις σκέψεις της, θέλοντας να τις μοιραστεί με την καθηγήτρια των μαθηματικών.

Η κυρία Μι δεν απαντάει. Στέλνει αμίλητη στο ταβάνι ένα ονειροπόλο βλέμμα, θαρρείς και αναπολεί εκείνη την ημέρα.

Τι θυμάται άραγε η κυρία Μι από εκείνη την ημέρα; αναρωτιέται από μέσα της. Πολύ σπάνια δύο άνθρωποι θυμούνται το ίδιο γεγονός στο οποίο ήταν παρόντες με τον ίδιο τρόπο.

«Προσευχόμουν να δεχτείς να συμμετάσχεις, κορίτσι μου. Ήταν ο μόνος τρόπος που σκέφτηκα για να βγεις από το σχολείο, χωρίς να κινήσουμε υποψίες. Δεν μπορούσα να ξέρω σε ποιο βαθμό είχε φτάσει η εκπαίδευσή σου και το δέσιμό σου με τον καθρέφτη σου, αλλά δεν μπορούσα να τους αφήσω να προχωρήσουν άλλο. Είχε φτάσει πια η ώρα να μάθεις την αλήθεια.

»Το σχέδιό μου ήταν να φύγουμε μαζί το βράδυ μετά το τέλος του διαγωνισμού. Δεν υπήρχε πια λόγος να μένω εκεί χωρίς εσένα. Αλλά, ξαφνικά, το βράδυ εκείνο, εσύ εξαφανίστηκες σαν να άνοιξε η γη και σε κατάπιε.

»Δεν ξέρεις πόσο ανησύχησα. Έψαξα σαν τρελή να σε βρω. Όταν οι υπόλοιποι συνοδοί καθηγητές έφυγαν, πιστεύοντας ότι είχες ήδη επιστρέψει μόνη σου στο σχολείο, εγώ έμεινα πίσω. Έψαξα όλους τους ορόφους του κτιρίου, σπιθαμή προς σπιθαμή. Σε αναζήτησα σε όλες τις αίθουσες, μέχρι που οι άνθρωποι του κτιρίου, που ήθελαν να κλειδώσουν, με πέταξαν κυριολεκτικά έξω. Δεν βρήκα τη δύναμη να γυρίσω στο σχολείο, γιατί ήμουν σίγουρη ότι θα με πρόδιδαν η αγωνία και η ανησυχία μου. Αργά το επόμενο βράδυ συναντήθηκα με τη Μαρία και έμαθα πως είχες καταφέρει να τη βρεις και πως είχατε, μαζί με τον Μάριο, ξεκινήσει το ταξίδι σας προς το Ινβερνές».

Η κυρία Μι σταματάει απότομα να μιλάει, κάνει να χαμογελάσει, αλλά δεν τα καταφέρνει, γιατί το σαγόνι της τρέμει. Περιμένει την αντίδραση της Λυδίας, με την αγωνία και την προσμονή του αναγνώστη που ξεκινά να διαβάζει την πρώτη σελίδα ενός καινούργιου βιβλίου.

Αν και έχει άπειρες ερωτήσεις να κάνει στην καθηγήτρια της, δεν καταφέρνει να αρθρώσει λέξη, θαρρείς και ο νους της έχει αναπάντεχα αδειάσει. Κοιτάζει προς τον Μάριο, αλλά αυτός μοιάζει για μία ακόμη φορά βυθισμένος στην απάθειά του. Τρίβει ανήσυχα το πρόσωπό της με τα χέρια της. Ευτυχώς το δωμάτιο είναι άδειο. Δεν τους έχει ακούσει κανείς

«Αγαπάω τη γιαγιά σου» ακούει την κυρία Μι να λέει, σαν να θέλει να υπερασπιστεί τον εαυτό της απέναντι στα κατηγορώ της νεαρής κοπέλας. «Πάντα την έβλεπα σαν την αδελφή που δεν έχω. Δυστυχώς, αν και πάντα είχαμε τον ίδιο προορισμό, έπρεπε να βαδίσουμε σε διαφορετικούς δρόμους. Από την αρχή της γνωριμίας μας, ξέραμε ότι, παρόλο που αυτή είχε διαλέξει την ελευθερία κι εγώ το κρυφτούλι, κάποτε θα συναντιόμασταν στο τέρμα της διαδρομής. Ποτέ δεν θα της έκανα κακό».

Σταματάει για λίγο, όταν βλέπει τον Μάριο να γεμίζει το άδειο φλιτζάνι μπροστά της με φρέσκο ζεστό καφέ. Η ανάσα της σφυρίζει με ανακούφιση στη σιωπή. Πίνει μια μεγάλη γουλιά, μορφάζει ευχαριστημένη και συνεχίζει:

«Όταν έμαθα ότι κάποιοι φρόντισαν να κατηγορηθεί η Μαρία για τη δολοφονία της κόρης της, έτρεξα αμέσως κοντά της. Τότε μου εκμυστηρεύτηκε το σχέδιό της. Δική της ήταν η ιδέα να διδάξω στο σχολείο. Οι διαχειριστές είχαν σφίξει πλέον πολύ στενά τον κλοιό γύρω της και δεν ήξερε πόσο καιρό ακόμη θα κατάφερνε να σε κρατήσει μακριά τους. Έπρεπε να προετοιμάσουμε το έδαφος για την περίπτωση που θα αναγκαζόταν να σε στείλει σε ένα από τα σχολεία τους. Έτσι, μία ημέρα μετά τη φυγή σας στο εξωτερικό, εγώ διορίστηκα στο σχολείο στο οποίο κάποτε είχε διατελέσει διευθυντής ο πατέρας μου, αφήνοντας να φανεί πως ενέδωσα στις παρακλήσεις του. Στην πραγματικότητα, εγώ ήμουν αυτή που έβαλα την ιδέα στο μυαλό του, αλλά κι αυτός χάρηκε αφάνταστα για το γεγονός ότι η κόρη του, έστω και αργά, αποφάσισε να ακολουθήσει τον δρόμο της λογικής.

»Έτσι, όταν άρχισε η οδύσσειά σας, δεν μπόρεσα να σας βοηθήσω. Είχα πάει ήδη στο σχολείο και οι κινήσεις μου δεν περνούσαν πια απαρατήρητες. Έκανα υπομονή, παρακολουθούσα την υπόθεση της Μαρίας από τις εφημερίδες και την τηλεόραση, για όσο καιρό εμφανιζόταν σαν πρώτο θέμα, και ευχόμουν να τα καταφέρετε. Ευτυχώς υπήρξαν άλλοι που σας βοήθησαν τότε, δίνοντας ακόμη και την ίδια τους τη ζωή, όπως ο πατέρας του Μάριο» καταλήγει με ένα βάρος στη βραχνή φωνή της.

Κοιτάζει τον Μάριο με μάτια βαριά, σαν να κρύβουν μέσα τους μια καταπιεσμένη δύναμη, που παλεύει να ελευθερωθεί.

«Πρέπει να είσαι περήφανος για τον πατέρα σου, παιδί μου. Ήταν ένας ονειροπόλος που με τις πράξεις του έδωσε δύναμη και σχήμα στα λόγια όλων μας. Δυστυχώς, η κοινωνία μας μπορεί να συγχωρήσει ακόμη και έναν εγκληματία, αλλά δεν αντέχει τους ονειροπόλους με τη δύναμη του πατέρα σου».

Ο Μάριο δεν απαντά. Την παρατηρεί ξεροκαταπίνοντας κι έπειτα στρέφει αργά αργά το βλέμμα του προς το παράθυρο.

Η Λυδία επεξεργάζεται τις πληροφορίες της κυρίας Μι στο μυαλό της. Πιάνει τις άκρες και προσπαθεί να τις υφάνει τα νήματα των πληροφοριών της Ρωξάνης Στιούαρτ σε εικόνες. Βιάζεται να τις βάλει πλάι πλάι, για να σχηματιστεί το παζλ.

Περνούν αρκετές στιγμές πριν μιλήσει κάποιος. Όταν ξάφνου η κυρία Μι αποφασίζει να ταράξει σαν ανεμοστρόβιλος την ηρεμία για ακόμη μία φορά.

«Θα πρέπει να ομολογήσω» παραδέχεται «πως η γιαγιά σου μου είπε ότι σήμερα θα βρίσκεστε εδώ, αλλά δεν γνωρίζει ότι θα ήρθα εδώ να σας συναντήσω».

Αυτός που αντιδρά πρώτος είναι ο Μάριο. Στρέφει το κεφάλι του προς το μέρος της, τινάζει απότομα τον κορμό του προς τα πίσω και την κοιτάζει με βλέμμα εξαγριωμένο.

«Τι σημαίνει αυτό, Ρωξάνη; Πριν από λίγο, στη ρεσεψιόν όπου συναντηθήκαμε, μου είπες ότι σε στέλνει η Μαρία» ρωτάει με την ένταση ζωγραφισμένη στο πρόσωπό του.

Η Λυδία, ξαφνιασμένη από την έκρηξή του, αφήνει τις άκρες των νημάτων να χοροπηδούν πάλι στον χώρο και τον κοιτάζει έκπληκτη, εντυπωσιασμένη από την ταχύτητα με την οποία πέρασε από την απάθεια στο πάθος και στην ένταση.

«Ηρέμησε, αγόρι μου». Η κυρία Μι δεν έχει χάσει ακόμα το χαμόγελο από τα χείλη. «Η Λυδία πρέπει να μάθει κάτι, που δεν πρόκειται να της πει κανείς άλλος. Κάποιοι από εμάς το γνωρίζουν, αλλά δεν θα να της το πουν γιατί το έχει απαγορεύσει η Μαρία. Παρότι αγαπώ πολύ τη Μαρία και ξέρω ότι η πράξη μου θα τη στενοχωρήσει αφάνταστα, πιστεύω ότι η Λυδία έχει κάθε δικαίωμα να το μάθει».

Παίρνει βιαστικά μια νέα, βαθιά ανάσα και την αφήνει πολύ γρήγορα να ξαναβγεί, ενώ η Λυδία κρατάει τη δική της τόσο πεισματικά, για να μην ακουστεί ο παραμικρός ήχος. Τα χέρια της έχουν μείνει στον αέρα. Τα χαρακτηριστικά της είναι τραβηγμένα από την ένταση πάνω στο πρόσωπό της, που μένει εντελώς ακίνητο, σαν να φοβάται μήπως ο αέρας του δωματίου τής πάρει την έκφραση και την ανάσα. Στα αυτιά της φτάνει ο ήχος τρεχούμενου νερού από το βάθος του δωματίου.

«Τι είναι αυτό που πρέπει να μάθω;» ρωτάει ξέπνοα.

«Ο πατέρας σου, ο Όλιβερ Ράιχ, είναι ένας από τους διαχειριστές» λέει απότομα η κυρία Μι, σαν να φοβάται ότι, αν δεν το ξεστομίσει αμέσως, ίσως στο τέλος να μη βρει τη δύναμη να το κάνει.

Η ζέστη είναι τρομερή. Η ατμόσφαιρα αποπνικτική. *Το δωμάτιο χρειάζεται φρέσκο αέρα. Κάποιος πρέπει να ανοίξει το παράθυρο*, σκέφτεται η Λυδία. Γεμίζει αμίλητη ένα ποτήρι νερό και το πίνει μονορούφι. Ύστερα αρχίζει να βυθίζεται σε ένα είδος χαύνωσης, σαν να ονειροπολεί. Συνεχίζει όμως να κοιτάζει γύρω της, δίχως να βλέπει κάτι αλλά και χωρίς να έχει καμία όρεξη να δει κάτι.

Ο Μάριο και η κυρία Μι την παρακολουθούν σιωπηλοί.

Τους κοιτάζει με μάτια διεισδυτικά και περίεργα, σαν του πουλιού, καθώς μονολογεί: «Η μητέρα μου με έναν από αυτούς. Δεν θέλω να σκέφτομαι πώς αντέδρασε η γιαγιά όταν το έμαθε!».

«Μα δεν το ξέραμε τότε, καλή μου. Ούτε η μητέρα σου το γνώριζε Ο αχρείος, μας εξαπάτησε όλους! Ποτέ δεν έχω ξαναδεί άνθρωπο να κρύβεται τόσο καλά, ακόμη και από τον ίδιο του τον εαυτό. Όταν μάθαμε την αληθινή του ταυτότητα, ήταν πολύ αργά. Ο Ράιχ είχε φροντίσει να εξαφανιστεί».

Αντί για απάντηση, ένα αινιγματικό χαμόγελο εμφανίζεται στα χείλη της. Ένα χαμόγελο που δεν μπορούν να ερμηνεύσουν ούτε ο Μάριο ούτε η καθηγήτρια των μαθηματικών.

Σπρώχνει την καρέκλα της μακριά από το τραπέζι, αλλά δεν σηκώνεται. Σκύβει το κορμί της και αγκαλιάζει με τα χέρια τα γόνατά της. Κουλουριάζεται όπως το θηρίο που πέφτει για ύπνο.

«Πού είναι τώρα; Ξέρει κάποιος;» ρωτάει με φωνή που μοιάζει περισσότερο με μούγκρισμα.

«Πριν από λίγες ημέρες έφτασε αναπάντεχα στο διαμέρισμα όπου μένει ο Μάριο και είναι νοικιασμένο στο όνομά μου ένα μήνυμα, και μάλιστα εις διπλούν. Οι δύο καρτ ποστάλ από το Ινβερνές. Ο Μάριο φρόντισε να μας ειδοποιήσει όλους αμέσως. Λίγες ημέρες αργότερα, είδες κι εσύ το μήνυμα, αλλά, όπως ήταν φυσικό, δεν κατάλαβες τίποτα».

«Δεν είμαι σίγουρος γι' αυτό, Ρωξάνη» επεμβαίνει ο Μάριο. «Πρέπει να σου πω ότι, όταν η Λυδία είδε τις κάρτες, θέλησε, για κάποιο λόγο, να πάρει τη μία. Δυστυχώς φέρθηκα εντελώς ανόητα και τώρα φαντάζομαι ότι κάποιοι γνωρίζουν ήδη τη διεύθυνση από την οποία ταχυδρομήθηκε η κάρτα, μέσω του προηγούμενου ειδώλου του καθρέφτη της Λυδίας».

Η κυρία Μι του ρίχνει μια καθησυχαστική ματιά. «Μην ανησυχείς, Μάριο, η διεύθυνση αποστολής δεν είναι υπαρκτή. Μπορεί στο παρελθόν να μην καταφέραμε πολλά πράγματα, μπορεί να έχουμε απομείνει πια μια χούφτα από ανθρώπινα απομεινάρια, που ξεγελάμε ακόμη και τους ίδιους τους εαυτούς μας, ότι μπορούμε να τα καταφέρουμε, αλλά δεν είμαστε και εντελώς ερασιτέχνες. Φροντίζουμε πάντα να παίρνουμε τα στοιχειώδη μέτρα ασφαλείας. Η καλύτερη προφύλαξη που κράτησε τους περισσότερους από εμάς ασφαλείς όλα αυτά τα χρόνια ήταν η ψευδαίσθηση της ανυπαρξίας που δημιουργήσαμε γύρω μας. Αν εσύ ο ίδιος δεν έχεις αίσθηση του εαυτού σου, είναι λίγοι αυτοί που σε προσέχουν».

«Οι καρτ ποστάλ από τη Σκωτία» μουρμουρίζει μέσα από τα δόντια της η Λυδία, που μοιάζει να συνέρχεται από βαθύ λήθαργο. Σηκώνει το κεφάλι και κοιτάζει τον Μάριο με μάτια γεμάτα ένταση από την έκπληξη.

«Ακριβώς. Οι καρτ ποστάλ από τη Σκωτία μάς ειδοποιούσαν ότι κάτι συνέβη. Επικοινώνησα με τον αποστολέα και έμαθα ότι ο πατέρας σου είχε κάνει την εμφάνισή του έπειτα από πολύ καιρό» λέει η κυρία Μι, που έχει αφήσει ήδη τον Μάριο και έχει στραφεί στη Λυδία. «Φυσικά, δεν είπα τίποτα στη γιαγιά σου. Η Μαρία ήταν ικανή να πάει να τον βρει μόνη της και να τον ξεκάνει πριν προλάβουμε να ανοιγοκλείσουμε τα βλέφαρά μας. Τόσο είναι το μίσος της γι' αυτόν τον άνθρωπο».

«Ξέρετε πού βρίσκεται τώρα;» ρωτάει, γέρνοντας το κορμί της προς την καθηγήτρια, με κομμένη την ανάσα. Το βλέμμα της έχει σκληρύνει.

«Ο άνθρωπός μας με πληροφόρησε ότι είδαν τον πατέρα σου στο Ινβερνές, στα Χάιλαντς». Σταματάει απότομα και αρπάζει τη Λυδία από τους ώμους. Τα βλέμματά τους συναντιούνται σε μια αστραπιαία αναμέτρηση της μιας με την άλλη. «Κορίτσι μου, ο πίνακας των καρτ ποστάλ υπονοούσε ότι είχε έρθει η ώρα να φύγεις από το σχολείο. Ήταν ένα σινιάλο για μένα. Έπρεπε να φροντίσω, το συντομότερο δυνατόν, να βγεις έξω, στον αληθινό κόσμο, για να τον συναντήσεις. Και τότε, για καλή μου τύχη, ανακοινώθηκε ο διαγωνισμός του καθρέφτη και άρπαξα, χωρίς δεύτερη σκέψη, την ευκαιρία».

Κουνάει απελπισμένη το κεφάλι της, μην μπορώντας να κατανοήσει σε όλη τους την έκταση τα λόγια της κυρίας Μι. Τέσσερα χρόνια τώρα περίμενε τη στιγμή που θα συναντούσε τον μοναδικό άνθρωπο που είχε στον κόσμο, τη γιαγιά της. Από πού είχε ξεφυτρώσει τώρα ένας πατέρας, για τον οποίο δεν γνώριζε απολύτως τίποτα, αλλά είχε στηθεί ολόκληρο σχέδιο, εν αγνοία της γιαγιάς της, για να τον συναντήσει;

«Και ενώ όλα προχωρούσαν σύμφωνα με το σχέδιό μου, εξαφανίστηκες μετά το τέλος του διαγωνισμού, σαν να σε κατάπιε το κτίριο. Αλήθεια, πού στο καλό πήγες μόνη σου μέσα στη νύχτα;»

«Δεν σας είπε η γιαγιά μου; Πέρασα τη νύχτα στο σπίτι της Βαλεντίνης της...»

«Της Αιρετικής;» συμπληρώνει κατάπληκτη η κυρία Μι τη φράση της Λυδίας; «Μα πώς; Πώς ήξερες γι' αυτήν; Ποιος σε έστειλε εκεί;»

«Η Αλεξάνδρα η ζητιάνα» αποκρίνεται αναπνέοντας με δυσκολία.

Η κυρία Μι ξαφνιάζεται. «Δεν τη γνωρίζω» μουρμουρίζει μπερδεμένη.

Περνούν ακόμη δύο ώρες, κουβεντιάζοντας. Σ' αυτό το διάστημα, η καθηγήτρια των μαθηματικών αποδεικνύεται λαλίστατη, βομβαρδίζοντάς τους με πλήθος χρήσιμων και άχρηστων πληροφοριών.

Όταν αποχωρεί από το μικρό δωμάτιο, οι δύο νέοι βγάζουν έναν αναστεναγμό ανακούφισης. Η ησυχία που αφήνει πίσω της η καθηγήτρια είναι τόσο έντονη, ώστε μπορούν να ακούσουν την αναπνοή τους.

«Το ήξερες;» διακόπτει πρώτη την απόλυτη σιωπή. Ακούγεται λίγο θυμωμένη.

«Ποιο;»

«Αυτό, για τον Όλιβερ Ράιχ, τον πατέρα μου».

«Όχι» απαντάει ο Μάριο κοφτά.

Τον κοιτάζει ερωτηματικά, θαρρείς και η απάντησή του είναι απίστευτη.

Ο Μάριο σηκώνεται απότομα από την καρέκλα του. Με το ένα χέρι αρπάζει το σακίδιό του και με το άλλο το χέρι της. Την τραβάει απαλά και την αναγκάζει να σηκωθεί.

Τον κοιτάζει απορημένη.

«Πάμε» της λέει. «Καταλαβαίνω ότι έχεις πολλές απορίες. Πάμε μια βόλτα στην πόλη. Λίγη συζήτηση δεν θα μας βλάψει. Ίσως είναι ώρα να γνωρίσει καλύτερα ο ένας τον άλλο. Στο διάβολο το πρόγραμμα. Ας φτάσουμε στο Ινβερνές μία μέρα αργότερα. Θα ξεκινήσουμε αύριο το πρωί».

Ο ξερός τόνος της φωνής του υποδηλώνει ότι δεν θα δεχτεί ούτε διαμαρτυρία ούτε αντίρρηση.

Κεφάλαιο 15

Πέμπτη 19 Μαρτίου 2015

Βγαίνουν από το κάστρο του Εδιμβούργου έχοντας πάρει μαζί τους τους ήχους από τα ποδοβολητά αλόγων και τις πανοπλίες που αντηχούσαν υπόκωφα στα πλακόστρωτα στενά του, μυρωδιές και εικόνες από αχνιστά φαγητά πάνω σε μεγάλα τραπέζια και φωνές και γέλια ανθρώπων.

Μπαίνουν στην οδό Ρουαγιάλ Μάιλ, έναν πραγματικά εντυπωσιακό δρόμο, στην καρδιά της πόλης. Περπατούν ο ένας πλάι στον άλλο, έχοντας την αίσθηση όχι ότι σεργιανίζουν απλώς σε έναν δρόμο της πόλης, αλλά ότι με κάθε βήμα τους ξεφυλλίζουν την ίδια την ιστορία της, με τις σελίδες να φτερουγίζουν γοργά και ανάλαφρα, σαν νιφάδες χιονιού, μπροστά στα ορθάνοιχτα μάτια τους.

Αρχίζει να ψιλοβρέχει, αλλά ο κόσμος, οι περισσότεροι τουρίστες, δεν τρέχει να προφυλαχτεί από τις λεπτές σταγόνες. Συνεχίζουν να χαζεύουν μπροστά από τις βιτρίνες των καταστημάτων, να δοκιμάζουν ντόπιο ουίσκι και να φωτογραφίζουν ό,τι τους κάνει εντύπωση. Οι δύο νέοι κατευθύνονται προς το τέλος του δρόμου, όπου ο Μάριο έχει αφήσει το αυτοκίνητό του. Οι σταγόνες της βροχής σχηματίζουν λεπτές, διάφανες υδάτινες γραμμές πάνω στα πρόσωπά τους. Τα σκούρα σύννεφα στον ουρανό κρέμονται σαν απειλητικά φαντάσματα από τους κάποτε φυλακισμένους στα υπόγεια του κάστρου, πάνω από τα μουσκεμένα κεφάλια τους, προειδοποιώντας τους για τον επικείμενο ερχομό της μπόρας.

Οι ήχοι της γκάιντας, που ένας αδύνατος νεαρός, παρά το ψιλόβροχο, παίζει όρθιος σε μία από τις διασταυρώσεις του δρόμου, ανακατεμένοι με τις χαρούμενες φωνές των νεαρών που μοιράζουν ενημερωτικά φυλλάδια για το καλλιτεχνικό πρόγραμμα των παμπ τις βραδινές ώρες, βουίζουν στα αυτιά τους και κάνουν, όσο περνάει η ώρα, δυσκολότερη τη συζήτησή τους. Για να ακούσει ο ένας τον άλλο καλύτερα, αναγκάζονται να περπατούν πολύ κοντά με τα σώματά τους να αγγίζουν το ένα το άλλο, γεγονός που κάνει τη Λυδία να χάνει πολλές φορές τον ειρμό της σκέψης της και να δίνει στον Μάριο αλλοπρόσαλλες απαντήσεις.

Εκείνος πιστεύει ότι η αιτία αυτών των απρόβλεπτων απαντήσεών της είναι η φασαρία, που την εμποδίζει να τον ακούει, και έτσι συνεχίζει, κάθε φορά που σκύβει κοντά της να της ψιθυρίσει κάτι στο αυτί, να φέρνει τη Λυδία σε ακόμη πιο δύσκολη θέση.

Λίγο πριν φτάσουν στα τελευταία μέτρα του δρόμου, ο Μάριο έχει προλάβει να της διηγηθεί πώς κατάφερε, μετά τον θάνατο του πατέρα του, να επικοινωνήσει με κάποιους από τους φίλους του πατέρα του και πώς κράτησε επαφή και εργάστηκε με αυτούς που φάνηκαν διατεθειμένοι να βοηθήσουν τη Μαρία Γκρόσμαν να αποδείξει την αθωότητά της. Ήταν σίγουρος ότι αυτός ήταν ο μόνος τρόπος να βρει τον δολοφόνο του πατέρα του. Πίστευε ότι ήταν ο ίδιος που είχε παγιδεύσει τη γιαγιά της, αφού πρώτα είχε δολοφονήσει τη μητέρα της. Για το λόγο αυτό, όπως της εξήγησε, έγινε τα μάτια τους και τα αυτιά τους μέσα στον χώρο του διαδικτύου, αναζητώντας οποιοδήποτε στοιχείο θα μπορούσε να τους φανεί χρήσιμο, όπως όλα όσα αφορούσαν τις έρευνες που έκαναν η αστυνομία και οι δικαστικές αρχές για να εντοπίσουν τη γιαγιά της.

«Υπάρχει κάποιος βρομοεκτελεστής πίσω απ' όλους τους φόνους. Κάποιος που δεν φοβάται κανέναν μας» καταλήγει ο Μάριο παίρνοντας το φυλλάδιο που του έβαλε μπροστά του μια νεαρή κοπέλα, με τα βρεγμένα μαύρα μαλλιά της κολλημένα στο πρόσωπό της. Η περιφρόνηση στη φωνή του την αναγκάζει να γυρίσει να τον κοιτάξει.

«Και εμείς εξακολουθούμε να φερόμαστε νόμιμα, ευγενικά και καθώς πρέπει» συνεχίζει εκείνος, χωρίς να της δώσει σημασία. «Αλλά έχουμε να κάνουμε με έναν δολοφόνο, έναν παλιάνθρωπο. Όλο αυτό με κάνει να νιώθω βλάκας».

Δεν έχει ακούσει όλα τα σημεία της διήγησής του. Ο νους της στροβιλίζεται σαν τα φύλλα των δέντρων, που ο αέρας δεν τα αφήνει να πέσουν αμέσως στο έδαφος. Παραδέρνει ανάμεσα στα λόγια του Μάριο, της κυρίας Μι και της γιαγιάς της, προσπαθώντας απεγνωσμένα να κρατηθεί από κάποιες κουβέντες τους.

«Αν θέλεις τη γνώμη μου, ο Μέγιστος είναι ένα ψέμα. Είναι μια δική τους εφεύρεση και τίποτα περισσότερο». Η ένταση της φωνής του την ακινητοποιεί με το ένα πόδι στον αέρα».

«Τι είναι αυτό τώρα; Ένας νέος γρίφος;» ρωτάει. «Νόμιζα ότι αυτόν ψάχνουμε» μουρμουρίζει απορημένη. Σαν αστραπή όμως περνάει από τον νου της η σκέψη ότι ακόμα θυμόταν τον αυτοκράτορα των Αζτέκων Μοκτεζούμα, αλλά όχι και τον Μέγιστο, που, όπως ισχυρίστηκε ο κύριος Μπράουν, ήταν ο καθρέφτης του.

«Επίσημα, τουλάχιστον, αυτή την αποστολή μάς ανέθεσε η γιαγιά σου» της απαντάει χαμογελώντας ο Μάριο, χωρίς να ξέρει και ο ίδιος γιατί χαμογελάει. Την παρασύρει όμως και βάζει και αυτή τα γέλια.

«Εντάξει, δέχομαι την πρόσκληση» τον διαβεβαιώνει. «Θα προσπαθήσω να λύσω τον γρίφο της ύπαρξης ή όχι του Μέγιστου».

«Είναι η πρώτη φορά που γελάς από την ώρα που ξεκινήσαμε, το ξέρεις;» παρατηρεί ο Μάριο, περιεργαζόμενος το πρόσωπό της. «Είσαι τελείως διαφορετική. Μερικές φορές, μου θυμίζεις εμένα» προσθέτει και βιάζεται να γυρίσει τη ματιά του στο βάθος του δρόμου.

Ακούγοντάς τον, γίνεται κατακόκκινη και προσπαθεί να αλλάξει θέμα στα γρήγορα. «Πιστεύεις ότι, αν συναντήσουμε τον πατέρα μου στον Ινβερνές, θα μας μιλήσει; Θα μας πει ποιος είναι ο δολοφόνος της μητέρας μου, για να αθωωθεί η γιαγιά μου;»

Ο Μάριο όμως δεν προλαβαίνει να της πει πόσο αφελής ακούστηκε η ερώτησή της, γιατί ο ξαφνικός πόνος που νιώθει από την αγκωνιά στα πλευρά τού κόβει την ανάσα. Ο πόνος διαπερνάει σαν καλοακονισμένη λάμα μαχαιριού το στήθος του και τον αναγκάζει να διπλωθεί στα δύο.

Συνέρχεται γρήγορα και παίρνει βαθιά ανάσα. Ορθώνει το κορμί του και ψάχνει με το βλέμμα για τη Λυδία. Πριν προλάβει όμως να την εντοπίσει με τη θολή ακόμα ματιά του, μια δυνατή γροθιά τον χτυπάει στο πρόσωπο και τον τινάζει με ορμή προς τα πίσω. Παραπατάει, χάνει την ισορροπία του και σωριάζεται στην άκρη του πεζοδρομίου. Ενώ προσπαθεί απεγνωσμένα να κρατηθεί από κάπου τη στιγμή που πέφτει, ακούει την κραυγή της Λυδίας στο βάθος του μυαλού του.

Σηκώνεται πάλι με δυσκολία, όσο πιο γρήγορα μπορεί, προσπαθώντας να ξαναβρεί την ανάσα του. Αυτή τη φορά βλέπει τη Λυδία και καταλαβαίνει γιατί η κοπέλα είχε φωνάξει. Ένας άντρας την κρατάει σφιχτά, έχοντας ακινητοποιήσει και τα δυο της χέρια. Είναι νέος, γεροδεμένος και, κάτω από τον βρεγμένο σκούφο του, οι άκρες των μαλλιών του είναι το ίδιο μαύρες με τις κόρες των ματιών του.

«Γύρισε πίσω στη χώρα σου. Αυτή θα την πάρω εγώ» του φωνάζει φτύνοντας σχεδόν τις λέξεις, βλέποντας ότι ο Μάριο συνήλθε. Τα ματοτσίνορά του ανοιγοκλείνουν με ταχύτητα, για να διώχνουν τις σταγόνες της βροχής. «Αλλιώς θα τη σκοτώσουμε» σφυρίζει με φωνή γεμάτη δηλητήριο, σφίγγοντας με όλη τη δύναμή του τη Λυδία, που στριφογυρίζει σαν παγιδευμένη αλεπού, προσπαθώντας να ελευθερωθεί.

Πριν όμως ο Μάριο καταφέρει να τον πλησιάσει, ο νεαρός άντρας βγάζει μια δυνατή, πονεμένη κραυγή και πετάει τη Λυδία μακριά του.

«Ποια θα σκοτώσεις, βρε πρεζάκια, ε; Άφησε το κορίτσι, ανώμαλε!» φωνάζει ένας ηλικιωμένος άντρας πίσω του, που ανεβοκατεβάζει την ομπρέλα του με όλη του τη δύναμη στην πλάτη του αγνώστου. Η Λυδία ελευθερώνεται. Θέλει να τρέξει κοντά στον Μάριο, αλλά δεν μπορεί. Στέκεται κατάπληκτη δίπλα στον ηλικιωμένο σωτήρα της.

Ξαφνιασμένος ακόμα από την απρόσμενη επίθεση που δέχτηκε αυτός που είχε χτυπήσει τον Μάριο, γυρίζει να αντεπιτεθεί στον ηλικιωμένο με την ομπρέλα, αλλά, σχεδόν αστραπιαία, κάποιοι νεαροί, από αυτούς που μοίραζαν φυλλάδια, μπαίνουν μπροστά του φτιάχνοντας ένα πρόχειρο ανθρώπινο τείχος.

Η βροχή έχει δυναμώσει, αλλά κανένας δεν απομακρύνεται. Ο άγνωστος είναι παγιδευμένος ανάμεσα στον Μάριο και τους νεαρούς, που έχουν μπει σαν ασπίδα μπροστά από τον δυναμικό ηλικιωμένο με την ομπρέλα και τη Λυδία.

Τα μάτια του πεταρίζουν ολόγυρα, με τη λύσσα του παγιδευμένου αγριμιού που ζυγίζει την κατάσταση. Φαίνεται να αντιλαμβάνεται πως, αν επιχειρήσει να διαφύγει από την πλευρά των νεαρών, δεν έχει καμία ελπίδα να τα καταφέρει. Στρέφεται προς τον Μάριο και ξεφυσά με δύναμη, σαν τον μαινόμενο ταύρο που νιώθει στριμωγμένος, θαρρείς και η ανάσα του έχει τη δύναμη να σκοτώσει.

«Κατάλαβες τι σου είπα;» σφυρίζει μέσα από τα δόντια του, ρίχνοντας μια δολοφονική ματιά στον Μάριο. «Γύρισε πίσω. Δεν μπορείς να μας ξεφύγεις. Θα την πάρουμε. Δεν θα υπάρχουν πάντα δίπλα σας κάποιοι με διάθεση να επέμβουν».

Ο Μάριο προσπαθεί να κινηθεί προς το μέρος του με δυσκολία και το σώμα ακόμα καμπουριασμένο από τον πόνο. Ο άγνωστος όμως τον σπρώχνει με όλη του τη δύναμη και το βάζει στα πόδια πίσω του. Έτσι, ο Μάριο βρίσκεται για μία ακόμη φορά στο έδαφος.

Οι περαστικοί και οι τουρίστες, βλέποντας τη φασαρία, κοντοστέκονται για να δουν τι συμβαίνει. Η φράση «εκεί πέρα πέφτει ξύλο» που φώναξε κάποιος δυνατά, λειτουργεί σαν κινητήριος μοχλός για να μαζέψει πολλούς θεατές σε κύκλο γύρω από τον Μάριο, που δεν έχει προλάβει να σηκωθεί.

«Είναι άρρωστος» φωνάζει κάποιος άλλος, που δεν είχε αντιληφθεί την επίθεση του αγνώστου. «Κάποιος να καλέσει ασθενοφόρο».

«Όχι, όχι, είμαι καλά» φωνάζει ο Μάριο σκουπίζοντας με την παλάμη του το αίμα που τρέχει από τη μύτη του. Μια γυναίκα τού δίνει ένα χαρτομάντιλο. «Δεν είναι τίποτα σοβαρό» συμπληρώνει κοιτάζοντας με παρακλητικό βλέμμα τη Λυδία, ζητώντας της βοήθεια για να τα βγάλει πέρα με το πλήθος των συγκεντρωμένων.

«Δεν χρειάζεται ασθενοφόρο. Το αυτοκίνητό μας είναι παρκαρισμένο λίγα μέτρα πιο κάτω. Αν χρειαστεί, θα πάμε σε κάποιο νοσοκομείο» επεμβαίνει αμέσως μόλις κατάλαβε τι της ζητά ο Μάριο.

Καθησυχασμένοι οι περαστικοί απομακρύνονται.

«Ποιος είναι; Τον έχεις ξαναδεί; Τον γνωρίζεις;» ρωτάει η Λυδία όταν απομακρύνονται όλοι. Το βλέμμα της σαρώνει τον χώρο ψάχνοντας για την παραμικρή ύποπτη κίνηση.

Βλέποντας τη μύτη και το δεξί του μάγουλο, που έχουν αρχίσει να κοκκινίζουν και να πρήζονται, αισθάνεται άσχημα.

«Λυπάμαι, αλλά δεν πρόλαβα να αντιδράσω. Στην αρχή είδα μόνο την πλάτη του. Φαντάστηκα ότι σε πλησίασε για να σου δώσει κάποιο διαφημιστικό φυλλάδιο. Προσπάθησα να έρθω κοντά σου, αλλά εκείνος γύρισε απότομα και, πριν το καταλάβω, με άρπαξε από πίσω» παραδέχεται χαμηλώνοντας το κεφάλι.

Τον βοηθάει να καθαρίσει το αίμα που τρέχει στην ίδια υδάτινη γραμμή μαζί με το νερό της βροχής γύρω από τη μύτη του. Τα πόδια της τρέμουν ακόμα.

«Δεν πειράζει, Λυδία, μη στενοχωριέσαι. Ούτε εγώ κατάφερα να βγάλω άκρη. Δεν μου θύμισε κανέναν». Προσπαθεί να την ηρεμήσει και να τη βοηθήσει να νιώσει καλύτερα.

Κατευθύνονται με βιαστικά βήματα προς το αυτοκίνητο. «Είναι προτιμότερο να φύγουμε απόψε κιόλας. Γνωρίζουν ότι είμαστε εδώ. Σίγουρα θα προσπαθήσουν να μας πλησιάσουν πάλι αν μείνουμε κι άλλο. Καλύτερα να ταξιδέψουμε τη νύχτα» της ανακοινώνει ο Μάριο μόλις κάθεται στη θέση του οδηγού.

Δεν φέρνει καμία αντίρρηση. «Μπορείς να οδηγήσεις;» ρωτάει σιγά.

Η απρόσμενη επίθεση την έχει τρομοκρατήσει και είναι σίγουρη ότι θα νιώσει μεγαλύτερη ασφάλεια τη νύχτα πλάι στον Μάριο παρά μόνη της στο δωμάτιο του ξενοδοχείου. Η σημερινή παρουσία της κυρίας Μι και η επίθεση και οι απειλές του άγνωστου κατάφεραν να τους δείξουν με πολύ πειστικό τρόπο ότι το ταξίδι τους κάθε άλλο παρά ταξίδι αναψυχής θα είναι. Δεν είναι η κατάλληλη στιγμή για τουρισμό. Το να περιδιαβαίνουν ανέμελα ανάμεσα στα πέτρινα σοκάκια ενός μεσαιωνικού κάστρου και τους γραφικούς τουριστικούς δρόμους της πόλης δεν αποδείχθηκε σωστή κίνηση.

Μέσα στην επόμενη ώρα περνούν από το ξενοδοχείο, μαζεύουν βιαστικά τα λιγοστά πράγματά τους και ξεκινούν με κατεύθυνση τα Χάιλαντς της Σκωτίας.

Κεφάλαιο 16

Παρασκευή 20 Μαρτίου 2015

Τα σπίτια του Ινβερνές, κατασκευασμένα από γκρίζες πέτρες, είναι χαμηλά και ήσυχα σαν τα νερά του ποταμού Νες και τις σκυμμένες πλάτες των ψαράδων, που ψαρεύουν σιωπηλοί στις όχθες του. Ο αέρας πάνω από την πόλη είναι βαρύς και δυσκίνητος, ίσως γιατί κουβαλάει μαζί του κόκκους σκόνης γεμάτες μυστήριο, ιστορίες και θρύλους από το παρελθόν.

Ο Μάριο και η Λυδία διασχίζουν αμίλητοι την κρεμαστή γέφυρα που ενώνει τις δύο όχθες του ποταμού, για να φτάσουν στην άλλη άκρη της γέφυρας, όπου βρίσκεται το κέντρο της πόλης.

Είναι μεσημέρι και από τον ουρανό στάζουν, αραιά και πού, πάνω στα κεφάλια τους οι τελευταίες σταγόνες της μπόρας που είχε προηγηθεί. Περπατούν βιαστικά και η Λυδία δεν προσέχει τους ανθρώπους γύρω της. Οι αδιάφορες φωνές τους φτάνουν στα αυτιά της σαν ένα αδιάκοπο συλλογικό μουρμουρητό.

Κατευθύνονται στην παμπ *Γκέλιονς*, στη γωνία των οδών Μπριτζ και Τσερτς, στο ιστορικό κέντρο του Ινβερνές, και οι σκέψεις της είναι μπερδεμένες. Το μυαλό της, παρά τις επίμονες προσπάθειές της, εξακολουθεί να αποζητάει τη χαμένη αίσθηση της ζεστής φωνής του Φοίβου που κάποτε την έκανε να νιώθει σίγουρη και δυνατή. Τα πόδια της τρέχουν μηχανικά προς τα εκεί όπου τους έστειλε το μήνυμα της κυρίας Μι. Εκεί όπου θα συναντηθούν με τον άντρα ο οποίος γνωρίζει πού βρίσκεται ο πατέρας της.

Το μήνυμα που τους ειδοποιούσε για την επικείμενη συνάντηση στο *Γκέλιονς* έφτασε κρυπτογραφημένο στο κινητό του Μάριο δύο ώρες πριν, κατά τις έντεκα. Αποστολέας ήταν η Ρωξάνη Στιούαρτ.

Δεν είχε προλάβει καλά καλά να ξεκουραστεί από το πολύωρο νυχτερινό ταξίδι, όταν χτύπησε η πόρτα του δωματίου και όρμησε μέσα ο Μάριο με το χέρι, που κρατούσε το κινητό του τηλέφωνο, απλωμένο προς το μέρος της.

«Ξύπνησες, Λυδία; Κοίτα τι έχουμε εδώ;»

Θύμωσε με τον εαυτό της που είχε ξεχάσει να κλειδώσει την πόρτα του δωματίου, και τώρα βρισκόταν αυτή ξαπλωμένη στο κρεβάτι και ο Μάριο όρθιος στο πλάι, χαμογελαστός, περιμένοντας την απάντησή της. Ευτυχώς που ήταν πολύ κουρασμένη για να βγάλει όλα τα ρούχα της πριν ξαπλώσει, σκέφτηκε πανικόβλητη, διαφορετικά τώρα δεν θα ήξερε πού να κρυφτεί.

Έσπρωξε με δύναμη μακριά της πρώτα το χέρι με το τηλέφωνο και στη συνέχεια τον ίδιο, για να σηκωθεί από το κρεβάτι.

«Πώς μπαίνεις έτσι μέσα;»

«Βλέπεις το μήνυμα;» ανταπάντησε χωρίς να κατεβάσει το χέρι του. Αναγκάστηκε να κοιτάξει τη φωτισμένη οθόνη, αλλά δεν πρόλαβε να δει κάτι. «Μα είναι κλειστό. Δεν βλέπω τίποτα» παραπονέθηκε.

Η οθόνη είχε ήδη μαυρίσει.

«Βιάσου, πρέπει να φύγουμε» αποκρίθηκε ο Μάριο ανασηκώνοντας αδιάφορα τους ώμους. «Θα σου εξηγήσω στον δρόμο».

Ένα κύμα από τρανταχτά γέλια τούς υποδέχεται καθώς μπαίνουν στη σκωτσέζικη παμπ. Δεν μπορεί να δει τα πρόσωπα των θαμώνων μέσα στο μισοσκόταδο. Νιώθει όμως περικυκλωμένη από τα αδιάκριτα βλέμματά τους, καθώς πολλοί από αυτούς στέκονται όρθιοι μπροστά στα τραπέζια με το ψηλό πόδι, που μοιάζουν σφηνωμένα πάνω στους πλαϊνούς τοίχους. Στην ατμόσφαιρα διακρίνεται αχνά η ανακατεμένη μυρωδιά ποτών και μπίρας. Προχωρά πίσω από τον Μάριο, ακολουθώντας τυφλά τα βήματά του.

Προσπερνούν το μπαρ, το μοναδικό καλά φωτισμένο σημείο του χώρου, και κατευθύνονται στο πίσω μέρος του μαγαζιού. Με την άκρη του ματιού της παρατηρεί τις δύο ψηλόλιγνες, αεικίνητες γυναικείες σιλουέτες πίσω από τον ξύλινο πάγκο.

«Εκεί, πίσω. Ο ηλικιωμένος με το μαύρο καπέλο» ψιθυρίζει ο Μάριο στρέφοντας το πρόσωπό του προς το μέρος της.

Πόσο εύκολο είναι να δει κάποιος ένα μαύρο καπέλο στο μισοσκόταδο; αναρωτιέται, αλλά δεν δυσκολεύεται καθόλου να διακρίνει τον μαύρο σκωτσέζικο μπερέ με την κόκκινη φούντα στο δεξί πλάι, πάνω στο κεφάλι του άντρα που στέκεται με πλάτη στητή στο αριστερό πλάι του τραπεζιού, στο βάθος της αίθουσας.

Πλησιάζουν και στέκονται αμίλητοι μπροστά του. Ένα κερί καίγεται αναμμένο πάνω στο τραπέζι, δίπλα στο πρόσωπό του, φωτίζοντας τους μαύρους κύκλους κάτω από ένα ζευγάρι κουρασμένα μάτια. Τους κοιτάζει με απάθεια, ενώ ένα χαμόγελο εμφανίζεται με δυσκολία στις άκρες των χειλιών του, σαν να χρειάστηκε πολλή δύναμη για να το εμφανίσει.

«Δεν έχουμε χρόνο για καλωσόρισμα» σχεδόν φωνάζει, για να ακουστεί η φωνή του ανάμεσα στους ήχους μιας σκωτσέζικης γκάιντας και εκείνους ενός ποδοσφαιρικού αγώνα, που προβάλλεται στην οθόνη πάνω από το τραπέζι τους. Και αμέσως μετά, προς έκπληξη και των δύο νέων, ρωτάει:

«Πώς είσαι, μικρή πριγκιπέσα;»

Το βλέμμα του διατρέχει το πρόσωπό της, εξερευνώντας θαρρείς το κάθε σημείο του. «Έτσι σε αποκαλεί εκείνος. Θα χαρεί πολύ, λέει, να σε συναντήσει για πρώτη φορά από κοντά».

Το επίμονο βλέμμα του την εκνευρίζει. Δεν βρίσκει λόγο να είναι ευγενική μαζί του. «Ξέρεις πού είναι; Αυτός σε έστειλε;» ρωτάει με απότομο τρόπο.

Το χαμόγελό του παγώνει και γίνεται πιο αινιγματικό και από αυτό της Τζοκόντα. «Γιατί αυτό το εχθρικό ύφος, παρακαλώ; Είναι λοιπόν τόσο φανερό ότι είμαι αυτός που κάνει τη βρόμικη δουλειά, ώστε να μην αξίζω ούτε ένα χαμόγελο;» Η φωνή του γίνεται απρόσμενα άγρια και τραχιά. «Α, όχι, δεν είναι δίκαιο αυτό. Δεν είναι καθόλου δίκαιο, πριγκιπέσα. Δεν ήταν ποτέ δική μου απόφαση να στέκομαι ανάμεσα σ' εσάς και σ' εκείνους, σαν την παγιδευμένη μύγα στον ιστό μιας φαρμακερής αράχνης, και να μην μπορώ να δραπετεύσω. Οι άλλοι μού ανέθεσαν αυτόν τον ρόλο» παραπονιέται.

Κάτω από την επίδραση της φλόγας του κεριού, τα χαρακτηριστικά του προσώπου του μοιάζουν να μεταβάλλονται συνεχώς, μπερδεύοντάς την. Γυρίζει αμήχανα προς τον Μάριο.

«Όπως πολύ σωστά είπες, δεν έχουμε χρόνο για χάσιμο. Πού πρέπει να πάμε;» επεμβαίνει εκείνος για πρώτη φορά.

Ο άγνωστος δεν αργεί να ξαναβρεί την αυτοκυριαρχία του. «Την περιμένει, τώρα, σε μια αγροικία μερικά χιλιόμετρα πίσω από το κάστρο Άρκχαρτ». Κοιτάζει τον Μάριο βαθιά μέσα στα μάτια. «Θα πας μαζί της; Ρωτάω όχι γιατί με ενδιαφέρει προσωπικά, αλλά νομίζω ότι δεν είναι καλή ιδέα. Έχω την εντύπωση ότι θα ήθελε να συναντηθεί μόνος του μαζί της» μουρμουρίζει ανασηκώνοντας τους ώμους, για να δηλώσει όσο πιο έντονα μπορεί την αδιαφορία του. Η φωνή του είναι πιο ήπια τώρα.

«Θα πάω». Η φωνή του Μάριο ακούγεται στιβαρή σαν αμετακίνητος βράχος.

«Δικό σου το πρόβλημα, νεαρέ! Εσύ αποφασίζεις αν είναι η κατάλληλη ώρα ή όχι να ορθώσεις το ανάστημά σου». Το κοιτάζει με πονηρό βλέμμα από την κορυφή του κεφαλιού ως τις άκρες των παπουτσιών του.

«Να, λοιπόν, που συμφωνούμε σε κάτι» αποκρίνεται ο Μάριο. Γυρίζει απότομα το σώμα του να φύγει και, αρπάζοντας το χέρι της Λυδίας, την τραβάει στο κατόπι του.

Άφησαν το αυτοκίνητο του Μάριο στο υπαίθριο πάρκινγκ, κοντά στα ερείπια του παλιού κάστρου Άρκχαρτ, στη νότια όχθη της λίμνης Λοχ Νες. Περπάτησαν κάμποση ώρα στον δρόμο παράλληλα με τη λίμνη.

Δέκα λεπτά αργότερα, ο Μάριο σηκώνει το δεξί χέρι και δείχνει την αγροικία που έψαχναν, μισοκρυμμένη ανάμεσα σε μια συστάδα δέντρων. Αμίλητοι αφήνουν τον κεντρικό δρόμο και μπαίνουν στο χωμάτινο δρομάκι που οδηγεί στο μοναχικό σπίτι. Η Λυδία γυρίζει προς τον Μάριο και οι ματιές τους συναντιούνται. Το βλέμμα του λέει αυτό που σκέφτεται και η ίδια: ότι πρέπει να είναι προσεκτικοί. Ό,τι ακριβώς θα της έλεγε και ο Φοίβος, αν ήταν εδώ, σκέφτεται άθελά της.

Παρότι από τον δρόμο φαινόταν πολύ κοντά, όσο πλησιάζουν, το σπίτι χάνεται μέσα στα πυκνά φυλλώματα των δέντρων που το περιτριγυρίζουν.

Περπατούν ψάχνοντάς το, μέχρι που ξεπετάγεται ξαφνικά μπροστά τους, πίσω από μια συστάδα ψηλόλιγνων δέντρων. Η Λυδία σταματάει απότομα και κοιτάζει το χαμηλό σπίτι με έκπληξη και δέος. Ανατριχιάζει για μία ακόμη φορά στη σκέψη ότι εκεί μέσα θα συναντήσει τον πατέρα της. Τις δύο τελευταίες ημέρες, οι σκέψεις της πετούν γρηγορότερα και από τη σκιά της και τρέχουν ανεξέλεγκτες, όπου θέλουν εκείνες. Νιώθει πιο αδύναμη και από σαπισμένη ρίζα και δεν μπορεί να τις ελέγξει, γεγονός που την κάνει έξω φρενών.

Από κοντά, το σπίτι μοιάζει μεγαλύτερο και ψηλότερο, ενώ οπωσδήποτε τα κλειστά παραθυρόφυλλα το κάνουν να μοιάζει έρημο και ακατοίκητο. *Ιδανικό για να κρυφτεί κάποιος*, σκέφτεται, επηρεασμένη από τη σιωπή που τους τυλίγει.

Φτάνουν στην εξώπορτα. Ο Μάριο χτυπάει το κουδούνι. Ο ήχος του φτάνει στα αυτιά τους τρεμουλιαστός. Αναρωτιέται αν το χέρι του Μάριο τρέμει. Η απάθεια του προσώπου του όμως την καθησυχάζει. Περιμένουν υπομονετικά, αλλά δεν παίρνουν καμία απάντηση. Η πόρτα παραμένει ακίνητη, έως ότου ο Μάριο, στην προσπάθειά του να χτυπήσει δυνατότερα, τη σπρώχνει με δύναμη προς τα μέσα. Τότε εκείνη υποχωρεί και ανοίγει, βγάζοντας έναν ανατριχιαστικό ήχο.

Προχωρούν αργά, με μικρά και επιφυλακτικά βήματα, προς το βάθος του σκοτεινού διαδρόμου, που τους οδηγεί σε δύο όμοιες κλειστές πόρτες. Κανένα σημάδι ζωής τριγύρω τους.

«Δεν θα ήταν καλύτερα να ανάβαμε κάποιο φως;» ψιθυρίζει η Λυδία.

Εκείνος δεν απαντά. Βγάζει από την τσέπη το κινητό του τηλέφωνο, ανάβει την οθόνη του και το χρησιμοποιεί σαν φακό, στρέφοντάς το ολόγυρα.

«Δεν φαίνεται να είναι κανείς εδώ» μουρμουρίζει απογοητευμένη μετά τη σύντομη ανίχνευση.

Ο Μάριο την αιφνιδιάζει. Τραβάει με δύναμη ένα κομμάτι χαρτί που είναι κολλημένο πάνω στην αριστερή ξύλινη πόρτα. Το φωτίζει με την οθόνη του κινητού του, το διαβάζει και βγάζει έναν αναστεναγμό.

«Πραγματικά δεν είναι κανείς εδώ τώρα. Φαίνεται όμως ότι κάποιος παίζει μαζί μας».

«Ποιος;»

«Αυτός που μας άφησε το μήνυμα».

Ο Μάριο μένει ακίνητος στη θέση του, χωρίς να χάσει την ψυχραιμία του.

Αρπάζει βιαστικά το κομμάτι του χαρτιού. Το πρόσωπό της γίνεται κάτωχρο, σαν να χάθηκε το αίμα από πάνω του, ενώ από το λαρύγγι της βγαίνει κάτι σαν ήχος.

Και ξαφνικά βάζει τα γέλια. Τρανταχτά γέλια, σαν εκείνα που συχνά έβαζε η κυρία Μι.

«Από την ώρα που φύγαμε από την παμπ, η αγριεμένη φαντασία μου με προετοίμαζε για τα χειρότερα, σαν να επρόκειτο να συναντηθούμε, το λιγότερο, με τον πιο λυσσαλέο, αιμοβόρο σκύλο, που θα κατέτρωγε τα άμοιρα κορμιά μας. Αλλά ένα σημείωμα με μια απλή ανθρώπινη υπογραφή, Όλιβερ Ράιχ; Ε, αυτό δεν το περίμενα!»

«Ναι, αλλά ένα σημείωμα που δεν είναι όσο αθώο και καλοκάγαθο όσο δείχνει με την πρώτη ματιά. Δεν είναι απλώς ένα σημείωμα από έναν στοργικό πατέρα προς την πολυαγαπημένη του κόρη. Σε διατάζει, Λυδία. Και δυστυχώς πρέπει να υπακούσεις. Νομίζω ότι ο πατέρας σου είναι πιο επικίνδυνος αντίπαλος και από έναν λυσσαλέο σκύλο. Δεν είναι ώρα για εφησυχασμό».

Η Λυδία τον ακούει αμίλητη.

«Αν, όπως γράφει το σημείωμα, σε περιμένει στα ερείπια του κάστρου, σίγουρα μας είδε όταν παρκάραμε εκεί το αυτοκίνητο. Γιατί δεν σου μίλησε τότε; Γιατί μας άφησε να περπατήσουμε μέχρι εδώ;»

«Ίσως σκόπευε να με συναντήσει εδώ, αλλά για κάποιο λόγο άλλαξε γνώμη την τελευταία στιγμή. Ή μπορεί να μην είχε φτάσει ακόμα στο κάστρο τη στιγμή που εμείς παρκάραμε το αυτοκίνητο».

Ο Μάριο την κοιτάζει απορημένος. Κοκκινίζει ταραγμένη τη στιγμή που συνειδητοποιεί τι συμβαίνει: «Μα τι στο καλό κάνω; Τον υπερασπίζομαι;».

Ο δρόμος της επιστροφής προς το κάστρο τής φαίνεται συντομότερος. Δεν αργούν να βγουν από τον δρόμο και να κατηφορίσουν προς τα εκεί.

Ο ουρανός έχει καθαρίσει. Μόνο μερικά λευκά σύννεφα αργοσαλεύουν πάνω από τα κεφάλια τους, ο αέρας όμως έχει δυναμώσει. Προσπερνούν το παρκαρισμένο αυτοκινητάκι του Μάριο, έναν τεράστιο ξύλινο καταπέλτη, τα πρώτα ερειπωμένα κτίσματα του κάστρου και κατευθύνονται προς το ψηλότερο κτίσμα, που δεσπόζει σαν μεγάλος ερειπωμένος πύργος πάνω από τα ήρεμα νερά της λίμνης του Λοχ Νες.

Η ηρεμία του χώρου και η ησυχία είναι τόση, ώστε μπορεί κάποιος να ακούσει το χορτάρι να λυγίζει κάτω από το φύσημα του αγεριού, που έρχεται από τη λίμνη.

Σηκώνει το κεφάλι και κοιτάζει το ερειπωμένο κτίριο.

«Πρέπει να ήταν μεγαλοπρεπές κάστρο κάποτε. Θα έστεκε αγέρωχο, γεμάτο ανθρώπους, μουσική και καλό φαγητό. Σήμερα έχουν απομείνει μόνο πέτρες και πράσινα χορτάρια» ακούει τον Μάριο δίπλα της να ντύνει με λόγια τις σκέψεις της.

«Κάθε πρωί έβλεπαν από τα παράθυρά τους την ωραιότερη θέα, τα νερά της λίμνης» συμπληρώνει.

Ένα μαύρο πουλί που πετάει δίπλα της, μέχρι την κατεστραμμένη οροφή του πύργου, την τρομάζει. Ξαφνικά συνειδητοποιεί ότι το σώμα της ασφυκτιά από τρόμο και καίγεται από μια παράλογη περιέργεια να γνωρίσει τον μεγαλύτερο εχθρό της γιαγιάς της.

Ανεβαίνουν τα πέτρινα σκαλοπάτια, που οδηγούν στην είσοδο του άλλοτε επιβλητικού κτίσματος. Σταματούν απότομα λίγα μέτρα πιο πριν. Για κάποιον άγνωστο λόγο, αν και το κάστρο θεωρείται ένα από τα σπουδαιότερα αξιοθέατα της Σκωτίας, δεν υπάρχει κανείς επισκέπτης τριγύρω.

Μπαίνουν στο εσωτερικό του πύργου και βλέπουν τη στενή, πέτρινη, σπειροειδή σκάλα που οδηγεί μέχρι το ψηλότερο σημείο του πύργου. Ανεβαίνουν ο ένας πίσω από τον άλλο τα στενά σκαλάκια μέχρι τον πρώτο όροφο και βγαίνουν σε ένα ευρύχωρο σημείο με μπόλικο φως και απέραντη ησυχία.

Η Λυδία προχωράει μέχρι τα σιδερένια κάγκελα, που είναι φανερό ότι έχουν προστεθεί για λόγους ασφαλείας των επισκεπτών. Ο Μάριο ακολουθεί πίσω της.

«Μην κοιτάζεις κάτω, πριγκιπέσα, είναι επικίνδυνο».

Η βαριά προειδοποιητική φωνή του Όλιβερ Ράιχ τούς αναγκάζει να στρέψουν το κεφάλι τους προς το εσωτερικό του δωματίου.

Ο λεπτός ψηλόκορμος άντρας στέκεται άκαμπτος, με το ένα του χέρι να ακουμπά στον πέτρινο τοίχο, σαν να θέλει να ξαποστάσει από την ανάβαση των φαγωμένων πέτρινων στενών σκαλοπατιών, και τους κοιτάζει με πονηρό βλέμμα.

Η κορυφή του κεφαλιού του είναι ελαφρώς φαλακρή, αλλά του απομένουν ακόμα αρκετά κατσαρά μαλλιά να καλύπτουν το κεφάλι του, ιδιαίτερα γύρω από τα αυτιά. Τα μικρά, βαθουλωμένα, πράσινα στο χρώμα της ελιάς, μάτια του είναι καρφωμένα πάνω στη Λυδία, θαρρείς και η κοπέλα είναι η μοναδική παρουσία στο δωμάτιο. Φοράει ένα καλοραμμένο μαύρο παλτό, που φτάνει μέχρι τις άκρες των ποδιών του. Το παράστημά του, τα καλοχτενισμένα μαλλιά του, το ατσαλάκωτο πανωφόρι του, ο τρόπος που στέκεται τον κάνουν να διαφέρει απ' όσους έχει γνωρίσει μέχρι τώρα η κοπέλα.

Μέσα στο δωμάτιο υπάρχει μια διαρκώς αυξανόμενη νευρικότητα, θαρρείς και όλοι περιμένουν εναγωνίως αυτό που είναι σίγουροι πως έρχεται. Αρχίζει να αναδύεται η απαίσια μυρωδιά της σαπίλας και των στάσιμων νερών, και ίσως γι' αυτόν τον λόγο αισθάνεται τα μάτια της να τσούζουν.

«Καλώς όρισες, πριγκιπέσα. Είσαι ακριβώς όπως σε φανταζόμουν. Ένα πολύτιμο μαργαριτάρι, που μεγάλωσε μυστικά μέσα σε ένα όστρακο. Είσαι ίδια η μητέρα σου» λέει κοιτάζοντας τη Λυδία και αδιαφορώντας για την παρουσία του Μάριο δίπλα της.

Στο άκουσμα των λόγων του, το πρόσωπό της δεν αλλάζει, παρότι η σκέψη της γεμίζει με την εικόνα της γιαγιάς της και το όνομα της μητέρας της. Προσπαθεί απεγνωσμένα να μην παρασυρθεί.

«Έπρεπε να σε δω από κοντά, με σάρκα και οστά, να σιγουρευτώ ότι υπάρχεις, πριγκιπέσα».

«Ύστερα από τόσα χρόνια, ως προς τι το τόσο ξαφνικό ενδιαφέρον;» τον ρωτάει με σταθερή φωνή. Στην πραγματικότητα το σώμα της τρέμει, σαν να το άγγιξε παγωμένος αέρας.

Το βλέμμα του παραμένει αμετακίνητο πάνω της. «Γιατί κατηγορείς εμένα για την απουσία μου από τη ζωή σου, πριγκιπέσα, και όχι τη Μαρία Γκρόσμαν; Προσπάθησα να σε πάρω κοντά μου, αλλά πάντα ερχόμουν αντιμέτωπος με τη σατανική αυτή η γυναίκα. Από την αρχή δεν με συμπάθησε. Όταν μάλιστα έμαθε ότι είμαι ένας από εκείνους που μισούσε όλη της τη ζωή, με πολέμησε με όλες της τις δυνάμεις. Έκανε ό,τι περνούσε από το χέρι της να διαλύσει τον δεσμό μου με τη μητέρα σου και μετά τον θάνατό της σε φυγάδευσε. Τα πρώτα χρόνια κατάφερε να σε κρύβει τόσο καλά, που, ακόμη και για μένα, ήταν δύσκολο να σας ανακαλύπτω κάθε φορά».

Τον κοιτάζει ενοχλημένη. Η σκέψη ότι πρέπει να είναι ευγενική μαζί του την ενοχλεί, σαν ένα ζευγάρι στενά παπούτσια.

«Και τα χρόνια που έμεινα στο σχολείο; Δεν έκανες ούτε εκεί την εμφάνισή σου. Η Μαρία Γκρόσμαν ευθύνεται και γι' αυτό;»

«Οι καθηγητές του σχολείου δεν γνωρίζουν ότι είσαι παιδί μου. Και δεν υπήρχε λόγος να το μάθουν. Η γιαγιά σου ήταν αυτή που μας απομάκρυνε, πριγκιπέσα».

Από τον θυμό του, τα γκρίζα φρύδια του φτάνουν μέχρι την άκρη του μετώπου του και το βλέμμα του αρχίζει να σκληραίνει.

Νιώθει τον Μάριο να σαλεύει πλάι της και χαίρεται που δεν είναι μόνη της.

«Την κατηγόρησαν άδικα ότι σκότωσε την μητέρα μου... Οι δικοί σου άνθρωποι φρόντισαν γι' αυτό. Έπρεπε να αποδείξει την αθωότητά της».

«Ναι, μπλα, μπλα... Πάντα άρεσαν στη Μαρία Γκρόσμαν οι συναρπαστικές ιστορίες. Το ευκολότερο πράγμα στον κόσμο, πριγκιπέσα, είναι να επιρρίπτεις τις δικές σου ευθύνες σε κάποιον άλλον. Μερικές φορές, αυτός που οπλίζει το χέρι του δολοφόνου έχει την ίδια ακριβώς ευθύνη για τον φόνο με εκείνον που απλώς τραβάει τη σκανδάλη. Σκέφτηκες ποτέ ότι η μητέρα σου έχασε τη ζωή της λόγω της συμπεριφοράς της γιαγιάς σου;»

Ενώ μιλάει, δεν σταματάει να επεξεργάζεται ούτε στιγμή το πρόσωπο της Λυδίας. Έπειτα αφήνει ένα κοφτό γέλιο λέγοντας:

«Η Μαρία Γκρόσμαν, δυστυχώς, σε άφησε πολύ καιρό στην άγνοια».

«Ίσως γιατί ήταν απασχολημένη με το να εργάζεται από το πρωί μέχρι το βράδυ, προσπαθώντας να με μεγαλώσει μόνη της».

264

Τον κοιτάζει με φόβο ανάμεικτο με μίσος, σαν να είναι ο κακός δαίμονας, που θέλει να τη δαγκώσει και να τη μεταμορφώσει κι αυτή σε κακό δαίμονα. «Έχεις σχέση με τον θάνατο του πατέρα του Μάριο; Με της Μαργαρίτας; Με της μητέρας μου;»

Τα μάτια του κινούνται αργά και ψύχραιμα, όπως των παλιών πολεμιστών στη θύελλα της μάχης

«Έκανα ό,τι έπρεπε να κάνω. Προσπάθησα με κάθε τρόπο να σε φέρω πίσω».

«Σκοτώνοντας ανθρώπους;» ρώτησε κοφτά ο Μάριο.

«Δεν σκότωσα κανέναν».

Ο Ράιχ αναστενάζει και κοιτάζει τον Μάριο με βλοσυρό βλέμμα. «Για ποιο πράγμα με κατηγορείς;»

«Για τον θάνατο του πατέρα μου».

Η Λυδία παρατηρεί κατάπληκτη ότι το συνήθως ατάραχο πρόσωπο του Μάριο έχει κοκκινίσει, σαν να του έχει ανέβει όλο το αίμα στο κεφάλι. Ξαφνικά, με απίστευτη ταχύτητα, με μια δυο δρασκελιές, ορμάει προς τον πατέρα της και με τα χέρια απλωμένα προσπαθεί να τον πιάσει.

Εκείνος οπισθοχωρεί εμβρόντητος. Ο Μάριο, ασταμάτητος, του δίνει μια δυνατή γροθιά στο πρόσωπο. Ο Ράιχ πέφτει απότομα στο δάπεδο, σηκώνεται όμως αμέσως βογκώντας σαν πληγωμένο ζώο και, παρότι είναι ακόμα ζαλισμένος, στέκεται ακίνητος, και προσπαθεί να ξαναβρεί την ανάσα του. Από τη μύτη του τρέχει αίμα.

«Κάνε πίσω. Δεν ξέρω τι θέλεις από μένα. Δεν ξέρω ποιος είναι ο πατέρας σου και σίγουρα δεν τον σκότωσα εγώ». Η φωνή του σταθεροποιείται και δυναμώνει πάλι σιγά σιγά. «Δεν βρίσκομαι εδώ για σένα, αλλά για την κόρη μου. Αν φύγεις τώρα αμέσως, σου υπόσχομαι ότι δεν θα σε πειράξει κανείς. Αν όμως...»

«Αυτό το ταξίδι το ξεκινήσαμε μαζί και μαζί θα φτάσουμε ως το τέλος του» επεμβαίνει η Λυδία, που στο μεταξύ έχει ξαναβρεί την ψυχραιμία της. Παρατηρεί το πρόσωπο του Όλιβερ Ράιχ. Μια πρησμένη μύτη δεν είναι πολύ μεγάλη ζημιά.

Ο Μάριο ακουμπάει το χέρι του απαλά στον αριστερό της ώμο.

«Μα δεν κατάλαβες, πριγκιπέσα; Ήρθα για να σε πάρω μαζί μου. Ο φίλος σου δεν μπορεί να έρθει μαζί μας. Εγώ είμαι η πραγματική σου οικογένεια. Όλοι οι υπόλοιποι γύρω σου είναι περαστικοί».

Η φαρισαϊκή συμπεριφορά του της πέφτει πολύ βαριά για να τη χωνέψει. *Νομίζει ότι δεν έχω κότσια να αντιδράσω, σκέφτεται και ψάχνει με μανία να βρει τρόπο να τον διαψεύσει.*

«Δεν σκοπεύω να πάω πουθενά μαζί σου».

Δεν δίνει σημασία στα λόγια της, παίρνει μια βαθιά ανάσα και τη ρωτάει: «Πού είναι ο καθρέφτης σου;».

«Δεν χρειάζομαι πια τον καθρέφτη μου. Δεν έχω καθρέφτη». Σηκώνει αργά το βλέμμα της και τον κοιτάζει κατάματα. «Ο Φοίβος ήταν κατάσκοπός σου;»

«Με εντυπωσιάζει η γενναιότητά σου, πριγκιπέσα. Δεν μασάς τα λόγια σου. Ο Φοίβος, υποθέτω, πως είναι το είδωλο του καθρέφτη σου, που είμαι σίγουρος ότι εκτελεί ευσυνείδητα την εργασία του. Αλλά, για στάσου, γιατί είπες "ήταν"; Τι συμβαίνει με το είδωλο του καθρέφτη σου;»

Μια μικρή σύσπαση του προσώπου του είναι αρκετή για να ραγίσει την αξιοθαύμαστη ψυχραιμία του.

«Τον έδιωξα. Δεν χρειάζομαι πια είδωλο να μου λέει τι να κάνω, μεγάλωσα. Σκέφτομαι από δω και στο εξής να αποφασίζω μόνη μου για τη ζωή μου».

«Τη γριά καρακάξα. Μα πώς στην ευχή; Πότε κατάφερε να σε δηλητηριάσει με τις άκαμπτες δοξασίες της; Μόλις προχτές έφυγες από το σχολείο».

Οι ώμοι του πέφτουν και το σώμα του γέρνει προς το μέρος της Λυδίας. Πανικός και περιφρόνηση σκιάζουν το πρόσωπό του και είναι έκδηλη η προσπάθειά του να συγκρατηθεί.

«Σου είπε η γιαγιά σου ποιο είναι το τίμημα της άρνησης του ειδώλου του καθρέφτη σου και της ανυπακοής; Εγώ, που γνωρίζω πολύ καλά τους νόμους και τους κανόνες, τους οποίους όλοι υπηρετούμε, εν ονόματι του Μέγιστου, μπορώ να σε διαβεβαιώσω: η καταδίκη για απειθαρχία είναι βαριά. Δες τη Μαρία Γκρόσμαν... Είναι ένα, προς το παρόν, ζωντανό παράδειγμα».

Στρέφει το πρόσωπό του προς τον Μάριο. «Φαντάζομαι, και ο πατέρας σου, επίσης».

Ο Μάριο τον κοιτάζει με μια παράξενη έκφραση, που η Λυδία δεν έχει ξαναδεί στο σφιγμένο, σαν από πέτρα, πρόσωπό του. «Εύχομαι να έρθει σύντομα η μέρα που η δύναμή σας θα κομματιαστεί μια και καλή» του πετάει κατάμουτρα.

«Φοβάμαι ότι η ευχή σου θα αργήσει πάρα πολύ να πραγματοποιηθεί, νεαρέ μου. Και θα μας βοηθήσει η πολυαγαπημένη μου κόρη σ' αυτό».

Στρέφεται προς τη Λυδία.

«Είσαι η μόνη που μπορείς να κοιτάξεις μέσα σε όλους τους καθρέφτες. Είσαι η μόνη που μπορείς να κοιτάξεις μέσα στον Μέγιστο».

«Γνωρίζεις πού κρύβεται ο Μέγιστος;»

Γνέφει καταφατικά.

«Δυστυχώς υπάρχει ένα μικρό πρόβλημα». Το πρόσωπό του συσπάται, σαν να τον πόνεσε η θύμηση και μόνο του προβλήματος. «Αλλά θα με βοηθήσεις να το λύσω εσύ, πριγκιπέσα. Πρέπει να έρθεις μαζί μου. Είναι καιρός πια να μάθεις την πραγματική αλήθεια για τον Μέγιστο, όχι αυτή της γιαγιάς σου και της αλλοπαρμένης παρέας της. Πρέπει να επικοινωνήσεις με τον αναθεματισμένο τον Μέγιστο».

Κοιτάζει με απορία το σκοτάδι που απλώνεται στο πρόσωπό του σαν την παλίρροια. Να κάτι που κανείς τους δεν είχε προβλέψει. Ότι ο ίδιος της ο πατέρας επικοινώνησε μαζί της γιατί τη χρειαζόταν.

«Νόμιζα ότι οι διαχειριστές ελέγχουν τον Μέγιστο».

«Άλλη μια λάθος θεωρία της Μαρίας Γκρόσμαν, πριγκιπέσα. Το μόνο που έχουμε στα χέρια μας είναι ένας παγωμένος και βουβός χρυσός καθρέφτης. Δυστυχώς, κανείς μας δεν επικοινωνεί με τον Μέγιστο αυτή τη στιγμή».

Τα χέρια του μπλέκονται και ξεμπλέκονται συνέχεια μπροστά στην κοιλιά του, οι άκρες των μαλλιών του πίσω από τα αυτιά και πάνω από τους κροτάφους έχουν μουσκέψει.

Η Λυδία αντιλαμβάνεται ότι δυσκολεύεται αφάνταστα να κάνει αυτή την ομολογία, όμως δεν τον λυπάται.

«Αλλά είναι ώρα πια να μιλήσει. Και εσύ είσαι η μόνη που μπορείς να τον πείσεις, πριγκιπέσα».

«Γιατί να επικοινωνήσω μαζί του για λογαριασμό σας;»

«Γιατί μόνο εμείς γνωρίζουμε τον τρόπο να διαχειριζόμαστε τις δυνάμεις του».

«Προς όφελός σας. Διόρθωσέ με αν κάνω λάθος. Οι δυνάμεις του Μέγιστου δεν ανήκουν σε όλους τους ανθρώπους;»

«Κανείς μας δεν υποστηρίζει το αντίθετο. Οι διαχειριστές ενεργούν όλα αυτά τα χρόνια για το καλό των ανθρώπων, πριγκιπέσα» αποκρίνεται προσπαθώντας να διατηρήσει έναν ήπιο τόνο στη φωνή του.

«Θέλεις να με χρησιμοποιήσεις σαν δόλωμα για να εμφανιστεί ο Μέγιστος; Γιατί όμως; Δεν είναι πια με το μέρος σας;»

«Ποτέ δεν ήταν με το μέρος μας. Έχει πάψει εδώ και αιώνες να ενδιαφέρεται για κάτι».

«Αμφιβάλλω. Όπως φαίνεται, σας επέτρεψε να χρησιμοποιείτε τη δύναμή του για όφελός σας, χωρίς να νοιάζεται αν κάνετε κακό σε κάποιους ανθρώπους ή όχι. Γιατί πιστεύεις ότι θα εμφανιστεί σ' εμένα; Αν έχει αποφασίσει να μείνει κρυμμένος, γιατί να αλλάξει τώρα γνώμη;»

«Σε περιμένει. Περιμένει αυτόν που μπορεί να τον κοιτάξει».

«Δεν σκοπεύω να σε ακολουθήσω».

«Όχι, πριγκιπέσα, μη λες κάτι τέτοιο. Δεν θα μου είναι καθόλου ευχάριστο να σε αναγκάσω να το κάνεις».

«Δεν μπορείς να με αναγκάσεις».

Ο Μάριο κάνει ένα μικρό συγκρατημένο βηματάκι προς το μέρος του.

«Αχά, κάνεις λάθος, πριγκιπέσα. Δεν είμαι μόνος μου εδώ. Με το πρώτο σινιάλο που θα κάνω, θα διαπιστώσετε εσύ και ο φίλος σου ότι δεν έχετε την παραμικρή ελπίδα να ξεφύγετε».

«Είπες ότι με χρειάζεσαι» του θυμίζει χαιρέκακα. «Τι θα κερδίσω αν σε ακολουθήσω;»

«Είσαι μια μικρή ανόητη» αφήνει τις λέξεις να πέσουν μία μία, σαν ξερά ξύλα, στο δάπεδο.

«Μπορεί, όμως εσύ πρέπει να παζαρέψεις μαζί μου».

«Δεν παζαρεύω. Έχω τη δύναμη με το μέρος μου».

«Αλλά για πόσο ακόμη;» επεμβαίνει ο Μάριο.

Η Λυδία κοιτάζει μια τον ένα και μια τον άλλο. Κρίμα που δεν έμαθε ποτέ να παίζει σκάκι, ώστε να μπορεί, σαν καλός σκακιστής, να προβλέψει την εξέλιξη του παιχνιδιού που θα ακολουθούσε.

«Θέλω να αφήσεις ήσυχη τη γιαγιά μου. Να σταματήσει πια να κρύβεται. Να φροντίσεις να μάθουν όλοι όσοι την καταζητούν για φόνο ότι δεν σκότωσε αυτή τη μητέρα μου».

«Σύμφωνοι». Η λέξη πετάγεται σαν αιχμηρή λόγχη από το στόμα του.

«Δεν πρόκειται να κοιτάξω στον καθρέφτη του Μέγιστου αν δεν διαβάσω σε μία τουλάχιστον εφημερίδα και δεν ακούσω σε έναν τουλάχιστον τηλεοπτικό σταθμό την αθώωσή της από το δικαστήριο» λέει προσπαθώντας να διατηρήσει την αναγκαία νηφαλιότητα στο μυαλό της.

«Μα δεν έχουμε χρόνο για όλα αυτά. Ζητάς πολλά, πριγκιπέσα».

«Κι εσύ ακόμη περισσότερα» του αποκρίνεται με φωνή προσποιητά ψυχρή και αδιάφορη.

Ενώ περιμένει την απάντησή του, κοιτάζει ανήσυχη έξω από την πόρτα. Ο ουρανός έχει γίνει γκρίζος σαν πέτρα. Το φως του έχει αρχίσει να σβήνει σιγά σιγά. Ένας σιγανός άνεμος βογκάει ανάμεσα στους μισογκρεμισμένους τοίχους του κάστρου. Ο Όλιβερ Ράιχ στα μάτια της δεν είναι παρά μια απελπισμένη ψυχή, που φοβάται ότι κάποια στιγμή θα χάσει τη δύναμή του. Ξέρει ότι θα ακολουθήσει τον πατέρα της, για να επικοινωνήσουν με τον Μέγιστο, αν και δεν είναι καθόλου σίγουρη ότι θα τα καταφέρει. Δεν θα το κάνει όμως για να βοηθήσει τους διαχειριστές να πάρουν τη δύναμη του, αλλά για να καταστρέψει τον καθρέφτη του Μέγιστου.

«Μπράβο, Λυδία. Αυτή είναι η καλύτερη απόφαση που μπορούσες να πάρεις».

Ο ήχος της φωνής φουντώνει αβάσταχτος, σαν βαθύ υπόκωφο βουητό, μέσα στον νου της. Η λογική της λέει πως η φωνή που μόλις άκουσε δεν υπάρχει πια, η καρδιά της όμως τον έχει αναγνωρίσει. Ένας νους που παλεύει να βρει μια θέση μέσα στο δικό της μυαλό. Είναι ο Φοίβος.

Δεν αναφέρει στον Μάριο την επανεμφάνιση του Φοίβου. Ο φόβος ότι θα τη θεωρήσει αδύναμη και ανίκανη να τον διώξει από τον νου της κρατάει το στόμα της κλειστό καθ' όλη τη διάρκεια του ταξιδιού της επιστροφής τους στη Γερμανία, που ξεκίνησε το ίδιο εκείνο βράδυ. Μερικές ώρες αργότερα σταματούν να κοιμηθούν σε ένα μοτέλ της εθνικής οδού κοντά στη Γλασκώβη.

Κάθεται στο κρεβάτι του δωματίου της, βγάζοντας ταυτόχρονα έναν ήχο ανακούφισης. Η εξαντλητική μέρα που πέρασε είχε γίνει ακόμη πιο βασανιστική έπειτα από μία και μοναδική εμφάνιση του Φοίβου. Αλλά δεν σκοπεύει να επιτρέψει να ξανασυμβεί. Δεν είναι ώρα για πισωγυρίσματα.

Βγάζει με αργές κινήσεις τον μπρούντζινο καθρέφτη της από το σακβουαγιάζ της. Αρκετές ημέρες δίσταζε να το κάνει. Ελευθερώνει το μυαλό της από κάθε σκέψη που θα μπορούσε να την μπερδέψει και αφήνει το βλέμμα της πάνω στο κρύο μέταλλο.

Το λεπτό πρόσωπο του Φοίβου, που την κοιτάζει με απόγνωση, φαίνεται καταπονημένο, σαν να έχει μερόνυχτα άυπνος. Τα άλλοτε άγρια, σπινθηροβόλα μάτια του δείχνουν τόσο ευάλωτα, που νιώθει την καρδιά της να σκιρτά. Τα μάτια της καθηλώνονται πάνω στην μπρούντζινη επιφάνεια. Τα συναισθήματά της, που παλεύουν αντιφατικά, κάνουν το πρόσωπό της να αλλάζει συνέχεια χρώματα.

«Δεν έπρεπε να είσαι εδώ» του λέει θυμωμένη. «Γιατί δεν φεύγεις; Γιατί δεν με αφήνεις ήσυχη; Δεν έχεις λόγο ύπαρξης τώρα που τα ξέρω όλα».

«Έπρεπε να σε δω, να σου εξηγήσω. Τίποτα δεν είναι πλέον για μένα όπως φαίνεται» ψιθυρίζει διστακτικά ο Φοίβος.

«Τι εννοείς;»

Κουνάει αμήχανα το κεφάλι του. Το πρόσωπό του δείχνει ωχρό και δυστυχισμένο. Μοιάζει ζαλισμένος. «Ήσουν ο μοναδικός λόγος της ύπαρξής μου, Λυδία. Δουλειά μου ήταν να σε διδάξω πώς πρέπει να σκέφτεσαι, όπως έκαναν και οι καθηγητές σου στο σχολείο άλλωστε. Να βρίσκομαι συνέχεια δίπλα σου και να σε συμβουλεύω».

Τα φρύδια του σηκώνονται προς τα πάνω. Η φωνή του γίνεται πιο σταθερή. «Τολμώ να πω όμως πως εγώ πλάστηκα διαφορετικός. Από την αρχή είχα έναν προορισμό περισσότερο από τους συναδέλφους μου. Ήμουν καμωμένος για κάτι παραπάνω από ένα απλό είδωλο. Με δημιούργησαν με περισσή τέχνη για να σε βοηθήσω να βρεις τη Μαρία Γκρόσμαν. Αλλά μετά όλα άλλαξαν».

Η Λυδία τον παρακολουθεί εμβρόντητη. Βλέπει τα χέρια του να κινούνται προς τα πάνω, να ακουμπούν στο πρόσωπό του και να κρατούν σφιχτά τα μάγουλά του.

«Δεν είμαι πια ένα είδωλο χωρίς συνείδηση. Εκείνο το έδιωξες από κοντά σου το απόγευμα που μίλησες με τη γιαγιά σου. Έφυγε, δεν είναι πια εδώ. Άφησε όμως πίσω του όλα εκείνα που δεν του ανήκαν. Άφησε τις αναμνήσεις των τεσσάρων χρόνων, την εικόνα του προσώπου σου, το χαμόγελό σου, τις ατίθασες σκέψεις σου, όλα τα εκνευριστικά ελαττώματά σου».

Τον κοιτάζει με βλοσυρή ματιά και κομμένη την ανάσα.

«Αυτά με δημιούργησαν. Είμαι ο Φοίβος, Λυδία. Είμαι τα δικά σου κομμάτια που έμειναν πίσω. Κοίταξε μέσα στα μάτια μου, Λυδία. Δεν είναι πια άδεια. Είναι οι κοινές μας αναμνήσεις εκεί μέσα».

Κοιτάζει τα μάτια του. Δεν ξέρει όμως αν αυτό που φτερουγίζει, σαν ανήσυχο πουλάκι έτοιμο να πετάξει και να χαθεί στον αέρα, είναι οι αναμνήσεις τους.

«Δεν υπάρχει άλλο είδωλο με αναμνήσεις, Λυδία».

Το μέταλλο του καθρέφτη θολώνει ξαφνικά, σαν να φταίνε τα δάκρυα και ο καυτός ιδρώτας που λούζει το πρόσωπο του Φοίβου.

«Δεν μπορώ να φύγω μακριά σου, Λυδία. Είμαι ένα δικό σου κομμάτι».

«Δεν πιστεύω ούτε λέξη απ' όσα λες. Μου έλεγες ψέματα όλα αυτά τα χρόνια. Είμαι σίγουρη ότι, το βράδυ μετά τον διαγωνισμό, δεν το σκάσαμε από κανέναν. Όλοι ήξεραν πού πηγαίναμε» λέει αγριεμένη.

«Αυτό είναι αλήθεια, μέχρι το σημείο που εμφανίστηκε η Αλεξάνδρα η ζητιάνα» παραδέχτηκε ο Φοίβος.

«Νομίζω ότι προσπαθείς να με ξεγελάσεις. Η μεταμέλειά σου είναι ένα ακόμη κόλπο του Όλιβερ Ράιχ, για να συνεχίσει να έχει έναν δικό του κοντά μου».

Ο Φοίβος σκύβει κουρασμένος το κεφάλι του.

«Φαντάζομαι ότι θα πάρει χρόνο για να πειστείς» ψιθυρίζει. «Πρέπει να με εμπιστευτείς. Είναι ο μόνος τρόπος να πειστείς ότι λέω αλήθεια».

Τον κοιτάζει επίμονα, ενώ προσπαθεί να καταλαγιάσει τα ανάμεικτα αισθήματά της.

«Τι γνωρίζεις για τον Μέγιστο;» τον ρωτάει, προσπαθώντας να σταματήσει το τρεμούλιασμα στον λαιμό της.

«Είναι ο δημιουργός μας».

Τον κοιτάζει ξαφνιασμένη. «Ίσως να μη φταις κι εσύ κατά βάθος» λέει με πιο μαλακή φωνή.

Ο Φοίβος περνάει τα χέρια του μέσα από τα μαλλιά του. «Σ' ευχαριστώ» λέει. «Πίστεψέ με, θα κάνω τα πάντα για να σε βοηθήσω σε ό,τι κι αν έχεις αποφασίσει να κάνεις, ακόμη κι αν χρειαστεί να γυρίσουμε τον κόσμο ανάποδα». Μια υποψία χαμόγελου φάνηκε στην άκρη των χειλιών του.

«Μη βιάζεσαι. Δεν έχω αποφασίσει ακόμα τι θα κάνω μαζί σου» λέει διστακτικά.

Το βλέμμα της είναι προβληματισμένο, γιατί το ένστικτό της της λέει να τον πιστέψει. Και το ένστικτό της δεν την έχει προδώσει ποτέ μέχρι σήμερα.

Κεφάλαιο 17

Τετάρτη 25 Μαρτίου 2015. Ώρα 7.30 π.μ.

«Όλο και πιο συχνά τις τελευταίες ημέρες αναρωτιέμαι γιατί οι άνθρωποι δεν μιλούν ποτέ για τον Μέγιστο. Δεν υπάρχει πουθενά αναφορά στο όνομά του. Δεν γνωρίζουν την ύπαρξή του ή δεν τον θυμούνται πια;»

«Πολύ φοβάμαι ότι ο Μέγιστος είναι κάτι στο οποίο οι άνθρωποι δεν έχουν δώσει όνομα. Ακόμη και αν μιλούν γι' αυτόν, δεν γίνεται εύκολα αντιληπτό» της απαντάει ο Μάριο χωρίς να την κοιτάξει.

«Λες ο Όλιβερ Ράιχ να δουλεύει για τον Μέγιστο ή πραγματικά τον ψάχνουν ακόμη και οι διαχειριστές;» αναρωτιέται, συνοδεύοντας τα λόγια της με έναν τραχύ ήχο γεμάτο δυσπιστία.

«Λυδία, έχεις σκεφτεί τι θα κάνεις αν βρεις τον Μέγιστο και ανακαλύψεις ότι είναι πιο πανούργος και πιο κακός από τον πατέρα σου; Έχεις σκεφτεί ποτέ μήπως δεν είναι οι διαχειριστές εκείνοι που κατάφεραν να κλέψουν τη δύναμή του, αλλά εκείνος τους είχε από πάντα υποτάξει σ' αυτήν; Μήπως κι αυτοί δεν είναι τίποτα περισσότερο από πιόνια του;»

«Θα τον καταστρέψω».

Οι λέξεις φεύγουν πολύ εύκολα από το στόμα της, αλλά μόνο όταν ο ήχος τους φτάνει στα αυτιά της αποκτούν σημασία και βάρος. Το παράξενο είναι ότι, αν και βαρύγδουπες, αντικατοπτρίζουν άριστα τις προσθέσεις της για τον καθρέφτη που είναι υπεύθυνος για τα βάσανα της Μαρίας Γκρόσμαν.

«Περιμένω με αγωνία να δω την καταστροφή του Μέγιστου και των διαχειριστών του. Ο θάνατος του πατέρα μου ήταν το ακριβό αντίτιμο που πλήρωσα για να παρακολουθήσω από κοντά αυτή την παράσταση. Σκοπεύω, λοιπόν, να την παρακολουθήσω. Ακόμη κι αν εσύ στο τέλος δεν το κάνεις, σου υπόσχομαι ότι θα βρω τρόπο να πληρώσει ο Όλιβερ Ράιχ, και ας είναι ο πατέρας σου, τον θάνατο του δικού μου πατέρα και τη διάλυση της οικογένειάς μου». Η αετίσια μύτη του ταιριάζει απόλυτα αυτή τη στιγμή στο πρόσωπό του, που μοιάζει με εκείνο του αετού τη στιγμή που ετοιμάζεται να ορμήσει στο θήραμά του.

Βρίσκονται στο Λίντερχοφ της Βαυαρίας, ύστερα από ένα κουραστικό ταξίδι, που διήρκεσε σχεδόν τέσσερα μερόνυχτα. Εκεί τους έστειλε ο Όλιβερ Ράιχ. Ταξίδεψαν σχεδόν ασταμάτητα, με λιγοστές στάσεις για φαγητό και ύπνο, συνοδευόμενοι διακριτικά από ένα μαύρο αυτοκίνητο. Ταξίδεψαν τέσσερις ημέρες, που πέρασαν κουβεντιάζοντας, αναμασώντας, στήνοντας και απορρίπτοντας διάφορα σχέδια και εικασίες γι' αυτό που τους περίμενε.

Έφτασαν στο προκαθορισμένο σημείο συνάντησής τους με τον Όλιβερ Ράιχ πριν από δέκα λεπτά. Η μέρα, αν και κομμάτι της άνοιξης, είναι βροχερή, γεμάτη αέρα. Το δελτίο καιρού που μεταδίδεται από ώρα στο ραδιόφωνο του αυτοκινήτου προβλέπει πρωινή καταιγίδα. Ευτυχώς, η βροχή που έπεφτε όλη τη νύχτα έχει προς το παρόν σταματήσει.

Παρκάρουν το αυτοκινητάκι στο υπαίθριο πάρκινγκ μπροστά από το πάρκο, στην καρδιά του οποίου βρίσκονται το παλάτι και οι υπέροχοι κήποι του. Οι σταγόνες της βροχής και το μαργαριταρένιο φως της αυγής έχουν μετατρέψει τους κήπους σε ένα μαγικό ξέφωτο, απ' όπου φτάνει στα αυτιά τους το κελάηδισμα ενός πουλιού. Το τραγούδι του ακούγεται σαν πρωινή προσευχή.

«Το παλάτι αυτό» μουρμουρίζει προβληματισμένος ο Μάριο «είναι γεμάτο καθρέφτες. Σύμφωνα με τον Βαυαρό βασιλιά Λουδοβίκο Β', που έζησε εδώ, οι καθρέφτες είναι τα σύνορα μεταξύ της πραγματικότητας και της φαντασίας».

Η Λυδία αναρωτιέται αν η ύπαρξη τόσων καθρεφτών στο συγκεκριμένο παλάτι είναι μια απλή σύμπτωση ή ο

Όλιβερ Ράιχ έχει συγκεκριμένο λόγο που την έστειλε εδώ, και μάλιστα τόσο πρωί.

Το φως της αυγής αρχίζει να διαπερνά το φύλλωμα των δέντρων και να λικνίζεται παιχνιδιάρικα πάνω στις λαμαρίνες του αυτοκινήτου τους, που είναι σταματημένο ανάμεσα σε δύο ψηλά δέντρα, τα οποία έχουν τον ρόλο φράχτη του πάρκινγκ. Περίμεναν να βρουν εδώ τον Ράιχ, αλλά δεν φαίνεται κανένας τριγύρω. Μόνο ο γκρίζος άνεμος, που κάνει τα φύλλα των δέντρων να θροΐζουν σε μια άγνωστη γλώσσα, φτάνει κοντά τους από τα ανοιχτά παράθυρα του αυτοκινήτου. Το κρύο είναι τσουχτερό. Η βροχή που έπεφτε όλη την προηγούμενη νύχτα έχει μουλιάσει το χώμα. Στη μύτη της Λυδίας φτάνει η μυρωδιά της γης.

«Είναι νωρίς ακόμα, δεν βλέπω κάποιον από τους διαχειριστές τριγύρω» μουρμουρίζει ο Μάριο, σαν να διάβασε τη σκέψη της.

Στα φωτεινά μάτια του, στο πρωινό χάραμα, το πράσινο χρώμα μοιάζει να υπερισχύει του γκρίζου.

Τραβάει γρήγορα το βλέμμα της από πάνω του και προσπαθεί να αλλάξει θέμα, για να μην καταλάβει πόσο την επηρεάζει η ματιά του. Κοιτάζει γύρω τη λασπωμένη γη, ανήσυχη.

«Γιατί η Μαρία Γκρόσμαν δεν μου μίλησε ποτέ για όλα αυτά; Γιατί με άφησε εντελώς απροετοίμαστη;»

Ο Μάριο μένει για λίγο σιωπηλός, ψάχνοντας για μια αληθοφανή απάντηση. «Υποθέτω πως τα πρώτα χρόνια πίστευε ότι ήσουν πολύ μικρή για να κατανοήσεις την αλήθεια. Πιστεύω ότι εκείνο τον καιρό είχε αναλάβει τον ρόλο της άγριας λύκαινας, που ήταν πάντα έτοιμη να κατασπαράξει όποιον προσπαθούσε να σε βλάψει. Όταν πίστεψε πως έφτασε ο καιρός να σου εξηγήσει, ο πατέρας σου, με απειλές και εκβιασμούς, την ανάγκασε να σε παραδώσει στο σχολείο».

Παίρνει μια βαθιά αναπνοή και συνεχίζει: «Εξάλλου δεν είχαν ποτέ καμία απτή απόδειξη ότι ο Μέγιστος υπάρχει στην πραγματικότητα και δεν είναι ένας ακόμη μύθος.

Θυμάσαι τα δάκρυα χαράς στα μάτια του κυρίου Μπράουν, στο Λονδίνο, όταν κατάλαβε ότι είδες τον Μέγιστο στα χέρια του Αζτέκου αυτοκράτορα μέσα από τον καθρέφτη του; Νομίζω ήταν η πρώτη φορά που κάποιος επιβεβαίωνε την ύπαρξη του Μέγιστου. Θα πρέπει να μάθεις ότι, την εποχή που ήσουν κλεισμένη στο σχολείο, μου ζήτησαν να ερευνήσω για στοιχεία που θα αποδείκνυαν την ύπαρξή του στο διαδίκτυο. Δυστυχώς δεν κατάφερα να βρω κάποια αξιόπιστη απόδειξη για όσα πίστευαν».

Η φωνή του φτάνει στα αυτιά της παράξενη, απόμακρη και άτονη. Ανοίγει αργά αργά την πόρτα και βγαίνει από το αυτοκίνητο. Τεντώνει τα χέρια πάνω από το κεφάλι για να ξεμουδιάσει.

«Δεν θα έρθει» μουρμουρίζει.

«Τι λες; Δεν σε άκουσα» διαμαρτύρεται ο Μάριο, ενώ προσπαθεί να βγάλει το ψηλό σώμα του από το αυτοκινητάκι του.

«Ο Όλιβερ Ράιχ δεν θα έρθει. Ο Μέγιστος δεν σκοπεύει να εμφανιστεί μπροστά του. Αν είχε την παραμικρή ελπίδα ότι μπορεί να τα καταφέρει χωρίς εμένα, δεν θα με αναζητούσε. Πολύ φοβάμαι ότι ξέρει πολύ καλά την απαίσια δουλειά του και την κάνει με αριστοτεχνικό τρόπο».

Περπατάει ανήσυχη προς το εσωτερικό του πάρκου. Ο Μάριο την προλαβαίνει και πορεύεται σιωπηλός δίπλα της. Οι ανάσες τους αφήνουν άσπρες τολύπες καπνού, που διαλύονται μέσα στον πρωινό κρύο αέρα.

«Άφησέ με να προχωρήσω μπροστά» της λέει σιγά.

«Γιατί άραγε μας έστειλε εδώ;»

Ο Μάριο ανασηκώνει τους ώμους. «Στο χαμένο κεχριμπαρένιο δωμάτιο, σύμφωνα με κάποιες αόριστες μαρτυρίες, χάθηκαν τα ίχνη του Μέγιστου. Δυστυχώς, όμως, η γιαγιά σου πιστεύει ότι εξαφανίστηκε από εκεί πολύ πριν χαθεί το ίδιο το δωμάτιο» λέει με αργή, μακρόσυρτη φωνή.

Στην αρχή, η Λυδία τον κοιτάζει σαν χαζή, χωρίς να καταλαβαίνει τι της λέει. Προσέχει ότι τα μάτια του ακτινοβολούν. *Μοιάζει ξεκούραστος σήμερα, σκέφτεται, αλλά βιάζεται να συγκεντρωθεί στα λόγια του.*

«Το κεχριμπαρένιο δωμάτιο;»

«Ένα πολυτελέστατο δωμάτιο επενδεδυμένο με έξι τόνους κεχριμπάρι και αμέτρητους πολύτιμους λίθους. Τους τοίχους του κοσμούσαν τεράστιοι καθρέφτες με κορνίζες από αληθινά φύλλα χρυσού. Κατασκευάστηκε το 1701 για τον Φρειδερίκο Γουλιέλμο Α΄ της Πρωσίας και το τοποθέτησαν στο Σαρλότενμπουργκ, το παλάτι όπου έμενε.

«Ιδανικό μέρος για να κρύψει κάποιος τον Μέγιστο!»

«Δεν νομίζω ότι ο Πρώσος βασιλιάς γνώριζε την ύπαρξη του Μέγιστου, ούτε ότι ο καθρέφτης ήταν κρυμμένος στο πολύτιμο νέο απόκτημά του, γιατί δεν το κράτησε για πολύ κοντά του. Σε μια επίσκεψή του στο Σαρλότενμπουργκ, ο τσάρος της Ρωσίας Πέτρος εντυπωσιάστηκε πολύ από τον ανεκτίμητο θησαυρό και ο Γουλιέλμος δεν δίστασε καθόλου, το 1717, να του το στείλει σαν δώρο επισφράγισης μιας συμφωνίας ανάμεσα στις δύο χώρες. Το πολύτιμο φορτίο ταξίδεψε στη Ρωσία μέσα σε δεκαοχτώ μεγάλα κιβώτια.

»Το 1755 μεταφέρθηκε στα νέα ανάκτορα της Μεγάλης Αικατερίνης, γνωστής για τις μεταφυσικές της ανησυχίες. Η γιαγιά σου πιστεύει ότι το δωμάτιο, λόγω της μεγάλης ποσότητας του κεχριμπαριού, περιείχε πολύ μεγάλη ποσότητας ενέργειας. Εκεί ο Μέγιστος ξαναβρήκε πολλή από τη χαμένη ή κλεμμένη από τους διαχειριστές ενέργειά του. Εκατόν εβδομήντα χρόνια παρέμεινε εκεί άθικτο, μέχρι που ο ναζιστικός στρατός μπήκε στη Ρωσία το 1941. Τότε το δωμάτιο, με εντολή του Χίτλερ, επέστρεψε στη Γερμανία, στο Κένινγκσμπεργκ. Κανείς από τους δικούς μας δεν έχει ακούσει και δεν γνωρίζει με βεβαιότητα ποιος και πότε έκρυψε τον Μέγιστο ανάμεσα στους καθρέφτες του δωματίου, ούτε αν ο Μέγιστος επέστρεψε μαζί με το δωμάτιο στη Γερμανία. Εκείνο που γνωρίζουν όλοι είναι ότι το κεχριμπαρένιο δωμάτιο το 1945 εξαφανίστηκε».

«Ωραίες οι ιστορίες, αλλά δεν έχουμε πολύ χρόνο στη διάθεσή μας» λέει αδιάφορα και ταχύνει το βήμα της.

Ο Μάριο δεν χρειάζεται να τρέξει να την προλάβει. Αρκούν δυο δρασκελιές από τα μακριά του πόδια.

«Είμαι σίγουρη ότι θα εμφανιστεί όταν θα έχουμε βρει τον Μέγιστο. Και πολύ φοβάμαι ότι δεν θα είναι μόνος του». Η φωνή της ακούγεται λαχανιασμένη.

«Μιλάς σαν αληθινός μαχητής» την ειρωνεύεται ο Μάριο. «Μη φοβάσαι, ό,τι και να γίνει, θα είμαι συνέχεια δίπλα σου. Έχουμε ενώσει τις δυνάμεις μας απέναντι στον κοινό εχθρό από την αρχή του ταξιδιού μας. Δύο είμαστε σίγουρα πιο δυνατοί από τον καθένα μόνο του».

«Τρεις. Είμαστε τρεις!» βροντοφωνάζει μέσα στον νου της ο Φοίβος, που, μετά την επανεμφάνισή του, έχει παραμείνει ασυνήθιστα σιωπηλός.

Η δυνατή, πεισμωμένη φωνή του χτυπάει με δύναμη στα τοιχώματα του κεφαλιού της, όπως σκάει το μανιασμένο κύμα πάνω στα άγρια βράχια. Ο πόνος όμως που αισθάνεται στο στήθος δεν οφείλεται στην ξαφνική παρουσία του Φοίβου, αυτή την έχει αποδεχτεί προς το παρόν, αλλά στην ενοχή που νιώθει στη σκέψη ότι έχει κρατήσει κρυφή την επανεμφάνισή του από τον μοναδικό σύμμαχό της, τον Μάριο.

Το ζεστό χέρι του Μάριο σφίγγει το δικό της και η θερμότητα που διαπερνά το κορμί της κάνει τις τύψεις της πιο έντονες. Προσπαθεί να τις αποδιώξει, σκεπτόμενη ότι πολύ σύντομα θα του το πει, αλλά η προσπάθειά της είναι το ίδιο μάταιη, σαν να προσπαθεί να εμποδίσει το τρεχούμενο νερό να πάρει τους κόκκους της άμμου από την παλάμη της.

Φτάνουν μπροστά στην είσοδο του παλατιού. Οι τρεις βαριές εξώπορτες είναι κλειστές.

«Καλύτερα μην τις αγγίξεις, Λυδία. Σίγουρα υπάρχει σύστημα συναγερμού. Άλλωστε, αν ο Μέγιστος βρισκόταν μέσα στο παλάτι, ο Όλιβερ Ράιχ θα φρόντιζε να το βρούμε ανοιχτό».

Τους παίρνει αρκετή ώρα να διασχίσουν το λασπωμένο πάρκο που απλώνεται ολόγυρά τους. Περνούν από τους καλοδιατηρημένους κήπους που απλώνονται κυκλικά στο παλάτι. Προχωρούν βαθιά στο εσωτερικό του πάρκου, προσέχοντας να μην πατάνε στις μικρές λακκούβες με νερό που έχει σχηματίσει η ολονύχτια βροχή σε πολλά σημεία του πάρκου. Προσπερνούν αρκετά πανέμορφα περίπτερα, ανεβαίνουν και κατεβαίνουν τον λοφίσκο στο πίσω μέρος του παλατιού. Φτάνουν μέχρι το σπήλαιο της Αφροδίτης με τους τεχνητούς σταλακτίτες. Τα μάτια τους εξερευνούν και την πιο μικρή γωνιά του πάρκου, πριν ανακαλύψουν τον καθρέφτη του Μέγιστου, εκεί όπου ποτέ δεν πίστευαν ότι θα τον έβρισκαν: στα σκαλιά του Μαροκινού Περιπτέρου.

«Λες να τον άφησε εδώ ο πατέρας σου;»

Στέκονται ακίνητοι μπροστά στον χρυσό καθρέφτη, στα σκαλιά της εισόδου, χωρίς να μπορούν να πιστέψουν ότι ήταν τόσο εύκολο να τον ανακαλύψουν.

Δεν είναι το κρύο που την κάνει να ανατριχιάσει, αλλά η συμπεριφορά του ανθρώπου που υποστηρίζει ότι είναι πατέρας της. Από την ημέρα που τον πρωτοσυνάντησε, δεν ένιωσε άλλο συναίσθημα να τους συνδέει παρά απέχθεια.

«Ο Όλιβερ Ράιχ με χρησιμοποιεί σαν δόλωμα. Χρειάζεται κάποιον να επικοινωνήσει με τον Μέγιστο και πιστεύει ότι εγώ μπορώ να το κάνω» μουρμουρίζει απογοητευμένη και η φωνή της σέρνεται βαριά στον αέρα.

Μένει ακίνητη πλάι στον Μάριο, χωρίς να έχει την παραμικρή ιδέα τι να κάνει. Το πρόσωπό της είναι άσπρο σαν πέτρινο κάτω από τα άγρια μακριά μαλλιά της. «Αν δεν ήταν η γιαγιά μου, θα τον κατέστρεφα χωρίς να τον κοιτάξω».

Το χέρι του Μάριο, που αγγίζει ελαφρά τον ώμο της, τη σπρώχνει ελαφρά προς τα σκαλοπάτια του Μαροκινού Περίπτερου.

«Είναι ο ίδιος καθρέφτης που είδα στα χέρια του τελευταίου αυτοκράτορα των Αζτέκων» λέει μηχανικά, ενώ δεν μπορεί να πάρει τα μάτια της από πάνω του. Δεν έχει κουνηθεί ακόμη.

«Πήγαινε κοντά, πάρ' τον στα χέρια σου, τι περιμένεις; Κοίταξέ τον». Η δυνατή φωνή του Φοίβου προσπαθεί να τη συνεφέρει.

Προχωράει μηχανικά, στέκεται για λίγο στην αρχή των σκαλοπατιών, που μοιάζουν χρυσά από τη λάμψη που σκορπάει γύρω του ο καθρέφτης. Σκύβει και τον παίρνει στο χέρι της. Σφίγγει με όλη της τη δύναμη την ολόχρυση, περίτεχνα σκαλισμένη, λαβή του και τον φέρνει μπροστά στο πρόσωπό της. Πιέζει τον εαυτό της να κοιτάξει τη χρυσή επιφάνεια, που είναι περιτριγυρισμένη από πολύτιμα πετράδια. Ο φόβος της, μαζεμένος σαν κόμπος στον λαιμό, δεν την αφήνει να αναπνεύσει. Νιώθει να πνίγεται.

«Μη φοβάσαι, Λυδία, είμαι κοντά σου. Ό,τι και να δεις μέσα στον καθρέφτη, δεν μπορεί να σε αγγίξει» σφυρίζει ο Φοίβος μέσα στον νου της.

Δεν βρίσκει τι να του απαντήσει, γιατί το μυαλό της αρνείται να δουλέψει.

Αποφασίζει να κοιτάξει επιτέλους στο χρυσό μέταλλο μπροστά της. Άλλωστε, γι' αυτόν τον λόγο δεν έχει κάνει το ταξίδι μαζί με τον Μάριο; Αδειάζει το μυαλό της και κάνει την πρώτη απόπειρα να επικοινωνήσει με το άγνωστο.

Και τότε πραγματικά αιφνιδιάζεται. Η αλήθεια είναι ότι δεν ξέρει πώς ακριβώς περίμενε να είναι το είδωλο του Μέγιστου. Ίσως ενδόμυχα να ήταν προετοιμασμένη για ένα πρόσωπο πιο παλαιό, περισσότερο αρχαίο, με τα σημάδια των αιώνων που πέρασαν χαραγμένα επάνω του. Ένα πρόσωπο αυστηρό, αλλά αξιοσέβαστο. Και όμως, τίποτε απ' όλα αυτά δεν συμβαίνει.

Το είδωλο που αχνοφαίνεται και τρεμοπαίζει σαν τη φλόγα του κεριού που παλεύει να αντισταθεί στον αέρα, το είδωλο που προσπαθεί να σταθεροποιηθεί στην επιφάνεια του καθρέφτη δεν είναι του Μέγιστου. Είναι η δική της εικόνα, που την κοιτάζει γελαστή, με μάτια γεμάτα φως και μυστικά.

Κοιτάζει αποσβολωμένη και με δέος το αστραφτερό ολόχρυσο μέταλλο και νιώθει το μυαλό της άδειο. Δεν έχει κουράγιο να κάνει ερωτήσεις, το στόμα της είναι στεγνό. Γυρίζει αμίλητη και κοιτάζει τον Μάριο, ζητώντας του βουβά βοήθεια.

Εκείνος στέκει αμίλητος και ανασηκώνει απορημένος το ένα του φρύδι. Πλησιάζει κοντά της. Σκύβει πάνω από τον ώμο της και ρίχνει μια κλεφτή ματιά στον καθρέφτη. Όπως το περίμενε, δεν βλέπει κάτι πάνω στη χρυσή επιφάνεια.

«Δεν μπορώ να δω τον Μέγιστο. Βλέπω μόνο τον εαυτό μου» προφέρει δύσπιστα η Λυδία, θαρρείς και δεν πιστεύει ούτε η ίδια τα λόγια της.

«Μην παρασύρεσαι, δεν είσαι εσύ. Είναι ο Μέγιστος» της σφυρίζει στο μυαλό ο Φοίβος. «Όλα τα είδωλα έχουμε ακούσει πως ο δημιουργός δεν έχει δική του μορφή. Παίρνει πάντα την εικόνα του ανθρώπου που έχει τη δύναμη να τον αντικρίσει».

Κουνάει το κεφάλι της χωρίς να του απαντήσει. Νιώθει ότι δεν θα έχει εύκολο έργο. Αν ο Φοίβος έχει δίκιο, ο Μέγιστος είναι μεγάλος μπαγαπόντης. Τα φρύδια της σμίγουν πάνω από τα μάτια της και το βλέμμα της σκουραίνει από τη μελαγχολία. Θα καταφέρει άραγε να καταστρέψει έναν καθρέφτη όπου αντικατοπτρίζεται το δικό της είδωλο;

«Σε περίμενα» ακούγεται βραχνή η φωνή της από το είδωλο του Μέγιστου.

Μα να απαντά στον εαυτό της δεν είναι σαν να μονολογεί; σκέφτεται, αλλά δεν μπορεί να κάνει διαφορετικά. Θα συμμετάσχει σ' αυτό το παιχνίδι μέχρι να καταστρώσει το δικό της σχέδιο.

«Γιατί εμένα; Βοήθησέ με να καταλάβω» ψιθυρίζει, ενώ τα δάχτυλα του ελεύθερου χεριού της σφίγγονται σε γροθιά. Η φωνή της δυναμώνει ξαφνικά σαν να αναζωπυρώνεται μια σπίθα φωτιάς μέσα από τη στάχτη.

«Ξέρω ότι σου είναι δύσκολο να καταλάβεις. Μέχρι πριν από λίγο καιρό αγνοούσες ακόμη και την ύπαρξή μου» παραδέχεται η εικόνα της πάνω στον καθρέφτη, που στο μεταξύ έχει σταθεροποιηθεί.

«Δεν έχεις δική σου μορφή; Γιατί χρησιμοποιείς τη δική μου;» Η περιέργεια στη φωνή της είναι ολοφάνερη. «Μέχρι τώρα δεν κατάφερα να δω αυτή τη μορφή ούτε στον δικό μου καθρέφτη».

«Είσαι σίγουρη ότι η μορφή που βλέπεις είναι η δική σου;»

Η ερώτηση την μπερδεύει. Στέκεται ακίνητη σαν άγαλμα, εκτός από το χέρι που κρατάει τον καθρέφτη, που τρέμει ελαφρά. Είναι δυνατόν να την παραπλανούν τα ίδια της τα μάτια; Τα μάτια... Ναι, ίσως τώρα που προσέχει καλύτερα, τα μάτια που την κοιτάζουν με σκοτεινό ύφος από τη χρυσή επιφάνεια της θυμίζουν περισσότερο τα μάτια της γιαγιάς της όταν της έλεγε πόσο μισεί τους διαχειριστές. Και το στόμα του ειδώλου μοιάζει περισσότερο με το γεμάτο απάθεια στόμα του Μάριο παρά με το δικό της. *Μα τι στο καλό κάνει ο χρυσός καθρέφτης; Επίδειξη της δύναμής του;* αναρωτιέται. Κλείνει τα μάτια φοβούμενη μήπως αντικρίσει κάποιο από τα χαρακτηριστικά του προσώπου του Όλιβερ Ράιχ πάνω στην εικόνα του ειδώλου.

Και μιλώντας για τον διάβολο, ακούει: «Βιάσου, Λυδία, δεν έχουμε πολύ χρόνο. Πολύ φοβάμαι ότι όπου να 'ναι θα κάνει την εμφάνισή του ο Ράιχ με την παρέα του» της ψιθυρίζει κοντά στο αυτί ο Μάριο.

Ξέρει ότι ο Μάριο έχει δίκιο. Παίρνει βαθιά ανάσα και περνάει γρήγορα στην αντεπίθεση.

«Μπορείς να με βοηθήσεις να αποδείξω την αθωότητα της Μαρίας Γκρόσμαν;» ρωτάει γεμάτη προσδοκία, αποφεύγοντας όμως να κοιτάξει κατάματα το είδωλο.

«Αυτό μόνο θέλεις από μένα; Γι' αυτόν τον λόγο έκανες όλο το ταξίδι μέχρι εδώ, Λυδία; Πιστεύεις ότι η γιαγιά σου σε έστειλε να με βρεις μόνο για δικό της όφελος;» Η φωνή του Μέγιστου είναι ήρεμη.

Είναι έτοιμη να απαντήσει καταφατικά, αλλά η ανατριχίλα που διατρέχει τη ραχοκοκαλιά της την εμποδίζει να το κάνει. Γυρίζει προς τον Μάριο, αλλά εκείνος την κοιτάζει με βλοσυρό βλέμμα, αμίλητος. Η ένταση, που έχει τραβήξει το πρόσωπό του από τη μια άκρη στην άλλη, σαν πέτρινη μάσκα, έχει εξαφανίσει σχεδόν τις δύο αχνές ρυτίδες του προσώπου του. Αντιλαμβάνεται ότι ο Μάριο, που δεν ακούει τη φωνή του Μέγιστου, παλεύει να καταλάβει τη συζήτηση μέσα από τις δικές της απαντήσεις.

«Η Μαρία Γκρόσμαν μου μίλησε για τους διαχειριστές της δύναμής σου» αναγκάζεται να ομολογήσει. Κοιτάζει το είδωλό της συνοφρυωμένη. Με την άκρη του ματιού της παρατηρεί ότι το βλέμμα του Μάριο, στο άκουσμα της ερώτησής της, ζωηρεύει ξαφνικά.

«Αλλά δεν κατάφερε να σε πείσει να ενδιαφερθείς γι' αυτούς, ε;»

Η φωνή του Μέγιστου, που εξακολουθεί να είναι ήρεμη, την εκνευρίζει.

«Ούτε κι εσύ, όπως φαίνεται, ενδιαφέρεσαι ιδιαίτερα γι' αυτούς». Η φωνή της είναι τόσο ψυχρή, όσο ο μαρτιάτικος πρωινός άνεμος που παγώνει τα μάγουλά της. «Δεν σε νοιάζει για τους ανθρώπους. Άφησες τους διαχειριστές να χρησιμοποιούν τις δυνάμεις σου για το δικό τους συμφέρον. Με τα είδωλα που εμφυτεύουν στους καθρέφτες, δεν αφήνουν τους ανθρώπους να σκέφτονται και να αποφασίζουν μόνοι τους».

Σταματάει για να πάρει ανάσα, αλλά έχει την αίσθηση ότι υπάρχουν πολλά, ανείπωτα ακόμα, για τα οποία θα μπορούσε να τον κατηγορήσει.

«Οι άνθρωποι πρέπει να αποφασίζουν μόνοι τους αν θα αποδεχτούν ένα ξένο είδωλο στον καθρέφτη τους» λέει ατάραχος ο Μέγιστος, λες και τα λόγια της δεν τον άγγιξαν καθόλου.

«Όχι, δεν μπορούν να το κάνουν. Τα είδωλα που φτιάχνονται από τη δύναμή σου είναι ένα είδος επηρεασμού των ανθρώπων από τους διαχειριστές. Αναρωτήθηκες ποτέ αν οι άνθρωποι μπορούν να ξεχωρίσουν αν αυτό που ακούν από το είδωλό τους είναι δική τους έμπνευση ή είναι προειλημμένη απόφαση, από κάποιους άλλους, βάσει κάποιου άγνωστου σχεδίου; Γι' αυτόν και μόνο τον λόγο θα έπρεπε να νιώθεις ένοχος».

«Η αλήθεια είναι ότι νιώθω λίγο. Όχι για τον επηρεασμό κάποιων ανθρώπων από τους διαχειριστές. Αυτό είναι δικό τους πρόβλημα. Μόνοι τους πρέπει να βρουν τη λύση στον γρίφο. Οι διαχειριστές, άλλωστε, δεν είναι οι μόνοι που προσπαθούν να επηρεάσουν κάποιον. Η αλήθεια είναι ότι οι μισοί άνθρωποι σήμερα καταβάλουν προσπάθεια να κατευθύνουν ενσυνείδητα ή ασυνείδητα τους άλλους μισούς. Νιώθω όμως ένοχος γιατί άφησα πολύ χρόνο να περάσει πριν επέμβω στα σχέδια ορισμένων».

Κοιτάζει το είδωλο με κομμένη την ανάσα, ενώ στο μυαλό της έρχονται ξαφνικά τα λόγια της Βαλεντίνης της Αιρετικής, τα οποία έχουν γίνει πολύ σημαντικά: «Υπάρχει ένας καθρέφτης τόσο παλιός όσο και ο κόσμος. Δεν ανήκει σε κανέναν, αλλά και σε όλους ταυτόχρονα. Κρύβει τόση δύναμη, που θα μπορούσε να σώσει άπειρες φορές τη Γη με όλους τους κατοίκους της, αλλά και άλλες τόσες φορές να την καταστρέψει. Ο θρύλος που τον ακολουθεί λέει ότι μέσα του κρύβεται μια αλλόκοτη δύναμη που υπερβαίνει τους νόμους της φύσης και την κατανόηση του ανθρώπου. Το όνομά του είναι Μέγιστος» της είχε πει, αλλά τότε δεν την πίστεψε.

«Είσαι πολύτιμη για μένα, Λυδία» ακούει το είδωλο να λέει. «Σε παρακολουθώ από τη στιγμή που γεννήθηκες. Ήμουν πάντα δίπλα σου όσες φορές η ζωή σου βρέθηκε σε κίνδυνο, αν και δεν το ήξερες. Από μικρή φρόντιζες πάντα να με εκπλήσσεις. Σε παρακολουθούσα όταν ήσουν φοβισμένη ή μπερδεμένη, βουτηγμένη στην άγνοιά σου, πάντα να ψάχνεις αλλά να μη βρίσκεις άκρη. Αλλά πάνω απ' όλα, το μυαλό σου το απασχολούσε μόνιμα η εξαφάνιση της γιαγιάς σου. Έχεις μεγάλη δύναμη μέσα σου, Λυδία, αλλά μέχρι τώρα δεν την έχεις αντιληφθεί».

«Και για σένα το ίδιο φημολογείται».

Κάνει μια παύση για να βρει τα κατάλληλα λόγια και συνεχίζει: «Αλλά δεν τη χρησιμοποιείς, τα τελευταία χρόνια τουλάχιστον. Πώς κατάφεραν οι διαχειριστές να σε πείσουν να τους αφήσεις να διαχειριστούν τη δύναμή σου;»

«Δεν έχω εγώ καμία δύναμη κρυμμένη στο τσεπάκι μου, Λυδία. Η δύναμη που υπονοείς είναι διασκορπισμένη παντού. Υπάρχει μέσα σε κάθε πέτρα, στην κίνηση του νερού και των ανέμων, βρίσκεται χωμένη βαθιά στη γη, στηρίζοντας τις ρίζες των δέντρων, φωλιασμένη στην ψυχή των ανθρώπων. Δυστυχώς, η δύναμη αυτή, συγκεντρωμένη σε λάθος χέρια, είναι επικίνδυνη και οι επιπτώσεις τρομερές. Οι διαχειριστές κάποτε απέκτησαν τη γνώση να διαφεντεύουν τη δύναμη. Οι άνθρωποι είναι απρόβλεπτοι. Κανείς δεν μπορεί να γνωρίζει εκ των προτέρων τις κινήσεις του ανθρώπου με ελεύθερη βούληση. Αυτό είναι που ήθελαν να διορθώσουν οι διαχειριστές. Να κάνουν τις κινήσεις τους προβλέψιμες ώστε να καταφέρουν να τους οδηγήσουν ευκολότερα σε προσχεδιασμένα μονοπάτια».

«Μα τότε γιατί σε χρειάζονται; Γιατί ο Όλιβερ Ράιχ θέλει τόσο πολύ να επικοινωνήσω μαζί σου;»

Ο Μάριο πλησιάζει ακόμη πιο κοντά της, τόσο που τα λυμένα μαλλιά του ακουμπούν στο μάγουλό της.

«Γιατί αυτός δεν έχει ακόμα τη γνώση να χαλιναγωγήσει και να χρησιμοποιήσει προς όφελός του αυτή τη δύναμη» την αιφνιδιάζει το είδωλο του Μέγιστου, που δεν ασχολείται καθόλου με τις κινήσεις του Μάριο. «Και υποψιάζομαι ότι δεν είναι καθόλου σίγουρος πως, όταν θα έρθει η ώρα, οι κεφαλές των διαχειριστών θα την εμπιστευτούν σ' αυτόν, όπως τον έχουν διαβεβαιώσει. Ο Όλιβερ Ράιχ έχει από καιρό δείξει σημάδια ανεξαρτητοποίησης από τους υπολοίπους. Βιάζεται, βιάζεται πολύ».

Μένει αποσβολωμένη. Η κάθε νέα αποκάλυψη του Μέγιστου είναι τόσο δυνατή, που σβήνει αμέσως την προηγούμενη.

«Όλα αυτά τα χρόνια ενεργεί αυτόβουλα, χωρίς να ενημερώνει κάποιον άλλον;»

«Ναι. Λυδία, ο πατέρας σου είναι το είδος του ανθρώπου που εκμεταλλεύεται χωρίς τύψεις τη δικαιοσύνη, που κάποιοι δημιούργησαν για να καταφέρει να επιβιώσει η κοινωνία των ανθρώπων. Αλλά δεν είναι μόνο αυτό που τον κάνει επικίνδυνο, υπάρχουν και χειρότερα. Έχει αποκτήσει τη δυνατότητα να ελέγχει όλες τις πληροφορίες που φτάνουν στους διαχειριστές και να τις χειραγωγεί. Έτσι, χωρίς ιδιαίτερο κόπο, κρατάει πολλούς ανθρώπους υπό την επιρροή του. Όταν δεν καταφέρνει να πετύχει τους σκοπούς του με τη χειραγώγηση, όπως στην περίπτωση της Μαρίας Γκρόσμαν και των φίλων της, καταφεύγει πολύ εύκολα στη βία.

»Πρέπει να γνωρίζεις ότι δεν ήταν πάντα έτσι. Γεννημένος από ένα ζευγάρι διαχειριστών, μεγάλωσε ανάμεσα σ' αυτούς που είχαν τη γνώση, χωρίς όμως ποτέ να την αγγίξει. Από μικρός είχε αποκτήσει την εμπιστοσύνη τους, εκτελώντας αναντίρρητα όλες τις εντολές τους. Πολύ πριν από τη γέννησή σου, όμως, μια τυχαία ανακάλυψη κατάφερε να τον μεταμορφώσει τελείως. Εντελώς τυχαία και χωρίς να το επιδιώκει, ανακάλυψε πού βρισκόταν καλά φυλαγμένος ο καθρέφτης μου. Γνώριζε από τον πατέρα του ότι ήταν πηγή μεγάλης συγκεντρωμένης δύναμης. Στην αρχή ήταν η περιέργεια να πλησιάσει κοντά στην πηγή της δύναμης που τον έσπρωξε προς τον συγκεκριμένο καθρέφτη. Πολύ γρήγορα, η απληστία έγινε σύμβουλός του. Ο καθρέφτης έγινε γι' αυτόν ο αέρας που ανέπνεε, πίστευε ότι χωρίς αυτόν κινδύνευε να πνιγεί. Έγινε η ανάσα που γέμιζε τα πνευμόνια του, η χαρά που απάλυνε το σφίξιμο στην ψυχή του. Ήταν το κρασί που ποτέ δεν θα γινόταν, γιατί αυτός κάποια στιγμή θα απολάμβανε μόνος του το γλυκό τσαμπί σταφύλι.

»Τότε άρχισε να εξυφαίνει στο μυαλό του τη συνωμοσία ανατροπής των αρχηγών των διαχειριστών, αμέσως μόλις έφταναν στην κατοχή του τα μυστικά της δύναμης και η γνώση της διαχείρισής της.

»Το πρώτο μέρος του σχεδίου του ήταν όχι μόνο να κλέψει τον καθρέφτη, πράγμα που έκανε αμέσως μόλις του δόθηκε η ευκαιρία. Κατάφερε επίσης να του αναθέσουν οι διαχειριστές τις έρευνες για να βρεθεί ο καθρέφτης και να αποκαλυφθεί ο κλέφτης. Έτσι, γνώριζε πάντα από πρώτο χέρι τα αποτελέσματα των ερευνών και ήταν σίγουρος ότι κανένας δεν τον υποψιαζόταν για την κλοπή. Το δεύτερο μέρος του σχεδίου του ήταν ακόμη πιο τολμηρό. Προσπάθησε να επικοινωνήσει μαζί μου για να μου αποσπάσει τη γνώση, που τόσο πολύ επιθυμούσε.

»Όταν δεν τα κατάφερε, προχώρησε σε νέα σχέδια, ένα από τα οποία ήταν και η γέννησή σου από μία συγκεκριμένη γυναίκα, την κόρη της Μαρίας Γκρόσμαν».

«Αυτό είμαι λοιπόν για τον Όλιβερ Ράιχ, ένα μέρος του σχεδίου που προετοιμάζει χρόνια τώρα στο μυαλό του» μονολογεί η Λυδία, αλλά συνειδητοποιεί ότι αυτή η αποκάλυψη του Μέγιστου δεν μπορεί να την αγγίξει. Απλώς τη βοηθάει να καταλάβει γιατί ο Ράιχ δεν ήθελε οι καθηγητές του σχολείου να γνωρίζουν ότι είναι κόρη του. Οι σκέψεις της όμως, που έρχονται και φεύγουν ανάκατες στο μυαλό της, δημιουργούν ένα πανδαιμόνιο, που κοντεύει να την τρελάνει.

«Γιατί να θέλει ένα παιδί από την κόρη της Μαρίας Γκρόσμαν;»

«Είναι πεπεισμένος ότι η γιαγιά σου, που πάντα έπλεε από την αντίθετη πλευρά του ποταμού και αποτελούσε έναν από τους ορκισμένους εχθρούς των διαχειριστών, είχε αποκτήσει μια αξιοθαύμαστη δύναμη να υπερασπίζεται τις ιδέες της και να επιβιώνει. Πίστευε ότι είχε μέσα της κομμάτι από τη δύναμη του καθρέφτη.

»Και η αλήθεια είναι ότι υπήρξε εποχή που η γιαγιά σου είχε γίνει πολύ επικίνδυνη για τους διαχειριστές. Η επιρροή των λόγων της Μαρίας Γκρόσμαν και των φίλων της απλωνόταν επικίνδυνα σε μεγάλο αριθμό ατόμων, ακόμη και μεταξύ αυτών που δεν είχαν επικοινωνήσει ποτέ με το είδωλό τους σε κάποιον καθρέφτη. Δυστυχώς γι' αυτήν, δεν κατάφεραν να αποδείξουν τους ισχυρισμούς τους εναντίον των διαχειριστών, και έτσι οι οπαδοί τους σταμάτησαν να ενδιαφέρονται και να τους ακολουθούν. Σιγά σιγά η παρέα της γιαγιάς σου έγινε πάλι ακίνδυνη για τους διαχειριστές.

»Ο Όλιβερ Ράιχ όμως, που ήταν πάντα ενήμερος για τις κινήσεις τους, πίστευε πως η δύναμη αυτή της γιαγιάς σου θα μεταβιβαζόταν και στους απογόνους της. Έτσι σκέφτηκε τον γάμο του με τη μητέρα σου, ελπίζοντας ότι η γέννησή σου θα τον βοηθούσε. Ένα χαρισματικό παιδί, με κομμάτια από τη δύναμη της Μαρίας Γκρόσμαν και αυτήν των δικών του γονιών. Ένα δικό του παιδί. Ποιος θα μπορούσε να του πάρει το παιδί του; Κανείς. Και πόσο τυχερός θα ήταν αν το παιδί αυτό μπορούσε να τα καταφέρει εκεί που αυτός είχε ήδη αποτύχει;

»Όμως η Μαρία Γκρόσμαν, όταν έμαθε την πραγματική του ταυτότητα, κατάλαβε αμέσως τον ανίερο σκοπό του και τα σχέδια που είχε για σένα και έκανε ό,τι ήταν δυνατό για να σε κρατήσει μακριά του. Δεν μπορούσε να σε αφήσει στα χέρια του».

Το ελαφρύ σκούντημα που νιώθει στα πλευρά από την κίνηση ανυπομονησίας του Μάριο, που αλλάζει στάση στο σώμα του ρίχνοντας το βάρος του από το ένα πόδι στο άλλο, μοιάζει να το ένιωσε και ο καθρέφτης του Μέγιστου, γιατί ξαφνικά σταμάτησε να μιλάει.

Η σιωπή του της δίνει χρόνο να συνειδητοποιήσει το πόσο διαφορετικές φαντάζουν ξαφνικά οι κινήσεις και η συμπεριφορά κάποιων ανθρώπων τώρα που ξέρει. Με έναν μαγικό τρόπο, η γνώση άλλαξε την πραγματικότητά της, θαρρείς και όλα αυτά τα χρόνια δεν μπορούσε να τη δει, γιατί κοιτούσε αλλού.

Καταλαβαίνει πως πρέπει να ενημερώσει τον Μάριο, που, από την αγωνία, οι ρυτίδες στα μάγουλά του μοιάζουν με βαθιές αυλακιές.

Γυρίζει και του μεταφέρει περιληπτικά όσα της είπε ο Μέγιστος.

Εκείνος την ακούει προσεκτικά, χωρίς να τη διακόπτει. Δεν έχουν πολύ χρόνο στη διάθεσή τους.

«Ό,τι σκοπεύεις να κάνεις μαζί του κάν' το γρήγορα» της λέει με νόημα, κοιτάζοντας το ρολόι του, όταν εκείνη τελειώνει. «Καλύτερα να φύγουμε από δω πριν κάνει την εμφάνισή του ο Ράιχ».

«Έχει δίκιο» ακούει τη φωνή του Φοίβου σαν βουητό της θάλασσας μέσα στο μυαλό της.

Δεν απαντάει στον Φοίβο, αλλά νεύει καταφατικά στον Μάριο και σηκώνει πάλι τον χρυσό καθρέφτη μπροστά στο πρόσωπό της.

«Τι θέλεις από μένα; Τι πρέπει να κάνω;»

«Να με πάρεις μακριά απ' όλους. Να διαφυλάξεις τη γνώση, ακόμη κι αν προϋπόθεση για να το καταφέρεις είναι να καταστρέψεις αυτόν τον καθρέφτη. Μη φοβάσαι για τη δύναμη. Αυτή ανήκει στους ανθρώπους. Δεν θα χαθεί μαζί μου. Υπήρχε πάντα και θα συνεχίσει να υπάρχει στο μέλλον βαθιά ριζωμένη στη φύση και στους ανθρώπους. Η γνώση του ελέγχου της δύναμης, όμως, δεν πρέπει να πέσει σε χέρια ανθρώπων όπως ο πατέρας σου. Τώρα έχεις μπροστά σου μια μάχη, Λυδία. Από τη στιγμή που επικοινώνησες μαζί μου, ενεργοποίησες μια παγίδα που ο Όλιβερ Ράιχ είχε στήσει για σένα. Πρέπει να προσέξεις να μην πέσεις μέσα».

«Λυδία, πρόσεξε πίσω σου». Τα αλαφιασμένα λόγια του Φοίβου σκάνε απότομα, σαν άγρια κύματα, σε κάθε γωνιά του μυαλού της.

Σφίγγει τις γροθιές της και προσπαθεί να καταλάβει τι συμβαίνει. Δεν είναι σίγουρα οι δρυοκολάπτες, οι κουρούνες και τα μαυροπούλια, που από ώρα τούς κοιτάζουν καχύποπτα και με κακόβουλο τρόπο από τις φυλλωσιές των δέντρων, αυτό που τρόμαξε τον Φοίβο. Ούτε η φαντασία της επηρεασμένη από τη διήγηση του Μέγιστου προσπαθεί να την ξεγελάσει. Ο Όλιβερ Ράιχ είναι πίσω της και ο πρωινός αέρας φέρνει την ανάσα του στο πρόσωπό της.

Προσπαθεί να πει μια προειδοποιητική κουβέντα στον Μάριο δίπλα της, αλλά το μόνο που προλαβαίνει είναι να αγγίξει τις άκρες των δαχτύλων του.

«Λοιπόν, πριγκιπέσα; Τα κατάφερες;»

Η παγωμένη φωνή του Όλιβερ Ράιχ την τρομάζει. Προσπαθεί απεγνωσμένα να κρύψει τη νευρικότητα που απλώνεται στη ραχοκοκαλιά της στο άκουσμα της φωνής του και το τρέμουλο του χεριού της που κρατάει τον Μέγιστο. Ο Μάριο σφίγγει δυνατά το ελεύθερο χέρι της, που κρέμεται σαν πάνινο από τον άκαμπτο ώμο της, δίπλα στο δικό του.

Τα πουλιά κρώζουν και πετούν αλαφιασμένα προς όλες τις κατευθύνσεις, θαρρείς και η ερώτησή του προς τη Λυδία απευθύνονταν σ' εκείνα. Στρέφει το σώμα της προς τα πίσω, θέλοντας να τον αντιμετωπίσει καταπρόσωπο. Στο μυαλό της έρχεται η συμβουλή που της είχε δώσει η κυρία Μι όταν είχε ξεκινήσει να μαθαίνει να ελέγχει τις σκέψεις: πως πρέπει να κλείσει καλά την πόρτα του μυαλού της, να μην τον αφήσει να διαβάσει τις σκέψεις της. Δεν ξέρει αν θα τα καταφέρει, καθώς δεν γνωρίζει πόσο δυνατός είναι ο αντίπαλός της.

Και τότε η λέξη «σοκ» δεν αρκεί για να περιγράψει αυτό που νιώθει όταν αντικρίζει το αποτρόπαιο σύμπλεγμα των δύο ανθρώπων μπροστά της, που φαντάζει σαν σκοτεινός πίνακας ο οποίος απεικονίζει την ίδια την Κόλαση. Την αιφνιδιάζει σε τέτοιο βαθμό, που ξεχνάει τον Όλιβερ Ράιχ. Η εικόνα της αιχμάλωτης φίλης της είναι τόσο έντονη, που επισκιάζει εντελώς στα μάτια της ακόμη και την παρουσία των τριών εύσωμων αντρών πίσω από τον πατέρα της. Προφανώς, τους έφερε μαζί του για να βγάλει από το μυαλό της κάθε ιδέα για απόδραση πριν πετύχει τον σκοπό του.

Ο ελεεινός δολοφόνος με το γεμάτο ουλές πρόσωπο, εκείνος που για χρόνια βασάνιζε τα όνειρά της, εκείνος που πριν από μερικά χρόνια, έξω από έναν σιδηροδρομικό σταθμό, είχε απειλήσει τη γιαγιά της, εκείνος που σκότωσε τον πατέρα του Μάριο, κρατάει ακινητοποιημένη, με ένα κεφαλοκλείδωμα σαν ασπίδα, μπροστά στο στήθος του την Καλυψώ. Τα βρόμικα χέρια του σφίγγουν με δύναμη το κορμί της τυφλής κοπέλας, που κινείται αριστερά και δεξιά προσπαθώντας να ελευθερωθεί από τις λαβές του.

«Τι συμβαίνει;» μουρμουρίζει κατάπληκτη, ενώ την ίδια στιγμή από τα χείλη του Μάριο εκσφενδονίζεται η λέξη «αχρείος».

«Άφησέ την αμέσως. Γιατί τη φέρατε εδώ;»

Με δύο δρασκελιές, η Λυδία έχει φτάσει πλάι στη φίλη της και προσπαθεί να την τραβήξει μέσα από τα χέρια του. Την κοιτάζει κατάματα. Τα θολά μάτια της Καλυψώς, παρά τα βάσανά της, αντανακλούν ευγένεια και ηρεμία μέσα στο πρωινό, καθαρό, κρύο φως. Η θλίψη όμως της ανήμπορης κοπέλας την αγγίζει σαν καυτή φλόγα.

Ξαφνικά, ο δεσμώτης ελευθερώνει την Καλυψώ, όχι γιατί φοβήθηκε τη Λυδία, αλλά γιατί του ένευσε ο Όλιβερ Ράιχ να το κάνει.

«Λυδία; Λυδία, πώς με βρήκες;» μουρμουρίζει η Καλυψώ, με την ταραχή να μην την αφήνει να πάρει ανάσα.

Η Λυδία, με την καρδιά να βροντοχτυπάει, προσπαθεί για πρώτη φορά να επικοινωνήσει με το μυαλό της φίλης της. Δεν το είχε επιχειρήσει μέχρι τώρα, αφού η μία ήταν για την άλλη σελίδες ανοιχτού βιβλίου. Έκπληκτη, νιώθει μια τεράστια δύναμη, σαν μια απέραντη θάλασσα ή ένα τεράστιο βουνό, να υψώνεται μπροστά της. Τι στο καλό προσπαθεί να κρατήσει κρυφό πίσω από αυτόν τον τοίχο η φίλη της;

Με έναν ελιγμό και έναν μορφασμό σαν να λέει «άσε αυτή τη σκοτούρα για αργότερα» αποφεύγει τη δύναμη που προσπαθεί να της φράξει τον δρόμο. «Μη φοβάσαι!» φωνάζει με όλη της τη δύναμη και το πάθος που γεννάει μέσα της το μίσος για τον άντρα που είχε σύρει μέχρι εδώ την ανίδεη φίλη της. «Δεν θα αφήσω κανέναν να σου κάνει κακό. Πες πως είναι ο σωματοφύλακάς σου» συνεχίζει, σε μια προσπάθεια να την κάνει να νιώσει ασφάλεια μέσα στο σκοτάδι της.

Την ίδια στιγμή σκέφτεται ότι, αν ο Όλιβερ Ράιχ σκοπεύει να ξεκάνει και τους τρεις τους σ' εκείνο το σημείο, κανένας δεν έχει τη δύναμη να το αποτρέψει. Αλλά φυσικά, όπως είχε πει κάποτε η Μαρία Γκρόσμαν, ακόμη και στις πιο άσχημες καταστάσεις θα μπορούσες να ανακαλύψεις μια καλή πλευρά, αρκεί να έχεις το κουράγιο να αρπάξεις την πρόκληση.

Τινάζει πίσω το κεφάλι, γνωρίζοντας ότι, αν θέλει να πραγματοποιήσει αυτό που υποσχέθηκε στην Καλυψώ, πρέπει να καθαρίσει το μυαλό της από τις σκέψεις που το θολώνουν. Απορεί προς στιγμήν με τον εαυτό της πώς είναι δυνατόν να σκέφτεται δύο τόσο διαφορετικά πράγματα συγχρόνως.

«Δεν θα πάθει τίποτα η φίλη σου, πριγκιπέσα, αν καταφέρεις να επικοινωνήσεις με τον Μέγιστο. Έχω μερικές ερωτήσεις να του κάνω. Αυτό είναι όλο. Ύστερα θα είστε όλοι ελεύθεροι».

«Ελεύθεροι; Τι σημαίνει αυτό; Ότι τώρα είμαστε αιχμάλωτοί σου;»

Τα λόγια του Μάριο, που έχει πλησιάσει κοντά της, θα μπορούσαν να έχουν βγει από το δικό της στόμα. Βλέπει στο βλέμμα του τη δύναμη που προσπαθεί να χαλιναγωγήσει και τρομάζει, αλλά και τη χαροποιεί ταυτόχρονα. Σαν να έπεφτε μέχρι τώρα με δύναμη προς τα κάτω και ξαφνικά τα λόγια του της δίνουν τη δυνατότητα να αρπαχτεί από κάπου και να σταματήσει την κάθοδο.

Ο Ράιχ δεν του απαντά. Η ματιά του είναι καρφωμένη πάνω στο πρόσωπο της Λυδίας.

Εκείνη παίρνει βαθιά ανάσα και ανασηκώνει τους ώμους, προσποιούμενη την αδιάφορη.

«Τον κοίταξα. Δεν είδα κανένα είδωλο».

«Πριγκιπέσα, μην παίζεις μαζί μου. Η υπομονή μου δεν είναι ανεξάντλητη».

Η Λυδία νιώθει απαίσια, θαρρείς και τα λόγια του της σφίγγουν τον λαιμό και δεν την αφήνουν να πάρει ανάσα. Η κατάσταση είναι εφιαλτική. Αν μπορούσε να κλάψει εκείνη τη στιγμή, θα το έκανε. Ίσως τότε να αισθανόταν δυνατότερη και έτοιμη να τον αντιμετωπίσει.

«Δεν μπορώ να δω τίποτα, δεν υπάρχει κάτι εκεί μέσα» επιμένει, κρατώντας τη φωνή της σταθερή, παρότι τρέμει σαν μικρό ποντίκι που βγήκε ξαφνικά στο ξέφωτο.

«Είσαι έξυπνο κορίτσι, πριγκιπέσα. Καταλαβαίνεις ότι δεν θα βγεις κερδισμένη μ' αυτή τη συμπεριφορά. Ούτε εσύ, ούτε και οι φίλοι σου».

Σκούρα τα πράγματα, σκέφτεται. Πρέπει να φορέσει γρήγορα την πανοπλία από όστρακο, όπως έλεγε όταν ήταν μικρή, για να μην τη λιώσει η ματιά του Ράιχ.

«Άφησέ την ήσυχη. Λέει αλήθεια. Είμαι συνεχώς δίπλα της, είδα πόσο προσπάθησε, αλλά δεν κατάφερε τίποτα» επεμβαίνει ο Μάριο.

«Σταμάτα, επιτέλους, εσύ να ανακατεύεσαι συνέχεια. Σου το είπα τόσες φορές, αλλά δεν εννοείς να το καταλάβεις. Μου είναι αδιάφορο το τι σκέφτεσαι και τι λες!» ουρλιάζει χωρίς εμφανή λόγο ο Ράιχ.

«Εξυπνάκιας σαν τον πατέρα του» πετάγεται ο σημαδεμένος, θέλοντας προφανώς να σιγοντάρει το αφεντικό του. «Κεφάλι αγύριστο μέχρι την τελευταία στιγμή. Στο τέλος το έφαγε».

Η Λυδία τον ακούει κατάπληκτη. *Ο σημαδεμένος μπορεί να δολοφονεί το ίδιο καλά με τα λόγια,* σκέφτεται με αηδία.

Ο Μάριο, αντί άλλης απάντησης, ορμάει καταπάνω του σαν αφηνιασμένος ταύρος, αλλά ο σημαδεμένος κάνει στο πλάι και τον αποφεύγει, γεγονός που εξοργίζει περισσότερο τον Μάριο.

Οι μπράβοι μπαίνουν στη μέση. Ο ένας, εκείνος με τα λιγοστά ξανθά μαλλιά, παραπατάει και οπισθοχωρεί βογκώντας και πιάνοντας το μάτι του, μετά το χτύπημα που του κατάφερε πρώτος ο Μάριο στο πρόσωπο. Ο άλλος, με το ξυρισμένο κεφάλι και το πυκνό μαύρο γένι, πετάει τον Μάριο κάτω. Ευτυχώς σηκώνεται γρήγορα. Οι άκρες των ρουθουνιών του είναι γεμάτες αίμα.

Η Λυδία ξαφνικά έχει την εντύπωση ότι μάτια είναι καρφωμένα πάνω της και την παρακολουθούν, αλλά δεν είναι του Ράιχ. Κοιτάζει βιαστικά τριγύρω. Κάτι μαύρο κινείται, προσπαθώντας να κρυφτεί πίσω από τον τοίχο του Μαροκινού Περιπτέρου. Τι στην ευχή έχουν φέρει κι άλλους μαζί τους; Πόσους χρειάζεται ο Όλιβερ Ράιχ για να αντιμετωπίσει τρεις άοπλους νεαρούς, που κατά πάσα πιθανότητα συμμετέχουν πρώτη φορά σε παρόμοια συμπλοκή; Αν και μόνο για τον εαυτό της μπορεί να είναι σίγουρη, ίσως και για την Καλυψώ. Για τον Μάριο, δεν θα έπαιρνε και όρκο.

«Λυδία, πρόσεξε, πίσω σου». Η απεγνωσμένη προειδοποίηση του Φοίβου φτάνει αργά. Κάποιο χέρι την αρπάζει από τον λαιμό. Χάνει την ισορροπία της και πέφτει στο έδαφος, κρατώντας σφιχτά τον Μέγιστο στα χέρια. Στο πέσιμό της κατακρημνίζει άθελά της την Καλυψώ, που από τους περίεργους ήχους και τα βογκητά καταλαβαίνει ότι γίνονται συμπλοκές κοντά της. Τα χέρια της Λυδίας τρέμουν και ο άντρας με το γεμάτο απαίσιες ουλές πρόσωπο, ουρλιάζοντας σαν δαρμένο σκυλί, αρπάζει με μεγάλη ευκολία τον Μέγιστο μέσα από τα χέρια της. Τον δίνει στο αφεντικό του. Έτσι ο Μέγιστος βρίσκεται στα χέρια του Ράιχ.

Σηκώνεται όρθια, η πλάτη της πονάει, αλλά δεν υπάρχει χρόνος για παράπονα. Βοηθάει την Καλυψώ να σηκωθεί από το έδαφος, ενώ οι σφυγμοί της χτυπούν δυνατά μέσα στο μυαλό της. Καταλαβαίνει πως πρέπει να φύγουν από κει, αλλά όχι χωρίς τον Μέγιστο. Αυτή τη φορά δεν σκοπεύει να τον αφήσει στα χέρια του Ράιχ. Πρώτα θα τον πάρει πίσω και μετά τι; Πώς θα μπορέσουν να ξεφύγουν από τέσσερις αφηνιασμένους άντρες; Ποιος μπορεί να τους βοηθήσει; Δεν έχει την παραμικρή ιδέα.

Ακούει το μουγκρητό του Ράιχ, αλλά δεν γυρίζει να δει τι συμβαίνει, όπως κάνουν όλοι οι άλλοι. Τη δική της ματιά αιχμαλωτίζει για μία ακόμη φορά μια ανεπαίσθητη κίνηση πίσω από τον τοίχο του περιπτέρου. Συγκεντρώνει την προσοχή της. Και όμως τα μάτια της δεν τη γελούν. Πίσω από τον τοίχο έχει ξεπροβάλει το τσαλακωμένο καπελάκι και μέρος από την κυματιστή μακριά φούστα της Αλεξάνδρας. Είναι δυνατόν να κρύβεται η ζητιάνα πίσω από τον τοίχο; Πώς βρέθηκε εκεί; Είναι μόνη της άραγε;

Ο Μάριο, στο μεταξύ, δεν το βάζει κάτω, παρότι φαίνεται ζαλισμένος. «Γιατί σκότωσες τον πατέρα μου;» φωνάζει στον σημαδεμένο άντρα. «Δεν σου έκανε κακό, δεν σε πείραξε».

Το σαδιστικό χαμόγελο που απλώνεται στο πρόσωπο του άλλου κάνει το αίμα του Μάριο να χτυπάει άτακτα στις φλέβες του.

«Το καθίκι! Προσπάθησε να με πυροβολήσει! Του άξιζε ό,τι έπαθε!» αποκρίνεται και η ανάσα του βγαίνει βαριά από το στήθος του.

Ο Μάριο τινάζεται και, κατεβάζοντας το κεφάλι μπροστά στο στήθος για να φτάσει στο ύψος του άντρα, που ήταν πιο κοντός, ορμάει σαν μαινόμενος ταύρος εναντίον του. Ο σημαδεμένος αυτή τη φορά δεν προλαβαίνει να τραβηχτεί και δέχεται το δυνατό χτύπημα στο πρόσωπο. Την ώρα που το κεφάλι του Μάριο προσγειώνεται με ορμή πάνω στον στόχο του, στο πρόσωπο του σημαδεμένου, ο ήχος που ακούγεται μοιάζει σαν τον ήχο του τσεκουριού που πέφτει με δύναμη πάνω στον κορμό του δέντρου.

Ο σημαδεμένος άντρας παραπατάει ξαφνιασμένος, τα πόδια του γλιστρούν πάνω στο λασπωμένο έδαφος και πέφτει στο χώμα, με το αίμα να τρέχει από το πρόσωπό του, σαν να είχαν ανοίξει ξαφνικά όλες οι παλιές πληγές του. Το κεφάλι του, λίγο πριν φτάσει στο έδαφος, χτυπάει με δύναμη στο πόδι της Καλυψώς, που στέκεται ακόμα στο ίδιο σημείο, ανίκανη να κινηθεί, μπερδεμένη από τους ήχους και τους θορύβους δίπλα της.

Το σώμα της τυφλής κοπέλας τραντάζεται, χάνει την ισορροπία της και, στην προσπάθειά της να στηριχτεί, το πόδι που είναι στον αέρα κατεβαίνει με δύναμη πάνω στο ματωμένο πρόσωπο του σημαδεμένου, που κείτεται πλάι της. Ο απαίσιος ήχος που βγαίνει από το λαρύγγι του τη στιγμή που το τακούνι της ανυποψίαστης Καλυψώς πατά με δύναμη πάνω στα μάτια του, λίγο πριν χάσει τις αισθήσεις του, τους αναγκάζει όλους να γυρίσουν προς το μέρος του.

Η Λυδία σκέφτεται να τρέξει δίπλα του να τον βοηθήσει για να μην εξαγριωθεί περισσότερο ο Ράιχ, αλλά η εικόνα της γιαγιάς της τη σταματάει. Περίεργο όμως, δεν έρχεται κανένας από τους δικούς του κοντά του. Οι μπράβοι του Ράιχ συνεχίζουν να γρονθοκοπούν τον Μάριο, που το κόκκινο πρόσωπό του δείχνει πόσο υποφέρει, ενώ ο ίδιος ο Ράιχ αρπάζει απότομα την Καλυψώ.

«Τέρμα τα παιχνίδια, πριγκιπέσα» βρυχάται σαν πεινασμένο λιοντάρι, καθώς με το άλλο του χέρι σηκώνει τον Μέγιστο μπροστά στο πρόσωπό της. «Ανάγκασέ τον να παρουσιαστεί, κάνε τον να σου μιλήσει, διαφορετικά η φίλη σου θα ξαπλώσει δίπλα του, στην ίδια ακριβώς κατάσταση». Δείχνει με το βλέμμα τον αναίσθητο άντρα, με το πρόσωπο πλημμυρισμένο στα αίματα.

Ο πανικός που νιώθει στην ιδέα της αναίσθητης ματωμένης Καλυψώς τής φέρνει σύγχυση και ζαλάδα. Και όλα γίνονται χειρότερα αντικρίζοντας τον Μάριο, που πέφτει στα γόνατα, πλάι στον αναίσθητο σημαδεμένο.

Ο Μάριο κρατάει τα χέρια του μπροστά στην κοιλιά. Ανάμεσα από τα δάχτυλά του κυλάνε δύο ρυάκια καυτού αίματος. Κάποιος από τους δύο μπράβους τον έχει χτυπήσει άσχημα.

Τρέχει δίπλα του και αγγίζει τον ώμο του.

«Μην ανησυχείς, δεν είναι τίποτα σοβαρό, απλά κοψίματα». Ο Μάριο μιλάει χαμογελαστά, αλλά η φωνή του τρέμει.

«Σταμάτα, μη μιλάς» του λέει τρυφερά καθώς βγάζει τη ζακετούλα που φοράει κάτω από το μπουφάν της και την πιέζει δυνατά πάνω στην πληγή του.

Ο Μάριο σφίγγει το χέρι της και η θερμότητά του διαπερνά όλο το σώμα της.

Τον βοηθάει να σταθεί όρθιος. «Κράτα το σφιχτά πάνω στην πληγή» του ψιθυρίζει.

Και τότε μια δυνατή και τρομερή βοή, σαν να είναι γεμάτη ανέμους, ακούγεται μέσα από τον καθρέφτη του Μέγιστου. Τα γόνατα όλων τρέμουν.

Ο πρώτος που συνέρχεται από την έκπληξη είναι ο Ράιχ. Μια φωνή απόκοσμη σαν ουρλιαχτό λύκου βγαίνει από τα χείλη του.

«Αναθεματισμένο κορίτσι, τι έκανες;» ρωτάει κατάπληκτος. Η φωνή του είναι άγρια, έξαλλη, μανιασμένη.

Η Λυδία τον κοιτάζει άναυδη και οπισθοχωρεί τρομαγμένη. Καρφώνει απελπισμένη τα μάτια πάνω στον Μέγιστο.

«Αυτός είναι ο Μέγιστος;» προσποιείται την ανίδεη, μόλις καταφέρνει να ξαναβρεί τη φωνή της. Κατά βάθος καταλαβαίνει ότι ο Μέγιστος αποφάσισε να συμμετάσχει στα δρώμενα, χωρίς να μπορεί να υπολογίσει ακόμα τι έχει σκοπό να κάνει. Εύχεται μόνο, ό,τι είναι να γίνει, να γίνει γρήγορα. Ο Μάριο χρειάζεται γιατρό.

«Σταμάτα να παριστάνεις συνεχώς την ανόητη, όπως έκανε κάποτε η μάνα σου. Είναι εκνευριστικό και δεν θα σου βγει σε καλό, όπως και σ' εκείνη. Δεν μπορεί να είναι ο Μέγιστος. Ακούσαμε όλοι μας. Εκείνον όμως δεν μπορούμε ούτε να τον δούμε ούτε να τον ακούσουμε. Μόνο εσύ...»

Κανένας δεν προσέχει τις αστραπές που ακούγονται στο βάθος, ούτε τα σύννεφα που βαραίνουν. Ίσως μόνο τα κοράκια, που έχουν αρχίσει να κάνουν κύκλους χαμηλά, πάνω από τα κεφάλια τους.

Η Αλεξάνδρα έρχεται κοντά τους σιγανά και επικίνδυνα, σαν την άγρια καταιγίδα, που πλησιάζει.

Είναι τόσο το μένος του Ράιχ για την άρνηση της Λυδίας να επικοινωνήσει με τον Μέγιστο, που δεν τον αφήνει να νιώσει την παρουσία της πίσω του. Η Λυδία τραβάει γρήγορα τα μάτια της από τη σιλουέτα της Αλεξάνδρας, φοβούμενη μήπως ο Ράιχ ακολουθήσει το βλέμμα της και αντιληφθεί την Αλεξάνδρα. Η γλυκιά μυρωδιά του νωπού χώματος που γεμίζει τα ρουθούνια της της δίνει ενέργεια.

Ο Μάριο, η Καλυψώ και οι δύο μπράβοι στέκονται ακίνητοι, σαν να είναι καμωμένοι από πέτρα, θαρρείς και ο ήχος που βγήκε μέσα από τον Μέγιστο τους κρατά δέσμιους κάποιας άγνωστης δύναμης.

«Ρώτησέ τον. Πρέπει να μάθω» βρυχάται ο Ράιχ, σηκώνοντας τον Μέγιστο ανάμεσά τους. Συνεχίζει να κρατά την Καλυψώ με το άλλο χέρι. Δεν έχει καταλάβει ότι η κοπέλα δεν έχει σκοπό να κινηθεί.

«Εντάξει» μουρμουρίζει απλώς η Λυδία προσπαθώντας να κερδίσει χρόνο, μέχρι να καταλάβει τι σκοπεύει να κάνει η Αλεξάνδρα, που τώρα στέκεται ακριβώς πίσω του.

Χοντρές σταγόνες νερού χτυπούν πάνω στα πρόσωπά τους. Η καταιγίδα έχει φτάσει και έχει φέρει μαζί με τη βροχή και δυνατό αέρα. Μια αστραπή φωτίζει τον γκρίζο ουρανό πάνω τους.

«Άσε με να τον κρατήσω στα χέρια μου» του λέει.

Ο Ράιχ διστάζει για λίγο, αλλά της τον δίνει.

Τον σηκώνει μπροστά στο πρόσωπό της, ελπίζοντας ο Μέγιστος ή η Αλεξάνδρα να κάνουν την κίνησή τους για να τη βοηθήσουν. Δεν έχει δικό της σχέδιο, δεν ξέρει τι πρέπει να κάνει.

Μια δεύτερη αστραπή φωτίζει τα πρόσωπα του Ράιχ και της Αλεξάνδρας, η οποία στέκεται πίσω από την πλάτη του. Η οργή που θολώνει τα μάτια του Ράιχ χώνεται σαν αιχμηρό μαχαίρι στην καρδιά της. Αντίθετα, το χαμόγελο που βλέπει στο ήρεμο πρόσωπο της ζητιάνας την κάνει να νιώσει μια θέρμη. Η σιγουριά ότι όλα θα πάνε καλά ζεσταίνει τον νου της. Παίρνει βαθιά ανάσα και ετοιμάζεται να αντιμετωπίσει τον Ράιχ.

Την ίδια στιγμή νιώθει μια άγνωστη, επώδυνη, τεράστια δύναμη να εισβάλλει στο μυαλό της. Είναι σαν να προσπαθεί να μπει στον νου της ολόκληρο βουνό. Δεν προβάλλει την παραμικρή αντίσταση. Συνειδητοποιεί ότι είναι ο Μέγιστος. Ίσως θέλει κάτι να της πει.

Αλλά νιώθει εντελώς απροετοίμαστη γι' αυτό που συμβαίνει. Το κεφάλι της γεμίζει ασφυκτικά με τη δύναμη των δέντρων του δάσους, την ταχύτητα του πετάγματος των πουλιών, τον γρήγορο καλπασμό των ζώων, τους ανέμους των βουνών και των ωκεανών, με αέρηδες φορτωμένους με τις οσμές των λουλουδιών και τη δροσιά των γάργαρων νερών.

Η εισβολή της γνώσης θολώνει το βλέμμα της. Τα αυτιά της βουίζουν. Το σώμα της τρέμει. Όχι, όχι, έκαναν λάθος. Όλοι όσοι πιστεύουν σ' εκείνη έκαναν λάθος. Δεν είναι τόσο δυνατή ώστε να αντέξει όλη αυτή τη δύναμη. Θα τη συντρίψει σιγά σιγά, όπως το κύμα τρώει τον βράχο. Ο άνεμος και η βροχή που μαστιγώνουν το πρόσωπό της τη βοηθούν να συνέλθει. Ανοίγει τα μάτια. Παρά το τσουχτερό κρύο, νιώθει τα μάγουλά της φλογισμένα. Κοιτάζει τον Ράιχ με μάτια που, αν μπορούσαν, θα του πετούσαν βέλη εκδικητικής μανίας.

Το βλέμμα του Ράιχ, ίδιο με αρπακτικού πάνω από τη λεία του, είναι κολλημένο πάνω της. Είναι φανερό ότι έχει αντιληφθεί την ένωσή της με τον Μέγιστο.

«Μπράβο, πριγκιπέσα. Άφησέ τον να σε διδάξει. Μάθε πού βρίσκεται η δύναμη. Φέρ' τη σ' εμένα!» ουρλιάζει.

Η φωνή του είναι άγρια σαν τη φωτιά. Αφήνει ελεύθερο το χέρι της Καλυψώς και απλώνει τα χέρια του να ξαναπάρει τον Μέγιστο από τη Λυδία.

Δεν προλαβαίνει. Όλα γίνονται τόσο γρήγορα, σαν ένα ανοιγοκλείσιμο του ματιού. Ο κεραυνός χτυπάει με δύναμη πάνω στον Μέγιστο και ηλεκτρικοί σπινθήρες χιλιάδων βολτ εξοστρακίζονται στο κεφάλι του Ράιχ και στα σώματα των μπράβων, που στέκονται ανάμεσα στην Καλυψώ και τον Μάριο, σαν κατευθυνόμενα βλήματα. Το ρεύμα διαπερνάει σε ελάχιστα δευτερόλεπτα τα σώματά τους.

Η Λυδία βλέπει την αντανάκλαση του κεραυνού πάνω στον Μέγιστο σαν φαντασμαγορικό πυροτέχνημα. Στρέφει το βλέμμα στον Ράιχ. Τα μάτια του κοιτάζουν απορημένα, σκοτεινιάζουν. Το σώμα του πέφτει κεραυνοβολημένο στο λασπωμένο έδαφος ανάμεσα σ' αυτήν και την Αλεξάνδρα.

Κοιτάζει κατάπληκτη το ακίνητο σώμα. Τι περίεργο, αλήθεια. Ο πατέρας της κείτεται αναίσθητος, πιθανόν νεκρός, μπροστά στα πόδια της, δεν υπάρχει κανείς να νοιαστεί γι' αυτόν και αυτή δεν ξέρει πώς να αντιδράσει.

«Δεν είναι νεκρός, Λυδία» μιλάει για πρώτη φορά η Αλεξάνδρα. «Έπαθε ό,τι του άξιζε. Ο θάνατος δεν θα ήταν τιμωρία γι' αυτόν»

Ο τρομερός κρότος συνεφέρει απότομα τον Μάριο και την Καλυψώ, που πλησιάζουν πλάι της. Ο Μάριο, με το χέρι του πάνω στην πληγή του, σφίγγει το ματωμένο ζακετάκι της. Κοιτάζει άφωνος και προσπαθεί να καταλάβει τι συνέβη.

Η Αλεξάνδρα σκύβει απροειδοποίητα μπροστά στην κοιλιά του και τραβάει απότομα το μουσκεμένο από το αίμα του ζακετάκι της Λυδίας. Βγάζει αργά, με τη χάρη μαρκησίας, το λερωμένο γάντι από το χέρι της και ψηλαφεί απαλά την πληγή του.

«Δύο κοψίματα, όχι βαθιά μαχαιρώματα» αποφαίνεται. «Είσαι τυχερός, αγόρι μου. Χρειάζεσαι όμως ράμματα».

Η Καλυψώ ψάχνει το χέρι της Λυδίας. Τα ακροδάχτυλά της ακουμπούν ανιχνευτικά, σαν τα μουστάκια της γάτας, το χέρι της φίλης της.

«Τι συνέβη, Λυδία; Είσαι καλά;» ρωτάει και σφίγγει με δύναμη το μπράτσο της Λυδίας, σαν να προσπαθεί να κρατηθεί από κάπου.

Ένα κουρασμένο χαμόγελο εμφανίζεται στα χείλη της, ενώ τα μάτια της είναι γεμάτα δάκρυα. Πόσο καλά είναι, αλήθεια; Σώματα αναίσθητα, ξαπλωμένα στο χώμα. Οι δύο σωματοφύλακες χτυπημένοι στο στήθος. Ο Όλιβερ Ράιχ στο κεφάλι. Το αίμα που τρέχει από την πληγή του έχει βάψει ήδη το βρεγμένο χώμα. Τα ρούχα των δύο μπράβων ξεσκισμένα και καψαλισμένα μπροστά στο στήθος, στο σημείο όπου χτυπήθηκαν από τον κεραυνό. Στο στήθος του ενός έχει κάνει την εμφάνισή του το δέντρο του κεραυνού, από τα καμένα από το ρεύμα τριχοειδή αγγεία του δέρματός του.

Ο Μάριο σκύβει από πάνω τους να δει αν ζουν. Αναπνέουν και οι τρεις. Διστάζει να τους μετακινήσει, δεν έχει τη δύναμη που χρειάζεται, αλλά προσπαθεί να τους συνεφέρει.

«Πρέπει να τους μεταφέρουμε» μονολογεί. «Όσο συνεχίζει να βρέχει, ο κίνδυνος εξακολουθεί να υπάρχει. Δεν μπορούμε να τους αφήσουμε πάνω στο βρεγμένο χώμα».

Η Λυδία δεν τον ακούει. Εξηγεί στην Καλυψώ, η οποία δεν έχει τον καθρέφτη της μαζί, τι συνέβη. «Λυπάμαι,

Καλυψώ, για όσα τράβηξες για χατίρι μου» της λέει στο τέλος συγκινημένη.

«Λυδία, βιαστείτε. Πρέπει να φύγετε αμέσως. Να πας τον Μάριο στο πιο κοντινό ιατρείο» επεμβαίνει η Αλεξάνδρα. «Μη νοιάζεσαι γι' αυτούς, θα ειδοποιήσω εγώ την αστυνομία. Εσύ έχεις να νοιαστείς για τον Μέγιστο».

«Φοβάμαι ότι δεν ξεμπέρδεψα μαζί του» μουρμουρίζει κοιτάζοντας τον Ράιχ. «Όταν συνέλθει, θα με κυνηγήσει, όπως έκανε τόσα χρόνια με τη γιαγιά μου. Αργά ή γρήγορα θα με βρει και τότε θα πληρώσω ακριβά την άρνησή μου να κάνω αυτό που ήθελε».

«Ααα, όσο γι' αυτό, μην ανησυχείς καθόλου. Κατά πάσα πιθανότητα δεν θα συνέλθει ποτέ. Το χτύπημα του κεραυνού στο κεφάλι ήταν τόσο δυνατό, όσο χρειαζόταν για να μείνει φυτό για όλη την υπόλοιπη ζωή του. Αν ποτέ καταφέρει να συνέλθει, η κατεστραμμένη μνήμη του δεν θα τον βοηθήσει να θυμηθεί ούτε εσένα ούτε ποιος ήταν πριν από το ατύχημά του».

«Φοβάμαι πως, αν μείνεις μαζί του, θα κινδυνεύσεις εξαιτίας μου».

«Δεν μπορεί να με αγγίξει, Λυδία».

«Μα έχει δύναμη. Έχει τους διαχειριστές, που δεν γνωρίζουν τα σχέδιά του, πίσω του».

«Ούτε αυτοί μπορούν να με αγγίξουν. Όχι πια».

«Θαυμάζω την αυτοπεποίθησή σου, αλλά...»

«Θα φροντίσω να μάθουν οι διαχειριστές για τη συνωμοσία που προετοίμαζε. Θα πάρουν τα μέτρα τους. Δεν θα ήθελα να βρίσκομαι στη θέση του αν κάποια μέρα συνέλθει. Το άσχημο είναι ότι κάποιοι άλλοι θα πληρώσουν για τις πράξεις του. Επιφανειακά δεν θα αλλάξει κάτι. Στην πραγματικότητα, όμως, οι διαχειριστές θα σφίξουν τα λουριά για να μην αντιμετωπίσουν άλλη συνωμοσία εναντίον τους. Ίσως μάλιστα πέσουν και κάποια κεφάλια για να παραδειγματιστούν οι υπόλοιποι. Αυτοί είναι οι ισχυροί, αυτοί έχουν το δίκιο με το μέρος τους. Ναι, ναι, σίγουρα από δω και πέρα θα είναι πιο προσεκτικοί».

«Μα πώς; Πώς θα τους πλησιάσεις;»

«Θέλεις να ξέρεις αν θα πιστέψουν μια ζητιάνα; Θα το κάνουν. Έχε μου εμπιστοσύνη και φύγετε τώρα. Θα σε βρω και θα σου εξηγήσω».

Η καταιγίδα σιγά σιγά ξεμακραίνει. Στα φύλλα των δέντρων λαμπυρίζουν οι στάλες της βροχής που έχουν απομείνει πάνω τους.

Η Λυδία, με τη γνώση από τον Μέγιστο να προσπαθεί να απλωθεί και στην πιο μικρή γωνιά του μυαλού της, νιώθει σαν φρεσκογραμμένο γράμμα, που το μελάνι δεν έχει στεγνώσει ακόμα επάνω του, αλλά χωρίς παραλήπτη.

Κεφάλαιο 18

Την επομένη. Επίλογος

«Όταν φτάσαμε στο νοσοκομείο, ο Μάριο ήταν χάλια. Ψηνόταν στον πυρετό και οι πληγές του ήταν σε άσχημη κατάσταση. Αλλά τα κατάφερε. Σήμερα το πρωί είναι μια χαρά» ανακοινώνει η Λυδία, προσπαθώντας να κρύψει το κύμα χαράς που ανεβαίνει μέχρι τον λαιμό της. «Ο Μάριο στάθηκε πολύ τυχερός. Οι πληγές του όχι μόνο δεν μολύνθηκαν, αλλά επιπλέον έχουν αρχίσει να επουλώνονται».

Κάθεται σε μία από τις αίθουσες αναμονής του νοσοκομείου όπου νοσηλεύεται ο Μάριο. Τα μαλλιά της είναι πιασμένα στο πίσω μέρος του κεφαλιού της, αλλά αρκετές ατίθασες τούφες έχουν ξεφύγει από το δέσιμο και καλύπτουν τα ωχρά μάγουλά της. Δίπλα της κάθεται η Καλυψώ με τις παλάμες ανάμεσα στους μηρούς της. Το πρόσωπό της είναι σφιγμένο και τα μάτια της κοιτάζουν απόκοσμα ίσια μπροστά. Παραδίπλα είναι η Αλεξάνδρα, με την πλάτη ακουμπισμένη στον τοίχο. Μοιάζει σκεφτική, αλλά η Λυδία την πιάνει να ρίχνει κλεφτές ματιές προς το μέρος της. Δεν της απαντούν, σαν να μην άκουσαν τα λόγια της.

Σηκώνεται αργά και κατευθύνεται προς τα μεγάλα φωτεινά παράθυρα της αίθουσας, που βλέπουν στον κήπο του νοσοκομείου. Χιονίζει σήμερα. Το πυκνό χιόνι και τα βαριά σύννεφα θαμπώνουν το φως της ημέρας. Ο γκρίζος ουρανός βομβαρδίζει τη γη με χοντρές, κατάλευκες νιφάδες. Τα δέντρα του κήπου από ψηλά μοιάζουν με πελώρια κατάλευκα μανιτάρια. Στα αυτιά της φτάνουν πεινασμένες κραυγές γλάρων. *Κάπου εδώ κοντά υπάρχει λίμνη και μάλλον είναι παγωμένη,* σκέφτεται.

Δεν κατάφερε να κοιμηθεί πολύ την προηγούμενη νύχτα. Η Αλεξάνδρα για μία ακόμη φορά είχε εξαφανιστεί με τη δικαιολογία ότι θα ειδοποιούσε ασθενοφόρο για να παραλάβει τον Μάριο. Αυτή και η Καλυψώ τον συνόδευσαν μέχρι εδώ, όπου και τον παρέλαβαν οι τραυματιοφορείς. Έμειναν έξω από το χειρουργείο μέχρι αργά. Μία από τις νυχτερινές νοσοκόμες, που μάλλον συγκινήθηκε με τα χάλια που παρουσίαζαν, τις οδήγησε σ' ένα μικρό δωμάτιο με δύο κρεβατάκια για να περάσουν οι δύο κοπέλες τη νύχτα τους.

Η Λυδία έμεινε όλο το βράδυ κουλουριασμένη, παρατηρώντας την Καλυψώ, που κοιμόταν γαλήνια στο διπλανό κρεβάτι. Αφουγκραζόταν τον ύπνο της φίλης της και αναρωτιόταν πόσα ήξερε η Καλυψώ και πόσα είχε καταλάβει από την αλήθεια. Πόσα έπρεπε να της πει για τον Μέγιστο και πόσα να της εξηγήσει για τους διαχειριστές; Μήπως ήταν καλύτερα να την αφήσει στην άγνοιά της; Αρκετά δεν είχε υποφέρει από τη συμπεριφορά των δικών της;

Πίστευε ότι η κούραση θα βοηθούσε να την πάρει ο ύπνος. Δεν τα κατάφερε όμως. Είχε μαζέψει τα παγωμένα πόδια της κάτω από την κοιλιά της, αλλά δεν μπορούσε να τα ζεστάνει και να απαλλαγεί από τον τρόμο που ένιωθε για τη ζωή του Μάριο. Έκλεινε τα μάτια και προσπαθούσε να τον φανταστεί, έτσι όπως ήταν σε όλο το ταξίδι τους, γεμάτο ενέργεια και υγιή. Έβλεπε όμως το πρόσωπό του ωχρό, σαν να ήταν καμωμένο από κερί, και τα μάτια του κόκκινα, σαν να έκαιγε μέσα τους άγρια φωτιά.

Παράξενες σκέψεις έκαναν την εμφάνισή τους μέσα στη νύχτα. *Γιατί νιώθω ένα κενό, σαν να μου λείπει κομμάτι του εαυτού μου, στη σκέψη ότι ο Μάριο ίσως δεν τα καταφέρει; Τι είναι αυτό που με κάνει να αισθάνομαι σαν τους ανδρόγυνους στρογγυλούς ανθρώπους του Πλάτωνα; Τους διπλούς ανθρώπους, που οι θεοί έκοψαν στη μέση, επειδή φοβήθηκαν τη δύναμή τους. Από τότε, λέγεται ότι οι άνθρωποι είναι καταδικασμένοι να ψάχνουν συνέχεια το άλλο τους μισό για να νιώσουν ολοκληρωμένοι. Γιατί άραγε τους θυμήθηκα τώρα αυτούς; Μήπως ψάχνω δικαιολογία για τα αισθήματά μου; Είναι δυνατόν να είναι ο Μάριο το άλλο μισό που πάντα θα αποζητάω στη ζωή μου;* αναρωτήθηκε, αδυνατώντας να καταλάβει πώς ήταν δυνατόν να κάνει τέτοιες σκέψεις νυχτιάτικα. *Ίσως φταίει που κοιμάμαι σε κρεβάτι νοσοκομείου,* αποφάσισε λίγο πριν αποκοιμηθεί.

Στο ταραγμένο όνειρό της, όταν ο λήθαργος την κυρίευσε, το σώμα της ήταν κολλημένο με εκείνο του Μάριο. Η κοιλιά της ήταν υγρή, μουσκεμένη από το καυτό αίμα που έτρεχε από τις πληγές του. Τα μακριά του χέρια, τυλιγμένα σφιχτά γύρω από το κορμί της, προσπαθούσαν να την κρατήσουν ζεστή. Δεν έβλεπε όμως το πρόσωπό του, γιατί το δικό της κοιτούσε από τη μία πλευρά του δωματίου και το δικό του από την άλλη. Ούτε μπορούσε να καταλάβει ποια από τις δύο καρδιές τους ήταν εκείνη που χτυπούσε με λαχτάρα και ποια κλοτσούσε άτακτα με τρόμο. «Με συγχωρείς» του φώναξε, ελπίζοντας τα λόγια της να φτάσουν στα αυτιά του.

Τα χαράματα ξύπνησε απότομα και πετάχτηκε από το κρεβάτι σαν ελατήριο, με την καρδιά της να σφυροκοπάει.

«Είναι καλύτερα» ψιθύρισε ο Φοίβος βιαστικά στο μυαλό της. «Άκουσα μια νοσοκόμα να το λέει στην Αλεξάνδρα, που στέκεται εδώ και ώρα έξω από την πόρτα».

Χαμογέλασε και η καρδιά της φτερούγισε ανάλαφρα, θαρρείς και τα λόγια του Φοίβου έσπασαν τα δεσμά που την κρατούσαν αιχμάλωτη.

Η φωνή της Αλεξάνδρας την επαναφέρει στην πραγματικότητα. «Ήρθα για να σου φέρω τα καλά νέα, που μόνα τους δεν ταξιδεύουν τόσο γρήγορα όσο τα κακά». Κάνει μια μικρή διακοπή για να σιγουρευτεί ότι η Λυδία την προσέχει. «Δεν πίστευα ποτέ ότι θα το πω αυτό, αλλά συνέβη. Ο Όλιβερ Ράιχ κράτησε τον λόγο του» λέει αδιάφορα, ανασηκώνοντας το ένα φρύδι.

Η Λυδία πλησιάζει κοντά της και την κοιτάζει απορημένη, σαν να μην άκουσε καλά. Η Αλεξάνδρα κάθεται ακόμα δίπλα στην Καλυψώ. Η φαρδιά φούστα της είναι απλωμένη πάνω στα γόνατά της και τη σκεπάζει σαν κουβέρτα. Οι λεκέδες από τη βρόμα πάνω στο ύφασμα μοιάζουν με γκρίζα στραπατσαρισμένα λουλούδια.

«Χτες το πρωί, την ώρα που βρισκόμαστε στο Λίντερχοφ, παρουσιάστηκε σε αστυνομικό τμήμα του Βερολίνου ένας νέος μάρτυρας, ο υπάλληλος του μοιραίου καφέ. Κατέθεσε ότι η Μαρία Γκρόσμαν είχε φύγει από την καφετέρια όταν η μητέρα σου αγόρασε έναν ακόμη καφέ για να τον πάρει μαζί της στο γραφείο. Ο καφές ήταν σε χάρτινο κύπελλο. Η αστυνομία ανακοίνωσε ότι διακόπτει τις έρευνες για την αναζήτηση της Μαρίας Γκρόσμαν, που παραμένει άφαντη όλα αυτά τα χρόνια. Οι έρευνές τους θα στραφούν πλέον σε διαφορετική κατεύθυνση, Η γιαγιά σου, χάρη σ' εσένα, Λυδία, είναι ελεύθερη».

«Πώς το ξέρεις; Πού το άκουσες;»

«Το διάβασα στο ίντερνετ» χαχανίζει αδιάφορα η Αλεξάνδρα.

«Στο ίντερνετ;» ρωτάει χαζά. Χαμογελάει για να κρύψει το ειρωνικό βλέμμα της. «Έχεις ίντερνετ;»

«Τι σημασία έχει;»

«Να ήξερες πόσο θέλω να σε πιστέψω!»

«Να το πιστέψεις. Είναι αλήθεια. Άλλωστε, μετά τη συζήτησή σας στο Ινβερνές, ο Ράιχ κατάλαβε ότι, αν δεν κρατούσε την υπόσχεσή του, δεν θα προσπαθούσες να επικοινωνήσεις με τον Μέγιστο». Η φωνή της είναι σοβαρή και η ματιά της αυστηρή.

Τη συμπαθώ τελικά αυτή τη γυναίκα, σκέφτεται η Λυδία, όχι μόνο επειδή μου έφερε τα καλά νέα για τη γιαγιά. Είναι το διάφανο, καθαρό βλέμμα της, που με βοήθησε να ηρεμήσω όποτε βρέθηκα σε αδιέξοδο. Η περίεργα αέρινη και ατημέλητη φιγούρα της, που, παρά την ηλικία της, δεν είναι καθόλου εκνευριστική. Από την αρχή της γνωριμίας μας εμφανίζεται μπροστά μου σαν φάντασμα, όποτε τη χρειάστηκα. Όποτε βρισκόμουν σαν χαζό πρόβατο κοντά στον πεινασμένο λύκο, αυτή ήταν ο βοσκός που με φυλούσε.

«Εκεί γεννήθηκα; Στο Βερολίνο;» ρωτάει αλλάζοντας θέμα, γιατί δεν θέλει να βάλει τα κλάματα από τη συγκίνηση. Τι περίεργο, δεν έχει περάσει ποτέ από το μυαλό της, ούτε σαν υποψία, ότι είχε γεννηθεί σε μεγαλούπολη. «Ακούς, Καλυψώ; Έμαθα επιτέλους πού γεννήθηκα».

Η Καλυψώ χαμογελάει, αλλά δεν λέει κάτι. Η Λυδία δεν ανησυχεί. Είναι σίγουρη ότι την παρακολουθεί τα πάντα. Το νιώθει.

Νιώθει όμως ταυτόχρονα και το γαντοφορεμένο χέρι της Αλεξάνδρας στον ώμο της. Γυρίζει προς το μέρος της και την κοιτάζει απορημένη.

«Στο Βερολίνο, εκεί άρχισε να μετράει ο δικός σου χρόνος, εκεί που σταμάτησε ο χρόνος για μένα» λέει η Αλεξάνδρα με φωνή υπόκωφη, που βγαίνει δύσκολα από μέσα της.

Η Λυδία, ακούγοντάς την, νιώθει να της κόβεται η ανάσα, σαν να περιμένει να ακούσει κάτι στενόχωρο. Τα μάτια της Αλεξάνδρας θολώνουν σαν τα νερά του βάλτου. Το καπελάκι της στέκεται παράξενα ακίνητο πάνω στα γκρίζα αχτένιστα μαλλιά της.

«Με τον θάνατο. Μόνο ο θάνατος έχει τη δύναμη να σταματήσει τον χρόνο που κυλάει».

«Ποια είσαι;» ψελλίζει η Λυδία μπερδεμένη από τα αλλόκοτα λόγια της γυναίκας. Αδυνατεί να επεξεργαστεί αυτά που ακούει, θαρρείς και σκάλωσε ξαφνικά η ρόδα του μυαλού της σε κάποιο λασκαρισμένο γρανάζι και σταμάτησε να κινείται.

«Πες μου, τι θέλεις να ακούσεις;»

«Την αλήθεια». Ξέρει ότι, αν δεν μάθει ποια είναι η παράξενη αυτή γυναίκα, δεν μπορεί να την αφήσει να φύγει.

«Ναι, σωστά, την αλήθεια. Αυτή είναι που μένει πάντα στο τέλος, όταν όλα τα άλλα έχουν φύγει» αποκρίνεται η Αλεξάνδρα συλλογισμένη. «Η αλήθεια όμως μπορεί να είναι πολύ τρομακτική. Δεν θέλω να σε τρομάξω. Μη φοβάσαι, δεν είμαι φάντασμα σαν αυτά που ψάχνουν για εκδίκηση. Που κοιμούνται όλη μέρα στα ερείπια του τάφου τους και τη νύχτα ορμούν με λύσσα σε ανυποψίαστους περαστικούς για να εκδικηθούν για όλα όσα δεν χάρηκαν στη ζωή τους.

Είμαι μια μοναχική ταξιδιώτισσα, μια ζητιάνα των πεζοδρομίων, η αγγελιαφόρος ενός μηνύματος. Το χέρι του τιμωρού που ήρθε να αποδώσει δικαιοσύνη, για να μη χρειαστεί να εξαπολύσει ο τιμωρός αγρίμια και λύκους, που θα στραφούν εναντίον δικαίων και αδίκων».

Τα λόγια της Αλεξάνδρας μοιάζουν απίστευτα, σαν ταχυδακτυλουργικά κόλπα. Είναι πέρα και από την πλούσια φαντασία της. Συνειδητοποιεί όμως ότι οι μέχρι τώρα εμφανίσεις και οι πράξεις της συνηγορούν στα ακατανόητα λόγια της. Πρέπει να αντιδράσει, να ψάξει πίσω από αυτά.

«Όταν ζεις» συνεχίζει πιο αργά τώρα η Αλεξάνδρα «η ζωή τρέχει ασταμάτητα σαν τρένο από σταθμό σε σταθμό και εσύ πρέπει να αποφασίσεις στα γρήγορα ποιον θα αφήσεις σε κάθε σταθμό και ποιον θα προσκαλέσεις να ανέβει για να συνταξιδέψει μαζί σου, ίσως μέχρι το τέρμα. Δεν είναι εύκολο να θυμάμαι το παρελθόν. Δεν έχω μνήμη να βάλει σε τάξη το χτες. Μόνο να ονειρεύομαι μπορώ, όχι να θυμάμαι. Τα όνειρά μου για το παρελθόν είναι σκούρα και σκληρά. Δεν θυμάμαι αγάπη, μόνο μια αρπαχτή στα γρήγορα χωρίς συναίσθημα, χωρίς λόγια, το κλάμα ενός μωρού που ζητάει βοήθεια. Έχω την εντύπωση πως, όταν το δικό μου τρένο έφτασε στο τέρμα, είχα μόνο εσένα μαζί μου. Τη Μαρία Γκρόσμαν την είχα πετάξει άκαρδα έξω στον προηγούμενο σταθμό. Δεν είχα καρδιά τότε. Την είχε ξεριζώσει εκείνος με τα σκληρά, παγωμένα λόγια του, όταν μου αποκάλυψε ποιος ήταν και γιατί με πλησίασε. Στη θέση της κλεμμένης καρδιάς είχε απομείνει ένα παγωμένο κενό».

Η Λυδία παρατηρεί ότι, ενώ τα χέρια της τρέμουν, προσπαθεί να χαμογελάσει.

«Μπορεί η ζωή να περνάει μέσα στην πλήξη και την ανία, ακόμη και όταν δίπλα σου ανθίζουν ισχυρές ιδέες, σαν αυτές της γιαγιάς σου. Δεν σε νοιάζει, δεν γίνονται και δικός σου σκοπός. Όλα όμως αλλάζουν όταν σε αιχμαλωτίζει ο τρόμος. Συχνά, όταν τρομάζεις, κάνεις λάθη και εγώ ξαφνικά ένιωσα φόβο όταν ο Ράιχ με απείλησε ανοιχτά με τη ζωή τη δική σου και της μητέρας μου. Τα λόγια του στοίχειωσαν σαν θεριό την ψυχή μου» λέει με ύφος σκοτεινό και το στόμα της κλείνει σε μια ευθεία γραμμή.

Η φωνή της, όταν ξαναρχίζει να μιλάει, είναι πιο ήρεμη: «Τα είχα σχεδιάσει όλα πολύ καλά. Δεν θα σε άφηνα στα χέρια του. Θα σε έπαιρνα και θα φεύγαμε μακριά, όπου κανείς δεν θα μας γνώριζε. Θα ζούσαμε σε ένα μικρό διαμέρισμα, φτωχικά ίσως, πιθανόν με πολλές στερήσεις, αλλά θα είχαμε κόψει τις γέφυρες πίσω μας και κανένας δεν θα μπορούσε να μας ανακαλύψει».

«Το ίδιο έκανε η γιαγιά» μουρμουρίζει η Λυδία.

Η Αλεξάνδρα δεν την ακούει. «Είσαι τόσο όμορφη και τόσο δυνατή! Δεν φοβάμαι για το μέλλον σου. Υπάρχουν κορίτσια που το μυαλό τους σουλατσάρει στα σύννεφα και οι άντρες τα εκμεταλλεύονται. Μιλάω από πείρα» διευκρινίζει η Αλεξάνδρα. «Εσύ έπαψες από μικρή να ακροβατείς. Σου έτυχαν πολλά, έμαθες και έχεις την πείρα να αντισταθείς στον κίνδυνο. Οι ημέρες που πέρασα μαζί σου, Λυδία, είναι σαν ένα ίχνος ζωής που με άγγιξε έστω και καθυστερημένα. Αν είμαι τυχερή, η συνάντησή μας θα αλλάξει τα όνειρα που κάνω για το μέλλον. Ίσως σταματήσω να βλέπω μόνο κούφιες, άχρωμες σπηλιές, γεμάτες με το τίποτα».

«Ποιος φταίει; Ποιος σου το έκανε;»

«Δεν έχει σημασία τώρα πια. Εκείνο που μετράει είναι η δική σου ζωή. Έπρεπε να βεβαιωθώ ότι όλα θα πάνε καλά» αποκρίνεται η Αλεξάνδρα. «Δεν θα συγχωρούσα ποτέ τον εαυτό μου αν του επέτρεπα να σε βλάψει. Για καλή μου τύχη, ο κεραυνός με πρόλαβε. Δεν ήθελα να δοκιμάσω πώς είναι να σκοτώνεις κάποιον».

«Να σκοτώσεις; Θα έφτανες σ' αυτό το σημείο;»

«Αν χρειαζόταν, ναι. Δεν θα λυπόταν κανένας άλλωστε για τον θάνατό του».

Η Λυδία κοιτάζει πανικόβλητη την ατημέλητη γυναίκα. Πιάνει τον εαυτό της να αποδέχεται πράγματα που δεν θα συζητούσε ποτέ μέχρι τώρα. Έχει καταλάβει όμως. Δεν ήταν δύσκολο. Τα σημάδια χορεύουν έξαλλα μπροστά στα μάτια της. Φοβάται να την κοιτάξει επίμονα από κοντά, για να μη διαλυθεί σαν τον ατμό.

«Αν ζούσες... Αν ήσουν αληθινή...»

«Αν ζούσα, δεν θα μπορούσα να σε βοηθήσω. Πιθανόν να με είχε αναγκάσει ο Ράιχ να κρύβομαι κι εγώ σαν τη Μαρία Γκρόσμαν».

Σηκώνει και τα δύο χέρια και αγγίζει απαλά, προσεκτικά, τα ατίθασα μαλλιά της Λυδίας. Τα αχόρταγα χέρια γλιστρούν στο πρόσωπο, στον λαιμό, φτάνουν μέχρι τους ώμους.

Η Λυδία στέκεται ακίνητη, ανήμπορη να κινηθεί. Το άγγιγμα της Αλεξάνδρας στο πρόσωπό της ήταν τόσο αληθινό, τόσο πραγματικό, που την πονάει.

Η Αλεξάνδρα χώνει απότομα και τα δύο χέρια της στις τσέπες της μακριάς φούστας της, σαν να θέλει να κρύψει την εικόνα του προσώπου της Λυδίας.

«Θα φύγω τώρα» λέει χαμογελαστή. «Είναι ώρα να καπνίσω ένα τελευταίο τσιγάρο, να πιω την τελευταία γουλιά της βότκας μου. Σε λίγο θα σταματήσει πάλι ο χρόνος».

Η Λυδία καταλαβαίνει ότι η Αλεξάνδρα την αποχαιρετάει, αλλά δεν μπορεί να κινηθεί. Νιώθει ανίκανη να πει κάτι. Οι λέξεις που έρχονται στο μυαλό της της φαίνονται ανούσιες.

«Σ' ευχαριστώ για τις στιγμές που έζησα κοντά σου» λέει η Αλεξάνδρα. Οι λέξεις κυλούν από το στόμα της σαν γάργαρο νερό.

Είναι τα τελευταία λόγια της Αλεξάνδρας πριν κατευθυνθεί προς τον διάδρομο που οδηγεί στην έξοδο του νοσοκομείου.

Τα λόγια έχουν πραγματικό νόημα όταν λέγονται από εκείνους που βρίσκονται έξω από τον χρόνο, που δεν υπολογίζουν κέρδος και όφελος, που δεν σκέφτονται το αύριο, που δεν έχουν μέλλον, σκέφτεται και κάνει να τρέξει στο κατόπι της. Δεν τα καταφέρνει. Τα πόδια της δεν κινούνται, θαρρείς και είναι βιδωμένα στα λευκά πλακάκια του δαπέδου.

Έφυγε, πάει, δεν θα την ξαναδώ, σκέφτεται και την παίρνει το παράπονο. Τα δάκρυά της είναι λυτρωτικά, καθώς ένα ορμητικό κύμα ανακούφισης φουσκώνει στο στήθος της. Μπορεί να κινηθεί ξανά, θαρρείς και οι καυτές σταγόνες που έτρεξαν στα μάγουλά της έλυσαν το κακό ξόρκι.

«Αχ, Αλεξάνδρα, Αλεξάνδρα» επαναλαμβάνει συνέχεια με φωνή παραπονιάρικη σαν το κλάμα του κουταβιού· όταν επαναλαμβάνεις συχνά το όνομα του νεκρού, ξαναζεί, έλεγαν οι αρχαίοι Αιγύπτιοι.

Κάθεται αδύναμη στην καρέκλα πλάι στην Καλυψώ.

«Και τώρα;» αναρωτιέται απευθυνόμενη περισσότερο στον εαυτό της και λιγότερο στην Καλυψώ.

«Εγώ θα επιστρέψω στο σχολείο» αποκρίνεται με ανάλαφρη φωνή η Καλυψώ. «Εσύ, με τη βοήθεια του Μάριο και της γιαγιάς σου, θα φροντίσεις να κρύψεις τον Μέγιστο».

«Να τον κρύψω; Υποσχέθηκα στον Μάριο να τον καταστρέψω».

Η Καλυψώ την πλησιάζει ψηλαφιστά. Απλώνει τα χέρια και την κρατάει σφιχτά στην αγκαλιά της.

«Να έρθεις να με βρεις όταν τελειώσουν όλα» της λέει και αφήνει τα θολά μάτια της στο πρόσωπο της Λυδίας.

«Θα έρθω, αδελφή μου» τη διαβεβαιώνει η Λυδία, έχοντας απλωμένο στα χείλη ένα γαλήνιο χαμόγελο.